Heidrun Bücker

Verschwunden

Originalausgabe – Erstdruck

Kapitel 1

Das große, schmiedeeiserne Tor mit dem verschnörkelten „S“ öffnete sich gemächlich, und der alte Bentley fuhr vorsichtig auf die Straße. Das große Anwesen hinter dem Tor gehörte uns, den Strauß', eine alteingesessenen Familie, die ihr Geld in der Baubranche verdiente. Vor über sechzig Jahren gründete mein Großvater Josef senior das Unternehmen, und vor dreißig Jahren übernahmen, nach dem Tode meines Vaters Josef junior, mein Mann Henry Behring und ich, Josefine Behring-Strauß, die Firma. Henry, mit dem ich seit über fünfunddreißig Jahren verheiratet bin, und ich brachten das Unternehmen gemeinsam an die Spitze. Henry zog sich vor mehr als fünf Jahren zurück und überließ unseren beiden Töchtern und mir die aktive Arbeit, er selbst agierte nur noch aus dem Hintergrund.

Ich saß auf der Rückbank des alten Bentleys, der schon meinem Vater gehörte, und ließ mich von Marias Ehemann ins Büro fahren.

Maria, die treue Seele, war unsere Haushälterin. Felipe, ihr Mann, übernahm es nur allzu gerne, den Oldtimer zu fahren, und fand es nicht schlimm, den Chauffeur zu spielen. Normalerweise fuhr ich lieber selbst, aber heute ging es um einen großen Auftrag, den wir zu ergattern versuchten. Ich musste mich noch in die Unterlagen einlesen, daher nutzte ich diese Art der Beförderung. Im Büro traf ich mich mit meiner ältesten Tochter. Sie würde gleich den Vortrag halten, immerhin war sie mit ihren zweiunddreißig Jahren Architektin. Man sah ihr das Alter nicht an, zum Glück. Immer wieder unterschätzte man Phyllis, aber maximal nur eine Viertelstunde lang. Spätestens dann konnte sie mit ihrem ungeheuren Fachwissen die Leute überzeugen, die vorher meinten, ein leichtes Spiel mit uns oder ihr zu haben.

Als wir gerade das Grundstück verließen, blickte ich irritiert aus dem Fenster des Bentleys. Irgendetwas hatte meine Aufmerksamkeit erregt, leider konnte ich nicht erkennen, was es war, denn die Sonne blendete.

Dummerweise reagierte ich zu spät. Plötzlich spürte ich etwas! Blicke? Ein Kribbeln! Meine Nackenhaare sträubten sich. Ich schwitzte. Angst! Nein, keine Angst, etwas Unwirkliches, Fremdes, aber doch Vertrautes, etwas, das mich erschreckte! Oder? Was hatte diese Adrenalin-Überproduktion ausgelöst? Robert!? Warum dachte ich plötzlich an ihn? Negativ! Robert verschwand vor über vierzig Jahren spurlos!

Ob mir die Hitze zu Kopf stieg? Ich hatte extra darum gebeten, den Termin in die frühen Morgenstunden zu legen, damit noch ein klares Denken möglich wäre. Zurzeit lebten wir in Spanien, Dénia, den Rest des Jahres in

Deutschland. Unser großes Anwesen lag glücklicherweise direkt am Meer, was einen ständigen Luftzug garantierte.

Gedankenverloren blickte ich nicht auf die Unterlagen, sondern dachte an meinen Bruder Robert, Stiefbruder, besser gesagt. Irgendetwas hatte die Erinnerung an ihn ausgelöst, und ich überlegte, was es wohl gewesen sein könnte, und blickte zurück. Aber wir waren schon zu weit von der Einfahrt entfernt, ich konnte nichts mehr erkennen. Ich schüttelte den Kopf. Verrückt, dachte ich, konzentriere dich auf die Unterlagen, aber dennoch ..., da war etwas, etwas Merkwürdiges. Zehn Minuten später erreichten wir das Büro, und ich stieg sofort aus, ohne mir von Felipe helfen zu lassen. Ich hasste es, so bedient zu werden, und da er es wusste, beeilte er sich erst gar nicht, mir die Tür aufzuhalten. Meine Tochter fuhr gerade vor. Das Einzige, was erkennen ließ, dass es sich um einen wichtigen Termin handelte, war die Tatsache, dass sie ein edles Jackett über ihrer Jeans trug, genau wie ich. Mein Vater hatte mir ständig erklärt, dass es auf Intelligenz ankam und nicht auf allzu elegante Kleidung. Ich muss sagen, er hatte recht: Mit Wissen kam man weiter.

Phyllis begrüßte mich. Sie kam von ihrer besten Freundin Sandra. Die beiden frühstückten öfter zusammen, bevor sie ins Büro fuhren. „Hallo Doña Josefine, auf in den Kampf?“ Sie lächelte und nahm ihre Akten vom Rücksitz ihres Wagens.

„Bist du vorbereitet?“

Sie schaute mich mitleidig an, als ob ich etwas Falsches gesagt hätte. Ein langgezogenes, fast entnervtes: „Maamaa!“ war alles, was sie antwortete. Natürlich war sie bereit, wie konnte es anders sein. Nachdenklich folgte ich ihr ins Büro. Unsere Sekretärin Sonja kochte bereits Kaffee und begrüßte uns mit einem lächelnden Nicken. Meine Gedanken schweiften wieder ab, ich dachte an meine merkwürdigen Phantasien, die mich seit dem Verlassen unseres Grundstückes nicht mehr ruhen ließen.

„Was ist los?“ fragte Phyllis. „Du siehst so nachdenklich aus? Stimmt etwas nicht? Es ist doch alles vorbereitet, oder?“

Ich nickte. „Ich weiß auch nicht“, versuchte ich zu erklären, „ich muss, seit ich aus dem großen Tor gefahren bin, an meinen Bruder denken. Das habe ich seit Jahren nicht mehr getan, und ich bin mir nicht sicher, was diese Erinnerung ausgelöst hat.“

Phyllis kannte die Geschichte meines Stiefbruders, der vor vierzig Jahren spurlos verschwand. Jeder kannte diese Geschichte, sie stand monatelang in allen Zeitungen, auch in den internationalen. Wenn ein Kind, oder in diesem Falle ein Jugendlicher aus reichem Haus einfach verschwand, erntete man

Aufsehen. Er wurde leider nie gefunden, er verschwand genauso geheimnisvoll, wie er aufgetaucht war: vor der Pforte unserer Kirche, als Findelkind. Meine Mutter kümmerte sich um den kleinen, dreijährigen Jungen, der hilflos auf der Bank vor der Kirchentür saß und nicht wusste, wo er hin sollte. Das Einzige, was er kannte, war anscheinend sein Name: Roberto. Nachdem ein Jahr lang nach Spuren und Hinweisen gesucht worden war, man aber keine Angehörigen von Robert, wie er genannt wurde, gefunden hatte, wurde er von meinen Eltern adoptiert. Er lebte sich schnell ein, schien keine Angst zu kennen, und ich hatte von nun an einen Bruder. Fünfzehn Jahre später, mit achtzehn, war er plötzlich spurlos verschwunden. Ich habe ihn nie wiedergesehen. All das ging mir durch den Kopf, aber warum?

Ich musste mich jetzt mit Gewalt auf ein ganz anderes Thema konzentrieren und schüttelte die letzten Gedanken ab.

Die Verhandlungspartner erreichten unser Büro, wurden von Sonja direkt in den Besprechungsraum geführt und mit Kaffee und kalten Getränken versorgt. Phyllis und ich gingen hinüber und sahen Señor Polidas missbilligenden Blick auf den Hausmeister gerichtet, der in der rechten Ecke des Besprechungsraumes niederkniete, um eine Steckdose zu reparieren. Ich ging auf Señor Polidas zu, gab ihm die Hand, obwohl ich ihn nicht leiden konnte, und hieß ihn willkommen, meine Tochter tat es mir gleich.

„Entschuldigen Sie, aber die Handwerker", ich zuckte die Achseln, „wenn man sie braucht, kommen sie nicht, und wenn sie kommen, stören sie, aber man muss froh sein, wenn sie da sind. Lassen Sie sich nicht irritieren, unser Hausmeister wird sich ruhig verhalten und unser Gespräch nicht stören." Polidas war unser Konkurrent – Mitbewerber, würde mein Mann Henry ihn nennen. Die Herren Bentum, zwei Brüder, die ständig, groß und viel bauten, wollten einen Auftrag vergeben. Sie saßen bereits mit ihren beiden Anwälten am Tisch, sprangen aber auf, um mich zu begrüßen: „Doña Josefine, es freut uns, Sie kennenzulernen", dann wandten sie sich meiner Tochter zu, ein knappes: „Señora Behring", kam über ihre Lippen. Ich erkannte augenblicklich, sie nahmen meine Tochter nicht ernst. Innerlich lachte ich.

Auch Polidas, unser Kontrahent ignorierte Phyllis und glaubte sicherlich schon, uns ausgebootet zu haben, er würde sich noch wundern.

Ich eröffnete, da wir in unserem Büro saßen, die Versammlung, begrüßte die Anwesenden und meinte dann: „Ich danke Ihnen für Ihr Kommen und schlage vor, Señor Polidas wird seinen Vortrag beginnen." Ich ließ ihm den Vortritt, denn auch er wollte den Auftrag. Dann setzte ich mich bequem zurück, schlug die Beine übereinander und ließ ihn reden. Phyllis setzte sich ebenfalls. Bereits nach den ersten Sätzen, schielte ich zu ihr und erkannte ein leichtes Grinsen. Unsere Blicke trafen sich kurz. Sie dachte das Gleiche: Polidas hatte sich nicht vorbereitet und meinte, mit Hilfe seines Porsche Cayenne, mit dem er großspurig vorgefahren war, könne er den Auftrag ergattern. Nach wenigen Sätzen beendete er seine Rede. War das alles? Ich wunderte mich, ebenso die Bentums. Sie hatten vor, ein weiteres, großes Hotel am Meer zu errichten, kein kleines Einfamilienhaus. Keine Pläne, keine Zahlen, keine Kostenschätzung? Beinahe hätte ich laut aufgelacht. Bemerkte ich ein leichtes Grummeln aus der rechten Ecke des Besprechungsraumes? Ich musste mich wohl geirrt haben. Einige Sekunden der Stille, nein, wirklich, Polidas sprach nicht weiter. Ich räusperte mich und übernahm das Wort: „Ich danke Ihnen, Señor Polidas. Wollen Sie Ihre Ausführung noch mit Zahlen oder anderen Unterlagen vervollständigen?“ Er schaute mich verwirrt an und schüttelte den Kopf. Ungläubig blickten auch die Bentums. Ungläubig sahen sich die Rechtsanwälte an.

„Dann wird Dr. Behring“, ich deutete auf Phyllis, „meine Tochter, Ihnen das Konzept der Firma Strauß-Behring erklären, und scheuen Sie sich nicht“, ich schaute zu den Herren Bentum, die nun zum ersten Mal meine älteste Tochter mit anderen, interessierteren Augen anblickten, „Fragen zu stellen, wenn Sie etwas nicht verstanden haben.“ Ich schaute zu Phyllis, die sich gelassen erhob und Pläne, Unterlagen und Berechnungen in gebundener Form verteilte. Und dann begann sie ihren Vortrag.

Wie mein Vater schon vor Jahren zu sagen pflegte: Mach die Gegner fertig, aber mit Wissen. Wissen ist Macht!

Nach einer halben Stunde erkannte ich großes Interesse in den Augen der Brüder, sie stellten Fragen, Phyllis beantwortete sie, und die beiden Bentums erkannten, dass fundiertes Wissen dahintersteckte. Nach einer weiteren halben Stunde meinten sie nur noch: „Doña Josefine, wir brauchen nicht mehr weiter zu überlegen: Sie haben den Auftrag! Kümmern Sie sich um die Verträge?“

Wutentbrannt verließ unser Mitbewerber den Besprechungsraum. Tja, dachte ich, der Porsche hat nichts gebracht.

„Die Verträge können Sie in einigen Minuten mitnehmen und von Ihren Anwälten durchsehen lassen.“ Ich griff zum Telefon, und Augenblicke später betrat meine jüngere Tochter den Raum. Kurz blickte sie zu dem Hausmeister, der mittlerweile die Steckdosen in der linken Ecke des Raumes auseinandernahm, blickte mich an, ich zuckte leicht mit meiner Augenbraue, dann stellte ich meine jüngere Tochter vor.

„Meine Tochter, Dr. Sophia Behring, sie ist unsere Anwältin. Alle Detailpunkte hinsichtlich des Vertrages können Ihre Anwälte mit ihr besprechen."

Nun endlich hatten wir die ungeteilte Aufmerksamkeit der vier Herren. Sophia erklärte genauso sicher die Verträge, wie zuvor Phyllis die anderen Unterlagen.

„Doña Josefine, ich bin beeindruckt", erklärte der jüngere der Bentum Brüder, „als ich Sie und Ihre Tochter sah, dachte ich nicht, dass Sie uns überzeugen könnten, Ihnen den Auftrag zu erteilen. Aber Sie drei haben uns vorbehaltlos beeindruckt." Er zögerte kurz: „Werden wir Ihren Mann auch noch begrüßen können? Nachdem ich Sie kennengelernt habe, kann ich verstehen, dass er sich zurückgezogen hat und Sie alleine in den Kampf schickt."

„Oh, mein Mann lässt uns nie alleine, er ist in Gedanken immer bei uns. Er erwartet uns sicherlich bereits zu Hause. Er widmet sich am liebsten seinem Enkelkind Johanna, der Kleinen meiner jüngsten Tochter. Die beiden sind ein Herz und eine Seele. Das macht meinem Mann viel Spaß." Ich lächelte Bentum den Jüngeren an, erhob mich, gab ihm die Hand und verabschiedete mich. „Alles Weitere können unsere Anwälte klären", meinte ich gutgelaunt, „und meinen Mann werden Sie sicherlich noch kennenlernen."

Damit verließ ich triumphierend das Büro und ließ mich von Felipe nach Hause fahren.

Auf dem Rückweg erinnerte ich mich wieder an den Bereich vor unserem Eingangstor, wollte die Umgebung nochmals genau unter die Lupe nehmen, doch als sich das Tor automatisch öffnete, konnte ich nichts erkennen, alles war wie immer. Der Bentley rollte durch das Tor, das sich hinter uns schloss, und wir fuhren den Hügel hoch, bis wir vor dem Haupteingang hielten. Ich stieg aus, froh, die elegante Jacke ausziehen zu können, ging durch die Eingangshalle auf die Terrasse und sah den Hausmeister auf einer Liege am Pool ruhen. Den alten Strohhut tief ins Gesicht gezogen, schien er zu schlafen. Ich ging sofort auf ihn zu und legte ihm meine Hände auf die Schulter. „Was soll Don Henry nur denken, wenn er dich auf der Liege schlafend sieht? Du weißt doch, er ist sehr streng mit dem Personal." Unser Hausmeister griff meine Hände und zog mich näher.

„Und dann auch noch rumknutschen wollen, so geht das nicht", meinte ich zu ihm.

„Dann dürfen wir uns nicht von deinem strengen Ehemann erwischen lassen, wir sind alleine im Haus", sagte er leise, als ich tapsende Schritte hinter uns hörte.

„Hallo Opa, Johanna ist da“, rief sie uns entgegen und sprang sofort auf die Liege zu ihrem Großvater.

„Von wegen alleine ... Das hätte ich nicht für möglich gehalten“, meinte ich dann lächelnd zu unserer Kleinen, „wenn du mir das nicht gesagt hättest, hätte ich vermutet, ein Kaninchen springt hier herum. Aber da du ja nun bei deinem Opa bist, kann ich mich umziehen.“

Maria kam suchend zu uns hinaus: „Ach, da bist du ja“, meinte sie schimpfend zu Johanna, „du solltest doch nicht davonlaufen. Aber wenn du Opa siehst, ist alles vergessen.“ Dann blickte sie Henry missbilligend an: „Hat er wieder den Gärtner oder Hausmeister gespielt?“ Sie brauchte keine Antwort, sie sah es auch so. „Wie laufen Sie denn wieder herum? Erst die Ente auseinandernehmen und dann die Steckdosen im Büro. Diese Flecken auf dem Poloshirt, wie soll ich es je sauber bekommen?“

„Opa, Maria schimpft, wir abhauen?“ Die Vierjährige hielt in allen Lagen zu Ihrem Großvater.

Wichtiger als Abhauen war für beide allerdings das Frühstück in Marias Küche. Johanna ließ sich tragen, was sie unmissverständlich Henry mitteilte, und er führte diese Befehle nur zu gerne aus.

Bei Tisch grinste Henry mich an. „Ihr hattet ja ein leichtes Spiel, Polidas ist so dämlich“, er schüttelte den Kopf, „es dauert nicht mehr lange, und er hat das gesamte Vermögen durchgebracht. Bislang hat er nichts dazu beigesteuert, nur verkauft, was sein Vater und Großvater mühselig erarbeitet haben. Sein Name macht die Inkompetenz nicht wett.“

Und dieser Auftrag ist ihm auch durch die Lappen gegangen, dachte ich. Aber lediglich, weil er sich nicht vorbereitet hatte? Oder war es bodenlose Dummheit? Egal, wir hatten den Auftrag, nur das zählte.

Johanna und Henry aßen schnell ihr Frühstück und wollten sich verdrücken, als ich meinen Mann bat, noch einen Augenblick sitzen zu bleiben. Ich wollte ihm von meinen merkwürdigen Gedanken erzählen, die ich wegen Robert hatte.

„Komm mit uns in die Garage, ich bin mit deiner Ente fast fertig. Diesmal streikten nur die Zündkerzen.“ Johanna und Henry liefen vor, ich folgte ihnen. Dort stand sie, meine Ente, ein 2 CV, in Rot, fast so alt wie ich, aber nur fast. Hier in Spanien das optimale Auto.

„Oma, Auto fahren? Nach Sandra?“

Ich schüttelte den Kopf. „Opa hat sie auseinandergenommen, er muss sie erst wieder zusammenbauen, dann fahren wir damit“, erklärte ich ihr geduldig. Johanna liebte Sandra, Phyllis Freundin, innig, und so oft es ging, besuchte sie uns, oder Phyllis nahm Johanna mit zu Sandra, die wie eine Tochter für mich war, zumal sie als Waise bei ihrer Tante und ihrem Onkel, einem kinderlosen Ehepaar, aufwuchs. Der Onkel, sehr vermögend, war Anwalt und besaß eine große Kanzlei, in der auch Sandra als Anwältin arbeitete.

Mit meinen Gedanken jedoch schwebte ich momentan in der Vergangenheit.

„Ist dir heute etwas aufgefallen, du bist doch mit deinem Roller vor uns zum Büro gefahren?“ fragte ich meinen Mann, in der Hoffnung, er könnte mir auf die Sprünge helfen, aber er verneinte meine Frage. Ich berichtete ihm kurz.

„Du bildest dir etwas ein“, meinte er, „vielleicht ist es nur das Datum, denn heute vor vierzig Jahren ist Robert doch verschwunden“, gab er zu bedenken. Genau, ich nickte, das wird es wohl gewesen sein. Aber dennoch ..., so ganz sicher war ich mir nicht. Langsam ging ich zum Haus und ließ Henry mit Johanna meine Ente wieder zusammenbauen. In Gedanken weilte ich vierzig Jahre zurück, als alles begann. Oder fing es schon ein Jahr zuvor an?

Ich war fünfzehn, mein Bruder siebzehn. Er lebte mittlerweile vierzehn Jahre bei uns, die Adoption lag weit zurück, er gehörte zur Familie, und keiner zweifelte daran. Aber ein Jahr vor seinem merkwürdigen Verschwinden geschahen seltsame Dinge in unserem Hause. Meine Erinnerungen an damals sind etwas dürftig, aber einige Details blieben in meinem Gedächtnis haften.

Wir weilten gerade wieder in Spanien, schon damals wechselten wir ständig zwischen Deutschland und den südlichen Gefilden ...

Kapitel 2
41 Jahre zurück

Ich war froh, wieder in Dénia zu sein. Das Wetter in Deutschland bescherte uns Regen, hier schien die Sonne. Herrlich.

Am Abend sollten wir bei unseren Nachbarn ein Sommerfest feiern. Das bedeutete, ich bekam ein neues Kleid und durfte Schuhe mit Absatz tragen.

Robert hänselte mich natürlich, so wie er es immer tat: „Kannst du damit überhaupt laufen? Mam“, wandte er sich an unsere Mutter, „du hättest ihr die Schuhe schon vor Wochen kaufen sollen, damit sie üben kann und nicht bei Julio und Amanda auf die Nase fliegt“, lästerte er, rannte aber sofort los, und ich schoss hinterher. Das konnte ich mir doch nicht bieten lassen. Sicherlich, lieber trug ich Turnschuhe und Jeans, statt hochhackige Sandalen und ein langes Kleid. Ich erwischte ihn am Pool, stolperte und fiel hinein. Robert hatte Glück, dass ich ihn nicht erwischt hatte. Er stand am Rand und lachte. Prustend und nass stieg ich aus dem Wasser. Gut, dass man bei dem warmen Wetter schnell wieder trocken war. Mein Bruder verdrückte sich, ich nahm an, er suchte Vater, denn die beiden steckten stets zusammen. Seit seinem Schulabschluss half er in der Firma. Vater arbeitete ihn ein. Bob, wie ich meinen Stiefbruder nannte, sollte als Erstes die Verwaltung dieses Besitzes erlernen. Mit viel Eifer und Freude stürzte er sich in die Arbeit. Die beiden erschienen erst wieder, als es Zeit wurde, sich für das Fest umzuziehen.

Meine Mutter drängelte bereits mit einem Blick auf die Uhr. Punkt acht fuhren wir los. Das Grillfest bei unseren Nachbarn, ein voller Erfolg übrigens, mit all den Geschäftspartnern, endete um drei Uhr morgens. Müde kamen wir zu Hause an und gingen sofort ins Bett. Ich stolperte übrigens nicht einmal mit den hochhackigen Sandalen.

Unsanft und laut wurde ich am nächsten Morgen schon sehr früh geweckt. Sicherlich, Vater war ein Frühaufsteher, aber er nahm normalerweise Rücksicht, arbeitete morgens in seinem Arbeitszimmer, und die ersten Termine, so war es hier im Lande üblich, begannen nie vor elf Uhr.

Ich blickte auf meine Uhr: 7:30 Uhr. Ich hatte gerade mal vier Stunden geschlafen und war noch hundemüde. Irgendetwas schien passiert zu sein, also schlich ich in Shirt und kurzer Hose zur Treppe, um von dort aus zu lauschen. Die Stimmen, nicht so laut wie ich hoffte, kamen aus dem Arbeitszimmer. Ich musste näher heran, um etwas zu verstehen. Die Polizei? War die Polizei im Haus? Schnell rannte ich barfuß zum Fenster, so dass ich die Einfahrt überblicken konnte. Tatsächlich, dort stand ein Polizeiauto. Nun hielt mich nichts mehr, ich schlich zur Tür, die ins Büro meines Vaters führte.

Ich hörte Stimmen, die etwas von Einbruch, Tresor, Schreibtisch durchsucht sagten.

Aha, es ist eingebrochen worden, ging es mir durch den Kopf, wahrscheinlich, als wir auf dem Fest waren. Hinter mir, ich bemerkte ihn erst gar nicht, stand auf einmal Robert. Erschrocken fuhr ich zusammen und flüsterte: „Was machst du denn hier? Ich dachte, du schläfst noch."

„Ich habe etwas gehört", flüsterte er zurück, „Stimmen! Was ist denn los?"

Ich erklärte ihm, was ich gehört hatte, oder was ich meinte, gehört zu haben. Wir beide standen wie Diebe gespannt an der Treppe und lauschten. Näheres erfuhren wir aber erst, als die Polizei das Haus verließ und wir mit unseren Eltern sprechen konnten.

„Es wurde heute Nacht bei uns eingebrochen“, erklärte mein Vater, „aber merkwürdigerweise nichts gestohlen, soweit ich es überblicke. Die Unterlagen aus dem Tresor sind durchwühlt worden. Im Tresor lag kein Geld, dort deponiere ich nur die Kopien privater Dokumente. Die Originale sind in Deutschland.“

Damals, als es noch keine Kopierer und Computer gab, pflegte mein Vater von wichtigen Dokumenten Abschriften machen zu lassen, die dann unser Rechtsanwalt beglaubigte. Die Originale ließ er stets in Deutschland und dort in einem Schließfach der Bank. Daher grübelte er über den Sinn dieser Einbruchsaktion nach.

„Es fehlt nichts, es scheint, als ob man nur einen Blick in die Unterlagen werfen wollte.“ Er zuckte resigniert mit den Schultern. Es entstand uns kein Schaden, daher vergaßen wir die Sache, zumindest für ein halbes Jahr. Dann, kurz bevor wir wieder nach Deutschland mussten, wurde ein zweites Mal eingebrochen.

Frühmorgens fand unsere Haushälterin die Eingangstür angelehnt vor. Mein Vater, der felsenfest behauptete, sie abends fest verschlossen zu haben, rief Robert und mich. Er fragte uns eindringlich, ob wir vielleicht doch noch heimlich das Haus verlassen und vergessen hatten, die Tür wieder abzuschließen. Robert verneinte es, obwohl ich meinte, ein leichtes Grinsen in seinen Gesichtszügen zu lesen. Ich selbst war früh im Bett gewesen, bei Robert war ich mir nicht so sicher.

Wieder kontrollierte mein Vater das Haus und entdeckte, dass jemand in seinem Büro gewesen sein musste. Einige Ordner standen nicht mehr an Ort und Stelle. Da mein Vater penibel auf Ordnung achtete, fiel ihm das sofort auf. Er erstattete Anzeige. Am folgenden Tag fuhren wir nach Deutschland zurück. Die Polizei informierte uns kurze Zeit später, dass sie nichts gefunden oder entdeckt hätten, und da nichts gestohlen wurde, landete dieser Vorgang ebenfalls zu den Akten.

Lange Zeit tat sich nichts Außergewöhnliches, bis wir wieder nach Spanien zurückkehrten.

Kapitel 3
Vierzig Jahre zurück

Fast ein Jahr nach diesen merkwürdigen Vorfällen, die mein Vater beinahe als Halluzinationen abgetan hatte, feierte Robert im Kreise der Familie seinen achtzehnten Geburtstag und bekam sein erstes Auto.

Da in unserer Familie jeder seine Wünsche erarbeiten musste, hatte Robert lange dafür gespart und hart gearbeitet. Immer wieder in den Ferien wurde er in unserer Firma tätig, arbeitete am Bau, im Büro, mal handwerklich, mal im Anzug. Er lernte alles von Grund auf, da er die Firma übernehmen sollte.

Mir war bewusst, wenn ich in zwei Jahren auch ein eigenes Fahrzeug haben wollte, musste ich es ihm gleichtun. Also klopfte ich bei meinem Vater an, und erklärte ihm mein Anliegen. Hocherfreut sagte er sofort ja.

Gerne sah er es aber nicht, dass ich genau wie Robert alles von der Pike auf lernen wollte. Ihm wäre es lieber, mich zur Büroarbeit zu verdonnern. Aber ich setzte mich durch, durfte mit zu den Baustellen und auch dort arbeiten. Das war dann die Zeit, in der ich Arbeitshosen trug und meinen Schmuck ablegte. Viel war es nicht, einige Ringe, einige Ketten und zwei Armbänder. Da ich sie natürlich nicht alle gleichzeitig trug und auch nicht anlegte, wenn ich mal wieder einen Monat lang hinter der Speismaschine stand, verwahrte ich die Sachen in meinem Zimmer, in einem kleinen Kästchen.

Robert lachte. „Du siehst nicht aus wie die Tochter aus reichem Hause, du gehst als Bauarbeiter durch“, scherzte er, wenn wir abends abgekämpft nach Hause kamen, „es wäre besser, du studierst. Architektur wäre nicht schlecht, und ich mache hier weiter, dann hast du abends nicht immer die Hände so kaputt und rau.“ Ich stöhnte, nicht nur die Hände taten weh, auch mein Rücken, aber ich wollte mir unbedingt mein Auto verdienen.

Robert ließ mich ab und zu mit seinem Fiat auf dem Grundstück üben. Natürlich durften es meine Eltern nicht erfahren, aber etwas Übung konnte nicht schaden. Da Bobby sehr eigen mit seinem Auto war, beschränkten sich die Übungsstunden auf Minuten. „Du hast noch zwei Jahre Zeit“, meinte er immer wieder, wenn ich drängelte und bat, das Auto in die Garage setzen zu dürfen.

Missmutig schluckte ich den Ärger herunter, wurde aber von José, dem Bruder unserer damaligen Haushälterin, getröstet. Er, der einen Piaggio fuhr, diesen winzigen, kleinen Lieferwagen, ließ mich mit dem Ding üben und meinte, wenn ich damit fahren könnte, dann würde ich auch jedes andere Auto beherrschen.

José und Bobby, ein Herz und eine Seele, bastelten abends in der großen Garage an den Autos herum. Warum sie so einen Spaß daran hatten, alles auseinanderzunehmen, um es dann wieder zusammenzubauen, blieb für mich immer ein Rätsel.

Eines Abends, wir saßen alle zusammen beim Abendbrot, meinte mein Vater: „Ich habe gedacht, wir könnten hier an unserem Haus die Terrasse erneuern, sie ist nicht sonderlich groß und auch schon alt. Josefine“, wandte er sich an mich, „du lässt dir etwas einfallen und zeichnest auch die Pläne, Robert, du kalkulierst die Kosten durch, und in einer Woche hätte ich gerne konkrete Vorschläge und Zahlen auf meinem Tisch liegen.“

Es war nicht das erste Mal, dass Vater uns eine solche Aufgabe stellte. Es machte Spaß, und einige Male wurden meine Vorschläge sogar übernommen. Ich freute ich mich sogar auf einige erholsame, rückenschonende Tage am Zeichenbrett. Eine Woche später lagen auf dem Schreibtisch meines Vaters die fertigen Pläne, die Kosten für den Abbruch der alten und auch die Kostenermittlung für die neue Terrasse.

Vater nickte zufrieden. „Das gefällt euch?“ Er schaute uns beide fragend an, und als wir nickten, nickte auch er.

„Ein großes Problem stellt sich uns aber noch entgegen“, grübelte er, „wir müssen es noch mit Mama besprechen. Wir werden eine Familiensitzung einberufen, am besten heute Abend, und ihr das Projekt vorstellen. Wenn sie zusagt, kann die Arbeit beginnen. Wir brauchen nur noch einen Namen, Objekt Poolterrasse, oder Objekt ..., ach, lasst euch etwas einfallen, bis zum Abend habt ihr ja Zeit.“

Das war von Vater auch wieder so eine Sache, wir sollten gemeinsam unsere Planung vorstellen, sie erläutern, das Für und Wider beschreiben, es ebenso präsentieren, wie wir es zukünftig auch machen sollten. Vater ließ uns spielend lernen, und es machte Freude, zumal es eine richtige, nicht nur eine fiktive Sache sein sollte. Natürlich mussten wir uns äußerst gut vorbereiten, das erwarteten unsere Eltern von uns, also übten wir in Bobbys Zimmer.

„Hast du bemerkt, dass vor dem Tor jemand herumgelungert hat?“ fragte mich Robert plötzlich.

Ich stutzte. „Wo? Draußen auf der Straße?“ Unser Haus, das etwas abseits der Stadt auf einem Hügel in einem beinahe parkähnlichen Grundstück lag, konnte nur durch das Tor erreicht werden. Eine lange Einfahrt schlängelte sich leicht ansteigend bis vor den Eingang. Von der rückwärtigen Seite des

Hauses blickte man auf den Pool und das Meer. Keine Bäume behinderten den Ausblick, lediglich Palmen unterbrachen das Panorama. Hier führte keine Straße mehr entlang, dies alles befand sich in unserem Besitz, genau wie der kleine Strand, mehr eine Bucht, mit einem eigenen Bootssteg.

„Natürlich vor dem Tor, hier auf dem Grundstück war niemand."

„Nein, ich hab niemanden gesehen. Vielleicht der Postbote", gab ich zu bedenken, „oder jemand, der sich unter der großen Pinie ausgeruht hat."

Damit endete das Thema für mich. Am nächsten Tag sollte mit den Arbeiten an der Terrasse begonnen werden, natürlich nur, wenn Mama „Ja" dazu sagte, aber da hatte ich keine Zweifel oder Bedenken, denn sie wünschte sich schon lange eine neue Terrasse. Wir erklärten ihr abends das Bauobjekt, und sie sagte ja, hatte aber noch eine Bitte; sie wollte noch ein zusätzliches Beet inmitten der Plattierung, und dort sollte ein Olivenbaum gepflanzt werden.

„Das ist nicht in unserer Kostenschätzung enthalten", erklärte Robert ihr todernst, „also ist es eine Eigenleistung des Bauherrn."

Mama nickte: „Da kümmere ich mich selbst drum, ich werde mit José losfahren und einen Baum besorgen, in seinem Wagen bekommen wir ihn mit."

Jetzt stimmte unsere Kostenschätzung wieder, und am nächsten Tag ging es los. Es erwies sich als äußerst angenehm, die Oberbauleitung zu führen, mein Rücken dankte es mir.

Robert, der die Kosten im Auge behielt, und ich führten lange Streitgespräche. Er wollte nicht so, wie ich wollte und ich nicht so wie er. Also mussten wir täglich Kompromisse schließen, meist beim Abendessen. Mama, die inzwischen mit José den Olivenbaum gekauft hatte, lächelte nur, sie wusste, ernsthaft streiten würden wir uns nie. Das lag vielleicht auch daran, dass ich mich meist durchsetzte.

Die Anlage nahm Gestalt an, es entwickelte sich eine herrliche Terrassenanlage, und der Olivenbaum passte wunderbar dazu. Rechts und links flankierten Palmen die Platten, der Blick aufs Meer blieb ungehindert, obwohl ich drei großzügige, breite Stufen, jede hatte fast Balkongröße, von der Esszimmertür bis zur eigentlichen Terrasse eingeplant hatte. Richtig stolz betrachtete ich nach einer Woche meine Planung. Bobby fand sie viel zu groß und aufwendig, nachdem die äußersten Randsteine der untersten Ebene gelegt waren. Es fehlte nicht mehr viel, der Kies lag bereits, und am folgenden Tag sollten die Platten in das Mörtelbett verlegt werden. Es war etwas anderes, den Arbeitern zuzuschauen, als selbst anpacken zu müssen.

Robert und ich standen beisammen, der Großteil der Arbeit war erledigt, als er wieder davon anfing.

„Ich glaube, ich habe den Fremden wieder gesehen, vor dem Tor."

„Hast du schon mit Papa darüber gesprochen?"

Er schüttelte den Kopf. „Nein, ich habe nicht mehr daran gedacht, und im Augenblick kommt er immer so spät heim. Aber ich habe José gebeten, sich mal umzuschauen und das Tor zu beobachten."

Ich dachte einen kurzen Augenblick, er habe Gespenster gesehen, oder den Postmenschen, der hier immer mit seinem Roller die Briefe austeilte. Der vermeintliche Einbruch ging mir kurz durch den Kopf, bei dem nichts gestohlen worden war, aber das alles ergab keinen Sinn.

Vielleicht hätte ich doch besser zuhören sollen, denn es war der letzte Tag, an dem ich mit meinem Bruder sprach. Nach dem Abendessen, das wir wegen der Hitze erst spät einnahmen, fiel ich todmüde ins Bett, und als ich am nächsten Morgen in die Küche kam, war mein Bruder spurlos verschwunden.

Erst bemerkten wir es nicht. Als meine Mutter mich losschickte, Robert zu wecken, und ich in ein leeres Zimmer polterte, begriff ich zuerst nicht, dass das Bett noch unbenutzt war. Ich schaute aus dem Fenster. Sein neues, gebrauchtes Auto stand in der Einfahrt, also konnte er nicht weit sein. Seit dem er den Führerschein und den Wagen besaß, lief er keine drei Schritte mehr zu Fuß.

Ich rief.

Ich schrie, ich brüllte: „Robert, Bobby!" Ich lief durch das Haus, ich lief durch den Garten, ich rannte zur neuen, fast fertigen Terrasse. „Bob! Robert, Bobby!"

Nichts. Wo konnte er nur stecken? Mama und auch unsere Haushälterin merkten mittlerweile, dass etwas nicht stimmte. Robert war verschwunden.

Und José ebenfalls. Sein kleiner Lieferwagen stand, wie auch Roberts Fiat, in der Einfahrt.

Auch vierzig Jahre später gab es noch kein Lebenszeichen von den beiden.

In meinen Träumen rief ich immer wieder nach Robert.

Kapitel 4

An diesem Tag sollte meine Freundin Anna kommen. Wie fast jedes Jahr verbrachte sie drei Wochen bei uns in Spanien. Wir kannten uns seit unserer Schulzeit, also schon sehr, sehr lange. Maria bereitete die Zimmer vor, ich wollte noch einmal kurz ins Büro. Phyllis ließ durch ihre Schwester ausrichten, dass sie keinen Bericht bei ihrem Vater erstatten würde, da er ja, wie sie sich ausdrückte, immer in der ersten Reihe saß.

Sophia brachte Johanna zu uns, die natürlich sofort zu Henry lief. Zum Glück befanden sich genügend Shirts, Hosen und andere Sachen der Kleinen in einem Schrank in der Küche. Wie ich Johanna und Henry kannte, würden sie sicherlich wieder etwas auseinandernehmen, etwas, das vor Schmieröl triefte und ganz sicherlich nicht sauber war. Ich tippte auf den Rasenmäher.

Da ich Maria kannte, konnte ich mich darauf verlassen, dass Johanna, wenn meine Freundin Anna eintraf, mit etwas Sauberem bekleidet war.

Ich trank noch einen Kaffee auf der Terrasse, die ich damals entworfen und mit meinem verschollenen Bruder fast fertig gebaut hatte. An dem Tag, als er verschwand, wurden nach einigen Stunden Suchmannschaften organisiert. Bis dahin durchforsteten wir erst einmal das gesamte Grundstück, suchten in allen Winkeln und drehten jeden kleinsten Kieselstein um. Mein Vater kam sofort nach Hause und beteiligte sich ebenfalls an der Suche. Die Leute, die an der neuen Terrasse arbeiteten, taten dies einige Zeit alleine, aber gegen Mittag wies mein Vater sie an, rund um das Grundstück nach Hinweisen zu suchen. Sie kontrollierten den langen Zaun, der sich um unser Grundstück zog, von der anderen Seite aus. Bis die Polizei eingeschaltet wurde, dauerte es noch drei Stunden, aber am späten Nachmittag ließ meine Mutter den diensthabenden Kommissar kommen. Als er hörte, was passiert war, zögerte er nicht lange und organisierte einen Suchtrupp.

Warum ich ausgerechnet gestern und heute diesen wehmütigen Gedanken nachhing, fiel mir beim besten Willen nicht ein.

Anna kannte natürlich die Geschichte. Als meiner engsten Vertrauten hatte ich ihr alles erzählt, und sie war es auch, die mich monatelang getröstet hatte.

Schnell nahm ich den letzten Schluck Kaffee, schüttelte die merkwürdigen Gedanken ab und machte mich auf den Weg ins Büro. Diesmal fuhr ich mit meiner alten, roten Ente.

Jenseits des Tores lag die Straße einsam vor mir. Keine Fremden weit und breit. Auch nicht der Postbote. Niemand. Es wäre zu schön gewesen, wenn ich nun den Stein des Anstoßes sofort erkannt hätte.

Ich klappte das Seitenfenster hoch, befestigte die Fensterklappe mit dem kleinen Knopf und drehte auch noch die vordere Lüftungsleiste auf. Nun gab es wenigstens etwas Durchzug. Nach zehn Minuten erreichte ich das Büro und nahm mir die Post vor. Meine Töchter arbeiteten bereits, daher wollte ich sie nicht stören. Ich schaute auf meine Armbanduhr, noch eine Stunde, und Anna würde landen. Mit im Gepäck: ihr Ehemann Paul, keinen Deut besser als Henry.

Für den Weg zum Flughafen nahm ich jedoch den Wagen meiner Tochter. Eine knappe Stunde später erreichte ich den Flughafen, Anna und Paul warteten bereits am Ausgang, und nach einer herzlichen Begrüßung stiegen sie ins Auto.

„Wo ist Henry?" Paul blickte sich neugierig um.

„Mit Johanna zu Hause, er muss heute Kindermädchen spielen. Sie werden sicherlich zwanzig Zentimeter unter der Grasnarbe herumstöbern und gleich aussehen wie Indianer auf dem Kriegspfad."

Anna blickte ihren Mann an. Ich wusste, was sie dachte: Bald wären es drei, die sich dort herumtreiben würden. Wie gesagt, Paul und Henry liebten es unkonventionell. Das bedeutete: Flecken auf den Arbeitshosen und dem T-Shirt, was Maria dazu veranlasste, das Essen stets auf der Terrasse zu servieren. So auch heute. Der Tisch war gedeckt, aber unter dem Olivenbaum, den meine Mutter noch pflanzte, damals, einen Tag bevor Robert verschwand. Er wuchs in den letzten Jahren zu einem stattlichen, schattenspendenden Baum heran, und meine Mutter wäre begeistert gewesen, wenn sie ihn heute sehen würde.

Damals gingen die Arbeiten an Roberts und meinem Projekt „Oliventerrasse" weiter voran. Immer noch in der Hoffnung, Robert würde wieder auftauchen, wurde das fast fertige Projekt zu Ende gebracht. Aber er tauchte nicht wieder auf. Er konnte unsere fertige Terrasse, unser erstes Projekt, nicht mehr bewundern.

Die Anlage befand sich immer noch in dem gleichen Zustand, außer dass die Palmen und auch der besagte Olivenbaum mächtig gewachsen waren und an allem der Zahn der Zeit genagt hatte. Wir nannten sie alle noch Oliventerrasse, wenn es darum ging, einen Treffpunkt zu vereinbaren.

Anna, die sich in luftige Kleidung werfen wollte, sagte nur: „Bis in fünf Minuten auf der Oliventerrasse."

Paul schaute sich gleich suchend nach Henry um und verschwand in Richtung Garagen.

Anna und ich trafen uns genau nach fünf Minuten, und Maria brachte uns gleich einen Kaffee und jedem ein kaltes Glas Cola light. Sie kannte unsere Gepflogenheiten. Da saßen wir wieder, auf der Oliventerrasse, unter dem Olivenbaum, und warteten auf unsere Männer. Maria blickte mürrisch aus der

Küchentür zu uns: „Lange warten wir nicht auf die drei, ich serviere gleich das Essen."

Annas und auch mein Magen knurrten, daher widersprachen wir nicht. Genau fünf Minuten später trug Maria das Essen auf, und keine zwei Sekunden später erschienen die drei Mitesser. Johanna ließ sich von Henry tragen und auf ihren Stuhl setzen. Gespannt blickte sie auf den Tisch. „Mmmh, lecker", meinte sie nur, aber das sagte sie bei allem, was Maria kochte. Es gab Nudeln mit Marias Spezialsauce, dessen Zutaten sie niemandem verriet. Ich spickte Johannas Nudeln auf eine Gabel und legte beides auf ihren Teller.

„Messer?" Ich gab ihr auch dieses. Aber sie verwechselte mit ihren vier Jahren das Messer mit der Gabel, daher erklärte ich ihr, dass Marias Nudeln immer ohne Messer gegessen würden. Sie nickte, legte es zur Seite und aß ihre Nudeln nur mit der Gabel. Natürlich sahen ihr Mund und das Gesicht entsprechend aus. Gut erzogen nahm sie ihre Serviette und tupfte sich den Mund ab, der nun wieder sauber war, was man von dem Rest nicht sagen konnte.

Johanna kletterte von ihrem Stuhl hinunter, sagte: „Ich komm gleich wieder", rannte ins Haus zu Maria, von der sie nach der Mahlzeit stets ein kleines Stückchen Schokolade ergatterte. Beide meinten, ich wüsste es nicht, ich ließ sie in dem Glauben.

Auf dem Rückweg stolperte sie und fiel auf Knie und Nase. Zuerst verzog sie keine Miene, aber dann bemerkte sie etwas Blut und begann zu schluchzen. Ich stellte sie wieder auf die Beine, das wollte sie allerdings nicht, daher setzte ich sie auf meinen Schoss und tröstete sie. „Bis du hier die Doña bist, sind die Schrammen alle verheilt. Oma pustet jetzt, und dann wird es gleich besser. Oder hilft vielleicht ein Eis?"

Damit hatte ich die Wunderwaffe für Spontanheilungen schlechthin erwischt. Mit Tränen in den Augen nickte sie, rutschte von ihrem bequemen Sitzplatz hinunter und ging, diesmal vorsichtig, Richtung Küchentür. Don Henry, dem es sicherlich mehr weh tat als Johanna, stand bereits an der Stelle, die für das Stolpern Johannas verantwortlich war. „Eine Platte ist kaputt", meinte er, „nein, eigentlich mehrere. Wir sollten sie erneuern, damit es nicht noch einmal passiert." Paul untersuchte ebenfalls die Umgebung, und schon diskutierten die beiden, was man machen könnte. Nachdenklich fasste sich Henry ans Kinn: „Wir könnten die ganze Terrasse mal erneuern, sie ist ja schon alt, und noch vergrößern", überlegte er weiter, „und ..."

Bevor er weitersprechen konnte, fiel ich ihm ins Wort: „Die Oliventerrasse? Du willst unsere Oliventerrasse abreißen und etwas anderes bauen!" Ich war zuerst entsetzt, aber während ich es aussprach, überlegte ich schon, was man machen könnte. „Die Bäume sollten wir stehen lassen“, sagte ich, „auch den Olivenbaum.“ In Gedanken plante ich bereits, ich baute eben gerne. Bei einem kalten Getränk überlegten wir fünf, natürlich mit Johanna, was wir ändern, vergrößern oder sonst noch machen könnten.

Paul und Henry beachteten uns nicht, sie arbeiteten bereits geistig mit der Speismaschine. „Wir werden noch einen Teil überdachen“, dachte Henry laut, „im Sommer ist es dann sonnengeschützter, ihr seht ja, wie sie hier gnadenlos auf uns niederbrennt.“ Dann wandte er sich an Paul: „Wenn wir hier und dort Stützen betonieren“, Henry deutete die Pfeiler an, während Paul nickte, „dann von dort einen Träger ...“

So ging es weiter. Ich blickte zu Anna, machte ihr ein Zeichen, und wir gingen die wenigen Schritte zum Pool.

„Lass den Kindern ihren Sandkasten. Henry hat Langeweile, seit er unseren Töchtern das Feld überlassen hat.“

Anna stimmte mir zu. „Paul braucht auch die körperliche Arbeit, er sitzt sonst den ganzen Tag hinter dem Schreibtisch, und an der Speismaschine ist er unschlagbar.“

Wir sprangen ins Wasser und schwammen einige Runden, dann ergriff Anna das Wort: „Nun erzähl mir doch mal, was war das mit deiner Wahrnehmung, Ahnung, oder was auch immer. Du hast mir eine Mail geschickt. Du hast Robert gesehen?“ Ich versuchte ihr alles zu erklären, auch die vage Ahnung, die ich nicht zuordnen konnte.

Anna war auch diejenige, der ich damals von dem Verschwinden einiger Ringe aus meinem Schmuckkästchen erzählte. Erst hielt ich es nicht für so wichtig, wollte meine Eltern nicht noch mit so etwas Banalem belästigen, während sie alles und jeden mobilisierten, um Robert zu suchen. Nachdem ich alles abgesucht hatte, wusste ich, fünf meiner Ringe waren weg. Leider konnte ich den genauen Zeitpunkt nicht zuordnen. Waren sie verschwunden vor oder nachdem Robert verschwand?

Sie stellten keinen großen Wert da, daher hielt ich es nicht für wichtig, es meinen Eltern zu erzählen. Anna berichtete ich davon, als ich wieder in Deutschland war und zur Schule musste. Sie hörte mir schweigend zu, als ich weinend von Robert sprach. Sie las natürlich viel darüber in der Zeitung, sogar in den Nachrichten wurde darüber berichtet. Damals schrieben wir uns Briefe. Mails und Faxe existierten noch nicht, Telefonate erwiesen sich als zu teuer, daher wählten wir diese jahrhundertealte Kommunikation.

Verzweifelt teilte ich ihr fast täglich auf diesem Wege die Neuigkeiten mit, aber erst als wir wieder zurück in Deutschland weilten und ich mittlerweile ziemlich sicher war, dass das Verschwinden der Ringe etwas mit dem Untertauchen Roberts zu tun haben könnte, legte ich Anna meine Überlegungen dar. Wir beide, zwei Sechzehnjährige, überlegten fieberhaft das Warum, aber uns fiel nichts Plausibles ein.

„Erzähl es besser nicht deinen Eltern, sie machen sich schon genug Sorgen, wenn sie sich auch noch ausmalen, dass Robert etwas gestohlen haben könnte, ich weiß nicht, ob das so gut ist“, sagte sie. Ich stimmte ihr zu. Also behielten wir es für uns. Bis zum heutigen Tag gaben wir die Infos an niemanden weiter, auch nicht, dass ungefähr fünf Jahre später der erste der fünf Ringe plötzlich wieder auftauchte.

In Deutschland.

Es war mein einundzwanzigster Geburtstag.

Es war März.

Es war ein regnerischer Tag.

Es waren Osterferien.

Anna schlief bei uns, nachts feierten wir in meinen Geburtstag hinein, und am nächsten Morgen wollten wir mit meinen Eltern nach Dénia zurück. Verschlafen stellte ich den schrillen Weckruf des Weckers aus und ging als Erstes ins Bad und unter die Dusche. Als ich nach dem Handtuch griff, hörte ich, dass etwas hinuntergefallen war. Ich bequemte mich die Augen vollständig zu öffnen, suchte die Fliesen ab und entdeckte meinen Ring, den ich seit fünf Jahren vermisste. Er lag dort, einsam auf dem Fußboden.

Nun war ich vollständig wach. Mit dem Ring in der Hand ertappte mich Anna, die, weil es im Bad so ruhig wurde, nachsehen wollte, ob etwas passiert war. Ich hielt ihr wortlos den Ring entgegen. Sie registrierte sofort, dass es sich um den handelte, der eigentlich verschwunden war.

Ich schilderte ihr, dass er auf dem Handtuch gelegen haben musste und dann versehentlich hinuntergefallen war.

„Aber wo kommt er her? Er lag doch gestern Abend noch nicht da“, flüsterte sie.

Richtig, der gleiche Gedanke ging mir auch durch den Kopf.

„Robert?“ Irgendjemand muss im Bad gewesen sein, und wir haben es nicht bemerkt? Ich schüttelte den Kopf.

„Warum Robert? Er hätte mich doch wecken können, oder uns, er kennt dich doch auch.“

Es blieb ein Rätsel. Bis heute. Wieder erzählten wir nichts meinen Eltern, da sie sich nach all den Jahren endlich damit abgefunden hatten, ihren Adoptivsohn nie mehr wiederzusehen. Sollten wir ihnen nun falsche Hoffnungen machen? Wir entschieden uns dagegen.

Und nun schwammen wir hier im Pool und stellten unsere Überlegungen an.

„Hast du wieder etwas Merkwürdiges erlebt? Oder gesehen?“ Ich schüttelte den Kopf. Wir stiegen aus dem Wasser und setzten uns auf die Stühle unter dem großen Sonnenschirm, die am Pool standen. Maria brachte uns Getränke und stellte einige Flaschen Wasser kalt. Denn im kleinen Poolhäuschen, das zum Umkleiden gedacht war, befand sich auch eine Küchenzeile mit Kühlschrank. Schnell verschwand sie wieder ins Haus. Dort herrschte eine angenehmere Temperatur, als bei uns am Pool. Aber hier sprachen wir ungestört, denn bei meiner Familie erwähnte ich diese Kleinigkeiten nicht.

„Ich habe nichts bemerkt, es ist nichts weiter passiert, nur dieses merkwürdige Gefühl, als ich vor einigen Tagen das Grundstück verließ, so als ob ich beobachtet würde, oder etwas übersehen hätte. Aber als ich bewusst reagierte, waren wir schon Richtung Büro unterwegs. Auf dem Rückweg passte ich höllisch auf, sah aber nichts.“

„Insgesamt hast du doch drei Ringe gefunden, jeweils im Abstand von fünf Jahren und immer an deinem Geburtstag“, Anna fasste ihre Überlegungen zusammen, „wie viele Ringe sind denn damals eigentlich verschwunden? Fünf, wenn ich mich recht erinnere. Also sind zwei nicht wieder aufgetaucht. Seit fünfundzwanzig Jahren tut sich nichts mehr.“ Ich nickte, dann dachte sie weiter laut: „Gehst du davon aus, dass die drei Ringe nichts mit Robert zu tun hatten?“ Ich nickte. Anna nickte.

„Wenn sie von Robert gekommen wären, was sollten sie mir denn sagen oder mitteilen? Dass er noch lebt? Es wäre unlogisch. Du erinnerst dich doch noch, dass ich beim ersten Ring dachte, meine Eltern hätten ihn damals gefunden, wollten mir einen Denkzettel verpassen und gaben mir diesen an meinem Geburtstag zurück. Aber andererseits hatte ich sie ja ordentlich in eine Schachtel verpackt und in meinem Zimmer deponiert.“ Kurze Stille herrschte zwischen uns. Es ergab keinen Sinn. Wo waren die anderen zwei Ringe, wer hat mir die ersten drei in Abständen von fünf Jahren heimlich zu meinen Sachen gelegt?

„Worüber schweigt ihr beiden denn?“ Wir hatten Phyllis nicht bemerkt, die mit ihrer Freundin Sandra hinter uns getreten war.

„Ich dachte, wenn ihr euch wiederseht, dann quasselt ihr in einer Tour!“ Sie umarmten beide Anna, und nachdem sie sich kurz über die Neuigkeiten aus Deutschland ausgetauscht hatten, verschwand meine Tochter mit ihrer

Freundin im Poolhäuschen, sie zogen sich um und sprangen zur Abkühlung ebenfalls ins Wasser. Als sie prustend wieder auftauchten, fragte sie nach den anderen.

„Wo ist Johanna?“ Sandra blickte sich suchend um, normalerweise wurde auch sie immer freudig von unserer Kleinen begrüßt.

„Kriecht Johanna mal wieder mit Papa und Paul herum? Dann wird sich Sophia aber freuen, ich kann mir schon denken, wie die Kleine aussieht“, lachte Phyllis.

„Im Augenblick stellen wir nur Überlegungen an, wegen der Halluzinationen, die deine Mutter wegen Robert hatte“, erklärte Anna, „du weißt ja, damals erzählte sie mir alles, und wir finden es beide merkwürdig, dass jetzt, nach vierzig Jahren, anscheinend etwas ihre Gedanken angeregt hat. Ich werde auf jeden Fall aufpassen, immerhin kannte ich Bob ja.“

Sandra, die auch einen Teil der Hintergründe kannte, schaute neugierig. „Was ist passiert? Erzähl es mir, Jo“, forderte sie mich auf, am Beckenrand hängend, weil es dort kühler war, als auf der Liege. So berichtete ich es ein weiteres Mal.

Sie hielten uns seltsamerweise nicht für närrisch oder schlimmer: für durchgedreht. Aus den Erzählungen kannten sie, wie sie meinten, die ganze Geschichte. Dass es nicht ganz den Tatsachen entsprach, verschwiegen Anna und ich. Die ganze Wahrheit kannte noch nicht einmal Henry. Warum ich es ihm nicht gesagt hatte? Ich glaube, ich hatte Angst, dass er mir nicht glauben würde, dass er meinte, ich steigere mich in etwas hinein. Dass ich unbedingt meinen Bruder wiederhaben wollte und es nicht akzeptieren konnte, dass er nicht mehr lebte. Die Sache mit den Ringen habe ich eigentlich selbst schon als Phantasie abgetan.

Phyllis setzte sich zu uns, nass wie sie aus dem Pool gekommen war, während Sandra noch einige Runden schwamm.

„Ich denke“, sagte sie, „Mama hat jemanden gesehen, der Ähnlichkeit mit ihrem Bruder besitzt, dadurch ist ihre Erinnerung geweckt worden, oder aber, wenn ich mir das Datum anschaue, es ist fast auf den Tag genau vierzig Jahre her. Deine innere Uhr hat dir einen Tipp gegeben.“ Sandra, nun auch aus dem Wasser gestiegen, stimmte ihr zu.

Damit stand Phyl, fast wieder trocken, auf, nahm sich ein Glas Wasser, trank es leer und verabschiedete sich: „Ich muss los. Kommst du mit, Sandra? Im Büro wartet Arbeit, wir wollten nur mal schnell in den Pool springen, aber ich merke, es bringt keine große Abkühlung. Ach, eh ich es vergesse, was machen eigentlich Papa und Paul dort an der Oliventerrasse? Bauen die wieder mal um oder an?“ Sandra hatte sich wieder umgezogen und stand fertig für die Rückfahrt zur Stadt bei uns.

Ich erklärte ihnen, was Henry vorhatte und natürlich auch Paul – beide begeistert, endlich im Dreck wühlen zu können.

„Anna und ich fahren morgen früh ins Einkaufscenter, dann sind wir nicht hier, und unser Hausmeister hat eine Beschäftigung und geht euch im Büro nicht auf die Nerven.“

Phyllis nickte dankbar und verschwand mit Sandra in Richtung Parkplatz.

Eigentlich will er sich nicht mehr einmischen. Er weiß, dass seine Töchter alles im Griff haben, aber so ganz kann er sich nicht trennen, ab und zu strolcht er als Handwerker im Büro herum. Unsere Mitarbeiter wissen das, sie wissen aber auch, dass er nicht angesprochen werden möchte, wenn Fremde dabei sind. Also behandeln sie ihn entsprechend. Als Don Henry wird er nur begrüßt, wenn sie unter sich sind. Sonja, unsere Sekretärin, kennt das Spielchen nur zu gut. Ich glaube, sie ist es, die ihn täglich über alle Aktivitäten im Büro auf dem Laufenden hält.

„Was macht denn Henrys Rentnerleben?“ Anna konnte es nicht glauben, dass sich mein Mann so einfach zurückgezogen hatte.

„Es scheint ihm blendend zu bekommen, jeden Tag hängt er mit Johanna zusammen, manchmal glaube ich, Johanna passt auf ihn auf und nicht umgekehrt. Er macht nun all das, was er immer schon machen wollte: an den Autos herumschrauben und polieren, den Pool säubern, Gartenarbeit und nun eben die neue Terrasse. Er meint, ich wüsste nicht, dass Sonja ihm täglich Bericht erstattet, ich lasse ihn natürlich in diesem Glauben. Es gibt hier kaum etwas, was ich nicht mitbekomme, das sollte er eigentlich wissen.“ Ich lachte, dachte an ein T-Shirt von Johanna, welches sie sich eingerissen hatte. Henry versteckte es, zog ihr ein ähnliches an und dachte, keiner würde es merken. Leider vergaß er es zu entsorgen. Hätte er es gleich in die Mülltonne geworfen, anstatt in den Mülleimer der Küche, wäre es sicherlich niemandem aufgefallen. So aber entdeckte Maria es und schimpfte laut mit ihm, meinte sie doch, Johanna, das arme Kind, sollte lieber mit Puppen spielen, anstatt schon zu lernen, was eine Ölwanne ist und wie der Sechser-Schraubenzieher aussieht. Mit Puppen kann sie nun einmal nichts anfangen, aber dass der alte Bentley ab und zu Öl benötigt, hat sie bereits verstanden.

Anna und ich sprangen noch einmal ins kühle Wasser und schwammen einige Runden vor dem Abendessen.

Paul und Henry organisierten inzwischen die Handwerker, sie sollten am übernächsten Tag anfangen. Ein ungutes Gefühl machte sich breit, das ich versuchte abzuschütteln.

Mittlerweile markierten auf der alten Terrasse zwei große X die Stellen der Fliesen, die für die Stützen der neuen Überdachung weichen mussten. Am folgenden Tag sollte bereits der kleine Bagger kommen, um an besagten Stellen den Aushub für die Fundamente vorzunehmen. Alles genauestens organisiert, mein Mann war wieder in seinem Element, von wegen Rentnerdasein!

„Ich glaube", meinte Anna beim Abendessen unter dem großen Olivenbaum, „wir beide werden morgen früh zur Shoppingtour aufbrechen und erst ziemlich spät wiederkommen." Ich konnte nur zustimmend nicken und schlug vor, Johanna mitzunehmen, was aber vehement abgelehnt wurde, durch Henry natürlich.

Ich gab mich geschlagen, die nächsten Worte in Johannas Wortschatz würden dann Bagger, Fundamente, Eisen und Stahl sein. Auch gut. In unserer Bauunternehmer- und Architektenfamilie konnte man nichts anderes erwarten. Johanna wurde entsprechend erzogen.

Nach dem Abendessen verdrückten wir uns ins Wohnzimmer, dort lief die Klimaanlage, was sich als äußerst angenehm erwies. Wenn die ganze Familie in Spanien weilte, wohnten wir alle in unserem riesigen Haus. Als Sophia nach Hause kam, war Henry bei Johanna abgemeldet. Nun wich sie ihrer Mutter nicht mehr von der Seite. In zwei Tagen sollte unser Schwiegersohn Marcus nachkommen. Er, der in der Computerbranche tätig war, spielte auch ganz gerne im großen Sandkasten. Er würde bei den Arbeiten an der neuen Terrasse helfen, so viel war sicher. Der Unterschied zwischen den kleinen und großen Jungen bestand im Preis ihres Spielzeuges. Johanna würde sicherlich einen Minibagger aus Plastik bekommen, Papa und Opa fuhren dann das Modell in Originalgröße.

Am nächsten Morgen fingen die Arbeiten schon früh um acht an. Henry und Paul gaben die Anweisungen, aber nach einer Viertelstunde arbeiteten sie selbst, und mittendrin: Johanna.

Anna und ich nahmen unseren Kaffee, stellten uns auf die oberen Stufen und schauten zu.

„Es wird Zeit abzuhauen", meinte Anna, „ehe es ungemütlich wird."

Leider erwies sich das bereits als zu spät.

Maria eilte zu uns. „Señor Polidas ist da und möchte mit Ihnen sprechen!"

Ich nickte und bat sie, ihn in mein Büro zu führen. Anna blickte mich fragend an.

„Es wird nicht lange dauern. Wir haben ihm einen Auftrag vor der Nase weggeschnappt. Er ist sicherlich hier, um sich zu beschweren. Die Bentums wussten sofort, dass er seine Hausaufgaben nicht gemacht hatte. Oder er hielt sie für so dumm, dass sie sein fehlendes Fachwissen nicht bemerken würden." Ich schüttelte den Kopf, wenn ich nur daran dachte.

Meine Vermutung erwies sich als richtig. Kaum betrat ich mein Büro, fuhr er mich bereits, ohne zu grüßen, an: „Das werden Sie noch bereuen, Sie haben mir den Auftrag weggeschnappt. Nicht mit mir, du Schlampe, du Miststück!"

Er hätte noch weiter geflucht und geschimpft, wenn nicht Phyllis ins Zimmer getreten wäre. Noch bevor ich etwas erwidern konnte, meinte sie ruhig, aber bestimmt: „Raus, Sie haben uns hier nichts zu sagen und schon gar nicht in dieser Art mit Doña Josefine zu sprechen. Sollten Sie nicht augenblicklich diesen Raum und unser Grundstück fluchtartig verlassen, werden Sie es bereuen, nicht wir. Was Sie betreiben ist beleidigend und außerdem Hausfriedensbruch."

Phyllis stand direkt vor ihm, berührte fast seine Nase, als sie mit ihrer Hand zur Tür deutete: „Und wagen Sie es nie wieder, ich meine wirklich nie wieder, dieses Haus zu betreten und die Doña oder einen von uns zu beleidigen."

Ziemlich verdutzt rannte er durch die Haustür nach draußen, stieg in seinen Porsche Geländewagen, und brauste davon.

„Das hätte ich auch alleine geschafft", meinte ich zu meiner ältesten Tochter, „aber trotzdem: danke."

„Ach Mama, das weiß ich doch. Ich dachte nur, wenn er dich weiter so beleidigt, dann schlägst du noch zu, das wollte ich vermeiden. Eine Anzeige wegen Körperverletzung hätte nicht so recht in das Bild der hiesigen Polizei gepasst, obwohl", sie betrachtete mich nachdenklich, „die hätten das gar nicht geglaubt, immerhin ist er etwas größer als du und stabiler gebaut. Die wissen ja nicht, dass du den Schwarzgurt in Judo hast."

„Glaube mir, so etwas verlernt man nicht."

Anna, die alles aus nächster Nähe mit angesehen hatte, meinte nur: „Was war das denn für ein ungehobelter Kerl?" Ich erklärte es ihr, dass Polidas sein Geld geerbt und nichts davon erarbeitet hatte, und dass er bald pleite sein würde, da er sich immer wieder neue Autos zulegte und sein Geld für Freundinnen und Ehefrau ausgab. Wobei zu erwähnen war, dass die Ehefrau von den Freundinnen natürlich nichts wusste.

„Komm, lass uns gehen", meinte ich zu Anna und nahm gerade den Autoschlüssel, als von der Terrasse her jemand schrie. Wir schauten uns an und hatten den gleichen Gedanken: Da musste etwas passiert sein. Sekunden später erreichten wir Henry, Paul und zwei der Arbeiter, die sich über das viereckige Loch beugten, das sie gerade für das erste Fundament ausgehoben hatten. Ich hörte ein lautes: „Um Gottes willen, das gibt es doch nicht!"

Wir blickten ebenfalls in die tiefe Öffnung, und dann sah ich es: eine Armbanduhr, die an einer Hand befestigt war. Die Hand, besser gesagt, die Knochen einer Hand ragten uns entgegen.

Robert.

Robert hatte uns nie verlassen.

Kapitel 5

An unsere Shoppingtour dachten wir nicht mehr. Henry informierte die Polizei, die innerhalb kürzester Zeit eintraf. Wenige Augenblicke später zog sich ein Absperrband um den Fundort. Die Terrasse wurde weiträumig abgeriegelt, damit niemand dort versehentlich entlang lief. Natürlich lag es nicht in unserem Sinn, etwas Derartiges zu tun.

Die ersten Mitarbeiter vom Kriminaltechnischen Labor erschienen und begannen mit ihrer Arbeit. Fein säuberlich entfernten sie die Reste der umliegenden Platten, schaufelten ebenso vorsichtig den darunterliegenden Beton, Kies und sonstiges Geröll beiseite. Langsam kam das Skelett zum Vorschein. Wie uns Inspektor Lopez kurze Zeit später mitteilte, ging man von einer männlichen Person aus.

Henry übernahm es, Lopez über das vierzig Jahre zurückliegende Verschwinden Roberts aufzuklären. Dieser forderte sofort per Handy die alte Akte an, so dass sie auf seinem Schreibtisch lag, sobald er im Büro eintraf. „Dann bringt es nichts, wenn wir Ihre DNA untersuchen", meinte er zu mir, „wie ich von Ihrem Mann hörte, handelte es sich bei dem Verschwundenen um Ihren Stiefbruder."

Ich nickte. „Vor vierzig Jahren gab es noch keine DNA-Analysen, und wir haben auch nichts mehr von Roberts Sachen, woraus man sie bestimmen könnte, Haarbürsten und ähnliches."

„Ist denn niemals geklärt worden, woher das Kind kam?"

Ich schüttelte den Kopf. „Man hat es nie herausgefunden. Der Kleine saß vor der Kirchentür und sagte lediglich, als man ihn fragte: Me llamo Roberto, ich heiße Robert. Daraus entnahmen alle, er sei zweisprachig aufgewachsen. Mehr gab er anscheinend nicht preis. Ich selbst war zu dem Zeitpunkt erst ein Jahr alt. Ich habe es nur aus den Erzählungen meiner Eltern erfahren. Auf die Frage, wo seine Mutter wäre, schüttelte er nur mit dem Kopf, sagte aber nichts. Er muss sehr wenig geredet haben, wie mein Vater immer sagte, erst nach und nach, als er bereits ein Jahr bei uns war, fing er an, mehr zu sprechen. Aber da er noch zu klein war, erzählte er nie von der Vergangenheit, er erwähnte nie seine Mutter oder seinen Vater", resümierte ich laut. „Da fällt mir nur noch etwas ein: Er sprach manchmal Worte, die wir sprachlich nicht zuordnen konnten. Später, als wir schon älter waren, fragten meine Eltern ihn danach. Er lachte nur und meinte, er wüsste auch nicht, was sie bedeuten, er habe die Worte nur irgendwie im Ohr, also scheint er sie schon mal gehört zu haben."

„Hat sich nie jemand gemeldet? Wurde er nicht gesucht? Entschuldigen Sie meine Fragen, ich müsste eigentlich erst die alte Akte lesen, aber wenn Sie mir schon mal einiges erzählen, dann habe ich wenigstens Hintergrundinformation." Da Lopez jünger war als ich, konnte er zum Zeitpunkt des Verschwindens von Robert höchstens zehn Jahre alt gewesen sein.

Also erzählte ich ihm vom spurlosen Verschwinden meines Stiefbruders und dass wir nicht wussten, was aus ihm geworden war. Meine Eltern lebten nicht mehr, also konnten wir sie nicht befragen. Das Gleiche galt für den alten Pfarrer und unsere damalige Haushälterin. Eine Dame der Spurensicherung trat zu uns und hielt etwas in der Hand, gut verstaut in einem durchsichtigen Plastiktütchen: eine Armbanduhr, natürlich angerostet. Auf den ersten Blick schien es Roberts Uhr zu sein. Ich nahm das Tütchen in die Hand, um es genauer anzuschauen. Ich nickte. „Es könnte seine Uhr gewesen sein, sicher bin ich mir aber nicht. Man müsste sie reinigen, aber ich habe damals die gleiche bekommen, auf der Rückseite ist eine Nummer eingraviert: 353. Roberts Uhr hatte die Nummer 351. 353 steht für März 1953. Mein Geburtsmonat und Jahr. Im März ist auch Robert zu uns gekommen. Man vermutete, dass er zwei Jahre älter war als ich, also gab man als seinen Geburtstag stets März 1951 an, und da er am 17. vor der Kirchentür gefunden wurde, kam dieses Datum in seine Unterlagen, auch in seinen Pass. In alle behördlichen Dokumente wurde dieses Datum eingetragen", erläuterte ich, „natürlich mit Zustimmung der Behörden. Das Kind brauchte doch einen Namen und ein Geburtsdatum."

Nachdem ich diese Erklärung abgegeben hatte, erschien die Dame der Spurensicherung abermals mit einem kleinen Plastiktütchen in der Hand, der Inhalt diesmal: zwei Ringe! Meine Ringe, die für mich seit vierzig Jahren nicht mehr existierten. Sprachlosigkeit und Entsetzen machte sich breit.

„Erkennen Sie die Ringe? Kommen sie Ihnen bekannt vor?“

Ich schaffte nicht, etwas zu sagen und rannte ins Wohnzimmer, direkt zu den Getränken, goss mir etwas ein und sackte auf die Couch. Ich trank nie Alkohol, aber diesmal genehmigte ich mir einen vierfachen Gin. Anna folgte mir, nahm sich einen dreifachen Cognac und ließ sich ebenfalls auf die Couch fallen.

„Es ist Robert, daran scheint es keinen Zweifel zu geben, aber was ist mit den Ringen? Sie sind es doch“, Anna brauchte meine Bestätigung nicht, „es wird immer undurchsichtiger. Fünf Ringe sind verschwunden, drei bei dir wieder aufgetaucht, zwei nicht ... Kann es denn sein, dass Robert erst seit fünfundzwanzig Jahren dort liegt?“ Sie deutete mit dem Kopf nach draußen.

Inzwischen kamen Henry, Paul und Lopez zu uns ins Wohnzimmer.

„Was ist mit den Ringen?“ fragte Henry mich. „Sind es deine oder die deiner Mutter, oder was hat es damit auf sich?“

Ich nahm einen weiteren Schluck, räusperte mich und meinte: „Ich glaube, ich muss euch allen etwas erzählen, was ich bislang noch nie jemanden berichtet habe, auch nicht meinen Eltern oder meiner Familie, nur Anna weiß darüber Bescheid. Ich dachte, es wäre vielleicht nicht wichtig, ich hätte mich vertan, oder ... ach, ich weiß auch nicht. Jedenfalls habe ich es nie jemanden erzählt, das mit den Ringen.“

Es dauerte eine gewisse Zeit, bis ich alles geschildert hatte. Anna half, so gut es ging. Anschließend herrschte Schweigen.

„Es kann also nicht Robert gewesen sein, der mir die drei Ringe wieder zukommen ließ, wenn er hier unter der Terrasse lag. Oder es muss noch jemand dabei gewesen sein“, überlegte ich laut.

Lopez schaute mich nachdenklich an. „Oder es ist nicht Robert Strauß, den wir heute gefunden haben.“

Seine Worte standen im Raum. Wieder kam die Dame der Spurensicherung zu uns: „Wir haben die Nummer am rückwärtigen Gehäuse sichtbar gemacht, sie lautet 353.“

Ich blickte betroffen und verwirrt auf. „Das kann nicht sei, das ist die Nummer meiner Uhr“, rief ich laut und rannte nach oben, in unser Schlafzimmer. Irgendwo musste das Kästchen doch sein, dort verwahrte ich die alten Sachen auf, auch die Uhr. Ich kramte die Schubladen hastig durch, fand es, öffnete es mit zitternden Händen, nahm die Uhr heraus, drehte sie um und starrte auf die Nummer: 351.

Ich besaß also die ganzen Jahre über Roberts Uhr, und meine lag mit meinem Bruder unter der Terrasse begraben, schoss es mir durch den Kopf.

Oder?

Was übersah ich?

Was übersahen wir alle?

Henry war mir nachgeeilt. Ich zeigte ihm schweigend die Nummer der Uhr. Er verstand, was ich ihm wortlos mitteilte. Er begleitete mich wieder hinunter zum Inspektor. Ich gab ihm die Uhr, ohne ein Wort zu sagen, er blickte sofort auf die Rückseite.

„Ich begreife das nicht." Kopfschüttelnd sackte ich wieder auf die Couch.

Lopez starrte ebenso verblüfft auf die rückwärtigen Ziffern der Uhr.

„Sind Sie sicher? Absolut sicher, mit den Zahlen, meine ich?"

„Ja", war alles, was ich erwidern konnte.

„Wie kommt es eigentlich, dass Sie und Ihre Eltern hier in Spanien gelandet sind? Es ist ungewöhnlich. Wenn Sie und Ihr Mann das Unternehmen vor Jahren hier in Spanien gegründet hätten, wäre es noch nachvollziehbar. Aber Ihre Eltern bereits ..." Lopez sah uns gespannt an. „Ich werde es sicherlich aus den alten Unterlagen erfahren, aber ich bin neugierig geworden."

Henry blickte zu Lopez. „Das müssen Sie meine Frau fragen, es ist die Geschichte ihrer Familie, ich kam erst Jahre später dazu." Er schaute mich an und meinte: „Erzähl."

„Ganz einfach: Mein Großvater fing als kleiner Bauunternehmer in Deutschland an, und sein Bruder, den nichts Zuhause hielt, ging nach Spanien. Zuerst dachten alle in der Familie, er würde es nicht schaffen und schnell wieder zurückkehren. Aber nach nur drei Jahren lief sein Unternehmen hier in Dénia vorzüglich. Mein Vater Josef arbeitete mittlerweile in Großvaters Unternehmen. Auch in Deutschland, Anfang der fünfziger, lief es äußerst gut. Mein Großonkel, also der Onkel meines Vaters, war zwar verheiratet, hatte aber keine Kinder. Er verletzte sich auf der Baustelle und bat meinen Vater um Hilfe. Er eilte sofort nach Spanien, übernahm hier die Leitung, und was eigentlich nur für einige Monate gedacht war, forderte seinen Einsatz für längere Zeit. So musste er 1950 hierbleiben, wechselte aber ständig mit Deutschland. Sein Onkel erholte sich von dem Unfall nicht mehr, er verstarb 1951 und hinterließ alles seiner Frau. Sie hatte meinen Vater wie einen eigenen Sohn ins Herz geschlossen und erklärte ihn zum Erben. Da diese Tante selbst keine Ahnung vom Baugeschäft hatte, mussten er und meine Mutter ab 1952 ständig zwischen Deutschland und Spanien pendeln. Tja, und das blieb bis heute so. Beide Unternehmen legten mein Mann und ich 1977 zusammen, eigentlich sollte Robert diesen Teil übernehmen, aber 1969 verschwand er spurlos. 1975 übernahmen Henry und ich die Firmen, meinem Vater ging es zu diesem Zeitpunkt nicht so gut, ihn ereilten zwei Herzinfarkte, und er musste sich schonen. Das ist die Geschichte in wenigen Sätzen erzählt."

Als ich endete, stand Lopez auf, lief im Raum herum, blickte nachdenklich aus dem Fenster zur Terrasse. „Sind Sie sicher, dass Ihr Bruder nichts mit dem Onkel Ihres Vaters oder dessen Frau zu tun hatte?"

Ich verneinte. „Die Frau meines Großonkels lebte damals, als Robert vor der Kirchentür auftauchte, noch, sie wäre durchaus in der Lage gewesen, uns oder den Behörden Informationen zu geben, aber auch sie kannte das Findelkind nicht. Glauben Sie mir, wir versuchten alles, um herauszufinden, woher das Kind kam. Damals hatte man noch nicht die Möglichkeiten von heute, ich meine Internet und so weiter."

Ich bemerkte jetzt erst, dass meine älteste Tochter mit Sandra eingetroffen war, sicherlich hatte Anna sie benachrichtigt. Sandra setzte sich zu mir, nahm tröstend meine Hand und drückte sie aufmunternd. Phyllis hielt ein Bild in der Hand und übergab es Lopez: „Das ist ein Foto von Robert, leider vierzig Jahre alt, aber schon in Farbe. Vielleicht hilft Ihnen das weiter."

„Ein dunkelhaariger Junge", stellte er fest. „Sie, Ihre Töchter und auch die anderen Mitglieder Ihrer Familie", er wies auf die Fotos, die auf dem Sekretär standen, „sind alle mittelblond und blond." Phyllis nannte ihm die Namen der einzelnen Personen. Groß konnte man unsere Sippe leider nicht nennen.

„Wo sind eigentlich Sophia und Johanna?" Ich blickte mich suchend um. Es wäre nicht gut, wenn die Kleine das Chaos mitbekäme.

„Sie ist mit Sophia ins Büro gefahren, sie kam nur kurz vorbei, nachdem Anna uns informierte und fand, es sei besser, Johanna wegzubringen. Maria ist übrigens auch mit, um aufzupassen, denn alle Termine konnte Sophia für heute nicht absagen", beruhigte mich Sandra.

Natürlich, meine Töchter und auch Sandra handhabten es organisatorisch perfekt. Phyllis übernahm hier im Haus, während Sophia im Büro alles im Griff hatte. Inzwischen unterhielt sich Lopez fast ausschließlich mit meiner ältesten Tochter. Kurz, bündig, korrekt, knapp und kompetent beantwortete sie die Fragen, gab Hinweise, Bedenken und Informationen an die Polizei weiter, nur damit ich Luft holen konnte. Da Maria in der Küche ausfiel, übernahmen es Anna und Sandra, für alle Kaffee zu kochen, der dankend angenommen wurde.

„Wie lange halten Sie sich noch hier in Spanien auf?“ wollte Lopez von uns wissen. „Falls wir noch Fragen haben, oder aufs Grundstück und ins Haus müssen.“

„Ein bestimmter Termin für die Rückfahrt nach Deutschland steht noch nicht fest, allerdings ist es immer wieder möglich, dass ich zwischendurch zurück muss“, erklärte Henry dem Beamten, „aber Maria bleibt hier, wir werden ihr Order geben, Sie jederzeit ins Haus oder aufs Grundstück zu lassen, wenn wir nicht hier sind.“

„Existieren noch andere Sachen Ihres Bruders?“

Ich stand auf, winkte ihm, mir zu folgen, ging in die über drei Geschosse reichende Diele und dort die geschwungene Treppe nach oben. Von der Empore aus führten Türen in einige Zimmer, und von dort gelangte man durch einen längeren Flur in einen weiteren Wohnbereich mit mehreren Schlafzimmern. Vor einer der Türen hielt ich und öffnete sie: „Bitte, das ist Roberts Zimmer, es sieht noch so aus wie damals, als er verschwand. Meine Mutter beließ alles so. Sie hatte immer noch die Hoffnung, er kommt wieder.“

Lopez blieb mitten im Raum stehen und schaute sich um.

„Darf ich?“ Er ging zum Kleiderschrank, fragte aber höflich, ob er ihn öffnen könne.

Ich nickte. „Bedienen Sie sich. Wenn Sie etwas finden, wäre es gut, aber damals haben Ihre Kollegen alles durchsucht. Es stand natürlich auch im Raum, dass er ausgerissen sei, aber da er bereits achtzehn war, verwarf man es sofort wieder.“ Lopez öffnete den Schrank, blickte kurz hinein, zog die Schubladen der Kommode auf und machte alles wieder zu. Dann deutete er fragend auf eine Tür, ich sagte nur „Bad“, und er betrat auch kurz diesen Raum.

„Es wäre vielleicht doch gut, wenn wir dieses Zimmer nochmals durchsuchen dürften. Wenn es Ihnen recht ist, schicke ich morgen ein Team.“

Nickend stimmte ich ihm zu: „Wenn es uns neue Erkenntnisse bringt, schicken Sie Ihre Leute rüber.“ Viel Zuversicht strahlte ich nicht aus.

Kapitel 6

Phyllis übernahm alles Weitere, sprach mit der Polizei, mit Lopez, den Gerichtsmedizinern und änderte einige meiner Termine für den nächsten Tag.

Ich merkte, dass Lopez einer der wenigen Menschen war, der nicht nur irgendeine Person in ihr sah, die nichts wusste und auch nichts zu sagen hatte, die man einfach nicht beachtete. Eigentlich sofort nach ihrem Erscheinen im Wohnzimmer genügte ein Blick, und er sprach fast nur noch mit ihr. Das zeugte in meinen Augen von Intelligenz, und so keimte die Hoffnung ganz langsam in mir auf, dass er herausfinden könnte, was damals passiert war. Unsere uneingeschränkte Unterstützung besaß er auf jeden Fall. Anna kümmerte sich ungefragt um das Abendessen, als dieser ereignisreiche Tag sich dem Ende neigte. Maria würde sicherlich bald eintreffen, denn Sophia telefonierte einige Male mit Phyllis. Auch erklärte sie Lopez, warum ihre Schwester nicht hier sei, er könne sie aber jederzeit in unserem Büro aufsuchen und sprechen. Am Nachmittag bat Sophia, selbst mit Lopez reden zu können, um über das Neuste informiert zu werden. Gegen Abend transportierte man die Leiche, was davon übrig war, endlich ab. Die Untersuchungen der Umgebung, vor allem des Untergrunds der Terrasse, sollten am folgenden Tag passieren. Man hatte vor, alles abzutragen und anhand von alten Fotos, die ebenfalls Phyllis hervorkramte, zu rekonstruieren, wie es vor Beginn der Bauarbeiten dort ausgesehen hatte. Die alten Schwarzweißfotos ließen erkennen, wie tief man graben und suchen sollte.

Anna saß mit mir noch einige Zeit in der Küche, nachdem der Rest zu Bett gegangen war. „Also hattest du mit deiner Vermutung recht, dass die Ringe nichts mit Robert zu tun hatten, aber welche Bewandtnis hatten sie dann? Sollten doch deine Eltern sie dir zurückgegeben haben? Aber warum?“

„Nein“, gab ich energisch zu bedenken, „meine Eltern lebten nicht mehr, als ich den dritten Ring wiederfand.“

„Okay“, meinte Anna nur, „damit wäre das geklärt.“

Wir grübelten weiter, jede für sich, ab und zu stellten wir eine vage Vermutung an, hauptsächlich ging es um die Frage, wie wir das berühmte DNA-Material Roberts beschaffen sollten, damit zweifelsfrei nachgewiesen werden konnte, ob es sich um seine Leiche handelte oder nicht. Ich wollte immer noch nicht daran glauben, irgendetwas sträubte sich gewaltig dagegen.

„Hast du vielleicht noch einen Brief von Robert, den er dir geschickt hat? Solche Briefumschläge wurden doch zum Verschließen angeleckt.“ Anna dachte praktisch. Ich zuckte mit der Schulter.

„Keine Ahnung, ich war schon ewig nicht mehr in seinem Zimmer. Meine Mutter hat es damals so belassen wie es war, und ich änderte ebenfalls nichts daran. Irgendwie habe ich immer noch das Gefühl, er kommt wieder. Außerdem existieren hier im Haus Räume genug, wir benötigen sein Zimmer nicht. Die Polizei suchte damals Hinweise, fand aber nichts."

„Aber nach DNA suchten sie nicht, denk dran, das gab es damals noch nicht. Wir sollten uns Roberts Zimmer nochmals vornehmen, wenn die Spurensicherung morgen fertig ist."

Wir gingen spät schlafen. Henry schnarchte bereits, ansonsten herrschte Ruhe im Haus. Lange konnte ich nicht einschlafen, aber irgendwann passierte es dann doch. Ich schreckte hoch, da ich keine Luft bekam, etwas drückte mich nieder. Ich japste, schlug um mich, riss die Augen auf und blickte in ein Gesicht: Johanna. „Oma, bist du endlich wach?"

Wie so oft morgens, kletterte sie in unser Bett. Diesmal stand Henry grinsend am Fußende, Johanna lag halb auf meinem Bauch, drückte mich und gab mir schmatzend einen Gutenmorgenkuss.

„Sie wollte unbedingt, dass du aufstehst, da meinte ich nur, sie müsse dich wecken."

Ich brummte, natürlich, das machte beiden ungeheuren Spaß, mich so zu ärgern. Ich nahm den Dreikäsehoch von meinem Bauch und setzte ihn aufs Bett. „Lass Oma doch erst mal wach werden und aufstehen", versuchte ich ihr klarzumachen, doch sie ließ mich nicht, zerrte an meinem Arm: „Komm in die Küche, Anna macht Kaffee."

Was blieb mir anderes übrig, als ihnen zu folgen.

Anna kochte tatsächlich bereits Kaffee, auch Paul saß schon am Tisch, als wir drei dazukamen. Ich schaute auf die Uhr, erst sieben. „Wo sind denn die anderen?"

„Phyllis ist bereits zum Büro", erklärte Paul, „Sophia zum Flughafen, Marcus abholen, und Maria ist einkaufen."

Es verging keine halbe Stunde, als es am Tor klingelte. Die Spurensicherung war da. Wir baten sie ins Haus, und Henry brachte die Leute in Roberts Zimmer. Vier Stunden dauerte die Untersuchung des Raumes. Sie fanden nichts, was sie verwerten konnten. Lopez, dem inzwischen die alte Akte vorlag, benötigte auch nicht die handgeschriebenen Hefte und Briefe von Robert.

„Wir haben nichts gefunden, was uns weiterbringen könnte", meinte die nette jüngere Dame, „uns ging es in erster Linie um DNA-Spuren. Aber nach vierzig Jahren", sie zuckte mit den Schultern, „da war es eigentlich sicher, dass wir nichts finden würden, aber einen Versuch war es wert." Sie verabschiedeten sich und verließen das Haus.

Da wir anderen inzwischen geduscht und angezogen waren, warteten wir nur noch auf die Ankunft von Sophia und Marcus, die zuvor noch im Büro vorbeifahren wollten. Phyllis meldete sich zwischendurch, ebenso Sophia, aber beiden konnten wir nichts Neues berichten. Maria, die eine Stunde nach dem Eintreffen der Spurensicherung vom Einkauf zurückkam, bereitete das Mittagessen vor, welches wir alle gemeinsam, diesmal nicht auf der Terrasse, sondern im Esszimmer zu uns nehmen wollten. Gegen zwei erwartete ich alle zurück. Inzwischen gingen die Bergungsarbeiten draußen weiter. So makaber es klingen mochte, aber Henry plante die neue Terrasse um. Anna und ich verdrückten uns nach dem Frühstück mit Johanna an den Pool. Johanna saß auf meinem Schoss, die Augenlider wurde ihr immer schwerer, und so wie ich sie kannte, würde sie in wenigen Augenblicken den Schlaf des Gerechten schlafen. Anna und ich unterhielten uns weiter.

„Ich glaube", meinte ich, „ich werde Roberts Zimmer nochmals auf den Kopf stellen, alleine, vielleicht finde ich doch noch etwas. Ich habe sein Zimmer nie in Ruhe angesehen. Ich sollte es nachholen."

Anna fand die Idee gut und schlug vor, mir den Rücken freizuhalten. Wir wollten noch bis zum Abend warten, da wir auf angenehmere Temperaturen hofften. Johanna schlief mittlerweile tief und fest, und als die Familienmitglieder zum Mittagessen eintrafen, wurde sie pünktlich wach.

Die Untersuchungen an der Terrasse schienen dem Ende entgegenzugehen, langsam wurde das Werkzeug und auch Tüten mit Beweismaterial eingesammelt. Marcus überreichte Lopez, der sich kurz blicken ließ, eine unserer Fernbedienungen für das große Tor. Er, der Computerspezialist, baute in all unsere Fahrzeuge Sender und Empfänger ein, die per Funk das Einfahrtstor öffneten. Für unsere Besucher, in diesem Falle Anna und Paul, gab es mobile, kleine Geräte, damit sie das Tor nicht per Hand aufmachen mussten.

Die Terrasse konnte wieder betreten werden, die Absperrbänder verschwanden, und es kehrte Ruhe auf dem Grundstück ein. Paul und Henry, diesmal in Begleitung von Marcus, planten die neue Terrasse um, da die alte fast vollständig umgegraben und beseitigt worden war. Die drei mit Johanna, diesmal auf dem Arm ihres Vaters, standen in einiger Entfernung um das von der Polizei hinterlassene Chaos, was einstmals unsere Terrasse gewesen war. Anna blickte zu mir: „Sie sind beschäftigt. Es wäre jetzt eine gute Zeit, Roberts Zimmer mal genauer unter die Lupe zu nehmen."

Die Idee erwies sich als gut, denn auch Sophia und Phyllis mussten noch einiges im Büro erledigen, und Maria hantierte in der Küche. Aus irgendeinem unerklärlichen Grund nahm ich meine kleine Digitalkamera mit hoch. Anna bemerkte es, runzelte fragend die Stirn, sagte aber nichts.

Wir schlichen ungesehen in Roberts Zimmer, machten die Tür zu und schauten uns um. Zuerst ließ ich das Zimmer auf mich einwirken, setzte mich in den Sessel, der immer noch vor der Balkontür stand. Genauso wie früher, dachte ich. Robert saß hier und schaute träumend aufs Meer. Der Balkon verlief an der gesamten Hausseite entlang, also auch an meinem ehemaligen Zimmer vorbei. Im Frühjahr und Herbst standen dort stets Gartenstühle und Tische. Dort saßen wir oft mit Freunden, blickten auf den Pool und das Meer. Meine Mutter achtete stets darauf, dass der Blick erhalten blieb und ließ Bäume und Sträucher so stutzen, dass sie nicht ins Blickfeld ragten, was wir bis heute beibehielten. Anna ließ ebenfalls den Raum auf sich wirken, den sie noch von früher kannte. Seltsamerweise hatten wir in den letzten Jahren niemals das Bedürfnis verspürt, dieses Zimmer zu betreten.

Nun standen und saßen wir hier, blickten aufs Meer und sprachen eine ganze Weile nichts. Ich unterbrach die Stille als Erste: „Ich fotografiere alles, und dann fangen wir an zu stöbern, denn wie ich sehe, haben die von der Spurensicherung kaum etwas durchsucht. Es sieht so aus, als ob alles noch ordentlich an seinem Platz steht."

Anna trat beiseite, so dass ich ungehindert jede Seite des Raumes fotografieren konnte. Dann ging ich in Roberts Bad – für die damaligen Verhältnisse eine moderne Sache: Jeder von uns besaß eine eigene Dusche, WC und Waschbecken, zwar klein, aber damals ungeheuer modern. Auch hier schoss ich Fotos und meinte, nichts habe sich verändert. Dann schlug ich vor, methodisch vorzugehen, an der ersten Wand zu beginnen, Schränke auszuräumen, alles ordentlich beiseite zu legen und den Inhalt jedes Kleidungsstückes zu untersuchen und anschließend wieder genauso exakt wegzulegen. Im Uhrzeigersinn wollten wir uns vorarbeiten. Wir begannen an der Zimmertür und nahmen uns die große Kommode, einen Schrank und zwei Bücherregale vor. So, wie wir es angingen, würden wir mit der ersten Seite heute nicht fertig.

„Meinst du nicht, das wurde alles bereits gemacht?" fragte Anna, während wir die ersten zwei Schubladen der Kommode ausräumten, komplett herauszogen und auch auf der Unterseite nachsahen. „Damals wurde doch das Zimmer durchsucht, soweit ich mich erinnern kann."

„Schon", gab ich zu bedenken, „aber sie gingen alle davon aus, dass er es satt hatte, bei uns zu leben und deshalb ausgerissen wäre. Es gab keinerlei Spuren, niemand hatte ihn gesehen, er hatte sich in Luft aufgelöst. Wenn es tatsächlich Robert ist, den wir gefunden haben, dann ergibt es einen Sinn, dass ihn niemand gesehen hat. Aber ich kann es eigentlich immer noch nicht glauben."

Allein für die Kommode benötigten wir eine Stunde, aber fanden nichts. Dann nahmen wir uns den Kleiderschrank vor, rückten ihn sogar von der Wand ab. Sämtliche Sachen Roberts hingen noch auf den Kleiderbügeln, die Hemden stapelten sich gewaschen und gebügelt in einem der Fächer, ebenso Pullover, Shirts und all die anderen Sachen. Wir durchsuchten sogar das Innenleben der Schuhe, entfernten ein loses Brett im untersten Fach des Schrankes, aber außer Staub fanden wir nichts. Wieder saßen wir nach einer weiteren Stunde auf dem Bett und überlegten.

„Das wurde alles systematisch durchwühlt", meinte Anna, „wir werden hier nichts finden, außer wir haben die Idee aller Ideen." Sie blickte sich weiter um, schaute hoch zur Deckenlampe, blickte mich wieder an. „Da oben? Glaubst du, das haben die anderen ausgelassen?"

Ich konnte es mir nicht vorstellen. Vorstellen konnte ich mir aber, sämtliche Bücher Roberts durchzublättern, und vorstellen konnte ich mir ebenfalls, dass es sehr viel Arbeit machen würde. Wir schoben den Schrank wieder an seinen Platz und beschlossen, uns mit einer Tasse Kaffee in der Küche zu stärken. Nach zwei Stunden Abwesenheit vermisste man uns sicherlich schon. Dem war auch so. Allerdings hatte ich noch nicht vor, den anderen mitzuteilen, was Anna und ich gerade machten, also sagten wir nichts.

Sicherlich dachten unsere Männer, wir würden am Pool sitzen und quatschen, also ließen wir sie in dem Glauben. Eine halbe Stunde später begaben wir uns ein weiteres Mal in Roberts Zimmer. Wieder schoss ich Fotos, wieder ließen wir das Zimmer auf uns wirken.

„Welchen Teil nun?" Anna deutete auf das Bad.

„Sollen wir uns das vornehmen? Es dürfte schnell fertig sein, so groß ist es nicht." Sie packte einen Stuhl und überprüfte die Lampe unter der Decke.

„In den Krimis versteckt man dort immer etwas, aber hier ist nichts." Sie stieg wieder hinunter, während ich den Spülkasten öffnete, aber außer Wasser fand ich dort auch keine Pistole, wie man es aus Filmen kennt. Das Waschbecken, welches auf einer Säule stand, wurde ebenso von allen Seiten kontrolliert, wie wir auch alle Fliesen abklopften, in der Hoffnung, eine lose zu entdecken, hinter der sich eine Öffnung verbarg. Nichts.

Absolut nichts. Nach einer Viertelstunde beendeten wir bereits diesen Teil der Durchsuchung. Es wäre auch zu schön gewesen, wenn wir so schnell einen Erfolg hätten aufweisen können. Diesmal saßen wir auf dem Boden vor dem Bett, wie wir es immer machten, als Robert sein Zimmer noch bewohnte.

„Wir gehen es falsch an“, sagte ich nachdenklich, „wir müssen uns in Robert hineinversetzten. Wenn er etwas versteckt hat, und das ist lediglich eine Vermutung von uns, dann sollten wir überlegen, wo er es deponiert hätte. Er wollte dann ja nicht, dass es so einfach gefunden wird.“

„Unter der Matratze und unter der Bettdecke sicherlich nicht“, meinte Anna sarkastisch, „da schaut jeder als Erstes nach. Ich würde nichts in unmittelbarer Nähe verbergen.“

Gute Idee, dachte ich, aber das Haus wurde in den letzten vierzig Jahren mehrfach renoviert und angestrichen, von innen und außen. Auch konnte nichts hinter den Tapeten versteckt worden sein, da die Wände, wie hier im Süden üblich, nur weiß gestrichen waren.

„Die Bilder!“ Anna sprang auf. „Hinter den Bildern könnte etwas sein.“ Wir nahmen das erste von der Wand, drehten es um und fanden: Staub. Nichts weiter, die gleiche Entdeckung auch hinter den anderen Gemälden.

Nein, die Fährte wurde kälter. Wir zögerten, uns die Bücher vorzuknöpfen, immerhin zwei Regale bis zum Rand gefüllt. Wir schauten uns an, dann blickten wir zu den Büchern. Anna zuckte mit den Schultern, kratzte sich an der Wange und meinte nur: „Na los, packen wir es an, wenn wir etwas finden wollen, dann nur mit gründlicher Untersuchung jeder einzelnen Seite.“ Langsam wandte ich mich dem ersten Regal zu.

„Wie machen wir es? Sollen wir alle Bücher auf den Boden stapeln, die Bretter kontrollieren, dann die Bücher durchblättern und wieder einräumen? Ich finde, das hat System.“

Zwei Stunden arbeiteten wir wortlos, aber konzentriert nebeneinander, als ich vorschlug, für den heutigen Tag Schluss zu machen. Immerhin verbrachten wir nun schon fast sechs Stunden in Roberts Zimmer. Mittlerweile vermisste man uns. Als wir ins Wohnzimmer kamen, wurden wir mit: „Wir dachten, ihr wärt verschwunden“, begrüßt. Diesmal hielt ich es für besser, Henry in unsere Aktivitäten einzuweihen.

„Wir machen morgen weiter“, erklärte ich ihm, „ich hoffe, irgendetwas zu finden, obwohl ich nicht genau weiß, was wir suchen, vielleicht einen Hinweis, einen Zettel oder eine Notiz.“

„Glaubst du denn, dass hätten die von der Spurensicherung nicht entdeckt? Oder damals? Da durchsuchte man Roberts Zimmer doch auch.“

Ich nickte zwar, aber meinte: „Da wussten wir ja auch nicht, dass er hier unter der Terrasse begraben lag. Der, der es gemacht hat, musste wissen, dass wir gerade daran arbeiteten, denn sonst hätte der Mörder ihn doch nicht an einer relativ sicheren Stelle begraben können. Er musste doch Angst haben, die Leiche würde entdeckt."

„Du glaubst, der Mörder war einer der Bauarbeiter?" fragte Henry. „Das wäre möglich, wenn ich es mir überlege, er muss auch eure Pläne gekannt haben", dachte er laut weiter, und Paul ergänzte den Satz mit: „Dann kann es nur jemand gewesen sein, der während der ganzen Bauphase dabei war. Habt ihr noch die alten Unterlagen, mit den Namen der Arbeiter?" Ich zuckte mit den Schultern.

„Fotos", kam mir der Gedanke, „ich habe damals alles fotografiert, es müssen noch Fotos existieren, und da sind dann auch die einzelnen Arbeiter abgelichtet. Ich werde sie morgen früh heraussuchen. Nein", fiel mir da ein, „Phyllis hat sie alle eingescannt und auf CD gespeichert, ich muss sie fragen."

Anna und ich waren verstaubt und müde, Maria reichte uns einige belegte Brote und kalte Getränke, dann verdrückte ich mich unter die Dusche und verschwand ins Bett. Da ich in der letzten Nacht kaum Schlaf gefunden hatte, fielen mir die Augen sofort zu.

Am folgenden Morgen, sofort nach dem Frühstück, gingen Anna und ich wieder hoch in Roberts Zimmer. Da es sich mittlerweile herumsprach, wo man uns finden konnte, erhielten wir jede Viertelstunde einen Kontrollbesuch. Einmal kam Paul mit zwei Bechern Kaffee hoch, dann Henry mit zwei Gläsern eiskalter Cola light, unserem Lieblingsgetränk. Maria plagten Fragen wegen des Mittagessens – ausnahmsweise, denn sonst bestimmte sie das Menü. Johanna, mit Henry und Paul im Schlepptau, wollte sehen, was wir so trieben und meinte nur, als sie das Chaos erblickte, denn wir stapelten gerade die Bücher des nächsten Regals in der Mitte des Raumes: „Oma? Aufräumen?"

„Gleich", konnte ich sie beruhigen, „gleich ordne ich alles wieder ein."

Johanna blickte misstrauisch die Unordnung an, die sie von mir nicht kannte. „Das geht so nicht", meinte sie altklug, „Opa darf das auch nicht, dann wirst du böse." Natürlich hielt sie zu Henry, und ich erachtete es als sinnlos, ihr den feinen, kleinen Unterschied zu erklären.

„Was macht ihr denn draußen?" wollte ich von ihr in wissen. „Buddelt ihr im großen Sandkasten? Macht es Spaß?" Johanna nickte. In welcher Sandschicht sie gerade angelangt waren, erkannte man auch ohne Brille an ihrer kurzen Hose und den Knien.

„Wir haben etwas umgeplant", sagte mein Mann, „da die Spurensicherung zu viel abgetragen hat, werden wir ...", und dann erklärte er den neuen

Plan. So richtig hörte ich nicht zu, nickte und meinte lediglich: „Das ist eine blendende Idee, Hauptsache, wir bekommen eine größere Überdachung, die uns im Sommer vor allzu viel Sonne schützt und im Herbst und Frühjahr den Wind und vielleicht den Regen abhält. Ach“, fügte ich dann noch schnell hinzu, „denk an den Olivenbaum, dass er uns erhalten bleibt.“ Aber das musste ich nicht extra erwähnen, Bäume standen unter Henrys persönlichem Schutz. Nachdem er meinte, mein Einverständnis für die abgeänderte Planung zu haben, verdrückte er sich mit Johanna, die ihren Opa hinter sich herzog, denn der große Sandkasten, die Baugrube, reizte sie viel mehr, als das Zimmer, welches wir gerade durchwühlten.

Dass wir uns der Mittagszeit näherten, bemerkten wir beim Erscheinen von Phyllis.

„Ihr macht das professionell, ich muss schon sagen, wenn ihr hier fertig seid, könnt ihr bei mir weitermachen.“ Ihr Loft besaß eine Größe von über zweihundert Quadratmetern, da konnte ich mich bremsen, also schüttelte ich den Kopf. Erst jetzt bemerkte ich die CD, die sie in der Hand hielt.

„Sind das die alten Fotos, die du digitalisiert hast?“

Phyllis nickte. „Der größte Teil ist hier drauf, die CDs sind nach Jahren geordnet. Auf dieser sind die Fotos bis 1970. Robert verschwand ‘69, also müssten dort alle Fotos gespeichert sein. Ich werde vorsichtshalber noch die anderen CDs durchsehen, aber es gibt im Augenblick viel im Büro zu tun. Den Großauftrag, den wir eingefahren haben, muss ich noch weiter bearbeiten. Da passen einige Detailpunkte nicht, aber ich habe alles im Griff.“ Sie hatte schon die Treppe erreicht, als sie sich nochmals umdrehte und uns zurief: „Ich soll euch von Maria ausrichten, dass das Mittagessen fertig ist.“

Anna blickte sich um, bevor sie sich von den Büchern, die auf dem Boden lagen, trennte. Verschwitzt und hungrig gingen wir in die Küche. Maria deckte dort immer noch den Tisch, denn auf die Terrasse wollte sie nicht. Auch die drei Bauarbeiter gesellten sich zu uns.

„Wie war es? Habt ihr etwas gefunden?“ Anna grunzte nur missmutig, daher wurden wir nicht weiter mit Fragen belästigt.

Mittlerweile kam draußen Sturm auf, hier am Meer wehte es mal wieder besonders heftig. Paul, der es nicht abwarten konnte, weiterzuarbeiten, nahm sich seine Tasse Kaffee mit nach draußen. Henry und Johanna folgten ihm, aber jeweils mit einem Eis in der Hand.

Anna und mich schien man nicht zu vermissen, also gingen wir wieder in Roberts altes Zimmer. Da sich einige Wolken gebildet hatten und der Wind eine Abkühlung versprach, öffnete ich die Tür zum Balkon, der sich an der gesamten Hausseite entlang zog. Während Anna sich wieder auf den Boden zu den Büchern setzte, blieb ich einen Augenblick auf dem Balkon stehen und lehnte mich an das schmiedeeiserne Geländer. Von hier aus hatte ich einen Blick in Roberts Zimmer und in mein eigenes, welches nun leer stand. Über den Balkon konnten wir uns gegenseitig besuchen und von hier aus gelangte man ebenfalls zu zwei weiteren Gästezimmern.

„Willst du nicht weitermachen“, tönte es aus dem Raum, „oder pausieren wir?“ Anna stellte sich zu mir. „Woran denkst du?“

Ich blickte, halb in Gedanken versunken, zu ihr. „Wenn ich es mir so überlege, könnte er außerhalb des Raumes etwas deponiert haben, also nicht in seinem Zimmer, aber dann käme wieder alles in Frage.“

„Und das Grundstück ist riesig“, vervollständigte Anna meinen Satz, überlegte dann aber weiter: „Gehen wir mal davon aus, dass Phyllis oberhalb der Garagen alles umgebaut hat, die Garagen selbst renoviert und die Fassade der Villa gestrichen wurde, und innen habt ihr doch auch immer wieder umgebaut. Meinst du nicht, ihr hättet da etwas gefunden? Nein, ich glaube, wenn, dann finden wir etwas in seinem Zimmer. Also, nicht aufgeben, wir haben noch die Bücher vor uns.“ Energisch stieß sie sich vom Geländer ab. Sie hatte recht, wir hatten gerade mal ein Viertel der Sachen durchsucht.

Zwei Stunden später erschien Maria: „Macht mal eine Pause, sonst seht ihr vor lauter Bäumen den Wald nicht mehr. Ich habe am Pool den Tisch gedeckt, es gibt selbstgebackenen Apfelkuchen mit Kaffee.“ Da konnte man nicht widerstehen, obwohl die hämischen Fragen nach unserem Erfolg nicht lange auf sich warten ließen. Ich ignorierte sie einfach. Abgekämpft und des Durchblättern der Bücher müde, genehmigten wir uns eine kurze Auszeit. Um uns abzulenken, bestaunten wir die Terrassenbaustelle, auch sie nahm langsam Gestalt an. Anna brach als Erste die Pause ab.

„Lass uns weitermachen!“

Wir wollten noch die letzten Bücher durchsehen und wieder einsortieren. Eine nervenaufreibende, langweilige Tätigkeit. Eines der letzten Bücher, die wir noch durchblättern mussten, war „Der Graf von Monte Christo“, mein damaliges Lieblingsbuch. Ich vermisste es schon seit langem, da war es also gelandet – bei meinem Bruder. Warum war ich nicht schon eher auf die Idee gekommen, bei ihm nachzusehen. Auch Anna erblickte es und fragte sofort: „Das ist doch deins. Ich kann mich daran erinnern, dass du es laufend gelesen hast, immer wieder. Uns anderen in der Klasse bist du damit auf die Nerven gegangen, wie toll es wäre. Hast du es noch nicht vermisst?“

„Ja, sicher, aber ich dachte, ich hätte es verlegt“, meinte ich, während ich den Deckel öffnete, um zu sehen, ob sich mein Name darin befand, „es ist tatsächlich meins.“ Fein säuberlich, auf der Innenseite des Buchdeckels, stand mein Name geschrieben.

„Wie kommt es denn in Roberts Regal? Ob er es sich ausgeliehen und nicht wieder zurückgegeben hat?“

„Ich kann mir nicht vorstellen, dass er es gelesen hat“, grübelte Anna und nahm es in die Hand, „ich stelle es zu deinen anderen Büchern.“ Im Haus, auf unzähligen Bücherregalen verteilt, stand mein Lesestoff.

Nachdem wir dann das letzte Regal durchgesehen hatten, kam mir eine Idee. Ich wandte mich nochmals dem Kleiderschrank zu: „Vielleicht finde ich ein gebrauchtes Taschentuch in einer dieser Taschen, dann würden wir mit viel Glück doch noch DNA-Material erhalten.“

Anna musterte mich skeptisch. „Meinst du, das geht nach so langer Zeit noch?“ Sie durchsuchte aber bereits die erste Hose. Bei der vierten hatten wir Glück. Sie zog triumphierend ein gebrauchtes Taschentuch hervor.

„Ich glaube, da hat niemand nachgesehen, die vermuteten sicherlich, dass die Sachen alle gewaschen und sauber weggelegt worden sind. Aber meine Mutter wollte nicht, dass Roberts Zimmer betreten wurde. Vielleicht klappt es mit der DNA-Probe.“

In der Küche verpackte Anna das Taschentuch vorsichtig in ein Plastiktütchen, während ich bei der Polizei anrief. Lopez war für mich sofort zu sprechen. Ich erklärte ihm den Fund. Er machte uns wenig Hoffnung hinsichtlich einer brauchbaren Analyse, versprach aber, sich darum zu kümmern. Gut gelaunt gingen wir zur Großbaustelle, an der mittlerweile die Fundamente für die Stützen fertig waren. Material lagerte ebenfalls schon vor den alten Stufen der alten Terrasse. Vier erschöpfte, verschwitzte und verschmutzte Bauarbeiter, Johanna natürlich in der Mitte, saßen auf den bereits gelieferten Terracottaplatten und tranken kühles Wasser.

„Deinem Gesicht nach zu urteilen bist du fündig geworden“, erkannte Henry sofort. „Was war es denn? Etwa ein Zettel mit dem heutigen Aufenthaltsort Roberts?“

Ich erklärte ihm das mit dem Taschentuch, welches wir gleich noch zum Labor bringen wollten. Frisch geduscht fuhren wir mit der Ente in die Stadt und überreichten das Päckchen höchstpersönlich.

Leider gingen die zwei Wochen mit Anna und Paul zu schnell um, sie mussten nach Deutschland zurück. Ich versprach, mich sofort zu melden, wenn es Neuigkeiten gab. Zeitgleich erhielt Henry ebenfalls einen Anruf, man erwartete ihn im deutschen Büro, es schien Schwierigkeiten mit einem unserer besten Bauherren zu geben. Der Chef wurde gefordert, mit seiner Ruhe und Besonnenheit überließen wir ihm den nörgelnden Kunden. So beschloss er, mit Anna und Paul zurückzufliegen. Ich hoffte in der Zwischenzeit auf einige geruhsame Tage und wollte mir Roberts Zimmer noch einmal alleine vorknöpfen. Vielleicht hatten Anna und ich doch noch etwas übersehen. Die Arbeiten an der neuen alten Terrasse mussten auch weiter überwacht werden. Ich erhielt einen Plan, so dass ich im Bilde war, wie sich Henry das Bauwerk vorstellte. Im Geiste konzipierte ich bereits die Änderungen, was man meinem Gesicht wohl ansah. So erhielt ich von meinem Gatten zum Abschied die Order, nicht allzu viel umzumodeln. War ich so leicht zu durchschauen?

Der Zeitpunkt des Abflugs näherte sich, ich brachte die drei zum Flughafen, und innerhalb von nicht einmal drei Stunden war ich wieder zurück. Mit einem Glas eisgekühltem Wasser setzte ich mich unter den Sonnenschirm an den Pool und dachte, ich könne eigentlich mal wieder mein Lieblingsbuch, Der Graf von Monte Christo, lesen, nachdem ich es auf so merkwürdige Weise wiedergefunden hatte. Ich ging ins Wohnzimmer und fand es auf meinem Sekretär. Bei Maria meldete ich mich ab und ging zurück. Diese Ruhe schien im ersten Augenblick beängstigend. Ich befand mich alleine, nur mit Maria und einigen Arbeitern, auf dem Grundstück. Meine Töchter und auch Johanna, die mir sonst immer über die Füße lief und Fragen stellte, bevölkerten das Areal nicht. Ich nahm also das alte Buch und begann zu lesen. Bei dieser Stille und Ruhe schaffte ich es schnell, die Seite 100 zu erreichen. Gerade wurde ich nach meiner gelungenen Flucht vom Château d'If japsend aus dem Wasser gezogen, als ein vergilbtes Lesezeichen aus dem Buch fiel. Ein Lesezeichen, das ich nicht als meines identifizierte. Sollte Robert das Buch doch gelesen haben? Ich bemerkte, dass der längliche Streifen Papier mehrfach zusammengefaltet war. Meine Neugierde lebte auf. Vorsichtig faltete ich, damit er nicht auseinanderfiel, den Zettel auseinander. Mit Mühe entzifferte ich die Buchstaben. Eine Adresse? Sehr verblasst entzifferte ich CA... und dann noch Korn...el N...le. Eine Nummer, in arabischen Ziffern: ٩٧٥٣٣

Ich grübelte, wusste nicht so genau, was das zu bedeuten hatte. Wie kam der Zettel in mein Buch? Wie kam das Buch zu Robert? War der Zettel für ihn bestimmt? Ich drehte das alte Blatt und erkannte auf der Rückseite einen Namen: Konnte es Robert heißen? Sicher war ich nicht. Dennoch möglich. Nachdenklich ging ich ins Haus zurück, immer noch das Blatt in Händen und wandte ich mich meinem Sekretär im Wohnzimmer zu. Dort befanden sich mein Laptop und der Drucker mit Kopierfunktion. Ich fertigte erst einmal eine Kopie an. Mit Hilfe des Druckers, den ich auf Extrafein einstellen konnte, versuchte ich, mehr aus dem Blatt herauszuholen. Nach der dritten Kopie erschien es mir, als ob die Schriftzüge bereits genauer wurden. Ich fuhr dann meinen Laptop hoch, legte die bessere Kopie auf die Glasplatte des Druckers und scannte sie ein. Ich meinte den Schriftzug Kornesh el Nile zu entziffern. Ein erster Lichtblick. Bedeutete dann das erste CA Cairo? Handelte es sich um eine Adresse in Ägypten, in Kairo?

Über Google suchte ich weiter. Es gab tatsächlich eine Straße mit besagtem Namen in der Metropole Kairo. Lag ich richtig? Doch was hatte das Ganze mit meinem verschwundenen Bruder zu tun? Handelte es sich überhaupt um seinen Zettel? Oder verlieh er es damals an einen Freund? Legte er dieses Blatt als Lesezeichen in mein Buch? Mein Gehirn qualmte. Überleg weiter, sagte ich mir. Wenn dieser unbekannte Freund dort einen Zettel deponierte, dann musste er in einem Zusammenhang mit dieser Adresse in Kairo stehen. Oder? Inzwischen war es spät geworden, Maria erschien und fragte, ob ich eine Kleinigkeit mit ihr in der Küche essen wollte. Das machten wir stets so, wenn ich mich ganz alleine im Haus befand. In der gemütlichen, großen Küche aßen wir beide und plauderten dann noch etwas. Oft wurde es spät, oft genehmigten wir uns noch ein Gläschen Wein.

„Ich komme zu dir in die Küche“, beeilte ich mich zu sagen. „Ich hoffe, du hast nicht allzu viel gekocht, bei dieser Hitze habe ich nie viel Hunger.“

Ich nahm meine Zettel mit an den Küchentisch und präsentierte sie Maria. Ich erklärte und berichtete ihr, wie ich sie in meinem alten Buch gefunden hatte, das ich wiederum in Roberts Zimmer entdeckte.

„Und es ist tatsächlich deins!“

Ich nickte und deutete auf meinen Namen, auf der Rückseite des Einbands. „Fein säuberlich mit meiner Handschrift geschrieben“, erklärte ich ihr, „es ist zweifelsfrei meins. Ich suchte es in den vergangenen Jahren immer wieder, bis ich dann aufgab und mir vor zwanzig Jahren mal ein neues zulegte.“

Wieder betrachtete Maria die vergilbten Buchstaben auf dem Originalzettel genauer, höchst vorsichtig, damit es nicht beschädigt wurde. „Was sind das hier für Zeichen?“ Sie deutete auf die arabischen Zahlen.

„Sie bedeuten eine Zahl: 97533.“

„Eine Hausnummer? Eine Telefonnummer oder die Postleitzahl?“ Aber während sie es aussprach, lachte sie bereits. „Postleitzahl? Nicht vor vierzig Jahren in Ägypten.“

„Ich tippe eher auf eine Hausnummer“, äußerte ich mich grinsend, „eine Telefonnummer in Ägypten damals? Das glaube ich nicht! Das konnten sich nur die ganz Reichen erlauben. Obwohl in Kairo ...?“

Schweigend saßen wir beisammen und aßen den Salat mit Fisch, den Maria zubereitete hatte.

„Findest du nicht auch, dass auf der anderen Seite Robert stehen könnte?“

Maria, mittlerweile mit ihrer Lesebrille bestückt, blickte eingehend die Buchstaben an: „Könnte sein, sicher bin ich mir nicht, aber ... Willst du diesen Zettel auch zur Polizei bringen? Sie haben dort, in ihren technischen Labors, sicherlich bessere Möglichkeiten, ihn zu untersuchen und wiederherzustellen.“

„Gleich morgen früh bringe ich ihn weg.“ Hoffnung keimte auf. Konnte man im Labor mehr feststellen? Sicher! Vielleicht zauberten sie noch mehr hervor. Maria und ich saßen noch lange in der Küche. Erst spät hörte ich Phyllis nach Hause kommen, sie fuhr sofort in die Garage. Von dort gelangte sie über eine innenliegende Treppe direkt in ihr Loft. Meine andere Tochter schien mit Ehemann und Johanna Freunde zu besuchen, das konnte, wie in südlichen Ländern bei Hitze so üblich, länger dauern. Man traf sich spät, auch mit kleineren Kindern, nachdem die Temperaturen erträglich wurden und die Sonne nicht mehr schien.

Also konnten Maria und ich uns Zeit lassen, plaudern und über die Weltprobleme diskutieren. Niemand störte uns. Wir gingen spät zu Bett und meinten einstimmig gegen Mitternacht, nicht mehr aufräumen zu müssen, denn es blieb nicht bei einem Gläschen Wein, im Gegenteil, es kam noch der 43er hinzu, ein süßer Likör. Ich schaffte es noch die Stufen hoch und fand auch mein Bett. Morgen konnte ich ausschlafen, wenn nicht Johanna pünktlich und früh wach würde und meinte, in mein Bett krabbeln zu müssen. Ich schlief schnell ein.

*

Ich lief durch enge Gassen, unbefestigte Straßen und suchte etwas. Ich blickte an verputzen Mauerwänden hoch, ging zurück, suchte an der nächsten Ecke, mein Kopf tat weh, mein Nacken schmerzte vom Hochblicken. Was suchte ich überhaupt?

Nummern, Zahlen: 9733, nein, andere Zahlen. 3357, auch nicht, da waren arabische Ziffern, nein, es mussten doch Dezimalziffern sein. Der Schweiß stand mir auf der Stirn, ich wischte ihn weg, bekam keine Luft, etwas legte sich über meinen Mund, eine Hand? Ich wehrte mich, etwas umklammerte mich, ich schrie um Hilfe, vielmehr versuchte es, es ging nicht, wo war Henry? Er musste hier irgendwo sein. In Panik versuchte ich die Augen aufzureißen, wehrte mich, es funktionierte nicht. Waren meine Augen zu? Gerade hatte ich doch noch diese merkwürdigen Nummern gesucht. Wie lauteten sie noch mal, nein, nicht daran denken, ich brauchte Luft, Luft, Luft ... dann sackte ich weg.

*

Irgendetwas schrillte in meinem Hirn, grausame Töne, immer lauter, immer öfter, immer nervender. Ich schlug um mich, dann endlich konnte ich mich befreien!

Langsam wurde ich wach, öffnete die Augen und blickte um mich. Das Telefon läutete. Das Private mit der Geheimnummer, die so geheim war, dass ich sie selbst nicht wusste, sie war nur sehr wenigen Freunden bekannt. Ich merkte, dass ich noch lebte. Ein schlechter Traum. Benommen nahm ich den Hörer ab, am anderen Ende der Leitung meldete sich mein Mann: „Wo steckst du denn? Ich versuche schon eine ganze Weile dich zu erreichen, es ist schon neun Uhr. Du warst doch wohl nicht noch im Bett?“

„Wie kommst du denn da drauf?“ empörte ich mich. „Ich bin schon lange wach! Aber warum rufst du so früh an?“

„Es scheint hier in Deutschland etwas schiefzulaufen. Es ist merkwürdig, aber im Büro wusste niemand davon, dass ich zurückkommen sollte, aber kaum war ich hier, rief mich einer unserer Investoren an, er braucht mich bei einem weiteren, großen Objekt. Er wusste, dass ich auf dem Weg nach Deutschland war. Hast du mit jemanden gesprochen, hat dich jemand angerufen?“ Ich musste es verneinen und fragte, um was es denn ginge. „Ein Objekt im Ausland, man wolle dort ein Hotel bauen, mir aber nicht sagen wo. Ich soll, wenn möglich schnellstens nach Casablanca kommen. Man habe für mich bereits ein Zimmer reserviert.“

Ich wurde hellhörig. Da stimmte etwas ganz gewaltig nicht.

„Nimm Phyllis mit“, schlug ich vor, „ich möchte nicht, dass du alleine reist, ich bleibe in Dénia. Im Moment läuft hier alles, ich komme schon zurecht.“

„Ich habe bereits mit ihr gesprochen. Nachdem ich dich nicht erreicht hatte, rief ich im Büro an. Sie meint, sie habe noch lange Licht in der Küche gesehen und dass du mit Maria nach dem Abendessen zusammengesessen hast.

Daher habe ich mit dem Anruf noch etwas gewartet. Ist der 43er jetzt ganz leer?“ Hörte ich ein Lachen durch den Telefonhörer? Ich antwortete nicht auf die letzte Frage.

„Ja, wir haben in der Küche gegessen.“ Dann überlegte ich, ob ich Henry am Telefon von meinem Fund im Buch und dem Albtraum erzählen sollte, entschied mich aber dagegen. „Wie heißt denn der Investor?“

„Es ist Contino, wir haben bereits öfter für ihn gebaut. Er ist der Investor, der uns erst letztes Jahr den Auftrag für ein Seniorenheim in Deutschland vermittelt hat.“

„Ich weiß, wer Contino ist“, meinte ich ungehalten, „immerhin arbeiten wir schon seit Jahren mit ihm zusammen. Es sind jedes Mal große Aufträge dabei herumgekommen. Aber warum Casablanca?“

„Das werden wir bald erfahren, morgen kommt Phyllis nach Deutschland, und in drei Tagen fliegen wir nach Marokko.“

Ich legte nachdenklich den Hörer auf. So etwas war noch nie passiert. Warum so umständlich, oder sollte das neue Objekt in Casablanca gebaut werden? Aber das könnte man uns doch sagen, dachte ich. Contino kennt uns. Wenn er sagt, wir sollen darüber Stillschweigen bewahren, dann halten wir uns daran.

Mir brummte der Schädel, ich hatte Kopfschmerzen und musste daran denken, den 43er nachzukaufen, damit Henry nicht sah, dass die Flasche fast leer war. Wie mochte es wohl Maria gehen, oder hatte sie nicht so viel von dem süßen Likör getrunken? Ich konnte mich nicht mehr so genau erinnern.

Plötzlich fiel mir wieder mein merkwürdiger Traum ein, aus dem ich abrupt geweckt worden war. Hatte er etwas zu bedeuten? Ich lief durch schmale, enge Straßen, daran erinnerte ich mich noch. Und dann?

Ich lehnte mich in meinem Bett zurück und überlegte. Nummern, richtig, ich suchte Hausnummern, scheinbar in Kairo. Es gab dort vereinzelt tatsächlich welche. Meist an den Häusern und Villen der Reichen. In den engen Gassen, von denen ich träumte, kannte man sich untereinander, da benötigte man keine.

Leise klopfte es, die Tür öffnete sich einen Spalt, und Maria steckte ihren Kopf vorsichtig ins Zimmer. „Bist du wach?“

Als ich sie wortlos hereinwinkte, sah ich, dass sie ein Tablett in der Hand hielt, bestückt mit zwei Tassen Kaffee und zwei Gläsern Wasser. Sie ging zu den bodentiefen Fenstern, vor denen ein kleiner Tisch und zwei Sessel standen, und setzte das Tablett dort ab.

„Ich dachte, ich bringe uns etwas zum Wachwerden“, sie deutete auf die Getränke und winkte mich zum Sessel. Ich stand auf und sah sofort, dass neben dem Glas Wasser für jeden von uns zwei Kopfschmerztabletten lagen.

Wir setzten uns, schluckten erst mal etwas gegen die Migräne und nahmen dann das Aufputschmittel zu uns.

„Gute Idee“, sagte ich, und Maria wusste, dass ich die Tabletten meinte, denn den Kaffee gab es jeden Morgen. Die ersten Schlucke genossen wir schweigend, erst dann berichtete ich Maria von meinem Traum.

„Du musst nach Kairo“, bestätigte sie meine Gedankengänge, „das ist für dich doch keine fremde Stadt. Du bist schon oft dort gewesen und kennst dich da aus, du hast nur noch nie nach Hausnummern gesucht“, versuchte sie zu scherzen.

„Du hast recht“, ich nickte Maria zu, „aber Henry kann nicht mit, und warten möchte ich nicht, ich müsste alleine nach Kairo.“

Ein Geräusch vor der Schlafzimmertür weckte unsere Aufmerksamkeit. Leise, behutsam und vorsichtig versuchte jemand die Tür zu öffnen. Maria und ich schauten uns an, auch sie bemerkte den Eindringling. Beide blickten wir gebannt zur Tür. Die Person schien am Griff abzurutschen, leise gemurmeltes Stöhnen, Bemühungen, die keinen Erfolg brachten, bis endlich ein lauteres, fast wütendes: „Oma, helf Johanna“, hervorgebracht wurde.

Ich beeilte mich, die Tür vollständig zu öffnen. Kaum im Zimmer, warf sie sich auf das Bett und sprang darauf herum. Somit wurde unser gemütliches, ruhiges, morgendliches Geplänkel abrupt beendet. Wir nahmen Johanna mit in die Küche, um das Frühstück zuzubereiten. In Gedanken packte ich bereits meine Koffer für den Flug nach Kairo.

„Ich werde natürlich meinen Laptop mitnehmen, damit ich immer per Internet zu erreichen bin“, erklärte ich Maria, „außerdem drucke ich mir hier die Straßenkarten von Kairo aus.“

Maria nickte, briet in der Zwischenzeit die Eier und meinte: „Die anderen Sachen wie Drucker hast du im Hotel, denn es wird ja das Mena House sein – wie immer, nehme ich an.“

„Opa kommt bald wieder“, erklärte uns eine kleine Person zwischendurch. Ihre Fähigkeit vollständige Sätze zu bilden nahm Gestalt an. Ich nickte, einmal zu Maria, um deren Frage zu beantworten, und einmal zu Johanna, um ihre Feststellung zu bestätigen.

„Mama und Papa schlafen noch“, meinte sie weiter, „wir waren lange auf.“

„Und du bist schon wach?“ Sie nickte.

„Kann nicht mehr schlafen!“ kam es aus ihrem Mund.

„Ich kann nicht mehr schlafen“, versuchte ich sie zu verbessern.

„Du auch nicht mehr, Oma?“ Ich gab es auf, heute Morgen brachte ich es nicht fertig, ihr das mit den ganzen Sätzen zu erklären. Der Traum saß mir noch in den Knochen, dann der komische Anruf von Contino, Henrys und Phyllis merkwürdige Reise nach Casablanca, all das beunruhigte mich.

„Ob ich doch besser das Resultat der Untersuchungen abwarte?“ fragte ich Maria.

„Welche meinst du? Die der Leiche oder des Skeletts, muss man ja besser sagen, oder die Untersuchung des Taschentuchs beziehungsweise Blattes aus dem Buch?“ Maria stellte Brot auf den Tisch, die Platte mit der Wurst bereitete ich zu.

„Ich sollte auf alle Resultate warten. Wenn es Robert ist, dann braucht man eigentlich nicht weiter zu suchen, aber wenn er es nicht ist ...“

„Dann willst du ihn anhand der Adresse in Kairo suchen.“ Ich nickte. „Hast du schon mal im Internet recherchiert? Gibt es diese Straße in Kairo wirklich?“

„Die Straße existiert, ich kenne sie sogar. Sie führt am Nil entlang und durch ein nobles Viertel. Aber da die Adresse bereits alt ist, kann ich natürlich nicht sagen, wie es da vor vierzig Jahren aussah.“

„Johanna hat Hunger, ich esse schon mal“, wurden wir in unseren Überlegungen unterbrochen. Ich reichte ihr eine Scheibe Brot, die sie liebend gern ohne Belag aß. Damit war sie still, bis „Milch bitte!“ kam.

„Ich möchte bitte Milch!“ Es ging mittlerweile automatisch.

Johanna wandte sich an Maria und meinte nun: „Oma möchte bitte auch Milch!“ Maria zwinkerte mir zu, sie wusste, dass ich Milch hasste, reichte aber Johanna das Gewünschte. So viel zu den Verbesserungen.

„Wenn das geklärt ist, dann halten dich nur noch die letzten Ergebnisse auf. Ruf gleich Lopez an und frage nach. Immerhin ist es eine berechtigte Frage, es geht um deinen verschwundenen Bruder.“

Ich nickte, allerdings wollte ich noch so lange warten, bis Henry und Phyllis in Casablanca angekommen waren.

Wir weckten die anderen nicht, sondern frühstückten alleine. Doch als ob einige Wellen des Kaffeedufts den direkten Weg in die Nase meiner jüngsten Tochter gefunden hatten, erschien sie, als wir das braune, starke Gebräu eingeschenkt hatten. Sie gähnte, brummelte ein „Guten Morgen“, noch müde nahm sie sich ein Brötchen, griff schlaftrunken nach einer Scheibe Käse, belegte es und biss herzhaft hinein.

Ich wagte den ersten Vorstoß: „Könntest du mich vielleicht ein paar Tage alleine im Büro und auf der Baustelle vertreten? Ich müsste eventuell mal kurz weg."

Sophia nickte und aß unbekümmert weiter. Dann erst stutzte sie: „Du willst weg? Wohin denn? Ist etwas passiert?"

„Ich bin mir nicht ganz sicher, ich muss etwas klären", versuchte ich es vage zu halten.

„Aber sicher, fahr nur, ich bleibe hier und halte die Stellung." Das wäre erledigt. Ohne etwas preiszugeben, organisierte ich einen Kurztrip nach Kairo. Gut, dass Johanna sie mit dem Frühstück ablenkte. So blieb ihr keine Zeit nachzudenken.

Nach dem Frühstück checkte ich meine Mails. Henry gab mir die Flugdaten und die voraussichtliche Dauer des Aufenthaltes in Casablanca durch. Er wollte erst nach Deutschland ins Büro zurück, bevor er wieder nach Spanien kam. Phyllis würde von Casablanca aus einen Direktflug nach Alicante nehmen. Wenn nichts dazwischenkam. Anna sendete mir ebenfalls eine Mail und fragte nach Neuigkeiten. Da wir uns gegenseitig täglich Bericht erstatteten, schrieb ich ihr sofort zurück, verschwieg aber meine Pläne hinsichtlich Kairos. Nachdem die Kleine und meine Tochter die Küche verlassen hatten und Maria sich um die Wäsche kümmerte, saß ich alleine am Tisch, trank noch einen Kaffee und blickte nachdenklich auf die Terrasse.

Dieses ganze Dilemma verdanken wir Johanna, ging es mir durch den Kopf, wäre sie nicht gestürzt, hätte sie sich nicht die Knie aufgeschürft, dann hätte Henry sich nicht aufgerafft, die alte Terrasse ändern zu lassen, dann hätten sie nicht die Fundamente für die Stützen ausgehoben, dann hätten sie nicht das Skelett meines Bruders gefunden. Hätte, hätte, hätte! Und am Anfang: Johanna. Oder doch nicht, oder stand am Anfang mein ungutes Gefühl, jemanden gesehen zu haben, der mich an meinen verschollenen Bruder erinnerte? Sah ich seinen Geist? Abergläubisch? Nein. Ich nicht.

Dieses Grübeln fand ein Ende, als Maria mich wieder auf die Erde zurückholte.

„Soll ich schon mal deine Sachen packen?" Ich erklärte ihr noch kurz, warum ich noch etwas mit der Abreise warten wollte, sagte ihr aber, sie könne schon mal Phyllis Koffer vorbereiten. Dann schaute ich im Internet nach einem Flug nach Kairo. Ich musste nur von Alicante nach Madrid kommen, was sich als keinerlei Problem erwies, von dort aus flog fast täglich eine Maschine nach Ägypten. Nach Madrid konnte ich notfalls auch noch mit dem

Auto fahren. Endlich raffte ich mich auf, duschte und zog mich an. Mittlerweile zeigte die Uhr 10:30 Uhr. Zeit ins Büro zu fahren.

Da es sehr heiß war, verzichtete ich auf die Ente mit der extravaganten Drehlüftung, die die Klimaanlage ersetzte, und nahm meinen Jaguar, der, wenn auch schon etwas älter, aber dennoch mit allen Extras ausgestattet war, zum Beispiel mit einer wunderbaren Klimaanlage, die auf Knopfdruck funktionierte und nicht den Wind als Hilfe benötigte. Phyllis saß in einer Besprechung, da wollte ich nicht stören. Sie musste noch packen und würde sicherlich gleich zurück zum Haus fahren. Dann konnte ich hier übernehmen. Sonja gab ich Bescheid, keine Anrufe mehr zu Phyllis durchzustellen. Ich bat sie, uns etwas vom Chinesen zu Mittag zu holen, da ich nicht vorhatte, gleich wieder zurückzufahren. Ich nahm in meinem Büro den Hörer in die Hand, wählte die Nummer von Lopez und erreichte ihn sofort. Das Erste, was er mir mitteilte, war ein Schock und eine große Erleichterung zugleich. Der Tote, das Skelett unter der Terrasse, war kein junger Mann gewesen, es konnte nicht mein Bruder sein. Warum er Roberts beziehungsweise meine Uhr trug, blieb erst einmal ein Rätsel. Aber es warf auch weitere Fragen auf. Handelte es sich um einen Einbrecher? Immerhin lagen meine Ringe in der Grube. Gestorben war er durch eine Kugel. Sie lag mit in dem Grab, aber ob die Kugel die Todesursache war, ließ sich nicht genau sagen. Damit hatte ich keinesfalls gerechnet.

„Sie brauchen jetzt also das Taschentuch nicht mehr auf DNA-Spuren zu untersuchen“, meinte ich zu Lopez, „das erübrigt sich, wenn die gefundene Leiche nicht mein Bruder gewesen sein kann.“

„Ganz im Gegenteil.“ Lopez verwirrte mich mit dieser Aussage. „Sie ist wichtig. Vielleicht haben wir in unserer Vermisstenkartei Hinweise auf den Verbleib Ihres Bruders. Oder aber, es mag sich makaber anhören, wir haben die DNA einer unbekannten Leiche, die wir nun zuordnen können.“ Ich legte auf, grübelte aber weiter. Es wurde immer verworrener. Wenn es tatsächlich ein Einbrecher war, hatte Robert ihn erschossen? Hatte er überhaupt eine Waffe? Aber wenn Robert einen Einbrecher gestellt hatte, warum war er dann verschwunden? Aus Angst, weil er einen Mord begangen hatte? Ich fand einfach keine Antwort.

Oder sollte es sich um José handeln, der damals auch untertauchte? Ich rief sofort wieder Lopez an und erklärte ihm, wer vermutlich auch verschwunden oder untergetaucht war. Der Kommissar, über diese Tatsache bereits im Bilde, ermittelte ebenfalls in diese Richtung. Wieder saß ich in meinem Büro und dachte nach. Wenn das so weiterging, würde ich heute nichts mehr erledigen können. Ich schreckte auf, als sich die Tür zu Phyllis' Büro öffnete, ihr Termin endete gerade. Gleich würde sie sicherlich in mein Büro kommen. Ich klappte eiligst meinen Laptop auf, fuhr ihn hoch, dann sah es wenigstens so aus, als ob ich gearbeitet hätte. Sekunden später öffnete sich die Tür: „Hallo, hab ich doch richtig gehört. Bleibst du nun hier? Dann kann ich zurück, packen und zum Flughafen. Ich lass den Wagen dort stehen."

„Ich bleib hier, Maria packt schon deine Sachen, aber du kannst dich doch von Felipe bringen lassen."

„Auch eine Möglichkeit", überlegte sie, „er fährt den Bentley sehr gerne, und Maria freut sich über die Ruhe. Ich melde mich, sobald ich in Düsseldorf gelandet bin, und wir geben Bescheid, was in Casablanca los ist, sobald wir mehr wissen. Vater hat Bedenken und meint, es stimmt etwas nicht."

Wir verabschiedeten uns. Sobald sich die Tür hinter Phyllis schloss, grübelte ich weiter. Die Kornesh el Nile, die prachtvolle, breite Straße, die am Nil entlang führte, existierte, aber existierte auch die Nummer 97533? Ich schüttelte diese Gedanken ab und nahm mir vor, endlich zu arbeiten. Die Zeit verging schnell, und ehe ich mich versah, zeigte die Uhr 17:00. Zeit für einen Kaffee. Phyllis musste bereits im Flugzeug nach Düsseldorf sitzen, als mir die Idee kam, über Google nähere Infos über Contino in Erfahrung zu bringen. Vielleicht gelang es ja, die Hintermänner aufzudecken. Dass er nur als Vermittler agierte, war uns schon immer klar. Leider kamen wir nie mit Continos eigentlichen Chef in Kontakt.

Henry fand daran nichts Außergewöhnliches. Da aber jeder Auftrag, den er vermittelte reibungslos verlief, sah ich nicht unbedingt Handlungsbedarf. Im Internet erfuhr ich, dass Contino einen Konzern mit Sitz in London vertrat. So weit, so gut. Offizielle Sitze in London waren allgemein üblich, das besagte nicht viel. Ich wollte an die Hintermänner. Verbissen bohrte ich weiter. Nichts. Die allgemeine Firmenstruktur wurde auf einer weiteren Seite aufgeführt, auch das brachte mich nicht voran. Ich suchte verbissen, bis das Telefon läutete. Sonja stellte Lopez durch. Er berichtete von den neuesten Ergebnissen: „Es ist definitiv, dass das Skelett nicht Ihr Bruder ist. Die DNA stimmt nicht mit der aus dem Taschentuch überein. Auch handelt es sich um eine ältere Person, die dort gefunden wurde, wie ich es bereits erwähnte." Damit standen wir wieder am Anfang der Suche. Aber was machten meine Uhr und meine Ringe in dem unfreiwilligen Grab? Ich tippte immer noch auf einen Einbrecher und wurde das Gefühl nicht los, dass ich nähere Informationen in Kairo finden würde. Um sieben Uhr machte ich Feierabend.

Zu Hause angekommen, sprang mir sofort Johanna entgegen. Sophia, Marcus und die Kleine hatten einen geruhsamen Tag am Pool verbracht, in den ich auch kurz hineinsprang, um mich abzukühlen. Die Temperatur stieg mittlerweile auf fünfundvierzig Grad. Es war Tauwetter für Dicke. Wir saßen noch kurz zusammen, als Maria zum Essen rief. Sophia, die mit Johanna vorging, war fast in der Küche, als mich Marcus zur Seite nahm: „Ich habe doch damals alle Eingänge zum Grundstück, den Zaun und auch das Haus elektronisch abgesichert, und als ich das Funksystem für die Autos und Henrys Roller installierte, habe ich außerdem noch eine Anlage integriert, die genau Buch darüber führt, wann, wie oft, zu welcher Uhrzeit und so weiter das Tor benutzt wurde." Das wusste ich nicht, konnte mich aber vage erinnern, dass Marcus mir viel Technisches erklärte, was die Anlage alles konnte und beherrschte. „Und nun muss ich dir leider sagen, dass man versucht hat, den Zaun von der Westseite aus zu überqueren, im Planquadrat A7. Das ist von der Steilküste her, dort gibt es keinen Pfad, keinen Weg, keine Straße, was ich dir ja nicht erst groß erklären muss. Dort ist es außerdem gefährlich herumzulaufen, man könnte abrutschen. Alles in allem, was ich sagen will, ist: kein normaler Spaziergänger wählt den Weg, und keiner versucht dort den Zaun zu überwinden. Außerdem zeigt das Diagramm, dass es gegen zwei Uhr morgens gewesen ist."

Nun hatte er meine ungeteilte Aufmerksamkeit. Da wir vor der Küchentür stehen geblieben waren, hörten die anderen nichts von unserem Gespräch. Marcus machte sich Sorgen, das sah ich ihm an.

„Lass uns nachher weiterreden", meinte ich leise zu ihm, „nach dem Essen treffen wir uns am Pool, und du zeigst mir die Stelle." Er nickte, und wir gingen hinein.

„Was habt ihr denn zu flüstern", meinte Sophia, „ist irgendetwas passiert? Ihr seid so geheimnisvoll. Mama will unbedingt weg, sagt nicht, was sie in Kairo will, nun flüstert ihr hier herum, Phyllis und Papa machen merkwürdige Andeutungen, was ist los?"

Ich winkte ab. „Nichts, es ist nur so, dass Papa meint, es wäre merkwürdig, dass Contino ihn in Casablanca haben will. Ich habe Marcus nur gebeten, im Internet nachzuschauen, ob er etwas über die Firmen herausfinden kann, die Contino vertritt", ging mir eine Notlüge geschmeidig über die Lippen. Marcus nickte, wobei mir der Gedanke kam, Marcus, der sich besser mit Computern und dem Internet auskannte, dazu zu bewegen, für mich zu recherchieren. Sophia gab sich mit dieser Erklärung zufrieden, wurde aber auch schon wieder von Johanna abgelenkt. Nach dem Essen trafen wir uns am Pool, und

Marcus zeigte mir, wo der Zaun anscheinend überquert worden war. Dazu mussten wir durch unwegsames Gelände, Henrys Naturgarten, wie er es nannte. Ältere Sträucher und Bäume wuchsen hier und wurden selten gestutzt, und teilweise mussten wir gebückt laufen. Den Weg kannte ich, fiel mir ein. Früher, als die Vegetation noch nicht so üppig wuchs, konnten wir hier direkt zum Steilstrand gelangen. Natürlich durften meine Eltern es nicht wissen, dass wir akrobatische Abseilmanöver starteten, um den Strand zu erreichen. Wir schauten uns um und fanden eine Stelle im Drahtgeflecht, die zusammengedrückt aussah. Auf der gegenüberliegenden Seite des Zauns schienen die Sträucher niedergetreten zu sein. Marcus zeigte auf eine Pinie, dann deutete er hoch. Ich erkannte mit Mühe einen Gegenstand und blickte ihn fragend an: „Ist das eine Überwachungskamera? Existieren Bilder?"

„Ja und nein, ich habe die Kamera heute Nachmittag installiert, wir können mit ihr drei Planquadrate überwachen. Die Kamera springt an, wenn sich etwas bewegt, zwar auch, wenn ein Hase vorbeikommt, aber sie schaltet sich auch selbsttätig aus, wenn alles ruhig ist. Ich hoffe, wenn es noch einmal jemand versuchen sollte, dann haben wir ihn auf Film gebannt. Leider wissen wir nicht, ob derjenige, der es probiert hat, tatsächlich den Zaun überwand. Ich habe keine weiteren Spuren gefunden, aber man müsste nochmals genauer suchen ..." Er blickte sich um, ich ebenfalls.

„Wann ist es denn passiert?"

Marcus nannte mir Datum und Uhrzeit. Es handelte sich um jenen Tag, als ich glaubte, eine fremde Person auf der Straße gesichtet zu haben, als ich das Kribbeln verspürte ... Man hatte also bereits nachts versucht, auf das Grundstück zu gelangen.

„Irgendetwas stimmt hier nicht", meinte Marcus, „und nun erzähl mir nicht, dass du nur einen Kaffee in Kairo trinken willst. Ich kenne deine Vorliebe für das Mena House und die Pyramiden, aber du würdest nicht ohne Grund die Firma alleine lassen."

Ich gab auf und erzählte ihm von meinen Vermutungen und Träumen, bat ihn aber, niemandem etwas zu sagen, wenigstens vorläufig nicht.

„Wenn ich mir das alles durch den Kopf gehen lasse", er überlegte kurz, ehe er weitersprach, „stimme ich dir zu, man muss nach Kairo, aber willst du da alleine hin? Willst du nicht lieber auf Henry warten?"

„Nein, ich fliege nach Kairo, sobald Henry in Casablanca eingetroffen ist. Irgendetwas sagt mir, ich muss alleine hin und in Ruhe suchen."

Marcus erwiderte nichts, sondern ging zurück Richtung Villa. Ich folgte ihm. Dann schwenkte er plötzlich nach rechts: „Dort sind ebenfalls Kameras angebracht. Ich habe sie so angeordnet, dass fast alle Winkel des Areals überwacht werden. Ich gehe davon aus, dass der Einbrecher nicht noch einmal den gleichen Weg wählen wird. Das war ein recht ungünstiger Ort, ich könnte mir vorstellen, dass er dort drüben“, er zeigte auf eine vorteilhaftere Stelle – wenig Büsche, kaum Steine und Geröll –, „über den Zaun klettern wird.“

„Wenn er es nochmals probiert! Im Augenblick ist hier viel los. Zu viel Polizei. Es hat jemand versucht, hier einzubrechen, bevor die Leiche gefunden wurde“, gab ich zu bedenken.

Ich fand die Idee gut, dass wir nun ein Kameraüberwachungssystem auf dem Grundstück installiert hatten.

„Aber ich sehe keine Leitungen? Ist es kabellos? Läuft alles über Funk?“

„Sicherlich. Sonst hätte es nie so schnell geklappt. Ich werde das System noch im Haus vervollständigen.“

Das beruhigte mich. Er, der Spezialist, schaltete die Anlage so, dass wir alles auf dem Laptop anschauen konnten, es fehlte lediglich noch der innenliegende Teil. Das wollte er morgen in Angriff nehmen. Sophia erzählten wir vorläufig nichts.

Ich ging früh in mein Zimmer und schickte Anna noch eine Mail, in der ich ihr berichtete, was sich heute ereignet hatte und auch die Neuigkeiten über die Identität der Leiche, dass es doch nicht Robert war. Innerhalb von einer halben Stunde antwortete sie.

Hatte nie daran geglaubt. Meine immer noch, er lebt. Wann fährst du? Soll ich mitkommen? Müsste dann aber nachfragen, ob ich Urlaub bekomme.

Gruß

Anna

Ich schrieb zurück:

Danke für dein Hilfsangebot, fliege erst einmal alleine, bin über meine private Mail-Adresse und Handy erreichbar. Werde spätestens übermorgen aufbrechen.

Gruß

Josefine

Da Anna wusste, dass ich stets im Mena House abstieg, wenn ich in Kairo weilte, brauchte ich ihr die Adresse und Telefonnummer nicht durchzugeben. Meinen Laptop nahm ich ständig mit, ebenso mein GPS, um nicht erst im Hotel mühselig einen Computer suchen zu müssen, um meine Mails zu checken.

Ich schlief unruhig in dieser Nacht und träumte von Einbrechern, sie stiegen über den Balkon in mein Zimmer ein. Dann sah ich ein Gesicht. Es kam mir bekannt vor. Robert? Nein, ein älteres Gesicht, nicht mein Bruder von damals. Schweißgebadet erwachte ich, sah auf die Uhr neben meinem Bett: 2:00 Uhr nachts. Diese Albträume wurden mittlerweile zur Gewohnheit. Oder hatte ich gar nicht geträumt?

Ich sprang aus meinem Bett und eilte zum Fenster, es war nicht verschlossen. Da ich nachts bei der Hitze die Klimaanlage laufen ließ, blieben die Fenster natürlich zu. Ich blickte hinaus, sah aber nichts, es war zu dunkel. Wenn wenigstens der Mond geschienen hätte! Ich verschloss das Fenster.

Nachdenken, sagte ich mir, nachdenken. Überlege! Das Gesicht, das ich glaubte im Traum gesehen zu haben, hatte sich in meinem Gedächtnis eingebrannt. Ich würde die Person jederzeit wiedererkennen. Langsam beruhigte ich mich wieder. Ich legte mich aufs Bett, konnte aber nicht einschlafen. Ich lauschte, meinte, draußen Geräusche zu hören. Bewegte sich da etwas? Nach einer halben Stunde war ich mir nicht mehr sicher. Morgen früh würde Marcus die Überwachungsaufzeichnung prüfen, er hatte mir zwar gezeigt, wie es funktioniert, aber ehrlich gesagt, wollte ich jetzt keine Klarheit mehr.

Mit einem Mal schreckte ich hoch. Doch, da bewegte sich etwas. Schritte. Ich konnte nur nicht feststellen, ob es Geräusche innerhalb oder außerhalb des Hauses waren. Also musste ich doch nachsehen. Vorsichtig, ohne Licht zu machen, griff ich seitlich unters Bett. Dort lagerte schon seit meiner Jugendzeit stets ein Baseballschläger. Da ich alleine in diesem Bereich des Hauses weilte, fühlte ich mich mit diesem Ding sicherer. Bewaffnet mit dem Holzteil schlich ich zur Tür und öffnete sie langsam. Ich spähte den Flur entlang, hier schien alles ruhig. Barfuß schlich ich weiter zur Treppe, ich entdeckte nichts. Da, war da wieder ein leises Geräusch? Johannas Sicherheitsgitter an der Treppe schien noch verriegelt. Ich öffnete es geräuschlos und schloss es wieder hinter mir, dann schlich ich Stufe für Stufe die Marmortreppe hinunter. Nach jeder zweiten Stufe blieb ich stehen und lauschte. Nichts.

Irgendwie beruhigte mich die augenblickliche Stille nicht. Es erschien mir am sinnvollsten, erst einmal in der Küche nachzuschauen. Von dort führte eine Tür direkt hinaus zur Einfahrt, die oft und gerne als Nebeneingang benutzt wurde. Sie befand sich nur einige Meter neben dem Haupteingang, allerdings etwas versteckt. Sie wurde leicht übersehen, obwohl sie uns als direkte Verbindung zu den Garagen diente. Vor diesem Eingang parkte fast immer Maria, da sie die Einkäufe so bequem ins Haus tragen konnte. Von der zentral gelegenen Küche ging aber auch noch eine Tür zur Terrasse. Zwei Möglichkeiten also, außer durch den Haupteingang ins Gebäude zu gelangen. Ich schlich zur Küche, die Tür lehnte an, sie schien leer zu sein, es brannte kein Licht. Vorsichtig schob ich die Tür geräuschlos ein winziges Stück auf, lugte hinein, nichts bewegte sich. Ich öffnete die Tür weiter und wagte den ersten Schritt ins Zimmer, wieder blickte ich mich vorsichtig um. Nichts. Ich hörte auch keine Geräusche mehr. Schien es doch nur ein Traum oder Einbildung gewesen zu sein? Nun stand ich mitten in der großen Küche und schaute in alle Richtungen, bis mein Blick an der Tür zur Terrasse hängenblieb. Sie stand halb offen!

Maria, die als Letzte das Haus abends verließ, achtete stets darauf, dass alle Türen verschlossen waren. Und wenn spät abends noch jemand das Haus verließ, sorgte derjenige dafür, dass die Türen abgeschlossen wurden. Sollte noch jemand im Pool schwimmen, dann hätte er sicherlich das Licht in der Küche brennen lassen. Nein, dachte ich, es musste jemand widerrechtlich im Haus gewesen sein, oder war er hier noch irgendwo? Natürlich kein angenehmer Gedanke.

Ich bewegte mich rückwärts zur Tür und bediente den Lichtschalter, immer noch mit dem Baseballschläger bewaffnet. Nichts. Niemand. Ich war allein.

Als Erstes verschloss ich die Tür, natürlich drehte ich auch den Schlüssel herum, prüfte dann, ob sie wirklich zu war. Ich dachte eine Sekunde daran, Marcus zu wecken, damit er nachsah, ob sich jemand über den Zaun gewagt hatte, verwarf den Gedanken aber wieder, es wäre doch gelacht, wenn ich mit dieser Situation nicht alleine fertig würde. Ich prüfte nochmals den Raum, löschte dann das Licht und ging langsam und im Dunkeln zurück. In der großen Diele blieb ich stehen, horchte und wollte schon die Treppe hoch, als ich mir überlegte, doch noch die anderen Räume zu kontrollieren. Ich durchquerte das Wohnzimmer, ging hinüber in den Essbereich, blickte in meine Arbeitsecke, blieb immer wieder stehen und horchte. Wieder in der Diele angekommen, nahm ich mir sogar das Gäste-WC vor und wanderte dann noch durch den Hauswirtschaftsraum, den Abstellraum und hinüber zur Waschküche. Gut, dass das Gebäude nicht auch noch unterkellert war. Überall sah ich nur verschlossene Fenster und Türen.

Alles nur Einbildung, sagte ich mir immer wieder und wandte mich der Treppe zu, um in mein Bett zu verschwinden. Eine ganze Stunde hatte diese Aktion gedauert, stellte ich fest, als ich auf meinen Wecker blickte. Dann stutzte ich. Was war das?

Da ich es vermieden hatte, während meiner Wanderung das Licht einzuschalten, holte ich es nun nach. Mir stockte der Atem. Neben meinem Wecker – ein Ring!

Kapitel 7

Ich saß lange Zeit auf dem Rand meines Bettes und starrte den Ring an. Er passte mir perfekt, und abgebildet darauf waren die Pyramiden. Wieder Kairo. Alle Gedanken und Wege führten nach Ägypten.

Ein Hinweis? Aber wie konnte jemand meine Überlegungen und Gedanken lesen? Ich hatte nur mit Maria darüber gesprochen und Anna eine Mail geschickt. Sicher, es bestand die vage Möglichkeit, dass diese Mail abgefangen wurde, aber das erschien mir zu abenteuerlich.

Mir kam ein anderer Gedanke. Ich sprach in der Küche mit Maria über Kairo, sollten wir dort abgehört worden sein? Marcus war clever, aber andere vielleicht auch. Ich sprang auf und rannte hinunter in die Küche, wäre fast über Johannas Gitter an der Treppe gestolpert, machte Licht und sah mich äußerst genau um. Wo könnte man ungesehen etwas Kleines verstecken? Sicherlich oben, also schaute ich in die Höhe. Nichts.

Dann nahm ich mir einen Stuhl, um einen besseren Überblick zu bekommen. Oberhalb der Hängeschränke erblickte ich auf Anhieb auch nichts.

Ich überlegte. Oben versteckte man immer etwas, aber unten?

Ich stieg vom Stuhl und bückte mich, ging in die Knie. Das Licht war zu schwach, ich sah nichts, ich brauchte eine Taschenlampe. Maria lagerte eine stets griffbereit in der obersten Schublade ihres Abstellraums. Nachdem ich sie geholt hatte, bückte ich mich wieder und suchte den Sockel der Küche ab, nichts.

Das ist zu niedrig, sagte ich mir, dort kam man mit dem Schrubber oder Besen hin, also kein guter Platz. Dann fiel mir Marias Küchenradio ein. Es war unter einem der Hängeschränke befestigt. Dahinter wurde ich fündig. Ein winzig kleiner Knopf, bereits verstaubt, verbarg sich hinter dem Radio.

So oft wie in den letzten zwei Wochen wurde mein Gehirn mit Grübeln schon lange nicht mehr strapaziert. Ich nahm mir vor, erst am Morgen den anderen etwas davon zu erzählen. Alles sollte so bleiben, damit niemand Verdacht schöpfte. Fast zwei Stunden nachdem ich von Geräuschen geweckt wurde lag ich wieder im Bett und schlief komischerweise sofort ein.

Um sieben saß ich in der Küche, ein Blatt lag griffbereit neben meiner Kaffeetasse.

Macht weiter, unauffällig, wir werden abgehört. Alles Nähere draußen.

Als Erstes erschien Maria, nicht erstaunt, mich bereits zu sehen. Ich deutete auf das Blatt, sie überflog es schnell, nickte und meinte: „Es ist so schönes Wetter, ich mach uns einen Kaffee, den können wir draußen trinken."

„Das ist eine gute Idee", sagte ich, „ich geh schon mal vor."

Ich ging aber nicht zur Terrasse, sondern nahm die Nebentür, die zur Einfahrt führte, das Blatt mit der Mitteilung nahm ich mit. Maria folgte mir kurze Zeit später. Wir entfernten uns ein Stück vom Haus. Die Bäume versperrten den Blick von der Straße zum Gebäude. Als ich der Ansicht war, weit genug von der Tür entfernt zu sein, erzählte ich ihr, was ich nachts erlebt und in der Küche gefunden hatte.

„Wir können nicht die gesamte Villa absuchen, aber ich nehme an, dass es noch mehr solcher Mikrofone gibt. Wir sollten im Haus so tun, als ob wir nichts bemerkt hätten und Privates nur noch draußen besprechen, aber nicht am Pool oder am Badehäuschen, das könnte auch verwanzt sein!"

Noch nicht einmal fünf Minuten später stieß Sophia mit Johanna zu uns.

„Was macht ihr beiden denn hier? Ist es der neue Versammlungsort?" Lachend schwenkte sie ebenfalls ihre Kaffeetasse: „Wir sollten dann aber Stühle herstellen und einen kleinen Tisch, es ist ja richtig gemütlich hier und schattig."

Ich zeigte Sophia mein Blatt mit der Mitteilung. Sie stutzte, sagte nichts mehr, sondern nickte nur.

„Du kannst hier reden, deshalb sind wir an diesen entlegenen Ort gegangen, hier kann man uns hoffentlich nicht abhören." Ich berichtete ihr von der nächtliche Suchaktion.

„Alles klar", meinte sie nur, „dann verhalten wir uns im Haus also so wie immer, und wenn etwas Wichtiges zu bereden ist, dann gehen wir hinaus, am besten wählen wir diesen Ort."

„Wir müssen nur noch Marcus informieren, er sollte die Bilder von heute Nacht kontrollieren. Ich bin immer noch der Meinung, jemand war im Haus. Maria verschließt abends immer beide Türen, die in die Küche führen, und da eine offen stand, muss ein Eindringling hier gewesen sein", beharrte ich auf meine Vermutung.

„Wie informieren wir Phyllis und Vater, schicken wir ihnen eine Mail?"

„Nein, auch Mails können abgefangen und gelesen werden. Wir sagen ihnen erst mal nichts, lassen alles so laufen wie bisher. Wir wissen nicht, wer die Wanze bei uns deponiert hat. War es Polidas, unser Widersacher beim letzten Auftrag, oder sogar Lopez? Es kann sogar Contino gewesen sein. Oder jemand, von dem wir es nicht vermuten." Sophia gab Marcus Bescheid, wo er uns finden konnte. Mittlerweile trugen Maria und ich einige Stühle nach vorne. Er wirkte leicht verwirrt, da Sophia ihm nur mit dem Finger auf den Lippen andeutete mitzukommen.

Nachdem auch Marcus seine Kurzinfo erhalten hatte, stand er wortlos auf und ging sofort an seinen Laptop. Er spulte die Aufnahme auf zwei Uhr nachts und dann eine halbe Stunde zurück. Tatsächlich, ein Schatten näherte sich der Küchentür. Leider zu dunkel, um etwas zu erkennen, hatten wir aber dennoch die Gewissheit, dass ich keinen Halluzinationen erlegen war. Kurz nach zwei Uhr bewegte sich die Gestalt aus der Tür hinaus und verschwand zwischen den Bäumen und Sträuchern, Richtung Tor. Der Sensor am Tor wiederum registrierte um 1:45 Uhr und gegen 2:20 Uhr eine Bewegung. Natürlich erzählte er es uns auf der neuen, provisorischen Terrasse. Johanna, die genüsslich weiterkaute, fragte uns auf einmal: „Ist das der Onkel, der am Zaun war?"

Jetzt hieß es Vorsicht. Behutsam fragte Sophia ihre Tochter: „Welchen Onkel meinst du, der große schwarzhaarige, der gestern hier war und mit Oma im Wohnzimmer saß?" Sie meinte Lopez, aber Johanna schüttelte den Kopf.

„Der am Zaun", beharrte sie.

„Hast du mit ihm gesprochen?"

Sophia versuchte ihre Nervosität zu verbergen. Johanna schüttelte den Kopf und nahm einen Schluck Milch aus ihrer Tasse: „Nein, hat nur da gestanden und geguckt." Die Fragerei war für sie erledigt, sie tapste in die Küche und kam mit Gurkenscheiben zurück, ihrem bevorzugten Frühstücksgemüse.

Wir verständigten uns mit Blicken und wollten im Beisein von Johanna nicht weiterreden. Maria reagierte als Erste: „Johanna, komm mit in die Küche, wir machen für Mama, Papa und Oma die Brötchen fertig." Bereitwillig zog sie mit Maria los.

„Es wird immer merkwürdiger", meinte Marcus, „wir dürfen die Kleine nicht mehr aus den Augen lassen, und wir müssen darauf achten, was sich auf der anderen Seite des Zauns bewegt."

Jetzt erst fiel mir der Ring ein, den ich am Mittelfinger trug. Mein Blick fiel auf die kleinen Pyramiden. Sollte ich es den anderen sagen? Ich zögerte.

„Lass uns in die Küche gehen, wir sollten uns dort ungezwungen unterhalten, wie jeden Morgen und kein Aufsehen erregen. Man will etwas hören, also bieten wir eine Vorstellung."

Nach dem Frühstück verschwand ich an meinen Schreibtisch.

Das erste Mal seit zwanzig Jahren schrieb ich einen Brief, einen richtigen Brief, keine Mail, an Anna. Ich erzählte ihr, was sich hier ereignet hatte und dass ich befürchtete, dass auch die Mails gelesen wurden. Ich richtete mir eine neue Mail-Adresse ein, bei einem Anbieter, den ich noch nie gewählt hatte. Diese neue Adresse teilte ich Anna ebenfalls per Brief mit. Adresse und Passwort speicherte ich nicht, sondern gab es immer wieder neu ein. Wenn jemand nachts ins Haus eindrang, wollte ich ihm nicht die Möglichkeit geben, schnell auf meine Mails zurückzugreifen und sie zu lesen. Den Brief an Anna steckte ich in meine Tasche, dann erst ging ich in mein Zimmer, duschte, zog mich an und fuhr ins Büro. Unterwegs hielt ich am Postamt und beförderte den Brief eigenhändig in den Briefkasten.

Sophia, Marcus und ich waren uns einig, auch das Büro unauffällig zu durchsuchen, aber nichts unseren Mitarbeitern zu erzählen, auch Sonja, unsere treue Seele, wollten wir außen vor lassen. Es wurde schwer für uns, Normalität auszustrahlen und im Büro so zu tun, als ob alles in Ordnung wäre. Um in Ruhe reden zu können, gingen wir in ein kleines Café, das einige Meter von unserem Büro entfernt lag. Sonja blickte bereits misstrauisch, diese Kaffeelust von uns kannte sie nicht, daher schlug ich bei einem weiteren Treffen vor, wenigstens sie einzuweihen. Sie arbeitete bereits über zehn Jahre für uns und genoss unser aller Vertrauen. Um kurz nach zwei bat ich sie, mit mir zu kommen.

Erst als wir uns an einen kleinen Tisch setzten und ich zwei Cappuccino für uns bestellte, fragte sie: „Was ist los?"

Wieder erzählte ich, bereits das dritte Mal, die Erlebnisse der letzten Nacht. Schweigend hörte sie zu, und als ich ihr sagte, dass Henry noch nichts erfahren dürfte und vorerst alles unter uns bleiben müsse, nickte sie nur.

„Ich dachte mir bereits, dass irgendetwas nicht stimmte. Aber dass es sich um eine Angelegenheit in solch einem Ausmaß handelt, damit habe ich nicht gerechnet."

„Haben Sie etwas bemerkt, Sonja?" bohrte ich nun bei ihr nach. „Ist jemand im Büro gewesen, der nicht bestellt war, hat jemand etwas geliefert, war der Eingang mal unbesetzt?"

„Ich überlege bereits, aber ich kann mich nicht erinnern. Wenn wir wenigstens wüssten, wann das Ding installiert worden ist, vielleicht schon Jahre, vielleicht erst einige Monate oder Tage."

Marcus durchsuchte in der Zwischenzeit unauffällig die Büroräume und wurde fündig.

Im Besprechungszimmer fand er eine weitere Wanze, gut versteckt in einem Bilderrahmen. Wieder trafen wir uns zu einem Gespräch außerhalb des Büros. Einige Meter neben dem kleinen Café befand sich ein Handyladen. Ich kaufte fünf Prepaid-Handys und verteilte sie an Sophia, Marcus und Sonja. Eins behielt ich für mich, das für Maria steckte ich ein und wollte es ihr in der Villa geben. Leider konnte ich Henry nichts davon sagen. Wenn ich ihn auch mit dem neuen Handy und der neuen Nummer anrief, konnte ich nicht sicher sein, dass man sein Handy nicht abhörte. Wenn wir nur klarer sehen würden! Hatte es etwas mit dem neuen Auftrag zu tun? Oder ging es um das Bauvorhaben in Casablanca? Konnte es mit dem Mord in der Villa zu tun haben?

Sonja stand als Erste auf, nachdem ich in dem kleinen Café das neue Kommunikationsmittel verteilt hatte. Auf allen fünf Handys speicherten wir die neuen Nummern, so dass wir untereinander schnell verbunden waren.

Sonja ging zurück ins Büro, sie wollte keine Aufmerksamkeit erregen und nicht zu lange wegbleiben.

Wieder dachte ich daran, den Flug nach Kairo zu buchen. Bereits den Hörer in der Hand, fiel mir doch noch rechtzeitig ein, es nur nicht telefonisch zu machen und dann auch noch mit Kreditkarte zu bezahlen. Nicht, weil Henry es sonst erfahren würde, ihn interessierten unser Kontobewegungen nicht, nein, wenn man Wanzen bei uns installierte, dann sicherlich nicht, um nur die Gespräche abzuhören. Unsere Konten könnten auch von Bedeutung sein.

Also tat ich das, was man in einem solchen Falle machen sollte: Ich holte Bargeld.

Im Augenblick fühlte ich mich beobachtet. Wurde ich paranoid?

Wie sollte ich unbeobachtet ins Reisebüro kommen? Sicherlich fiel es nicht auf, wenn ich anschließend mit einem Stapel Prospekte heraus spazierte. Also marschierte ich los, betrat das Reisebüro und erzählte eine Story: Geschenke machten sich immer gut. Ein Geschenk für Henry, der auch gerne Kairo besuchte. Es blieb mir nichts anderes übrig, als zwei Flüge zu buchen, einen Flug für den übernächsten Tag und einen eine Woche später auf den Namen meines Mannes.

„Er kann erst eine Woche später nachkommen“, erklärte ich dem Mann hinter dem Schreibtisch, „ich will aber vorfliegen. Sobald Don Henry hier ist, liegt das Ticket bereit, und er kommt nach. Ich zahle bar und bitte Sie, niemandem etwas zu sagen, auch meinen Töchtern nicht und schon gar nicht Fremden.“

Er verstand. Sicherlich etwas Falsches, aber ich wusste genau, er würde Schweigen wie ein Grab. Immerhin buchten wir als gute Kunden oft Reisen in seinem Reisebüro. Als ich dann auch noch Bargeld zückte, leuchteten seine Augen. Hier galt immer noch: Nur Bares ist Wahres.

Erleichtert und mit einem nochmaligen Ermahnen, absolut niemandem ein Sterbenswörtchen zu sagen, sonst würde er es mit der Doña persönlich zu tun bekommen, verließ ich den Laden mit einem Stapel Prospekte unter dem Arm.

Im Büro widmete ich mich meinen Mails und dem neuen Auftrag.

Anna schrieb wie immer und bat um einen Kurzbericht, den ich ihr unverzüglich gab. Den Brief schien sie noch nicht erhalten zu haben, denn in der Mail stolperte ich noch nicht über unser geheimes Losungswort aus frühster Jugend: Am Datum sah ich keine „versehentlichen“ zwei Punkte. Unser heimliches Erkennungszeichen aus unserer Jugendzeit. Wäre der Brief bereits angekommen, würde dort stehen: Dorsten, den 14.08..2008, es stand aber nur: Dorsten, den 14.08.2008 dort.

Leider hatte ich mit meinen Töchtern und mit Henry nie ein solches Erkennungsmerkmal ausgemacht. Ich hoffte inständig, dass Anna unser Geheimzeichen von früher nicht vergessen hatte.

Auch von Henry gab es eine Mail. Er und Phyllis hatten Casablanca erreicht und im Hotel eingecheckt. Contino ließ im Augenblick nichts von sich hören, lediglich eine Mitteilung lag vor, dass sie sich in Ruhe umsehen und die Tage genießen sollten, er würde sich bald bei ihnen melden. Eine deprimierende Mail, wie mir schien.

Gegen fünf beschloss ich Feierabend zu machen. Ich wollte gerade in den Wagen einsteigen, als mich jemand von der anderen Straßenseite rief: „Hallo Doña Josefine. Komm doch mal rüber.“ In der kleinen Eisdiele saß Doña Felicitas, eine meiner alten Freundinnen. Ich ging zu ihr, und sie deutete auf den Stuhl neben sich. „Ich habe der Doña Josefine bereits einen Cappuccino bestellt. Ich hoffe, es ist dir recht.“

Ich nickte: „Aber lass das blöde Doña weg, wenn wir unter uns sind. Diesen Ehrentitel hasse ich. Das waren noch Zeiten, als ich Dr. Strauß-Behring, die Arquitecta war.“ Ich seufzte.

„Tja“, meinte Felicitas, „mit dem Ehrentitel Doña kam die Rheumasalbe. Ich fühle mich noch nicht so alt, zumal ich noch nicht einmal Oma bin, so wie du, aber trotzdem habe ich den Titel“, kam es traurig über ihre Lippen, „aber lassen wir das Thema, erzähl mir lieber, was da bei euch los ist.“

Als Ehefrau des hiesigen Bankdirektors erhielt sie Informationen aus erster Hand. Aber diese Neuigkeiten wollte sie detailliert von mir persönlich wissen.

„Und es ist nicht Robert?“ Felicitas kannte Robert und natürlich auch die Geschichte seines Verschwindens.

„Wie die Polizei uns mitteilte, kann er es nicht gewesen sein. Nun forscht man nach, welche Vermisstenfälle es vor vierzig Jahren gab.“

Wir tranken aus und verabredeten uns für den folgenden Mittag. Da Felicitas in jungen Jahren Archäologie studiert hatte, überlegte ich, ihr den gefundenen Zettel zu zeigen. Vielleicht konnte sie oder jemand von ihren Freunden die Schrift entziffern.

Zu Hause ordnete ich in Roberts Zimmer die letzten Bücher ein. Es herrschte stickige Luft in dem unbewohnten Zimmer, deshalb öffnete ich die Tür zum Balkon. Im Laufe der letzten Jahre hatten wir nach und nach die einzelnen Räume mit Klimageräten bestückt, ließen aber die unbenutzten Zimmer der dritten Etage aus.

Ich erinnerte mich an die Überlegungen, die ich mit Anna vor noch nicht allzu langer Zeit angestellt hatte. Wo konnte er etwas verstecken, was nicht sofort gefunden werden sollte? Nicht in seinem eigenen Zimmer, so viel schien klar. Draußen auf der Terrasse? Schon eher. Oder ein Zimmer weiter? Halt! Das wäre dann meins!

Den Raum benutzten wir seit Jahren nicht mehr. Kurz nach Roberts Verschwinden zog ich eine Etage tiefer, in die Räume, die Sophia mit ihrer Familie nun bewohnte. Aus meinem Zimmer beförderte ich nur wenige Sachen eine Etage tiefer. Die alten Möbel blieben. Über die Terrasse wollte ich zu meinem ehemaligen Zimmer. Die Tür war natürlich verriegelt, ich blieb am Geländer stehen und blickte sie gedankenverloren an. Sollte ich dort suchen? Es konnte nicht schaden. Immerhin war die einzige Information, die wir gefunden hatten, in meinem damaligen Lieblingsbuch deponiert. Dass der Zettel etwas mit Robert zu tun haben musste, war für mich klar. Vielleicht fehlte ihm die Zeit, es zurückzustellen, und mit anderen Sachen oder Hinweisen konnte er es noch machen. Ich sollte die alten Bücher von mir durchsuchen! Froh, wieder ein Ziel vor Augen zu haben, ging ich zurück, verschloss die Tür und wählte den Weg über den Flur. Dass hier schon lange nicht mehr gelüftet worden war, merkte man sofort, aber nachdem ich die Terrassentür aufgerissen hatte, änderte sich das schnell. Zum Glück standen nicht mehr viele ehemalige Möbelstücke in diesem Raum, sogar ein Teil der alten Jugendbücher lag mittlerweile bei meinen Töchtern. Dennoch füllten die verstaubten Dinger zwei große Regale. Sollte ich ziellos suchen, schauen, ob sich noch ein ehemaliges Lieblingsbuch darunter befand, oder systematisch?

Ordentlich wie ich war, wählte ich Letzteres. Mit der ersten Reihe Bücher in der Hand, stand ich in der Mitte des Raumes, als mein Blick auf ein altes, gerahmtes Bild über meinem ehemaligen Bett fiel. Die Pyramiden von Gizeh.

Ich erinnerte mich schwach, es aus einer Zeitschrift ausgeschnitten zu haben. Ich liebte Ägypten, und ich liebte die geheimnisvollen Pyramiden, um die es so viele Rätsel gab.

Ich ließ die Bücher auf das Bett fallen, starrte auf den kürzlich gefundenen Ring an meinem Finger: ebenfalls die berühmten Pyramiden. Ein Wink des Schicksals?

Schnell stieg ich aufs Bett, zerrte das Bild von der Wand und drehte es um. Dahinter klebte leider keine geheimnisvolle Nachricht, also löste ich die alten, rostigen Klammern der Rückwand, nahm den Karton zur Seite und hielt einen vergilbten Zettel in der Hand. Von mir war er nicht.

Handschriftlich schien etwas darauf zu stehen. Aber was? Der Fluch, der über meine Lippen kam, sollte besser nicht weitergegeben werden. Auf Anhieb erkannte ich nichts, ahnte nur Schriftzüge. Am Ende der Zeilen vermutete ich ein: *Gruß Robert.*

Eine Nachricht? Es war zu dunkel in meinem alten Zimmer, vielleicht half grelles Sonnenlicht, um die Schrift zu entziffern. Ich eilte polternd hinunter in den Garten, erblickte den in der prallen Sonne liegenden Pool und rannte dort hin. Maria hetzte hinter mir her und blieb keuchend stehen. Mit den Fingern auf den Lippen deutete ich auf den Stuhl. Wortlos setzte sie sich, runzelte die Stirn und stellte die wortlose Frage: Was ist geschehen?

Ich zeigte Maria den vergilbten Zettel, sie starrte ihn an und konnte nichts damit anfangen. Ich deutete nach oben, sie nickte, schien aber die Geste misszudeuten. Ich winkte ihr, mir zu folgen. Gut, dass wir den kleinen Sitzplatz vor dem Kücheneingang zur Besprechungsecke erklärt hatten.

„Aus deinem Zimmer? Hinter dem alten Bild? Ein seltsames Versteck."

„Es muss mit Kairo zusammenhängen, Roberts Verschwinden", überlegte ich leise, „diesen Ring fand ich bei meinen Sachen, in der Nacht, in der ich glaubte, jemanden im Haus gehört zu haben. In der Nacht, in der wir die Wanze fanden."

„Das hast du nicht erwähnt“, sagte sie vorwurfsvoll, „dass du einen Ring gefunden hast, meine ich.“

„Ich hielt es erst einmal nicht für wichtig, vergaß die Sache dann ...“

Maria sah sich den Ring genauer an. „Es ist kein neuer Ring, schau dir die kleinen Kratzer an.“

In der gleißenden Sonne und mit meiner Brille auf der Nase erkannte ich winzige Riefen und Abnutzungen.

„Du hast recht, er sieht getragen aus.“

„Was soll das Ganze? Warum nicht ein ordentlich geschriebener Brief mit Erklärungen, warum diese Geheimnistuerei?“

„Weil das zu einfach wäre?“

Maria sah mich lachend an. „Stimmt, es wäre zu einfach.“

„Ich fliege nach Kairo, und du hältst hier die Stellung. Sage niemandem, wo ich bin. Irgendetwas stimmt da nicht. Aber was? Es muss eine einfache Erklärung geben, denn wenn ich unser Alter bedenke, ich war sechzehn, Robert achtzehn Jahre alt.“

„Denke jünger“, flüsterte Maria.

Ich starrte sie sprachlos an.

„Versetzte dich vierzig Jahre zurück. Du willst jemandem etwas mitteilen, dein damaliges Wissen war noch nicht so ausgeprägt wie heute, du hattest noch nicht studiert. Man müsste die Problematik mit einer Sechzehnjährigen besprechen, vielleicht gibt sie uns einen brauchbaren Hinweis ...“

„Sicherlich. Die sagt uns, schick ne SMS.“

„Du hast recht. Das geht nicht“, stimmte sie zu, während ich zum läutenden Telefon griff.

Phyllis meldete sich aus Casablanca.

„Was gibt es Neues?“

„Nicht viel, wir genießen mehr oder weniger die freien Tage. Contino ließ sich noch nicht blicken. Aber wir telefonierten schon miteinander“, gab sie gereizt zu, „trotzdem ist es langweilig, ich kann nicht viel machen, und im Büro wartet die Arbeit.“

„Ist dein Vater in der Nähe?“

„Nein!“ Es kam postwendend. „Er ist im Souk, wo auch sonst, und frönt seinem Hobby: er handelt. Ich glaube, er hat unseren Bestand an Wasserpfeifen drastisch erhöht, dabei raucht er doch gar nicht“, wieder ein mürrischer Unterton, „ich weiß nicht, wie wir die alle mitbekommen sollen!“

Typisch Henry. Perfektes Handeln lag ihm ungemein. Ich verabschiedete mich gerade von Phyllis, als Maria nach oben deutete und winkte. Ich verstand und folgte ihr. Nun hatte die Suchwut sie ebenfalls ergriffen. Ich fand sie in meinem ehemaligen Zimmer, sie blätterte die Bücher durch, die bereits auf dem Bett lagen.

„Ich glaube, hier können wir uns ungestört unterhalten und werden nicht abgehört“, meinte sie, „ich dachte, da wir nichts anderes zu tun haben, können wir hier weitermachen. Nachdem zwei Zettel gefunden wurden, könnte es noch mehr geben.“

Es wäre zu schön gewesen, wenn wir mehr entdeckt hätten.

„Sollen wir den überflüssigen Plunder nicht entsorgen?“

„Das sollten wir wirklich bei Gelegenheit mal angehen“, meinte ich, „aber nicht ohne eine sorgfältige Kontrolle.“

„Ich hab auch schon die richtige Person dafür.“ Maria grinste, ich wusste, wen sie meinte.

Am nächsten Morgen fing Felipe, Marias Mann, mit der Arbeit an. Gegen Mittag besuchte uns Doña Felicitas. Maria ließ uns alleine, servierte aber noch ein kühles Glas Wasser und einen Kaffee.

„Nun zeig mir schon den Zettel!“ Neugierig geworden, wollte sie nicht warten. „Das wird schwierig“, brütete sie über dem kleinen Stück Papier, „aber ich werde mal sehen, was ich da machen kann. Kann ich das mitnehmen?“

„Es ist eine Kopie“, gab ich zu bedenken, „du kannst sie mitnehmen, das Original ist im Polizeilabor.“

„Viel kann ich nicht erkennen, aber es gibt da einige Möglichkeiten, und wenn ich Kairo in meine Überlegungen mit einbeziehe und da auch noch recherchiere ...“ Felicitas war in ihrem Element. Ich nahm an, die Rheumasalbe konnte für den Augenblick weggelegt werden.

„Hast du Zeit dafür?“ Sie schaute mich missbilligend an.

„Ich habe zu Hause einen schwerkranken Mann liegen, er wälzt sich gerade mit einer lebensbedrohlichen Temperaturerhöhung von sechsunddreißig auf siebenunddreißig Grad im Todeskampf. Ich bin froh, einen plausiblen Grund gefunden zu haben, um das Haus verlassen zu können.“

„Wenn Männer krank werden ...“ Alles weitere blieb unausgesprochen.

„Ab morgen bin ich nur über meine Mailadresse zu erreichen“, gestand ich ihr, „ich will nach Kairo, um dort nachzuforschen.“

„Das kann ich verstehen. Wenn du Hilfe benötigst, melde dich, ich komme sofort nach.“ Auf Felicitas war immer Verlass, sie half, ohne Fragen zu stellen, und versuchte auch nicht, mir die Reise auszureden.

Später packte ich meine Sachen für den kommenden Tag. Sophia gesellte sich zu mir.

„Willst du mir nicht verraten, was du vorhast?"

Ich schüttelte den Kopf. „Ich bin mir selbst noch nicht darüber im Klaren, aber ich melde mich per Mail." Ich deutete nach draußen, damit wir uns ungestört weiter unterhalten konnten.

Johanna suchte ihren Opa, wir trösteten sie, dass er bald wieder da wäre.

„Wir rufen ihn an", beschloss Sophia, mit einem Blick in meine Richtung. „Keine Angst, ich schweige. Soll er es gar nicht wissen?"

„Ich habe einen Flug für ihn gebucht. Das Ticket ist im Reisebüro hinterlegt. Zuerst möchte ich mir alles alleine anschauen. Du musst den beiden, sobald sie hier sind, die neue Situation hier im Haus erklären."

Sophia nickte. Johanna kam mit einem Telefonhörer in der Hand aus dem Haus zurück: „Opa anrufen!" Ihr bestimmender Tonfall ließ keine Verzögerung zu. Also wählte ihre Mutter, und kurze Zeit später berichtete sie Don Henry die Neuigkeiten.

Kapitel 8

Felicitas brachte mich zum Flughafen. Als ich ausstieg, drückte sie mir ihre sogenannte Orientmedizin in die Hand und grinste: „Nicht dass du krank wirst!"

„Wie soll ich denn den Leuten an der Sicherheitskontrolle begreiflich machen, dass ich eine Flasche Gin im Handgepäck habe?"

„Du bist doch sonst so erfindungsreich, da wird dir sicherlich auch eine Erklärung einfallen." Ich packte die Flasche in den Koffer, den ich aufgab, in der Hoffnung, dass sie unterwegs nicht zerbrach.

Wir vereinbarten, dass sie das Ticket für Henry abholen sollte. Ihre Recherchen hinsichtlich der vergilbten Zettel brachten einen ersten Erfolg.

Sie gab mir die vermeintlichen Übersetzungen. „Wenn ich mich nicht irre, ist es Arabisch. El Dabu müsste dann ein Name sein, vielleicht ein Nachname, dann vermute ich das Wort Hilfe und die weibliche Form von: es tut mir leid."

„Könnte es sein", mutmaßte ich, „dass es Roberts Mutter geschrieben hat? Aber wieso versteckte er es? Und wer brachte die Nachricht zu Robert?"

„Ich kann dir damit nicht weiterhelfen. Vielleicht findest du es heraus, wenn du in Kairo bist. Ich habe eine Kopie behalten und schau mal, was ich noch herausfinde. Deine Mail-Adresse kenne ich, und deine Handynummer habe ich gespeichert."

Wir wandten uns dem kleinen Café in der Eingangshalle zu und bestellten.

„Stirbt dein Mann immer noch? Oder ist Don Jaime auf dem Weg der Besserung?"

Felicitas winkte genervt ab. „Er hat sich heute aus dem Bett gequält. Das Thermometer tat ihm nicht den Gefallen, auf über siebenunddreißig Grad zu klettern. Nachdem er dann stöhnte, wie schlecht es ihm ginge und niemand seine Klagen erhörte, zog er sich an und verschwand ins Büro. Ich bin froh, dass ich ihm gestern schon sagte, dass ich dich heute zum Flughafen bringen würde."

„Aber es muss doch einen Grund geben für seine schlechte Stimmung?"

„Er beneidet Henry, der ständig mit Johanna im Schlepptau herumläuft und sie auch zu den Bankterminen mitbringt. Er hat Langeweile. Warum meinst du, ruft er immer wieder Henry an und lässt sich Unterlagen bringen, oder holt sie bei euch zu Hause ab? Weil er dann Johanna sieht und mit Henry reden kann. Ich habe auch schon überlegt, was man da unternehmen könnte."

„Vielleicht solltet ihr auch eure Terrasse umbauen", meinte ich sarkastisch, „dann gibt es Unterhaltung!"

Ihr Gesicht sprach Bände, ein „Mmpf" kam über Felicitas Lippen. „Aber in einem hast du recht, wir sollten anbauen und renovieren. Jaime meint, unser Haus habe Flair, ich finde, er verwechselt das mit Renovierungsnachholbedarf."

Ich musste laut lachen. „Warum nimmst du das nicht selbst in die Hand?"

In diesem Augenblick wurde mein Flug aufgerufen, wir verabschiedeten uns, und ich ging durch die Absperrung.

„Vielleicht sollte ich ihm vorschlagen, dass wir dir nachfahren", rief sie mir hinterher.

Ich winkte zum Abschied. „Soll ich schon die Zimmer reservieren?"

Vier Stunden später landete ich in Kairo und wurde mit einem Wagen inklusive Chauffeur des Mena Houses abgeholt. Vom Fenster meiner Suite aus blickte ich direkt auf die Pyramiden. Gedankenverloren strich ich über den kürzlich gefundenen Ring, packte erst gar nicht meinen Koffer aus, sondern begab mich sofort zu dem kleinen Juwelierladen, der sich im Eingangsbereich befand.

Freudestrahlend wurde ich in den Arm genommen. Achmed begrüßte mich wie eine alte Freundin, oder besser gesagt, wie eine gute Kundin. Sofort wurde mir Tee angeboten. Ich zeigte ihm den Ring. Interessiert begutachtete er ihn von allen Seiten, setzte seine Lupe auf, und ich hörte nur noch ein: „Aahh, ehh“, mit dem ich nichts anfangen konnte.

„Was können Sie mir über den Ring sagen?“ versuchte ich einige brauchbare Wörter aus Achmeds Mund hervorzuzaubern.

„Oh, er ist alt“, stammelte er, „sehr alt, ein wunderschönes Stück“, was er auch immer darunter verstand, „er stammt aus einer Goldschmiede hier aus Kairo, aber“, wieder eine dieser Pausen, die mich nervös machten, „aber diese Werkstatt gibt es nicht mehr.“

Nur das Zucken seines rechten Augenlides zeigte eine Gefühlsregung.

„Gut, aber wo war sie früher einmal, das werden Sie mir doch sicherlich erzählen können.“ Ich nahm geduldig noch einen Schluck Tee, versuchte keine Hektik zu zeigen. „Gibt es eine Adresse?“

Es musste mehr dahinterstecken, als er zu erkennen gab. Irgendetwas erregte seine Aufmerksamkeit. Aber was?

Er schüttelte irritiert den Kopf. „Sie müssen doch wissen, wo Sie ihn gekauft haben.“ Äußerst geduldig erzählte ich ihm sinngemäß von einem Erbstück meiner Mutter, das wirkte.

„Ahhhh“, ging es wieder los, er kroch fast in den Ring hinein, „dann besuchte Ihre Mutter Kairo auch schon?“ Er erwartete keine Antwort, denn er wirkte geistesabwesend.

Ich nickte und wartete auf eine Reaktion. Es dauerte eine gewisse Zeit, bis er mir mit einem Seufzer den Ring zurückreichte. Ich ermahnte mich, ruhig zu bleiben, während er aufstand, um Tee nachzuschenken. Auch den trank ich, was blieb mir anderes übrig, ich wollte schließlich eine Antwort. Er griff zu einem Bleistift und einem kleinen Blatt Papier und schrieb einige arabische Buchstaben und Zahlen auf. Dann registrierte er mein Unwissen und änderte die Schrift. Den kleinen Zettel legte er neben sich auf ein Beistelltischchen.

Jetzt nur keine Eile erkennen lassen, nahm ich mir vor, gelassen und desinteressiert bleiben. Eine weitere Tasse Tee wurde eingeschenkt, ich ahnte, was nun kommen würde: das übliche Palaver. Achmed deutete ein Winken an, und sofort erschien ein weiterer Bediensteter, in der Hand eine Palette mit Ketten und Ringen. Äußerst interessiert schaute ich sie mir an. Was soll’s, dachte ich, es geht nun mal nicht anders. Ich wählte eine Kette aus und noch einen Ring.

Achmed verstaute Ring und Kette in getrennten kleinen Samtbeutelchen, steckte den Adressenzettel zum Ring und überreichte mir beides. Er wahrte so sein Gesicht, ich zuckte mit keiner Wimper, nahm dankend, nach dem Bezahlen den Schmuck entgegen und verabschiedete mich mit den üblichen Umarmungen. Achmed machte ein gutes Geschäft, ich aber auch. Ich versuchte den Weg zu meinem Zimmer langsam zu beschreiten und Ruhe zu bewahren. Heute, in der Dunkelheit, würde ich nichts mehr unternehmen. An der Rezeption bat ich Machmut, der nun Dienst hatte, mir für den nächsten Tag ein Taxi zu organisieren. Zu müde, um noch klar zu denken, wollte ich nur noch schlafen. Ich schickte aber noch eine SMS an Felicitas, damit sie wusste, dass ich mein Ziel unversehrt erreicht hatte.

Kapitel 9

Auf der eigenen Terrasse, natürlich mit Blick auf die Pyramiden, ließ ich mir das Frühstück servieren, da ich noch keine Lust verspürte, am frühen Morgen fremden Menschen zu begegnen. Kurz checkte ich meine Mails und antwortete etwas ausführlicher Anna und Felicitas. Sophia erhielt nur eine Kurzmitteilung über die glückliche Ankunft in Kairo. Johanna schickte ich auch Grüße und schaltete dann den Laptop aus. In bequemen Hosen und Schuhen, obwohl ich nicht hoffte, viel laufen zu müssen, fand ich mich an der Rezeption ein. Das Taxi wartete bereits, das übliche Handeln überging ich und stieg ein. Mein Fahrer Mohammed würde mich mit Freuden begleiten. Vorerst ließ ich ihn reden, hörte aber gar nicht zu. Das Procedere kannte ich nur allzu gut, erst einmal fuhr er durch die Gegend, ich musste ihm noch keine Adresse nennen, denn dort würde er im Moment nicht hinfahren.

Als er mich zuerst zu seinem Schwager und Bruder kutschieren wollte, die ein großes und schönes Geschäft besaßen, wo ich billig einkaufen könnte, schüttelte ich den Kopf. Es schien ihn nicht zu kümmern. Erst ein laut vernehmliches „Lâ“, nein, machte ihn stutzig. Er registrierte nun endlich, dass ich wohl doch nicht der typische Tourist war. Er quasselte weiter, ich hörte nicht zu, denn meine Gedanken weilten in der Vergangenheit.

Zweifel kamen auf. Was sollte Robert mit Ägypten zu tun haben? Wenn ich mir die moderne Stadt anschaute, durch die wir gerade fuhren, konnte ich mir Robert hier vorstellen, aber wie sah es vor vierzig Jahren aus? Sicherlich wie ein Stück weiter, in den Slums. Und vor achtundfünfzig Jahren?

Zweifel nagten an der Richtigkeit meiner Überlegungen. Abrupt landete ich wieder in der Gegenwart. Es wurde Zeit, dem Fahrer die erste Adresse zu nennen. Sollte ich zuerst zur Kornesh el Nile oder die ehemalige Adresse des Juweliers anfahren lassen? Ich entschied mich für Ersteres. Mohammed hörte nicht zu, ich musste energischer und auch lauter auftreten. Erstaunt blickte er sich um. Mein Blick schien eine deutliche Sprache zu sprechen, denn sofort änderte er die Fahrtrichtung. Ohne Rücksicht auf Gegenverkehr raste er zurück.

„Wenn du morgen auch noch für mich fahren willst, dann ändere das Tempo“, sagte ich leise, „ich benötige eine Woche lang einen Fahrer bei guter Bezahlung. Ich bekomme jederzeit einen anderen.“

Das saß, er nahm nunmehr den direkten Weg, und ich nickte nur leicht.

„Gut“, murmelte ich, „immerhin kenne ich mich hier gut aus, ich bin ja nicht das erste Mal hier.“

Er schwieg und konzentrierte sich aufs Fahren. Vorbei an unzähligen Händlern, kleinen und größeren Geschäften und den Basaren, gelangten wir endlich wieder zurück zum Nil und dann auch zur Kornesh el Nile. Die lange Straße führt kilometerlang am Fluss entlang. Ich forderte Mohammed auf, langsamer zu fahren, ungläubig starrte er in den Rückspiegel. Unsere Blicke trafen sich, und ich bekräftigte meine Forderung mit einem energischen Nicken. Mittlerweile schien er mich für bescheuert oder schlimmer: dämlich zu halten. Kein Mensch in Kairo bewegte sich langsam, hier geschah alles hektisch und in größter Eile. Obwohl das Tempo nun reduziert wurde, war es noch zu schnell, um die Hausnummern erkennen zu können.

„Ich suche diese Nummer“, ich reichte ihm den Zettel, „gibt es sie? Oder gab es sie früher einmal?“

Wieder Zweifel in Mohammeds Augen. „Suchst du jemand bestimmten?“ fragte er verwundert.

„Ich suche diese Adresse!“

Er blickte kurz auf die Zahlenreihe. „Lies mir die Zahlen vor“, meinte er und schaute stur auf die belebte Straße.

„97533“, las ich laut und deutlich, während mir der Gedanke kam: Mohammed kann nicht lesen, deshalb sollte ich vorlesen und deshalb fand er die Hausnummer nicht. Resigniert bat ich ihn, bei nächster Gelegenheit anzuhalten. Ein schwieriges Unterfangen im heillos überlaufenden Kairo. Ich wollte die Straße zu Fuß entlanglaufen. Endlich, Mohammed kurvte eine halbe Stunde durch den dichten Verkehr, bis er so etwas Ähnliches wie eine Parklücke entdeckte. Ich wies ihn an, hier auf mich zu warten, misstrauisch beäugte er die Umgebung, mich und den Straßenverkehr und schüttelte dann rigoros den Kopf.

„Lâ“, kam es aus seinem Mund, „at-tariq tawil.“ Der Weg ist lang. Er ließ sein Taxi einfach stehen und begleitete mich. Der Weg stellte sich tatsächlich als sehr lang heraus. Gut, dass ich bequeme Schuhe trug. Zunächst setzte ich mich mit dem Zahlensystem der Hausnummern auseinander und bemerkte, dass es kompliziert war. Während man in Deutschland noch davon ausgehen konnte, dass nach 25 in nächster Nähe die Nummer 24 oder 26 in Erscheinung treten musste, herrschte hier in Kairo kein logisches System. Das bedeutete: bei jedem einzelnen Haus die Nummer nachlesen. Klasse, kam es mir in den Sinn, und bei wie vielen der Gebäude hatte man die Nummerierung weggelassen? Nach einer Stunde Fußmarsch brauchte ich eine Pause. Mohammed im Schlepptau, der sich nun wirklich als keine große Hilfe erwies, steuerte ich ein kleines Café an. Der dienstbeflissene Kellner kam angerannt, wischte mit einem Tuch, das sicherlich auch schon mal einen Waschtrog gesehen haben musste, über Tisch und Stuhl, um dann unsere Bestellung aufzunehmen. Hoffentlich benutzte er das Tuch nicht auch noch für die Reinigung der Tassen.

Ich deutete auf den Zettel mit der Straße und Nummer, erklärte meinem Begleiter, er solle den Kellner fragen, ob er diese Adresse kannte. Ein langes, endlos scheinendes Geplänkel begann. Ich lehnte mich entspannt zurück und wartete, bis die beiden eine Einigung erzielten. Wortlos griff ich in meine Jackentasche und holte etwas Geld heraus. Es würde gleich die Frage nach einem Bakschisch kommen. Richtig, noch bevor sie es aussprachen, reichte ich einige Scheine rüber.

Seine Kommunikationsfähigkeit verbesserte sich augenblicklich, als er das Geld in Händen hielt. Damit wäre der erste Teil erledigt, nun würde Mohammed einen Hinweis erhalten.

Genau eine Stunde, nachdem wir das Café betreten hatten, verließen wir es wieder. Mohammed mit der Wegbeschreibung in der Hand, die er mir reichte, sobald wir draußen waren.

„Und wohin nun?“ fragte ich, neugierig in alle Richtungen blickend. Der starke Verkehr schien zugenommen zu haben. Der Lärm nervte, das Geschrei der Markthändler nahm zu, und trotzdem fühlte ich mich wie zu Hause.

Mohammed deutete nach links.

„Wir müssen dort entlang.“ Schnell lief er vor, ich japste hinterher. „Yallah, yallah, los komm“, beeilte er sich.

„Langsamer“, schnaufte ich zurück. Ich begriff nicht, warum er auf einmal so rannte. Aber kurze Zeit später standen wir vor einem großen, alten Gebäude, von der Straße durch ein Tor und einen gepflegten parkähnlichen Garten getrennt. Die hochherrschaftliche Villa machte einen bewohnten Eindruck, leider sah ich niemanden, den ich nach dem Namen des Besitzers fragen konnte. Vorsichtshalber verglich ich die Zahlen am Tor mit denen auf meinem Zettel.

„Da sind wir“, strahlte Mohammed, „ich habe es gefunden.“

Die Nummer schien zu stimmen, Mohammed schaute erwartungsvoll in meine Richtung. Ich nickte lediglich, schoss einige Fotos, versuchte die Straße zu überqueren, was hinsichtlich des starken Verkehrs ein gefährliches Unterfangen war, und erntete Stirnrunzeln von Seiten meines Begleiters.

„Wollen wir nicht anklopfen?“

„Nein“, erwiderte ich nachdenklich, „wir fahren nun zu der anderen Adresse, dort, wo früher der Juwelierladen gewesen sein soll. Das schaue ich mir ebenfalls an, und dann entscheide ich, was wir als Nächstes machen.“

Wir marschierten zurück zum Taxi, und nach zehn Minuten erreichten wir das Ziel. Für ägyptische Verhältnisse befanden wir uns nun in einem neuerbauten Industriegebiet. Die Straßen schienen noch nicht fertig, aber man konnte nicht wissen, ob das den Tatsachen entsprach. Vor einem Geschäft, welches Bekleidung und andere Utensilien beherbergte, hielten wir. Ich schaute Mohammed fragend an: „Hier?“

„Na am“, gab er lächelnd zurück, „ja, das ist der Ort, den du aufsuchen wolltest.“ Irgendwie zweifelte ich.

„Der Ort, an dem früher einmal das Juweliergeschäft stand?“ Vorsichtshalber vergewisserte ich mich nochmals. „Ist das hier korrekt?“

„Glaubst du mir nicht?“ Ich nickte, obwohl ich unsicher war. Ich stieg aus und ging auf den Laden zu. Es konnte nicht schaden, ihn einmal näher zu betrachten. Mohammed folgte mir unaufgefordert. Sofort begrüßte mich der Verkäufer, nachdem ich entschlossen das Geschäft betrat. Unverbindlich wurde mir sofort eine Tasse Tee angeboten. Das übliche Procedere begann. Ich schaute mir die ausgestellten Sachen an, was mich nicht wirklich interessierte. Der Verkäufer sprach Deutsch, und so konnte ich ihn aushorchen, erzählte etwas von dem Ring, den meine Mutter vor vielen Jahren hier kaufte. Traurig erklärte er mir, dass das nicht derselbe Laden sei, zeigte aber Verständnis, als ich ihn fragte, ob es noch den alten Eigentümer gäbe.

Er nickte. Nun hieß es, Desinteresse zu zeigen und erst einmal einzukaufen. Ich wählte eine antike Wasserpfeife aus, suchte bei den kleinen Teppichen, achtete auf den Preis, nicht zu billig, ich musste gleich noch handeln, wählte dann noch verschiedene Kühlschrankmagnete aus, insgesamt sieben, legte alles an die Kasse und fragte nach dem Preis. Zu viel handeln wollte ich nicht, er sollte glauben, ein gutes Geschäft gemacht zu haben, zu wenig aber auch nicht, dann würde ich das Gesicht verlieren und in seinen Augen als Versager dastehen.

Mit den Einkäufen und der Adresse des ehemaligen Juweliers fuhr ich zurück ins Mena House. Völlig fertig wollte ich nur noch meine Füße kühlen, einen Kaffee trinken und eine Kleinigkeit essen. Mittlerweile schon zwei Uhr nachmittags, knurrte mir der Magen. Auf meinem Zimmer verstaute ich die Einkäufe und überlegte, wem ich sie schenken könnte. Mit dem kleinen Laptop in der Handtasche ging ich ins Restaurant, bestellte einen Salat und wollte meine Mails checken. Nur Sekunden nachdem ich ihn eingeschaltet hatte ging das Handy.

„Mama!“ hörte ich vorwurfsvoll. „Wo in drei Gottes Namen treibst du dich herum?“ Phyllis wartete die Antwort nicht ab, sondern schimpfte weiter: „Unternimmst du wieder mal etwas auf eigene Faust? Sag am besten nichts, ich kann es mir denken. Soll Papa es nicht erfahren? Bist du in Kairo?“

Woher sie diese Infos hatte, blieb ein Rätsel.

„Pst, nicht so laut, dein Vater soll es noch nicht wissen. Aber wie hast du es in Erfahrung gebracht, hat jemand gepetzt?“

„Keine Angst, dein Ehemann ist nicht in der Nähe, aber nachdem du nicht im Büro und im Haus warst, ahnte ich etwas. Warum hast du nicht auf uns gewartet?“

Ich versuchte, eine notdürftige Erklärung abzugeben. „Das Ticket für deinen Vater liegt bereits zu Hause. Er soll nachkommen, ich wollte euch nicht ablenken von dem merkwürdigen Termin in Casablanca. Was hat sich denn bei euch ergeben? Habt ihr Kontakt zu Contino? Was sagte er? Erzähl.“

„Nicht viel, wir haben uns heute Morgen mit ihm getroffen, er hatte noch in Marrakesch zu tun und ist dort aufgehalten worden. Wir sollen hier in Casablanca ein Hotel für ihn bauen, haben den Auftrag schon in der Tasche und fliegen morgen zurück. Das Objekt muss durchkalkuliert werden, und er benötigt erste Vorschläge. Ich habe schon einige Ideen. Papa wollte es dir sofort erzählen, aber wir haben dich nicht erreichen können. Maria schwafelte um den heißen Brei herum, Sonja ebenfalls, dein Handy war aus, da haben wir uns Sorgen gemacht.“

Ich wiegelte ab. „Ich bin hier in Kairo, weil ich zu Hause einige Hinweise fand, die ich hier überprüfen wollte ...“

Phyllis lachte auf und ließ mich nicht ausreden: „Bitte nicht die Ausreden, die du bei meinem Vater gebrauchst, du hast die Reise sicherlich schon geplant, als wir noch zu Hause waren“, warf sie mir vor, ich zog es vor zu schweigen, was sie natürlich als Zustimmung wertete.

„Ich schicke Don Henry zurück nach Spanien und fliege direkt nach Kairo“, schlug sie vor, „ich kann die Kostenschätzungen auch im Flugzeug weiterbearbeiten und vervollständigen. Ich komme also zu dir. Buche ein Zimmer, aber bitte mit Pyramidenblick, du wohnst doch bestimmt im Mena House?“

Ich nickte, bis mir einfiel, sie konnte es nicht sehen. „Gut, also willst du deinen Vater auch beschummeln.“

„So will ich es nicht direkt sagen“, grübelte sie, „ich komme! Ich komme auf jeden Fall. Unternehme nichts Unüberlegtes, warte, bis ich oder wir da sind!“

Sie legte auf, bevor ich antworten konnte. Ich plante sowieso nur, das Terrain zu sondieren, solange ich alleine war. Ich ging zur Rezeption und buchte ein zusätzliches Zimmer für Phyllis und wettete mit mir selbst, dass die beiden, mein Mann und meine Tochter allerspätestens übermorgen ankommen würden. Da ich nicht vorhatte, meine Füße heute noch mehr zu strapazieren, gab ich im hausinternen Café Bescheid, mir Kaffee und kalte Cola Light am Pool zu servieren. Wenn ich schon auf meine Sippe warten sollte, dann in Ruhe und gemütlich am Wasser, mit Blick auf die Cheopspyramide. Lange hielt ich es nicht aus, ich wurde unruhig. Also ging ich zurück in mein Zimmer. Ich wollte meine Tasche holen und nochmals den Juwelier besuchen. Kurz ging ich ins Bad, und da sah ich ihn ...! Unübersehbar!

Ein weiterer Ring lag auf der Ablage im Badezimmer, sorgfältig auf einem Handtuch dekoriert. Diesmal das Motiv des Horusauges. Ein wunderschöner Ring, der ebenfalls passte. Ich streifte ihn sofort über.

Wenn mich auch noch kurze Zeit zuvor Zweifel plagten, ob Kairo das richtige Ziel meiner Nachforschungen war, nun war ich sicher. Ob ich Robert finden würde, schien im Moment zweitrangig, aber es war sicher, dass derjenige, der die Ringe bislang bei mir deponierte, mich auf diese Fährte locken wollte. Oder hatte das Eine mit dem Anderen nichts zu tun? Welche Nachricht verbarg sich hinter diesen Schmuckstücken? Eine Warnung, oder ein Hinweis weiterzusuchen? Kurz entschlossen packte ich nochmals meine Tasche und eilte zum Juwelier. Er begrüßte mich freudig. Ich hielt mich diesmal nicht mit freundlichem Geplänkel auf, sondern kam sofort zur Sache.

„Wurde dieser Ring heute bei Ihnen gekauft?“

Er schaute verdutzt, fand mich unhöflich und verhielt sich entsprechend. Er würdigte den neuen Ring keines Blickes, also holte ich tief Luft und versuchte es nochmals in Ruhe.

„Ich möchte nur wissen, ob er hier bei Ihnen gekauft wurde. Ich muss es wissen, ich suche jemanden“, ging ich nunmehr in die Einzelheiten. „Er scheint ihn mir ins Zimmer gelegt zu haben.“ Noch keine Antwort, aber ein misstrauischer Blick, da in diesem Augenblick weitere Kunden seinen Laden betraten, winkte er zu seiner Sitzecke. „Ich komme gleich wieder“, sagte er und wandte sich dann den anderen Kunden zu. Gott sei Dank hatte ich heute nichts weiter vor. Geduldig wartete ich, geduldig trank ich den servierten Tee, in der Hoffnung, dass der Laden sich bald wieder leeren würde. Es dauerte fast eine Stunde und vier Tassen Tee, bis er sich so weit herabließ, mir eine Antwort zu geben.

„Der Ring wurde telefonisch bestellt, und die Bezahlung erfolgte über VISA Card.“

„Wie lautete der Name auf der Kreditkarte? Es muss ein Name angegeben worden sein. Sie müssen mir den Namen sagen!“

Er stand auf und ging nach hinten und brachte den Beleg der Kartenzahlung. Das konnte nicht sein, das war unmöglich! Der Name lautete: Henry Behring. Henry wusste nicht, dass ich hier war, Henry besaß keine VISA Kreditkarte, auch das Konto existierte nicht, wenn einer das wusste, dann ich. Mein Mann nahm noch nicht einmal genügend Bargeld auf Reisen mit.

Aber eins glaubte ich nun ganz gewiss, ich war auf dem richtigen Weg. Meine Schritte wurden verfolgt, meine Handlungen überwacht. Ich war perplex und ärgerte mich, da ich es nicht geahnt hatte. Aber, wie mir schien, sollte ich es bemerken.

„Danke, Achmed“, bleich im Gesicht, gab ich ihm den Beleg zurück, „Sie haben mir sehr geholfen.“

„Kann ich noch etwas für Sie tun? Wollen Sie sich kurz setzen?“ Sein besorgtes Gesicht blickte mich an, dann winkte er dem Teeboy, und ein Glas Wasser wurde mir gereicht. Hastig trank ich einige Schlucke, setzte mich aber nicht, sondern verließ den Laden.

Zurück in meinem Zimmer, rief ich Phyllis an.

„Hast du ihm gesagt, wo ich bin“, sprach ich sofort hektisch, „weiß Papa es?“

„Nein, wir waren doch übereingekommen, ihm noch nichts zu sagen, ich habe mich daran gehalten. Aber er vermutet etwas, glaube ich. Warum fragst du?“

„Was ist mit Vaters Brieftasche? Er hat doch seine Kreditkarte dabei? Wäre es unauffällig möglich, mal nachzusehen, ob die Karte noch da ist und ob er vielleicht noch eine weitere, eine VISA Card hat?“

„Das brauche ich nicht unauffällig zu machen, warte mal einen Augenblick“, ich hörte, wie sie das Handy zur Seite legte und ihren Vater rief: „Papa, kannst du mir mal deine Brieftasche geben?“ Ein Knistern und Rascheln folgte, dann sprach sie wieder ins Handy: „Also: gähnende Leere, nur die Euro Card, seine Kreditkarte ist hier, sein Personalausweis ebenfalls, das Kleingeld brauche ich erst gar nicht zu zählen und einige Quittungen, also keine VISA Card. Aber nun erzähl, warum willst du das wissen?“

Ich erklärte ihr in wenigen Worten, was hier passiert war, und sie meinte lediglich: „Bleib im Mena House, bis wir da sind. Sonne dich am Pool oder kauf im Juwelierladen ein, aber beweg dich nicht aus der Anlage. Versprechе es mir. Wir fliegen gleich morgen Mittag los und sind abends da.“ Ihre Worte klangen eindringlich.

„Hat er nichts dazu gesagt, dass du die Brieftasche einsehen wolltest?“

„Nein, ich habe ihm aber etwas Geld hineingetan und gesagt, es sei eine Order von dir“, erklärte meine Tochter gelassen. „Er glaubte es, und dann steckte er seine Brieftasche wieder ein. Definitiv befand sich nur seine uns allen bekannte Karte im Innenteil. Aber Papa ist äußerst verstimmt, da du mal wieder einen Alleingang durchgezogen hast.“

Hörte ich da ein leichtes Kichern? Es gab keine andere Kreditkarte, wie ich es bereits vermutete. Ich sollte es gelassen nehmen, also bestellte ich mir eine weitere Tasse Kaffee und überlegte, ob es besser wäre, hier in der Anlage auf meine Familie zu warten.

Warten? Das bedeutete Langeweile. Nein, ich würde garantiert nicht bis morgen tatenlos hier herumsitzen. Der Kaffee ausgetrunken, sprang ich auf und ging nochmals in den Juwelierladen.

Achmed schaute misstrauisch.

„Keine Angst“, beruhigte ich ihn, „ich möchte mir nur einige Ringe und Schmuckstücke anschauen.“

Er zeigte mir einige seiner schönsten Stücke, und es beruhigte sein Gemüt, als ich einen der Ringe kaufte.

„Wenn dieser besagte Herr nochmals etwas bestellt, oder persönlich in den Laden kommt, dann informieren Sie mich“, bat ich ihn, zückte meine Kreditkarte und zahlte.

„Er bestellte den Ring telefonisch, das sagte ich doch bereits“, klagte Achmed, „gefiel er Ihnen denn nicht?“

„Er ist wunderschön, aber immer sind es Ringe, ich liebe Anstecknadeln. Bei nächster Gelegenheit wäre eine Anstecknadel schön, oder eine Kette."

Ich verabschiedete mich, in der Hoffnung, dass die Botschaft ihren Empfänger erreichen würde.

Der Blick auf die Uhr zeigte, dass es noch nicht allzu spät war. Ich konnte noch etwas unternehmen. Mir fiel ein, dass ich die Pyramiden noch nicht besucht hatte, ein kleiner Fußmarsch, den ich heute noch problemlos bewältigen konnte. Also verließ ich die Hotelanlage, lief die wenigen Schritte zum Eingang, kaufte ein Ticket und begab mich in die Menschenmasse, die um die Pyramiden herumlief. Sofort wurde ich von Händlern und Kameltreibern angesprochen, die mir etwas verkaufen wollten. Mein Blick – Sophia würde sagen, dein Blick spricht für sich und lässt niemanden ein zweites Mal fragen – schien auch jetzt seine Wirkung nicht zu verfehlen. Das Hochziehen der Augenbraue, meine missbilligende Miene ließen sie alle weichen, ich umrundete die Pyramiden unbehelligt und konnte wieder einmal nachdenken. Allerdings wanderten meine Gedanken in die falsche Richtung. Ich überlegte, was Johanna gerade machte, als ich mich des Eindrucks nicht erwehren konnte, beobachtet zu werden. Schnell drehte ich mich nach allen Seiten um. Die Lautstärke der vielen Menschen übertönte jedes andere Geräusch. Rundherum erblickte ich nur Touristen, die mit ihren Kameras die Sehenswürdigkeiten fotografierten. Niemand, der mit besonderem Interesse in meine Richtung blickte. Vielleicht täuschte ich mich. Aber dieses intensive Gefühl, das mich in letzter Zeit immer wieder überkam, wurde ich nicht los. Gedankenverloren drehte ich mich einmal um die eigene Achse, tat, als ob ich ebenfalls den touristischen Ergüssen erliegen würde, beobachtete aber genauer die Menschenmassen um mich herum, zückte meinen Fotoapparat und schoss in alle Richtungen mehrere Fotos. Im Hotel würde ich sie mir genauer auf dem Laptop anschauen, dann hatte ich die bessere Möglichkeit die Menschen näher zu betrachten. Vielleicht entdeckte ich ein bekanntes Gesicht, obwohl ich mir nicht denken konnte, dass jemand wusste, wo ich mich nun aufhielt. Zurück im Hotel, las ich meine E-Mails, bevor ich mir die Fotos anschaute. Henry schrieb mir. Ich überlegte, sollte ich es durchlesen oder besser seine Vorwürfe erst morgen anhören. Ich entschied mich für Letzteres. Anna wollte auch Neuigkeiten erfahren. Felicitas bot Hilfe an, wahrscheinlich brauchte sie einen Ortswechsel. Ich antwortete allen, wollte bereits mein Postfach schließen, als ich doch noch die Mail meines Mannes las: „Bleib, wo du bist, beweg dich nicht von der Stelle, wir kommen und suchen gemeinsam! Mach nichts Unüberlegtes!" Ich antwortete ihm: „Bin nicht das erste Mal alleine in

Kairo, kenne mich hier aus und besuche morgen früh das Ägyptische Museum, erhole mich zurzeit am Pool. Brauchte mal etwas Ruhe!"

Ob er mir das glaubte? Wohl nicht. Die Galgenfrist lief erst morgen ab, heute konnte man noch etwas unternehmen. Jetzt erst recht. Ich orderte mein Taxi und fuhr eine knappe Stunde später nochmals an der geheimnisvollen Adresse vorbei, kurbelte das Fenster hinunter und schoss auch hier Fotos. Irgendetwas beunruhigte mich, diese hochherrschaftliche Villa würde doch sicherlich bewacht, oder konnte man es wagen, dort entlang zu spazieren? Nein, das sollte jemand übernehmen, der wie ein Einheimischer aussah: Mohammed! Ich erklärte ihm, noch im Taxi sitzend, wie man meinen Fotoapparat bediente. Ich instruierte ihn sehr eindringlich, gab ihm die Order, mich zum Hotel zu bringen und anschließend die Fotos zu machen, nicht vom Taxi aus, sondern zu Fuß. Für ihn war es eine merkwürdige Aufgabe: „Warum klopfen Sie nicht einfach an? Ich kann das auch machen, und dann sage ich, dass Sie sich das Haus einmal näher anschauen wollten, dann bekommen wir beide auch noch Tee ...!"

„Lâ! Nein!" Ich legte sehr eindringlich das Veto ein, er stutzte. „Ich weiß nicht, ob es die richtige Adresse ist. Ich bin mir auch nicht sicher, dass es die richtigen Bewohner sind, die ich sprechen will. Morgen kommt mein Mann, er wird entscheiden!"

Nun blickte er stirnrunzelnd, schüttelte den Kopf und meinte: „Sie fragen Ihren Mann?" Ich nickte.

„Ich dachte, Sie entscheiden alles alleine! Es wacht doch das Horusauge über Sie!"

Ich stieg aus dem Taxi. Was meinte er mit den letzten Worten? Bezog er das auf meinen Anhänger? Ich griff zu meiner Kette und bemerkte, ich trug sie nicht.

Es war Zeit das Abendessen einzunehmen. Im Restaurant gingen mir wieder Mohammeds Worte durch den Kopf. Was meinte er damit: Das Horusauge wacht über dich? Nachdenklich aß ich das Gemüse und weilte mit meinen Gedanken in der Ferne. Etwas an den Worten machte mich stutzig. Woher kannte er meinen Anhänger? Abrupt ließ ich meine Gabel klirrend auf den Tellerrand fallen: der Ring. Der neue Ring, den ich in meinem Zimmer fand, hatte als Motiv das Horusauge. Warum?

Hastig schlang ich das Essen hinunter und rannte zum wiederholten Mal in den Juwelierladen. Achmed stöhnte, als er mich sah. Ohne mich auf die obligatorischen Höflichkeitsfloskeln einzulassen, fragte ich ihn sofort: „Warum das Horusauge?"

Für ihn kam die Frage nicht unverhofft: „Sie stehen unter dem wachsamen Schutz des Horusauges“, lächelte er.

„Wer hat das gesagt? Der, der den Ring per Telefon bestellt hat?“

Achmed nickte. „Natürlich, er sagte auch, dass Sie danach fragen werden. Sie würden die Bedeutung erkennen!“ Stolz, mir etwas berichten zu können, lächelte er. Tief in Gedanken versunken, verließ ich Achmed.

Der Gedanke, der mir kam, erschien so abenteuerlich, dass ich ihn erst gar nicht zu Ende denken wollte. Aber warum nicht? Wenn ich unter dem wachsamen Blick des Horusauges stand, wer hat das bewerkstelligt? Wer platzierte mich oder meine Familie dorthin? Lass die Überlegungen einfach schweifen, dachte ich. War alles von langer Hand eingefädelt, war ich so leicht zu durchschauen?

Zurück in meinem Zimmer, griff ich zum Laptop und fing an, alles chronologisch zu notieren. Vielleicht erwies es sich als hilfreich, einen genauen Überblick vor Augen zu haben. Meine eigenen Überlegungen, so absurd sie auch schienen, fügte ich ebenfalls ein. Es wurde spät, ich druckte diese erste Version aus, überflog sie nochmals und legte sie für Phyllis und Henry bereit. Nachts träumte ich von den Pyramiden und Gestalten, die mich verfolgten. Im Traum rannte ich, ob davon oder jemandem hinterher, stellte sich nicht klar heraus. Ich wachte erschöpft auf. Irgendetwas hatte mich geweckt. Mitternacht! Lange geschlafen hatte ich nicht, ich setzte mich in den Sessel und blickte hinüber zu den Pyramiden, die im Dunkeln angestrahlt wurden.

Welche Geräusche hatte ich gehört? War jemand im Zimmer gewesen? Ich sprang auf und stürzte ins Bad. Nichts. Innerlich hoffte ich auf eine Anstecknadel mit dem Motiv des Horusauges, dann wäre meine Botschaft angekommen. Sicherlich bildete ich mir mittlerweile Stimmen oder Ähnliches ein. Ich versuchte noch etwas zu schlafen. Es klappte, gegen sechs Uhr morgens erwachte ich, diesmal ausgeruht.

Ich benutzte den Wasserkocher in meinem Zimmer, bereitete mir eine Tasse Tee zu und setzte mich wieder in den Sessel, von dem aus ich einen Blick in die Gartenanlage hatte. Gegen acht Uhr ging ich in den Frühstücksraum. Pünktlich erschien um neun Uhr Mohammed und brachte mich zum Ägyptischen Museum. Ich erwartete ihn drei Stunden später wieder am Ausgang, hoffentlich mit relevanten Bildern.

„Ich soll wirklich diese Fotos machen?“ vergewisserte er sich nochmals, „von allen Seiten?“

Ich bekräftigte es mit einem Nicken. „Und wenn die Bewohner mit verewigt werden, wäre es noch besser. Um zwölf treffen wir uns wieder hier, und achte darauf, dass es genügend Bilder werden."

Pünktlich erschien er, um mich abzuholen. Triumphierend hielt er mir die Kamera entgegen.

„Ich habe viele Bilder geschossen ... und es waren Menschen, Leute auf dem Grundstück. Sie kamen aus dem Haus, verschwanden dann in einer großen Limousine. Ich war leider zu Fuß, sonst hätte ich sie verfolgt."

„Lâ", rief ich sofort entsetzt, „nein, das sollst du nicht." Dann lobte ich ihn. „Das hast du richtig gemacht. Nur Fotos. Erst einmal muss ich mir die Bilder anschauen, dann entscheiden wir weiter."

Mohammed verstand es nicht, und ich wollte es ihm auch nicht lang und breit erklären. Wieder im Hotel, vergrößerte ich einzelne Ausschnitte der Bilder am Laptop, leider erwiesen sich die Fotokünste Mohammeds als nicht perfekt, so dass ich nicht viel erkannte. Einzelne Personen, die das Haus verließen, waren zu sehen, doch leider wuchsen Palmen und Sträucher in der Einfahrt, die den ungehinderten Blick versperrten. Diese Männer, deren Gesichter ich nur schemenhaft sah, kannte ich nicht. Ich grübelte über den Bildern und bemerkte nicht, dass ich sie bereits zwei Stunden betrachtete. Erst als es an der Zimmertür klopfte, wechselte ich in die Wirklichkeit zurück. Meine Familie war angekommen.

Phyllis fackelte nicht lange, kochte uns einen Tee und meinte: „Erzähl, was hast du herausgefunden?"

Bevor ich berichten konnte, handelte ich mir einen Rüffel von Henry ein: „Wieso der Alleingang? Hättest du nicht warten können?" Ungehalten setzte er sich zu mir auf die Terrasse. Phyllis brachte den Tee und setzte sich dazu.

„Ich wollte nicht warten, da ich nicht wusste, wie lange ihr in Casablanca bleiben würdet. Zu Hause ist viel passiert. Ich nehme an, Sophia hat es euch erzählt, und ihr habt die anderen Handys dabei?"

Beide nickten.

„Ich fand diesen Ring im Haus, morgens lag er da", ich zeigte ihn Henry, „vielleicht verstehst du nun, dass ich hierher musste?"

„Die Pyramiden", erkannte er, reichte ihn weiter an Phyllis, „ich verstehe! Das, zusammen mit der Adresse auf dem Zettel, weist nach Kairo."

„Das ist noch nicht alles", ich zeigte ihm den anderen Ring, mit dem Horusauge, „der wurde hier beim Juwelier bestellt und mir aufs Zimmer geschickt, bezahlt mit deiner VISA Card."

Jetzt brachte auch Henry vor Staunen keinen Ton mehr heraus.

„Du besitzt keine Kreditkarte von VISA, du wusstest nicht, dass ich hier in Kairo bin, es muss mich oder uns jemand beobachten. Jemand, der auch zu Hause die Wanzen versteckt hat."

„Damit könntest du recht haben", überlegte Phyllis, die den zweiten Ring genauer betrachtete, „aber wer? Wer hat ein solch starkes Interesse, dir den Weg nach Kairo zu weisen?" Dann blickte sie auf den Bildschirm des Laptops. „Wann hast du diese Fotos gemacht?"

„Sie wurden heute Morgen geschossen, aber nicht ich, sondern mein persönlicher Taxifahrer hatte den Auftrag, während ich im Ägyptischen Museum weilte und Tut besuchte."

„Man kann nicht viel erkennen", meinte meine Tochter. „Ist es denn die richtige Adresse, die, die du auf dem Zettel entschlüsselt hast?"

„Meiner Meinung nach, ja. Ich habe die Ziffern verglichen, habe bedacht, dass die arabische Schrift von rechts nach links gelesen wird, aber nicht die Zahlen. Aber vielleicht sollten wir noch nach einer anderen Adresse suchen, wenn wir die Ziffern anders herum lesen. Dann ergibt es eine andere Zahlenfolge: 33579."

„Das sollten wir überprüfen, gleich morgen früh. Hast du schon Kontakt zu den Bewohnern aufgenommen?" Ich schüttelte den Kopf.

„Nein, ich bin selbst einmal vorbeigefahren und wollte erst einmal sehen, wie die Bewohner ausschauen, bevor ich die Pferde scheu mache."

Ich berichtete noch von dem Juwelierladen, wo der Ring mit den Pyramiden vor Jahren angefertigt worden war und dass er nicht mehr existierte.

„Ich wollte morgen mit dem ehemaligen Ladeninhaber Kontakt aufnehmen, vielleicht kann er sich noch an den Auftraggeber von damals erinnern. Seine Adresse habe ich bereits."

Ich berichtete noch über Mohammeds merkwürdige Bewertung hinsichtlich des Horusauges und dass ich unter seinem persönlichen Schutz stehen würde, was auch immer das bedeuten mochte.

Henry schwieg.

Ich hatte beiden eine Menge Stoff zum Nachdenken gegeben. Da es schon spät war, wollten wir drei ins Restaurant, vorher aber besuchte Henry den Juwelier.

Nachdem er ein paar Perlenohrringe erstanden und diese mit seiner Kreditkarte bezahlt hatte, stutzte Achmed. „Ah ...", lächelte er selbstzufrieden, „da wird sich Mrs. Behring aber freuen, sie will Sie unbedingt kennenlernen, ich nehme an, die Ohrringe sind für die Dame?"

„Sie sind für meine Frau, das ist richtig. Sie hat mir erzählt, dass ein Fremder bei Ihnen eingekauft hat. Einen Ring mit dem Horusauge?"

Achmed nickte zustimmend: „Das waren nicht Sie?"

„Nein, jemand hat meinen Namen benutzt. Ich will sofort wissen, wenn dieser Fremde sich hier blicken lässt, oder noch etwas für meine Frau in Auftrag gibt." Henry, mit seinem unmissverständlichen und überaus deutlichen Auftreten, sorgte dafür, dass Achmed nur noch stumm nickte.

Anschließend im Restaurant überlegten wir unseren morgigen Tagesablauf. Mit einer im Hintergrund scharrenden Meute wurde ich mutig und schlug vor, die Adresse an der Kornesh el Nile aufzusuchen und bei den Bewohnern anzuklopfen.

„Aber erzählt mir doch mal, was ist denn eigentlich in Casablanca passiert? Ihr habt doch Contino getroffen, warum ist er nicht nach Spanien gekommen wie sonst auch?"

„Anscheinend gönnte er uns ein paar erholsame Tage in Marokko. Die Gespräche, die wir dort führten, waren zwar interessant, aber das hätten wir auch per Telefon oder Mail erledigen können", erklärte mir Phyllis, „sein Investor will auch in Deutschland bauen, ein großes Objekt, in Hamburg, ein Verwaltungsgebäude. Dafür wäre die Reise nach Casablanca nicht nötig gewesen. Eine Zeitlang dachte ich, er wollte uns aus Spanien weglotsen."

Verstohlen blickte sie um sich, das Restaurant war nicht voll, nur wenige Tische besetzt. Auch von hier aus blickten wir direkt auf die Cheopspyramide. Die Besucher verflüchtigten sich, es wurde ruhiger, die Andenkenverkäufer und Kameltreiber verzogen sich. Morgen früh, sehr zeitig, würden die ersten Busse ankommen. Am liebsten war mir diese Zeit, wenn es dämmerte. Ich dachte über die letzten Worte Phyllis' nach: „Was hat denn Contino mit unserem alten Fall zu tun, das ist absurd. Erinnert euch, es war purer Zufall, dass wir die Terrasse aufbuddelten. Warum also sollte er uns weglocken? Nein, das glaube ich nicht." Energisch schüttelte ich den Kopf.

„Seitdem wir das Skelett gefunden haben, wenn auch durch Zufall", erläuterte Henry, „findest du auch Hinweise. Mittlerweile sind es zwei weitere Ringe, das ist kein Zufall. Dann sind es anscheinend auch noch ältere Stücke. Wer hat sie dir geschickt? Glaubt ihr das Gleiche wie ich?" Henry schaute Phyllis und mich wissend an. „Er ist damals spurlos verschwunden ... Kann es sein, dass er dich immer noch beobachtet, dass er seine Gründe hatte, unterzutauchen? Du hattest doch den gleichen Gedanken", Henry schaute mich eindringlich an, „vor allem, der Spruch mit dem Horusauge!"

Ja, das fand ich auch merkwürdig, und der Gedanke behagte mir nicht.

Phyllis verzog sich nach dem Abendessen auf ihr Zimmer. Henry und ich saßen noch auf unserer Terrasse.

„Die Wanzen machten einen verstaubten Eindruck, aber in einer Küche, an einer uneinsichtigen, versteckten Stelle passiert das schon mal. Wie lange sie sich dort schon befanden, kann man leider nicht mehr nachvollziehen. Es war Zufall, dass ich sie fand", erklärte ich Henry, „Marcus will noch das Gebäude absuchen, er hat auch Überwachungskameras installiert, mal sehen, wen wir auf dem Bildschirm beobachten. Er wird sich melden, sobald er etwas entdeckt."

„Ich bin darüber im Bilde, wir haben die neue Sitzecke vor der Küchentür gewählt. Marcus hat nochmals die Umgebung auf Abhörgeräte kontrolliert", lächelte Henry, „nicht, dass wir dort neue Wanzen finden, weil man den Platz bereits entdeckt hat. Sag mal, könnte es Polidas sein?"

„Den gleichen Gedanken hatte ich auch schon, aber kannst du dir das vorstellen? Er ist zu dumm und blöd dazu", gab er zum Besten. „Wenn es eine Wanze im Porschedesign wäre!" Nun mussten wir beide laut lachen.

„Du hast recht, seine Intelligenz liegt knapp über dem Dummheitspegel, sein Meistertitel ist gekauft, vom Geld seines Vaters."

„Du sprichst mir aus der Seele", lachte Henry.

„Also", dachte ich weiter laut, „Polidas klammern wir aus. Du bist dir darüber im Klaren, was dann noch bleibt?"

Henry schaute mich an. „Es ist nicht Robert! Das kann nicht sein, er hat die Wanzen hier nicht deponiert", meinte er voller Überzeugung.

Kapitel 10

Am nächsten Morgen schien wieder die Sonne. Obwohl ich mehrfach nachschaute, fand ich kein weiteres Schmuckstück.

Nach dem Frühstück fuhren wir zu dritt zu der Adresse und schauten uns das Gebäude nochmals von außen an, machten dann aber kehrt und versuchten die Adresse mit der umgekehrten Ziffernfolge zu finden. Das Grundstück, das wir entdeckten, war unbebaut. Ich machte einige Fotos, dann kehrten wir zurück.

„Wir werden anklopfen und um ein Gespräch bitten", überlegte Henry, „wenn sie uns nicht öffnen oder keine Antworten geben, haben wir es wenigstens versucht."

Phyllis war einverstanden, beide schlichen nie um den heißen Brei herum. Wir wiesen Mohammed an, auf uns zu warten und gingen Richtung Tor. Eine Klingel existierte nicht, wir klopften. Wenige Minuten später erschien jemand, der nach unseren Wünschen fragte.

Henry trat vor und erklärte, dass er gerne den Hausherrn sprechen wollte, in einer privaten Angelegenheit.

Ein Araber in Jeans und Poloshirt empfing uns in der Eingangshalle des Hauses. Er stellte sich vor: „Abdullah Maktam", und hieß uns willkommen: „Marhaban." Gespannt verfolgte er die Kurzausführung Henrys und bat uns dann weiter in die Wohnhalle. Nur Minuten später wurde der Tee serviert. Voller Spannung hörte er den detaillierteren Ausführungen unserer Geschichte zu, unterbrach Henry nicht einmal, schaute sich aber die Kopie des Zettels genau an, den Phyllis ihm zeigte. Dann lehnte sich Abdullah zurück: „Diese Geschichte liegt vierzig Jahre zurück? Die Adresse ist korrekt, aber leider besitze ich dieses Anwesen erst fünfundzwanzig Jahre. Es muss also vor meiner Zeit gewesen sein."

Schnell fragte ich ihn nach den Vorbesitzern. Wenn es etwas Ähnliches wie ein Grundbuchamt gab, müsste aus den Unterlagen ersichtlich sein, wie der Vorbesitzer hieß. Er stimmte zu, rief einen Bediensteten, der sofort erschien, sprach etwas auf Arabisch und widmete sich wieder uns, seinen Gäs ten.

„Ich habe meinen Sekretär angewiesen, die Papiere herauszusuchen", erklärte er uns, „ich bin Ihnen gerne behilflich." Er winkte mit der rechten Hand, ohne jemanden anzuschauen, und sofort wurde weiterer Tee serviert. Lieber wäre mir eine Tasse Kaffee gewesen, aber es erschien mir unhöflich, eine Forderung zu stellen. Dem Gesicht meines Mannes sah ich es an, er kannte meine Vorliebe für Kaffee und freute sich innerlich, dass ich das Aufputschmittel nicht trank.

„Es ist eine merkwürdige Geschichte, sind Sie sicher, dass die Spur nach Kairo führt?"

„Nein", gab ich zu, „sicher sind wir nicht, es ist eine Vermutung. Wir wollen alles überprüfen, jedem Hinweis nachgehen. Ich habe meinen Bruder verloren, ich möchte wissen, wo er ist und ob er noch lebt."

Abdullah nickte. „Das kann ich verstehen." In diesem Augenblick kam, auf leisen Sohlen, sein Sekretär zurück und hielt eine Mappe in der Hand, die er seinem Arbeitgeber übergab.

Dieser überflog den Inhalt und übersetzte: „Richtig, hier steht es: Ich habe dieses Anwesen vor fast fünfundzwanzig Jahren gekauft. Es gehörte vorher einem Juwelier“, er fasste sich an die Stirn, „richtig, nun fällt es mir wieder ein, er besaß einen Laden hier irgendwo in Kairo. Er zog zu seiner Tochter, deshalb verkaufte er alles. Ich glaube, den Laden behielt er noch, oder verpachtete ihn, Genaueres weiß ich nicht, aber das ließe sich herausfinden.“

Ich winkte ab. „Die Adresse kenne ich schon. Aber das Geschäft gibt es nicht mehr. Leider. Aber wenn Sie uns die Anschrift der Tochter nennen könnten, kämen wir vielleicht weiter.“

Diesmal winkte er niemandem, sondern stand auf, entschuldigte sich höflich und verließ kurz den Raum. Eine weitere Tasse Tee wurde uns nachgeschenkt.

„Es war arabisch“, stutzte auf einmal Phyllis. Im ersten Augenblick wusste ich nicht, was sie meinte. Dann erklärte sie: „Du hast uns mal erzählt, dass Robert, außer in Spanisch und Deutsch noch in einer anderen, euch allen unbekannten Sprache einige Wörter redete. Kann es Arabisch gewesen sein? Ich glaube schon. Damit ergibt das hier alles einen Sinn. Ein kleiner, dreijähriger Junge, der drei Sprachen spricht, wird ausgesetzt oder ging verloren. Wenn man zu der damaligen Zeit die Entfernung Spanien – Ägypten bedenkt, ist es nicht weiter verwunderlich, dass ihn niemand kannte oder vermisste.“

Phyllis mochte recht haben. Leider war nicht mehr nachzuvollziehen, ob es sich tatsächlich damals um Arabisch handelte.

Abdullah gesellte sich wieder zu uns und brachte auch eine Adresse mit. Kurz streifte sein Blick meine Hand. Den Ring versteckte ich nicht, im Gegenteil, ich hielt ihn so, dass man ihn sofort sehen konnte.

„Ich hoffe, es ist die richtige, ich habe durch meinen Sekretär nachfragen lassen“, er reichte Henry einen Zettel, „ich wünsche Ihnen viel Glück bei der Suche.“ Wir bedankten uns, und Abdullah begleitete uns hinaus. Kurz vor der Haustür drehte ich mich um und fragte: „Woher kommen Sie? Sind Sie Ägypter, Ihre Kleidung ist westlich?“

„Ich komme aus Großbritannien, aus London“, gab er zur Antwort, „ich lebe schon seit fünfundzwanzig Jahren in Kairo. Ich habe hier immer wieder geschäftlich zu tun, daher kaufte ich mir damals dieses Haus.“

Henry bedankte sich nochmals, und wir verließen endgültig das Haus. Mohammed hatte geduldig gewartet, freute sich aber, uns wiederzusehen.

„Er lügt“, kam es mir ungeschminkt über die Lippen.

Entsetzt starrte Phyllis mich an. „Was meinst du damit?“

„Genau wie ich es sagte, an den zwei Wörtern ist nichts misszuverstehen, er hat uns erwartet“, erklärte ich ihr.

„Warum? Was ist dir aufgefallen, oder hast du etwas gesehen, was wir nicht mitbekommen haben?“

„Er hat den Ring mit den Pyramiden angeschaut“, erklärte ich Henry, der darauf meinte: „Das ist doch kein Grund ihn als Lügner zu bezeichnen!“

„Doch“, nickte ich, „außerdem haben wir nicht persönlich lesen können, wann er das Gebäude gekauft hat. Ich kann kein Arabisch lesen. Ich glaube ihm nicht! Er hat uns angelogen!“

Ich müsste an die Unterlagen kommen, sie von einer vertrauenswürdigen Person übersetzen lassen. Aber wie? Und wenn er log? Es war kein Beweis dafür, dass er auch etwas über Robert wusste. Natürlich hatte ich Abdullah genau angesehen, als er uns in seinem Haus begrüßte, immer noch in der Hoffnung, Robert zu erkennen. Das Gefühl, angelogen worden zu sein, trügte mich sicherlich nicht. Wie Abdullah den Ring anschaute, auch das sprach Bände. Ich war der felsenfesten Überzeugung, dass er mich kannte, mich erwartet und hinsichtlich des Grundbuchauszuges gelogen hatte. Alles passte zu gut zusammen, eben: zu gut. Wen konnte ich bei Abdullah einschleusen? Mohammed schien mir ungeeignet. Ich musste freizügiger mit Trinkgeldern um mich werfen, dann fand ich bereitwillige Helfer.

„Denk nicht einmal daran.“ Henry durchschaute meine Gedanken. Wir erreichten das Mena House und stiegen aus. Auch Phyllis schüttelte den Kopf: „Das ist kein guter Gedanke“, bemerkte sie leise.

„Was ist denn? Ich habe doch gar nichts gesagt oder getan“, gab ich zickig zur Antwort.

„Aber fast schon laut gedacht“, meinte Henry.

Ich fand es besser, nichts zu sagen, ging direkt zur Terrasse des Restaurants und bestellte mir etwas zu trinken. Meine Verfolger setzten sich keine fünf Minuten später dazu.

„Wenn besagter Abdullah aus London kommt“, meinte Phyllis, „sollten wir vielleicht dort Nachforschungen betreiben.“

„Deine Mutter hat recht“, stimmte nun auch Henry zu, „je mehr ich darüber nachdenke, desto eher bin ich geneigt, die gleiche Meinung zu vertreten wie deine Mutter.“ Er wandte sich zu mir. „War es Robert?“

„Nein, definitiv: nein“, erklärte ich bestimmt, „Robert hatte eine kleines Muttermal an der rechten Augenbraue, Abdullah nicht. Darauf richtete sich sofort mein Augenmerk. Ich bin mir nicht sicher, was mich misstrauisch gemacht hatte, aber ich spürte etwas ...“ Ich sprach nicht weiter, da ich meine negativen Gefühle nicht beschreiben konnte. Diese innere Ahnung ließ sich nicht in Worte fassen.

„Wir werden den Juwelier morgen aufsuchen“, bestimmte Henry nun die weitere Vorgehensweise, „vielleicht erfahren wir von ihm mehr, es kann nicht schaden, ein persönliches Gespräch zu führen. Vielleicht sollten wir einen Dolmetscher mitnehmen, denn wenn er älter ist, spricht er sicherlich kein Englisch oder Deutsch.“ Sofort stand er auf und ging Richtung Rezeption. Phyllis blickte mich erstaunt an: „Was sind das denn für neue Züge an meinem Vater? Sonst ist er doch nicht so schnell, schon gar nicht, seit er sich selbst zum Rentner befördert hat. Langeweile“, nickte sie in seine Richtung, „er hat Langeweile, das wird es sein.“ Wir genehmigten uns noch einen großen Eisbecher und warteten auf Henrys Rückkehr, als Phyllis' Handy läutete.

Sophia benötigte ihre Schwester in Spanien. Einige wichtige Details mussten geklärt werden. Die Bentums baten um einen Termin, um weitere Einzelheiten abzusprechen.

„Schade“, meinte meine Tochter, „ich fing gerade an, dieses Poolleben zu genießen.“ Sie ergatterte für den nächsten Tag einen Rückflug.

„Dann werde ich euch mal alleine lassen, macht keine Dummheiten, nicht, dass ich euch irgendwo heraushauen muss“, drohte sie mir mit erhobenen Zeigefinger, „wenn ihr mal wieder Miss Marple und Mr. Stringer spielt. Ich werde packen, damit ich morgen früh pünktlich zum Airport komme. Frühstücken wir noch gemeinsam, oder ist es für euch Rentner zu früh?“

Nach einer Drohgebärde in ihre Richtung, stand ich auf und begleitete sie zu unseren Zimmern. Henry kam uns auf halbem Weg entgegen, er hatte für den folgenden Tag einen Dolmetscher organisiert.

Unter großen Umständen gelangten wir am nächsten Tag zu der Anschrift, von der wir vermuteten, es sei die Richtige. Es machte mich stutzig: Die Wohngegend ließ nicht darauf schließen, dass hier ein Mann lebte, der einstmals einen Juwelierladen besessen und ein großes Anwesen verkauft hatte.

Im Gegenteil, die Gegend schien nahezu ärmlich. Nachdem unser Dolmetscher an die Haustür geklopft hatte, wurde sie auch schon geöffnet. Eine Frau, natürlich verschleiert, sah uns fragend an. Nachdem wir ihr erklären ließen, dass wir den ehemaligen Juwelier sprechen wollten, gab sie an, sie sei die Tochter und bat uns hinein. Ihr Vater, mittlerweile ein sehr alter Mann, saß in einem bequemen Sessel vor dem Fenster und blickte hinaus. Zuerst reagierte er nicht auf seine Tochter, die geduldig wartete, bis er dann doch den Kopf wandte. Anscheinend hatte er uns gehört, denn er nickte, was eine Aufforderung sein sollte, weiterzusprechen. Auf die Bitte seiner Tochter hin, setzten wir uns auf dicke, große Kissen und machten es uns zu seinen Füßen bequem, während sie den obligatorischen Tee holte. Nachdem der Übersetzer die Frage in Form einer Bitte vorgetragen hatte, dachte er einen Augenblick nach und fing an zu reden. Satzweise wurde übersetzt.

Es sei richtig, dass er einmal in früheren Zeiten einen Laden besaß, aber in einem großen Haus, an der Kornesh el Nile wohnte er nicht, geschweige, dass er es besaß. Während wir den Tee tranken, schienen seine Gedanken in die Vergangenheit zu schweifen. Ich überlegte kurz und zeigte ihm meinen Pyramidenring, wie ich ihn mittlerweile nannte. Zwar hatte ich anfangs Bedenken, aber sein Geisteszustand, so erkannte ich nach einem Blick in seine klaren Augen, schien messerscharf. Er nahm den Ring in die Hand und hielt ihn dicht vor seine Augen, seine Sehkraft schien nicht mehr die Beste.

„Ja“, sagte er, „ich habe ihn angefertigt. Aber er ist schon alt. Es ist schon lange her, den habe ich ihn auf Wunsch einer Dame angefertigt, es muss so 1950 gewesen sein.“

Meine Hände wurden vor Aufregung feucht. Nervös zappelte ich auf dem dicken Sitzkissen herum und bat den Dolmetscher, ihn zu fragen, ob er noch Unterlagen über den Verkauf hätte. Henry blickte mich zweifelnd an, ich wusste, was er dachte. Vor nahezu sechzig Jahren und dann noch in Ägypten führte man keinerlei Geschäftsbücher mit Namen und Anschrift seiner Kunden.

Aber der alte Mann nickte.

„Ich kann Ihnen sagen, für wen ich den Ring angefertigt habe.“

Sprachlos wartete ich auf die Antwort.

„Es war eine Engländerin, aber sie war mit einem Araber verheiratet.“

„Und der Name dieser Frau?“ Ungeduldig überging ich den Dolmetscher, der aber sofort übersetzte.

Er schüttelte den Kopf. „Den Namen weiß ich nicht mehr, es ist schon zu lange her“, nachdenklich grübelte er, schüttelte dann aber nochmals den Kopf. Dann schien ihm noch etwas einzufallen: „Sie hatte ein Zeichen“, er deutete auf die rechte Augenbraue, „ein kleines Muttermal.“

Sofort stutzte ich, es schien die gleiche Stelle zu sein, an der Robert ein Muttermal hatte. Aber das konnte Zufall sein, viele Menschen hatten solch ein Zeichen, wie der alte Mann es nannte. Er sprach von einer Frau, konnte sie mit Robert verwandt sein? Roberts Mutter?

Wenn er doch nur den Namen wüsste, das könnte uns weiterhelfen. Ich blickte die Tochter an, die sich im Hintergrund hielt, sie schaute mich ebenfalls kurz und eindringlich an. Wollte sie mir etwas mitteilen? Hatte sie mehr Informationen, konnte sie Namen nennen?

Es folgten keine weiteren Hinweise, und so verabschiedeten wir uns. Der alte Mann blickte mit traurigen Augen in die Ferne, sagte aber nichts mehr. Voller Wissen registrierte er meinen Ring mit dem Horusauge. „Allah möge dich beschützen“, lauteten seine Worte zum Abschied. Seine Tochter begleitete uns zur Tür, ich stieß Henry an und gab ihm ein Zeichen, mit dem Dolmetscher vorzugehen. Er verstand. Ich hielt mich zurück, und richtig, die Tochter wartete, zog mich in eine versteckte Ecke, rechts neben dem Haus. Sie sprach einige Brocken Englisch.

„Es sind noch Papiere da“, flüsterte sie, „der damalige Ladeninhaber muss sie noch haben. Das Geschäft wurde abgerissen, mein Vater hatte es nur gemietet, aber er hat die Sachen in der Werkstatt des Ladens gelassen.“

„Wie hieß der Besitzer“, wollte ich wissen, „haben Sie einen Namen für mich?“

Sie sagte nichts, sondern reichte mir einen kleinen Zettel, dann wandte sie sich ab und verschwand schnell wieder ins Haus. Warum diese Geheimniskrämerei? Was war so schlimm daran, den Namen des damaligen Besitzers zu nennen? Wovor hatte sie Angst?

Nach wenigen Schritten erreichte ich Henry und den Dolmetscher.

„Hat sie dir noch etwas erzählt?“

Ich schüttelte den Kopf. „Nein, sie hat sich nur von mir verabschiedet und gesagt, dass ihr Vater schon etwas durcheinander wäre. Aber es stimmt, es existieren keine Unterlagen über die ehemaligen Kunden. Sie wünschte uns nur noch Glück bei der weiteren Suche.“

Warum ich in diesem Augenblick nicht die Wahrheit sagte, lag an dem unguten Gefühl, dass ich im Beisein des Dolmetschers hatte.

„Lass uns zurück zum Hotel“, wandte ich mich an Henry und dann zu unserem Begleiter: „Leider konnten Sie uns nicht weiterhelfen, aber trotzdem: Danke für Ihre Hilfe.“ Ich griff in meine Tasche, holte ein großzügig bemessenes Trinkgeld hervor und reichte es ihm. Verwirrt schaute er Henry an, der ebenso ungläubig mich anstarrte. Hoffentlich kapierte er.

„Ja“, stotterte er nun, „vielen Dank für Ihre Hilfe.“ Er griff dann in seine Jackentasche und bezahlte ihn.

„Sollen wir noch einen Kaffee trinken?“ Diese Frage galt mir.

„Ja, das wäre gut, dort drüben“, ich deutete auf die andere Straßenseite, „dort ist ein kleines Café, lass uns dort hinüber gehen.“ Ich sah im Augenwinkel, wie unser Dolmetscher in die andere Richtung lief.

„Was ist los“, flüsterte Henry mir zu, „warum wolltest du ihn unbedingt loswerden?“

„Warum flüsterst du? Er ist weg. Aber du hast recht. Ich wollte ihn loswerden. Die Tochter hat mir noch weitere Informationen gegeben und einen Zettel mit einer Adresse. Irgendwie hatte ich den Eindruck, sie wollte nichts im Beisein des Dolmetschers und ihres Vaters sagen."

„Ein Stück weiter ist ein Café, gehen wir dort hin, dann müssen wir nicht die Straße überqueren." Wer den Verkehr auf Kairos Straßen kennt, weiß, dass es fast unmöglich ist. Gemächlich folgte ich ihm. Wir wanderten nachdenklich die vielbefahrene Straße entlang.

„Was sind das für Infos, die du da bekommen hast?" Ich berichtete es Henry, der mich erstaunt ansah. „Ich hätte nicht gedacht, dass es noch Schriftliches darüber gibt, immerhin ist es schon so lange her ... eine Engländerin", stellte Henry fest, „mit einem Araber verheiratet ... Außergewöhnlich für die damalige Zeit." Er grübelte weiter und blickte gedankenverloren nach hinten.

Dann geschah alles innerhalb von Sekundenbruchteilen. Henry griff meinen Arm, riss mich von der Straße weg. Der Gehweg, nicht sonderlich breit und nicht sonderlich sauber, kam näher. Ich stürzte durch den Schwung auf das unebene Pflaster. Zeitgleich hörte ich quietschende Reifen und ein schnell davonfahrendes Auto. Ich fand mich liegend auf dem Bürgersteig wieder und musste die Luft angehalten haben, denn als ich wieder klar denken konnte, stieß ich erst einmal Atem aus. Henry lag neben mir. Eine Menschentraube bildete sich um uns herum, und hilfreiche Hände zogen uns hoch. Meine Jeans, meine Bluse und Jacke, selbst die Schuhe, alles ramponiert. Henry stand mittlerweile auch wieder auf den Beinen. Es sah nicht besser aus als ich.

„Was war denn das?" stotterte ich.

„Es scheint irgendjemandem nicht zu gefallen, dass wir Nachforschungen in eine bestimmte Richtung anstellen", meinte Henry grimmig, „das Auto versuchte uns absichtlich zu rammen."

Meine Beine zitterten, als mir bewusst wurde, was gerade passiert war. Wenn Henry nicht nach hinten geblickt hätte ...! Daran wollte ich erst gar nicht denken. Die Menschen versuchten uns moralisch aufzurichten, wohlwollend wurde mir eine benutzte Flasche Wasser entgegengehalten, die ich aber dankend ablehnte. Ich verstand nichts von dem, was im Tumult um uns herum gesprochen wurde. Henry klopfte seine Sachen sauber, auch ich versuchte meine Kleidung vom Staub der Straße zu befreien. Die Leute zogen ab, als sie merkten, dass uns nichts passiert war.

Wir marschierten weiter zum Café. Dort setzten wir uns, bestellten zwei Mocca und versuchten zu eruieren, wie viele Macken, Kratzer und Hautabschürfungen wir erlitten hatten. Die blauen Flecken würden erst morgen in Erscheinung treten. Wir schauten uns an und mussten lachen.

„Hoffentlich lassen sie uns ins Hotel, so wie wir aussehen. Man könnte uns leicht für Obdachlose halten."

„Wir scheinen auf der richtigen Spur zu sein. Man beobachtet uns. Kann jemand gesehen haben, dass die Tochter des Juweliers dir einen Zettel zusteckte?"

Ich schüttelte den Kopf. „Nein, wir standen in der geschützten Hausecke, ihr beide seid vorgegangen, wir waren dort allein", rekonstruierte ich, „wir sollten uns aber diesen Namen und die Adresse vornehmen, so schnell lass ich mich nicht vergraulen." Ich trank meinen Mocca aus, stellte das Glas auf den Tisch und bestellte noch eine Cola light.

„Wir nehmen ein Taxi zurück", erklärte ich Henry, zückte mein Handy, rief meinen ganz privaten Taxifahrer an und erklärte ihm, wo er uns aufgabeln sollte. Das konnte noch dauern, es herrschte, wie immer in Kairo, Rushhour.

„Ich glaube, Robert lebt noch", sagte ich plötzlich in die nachdenkliche Stille, „warum wäre man sonst so erpicht darauf, uns aus dem Weg zu räumen? Und das Horusauge hat auch etwas zu bedeuten, der Ring hier", ich hielt ihn hoch. „Der Juwelier blickte ihn so an, als ob er wisse, dass er etwas zu bedeuten hat, und dann der andere, der meinte ich stünde unter dem Schutz des Horusauge ... Je länger ich darüber nachdenke, umso mehr glaube ich, er lebt noch!"

Henry gab keine Antwort, er schaute mich nur merkwürdig an. Langsam schmerzten meine Schrammen. Mir lag viel daran, unter die Dusche zu steigen und die Kleidung zu wechseln.

Mohammed, unser Taxifahrer, brauchte eine halbe Stunde, bis er uns auflesen konnte.

„Was ist passiert? Seid ihr überfallen worden?" Henry winkte ab, wollte nichts erklären und bat ihn nur, schnell ins Hotel zu fahren. Vorher sollte er noch an der anderen Adresse vorbeifahren. Mittlerweile fragte Mohammed nicht mehr nach dem Sinn unserer merkwürdigen Bitten oder dieser geheimnisvollen Tour, er machte es einfach. Wir fanden schnell die angegebene Anschrift, wieder ein großes Haus, aber nicht so vornehm wie das an der Kornesh. Hier lebten mehrere Familien im Gebäude. Sollte es hier Hinweise auf den ehemaligen Ladenbesitzer geben?

Kaum vorstellbar. Wurden hier irgendwo Akten eingelagert? Ebenfalls nicht glaubhaft. Henry und ich blickten uns stirnrunzelnd an, zuckten beide die Schultern, baten Mohammed zu halten und stiegen aus.

Wir sondierten die Umgebung und strebten dann gemeinsam dem Hauseingang zu. Hoffentlich war er es auch, und hoffentlich waren die Haustürschilder lesbar. Dahingehend wurden wir enttäuscht. Glücklicherweise verließ einer der Bewohner das Haus, so dass wir ihn nach Adresse und Namen auf dem Zettel fragen konnten. Er schüttelte den Kopf. Eine Sackgasse.

Kurz entschlossen klopfte ich, in der Hoffnung, jemand würde öffnen.

Wir warteten einige Minuten und hatten Glück, ein weiterer Anwohner verließ das Haus. Wir schlüpften schnell ins Treppenhaus, bevor die Tür zufiel. Auf den Wohnungstüren erkannte ich schwach eine Nummerierung.

An der ersten Tür öffnete niemand. Bei den nächsten hatten wir auch keinen Erfolg. Erst in der dritten Etage öffnete sich eine der Türen vorsichtig. Der Kopf einer Frau lugte durch einen schmalen Spalt: „Na am?"

Ich versuchte es auf Englisch, aber sie blickte mich nur verständnislos an. Ich deutete auf den Zettel, zuckte mit den Schultern und deutete mit der rechten Hand ins Treppenhaus.

„Aina ...?" Sie verstand, hob die Hand und deutete eine vier an.

„Arba a!" Vier. Sie lächelte, ich lächelte.

„Shukran!" Danke! Sie nickte freundlich und schloss die Tür.

„Also runter zur Nummer vier", sagte ich und lief auch schon los. Unten waren vier Türen.

Außer Atem stand ich vor Nummer vier, wartete aber noch ungeduldig, bis Henry endlich hinter mir stand, und schlug gegen die Tür. Nichts.

Ich hämmerte energischer und glaubte, leise Schritte zu hören. Ungeduldig polterte ich ein drittes Mal gegen die Tür. Bewegte sich etwas im Innern? Vorsichtig und langsam drehte sich der Türgriff nach unten, ein winziger, kaum sichtbarer Spalt ließ erkennen, dass jemand die Tür öffnete.

Ich hielt meine beiden Ringe in Sichtweite und fragte: „Hallo, können Sie uns weiterhelfen, bitte?" Den Zettel hielt ich ebenfalls so, dass man ihn gut erkennen konnte. Das wirkte, die Tür öffnete sich noch ein Stückchen weiter. Der Blick der älteren Frau weilte einige Sekunden auf dem Ring mit dem Horusauge. Sie sagte kein Wort, winkte uns aber in die Wohnung. Ich blickte zurück, Henry nickte, und wir traten beide ein. Sie sprach irgendetwas auf Arabisch, ich verstand es aber nicht und schüttelte bedauernd den Kopf. Unverzüglich wechselte sie ins Englische. Endlich! Ich erklärte ihr, was wir suchten und ob sie uns helfen konnte.

Sie nickte und forderte uns auf, weiter mit in die Wohnung zu kommen. In einem Nebenraum, ich vermutete, es war die Küche, blieb sie stehen, griff nach dem auf dem Boden liegenden Teppich und zog ihn zur Seite. Wir blickten auf eine Luke. Von hier aus ging es direkt in einen Keller. Henry half ihr, die Abdeckung der Luke anzuheben, und wir schauten auf Stufen in Stein gehauen. Sie winkte uns zu, wir sollten ihr folgen und stiegen dann die Stufen hinab. Es mochten nur zehn oder zwölf gewesen sein, aber ich konnte fast gerade stehen, Henry dagegen musste den Kopf einziehen. Hoffentlich war es keine Falle, in die man uns lockte, dachte ich nach einigen Schritten. Durch viele Utensilien, die man hier abgestellt hatte, gelangten wir in einen etwas größeren Raum. Unsere Führerin hielt inne und erklärte uns mit holprigen englischen Worten, dass das Gesuchte sich hier irgendwo befinden musste.

Im Kellerraum selbst stapelten sich die Kartons und, wie es schien, Aktenordner, auch Dokumente, die wiederum lose, nur mit Bändern zusammengehalten, auf alten Tischen und Möbelstücken lagen. Wo sollte man hier anfangen? Ich nahm einen der verstaubten Stapel in die Hand, pustete den Sand weg und versuchte zu lesen. Wenigstens keine arabischen Schriftzeichen. Gott sei Dank schien der Hauptteil der Unterlagen in englischer Sprache abgefasst zu sein. Das erleichterte die Suche ungemein. Trotzdem würde es nicht einfach sein, hier etwas zu finden. Ich blickte zur Frau hinüber und versuchte es mit einer Jahreszahl. Sie antwortete: „Die Sachen aus der Zeit von vor vierzig bis fünfzig Jahren liegen dort“, sie deutete in eine andere Ecke des Kellers schaltete dort Licht an.

„Sie können sich Zeit lassen bei der Suche, ich werde nach oben gehen, und sollten Sie eine Frage haben, kommen Sie bitte hoch.“

Henry grunzte nur ein: „Mhmmm“, er durchwühlte bereits den ersten Stapel.

„Nach was suchen wir hier eigentlich? Vielleicht ist es nicht die richtige Jahreszahl, vielleicht ist der Ring jünger“, knurrte ich missmutig.

„Quatsch nicht so viel“, gab Henry zur Antwort, „such lieber. Die Schmuckstücke, die angefertigt wurden, sind hier auf den Blättern gezeichnet, und daneben scheint ein Name und eine Adresse notiert zu sein.“

Ich erkannte gemalte, wunderschöne Schmuckstücke, eins interessanter als das andere. Nach der Anzahl der Stapel und der sich dort befindlichen Blätter, würden wir in diesem Keller einige Tage verbringen müssen.

Die ersten Unterlagen blätterte ich schnell durch, es waren Anhänger in verschiedenen Größen, die nicht in Frage kamen. Ich überflog die gestapelten Dokumente und nahm mir die mit den Ringen vor. Henry wühlte in den Ordnern, in denen die Rechnungen der einzelnen Schmuckstücke abgelegt waren. Sie schienen nach Datum geordnet.

Zwei Stunden arbeiteten wir, ohne etwas zu finden. Unsere freundliche Gastgeberin brachte uns zwischenzeitlich Tee und störte dann nicht mehr. Endlich, nach dem hundertsten Stapel mit wunderschön gemalten Ringen, glaubte ich, den zu erkennen, den ich trug.

„Henry", rief ich, „schau mal, könnte er es sein?"

„Das ist er, ganz bestimmt." Da das Blatt mit einem Datum versehen war, es handelte sich um die Jahreszahl 1950, konnte Henry nun den entsprechenden Ordner hervorsuchen. Es dauerte nur noch eine Viertelstunde, und wir glaubten, das Passende gefunden zu haben.

„Marhaban! Hallo!" rief ich hoch, und die Dame des Hauses kam zu uns hinunter. Ich zeigte ihr die beiden Blätter und fragte, ob ich sie mir ausleihen durfte, um Kopien anzufertigen.

Sie schüttelte den Kopf und drückte mir beide Blätter in die Hand. Ich verstand es so, dass ich sie behalten durfte. Vorsichtshalber vergewisserte ich mich nochmals, und sie nickte.

Nach fast drei Stunden in den Gewölben, verließen wir, völlig verstaubt, das Gebäude. Wir bedankten uns nochmals bei der netten Dame, sie winkte ab. Gerne hätte ich mehr von ihr gewusst, aber durch die mühselige Verständigung fragte ich besser nicht.

„Das Horusauge möge dich beschützen", meinte sie zu mir beim Abschied. Ich stutzte. War es nur eine allgemeine Redewendung, oder hatte es einen tieferen Hintergrund?

„Ob sie auch mit dem Juwelier verwandt ist, oder ist sie eine weitere Tochter von ihm?"

„Sie wusste, dass wir kommen", meinte Henry. Wahrscheinlich hat die Tochter des Juweliers sie benachrichtigt, nachdem sie dir den Zettel zugesteckt hatte."

„Sie blickte auf den Ring, bevor sie die Tür öffnete", gab ich zu bedenken, und als ich an meiner lädierten Kleidung herunterblickte: „Ich will nur noch unter die Dusche."

Im Hotel angekommen, bestellten wir nicht wie sonst eine Tasse Kaffee auf der Terrasse, wir verschwanden sofort auf unser Zimmer, entledigten uns der Kleidung und duschten ausgiebig. Erst nachdem wir wieder menschlich aussahen, gingen wir ins Restaurant und bestellten das Abendessen. Die Unterlagen aus dem Kellergewölbe hatten wir bereits kopiert, und während des

Abendessens versuchten wir, sie genauer zu entziffern. Die Originale trug ich in meiner Tasche bei mir, die Kopien lagen auf dem Tisch.

„Es ist eine Adresse in London“, entzifferte Henry die Wörter, „es wird eine Engländerin gewesen sein, für die der Ring bestimmt war.“ Er zerrte an meinem Finger und versuchte den Ring abzuziehen. „Es muss eine Gravur eingestanzt sein, die des Juweliers, und ein Namenszug, das ist hier auf dem Blatt vermerkt. Wenn zumindest die Gravur vorhanden ist, dann können wir sicher sein, dass es der Ring ist, der hier beschrieben wird.“ Nachdem Henry ihn in Händen hielt, versuchte er in der Innenseite etwas zu erkennen.

„Ich brauche eine Lupe, so sehe ich nichts!“

„Okay, dann gehen wir gleich mal zu unserem Goldhändler hier im Hotel, er wird eine Lupe besitzen, dann schauen wir nach.“

Ich steckte den Ring wieder an, denn das Essen wurde serviert.

„Wir können hier in Kairo nichts mehr machen, wir sind allen Hinweisen nachgegangen, haben nun eine Adresse in London, die aber auch schon fast sechzig Jahre alt ist“, Henry schüttelte den Kopf, „das bringt uns nicht weiter.“

„Ja, lass uns nach Hause fliegen“, stimmte ich zu, wollte aber nicht zugeben, dass meine blauen Flecken und Abschürfungen, die ich mir beim Sturz auf den nicht gerade sauberen Gehweg zugezogen hatte, schmerzten. „Ich kümmere mich morgen früh um die Rückflüge.“

Auf dem Weg in unser Zimmer statteten wir Achmed noch einen Besuch ab. Ich bat ihn, die beiden Ringe nochmals genauer unter die Lupe zu nehmen – diesmal im wahrsten Sinne des Wortes –, um nachzusehen, welche Markierung oder Gravur auf der Innenseite sichtbar war. Er zeichnete uns die Buchstaben und Zeichen auf.

Es war der besagte Ring.

Kapitel 11

Sophia holte uns mit Johanna vom Flughafen ab. Die Kleine begrüßte uns freudig, sie vermisste ihren Opa, der sonst fast den ganzen Tag mit ihr zusammen verbrachte.

„War Miss Marple wieder zu neugierig“, fragte sie Henry mit einen Blick auf meine blauen Flecken, „kann es sein, dass ihr in etwas hineingeraten seid, oder warum hast du all die blauen Flecken?“

„Wir haben in den Unterlagen eine Adresse aus London entdeckt. Inwieweit sie relevant ist, kann ich nicht sagen. Ich werde morgen früh mit Inspektor Lopez reden. Ich habe ihn seit meiner Abreise nach Kairo nicht mehr gesprochen. Hat Marcus etwas über die Bedeutung des Horusauges herausgefunden?"

„Alles in der Kurzversion: Das Horusauge beschützt dich. Die lange Version: Marcus hat eine Internetseite entdeckt, dass es anscheinend eine Gesellschaft, besser gesagt eine große Familie gab, die im Orient das Sagen hatte", erklärte sie uns.

„Eine orientalische Mafia?"

„Nein, eher nicht. Eine reiche Familie, die weltweit operierte und Firmenanteile großer Unternehmen besaß, nicht nur in Ägypten oder anderen arabischen Staaten, sondern auch in Europa und Amerika. Besagte Familie besaß demzufolge Macht. Das Firmensymbol, das Logo ist das Horusauge. Wer sich gut mit der Familie stellte, stand unter deren Schutz", erzählte Sophia weiter.

„Also doch mafiöse Strukturen", nickte ich bestätigend.

„Gibt es sonst noch Neuigkeiten?"

„Nicht viel", meinte unsere jüngste Tochter, „aber Phyllis hat Ärger mit Polidas!"

Ich blickte sie stöhnend an. „Was hat er denn nun wieder?"

„Er klagt gegen uns", lächelte Sophia, „er schickte den Bentum Brüdern sein Angebot und berichtete groß und breit, dass die Weiber, wie er uns nannte, nicht in der Lage wären, das Objekt durchzuziehen, und dass das Weichei, damit bist du gemeint, Papa, nichts zu sagen hat, sich nie blicken lässt und sich hinter den Rockzipfeln seiner Alten versteckt."

Erbost meinte ich nur: „Ich trage nie Kleider oder Röcke und Phyllis und du auch nicht!"

Henry entgegnete nur achselzuckend: „Lasst ihn dummes Zeug reden, mit den Bentums werde ich einen Termin vereinbaren und ihnen darlegen, wie es in unserem kleinen Familienbetrieb wirklich aussieht. Kennt ihr das Angebot, das Polidas Bentum unterbreitet hat?"

„Ich glaube, das wissen die Brüder – und nein, das Angebot habe ich noch nicht gesehen. Phyllis hat einen Termin bei ihnen, ich nehme an, sie bringt die Unterlagen mit, wenn sie die nicht schon im Vorfeld zerpflückt. Ich selbst sehe auch keine Schwierigkeiten, wenn er uns verklagen sollte", sie zuckte mit den Schultern, „soll er doch. Ich bin auf die Klageschrift gespannt, das könnte lustig werden.“ Nach einer Stunde fuhren wir die kiesbedeckte Einfahrt zu unserem Haus hoch.

Maria nahm sich des Gepäcks an, nicht ohne einen missbilligenden Blick auf meine Schürfwunden und mittlerweile grüne Flecken zu werfen.

„Wer von euch beiden hat gewonnen?“ Henry deutete auf mich, ich auf meinen Mann.

„Scheint unentschieden ausgegangen zu sein, sonst läge Don Henry noch im Krankenhaus.“ Ich drohte Maria.

„Kommt mit auf die Terrasse“, sie deutete auf die neue, kleine, vor der Küchentür befindliche, die nun mit Tisch und Stühlen bestückt war. „Hier können wir uns ungestört unterhalten. Marcus hat nochmals alles überprüft, wir werden hier nicht abgehört, und über den Zaun hat auch niemand mehr versucht, auf das Grundstück zu gelangen.“

Der Kaffee tat gut, und während wir ihn tranken, berichteten Henry und ich abwechselnd, was wir in Kairo erlebte hatten. Der Ring mit dem Horusauge wurde von Maria und Sophia eingehend bewundert.

„Den hast du im Hotelzimmer gefunden? Man scheint dich zu beobachten, aber ich kann mir nicht vorstellen, dass es ein und dieselbe Person ist. Einerseits versucht man euch auszuschalten, und andererseits steht ihr dann unter seinem persönlichen Schutz?“

Sophias Bedenken und Überlegungen machten mich stutzig. Man sollte ab und zu Ereignisse und Begebenheiten Personen erzählen, die nicht direkt daran beteiligt sind, sie sehen es aus einer anderen Perspektive und erkennen Dinge und Zusammenhänge, die man selbst nicht sieht.

„Sie hat recht“, meinte ich aufgeregt, „die einen geben uns Hinweise, und die anderen versuchen uns aus dem Weg zu räumen.“

„Darüber habe ich auch schon nachgedacht“, meinte Henry, „wir werden unsere Beobachtungen Inspektor Lopez mitteilen. Wir haben ihn über eine Woche nicht gesprochen.“ Er wandte er sich an seine Tochter: „Er hat bessere Möglichkeiten, Informationen von anderen Behörden zu erhalten, als wir oder Marcus.“

In diesem Augenblick hörten wir ein Auto die Auffahrt hochfahren. Marcus. Er setzte sich zu uns, nachdem er sich vorsichtshalber die nähere Umgebung angeschaut und zielsicher nach versteckten Abhörgeräten gesucht hatte.

„Ich habe einiges über dein Horusauge herausgefunden“, meinte er zu mir, „das Wesentlichste hat Sophia euch schon berichtet, aber, was für uns noch eine große Bedeutung hat: Diese Familienorganisation scheint es noch zu geben.“

Stumm schauten wir ihn an und warteten, dass er weitersprach.

„Also“, begann er langsam, „ich bin da auf etwas Merkwürdiges gestoßen: Ich habe zufällig die Unterlagen in der Hand, die Phyllis und Henry aus Casablanca mitgebracht haben, und auf der rechten, unteren Ecke, ganz klein, glaubte ich, das besagte Horusauge zu erkennen. Ich war mir aber nicht sicher. Daher klickte ich mich in die Homepage der besagten Firma ein, durchstöberte einige Seiten und fand dann ...“, er machte es spannend, „das Horusauge!“

Triumphierend schaute er mich an.

„Das ist ja alles gut und schön“, erwiderte ich, „das ist ein Zeichen, das in Ägypten schon lange bekannt ist, was ist daran merkwürdig? Oder meinst du, dass es im Zusammenhang mit uns und dem merkwürdigen Aufenthalt Henrys in Casablanca doch etwas zu bedeuten hat?“

„Wenn man alles zusammenpackt, könnte man es so interpretieren“, stimmte Henry nachdenklich zu.

„Genau das meine ich, vielleicht wollte man euch beide, Henry und dich, in Casablanca haben, dann sind aber nur Phyllis und Henry gekommen. Man ließ sie warten, wo befand sich zu dieser Zeit Contino? Vielleicht war er nicht in Casablanca, weil er Josefine nach Ägypten folgte! Um sie zu beschützen! Hat er bemerkt, dass sie etwas herausgefunden hat? Dass sie Nachforschungen in Kairo anstellte?“

„Eine Menge Fragen, auf die wir im Augenblick noch keine Antwort haben“, folgerte Henry nachdenklich, „aber es sind Vermutungen, die wir näher in Betracht ziehen sollten.“ Er hatte sich den Telefonhörer geholt und wählte eine Nummer. „Ich werde Lopez fragen, ob man mittlerweile in Erfahrung gebracht hat, wer der Tote unter Jos Oliventerrasse ist.“

In der Zwischenzeit rief ich Felicitas an, um ihr zu sagen, dass wir wieder zu Hause waren.

Henry war nach dem Gespräch mit Lopez nicht schlauer als vorher. Es gab keine Neuigkeiten. Die Unterlagen aus Kairo wollten wir Lopez bringen, damit er von Seiten der Polizei aus Nachforschungen betreiben konnte. Viel Hoffnung machte er uns nicht.

„Ich könnte mir die Originale vornehmen, ich habe da so eine Idee, vielleicht kann man mit Hilfe ...“, grummelte Marcus leise, dann war es für uns nur noch unverständliches Gemurmel. Ich begriff nur so viel, dass es eine Methode geben müsste, die Schrift auf den alten Unterlagen deutlicher hervorheben zu können.

Felicitas hatte es eilig, uns zu begrüßen. Zehn Minuten nach dem ich mit ihr telefoniert hatte, fuhr sie die Einfahrt hoch.

„Nun erzähl", rief sie uns zu, noch bevor sie sich setzte. Irritiert schaute ich sie an. Die sonst immer vornehm gekleidete Doña Felicitas trug weiße Jeans, T-Shirt und Turnschuhe und sah einige Jahre jünger aus. Als sie meinen Blick bemerkte, meinte sie nur: „Guck nicht so, ich kann genauso leger herumlaufen wie du!"

Bevor ich sie unter vier Augen ausquetschen wollte, erzählte ich.

„Ich hatte fast schon den Hörer in der Hand, um einen Flug zu buchen und dir nachzufliegen", erklärte sie unumwunden, „ich halte es zu Hause nicht mehr aus, es ist langweilig. Wenn du nochmals eine Erkundungstour machst, komme ich mit." Wenn wir das gemeinsam durchziehen würden, konnte ich sicher sein, eine intelligente und kompetente Gefährtin an meiner Seite zu haben. Wir kannten uns eine halbe Ewigkeit. Ich konnte verstehen, dass sie, nachdem ihre Kinder aus dem Haus waren, Langeweile hatte. Während ich ihr einen Reisebericht lieferte, hatte sich meine Familie zurückgezogen. Wir saßen alleine auf der Miniersatzterrasse.

„Also erzähl", schaute ich sie voll Spannung an, „was soll diese merkwürdige Aufmachung", ich deutete auf ihre Kleidung, „hast du einen Freund?"

Sie prustete laut auf.

„Wie kommst du denn darauf? Ich doch nicht. Aber es ist unglaublich bequem in Jeans, ich habe mir sogar überlegt, wieder zu arbeiten, oder einen kleinen Laden zu eröffnen. Ich will doch nicht bis zur Rente in der Ecke sitzen und nichts mehr tun."

Ich konnte ihre Träume verstehen. Während sie sich um ihre Familie kümmerte, konnte ich im Betrieb mitarbeiten. Nun waren die Kinder erwachsen und aus dem Haus, sie hatte nichts mehr zu tun. Die tägliche Arbeit übernahm die Haushälterin, nun brauchte sie eine andere Beschäftigung.

Sie sprang voller Elan auf. „Wir sollten eine Runde im Pool schwimmen, aber ich habe meinen Badeanzug vergessen", sie musterte mich von oben bis unten, „wir haben die gleiche Größe, kannst du mir einen leihen?"

Ich hatte ebenfalls große Lust, ins kühle Nass zu springen, ich stand auf und winkte ihr zu, mir zu folgen.

„Wir werden schon etwas Passendes finden", meinte ich, „Ich habe einen neuen aus Kairo mitgebracht, den könnte ich ausprobieren, du suchst dir einen von meinen abgelegten aus", erklärte ich ihr grinsend.

„Mehr bin ich dir also nicht wert, das werde ich mir merken!"

Sie rannte lachend in ihrem neuen Outfit hinter mir die Treppe hoch, in unseren Ankleideraum. Die Villa war nun einmal riesig, und so erlaubten wir uns den Luxus eines begehbaren Kleiderschrankes, nebst Ankleideraum.

Schnell zog sie einen meiner Badeanzüge hervor. „Den fand ich schon immer schick. Das scheint eine deiner Lieblingsbadekluften zu sein", meinte sie stirnrunzelnd, „den trägst du doch immer, macht es dir wirklich nichts aus, wenn ich ihn heute anziehe?"

„Nun nimm ihn schon", genervt drückte ich ihn ihr in die Hand, „ich sagte doch, ich habe einen neuen mitgebracht!"

Schnell zogen wir uns um und spazierten zum Pool, auf dem Weg dorthin, bat ich Maria, uns noch ein kühles Getränk zu bringen.

„Der sieht gut aus", deutete Felicitas auf meinen neuen Badeanzug, „dass es so etwas in Kairo gibt, hätte ich nicht gedacht." Wir waren am Pool angelangt, ich griff zu den Handtüchern, die immer frisch und sauber gefaltet auf dem Regal im Badehäuschen lagen, und reichte gerade eines Felicitas, als es passierte.

Zuerst reagierte ich nicht. Das Geräusch, ein Schwirren und dann ein Plopp nicht einmal laut, erschreckte mich nicht. Ich dachte an eine Wespe, die surrte, dann aber, als es völlig still um mich herum war, merkte ich, dass Felicitas nichts mehr sagte, mich mit großen Augen entsetzt anstarrte und langsam in sich zusammensackte. Fragend hob ich eine Augenbraue, blickte sie an und dachte, warum schaut sie so merkwürdig, bis ich es endlich sah: ein verhältnismäßig kleines, rotes Loch, an der linken Schulter. Später dachte ich noch: Warum verstand ich nicht sofort, was da passiert war?

Warum dauerte es so lange, bis ich reagierte?

Ich dachte in Zeitlupe, noch bevor Felicitas den Boden erreichte, war ich bei ihr und fing sie auf. Eine Kugel hatte sie getroffen. Die Wunde, unübersehbar, blutete. Maria bewegte sich gerade mit den Getränken auf uns zu. Noch befand sie sich in der Nähe der Villa, ich winkte ihr zu und schrie: „Runter, geh sofort zurück! Ruf die Polizei, man schießt auf uns. Und einen Krankenwagen, Felicitas wurde getroffen!"

Maria ließ die Getränke fallen, drehte sich um und rannte zum Haus zurück. Ich versuchte gebückt, Felicitas ganz ins Badehäuschen zu ziehen, dort waren wir geschützter. Sie hatte das Bewusstsein verloren, und ich schleifte sie wie einen nassen, schweren Sack hinter mir her. Zum Glück konnte ich einige der Handtücher greifen, die ich auf die Wunde presste.

Im Haus wurden Stimmen laut, ich befürchtete, Henry und Marcus und auch noch andere kämen sofort angerannt. „Man schießt auf uns, bleibt bloß da, wartet auf die Polizei, Felicitas ist verletzt“, schrie ich über den Rasen hinweg zum Haus hinüber. Ich traute mich nicht, nachzusehen, aber es kam Antwort: „Bleib unten, Polizei und Krankenwagen sind verständigt, sie müssten gleich hier sein.“

Henrys Stimme kam nicht näher, dafür hörte ich in der Ferne Sirenen. Die Polizei hatte uns beinahe erreicht, als ich über uns die rotierenden Rotorblätter eines Helikopters bemerkte. Bei Felicitas handelte es sich um die Ehefrau des hiesigen Bankdirektors, man vermutete sicherlich eine Entführung, deshalb schien die gesamte Polizei im Anmarsch zu sein. Ich wagte nicht, die gebückte Haltung aufzugeben und einen Blick in Richtung Villa zu werfen. Ausharren, nahm ich mir vor, das Handtuch fest auf Felicitas' Wunde gepresst. Der Krankenwagen folgte dem Polizeifahrzeug, das wiederum von Henry über den Rasen direkt zum Poolhäuschen dirigiert wurde. Die ersten vier Polizisten sprangen aus dem Fahrzeug, die Waffen im Anschlag und sicherten den Weg für Arzt und Sanitäter, die dann vorsichtig, aber schnell zu uns rannten.

Mittlerweile war das dritte Handtuch blutdurchtränkt, als ich endlich an den Arzt übergeben konnte.

Er versorgte rasch die Schusswunde, winkte den beiden an der Ambulanz wartenden Sanitäter zu sich, die mit einer Trage angestürmt kamen. Felicitas hatte das Bewusstsein immer noch nicht wiedererlangt. Sie wurde in den Krankenwagen geschoben und in Begleitung der Polizei, die mit heulenden Sirenen vorwegfuhr, abtransportiert. Einer der Polizisten blieb solange bei mir, bis zwei weitere Fahrzeuge der Gendarmerie das Poolhäuschen erreichten. Sie sprangen, mit schusssicheren Westen bekleidet aus den Fahrzeugen, um mich dann in die Mitte zu nehmen und geschützt zurück zur Villa zu begleiten.

Erst dann fuhren weitere Autos auf unsere Rasenfläche, in alle Richtungen stoben die Insassen hinaus, um das Grundstück zu erkunden, zu kontrollieren und zu sichern.

Im Schutz des Hauses und inmitten meiner Familie, merkte ich, dass ich zitterte. Der Druck, Felicitas beizustehen und die starke Blutung in den Griff zu bekommen, fiel augenblicklich ab. Obwohl es draußen heiß war und ich immer noch meinen Badeanzug trug, fröstelte ich erschöpft.

„Du siehst blass aus“, meinte Sophia, die mich stützte und mir ein Glas Cognac reichte. Schnell trank ich einige Schlucke und stieg dann eilig die Treppe hoch, um mich anzuziehen. Der neue Badeanzug brachte kein Glück.

Ich wollte so schnell es ging zu Felicitas, auch wenn ich im Augenblick nichts weiter für sie tun konnte. Henry und meine Töchter stürmten hinterher.

„Was ist los", wurde ich beunruhigt gefragt, „bist du verletzt?" Ich schüttelte den Kopf.

Beschwichtigende Hände griffen meinen Arm, um mich zu trösten und mir zu zeigen: die Familie ist da.

„Nein, aber ich will mich schnell umziehen und zu Felicitas ins Krankenhaus."

Ich schnappte mir meine Kleidung, die immer noch im Ankleidezimmer, neben den Sachen von Felicitas, lag, verschwand ins Bad und schloss die Tür. Endlich konnte ich tief Luft holen und setzte mich auf den Wannenrand. Ich brauchte einige Minuten, um wieder klare Gedanken fassen zu können. Und diese Gedanken gefielen mir überhaupt nicht. Felicitas und ich hatten die gleiche Größe, eine fast identische Figur und von weitem sogar einen ähnlichen Haarschnitt.

Sie trug meinen Badeanzug. War es Zufall, oder ging meine Phantasie mit mir durch? Ich fröstelte immer noch, nahm mich aber zusammen und zog mich schnell an. Der Anschlag galt mir. War ich überhaupt noch sicher, oder meine Familie? Wenn Johanna in meiner Nähe gewesen wäre? Daran wollte ich erst gar nicht denken. Noch einmal holte ich tief Luft und ging hinunter zu den anderen.

Henry passte es natürlich überhaupt nicht, dass ich zu Felicitas wollte. Er saß mit Lopez im Wohnzimmer.

„Sie werden uns sofort informieren, wenn es Neuigkeiten gibt", meinte er, „wir sollten noch etwas warten, außerdem ist Don Jaime informiert, er wird bereits auf dem Weg ins Krankenhaus sein. Außerdem will Inspektor Lopez noch mit dir sprechen."

„Ich kann nichts zu dem Vorfall sagen", wandte ich mich schnell an Lopez, „ich habe gar nicht registriert, was da passierte, bis Doña Felicitas zu Boden ging."

Lopez nickte. „Ich glaube, bei der Entfernung konnte man auch nichts hören. Aber warum Doña Felicitas? Und dann auf Ihrem Anwesen? Das ist merkwürdig..."

Bevor er weitersprechen konnte, unterbrach ich ihn: „Es galt nicht ihr, es galt mir!"

Nicht nur Lopez und Henry schauten entgeistert, sondern auch Marcus, Sophia und Phyllis, die gerade ins Wohnzimmer kamen.

Ich blickte zu Phyllis: „Felicitas trug meinen Badeanzug, von weitem sehen wir uns ähnlich, die gleiche Figur und Größe, fast die gleiche Haarfarbe ...“

Der Einzige, der nicht sprachlos staunte, war Lopez. Ihm schien bereits der gleiche Gedanke gekommen zu sein, ich sah ein leichtes Nicken.

„Sie sind der gleichen Meinung“, bestätigte ich seine Überlegungen, „es ging nicht um Felicitas. Warum auch ausgerechnet hier, an unserem Pool, auf unserem Grundstück? Keiner wusste, dass sie heute hier erscheinen würde und dass wir dann noch schwimmen gehen würden. Aber ich mache es. Man musste nur darauf warten, bis ich ins Wasser ging. Mein Gott, wenn Johanna dabei gewesen wäre ..., ich darf nicht daran denken.“

Phyllis sprang wutentbrannt auf. „Wenn das Polidas war, dann bringe ich ihn eigenhändig um!“

„Nein, dazu ist der zu dämlich“, unterbrach ich sie, „es hat nichts mit den Ereignissen hier auf dem Grundstück zu tun, immerhin haben wir hier eine Leiche gefunden, mein Bruder verschwand vor vierzig Jahren, in Kairo überfuhr uns fast ein Auto ..., das sind zu viele Zufälle auf einmal. Es steckt etwas anderes dahinter.“

Lopez' Blicke wanderten von einem zum anderen, während wir diskutierten, und er hörte gespannt zu.

„Seid ihr sicher, dass das in Kairo Absicht war? Vielleicht hat einer der vielen Autofahrer in dieser großen Stadt geträumt“, ganz so sicher schien sich Sophia nicht zu sein, „ich finde es nicht weiter verwunderlich, dass der Typ in dem Haus nicht die Wahrheit gesagt hat, wer weiß, wie er an dieses Gebäude gekommen ist.“

„Und was ist mit dem Horusauge?“ Marcus sprach mir aus der Seele. „Das ist kein Zufall. Jo und Henry sind auf der richtigen Spur“, meinte er zu seiner Frau, „die Andeutungen, die Ringe: Das kann nicht von ungefähr kommen.“

„Lass uns mal die Gedanken schweifen lassen“, beruhigte sich Phyllis langsam, „spielen wir das Spiel: Was wäre wenn? Nehmen wir mal an, es ist kein Zufall, nehmen wir weiter an, die beiden Detektive“, sie deutete auf Henry und mich, „sind auf der richtigen Spur, und Robert lebt noch, warum sollte er dann versuchen, seine Schwester umzubringen? Das hätte er doch schon vor Jahren erledigen können. Geht es um Geld, um das Erbe? Immerhin hat Großvater Mutter kein allzu großes Vermögen hinterlassen. Wenn ich es richtig in Erinnerung habe, sollte Robert das Unternehmen erben, Mutter sollte studieren und hätte eine Abfindung erhalten. Umgekehrt ergäbe es Sinn, wenn Mutter versuchen würde, ihren Bruder umzubringen!“ Sie schüttelte den Kopf. „Nein, das ist auch nicht logisch!“

Sophia nahm den Faden auf. „Was ist, wenn es nicht Robert ist, der versucht uns hier umzubringen? Was ist, wenn noch eine weitere Komponente im Spiel mitmischt?“

„Die Überlegungen haben eure Mutter und ich auch schon angestellt und sind zu dem gleichen Resultat gekommen.“

Bevor Henry weitersprechen konnte, unterbrach ich die Debatte: „Das mag ja alles gut und schön sein, aber ich will ins Krankenhaus zu Felicitas.“ Ich stand auf und schritt zur Tür. „Ich nehme den Jaguar, will mich einer begleiten?“

Sofort sprang Lopez auf, der bislang interessiert aber schweigend zugehört hatte. „Wir werden Sie zum Krankenhaus fahren. Persönlich brachte er mich zur Tür.

Henry sprang auf. „Ich komme mit.“

Eiligen Schrittes liefen wir hinter Lopez her und stiegen in ein Polizeifahrzeug. Ein Auto fuhr vorneweg, eins hinter uns her. Bis zum Krankenhaus war es nicht weit. Nach einer Viertelstunde standen wir am Haupteingang. Die Präsenz der Polizei ebnete Wege, so gelangten wir in einem abgeschirmten, von weiterer Polizei bewachten Raum. Jaime saß dort in einem bequemen Sessel, reserviert für die Angehörigen der Privatpatienten. Als er uns erblickte, erhob er sich und kam sofort auf uns zu. „Was genau ist passierte“, verlangte er zu wissen, „ich erhalte keine exakten Auskünfte ...“

Henry deutete ihm an, sich zu setzen. Lopez übernahm das Wort und erklärte in knappen Sätzen den Hergang und auch unsere Vermutungen.

„Wie geht es Felicitas?“

„Sie wird noch operiert, aber sie lebt.“ Er seufzte und setzte sich wieder, dann blickte er zu mir: „Du warst doch dabei, kannst du nichts Genaueres berichten?“

Ich erzählte meine Geschichte zum dritten – oder war es bereits das vierte Mal? – aber es brachte auch kein Licht in die Dunkelheit.

Wir warteten ungeduldig eine weitere Stunde, bis der Arzt aus dem OP kam. Sofort sprang Jaime auf und rannte zum Doktor, der ihn lächelnd anblickte und ihm und auch uns beruhigend zunickte.

„Sie hat es gut überstanden“, versicherte er Jaime, „sie hat zwar viel Blut verloren, aber durch das schnelle Eingreifen ihrer Freundin, die das Handtuch auf die Wunde presste, ist das Schlimmste verhindert worden. Wir konnten die Kugel entfernen, es wurden keine lebenswichtigen Organe getroffen, alles in Allem hat sie Glück gehabt."

Erleichtert atmete Jaime aus.

„Können wir sie kurz sehen oder sprechen?"

„Ja, Sie können gleich zu ihr, geben Sie ihr aber erst noch kurz Zeit, sie muss erst einmal wieder wach werden. Ich würde sagen, in einer halben Stunde können Sie Doña Felicitas besuchen. Gehen Sie noch eine Tasse Kaffee trinken, unten in unserer Cafeteria. Wenn noch etwas sein sollte", Dr. Cortez sprach den Gedanken nicht laut aus, „weiß ich, wo ich Sie finden kann!"

Wir mussten Jaime hinter uns her ziehen, er wollte seinen Posten vor Felicitas' Tür nicht aufgeben, gab sich dann aber doch geschlagen.

„Ruf deine Kinder an und beruhige sie", schlug ich vor, indem ich mein Handy aus der Tasche hervorkramte, um Sophia und Phyllis zu informieren.

Lopez setzte sich zu uns. Auch er hatte das Bedürfnis, mit Felicitas zu sprechen, hatte die Hoffnung, dass sie vielleicht etwas gesehen hat, was ihm und auch uns weiterhelfen konnte.

Wir gingen den Vorfall nochmals durch, während wir unseren Kaffee tranken.

„Wenn", überlegte Lopez schließlich laut, „kann sie also nur vorher etwas bemerkt haben, vielleicht ist sie verfolgt worden ...", als ich Einwände erheben wollte, winkte er nur ab, „wir müssen zunächst davon ausgehen, dass der Anschlag ihr galt, nicht Ihnen, daher ist ihre Aussage sehr wichtig für uns." Er wandte sich an Jaime: „Sind Sie sicher, dass Ihre Frau nicht doch bedroht wurde?"

„Das hätte sie mir gesagt", schüttelte Jaime den Kopf, „ich hätte sofort etwas unternommen und die Polizei eingeschaltet, denn wenn sie bedroht worden wäre, dann würde es sicherlich in erster Linie mir gelten."

Lopez nickte, eigentlich glaubte er auch daran, dass es ein Versehen war.

„Sie hat für mich recherchiert", gab ich zu bedenken, „nicht viel, aber das könnte jemand mitbekommen haben, oder sie hat etwas herausgefunden, während wir in Kairo waren."

„Alles nur Vermutungen! Wir müssen mit ihr sprechen", bestimmte Lopez energisch, „sonst können wir noch solange Überlegungen anstellen und kommen nicht weiter. Wir sollten zur Aufwachstation, vielleicht können wir schon zu ihr."

Dr. Cortez erwartete uns vor der Tür, sein Gesicht blickte sorgenvoll. „Sie ist noch nicht aufgewacht, daher ist es besser, Don Jaime besucht sie zuerst. Sie alle“, er schaute uns an, „warten bitte noch etwas.“

Also saßen wir wieder vor der Tür und hofften, dass Felicitas bald das Bewusstsein wiedererlangen würde. Mittlerweile waren fast vier Stunden vergangen, seit sie angeschossen worden war.

Das Handy von Inspektor Lopez läutete.

„Wir haben einiges gefunden“, erzählte er, nachdem er das Gespräch beendet hatte, „am Platz, von dem aus geschossen wurde, und hoffentlich auch DNA-Spuren.“ Noch während er uns Bericht erstattete, klingelte mein Handy.

„Mama, wie geht es Felicitas?“ Die besorgte Stimme meiner ältesten Tochter war zu hören. „Die Kripobeamten und die Spurensicherung sind gerade abgezogen. Der Garten ist zerfurcht, aber das macht nichts, meint Felipe, das bekommt er wieder hin. Jessica und Julian haben vor einer halben Stunde angerufen, sie sind auf dem Weg hierher. Jaime hat sich noch nicht wieder telefonisch bei ihnen gemeldet, daher riefen sie uns an.“

„Jaime ist gerade bei Felicitas, wir mussten so lange warten, da die OP länger gedauert hat, als wir dachten. Hat die Polizei etwas Wichtiges entdeckt?“

„Wir erzählen euch alles, wenn ihr wieder hier seid.“ Im Hintergrund hörte ich Maria, sie schimpfte. Phyllis antwortete ihr: „Nein, Maria, wir waren nicht im Arbeitszimmer.“ Dann sprach sie wieder zu mir. „Ich glaube, hier geht im Augenblick alles drunter und drüber, wir reden später.“ Phyllis’ Stimme klang leicht genervt. Sie beendete das Gespräch. Im gleichen Augenblick öffnete sich die Tür, und Jaime trat hinaus, er lächelte. „Sie ist wieder wach.“ Man sah ihm die Erleichterung an.

„Hat sie schon etwas gesagt?“

Jaime schüttelte den Kopf. „Sie will dich sehen!“ Sofort eilte ich ins Krankenzimmer. Da lag sie, meine Freundin, einige Schläuche wanderten von ihrem Körper zu Maschinen, die piepten, klapperten und surrten. Felicitas, noch vor einigen Stunden in ihrem neuen Outfit, sah völlig verändert aus. Wenn ich nicht gewusst hätte, dass sie es ist, ich hätte sie nicht erkannt. Blass und schweißverklebt, die Schminke verlaufen, lag sie in den weißen Kissen und lächelte mich tatsächlich an, zumindest deutete ich das Verziehen der Mundwinkel so.

„Wie geht es?“ fragte ich sie leise.

Sie hob ihre Hand leicht an. „Beschissen ist noch gestrunzt." Es folgte eine kurze Pause, in der sie ihre Kraft sammelte. „Du hast mich gerettet, hab ich gehört?"

„Quatsch, du hast den Kopf für mich hingehalten, sonst läge ich hier. Hast du kurz zuvor etwas bemerkt oder gesehen? Lopez wartet vor der Tür, er will dir einige Fragen stellen." Sie schüttelte den Kopf. „Nichts gesehen", kam es mühselig über ihre Lippen, „nur ein heller Strahl." Damit schlossen sich auch schon wieder ihre Augen. Hatte sie das Mündungsfeuer des Gewehrs gesehen?

Lopez, der leise ins Zimmer getreten war, hatte die letzten Worte gehört. Er legte seine Hand auf meine Schulter und zog mich zurück: „Sie wird erst einmal schlafen, lassen wir sie zu Kräften kommen. Vielleicht erinnert sie sich morgen an Einzelheiten."

Niedergeschlagen, aber trotzdem froh, dass Felicitas nicht Schlimmeres passiert war, verließ ich den Raum. Julian und Jessica rannten den Gang entlang, sie kamen auf uns zu, blickten zuerst ihren Vater an, der beruhigend nickte, dann mich.

„Ihr könnt kurz hinein", meinte Jaime, „sie war wach, muss aber nun ruhen, sie wird schlafen."

„Wir fahren alle zu uns", bestimmte Henry, „Inspektor Lopez, Sie kommen mit und geben uns einen Überblick über die Ermittlungen und was Sie oder Ihre Leute herausgefunden haben."

Zuhause sammelten wir uns im großen Wohnzimmer, auch Sandra war da. Jessica und Julian erreichten uns eine Viertelstunde später. Sie konnten nicht mit ihrer Mutter sprechen, sie schlief. Der einzige Lichtblick in der deprimierten Stimmung war Johanna, die kleine quirlige Person freute sich, die vielen Freunde zu sehen. Sophia hatte Kaffee für alle gekocht und einige Tapas zubereitet. Ich wunderte mich, denn das ließ sich normalerweise Maria nicht aus der Hand nehmen.

„Wo ist Maria?"

Sophia zuckte mit den Schultern. „Sie ist im Arbeitszimmer und äußerst schlecht gelaunt. Als ich sie fragte, was los sei, hat sie mich hinausgeworfen, also habe ich den Küchendienst übernommen."

„Maria schimpft auf Opa", todernst gab Johanna ihr Wissen preis, „er hat alles durcheinandergemacht in seinem Zimmer." Fast synchron sprangen Lopez und Henry auf. Sie rannten Richtung Arbeitszimmer und rissen die Tür auf.

Maria räumte auf, der Staubsauger stand mitten im Zimmer. Als ich den ehemaligen Arbeitsraum meines Vaters erreichte, hatte Lopez Maria bereits hinausbugsiert. Das Bild, das sich uns allen bot, war Chaos. Nach und nach füllte sich der Flur vor dem Zimmer.

„Oh Gott", flüsterte Sophia, „hätte ich doch schon mal eher nachgesehen."

Maria begriff noch nicht, was eigentlich los war. Sie fand es nur merkwürdig, dass Henry sein Arbeitszimmer so schnell nach seiner Ankunft so durcheinanderbringen konnte. Abgelenkt durch das Polizeiaufkommen auf unserem Grundstück fragte sie nicht, sondern fing an aufzuräumen. Sie brachte das Durcheinander auch nicht mit dem Anschlag auf Felicitas in Zusammenhang. Sie war nur sehr ärgerlich, da sie erst morgens aufgeräumt und gesaugt hatte. Das engte den Zeitraum ein, und Lopez ermittelte schnell die Phase, in der das Zimmer durchsucht worden war: Unmittelbar vor dem Schuss.

„Es waren also zwei Personen, einer schoss, der andere durchwühlte das Arbeitszimmer! Aber was hat man denn überhaupt gesucht? Was fehlt?" Phyllis' Blicke durchschweiften den Raum, sie fasste natürlich nichts an. Lopez zückte bereits sein Handy und rief nochmals die Spurensicherung. Es war schon abstrus, dass ein solcher Aufwand betrieben wurde, um ein Zimmer zu durchsuchen.

„Da nur Henrys Büro durchwühlt wurde, wussten die Eindringlinge, wo sich der Raum im Haus befindet, sonst wären andere Räume auch kontrolliert worden." Kaum hatte ich den Gedanken ausgesprochen, liefen Sophia und Phyllis nach oben. Erst jetzt überlegten wir konzentriert. Lopez fragte erst gar nicht, sondern nahm sich im Erdgeschoss Zimmer für Zimmer vor. Über uns klapperten die anderen Türen, Marcus und Julian durchstöberten außerhalb des Hauses die Garagen und Nebenräume. Jessica kümmerte sich um Johanna, und Maria saß einfach nur still auf einem Stuhl in der Küche.

„Wie konnte ich nur so dumm sein", schimpfte sie, „ich hätte doch merken müssen, dass Don Henry noch gar nicht in seinem Arbeitszimmer gewesen war." Ich versuchte sie zu beruhigen und dachte nach, während die anderen das Haus absuchten. Etwas irritierte mich, aber was? Eine Erinnerung, ein Geistesblitz, aber was genau?

Der einzige Raum, der gezielt durchwühlt worden war, war ... Natürlich, es war wie damals, als das Arbeitszimmer meines Vaters durchsucht worden, aber nichts abhanden gekommen war. Irgendetwas musste so wichtig sein, und es musste sich im Haus befinden, dass man dafür sogar einen Mord begehen würde.

Phyllis eilte die Treppe hinunter. „Roberts und dein altes Zimmer sehen aus, als ob eine Bombe eingeschlagen wäre!“ Ich nickte, es wunderte mich nicht. Hatte man endlich gefunden, was man bereits damals suchte?

Kapitel 12

Vier Stunden später verschwand die Spurensicherung endlich. Johanna schlief bei Phyllis über der Remise. Jessica blieb bei ihr.

Marcus bastelte bereits an einer Überwachung der Innenräume. Als hilfreich erwiesen sich seine Überwachungsbänder, die aber den Schützen nur unscharf und aus der Ferne zeigten. Endlich konnten wir überprüfen, was eventuell fehlte. Henry und ich gingen unsere Unterlagen und Akten durch. Ich nahm mir sofort die alten, verstaubten vor. Wenn bereits damals etwas innerhalb dieser Unterlagen gesucht wurde, musste es noch vorhanden sein. Die neueren, betriebsbezogenen Schriftstücke befanden sich im Büro. Lopez erkundigte sich bereits eine Stunde zuvor bei Sonja, ob es Unstimmigkeiten im Büro gegeben hätte. Aber dort schien alles in Ordnung. Sicherheitshalber durchforstete Sonja trotzdem alle Aktenschränke und kontrollierte auch die CDs mit den Sicherungskopien und die Rechner. Ich war mir sicher, der oder die Täter, oder sollte ich sie gedanklich besser Mörder nennen, suchten nichts Neues, die alten Akten und Unterlagen meines Vaters schienen für sie interessant. Aber was suchten sie nur? Dass es mit Roberts Verschwinden zu tun haben musste, war so sicher wie das Amen in der Kirche. Apropos Kirche! Ein anderer Gedanke kam mir. Robert war vor der Kirche gefunden worden. Wenn er einen Hinweis bei sich trug, der ihn hätte identifizieren können, wäre es auch möglich, dass der damalige Pastor, der ihn fand, ihn noch hatte und aus irgendeinem Grund, den wir nicht kannten, damals verschwieg. Lebte er noch? Konnte er sich noch daran erinnern? Ich sprang auf und rannte zu Lopez, um ihm meine Überlegungen mitzuteilen. Der schüttelte den Kopf.

„Nein, der Pastor lebt nicht mehr, aber ich könnte mit seinem Nachfolger sprechen, vielleicht kann er weiterhelfen.“

Julian kontrollierte unterdessen mit Marcus das Grundstück.

„Glaubt ihr etwas zu finden, was die Spurensicherung übersehen hat?“

Marcus nickte. „Ich bin mir nicht sicher, aber auf dem Überwachungsfilm war nur eine Person zu sehen, zwar unklar, aber eben nur eine Person. Wenn es noch eine zweite gegeben hat, dann müssten wir noch andere Spuren finden. Die", er deutete mit dem Kinn in keine bestimmte Richtung, „haben nicht so ein großes Interesse, etwas zu finden wie wir."

„Läuft die Überwachung hier im Haus bereits?" Henry war zu uns getreten.

„Nein, ich benötige noch ein paar Kleinigkeiten, ich habe Felipe mit einer Einkaufsliste losgeschickt. Aber er bekommt diese Teile nicht in hier in Dénia, er muss nach Valencia. Das dauert noch eine Weile, solange werden Julian und ich das Grundstück absuchen."

„Ich komme mit", meinte mein Mann.

Es wurde bereits dunkel, aber die drei trugen Taschenlampen bei sich. Phyllis und Sophia liefen rüber zur Remise, um Jessica Gesellschaft zu leisten, während Jaime nochmals zum Krankenhaus wollte. Nur Maria und ich blieben in der Villa mit Lopez zurück. Der führte einige Telefonate und bat um Erlaubnis, das Haus auf eigene Faust und in aller Ruhe nochmals durchsuchen zu dürfen. Ich nickte, obwohl ich nicht an einen Erfolg glaubte.

Maria machte sich immer noch große Vorwürfe. Ich versuchte sie zu beruhigen, blickte aber immer wieder nach draußen. In der Ferne erkannte ich die Männer, wie sie den Boden absuchten. Ich bat Maria, uns noch einen Kaffee zu kochen und beobachtete Marcus und Julian, die scheinbar etwas entdeckt hatten. Natürlich wäre ich gerne hinausgelaufen, um zu sehen, was es war, aber ich beherrschte mich. Hob Julian gerade etwas auf? Nein, sicherlich nicht, denn so nahe am Haus hatte die Polizei alles untersucht.

Ich blickte zum anderen Fenster hinaus. Henry lief weiter Richtung großes Tor. Innerlich schüttelte ich den Kopf. Sie konnten nichts finden, genauso wenig Lopez, der im Obergeschoss rumorte. Maria reichte mir die gewünschte Tasse Kaffee und nahm sich selbst auch eine.

„Welche Räume sind in den letzten vierzig Jahren nicht renoviert worden?" überlegte ich laut. „In fast allen Zimmern wurde etwas geändert, und auch die Möbel wurden ausgewechselt, das Poolhäuschen ist erst vor zwanzig Jahren gebaut worden. Es bleiben einfach nur die alten Akten und die Zimmer ganz oben, also das von Robert und mir."

Ich hatte mich zurückgelehnt, die Augen geschlossen und dachte, Maria hätte mir nicht zugehört.

„Befanden sich nicht oben die Räume der Angestellten? Was ist mit den Gästezimmern?"

Maria hörte also doch zu.

„Die sind angestrichen und auch neu möbliert worden", gab ich zurück.

„Und die Bäder? Es sind doch noch die alten“, meinte Maria. Wir schauten uns an und standen gleichzeitig auf. Wenn die anderen draußen suchten, konnten wir das im Innern ebenso.

Wir stiegen die Treppe hoch ins dritte Geschoss. Die Räume, die in den letzten Tagen und Wochen ungeahnte Aufmerksamkeit erfuhren, rochen nicht mehr unbewohnt und muffig.

Lopez rief mir hinterher: „Doña Josefine, Sie sollten Ihren Schmuck nicht so offen herumliegen lassen.“

Ich ignorierte seine Worte. Im ersten oberen Gästebad blickten wir uns um. Viel konnten wir hier nicht durchsuchen. Es war unbewohnt, kein Handtuch, kein Duschgel, nichts lag hier herum. Auch das zweite Bad machte einen verlassenen Eindruck. Maria sah ein, dass es hier nichts gab, was wir kontrollieren konnten.

„Die Einbauschränke!“ Sie befanden sich in einem kleinen Flur, der vom Gästezimmer abging und das Bad mit dem Schlafzimmer verband. Erhellt wurde dieser Bereich nur durch eine Deckenleuchte.

„Maria, du hast recht, das sind noch die alten, die von Anbeginn hier eingebaut waren.“

Schon im ersten Schrank, unterhalb des untersten Holzbrettes, im gemauerten Sockel wurden wir fündig. Nachdem wir das Holzbrett herausgezogen hatten, klopfte ich auf die darunter befindlichen Fliesen. Die hintere hörte sich hohl an und konnte angehoben werden. Ich biss die Zähne zusammen und griff ins Ungewisse. Papier raschelte. Ich schaute zu Maria. Sie hatte es auch gehört.

„Warte, ich muss unten noch irgendwo eine Taschenlampe haben.“

Es dauerte nur Minuten, bis sie zurückkam. Ich duckte mich in den Schrank, schob meine Brille zurecht und leuchtete in das Versteck unterhalb der Fliese. Ich sah ein Bündel Papiere, ziemlich vergilbt, aber eindeutig beschrieben. Vorsichtig hob ich es heraus, leuchtete dann nochmals das Versteck aus, nun war es leer.

Sollten wir tatsächlich die Unterlagen gefunden haben, die man bei uns seit vierzig Jahren sucht? Ich konnte es mir nicht so recht vorstellen. In der Küche breiteten wir die Unterlagen vorsichtig auf dem großen Küchentisch aus. Die Texte, arg vergilbt, schienen in Englisch abgefasst zu sein.

„Wir könnten Felicitas gebrauchen“, meinte ich grübelnd.

„Oder das Labor der Spurensicherung“, ergänzte Maria den Satz. Aber bevor ich etwas unternehmen wollte, hatte ich das Bedürfnis, die Unterlagen selbst durchzugehen und Kopien zu fertigen. Eine Angewohnheit von mir, die ich nicht ablegen konnte. Maria, die meinen Blick richtig deutete, ging zu meinem Arbeitsbereich im Wohnzimmer und schaltete den Kopierer ein. Sie grinste verschwörerisch: „Bevor wir es aus der Hand geben, lass uns alles kopieren und keinem etwas davon sagen." Schließlich steckte ich die Kopien in Klarsichthüllen, um sie zu schonen.

„Pack es ein, nimm es mit nach Hause, und erwähne es mit keinem Wort. Du weißt doch, was passieren kann", wies ich Maria an.

„Rufen wir die anderen?"

„Sie kommen schon von alleine", meinte ich, „bald ist es ganz dunkel, dann kommen sie sicherlich zurück." Ich versuchte in der Zwischenzeit, bei starkem, hellem Licht etwas zu entziffern. Das Englisch bereitete keine Probleme, außer dass Wörter fehlten, zu vergilbt waren und mittlerweile so unleserlich, dass man den Inhalt nur ahnen konnte. Ich nahm ein Blatt Papier und schrieb den Inhalt, zuerst in Englisch, nochmals ab. Ich ließ die Stellen frei, an denen ich nichts erkennen konnte. Dann übersetzte ich es und überlegte, welche Wörter oder Buchstaben fehlten, damit alles einen Sinn ergab. Noch sah es aus wie ein Schweizer Käse. Ich brauchte Hilfe, ich brauchte Phyllis. Sie beherrschte Englisch besser als ich, hatte auch die besseren Augen, vielleicht entzifferte sie mehr. Ich griff zum Telefon. Sie und Sandra versprachen, sofort herüberzukommen.

Der Brief, den ich ihnen dann reichte, war in zweierlei Hinsicht schwer zu entziffern. Zum einen fehlten Wörter, Buchstaben und Sätze, zum anderen handelte es sich um einen handgeschriebenen Brief.

„Will ich wissen, wo du ihn her hast?" Phyllis griff nach dem Blatt in der Klarsichthüllte. „Besser nicht, deinem Blick nach zu urteilen", gab sie selbst die Antwort. Konzentriert blickten Phyllis und Sandra auf den Brief, hielten ihn gegen die starke Birne.

„Dieser Brief stammt von einer Frau." Aufmerksam studierten sie fast jeden einzelnen Buchstaben, jedes einzelne Wort. „Hier steht:

Mein lieber Sohn,

glaube mir, es ist für alle das Beste – dann fehlt wieder ein Teil – *ich tue es, weil ich meine, Dein Leben erhält so einen Sinn und ist nicht abhängig von einer Familie, die* – wieder einige Lücken – *Wenn die Zeit gekommen ist, dann werde ich mich zu erkennen geben, dann werde ich zurückkommen und Dir alles erklären. Vertraue keinem, nur dem der* – ja wenn man das entziffern könnte – *denk immer daran, ich als deine Dich liebende Mutter kann nicht anders handeln, ich habe alles versucht, aber ich sehen keine andere Möglichkeit. Ich hoffe* – hier wieder eine Lücke – *Familie nimmt Dich auf, die … –* Ich nehme an, es bedeutet *die Dich liebt*“, vermutete Phyllis, „*so wie ich Dich liebe. Verzeihe mir, aber wenn Du die Wahrheit erfährst, wirst Du alles … –* Ich glaube, es heißt *verstehen*. Der Brief ist unterschrieben mit *Deine Mutter*.“

„Ein Brief von Roberts Mutter an ihren kleinen Sohn! Wenn ich es richtig verstehe, hat sie ihn ausgesetzt, in der Hoffnung, ihn zu retten. Dann muss sie hier in Dénia gewesen sein, vor vierzig Jahren“, überlegte meine Tochter weiter. „Das Datum scheint mit dem Zeitpunkt übereinzustimmen, an dem er vor der Kirche gefunden wurde. Aber wie kommen die Unterlagen in unser Haus?“

„Meine Eltern besaßen keinerlei Dokumente, das weiß ich ganz genau, sie haben alles versucht, um herauszufinden, woher er kam“, sagte ich.

„Aber wenn ich mich in die Situation hineinversetze und meinen Sohn, aus welchen Gründen auch immer, aussetzten muss, dann beobachte ich doch, wer ihn aufnimmt oder was aus ihm wird“, gab Sandra zu bedenken.

„Die Mutter befand sich in der Nähe, vielleicht sogar für längere Zeit. Es scheint eine Engländerin gewesen zu sein. Aber wieso führt die Spur nach Kairo? Oder lagen wir da falsch?“

„Sie hat eine vertrauenswürdige Person dagelassen, jemanden, der auf ihren Sohn aufpasst“, Marias Überlegungen ergaben einen Sinn, „sie hatte Geld, denn sonst wäre sie nicht hier gelandet, sie hatte teuren Schmuck, aber vom Vater wird nichts erwähnt.“

„Ein uneheliches, englisches Kind?“

„Nein, das glaube ich nicht, er war zu dunkelhäutig für einen blassen Engländer.“ Ich erinnerte mich an seine tolle braune Gesichtsfarbe. Nein, Robert war kein reiner Engländer, er war definitiv südländischer Abstammung.

„Aber was bedeutet: *Vertraue nur dem, der …*?“ fragte Phyllis. „Soll das etwa bedeuten, irgendeine Person beobachtete ihn? Möglich wäre es. Nein, ganz sicher. Aber wer war es?“

„Gut“, fasste ich zusammen, „nehmen wir weiter an, unsere Vermutungen stimmen, warum verschwand er dann einfach, nach so langer Zeit? Wir müssten in Erfahrung bringen, wen seine Mutter auserkoren hatte, ihn zu beschützten.“

„Ja, schon, aber wie kommen die Dokumente hier in unser Haus?“ Ich schaute zu Phyllis. Als eine Person, die nicht unmittelbar mit der damaligen Situation konfrontiert war, sah sie die Angelegenheit aus einer anderen Perspektive.

„Wusste Robert vielleicht mehr, als er euch damals sagte?"

Nein, das glaubte ich nicht. Derjenige, der damals zu seinem Schutz bestimmt war, musste im Haus ein- und ausgegangen sein.

„Der Tote unter der Terrasse!" Phyllis nannte uns die einzige plausible Erklärung.

„Wenn unsere Überlegungen stimmen", gab ich zu bedenken, „und der Brief von Roberts Mutter ist. Wenn sie wenigstens seinen Namen geschrieben hätte, oder ihren eigenen. Wir können uns auch täuschen! Aber", fiel mir ein, „was steht auf den anderen Blättern? Die haben wir uns noch nicht vorgenommen. Steht da ein Name?"

Sandra schüttelte den Kopf.

Inzwischen waren die Männer durch den Hintereingang hereingekommen. Sie waren erstaunt, uns in der Küche vorzufinden und noch erstaunter, als wir ihnen die Unterlagen reichten.

Wir versuchten, auf den anderen Blättern noch etwas zu entziffern, aber dazu fehlte die Zeit. Lopez griff zu den Unterlagen, fragte nur pro forma, ob er sie an sich nehmen durfte, und fuhr in sein Büro.

Henry schaute ungläubig, sagte aber keinen Ton, als ich ohne Murren alles aus der Hand gab, während Marcus in sich hinein lächelte.

„Wo hast du die Kopien versteckt?" Ich deutete auf meinen Schreibtisch. Erleichtert atmete Henry aus.

„Henry, du müsstest mich doch kennen, so kommentarlos gebe ich nicht klein bei. Es sind zwar nicht die Originale, aber ich habe hier leider nicht die Möglichkeit, die erforderlichen Untersuchungen anzustellen. Wir sind auf die Hilfe der Polizei angewiesen", bedauerte ich die Tatsache, nicht alleine nachforschen zu können.

Julian, der bislang kaum etwas gesagt hatte, griff in seine Hosentasche: „Wir haben doch noch etwas gefunden, wissen aber nicht, ob es relevant ist. Er zeigte mir ein kleines, silbernes Kreuz. Es hatte anscheinend noch nicht lange unter freiem Himmel gelegen.

„Wenn das so weitergeht und wir noch mehr Schmuck finden, ob im Haus oder draußen, dann schlage ich vor, einen Laden zu eröffnen", murrte ich sarkastisch. „Aber es stimmt. Es könnte wichtig sein, und wenn es auch nicht Felicitas gehört, dann hat es jemand verloren, der nicht auf dem Grundstück hätte sein dürfen. Lasst uns morgen im Hellen nochmals alles absuchen. Ich werde nun zu Bett gehen, ich bin erledigt und müde." Ich stand auf, während Julian und Marcus mit Phyllis und Sandra zur Remise zurückgingen. Maria, die noch in der Küche das Geschirr zusammenräumte, wünschte mir eine gute Nacht. Henry wollte noch auf Jaime warten und solange versuchen, auf den Blättern noch etwas zu entziffern. Es handelte sich anscheinend um eine Adresse in London und eine in Deutschland.

Jaime erschien eine Stunde später. Felicitas weilte immer wieder im Land der Träume, erholte sich aber stündlich. Er fuhr nach Hause, nachdem er mit Henry einige der Reste verzehrt hatte, die sie im Kühlschrank fanden.

In der Nacht weckte mich das Schnarchen Henrys, also stand ich auf, ging ins Wohnzimmer und dachte nach. Die Reise nach Kairo hatte nicht viel gebracht. Nun drängte es mich nach London. Aber es war eine mathematische Gleichung mit mehreren Unbekannten, denn wenn wir auch die Adresse in London finden würden, stellte sich die Frage: Lebte Roberts Mutter überhaupt noch? Robert wäre nun neunundfünfzig, seine Mutter sicherlich schon um oder über achtzig Jahre alt. Und die Adresse in Deutschland? Es wäre einfacher, diese zu überprüfen. Da wir in absehbarer Zeit wieder zurück mussten, überlegte ich, dort nachzuforschen.

Ich schlich nach zwei Stunden zurück in unser Schlafzimmer, in der Hoffnung, das Schnarchen hätte aufgehört und ich könnte noch etwas schlafen. Auf halber Treppe hörte ich knatschende Geräusche. Ich stutzte. Die geflieste Steintreppe konnte es nicht sein. Ich drehte mich vorsichtig um und huschte nach unten. In der Diele blieb ich stehen. Woher kam das Geräusch? Nichts. Hier unten hörte ich keinen Ton, es herrschte absolute Stille. Vielleicht hatte ich geträumt. Ich stieg wieder die Treppe hoch und legte mich schlafen. Henry hatte sich mittlerweile auf die Seite gelegt, er schnarchte nicht mehr.

Obwohl ich nachts so lange wach war, stand ich am nächsten Morgen vor Sonnenaufgang auf. In der Küche herrschte noch Stille und Ruhe, so kochte ich mir meinen Kaffee und schlenderte mit der Tasse in der Hand durch die unteren Räume. Instinktiv kontrollierte ich die Fenster und Türen. Nichts! Alles geschlossen und ruhig. In spätestens einer Stunde würde es mit der himmlischen Ruhe vorbei sein, also entschloss ich mich, unter die Dusche zu springen. Noch während ich die Badezimmertür öffnete, merkte ich, dass hier irgendetwas nicht stimmte.

Es zog. Das Fenster stand weit offen. Ich schrie unbewusst auf. Wie war es möglich, dass jemand, obwohl doch Haus und Grundstück bewacht wurden, hier ins Bad eindringen konnte? Das Badezimmer war durchsucht worden. Warum gerade das Badezimmer? Die Handtücher lagen verstreut auf dem gefliesten Boden. Unlogisch. Hier konnte man nichts verstecken.

Oder war mein Schmuck, waren die Ringe verschwunden? Nein, die hatte ich gar nicht abgelegt. Auch im begehbaren Kleiderschrank, der vom Bad durch einen kleinen Flur getrennt war, schien man nach etwas gesucht zu haben. Vorsichtig öffnete ich die Tür zum Schlafzimmer. Henry schlief noch. Auf dem Tisch der kleinen Sitzgruppe lag ein Zettel, den ich am Abend zuvor nicht bemerkt hatte. Ich nahm das Blatt Papier zur Hand: *Fahr nach Dorsten und such nicht weiter*, stand dort handgeschrieben.

Empört schimpfte ich laut. Ich war hier zu Hause. Was sollte das? Keine Unterschrift, kein Absender. Henry bewegte sich, und ich schlich zurück ins Bad. Beinahe hätte ich angefangen aufzuräumen, hielt mich aber zurück. Sollte ich mal wieder die Polizei anrufen? Aber was konnten sie schon ausrichten? Nichts.

Also räumte ich mit wenigen Handgriffen doch auf und duschte anschließend. Mit Jeans und Shirt bekleidet setzte ich mich in meine Arbeitsecke des Wohnzimmers, den Zettel immer noch in der Hand. Warum sollte ich nach Deutschland? Entweder wollte man mich hier loswerden oder nach Deutschland locken. Ich dachte nach und bemerkte nicht, dass Henry die Treppe hinunter kam. In der Hand hielt er einen Anhänger an einer wunderschönen Kette. Ein Horusauge.

„Ich wusste gar nicht, dass du dir einen passenden Anhänger zu dem Ring gekauft hast."

Ich starrte ihn sprachlos und entsetzt an, Henry verstand. „Du hast ihn nicht gekauft", nickte er, „er wurde dir ins Schlafzimmer gelegt."

„Verdammt noch mal", fluchte ich, „es macht keinen Spaß mehr! Immer wieder Schmuck, von dem ich nicht weiß, was er bedeutet und woher er kommt. Meine Freundin wird angeschossen, wahrscheinlich ein Versehen, und ich war gemeint. Nachts steigt man in unser Haus ein", ich redete mich weiter in Rage, „ich fahr nach Deutschland zurück."

„Das wollte ich dir auch vorschlagen", sagte Henry. „Felicitas wird morgen an einen unbekannten Ort gebracht, um sich zu erholen, und aus Casablanca ist eine Mail gekommen, dass man sich mit uns in Deutschland treffen will."

Ich sagte nichts, sondern reichte Henry nur den Zettel, den ich erst vor einer knappen halben Stunde in unserem Schlafzimmer gefunden hatte.

„Wo hast du den her?"

Ich erklärte es, auch dass heute Nacht mal wieder jemand in unser Haus eingestiegen war.

„Ich verstehe nicht genau, warum, aber das Objekt Casablanca soll unbedingt in Deutschland besprochen werden. Ich wollte es dir schon gestern sagen, aber in der Hektik vergaß ich es. Wenn ich nun sehe, dass wir hier in einem *Open House* leben, in das jeder hinein- und hinausspazieren kann, wie es ihm beliebt", sagte Henry zornig, „sollten wir spätestens morgen früh zurückfahren. Vielleicht ist es auch ganz gut, wenn wir nicht alle hier, wie auf einem Präsentierteller, wohnen. Bis morgen früh habe ich alles vorbereitet und die wichtigsten Unterlagen eingepackt. Dann fahren wir mit dem Jaguar zurück." Nachdenklich überlegte er weiter: „Wir werden Flüge buchen, aber nicht fliegen, wir fahren, und wir nehmen Johanna mit."

Mehr Sorgen als die Rückfahrt bereitete mir die Erkenntnis, dass man mir diesmal einen Anhänger zukommen ließ. Die Nachricht war angekommen.

Eine Stunde später saßen wir auf der Terrasse, um den Frühstückstisch versammelt. Jessica sah etwas erholter aus, sie hatte bereits mit ihrer Mutter telefoniert und wollte gleich ins Krankenhaus fahren. Julian und Marcus beendeten ihren Rundgang und gesellten sich zu uns. Die CD mit den Daten der Nacht hielt Marcus in der Hand.

„Dann wollen wir mal sehen, ob wir etwas erkennen." Er schob den Datenträger in den kleinen handlichen Player aus dem Wohnzimmer. Da ich die ungefähre Uhrzeit eingrenzen konnte, spulte er vor und ließ das Gerät zehn Minuten vor der Zeit abspielen. Zuerst geschah nichts. Fast fünf Minuten vergingen, bis wir eine schwarzgekleidete Person erkennen konnten. Sie schlich vorsichtig von Baum zu Baum, von Strauch zu Strauch. Sie blickte sich immer wieder um. Die Kamera, mit einem Sensor ausgestattet, der auf Körperwärme und Bewegung reagierte, schwenkte automatisch mit. Ungehindert gelangte die schwarze Gestalt zur Villa, kletterte an dem Rankengitter hoch und gelangte so bis zu unserer großen Terrasse, die sich vor dem Bad und unserem Schlafzimmer befand. Zielsicher öffnete der Fremde das bis auf den Boden reichende Badezimmerfenster und kletterte hinein.

Für wenige Sekunden sah ich schemenhaft ein Gesicht. Zu kurz. Ich konnte es nicht in Ruhe anschauen. Marcus stoppte den Player, vergrößerte das Standbild und druckte es als Foto aus.

„Besser ist der Eindringling nicht zu erkennen, ich habe versucht, es noch deutlicher hervorzuheben, aber das klappt nicht."

Wir schauten uns das Bild genauer an. Sah ich ein leichtes Lächeln? Wusste der Fremde, dass er beobachtet wurde? Aber einen Hinweis auf die Identität gab es nicht. Wer immer mir das Schmuckstück ins Zimmer gelegt hatte, ich kannte ihn nicht.

„Wir fahren morgen früh zurück.“ Henry berichtete unseren Töchtern die nächsten Schritte. „Contino will uns in Deutschland sprechen, was ich zwar merkwürdig finde, aber wir sollten ihn nicht warten lassen. Ich glaube, es ist für eure Mutter auch besser, wenn sie von hier verschwindet.“ Gerade wollte ich etwas einwerfen, aber Henrys Blick ließ mich verstummen. „Eine Luftveränderung wird uns und dir guttun. Wir nehmen Johanna mit, dann könnt ihr hier alles für den Wechsel vorbereiten.“

Immer wenn wir zurückfuhren, übernahm unser Geschäftsführer Christian Schliefer aus Deutschland in Dénia die Leitung des Büros. Wie ich ihn kannte, freute er sich schon auf gutes Wetter in Spanien. In Deutschland beherrschten Regen und Sturm den Tagesablauf. Er besaß ganz in unserer Nähe ein eigenes Haus und würde auch hier bei uns nach dem Rechten sehen, wenn wir in good old Germany weilten. Henry hatte recht. Es wäre vielleicht besser, schon jetzt zu wechseln.

„Ich habe Christian bereits angerufen. Er kann am Wochenende schon übernehmen, dann kommt ihr auch zurück.“ Henry blickte Marcus und Sophia an. „Wenn wir Johanna mitnehmen, geht es für euch schneller, und die Kleine ist aus der Schusslinie.“

Johanna hört nur, dass sie mit uns fahren durfte, und freute sich.

Ich nahm sie auf den Arm. „Wir drei fahren mit der Katze nach Hause, und unterwegs schlafen wir in einem ganz vornehmen Hotel, nicht wahr, Opa?“

„Jo“, fing Marcus langsam und bedächtig an, „ich habe hier noch etwas entdeckt.“ Er hielt einen kleinen, runden Gegenstand in der Hand.

„Was ist das? Und wo hast du es gefunden?“ Ich rückte meine Brille zurecht, um es besser zu erkennen. „Ist es das, wofür ich es halte?“

Marcus nickte. „Ein Sender. Er hat keine große Reichweite, ich tippe auf ungefähr vier bis fünf Kilometer. Der Feind ist in der Nähe.“

„Kannst du es zurückverfolgen?“

„Nein, leider nicht. Es ist möglich, dass derjenige, der uns abhört, in einem Fahrzeug unterwegs ist, also ständig seinen Standort wechselt. Ich habe versucht, es nachzuverfolgen, aber immer wenn ich dachte, ich hätte eine Position, wechselte das Signal.“

„Das bedeutet, wir werden weiter abgehört und überwacht! Wo hast du den Sender denn überhaupt gefunden?“

Marcus zögerte, dafür antwortete Sophia: „Wir haben deine Handtasche durchsucht.“

Im ersten Augenblick sagte ich nichts. Sophia missverstand es und wollte sich rechtfertigen: „Wir haben gemeinsam überlegt, dass unser Gegner, oder wie auch immer wir ihn nennen wollen, genau wusste, wo du dich aufhältst. Das Einzige, was du ständig und immer mit dir herumträgst, ist deine große Handtasche. Ohne die gehst du keinen Schritt. Also dachten wir, wenn jemand dich im Auge behalten will, wäre es das Beste, einen Sender in deiner Tasche zu platzieren."

„Und wie ich unschwer erkenne, hattet ihr recht." Ich starrte auf das kleine Teil und auch auf meine Handtasche.

„Wie lange ist es schon da drin? Und kann man uns damit abhören?" Ich flüsterte vorsichtshalber, aber Marcus schüttelte den Kopf.

„Nein, lediglich orten."

„Ich glaube, ich werde die Handtasche wechseln. Maria soll sie nehmen, sobald wir morgen früh losfahren. Besser noch, Felipe soll mit dem Ding morgen früh zum Markt fahren." Henry nickte.

„Wir werden sie auf eine andere Fährte locken." Sophia schien froh, dass ich ihnen keinen Vorwurf machte.

Phyllis, die vorschlug, noch einige Wochen zu bleiben, um Christian einzuarbeiten, wurde von Henry ungewöhnlich scharf kritisiert.

„Du kommst auch zurück, vielleicht brauche ich dich, wenn Contino mehr Informationen braucht und Fragen hat ..."

„... kannst du sie auch beantworten", vollendete Phyllis den Satz, „mein lieber Herr Vater, bitte verschone mich mit deiner angeblichen Unwissenheit. Wir glauben dir das sowieso nicht, wir kennen dich zu gut. Aber", fügte sie versöhnlich hinzu, „wenn du dir Sorgen machst, ist es etwas anderes. Ich komme dann mit Sophia und Marcus zurück."

In diesem Augenblick stürzte Maria auf die Terrasse. „Die Bentums sind hier, sie wollen unbedingt Dr. Phyllis und die Doña sprechen. Was soll ich machen?" Sie befürchtete, dass das Versteckspiel aufflog.

Henry blieb sachlich: „Führe sie ins Wohnzimmer und biete ihnen Kaffee an, wir kommen sofort. Sie wollten mich doch schon lange kennenlernen, dann ist eben heute der Tag."

„Gib mir noch einen Augenblick, ich werde erst einmal hören, was sie wollen. Es ist merkwürdig, dass sie hier in der Villa auftauchen und nicht im Büro."

Johanna ließ es sich nicht nehmen, sie folgte mir. Im Wohnzimmer hatten die Bentum Brüder schon Platz genommen, und Maria schenkte gerade Kaffee ein. Sie blickte mich an, ich nickte. Für mich stand bereits eine Tasse bereit.

„Señores, ich freue mich, Sie hier begrüßen zu dürfen."

„Entschuldigen Sie bitte die Störung am frühen Morgen."

Lächelnd winkte ich ab. „Keine Ursache, Sie sehen", ich deutete auf Johanna, die neugierig hinter dem Sofa hervorlugte, „mit kleinen Kindern im Haus ist man immer früh auf." Johanna ließ diesmal ihre gute Erziehung sehen, noch war sie nicht fettverschmiert und begrüßte die beiden Herren mit: „Hallo, ich freue mich, euch kennenzulernen, ich bin Johanna."

Ich fragte: „Was führt Sie zu uns? Ich hoffe, alles läuft zu Ihrer Zufriedenheit?" Sie winkten ab.

„Nein, soweit ist alles okay. Wir haben nur von den Vorfällen hier auf Ihrem Grundstück gehört und wollten uns erkundigen, ob wir helfen können. Natürlich sind wir beunruhigt, aber nur weil wir um Ihre Sicherheit besorgt sind, nicht weil Ihr Konkurrent Schauermärchen über Ihre Familie erzählt."

„Schauermärchen? Was erzählt er denn nun schon wieder?" Genervt schüttelte ich den Kopf. „Immer dasselbe. Er wird nicht mit der Situation fertig, dass wir besser sind als er. Er fühlt sich von drei Frauen überrumpelt, was kein großes Können voraussetzt, wie Sie sicherlich schon selbst bemerkt haben." Der ältere der Bentums nickte.

„Polidas versucht sein Nichtkönnen mit dicken Autos zu kompensieren", erklärte ich weiter, „wir wissen es, aber es gibt genug Investoren, die ...", ich vollendete den Satz nicht.

„Steckt er hinter dem Anschlag?" Bentum, der ältere, redete nicht länger um den heißen Brei herum, „will er Sie aus dem Weg räumen? Er war bei uns und hat Andeutungen gemacht, dass Sie nicht in der Lage seien, ein so großes Objekt durchzuziehen. Wir haben ihm nicht geglaubt und im Internet recherchiert. Mein jüngerer Bruder Stephano kennt sich da besser aus als ich. Also wir haben Nachforschungen betrieben und festgestellt, dass Sie durchaus dazu in der Lage sind. Wir wollten Ihnen nur persönlich zusichern, dass wir hinter Ihnen stehen und nicht auf dieses Gerede hören werden. Wir sind auch nochmals gekommen, um mit Dr. Phyllis zu sprechen, sie wollte uns noch einige Detailpunkte erklären."

„Sie wird gleich hier sein, Maria gab ihr bereits Bescheid. Ich möchte mich nochmals für Ihr Vertrauen bedanken." Ich hörte Henry, der sich uns näherte.

Die Bentums erhoben sich, als Henry und Johanna ins Wohnzimmer kamen.

„Meine Herren, darf ich Ihnen Don Henry, meinen Mann, vorstellen."

Erstaunen machte sich in ihren Gesichtern breit, und Stephano Bentum, der jüngere, fing laut an zu lachen.

„Der Hausmeister", erkannte er sofort und stieg in meiner Achtung. Er war nicht so leicht zu täuschen. Henry ging auf sie zu.

„Meine Herren, es freut mich, Sie nun endlich persönlich kennenzulernen. Wie Sie unschwer erkennen, lasse ich meine Frau nicht alleine, ich habe ständig ein Auge auf sie, vor allem bei Verhandlungen, obwohl", gab er zerknirscht zu, „sie meine Hilfe eigentlich nicht braucht."

Maria kam leise ins Zimmer und stellte eine weitere Kanne Kaffee auf den Tisch.

„Ich hätte es mir denken können", überlegte Stephano Bentum, „es kam mir merkwürdig vor, dass ein Hausmeister während einer wichtigen Besprechung anwesend war. Aber", er schüttelte den Kopf, „ich habe tatsächlich nicht weiter darüber nachgedacht und es einfach vergessen."

Henry nickte zustimmend. „So ist es, als Unsichtbarer kann man ungehindert zuhören und bei Bedarf Zeichen geben, wenn etwas nicht stimmen sollte. Mich beachtet man nicht. Allerdings ist es manchmal auch anstrengend. Als die Verhandlung mit Ihnen und Polidas in unserem Büro stattfand, da musste ich höllisch aufpassen, um nicht laut zu lachen, er war so nervös", Henry schüttelte den Kopf, als er daran dachte, „und redete so viel Unsinn. Ich dachte nur, das müssen die Bentums doch merken."

Stephano nickte. „Wir merkten es, fast augenblicklich. Allerdings hatten wir Bedenken mit drei Frauen zu verhandeln, die wir nicht kennen. Aber bereits nach den ersten Erläuterungen war uns augenblicklich klar: Hier haben wir es mit Fachkompetenz zu tun, vor allem bei Dr. Phyllis! Ich hoffe, sie hat nichts dagegen, dass wir, um Ihre Familie besser zu unterscheiden, sie mit Titel und Vornamen anreden?"

Die Frage ging zwar an Henry, aber Phyllis, die gerade das Zimmer betrat, antwortete selbst: „Ich habe nichts dagegen." Sie ging selbstbewusst auf die Bentums zu, schüttelte ihnen die Hand und übernahm sofort das Gespräch: „Gibt es Ungereimtheiten bei unserem gemeinsamen Objekt?"

Beide Bentums winkten sofort ab. „Nein, Dr. Phyllis, wir sind eigentlich nur hier bei Ihnen in der Villa erschienen, um uns nach dem Befinden Ihrer Mutter zu erkundigen. Wir hörten wilde Geschichten über die Vorgänge hier auf Ihrem Grundstück!"

Phyllis erklärte in kurzen Zügen, was hier passiert war, ohne sich über Details auszulassen. Etwas, was sie perfekt beherrschte.

Ich merkte, dass ich überflüssig war, dachte an unsere Heimfahrt, die am nächsten Tag anstand, und wollte noch einige Sachen packen. Also stand ich auf, verabschiedete mich von den Bentums und meinte: „Sie sind in den besten Händen, meine Tochter wird sich weiter um Sie kümmern. Wenn Sie noch Fragen an meine andere Tochter haben, sie ist ebenfalls hier."

Wir schüttelten uns die Hände: „Das mit Robby tut uns leid. Alles, was damals passiert ist, das mysteriöse Verschwinden, die merkwürdigen falschen Spuren", Stephano schüttelte traurig den Kopf, „einfach alles. Es hat das Herz Ihrer Eltern beinahe zerbrochen." Dann stockte er, registrierte, dass er zu viel Preis gegeben hatte und versuchte schnell das Thema zu wechseln: „Wir sehen uns sicherlich in Deutschland, dort haben wir in der kommenden Woche eine Besprechung, in Düsseldorf. Fliegen Sie zurück?"

Die letzte Frage beantwortete Henry. „Wir haben Flüge gebucht", nicht mal gelogen. Er hielt sich in seinen Äußerungen vage. „Morgen früh geht es los."

Ich war fast aus der Tür und in der Diele, als ich stutzte, irgendetwas hatte mich an den letzten Sätzen irritiert, aber was? Er fragte, ob wir zurück fliegen? Nein, das konnte es nicht sein. Ich wandte mich nochmals um: „Kennen Sie die Bedeutung des Horusauges? Ich habe hier einen Ring", ich ging auf ihn zu, „ich habe gehört, er hätte eine Bedeutung."

Stephano betrachtete ihn interessiert. „Darf ich?" Ohne eine Antwort abzuwarten, streifte er ihn von meinem Finger. „Es ist ein Siegelring", er hielt ihn ins Licht, „wenn man ihn hier etwas dreht ..." Er hielt den Ring zwischen Daumen und Zeigefinger und drehte am blauen Stein, der das Auge darstellen sollte, und richtig: Er schob sich durch die minimale Drehung etwas in die Höhe, „... hat man den Siegelring."

Woher nahm Stephano sein Wissen? „Waren Sie schon mal in Ägypten oder Kairo?"

Er schüttelte den Kopf. „Ein guter Bekannter hat mir das einmal vor langer Zeit erklärt. Horus ist auch der Beschützer der Kinder." Er gab mir den Ring zurück. Nachdenklich betrachtete ich ihn, merkwürdig, dass man mir das nicht in Kairo gesagt hatte. Vielleicht ging man dort davon aus, dass ich es wusste, vielleicht wollte man es mir auch nicht sagen. Trotzdem wurde ich das Gefühl nicht los, etwas zu übersehen. Warum kamen mir die Gedanken gerade jetzt? Es war wie vor einigen Wochen, als ich gerade aus dem Tor fuhr, zu dem Termin mit den Bentums. Wieder die Bentums, dachte ich. Gab es einen Zusammenhang?

Ich war beinahe wieder in der Diele, als ich merkte, wie gedankenlos ich mich verhielt. Nochmals wandte ich mich um, ich hatte mich nicht verabschiedet. „Entschuldigen Sie, meine Herren, aber Sie haben mir Stoff zum Nachdenken gegeben. Ihre Informationen über den Ring und die weitere Bedeutung waren mir nicht bekannt. Ich hatte nur gehört, dass man unter dem Schutz des Horusauges stehen könnte oder würde, wenn man ihn trägt."

Ich hielt es ungenau, um eine Reaktion hervorzurufen. Aber das geschah nicht, sie hatten sich schon wieder Phyllis zugewandt. Ich beobachtete nun Henry, der scheinbar gelangweilt und desinteressiert dem Gespräch folgte und mit keiner Geste wissen ließ, dass er mit gespitzten Ohren zuhörte. Oder? Unsere Blicke trafen sich nur für den Bruchteil von Sekunden, kurz bevor ich endgültig den Raum verließ und ins Schlafzimmer ging, um zu packen. In der Stille hatte ich die Möglichkeit, ungestört weiter nachzudenken. Fast automatisch packte ich unsere Übernachtungstasche und einige Kleinigkeiten, die ich mit nach Deutschland nehmen wollte. Die Sachen für Johanna, um die sich Maria gekümmert hatte, standen bereits in der Diele, auch der Kindersitz wartete schon im Jaguar auf seine kleine Mitfahrerin. Ich nahm mir noch ein Buch zur Hand, in dem ich auf der Fahrt lesen wollte, als mir siedend heiß einfiel, was mich die ganze Zeit beschäftigte und irritierte.

Kapitel 13

Johanna hüpfte frohgelaunt durchs Haus. Sie freute sich auf die Fahrt mit der Katze. Irgendetwas erzählte sie mir, ich hörte aber nicht zu. Sekunden später stürmte ich die Treppe hinunter, stockte dann aber an der letzten Stufe, unsicher, ob meine Gedanken zutreffend waren. Sollte ich die Bentums einfach mit der Frage konfrontieren, die mir auf der Seele lag? Johanna stiefelte ebenfalls die Stufen hinunter, langsamer als ich natürlich, und als sie mich erreichte, schaute sie sehr vorwurfsvoll zu mir hoch: „Du hast Johanna vergessen", tadelte sie mich, „ich kann doch noch nicht so schnell die Treppe hinunter!" Ich nahm sie auf den Arm, hörte aber den Stimmen im Wohnzimmer zu. Dort diskutierte Phyllis mit den Bentums über das Bauobjekt. Sollte ich stören? Ich war unsicher, zögerte noch. Johanna plapperte weiter und lenkte mich ab. Nein, dachte ich, das konnte unmöglich sein! Die Bentums sollten Robert gekannt haben?

Ich überschlug das Alter der beiden. Der ältere, Felipe, käme in Frage. Der jüngere? Nein, zu jung. Ich entschied mich dagegen. Ich wollte sie nicht fragen. Aber woher kannten sie dann seinen Spitznamen?

Robby! So hatten ihn einige seiner Schulfreunde hier in Spanien genannt. Ich konnte mich vage daran erinnern, deshalb stutzte ich, als Stephano von Robby sprach.

Ich überlegte, nicht doch zurück ins Wohnzimmer zu gehen. Nein! Mein Entschluss stand fest. Zuerst wollte ich mit Henry Rücksprache halten. Vielleicht sah er es anders und hielt eine plausible Erklärung parat. Er schien mich in der Diele gehört zu haben, denn kaum hatte ich die Küche erreicht, stand er hinter mir.

„Was hat dich irritiert?“ Er hatte mein Zögern bemerkt. Nachdem ich es ihm erzählte, hielt er tatsächlich eine Erklärung parat: „Hat das nicht damals in allen Zeitungen gestanden? Die Bentums werden sich über uns erkundigt haben, das Internet bietet da eine hervorragende Möglichkeit! Wenn ich mich richtig erinnere, machst du das doch auch ständig.“ Es stimmte, und ich war nun froh, nicht ins Wohnzimmer hereingeplatzt zu sein.

„Aber“, fiel mir doch noch etwas ein, „sie wussten einiges über den Ring.“

„Zufall!“ Damit schien für Henry die Ungereimtheit erledigt. So ganz war ich mit dieser Antwort nicht zufrieden.

Bevor ich wieder nach oben gehen konnte, um weiterzupacken, kam der nächste Besucher. Langsam wurde es voll. Ich empfing Lopez in Henrys Arbeitszimmer. Man merkte Maria an, sie war wegen des laufenden Kaffeekochens ungehalten. Ich zuckte nur mit den Achseln und flüsterte ihr zu: „Wenn das so weitergeht, kommen wir morgen früh nicht weg.“

Ich setzte mich zu Lopez, der sofort die Neuigkeiten berichtete: „Wir wissen nun, wer die Leiche nicht war, die Sie unter der Terrasse gefunden haben.“

„Wie bitte?“

„Wir sind Ihren Hinweisen nachgegangen. Wir haben die Verwandten Ihrer damaligen Haushälterin ausfindig gemacht, und die erzählten uns, dass sie gar keinen Bruder hatte.“

Er wartete meine Reaktion ab. Die kam zwar, aber nicht so, wie er es erwartet hatte.

„José? Er war gar nicht der Bruder unserer damaligen Haushälterin? Habe ich denn damals etwas falsch verstanden?“ Ich überlegte. Verwirrt erklärte ich: „Nein, er war der Bruder! Ich habe es immer wieder gehört. Ich weiß es genau!“

„Es stimmt, sie hat ihn als ihren Bruder bezeichnet“, bestätigte Lopez, „warum sie es getan hat, wissen wir leider noch nicht. Ob wir es je herausfinden werden, kann ich Ihnen nicht versprechen. Wir haben auch die Geburtenregister durchforstet. Daher können wir es mit Bestimmtheit sagen, aber leider wissen wir nicht, wer er wirklich war.“

„Ich glaube, ich kann es mir denken!“ Nun staunte mein Gegenüber. „Wir haben in Ägypten einiges herausgefunden, und ich bin zu dem Schluss gekommen, dass er von Roberts leiblicher Mutter beauftragt wurde, auf ihren Sohn aufzupassen. Das erklärt auch, warum wir die Unterlagen in einem der Gästezimmer gefunden haben. Den vergilbten Brief von Roberts Mutter. Früher befanden sich dort oben die Dienstbotenunterkünfte. Aber wenn unsere damalige Haushälterin Maria ihn als ihren Bruder ausgegeben hatte, dann musste sie mit ihm unter einer Decke stecken.“

„Nicht unbedingt. Dass sie über seinen Auftrag informiert war, glaube ich nicht. Sie wird ihm nur eine Stelle besorgt haben, bei Ihren Eltern. Doña Josefine, wir wissen nicht, was er ihr erzählt hat, aber es ist einfacher, einen Bruder als einen Fremden bei der eigenen Herrschaft unterzubringen.“

Das musste ich leider bejahen.

„Aber wie haben Sie denn herausgefunden, wer er nicht war, wenn Sie nicht die Möglichkeit eines DNA-Vergleichs hatten?“ Es schien mir eher möglich, einen Abgleich bei Verwandten zu bewerkstelligen, als von Fremden, deren richtigen Namen man noch nicht einmal kannte.

„Wir hatten Glück. Durch Röntgenaufnahmen!“

„Durch Röntgenaufnahmen? Nach so langer Zeit? Über vierzig Jahre? Wer hebt denn so lange Röntgenaufnahmen auf? Das kann ich mir einfach nicht vorstellen.“

„Das hiesige alte Krankenhaus. Wie Sie wissen, wurde unser neues Hospital vor einigen Wochen bezogen. Man hatte bereits vor einigen Jahren angefangen, die interessantesten Röntgenaufnahmen, also die, auf denen komplizierte und ungewöhnliche Brüche zu sehen waren, zu katalogisieren. Der Name auf der Aufnahme war übrigens José Catergas. Wir sind zwar im Besitz eines Namens, können nun auch die Leiche zuordnen, aber wir wissen nicht, ob es sein richtiger Name war. Da forschen wir noch weiter. Aber wir haben erst einmal einen Ansatzpunkt und können mit Bestimmtheit sagen: Es ist nicht Ihr verschollener Bruder.“

„Richtig, das ahnten wir bereits. Ich hatte nur eine Vermutung, wer der Tote sein könnte. Das bringt uns auch nicht weiter, stimmt's?“

„Nicht wirklich. Wir versuchen nun, über den uns bekannten Namen etwas in Erfahrung zu bringen. Es wird schwierig, ist aber einen Versuch wert."

„Probieren Sie es in England", schlug ich vor. „Wenn die leibliche Mutter von Robert eine Engländerin war, könnte sie doch einen Engländer als Bewacher da gelassen haben."

„Wir können es versuchen, aber Catergas es ist kein englischer Name."

Wir schwiegen beide.

„Wie wäre es mit Carter? Vielleicht Joseph Carter? Das ähnelt dem Namen Catergas am meisten."

„Gute Idee, wir werden es überprüfen." Dankbar für den Hinweis trank Lopez seinen Kaffee aus und verabschiedete sich. „Sie fahren morgen nach Deutschland zurück, hörte ich?"

„Richtig, wir sind aber jederzeit über unsere Mailadresse und natürlich telefonisch erreichbar", beruhigte ich ihn und gab Lopez meine Visitenkarte, „sollten Sie uns hier in Dénia brauchen, genügt ein Anruf."

Nachdem er die Villa verlassen hatte, gelang es mir endlich, zu Ende zu packen. Ich hörte, wie Henry und Phyllis die Bentums verabschiedeten. Henry gesellte sich zu mir, wie immer brauchte er nur seinen Laptop und einige Datenträger zu verstauen.

„War das gerade Lopez?"

Ich nickte. „Ich habe das Gefühl, wir könnten noch Hinweise in London finden."

„Hast du vor, London zu besuchen?" Henry schaute mich merkwürdig an. „Dann sag Bescheid, ich komme mit!"

„Erst fahren wir nach Deutschland zurück, und dann überlegen wir weiter."

Wir trugen das Gepäck zum Auto. Johanna nahm mit ihren Sachen und dem Kindersitz die gesamte Rückbank ein. Griffbereit lag dort das Spielzeug, die Getränke und ihre Lieblings-CDs: Benjamin Blümchen und Bibi Blocksberg. Allerding hoffte ich, dass sie viel schlief, damit wir die Erlebnisse der CD Helden nicht zu oft hören mussten.

Kapitel 14
Phyllis

Ich wusste, irgendetwas heckte meine Mutter aus, nachdem ich beobachtet hatte, wie ab Mitternacht in der Villa gegenüber eine Lampe nach der anderen eingeschaltet wurde. Sie war nervös, nachdem auf ihre Freundin geschossen worden war. Ich begriff augenblicklich, dass irgendjemand es auf sie und nicht auf Felicitas abgesehen hatte. Ihre Nachforschungen blieben nicht unbeobachtet. Immerhin fanden wir heraus, dass wir abgehört wurden, Fremde jederzeit das Grundstück betreten konnten und sogar das Haus keine sichere Festung mehr bildete. Ich überlegte, wie ich helfen konnte. Mein Vater sprach mich, natürlich ohne Wissen meiner Mutter, an, ob ich eine Möglichkeit sehen würde, sie aus der Schusslinie zu bekommen. Vollkommen geschockt war er, als er feststellte, dass unsere gute Doña Josefine alleine nach Kairo geflogen war.

„Phyllis“, sprachlos kam er in Casablanca in mein Hotelzimmer, „sie ist in Kairo, alleine – was glaubt sie, dort zu entdecken?“

Ich versuchte ihn zu beruhigen, es gelang nicht. Erst als ich zusicherte, mit ihm nach Ägypten zu fliegen, wurde er etwas ruhiger.

Ich spürte auch jetzt wieder die Unruhe. Diesmal bei mir. Ich ahnte schon, was sie vorhatte. London erschien mir als das nächste Ziel äußerst wahrscheinlich. Ich wunderte mich, dass sie noch nicht sofort von Spanien aus nach London flog. Ich vermute, Johanna war der Grund. Sie hatte Angst um die Kleine.

Als die Bentums erschienen, witterte ich erst keine Ungereimtheit. Doch als die gute Jo bei dem Namen Robby unmerklich stutzte, wurde mir sofort klar, dass da etwas nicht stimmte. Gelassen versuchte ich, mir nichts anmerken zu lassen, und verwickelte die Brüder in ein Gespräch. Auch mein Vater schien etwas wahrgenommen zu haben. Mit Argusaugen beobachtete er nur noch schweigend die anwesenden Personen – und Mutter.

Don Henry hatte Lunte gerochen. Ich merkte es, sonst keiner, auch nicht Doña Josefine. Als er dann auch noch abwiegelte und ich hörte, wie er in der Diele „Zufall“ sagte und gar nicht darauf einging, wurde ich argwöhnisch.

Er saß während des gesamten Gespräches, das ich mit den Bentums führte, dabei und lauerte.

Sogar als ich Kommissar Lopez im Arbeitszimmer hörte, blieb mein Vater bei uns. Er witterte etwas, ich merkte es ihm an, er wurde immer ruhiger, hörte nur noch zu. Eine Angewohnheit, die nur wir, seine Familie, kannten.

Mit Sophia und Marcus hatte ich in der Nacht zuvor besprochen, was wir weiter unternehmen konnten. Mit Marcus, der mit Julian die Sicherheitsvorkehrungen auf dem Grundstück und im Haus immer wieder kontrollierte, um sie effizienter zu gestalten, kam ich überein, dass erst mal die drei von hier verschwinden mussten. Wir hofften, in Deutschland wären sie sicherer.

Von meinem Loft aus hatte ich einen guten Überblick über Villa, Pool und Eingangstor.

Ich musste lächeln, als ich sah, wie Mutter die CDs von Johanna in der Hand hielt und sie genervt anschaute. Sicherlich ahnte sie, was ihr bevorstand. Achtzehn Stunden Kindergeschichten. Wenn sie Glück hatte, entschied sich Johanna für verschiedene Storys, wenn sie Pech hatte, nur für eine.

Ihr schien gerade ein Gedanke zu kommen, denn sie legte die CDs sehr energisch in den Wagen und stürmte förmlich ins Haus. Was hatte sie vor? Ich wurde neugierig und dachte, es wäre gut, in der Küche bei Maria einen Kaffee zu trinken. Also ging ich rüber.

Kapitel 15

Mir kam unvermittelt ein Gedanke. Ich legte die nervtötenden CDs ins Auto und lief in die Küche. Maria bereitete gerade das Abendessen vor. Ich deutete ein „Psst“ an, machte das Zeichen eines Telefonhörers und nahm das Prepaid-Handy Marias. Sie nickte unmerklich, deutete aber nach draußen. Mittlerweile verstanden wir uns hier im Haus ohne Worte, wenn es darum ging, etwas zu organisieren, was der, der uns abhörte, nicht mitbekommen sollte. Ich setzte mich auf unsere provisorische Küchenterrasse und wählte eine Nummer.

„Hallo Lucas, wie geht es dir?“ Die Person am anderen Ende der Leitung stockte. Keine Rufnummernkennung, kein Name. „Ich bin es, Jo!“

„Es ist nicht dein Handy. Jo, was ist los?“

„Ich gebe dir noch eine andere Nummer, unter der ich zu erreichen bin – eine sichere Nummer, und ja: Ich brauche deine Hilfe.“

„Erzähl!“

Als ich auflegte, fühlte ich mich wesentlich besser. Mehr konnte ich im Augenblick nicht tun. Ich gab Maria das Handy zurück, schnappte mir mein Ersatzhandy, von dem ich gerade die Nummer durchgegeben hatte, und setzte mich wieder auf die Terrasse.

Johanna hüpfte zu mir, ein Märchenbuch unter ihren Arm geklemmt. „Oma vorlesen!“

„Wie heißt das Zauberwort mit zwei t?“

„Flott“, kam es aus ihrem Mund, „aber du musst dich nicht beeilen“, meinte sie großzügig.

Da sich meine Laune nach dem letzten Anruf sehr gebessert hatte, las ich der Kleinen ein Märchen vor.

Bereits eine Stunde später läutete mein Prepaid-Handy. Hier draußen konnte ich unbesorgt den Anruf entgegennehmen.

Lucas!

In der knappen Stunde nach unserem letzten Gespräch war es ihm schon möglich, mir erste Informationen mitzuteilen.

„Wir sind spätestens übermorgen in Deutschland, dann treffen wir uns. Vielleicht hast du dann mehr herausgefunden.“

„Ganz bestimmt“, erklärte mir Lucas sehr überzeugend, „verlass dich darauf!“ Nach dem Gespräch eilte ich an meinen Computer und mailte einige Dateien an eine Mail-Adresse, die ich im Kopf gespeichert hatte und nicht auf meinem Laptop.

Maria rief zum Abendessen, und da wir am folgenden Morgen früh losfahren wollten, ging ich zeitig zu Bett. Wir besprachen vorher noch kurz den Ablauf der nächsten Woche. Phyllis sagte zu allem Ja und Amen. Ich traute dem Braten nicht, sie schien mir zu folgsam.

„Ihr kommt nächste Woche nach Hause“, erörterte Henry die Lage, „spätestens Samstag. Freitag wird Christian euch ablösen, bis dahin organisiert ihr den Wechsel“, trichterte er unseren Töchtern ein. Beide nickten brav, zu brav.

Ich hatte den Eindruck, sie führten etwas im Schilde. Niemand erwähnte die Ereignisse des Tages – was mir eigenartig erschien. Ich spürte es, es kribbelte im kleinen Zeh. Jetzt war ich es, die kein Wort sagte und nur beobachtete. Jede kleine Geste, jedes Nasenrümpfen, einfach alles schien eine Bedeutung zu haben. Oder irrte ich?

Mein Prepaid-Handy piepte, eine Nachricht war angekommen. Ich ging hinaus, um die Mitteilung von Lucas in Ruhe zu lesen. Für mich stellte sie keine Neuigkeit dar. Ich hatte fast damit gerechnet. Ich wollte alleine nachdenken. Henry und unsere Töchter besprachen alles Weitere für den Rest der Woche, so konnte ich mich zurückziehen. Ich stellte den Wecker für den nächsten Morgen um sechs und legte mich schlafen. Es gelang mir nicht. Die Augen fielen mir zwar zu, aber die Gedanken schwirrten unkontrolliert in meinem Kopf umher. Ich versuchte sie zu ordnen, aber es gestaltete sich schwieriger, als ich dachte. Ich musste nach London. Alleine! Aber wie sollte ich das bewerkstelligen?

Es musste mir eine plausible Erklärung einfallen. Doch wenn ich London nur erwähnen würde, würden Henry, Phyllis und auch Sophia sofort merken, dass ich weiter nach Hinweisen suchen wollte.

Kapitel 16

Während des Frühstücks sprachen wir nicht viel. Ich nahm meine Handtasche, die mit allem Wichtigen, wie Ausweise und Portemonnaie, fertig gepackt war. Ich wollte nur noch kurz den Akkuzustand der beiden Handys kontrollieren, als ich feststellte, dass jemand sich an meiner Tasche zu schaffen gemacht hatte.

Ich stutzte. Ein Eindringling, der wieder mal ein Schmuckstück hinterließ? Ich stöberte in der Tasche. Ich überprüfte den Inhalt meines Portemonnaies. Es fehlte nichts.

„Jemand war an meiner Handtasche!“

Die bewusst desinteressiert blickenden Gesichter von Phyllis und Henry sprachen Bände. Ich ahnte, dass es die beiden gewesen sein mussten, und da nur die Handys nicht an Ort und Stelle lagen, schienen sie die letzte SMS kontrolliert zu haben. Ich sagte nichts. Ich schwieg.

„Fehlt etwas?“

Ich schaute Henry an und schüttelte den Kopf. „Es fehlt nichts, und es ist auch kein weiteres Schmuckstück aufgetaucht.“

Johanna, nicht mehr müde, packte ihre Utensilien ein, die sie meinte, auf der Fahrt dringend zu benötigen. Die Stofftiere, die fast die gesamte hintere Bank einnahmen, ließen kaum Luft für sie und ihren Kindersitz. Maria gab mir den Picknickkorb, damit kämen wir die nächste Woche problemlos über die Runden, und stellte auch noch eine Thermoskanne frischen, heißen Kaffee dazu.

„Maria, nicht so viel Kaffee“, tadelte ich sie, „sonst kommen wir nie in Deutschland an, und ich mache Bekanntschaft mit jeder sanitären Örtlichkeit von Dénia bis Dorsten.“

Eine halbe Stunde später brachen wir endlich auf. Der S-Type schien nun tiefer gelegt. Wir fuhren noch nicht durch das große Tor, als Johanna sich meldete. Sie wollte Benjamin Blümchen hören. Ich seufzte und legte die CD ein. Unwillkürlich, mittlerweile schon aus Gewohnheit, schaute ich mich suchend um, als wir das Tor passierten. Aber nichts erregte meine Aufmerksamkeit, wie vor einigen Wochen. Nichts Ungewöhnliches, alles schien so wie immer.

Kaum waren wir auf der Autobahn, langte ich nach meinem Buch und wollte bis zum Fahrerwechsel lesen – so gut es ging, mit dem Töröööö! von Benjamin Blümchen im Hintergrund.

Ich hoffte, Johannas Augen würden bald zufallen, damit ich die CD ausschalten konnte.

Die sechshundert Kilometer bis zur französischen Grenze wollten wir in fünf Stunden zurücklegen. Henry brauchte nur vier, vielleicht lag es daran, dass man dem Jaguar Platz machte. In Spanien tankten wir nochmals, bis Lyon lenkte ich, und nach einem weiteren Tankstop übernahm Henry wieder.

Kaum fuhren wir wieder auf der Autobahn, als es passierte. Zuerst merkte ich nur Henrys Blicke in den Rückspiegel und das Stirnrunzeln. Ich schaute in den Seitenspiegel: „Der fährt aber dicht auf, typisch Franzose, es ist doch Platz genug, er kann leicht überholen!"

Ein großer, schwarzer Geländewagen der Marke Lexus hing an der Stoßstange des Jaguars.

„Er überholt nicht, er fährt schon seit einigen Kilometern dicht hinter uns her", gab Henry knapp zur Antwort, „dabei ist kaum Verkehr auf der Straße."

Ich wurde nervös. „So unmöglich fährt auch kein Franzose. Es ist ein Kennzeichen, das ich nicht kenne." Ich griff nach Stift und Papier, um die Nummer aufzuschreiben. „Ist es ein englisches Nummernschild?"

Der Wagen fiel nun etwas zurück, aber nur um Gas zu geben und uns zu rammen. Henry und ich blickten uns irritiert an, erkannten aber sofort die Situation. Ein Blick zurück sagte mir, Johanna schien gut angeschnallt in ihrem Sitz zu schlafen, gleichzeitig gab Henry Gas. Die Straße vor uns war Gott sei Dank frei. Nun machten sich die vierhundert PS des Jaguars bemerkbar. Die Katze schoss nach vorne, der Lexus hinterher und rammte uns nochmals seitlich, hatte dann aber keine Chance mehr. Der Jaguar war schneller. Henry hängte ihn ab. Statt der erlaubten hundertdreißig Stundenkilometer, preschte der Wagen mit über zweihundertfünfzig vorwärts. Ich hoffte nur, es war keine Radarkontrolle in der Nähe.

„Polizei?" Ich hatte während der rasenden Fahrt mein Handy aus der Tasche geangelt.

„Nein!" Henry hatte recht. Es wäre zwecklos, die Polizei einzuschalten. Wie sollte ich ihnen die Situation mit meinen nicht vorhandenen Französischkenntnissen erklären? Wir fuhren weiter mit dieser hohen Geschwindigkeit, bis wir keinen Lexus mehr im Rückspiegel erkennen konnten.

„Sollen wir die nächste Ausfahrt nehmen?"

Wieder schüttelte Henry den Kopf. „Damit rechnen sie!" Wir rasten weiter, ließen die Ausfahrt hinter uns, mittlerweile wurden die Fahrbahnen voller, und wir mussten langsamer fahren. Ich schaute immer wieder in den Rückspiegel, aber der schwarze Geländewagen blieb verschwunden.

„Zufall?"

„Nein, kein Zufall. Man hat uns verfolgt und wollte uns von der Straße drängen."

„Wer kann das gewesen sein?"

„Die gleichen, die auf Felicitas geschossen haben", meinte Henry, grimmig dreinblickend, „vielleicht sogar die gleichen, die die Leiche bei uns unter der Terrasse deponiert haben. Wir werden nicht übernachten, wie fahren durch."

Dann aber fuhr er, ohne ein Wort der Erklärung, auf einen Parkplatz, hielt an, stieg aus, ging um den Wagen herum und sah sich suchend um. Als er sich hinkniete und unter den Wagen schaute, fragte ich beunruhigt: „Ist etwas mit dem Jaguar?" Ich erhielt keine Antwort. Als er nach kurzer Zeit missmutig grummelnd unter dem Wagen hervorkroch, hielt er ein kleines Ding in der Hand.

„Sie wussten, wo wir waren, das ist ein Sender." Er hielt mir den kleinen, runden Gegenstand kurz vor die Augen und warf ihn dann in hohem Bogen weg, er landete unsanft im Graben.

Wir stiegen wieder ein, er knallte die Tür hinter sich zu und fuhr los. „Sie haben uns wahrscheinlich von Dénia aus verfolgt. Jetzt reicht es mir. Das lasse ich mir nicht länger bieten", tobte er, als ob er wüsste, wer dahintersteckte.

„Warum ist Opa so schnell gefahren?" kam es von der Rückbank. Johanna hatte doch etwas bemerkt!

„Die Katze sollte sich mal austoben", erklang Henrys grimmige Stimme, noch bevor ich antworten konnte. Johanna schien mit dieser Erklärung vollauf zufrieden. Wir fuhren nun langsamer, aßen einige Brötchen aus dem Korb. Ich überlegte kurz, ob ich mir einen Kaffee einschenken sollte, der würde überschwappen, wenn sich die Raserei wiederholen sollte. Ich riskierte es, trank aber schnell den Becher leer.

Johanna kaute an einem Schokobrötchen und sah kurze Zeit später selbst aus wie ein Schokokrümel. Als ich das Steuer wieder übernahm, zeigte das Navi noch eine Fahrzeit von vier Stunden an. Ich blickte nervös immer wieder in den Rückspiegel, sah aber nichts Auffälliges. Wir hatten den Verfolger abgehängt. Ich hoffte, er fand den Sender im Straßengraben nicht so schnell. Vielleicht hatte er auch die erste Abfahrt genommen, nach dem Versuch uns von der Straße zu drängen, und suchte uns dort.

„Ich denke die ganze Zeit darüber nach, wann alles angefangen hat“, fing ich nach einer Zeit des Schweigens an, „war es, als ich glaubte, jemanden bei uns am Tor gesehen zu haben, oder erst, als wir die alte Terrasse abrissen?“ Im Beisein von Johanna vermied ich das Wort Leiche. Die Kleine hörte nun Bibi Blocksberg, und ich wünschte auch hexen zu können, um schneller zu Hause zu sein. Fast hatten wir Luxemburg erreicht, bei dem nächsten Tankstop war ein Fahrerwechsel fällig, als ich merkte, dass eine SMS auf dem Prepaid-Handy eingegangen war.

Wichtig? Versuchten unsere Töchter uns zu erreichen? War etwas passiert? Ich malte mir weitere Schreckensszenarien aus. Ungeduldig zog ich das Handy aus der Tasche, nachdem ich getankt, bezahlt und auf dem Beifahrersitz platzgenommen hatte.

Wenn möglich, schaue auf Deine Mails. Habe Dir ein Foto geschickt.

Lucas schien etwas herausgefunden zu haben. Ich zog meinen Laptop hervor und schaltete ihn ein.

„Willst du jetzt etwa noch arbeiten?“

Unbeirrt machte ich weiter, schob den Stick ein und wartete auf die Internetverbindung.

„Kannst du nicht mal ein paar Stunden ohne Internet?“ Henry passte es nicht. „Wer hat denn eine SMS geschickt? Phyllis oder Sophia?“ Ich antwortete immer noch nicht.

Die Verbindung war nicht sonderlich gut, und die Seiten bauten sich langsam auf. Henry schüttelte mittlerweile nur noch den Kopf, als ich mich bequemte, doch zu antworten: „Ob es wichtig ist, kann ich erst sagen, wenn ich es gesehen habe.“

Bedächtig wurde Millimeter für Millimeter ein Bild sichtbar, ein altes Schwarzweißfoto. Ich erkannte nicht viel und musste es vergrößern.

Anscheinend eine Gruppe oder Klasse von Jungen. Grundlos schickte Lucas mir das Foto nicht.

„Und? Ist es etwas Wichtiges?“

„Ich glaube nicht“, log ich.

Jede einzelne Person auf dem Foto betrachtete ich ausgiebig, vergrößerte das Foto so weit, dass es nicht unscharf wurde.

Die Jungen trugen alle altmodische Sportkleidung. Etwas im Hintergrund kam mir bekannt vor. Die jungen Männer, scheinbar alle um die achtzehn, standen teils nebeneinander hinter einer Bank, ein anderer Teil saß auf der besagten Sitzgelegenheit, und drei von ihnen lagen dekorativ davor.

War das im Hintergrund die Turnhalle? Nun konzentrierte ich mich auf die Gesichter, und tatsächlich, mittig, in der ersten Reihe, stand Robert. Ich war mir fast zu einhundert Prozent sicher, dass er es war. War das alles? Nein, sicherlich nicht.

Dann erkannte ich den älteren der Bentum Brüder. Also kannte er Robert, war ein Schulfreund von ihm gewesen. Das erklärte vieles. Ich speicherte das Foto auf dem Laptop und unterbrach die Internetverbindung, als mir ein weiterer Gedanke kam. Ich nahm mir das Foto nochmals vor, jedes einzelne Gesicht – und erschrak.

Das konnte doch nicht sein! Im Hintergrund, versteckt, kaum sichtbar, glaubte ich ein anderes Gesicht zu erkennen.

Das war unmöglich!

Warum wusste ich das nicht?

Genauso sicher wie bei Roberts und Bentums Gesichtern war ich mir bei einem anderen: Henry!

Kannte Henry Robert von früher?

Sind sie zusammen zur Schule gegangen? In Deutschland?

Warum hat Henry mir das nie gesagt?

„Und? Ist es etwas Wichtiges?“ Henry wurde ungeduldig und neugierig.

Schnell schloss ich die Seite und schaltete den Laptop aus.

Meine Gedanken überschlugen sich.

„Nein, es ist nichts!“

Ich musste nachdenken.

Ich musste meine Gedanken ordnen.

Ich brauchte Ruhe, um das alles machen zu können.

Ich musste mit Lucas persönlich sprechen.

Ich musste nach Hause – ach –, ich wusste einfach nicht mehr, was ich zuerst machen wollte und sollte.

Kapitel 17

Ohne weitere Verzögerungen kamen wir zu Hause an.

Die letzten zwei Stunden schwieg ich. Noch vom Auto aus schickte ich Lucas eine SMS: *Wir müssen uns unbedingt morgen treffen. Alleine! Kein Wort zu niemandem!*

Wir wurden freudig begrüßt, hatten die zweitausend Kilometer in vierzehn Stunden geschafft.

Carlotta, unsere Haushaltshilfe in Deutschland, tischte uns ein vorzügliches Abendessen auf. Johanna, die auf der Fahrt viel geschlafen hatte, war munter und hungrig.

Wir mussten Carlotta genau berichten, was sich in Spanien ereignet hatte.

„Doc Jo", wie sie mich hier seit Jahrzehnten nannte, „ich hatte Angst um Sie alle. Maria rief mich immer an und hielt mich auf dem Laufenden."

Sie herzte Johanna und fütterte sie, oder besser, sie versuchte es.

„Ich kann alleine essen, ich brauche keine Hilfe, nur eine Serviette", betonte Johanna ausdrücklich, „ich bin schon fast fünf!"

„Ich sehe es, du bist ja so gewachsen in den letzten Monaten, in denen wir uns nicht gesehen haben", staunte Carlotta. „Du isst ja schon fast perfekt!"

Johanna versuchte gerade die kleinen Butterbrothäppchen mit der Kuchengabel aufzuspießen und dann gekonnt in ihren Mund zu balancieren. Es ging nichts daneben. Nach jedem Bissen nahm sie die Serviette und tupfte ihren Mund sauber. Dass sie dabei Nutella durchs Gesicht verschmierte, tat nichts zur Sache, allein der Wille zählte.

„Doc", schaute sich Carlotta zu mir um, „warum sind Sie so ruhig? Ist etwas passiert – außer dem, was ich schon weiß?"

Ich schüttelte den Kopf und schob es auf die Müdigkeit und die lange Fahrt. Damit gab sie sich zufrieden. Henry blickte mich merkwürdig an. Ahnte er etwas?

Ich weilte mit meinen Gedanken in einer Parallelwelt und reagierte erst, wenn man mich ein zweites Mal ansprach. Ich brauchte exaktere Informationen. Nur das Foto alleine reichte nicht. Ich hatte Henry fast mein ganzes Leben lang vertraut, und nun, nur anhand eines Fotos, für das es sicherlich eine plausible Erklärung gab, sollte ich das nicht mehr?

Johanna ließ sich bereitwillig von Carlotta ins Bett bringen, nicht ohne vorher ihre Mama anzurufen, die erstaunt war, dass wir schon in Deutschland waren. Henry räumte das Auto aus, ich verschwand an den Laptop und bat Lucas per Mail, nach weiteren Informationen zu suchen.

Froh, etwas getan zu haben, besserte sich meine Laune. Ich redete wieder mit Henry und half ihm. Er sah mich immer noch misstrauisch an, erwähnte aber mit keinem Wort, dass ich ihm, seit ich die Mails unterwegs gelesen hatte, etwas merkwürdig vorkam.

Am nächsten Morgen, ich hatte unruhig geschlafen, ging ich die zweihundert Meter zum Haus meiner jüngsten Tochter zu Fuß.

Der Jaguar hatte durch die Verfolgungsjagd einige Beulen abbekommen. Henry telefonierte bereits mit der Werkstatt, die den Wagen abholen und reparieren wollte. Aber auch wenn das nicht der Fall gewesen wäre, der Sender animierte mich zur Vorsicht.

In einer Stunde würde ich Lucas treffen. Henry fragte nicht, was ich bereits so früh schon zu erledigen hätte.

Mit dem großen, unauffälligen Voyager Sophias, gut bestückt mit Kindersitz und Spielzeug, fuhr ich los. Mein Alibi war der Umweg zur Bank, dort holte ich die Kontoauszüge. Dann fuhr ich sofort weiter zu einem kleinen Café, unserem Treffpunkt. Als Lucas mich sah, bestellte er schon.

„Ich hoffe, das ist richtig?“

Ich nickte und fragte sofort: „Was hast du für Neuigkeiten? War Bentum ein Schulkollege von Robert? Was hast du noch in Erfahrung bringen können?“

„Sachte“, Lucas löffelte sich Zucker in seinen Kaffee und rührte um, „ich konnte die Adresse in London ausfindig machen.“

Ich starrte ihn mit offenem Mund an, schluckte und forderte ihn mit einem Kopfnicken auf, weiterzusprechen.

„Adresse und Name stimmen überein, immer noch, wo die Engländer doch so gerne umziehen. Es ist ein älteres, großes Gebäude. Die besagte Familie bewohnt es schon seit Jahrzehnten.“ Er schob mir einen handgeschriebenen Zettel rüber. „Vornehme Gegend. Ich habe es mir bereits über Google Earth angeschaut. Der Name lautet: Charles Hayward-Nickerson, Lord Nickerson.“

„Auch noch adlig?“

„Richtig, alter Landadel. Angeblich nur ein Sohn, er ist Mitte vierzig. Mehr konnte ich noch nicht herausfinden. Es ist nichts Offizielles über diese Familie in Erfahrung zu bringen. Sie sind aber sehr vermögend.“

„Sind Fotos von der Familie vorhanden? Ich müsste mir Fotos anschauen. Wenn sie Geld haben, dann sind sie doch sicherlich auch berühmt, dann gehen sie doch auch ins Theater oder zu anderen Partys.“ Ich grübelte. „Wie alt sind die Eltern? Wenn ich mit meinen Vermutungen richtig liege, dann müssten Lord und Lady Mitte achtzig sein."

„Das kommt hin. Ich fliege nach London und versuche, Fotos zu machen."

„Okay", fasste ich zusammen, „aber da ist noch etwas. Auf dem Foto, das du mir geschickt hast, ist auch Henry zu erkennen." Ich schaute in Lucas entsetztes Gesicht.

„Henry?"

„Ja, Henry. Wenn Henry Robert und die Bentums kennt, warum hat er es nie gesagt? Ich hatte nicht den Eindruck, dass die Brüder Bentum Henry schon mal begegnet sind."

„Das Foto fand ich zufällig auf einer Internetseite, als ich nach Informationen über die Bentums suchte. Man findet im Internet sehr viel, du musst nur einmal ‚Bu' sagen, und schon steht es dort unter deinem Namen gespeichert. Für alle lesbar. Aber Robert ging doch damals auf eine Eliteschule, die Bentums auch, Henry nicht. Ich habe ihn nicht erkannt", gab er zu.

„Seit wann ist das Foto im Netz?"

„Mit der digitalen Fotografie ist alles möglich, man kann alte Fotos so bearbeiten, dass sie natürlich aussehen, man kann Details hinzufügen oder weglassen. Ich versuche es herauszufinden. Wenn es, wie ich vermute, neu ist, dann versucht jemand eine falsche Spur zu legen. Aber wenn es ein Original ist, dann hat jemand mehr Informationen, als er uns preisgeben will. Aber warum? Ich verstehe es nicht."

Ich reichte ihm den Zettel, den ich in Dénia fand, mit der Nachricht: „Fahr nach Dorsten und such nicht weiter."

„Was hältst du davon? Ich fand ihn in Spanien! Irgendjemand wollte mich nach Deutschland bugsieren. Also, hier bin ich. Dann findest du im Netz das Foto. Ist es ein abgekartetes Spiel?"

„Wir müssen in eine andere Richtung denken. Vielleicht wollte man euch beide hier haben, aus der Schusslinie, damit ihr hier weitere Spuren findet, und das Foto ist uns absichtlich zugespielt worden."

„Aber warum schürt man Misstrauen gegenüber Henry? Warum das Foto, wenn es nicht real ist?"

Er schüttelte den Kopf. „So weit bin ich noch nicht. Dafür ist mir auch noch keine Erklärung eingefallen – aber ich habe einen ehemaligen Schulfreund Roberts aufgetrieben. Er lebt hier ganz in der Nähe. Du solltest mal mit ihm reden. Er kann sicherlich etwas zu dem Bild sagen, ob es echt ist, meine ich. Das ist seine Anschrift.“ Lucas reichte mir ein Stück Papier. „Sind noch weitere Schmuckstücke oder Ringe aufgetaucht?“

„Nein.“

„Du solltest die Sache einmal anders betrachten. Die Schmuckstücke haben eine Bedeutung. Das Horusauge bedeutet Sicherheit, es beschützt die Kinder. Robert wurde als Kind ausgesetzt, aus welchen Gründen auch immer. Er wird beschützt vom Horusauge. Der erste Ring, mit den Pyramiden, sagte dir, du sollst in Kairo suchen. Dort hast du eine Spur entdeckt. Sie führt nach London.“

„Sicherlich, du hast recht, aus dieser Sicht haben wir es auch schon betrachtet. Felicitas betrieb ebenfalls Nachforschungen“, ich dachte nach, „vielleicht ist sie auf etwas gestoßen. Ich muss sie anrufen und fragen. Aber sie hätte es mir erzählt, wenn es wichtig wäre, oder aber sie weiß nicht, dass sie auf etwas Wichtiges gestoßen ist, daher galt der Anschlag doch ihr und nicht mir.“

„Das wäre eine Möglichkeit, eine plausible Erklärung. Du musst mit ihr sprechen. Weißt du, wo sie sich aufhält?“ Ich schüttelte den Kopf.

„Sie ist in Sicherheit. Aber ich werde Jaime eine SMS schicken, sie soll mich auf meinem Prepaid-Handy anrufen. Es ist die Nummer, die du ebenfalls hast.“

Mittlerweile tranken wir die vierte Tasse Kaffee, als mir noch etwas einfiel: „Das Wichtigste ist, finde heraus, was es mit dem Foto auf sich hat.“

Lucas sagte zuerst nichts, betrachtete dann das Bild. „Sie schauen sich nicht an, stehen weit entfernt voneinander, es sind eine Menge Jungen auf dem Foto. Ich glaube“, grübelte er weiter, „sie kannten sich nicht.“

„Finde es heraus!“

Kapitel 18

Man schien mich nicht vermisst zu haben. Als ich zu Hause ankam, war der Jaguar bereits zur Werkstatt abtransportiert worden. Henry saß im Büro, und Johanna spielte vor dem Schreibtisch mit einem Betonmischer von LEGO, womit auch sonst. Er schaute nicht auf, als ich mich an meinen Platz setzte. Carlotta brachte Kaffee, leider konnte ich ihr nicht sagen, dass er mir mittlerweile zum Hals heraushing.

Johanna brabbelte vor sich hin, zuerst hörte ich nicht zu, dann aber stutzte ich. „Der Mann war da, der Mann war da“, sang sie, ich nahm Blickkontakt mit Henry auf, mit dem Kopf deutete ich auf Johanna und fasste hinter mein Ohr, bildete mit der Hand eine Muschel. Er verstand und horchte ebenfalls. „Der Mann sagt, er kennt mich“, sie nahm ein weiteres LEGO-Männchen und erzählte dem anderen Bauarbeiter: „Ich war auf der Baustelle und habe dich gesehen. Ich habe dich auch gesehen, aber keinem gesagt, dass du auch da warst.“ Die Figuren verschwanden hinter dem Betonwagen. „Ich passe auf dich auf“, erzählte das erste Püppchen, „damit dir und den anderen nichts passiert!“

Henry setzte sich zu Johanna auf den Boden, nahm auch eines dieser Männchen und sprach mit verstellter Stimme: „Warum musst du uns denn beschützen, sind wir in Gefahr?“

Johanna nickte. „Da sind böse Menschen, die wollen uns weh tun, aber der Mann passt auf uns auf!“

Henry fragte weiter: „Sind die bösen Menschen jetzt hier? Sind sie hinter uns hergefahren?“

Johanna, todernst, antwortete: „Noch nicht, aber der Mann ist schon da, der, der auf uns aufpasst. Der war auch da, als wir noch in unserem anderen Zuhause waren, da wo es warm ist!“

„Hat der Mann auch einen Namen?“

Verlegen schüttelte sie den Kopf. „Ich soll nichts sagen.“

Henry, noch immer die kleine Figur in der Hand, sprach wieder mit seiner Geschichtenvorlesstimme: „Du darfst es auch nicht Oma und Opa sagen, aber mir, ich bin doch der Freund von dem Betonwagenfahrer, und der kennt den Mann doch.“

Johanna überlegte, sie überlegte lange, das war etwas, was sie überdenken musste. Einerseits schien sie es logisch zu finden, andererseits sollte sie nichts sagen. Dann zuckte sie mit ihren kleinen Schultern: „Weiß nicht!“ Die Sache schien für sie erledigt, für uns noch lange nicht.

Johanna spielte weiter mit dem Betonmischer, während ich bedächtig aufstand und den direkten Weg zur Küche suchte. Carlotta bereitete das Mittagessen vor: „Doc, noch einen Kaffee? Sie hätten doch nur rufen müssen, dann hätte ich ...“ Sie sprach nicht weiter, als sie mich anschaute: „Ist etwas passiert?“

„Haben sich hier Fremde herumgetrieben? Ich meine, gab es irgendeinen Zwischenfall, hat jemand nach uns gefragt, den Sie nicht kannten?“

Erschrocken setzte sie sich auf den Küchenstuhl. „Nicht dass ich wüsste. Der Postbote hat gefragt, wann Sie wieder zurückkommen, aber den kennen wir alle doch schon seit Jahren! Sonst? Nein, oder ... lassen Sie mich mal überlegen. Es ist schon einige Wochen her, da schellte es. Ich habe aber gesagt, dass keiner hier wäre, wahrscheinlich erst in einigen Wochen wieder. Er wollte sich dann melden."

„Hat er nicht gesagt, was er wollte?"

„Er wäre ein Freund von Ihrem Mann ... oder sagte er von Ihnen?"

„Danach ist er nicht mehr aufgekreuzt?"

„Nein", Carlotta schüttelte energisch den Kopf, „danach ist er nicht mehr hier gewesen."

„Wie sah er aus, können Sie ihn beschreiben?"

Die Allerweltsbeschreibung, die nun folgte, traf auf die Hälfte der männlichen Bewohner Dorstens zu. Dann fiel mir etwas ein. Ich zog das Foto aus meiner Handtasche und hielt es ihr vor die Nase: „Erzähl keinem von dem Foto, aber erkennst du jemanden darauf? Ist der Besucher von neulich auf dem Foto?"

Intensiv betrachtete sie das Bild. „Einer, der da", sie deutete auf eine der Personen auf dem Foto, „der kommt mir irgendwie bekannt vor."

Ich resignierte, denn sie hatte gerade auf Henry in jungen Jahren gedeutet. Sie musste es meinem Blick angesehen haben.

„Hab ich etwas falsch gemacht?"

„Nein, du hast nichts falsch gemacht. Johanna erzählt uns immer wieder von einem Mann, den sie glaubt, nun auch hier entdeckt zu haben. Es ist merkwürdig, aber es muss etwas dran sein, sonst würde sie so etwas nicht erzählen."

Henry versuchte immer noch behutsam, im Spiel, mehr Informationen aus Johanna herauszukitzeln. Aber sie hatte abgeschaltet und erzählte nichts weiter.

Ich versuchte lose Fäden aneinanderzuknüpfen. Aber es gelang mir nicht. Ich fand keine plausiblen Erklärungen und überlegte, einfach aufs Ganze zu gehen. Kurz entschlossen nahm ich das Bild von Lucas und ging ins Arbeitszimmer, wo sich Henry wieder auf seine Akten konzentrierte. Ich schnappte mir Johanna und brachte sie zu Carlotta.

„Ich muss mit dir reden", erklärte ich meinem Mann, der nicht einmal erstaunt aufblickte. Er blieb ruhig, lehnte sich zurück und schaute mich an, was ich als Aufforderung verstand. „Ich habe hier ein Foto, ein altes Foto, ich frage dich: Kennst du jemanden darauf?"

Er nahm wortlos das Bild und betrachtete es eingehend: „Wo hast du das denn her? Es ist ein sehr altes Foto!" Ich zog vor zu schweigen.

„Das bin ich“, er deutete auf sich selbst, „die anderen sind Schulfreunde, alle Klassen unseres Jahrgangs sind hier abgelichtet.“ Er sah es sich weiter an, schien nun in Erinnerungen zu schwelgen. „Es sind noch einige Fremde zu sehen, in der oberen Reihe. Hier, das sind Austauschschüler, sie kamen aus England“, er stutzte, „das wurde nur einmal gemacht, dass Schüler aus Großbritannien zu uns kamen, es hieß, wir sollten im darauffolgenden Jahr nach England und dort auch vier Wochen bleiben können, zur Auffrischung unserer Englischkenntnisse, aber daraus wurde nichts.“ Ich sagte immer noch nichts. „Aber was soll das? Gibt es einen Grund für diese Frage? Ist das Bild der Anlass für dein Schweigen? Es ist nur ein altes Foto!“

Der sorglose Blick Henrys überzeugte mich.

„Das dort“, ich zeigte mit dem Finger auf eine Person in der hinteren Reihe, „ist Robert, und das ist Bentum!“

Henry schwieg, er schien meine Worte erst mit einer gewissen Zeitverzögerung zu begreifen, dann lachte er: „Nein, das da ist nicht dein Stiefbruder! Das ist einer der Schüler aus London, der Sohn irgendeines Lords, der Name fällt mir nicht mehr ein, da müsste ich überlegen.“

Er blickte genauer auf das Foto. „Das könnte Bentum sein“, nachdenklich legte sich seine Stirn in Falten. „Ich kann mich nicht erinnern, dass er bei uns in der Klasse gewesen sein soll!“

„Bist du sicher?“

„Natürlich! Wenn ich mit Robert oder Bentum in einer Klasse gewesen wäre, wenn auch nur kurze Zeit, daran würde ich mich doch erinnern!“ Er überlegte kurz. „In der Schule müssten sie doch noch Unterlagen haben, in den alten Klassenbüchern. Da es damals diese Austauschaktion nur einmal gab, wird man darüber doch noch etwas Schriftliches haben. Ich werde nachher die Schule anrufen und mich erkundigen.“

Ein großer Stein fiel mir vom Herzen. Aber merkwürdig fand ich es schon. Austauschschüler, eine einmalige Aktion der Schule, sie kamen aus London, wo im Augenblick eine weitere Spur hinführt, die große Ähnlichkeit ... Alles Zufälle? Ich glaubte es nicht.

Henry telefonierte bereits.

„Morgen früh werde ich zur Schule fahren, im Sekretariat wollen sie die Unterlagen heraussuchen, dann werden wir sehen, was es damals auf sich hatte, dass englische Schüler bei uns waren und wir nie nach London kamen.“

Damit war für Henry die Angelegenheit erst einmal erledigt, er setzte sich wieder an seinen Schreibtisch. Ich schwieg, drehte mich um und ging in die Küche. Hier löffelte Johanna hingebungsvoll ihren Pudding.

„Oma, einkaufen fahren", brachte sie zwischendurch hervor.

„Was fehlt dir denn?"

„Joghurt", kam es postwendend, „ich möchte bitte Joghurt."

Höflich, aber doch im Befehlston himmelte sie mich an.

„Ich fahre gleich und bringe es dir mit", erklärte ich ihr geduldig, „gleich kommt doch dein Spielkamerad Oliver, er bleibt bis heute Abend."

Darauf freute sie sich schon den ganzen Morgen. Ab dem übernächsten Tag sollte sie wieder ihre Spielgruppe besuchen, dieser Nachmittag war als Eingewöhnungsphase gedacht. Dann fiel es ihr zwei Tage später nicht so schwer, uns den Vormittag über zu verlassen.

Ich nahm erneut den Wagen meiner Tochter und fuhr einkaufen. Leider war es schon später, und ich musste mit einem ungünstigen Parkplatz direkt an der Straße vorlieb nehmen. Den Einkaufskorb bereits in der Hand, klingelte mein Handy.

„Na du Weltenbummler! Wieder zu Hause? Sollen wir uns heute zum Tee treffen?"

„Anna! Ich wollte dich auch gleich anrufen. Ich hätte heute Nachmittag Zeit. Kommst du vorbei?"

„So war es bereits eingeplant", gab sie zur Antwort. „Brötchen, keinen Kuchen, okay?"

„Klar, wie immer." Wir beide machten uns nicht viel aus Kuchen und Torten. Mittlerweile hatte ich den Wagen abgeschlossen, stand dicht an der Tür, mit dem Handy am Ohr: „Ich bin schon einkaufen, dann bis nachher, übrigens – es gibt vieles zu berichten!"

In diesem Augenblick hörte ich den Motor eines Wagens aufheulen, mit quietschenden Reifen kam er näher. Bevor ich reagieren konnte, war er unmittelbar hinter mir, ich drehte mich erschrocken um, der Wagen machte einen Schlenker in meine Richtung. Ich hatte keine Zeit mehr, den Fahrer bewusst wahrzunehmen, ich hatte auch keine Zeit mehr, auszuweichen.

Das Fahrzeug rammte mich mit aller Wucht. Ich wurde durch die Luft gewirbelt, bevor ich zwischen zwei parkenden Autos landete und mit dem Kopf auf das harte Pflaster schlug. Ich sah noch, wie meine Tasche einige Meter weiter auf dem Bürgersteig landete, dann wurde es dunkel.

Kapitel 19
Phyllis

Der Anruf aus Deutschland erreichte uns nachmittags. Sophia organisierte sofort unsere Heimreise, und bereits fünf Stunden später saßen wir drei im Flieger.

Was mit Mutter genau passiert war, hatten wir noch nicht in Erfahrung bringen können. Auch Vater wusste es nicht genau. Die Polizei informierte ihn lediglich über einen Unfall. Angesichts der Tatsache, dass man zweimal versucht hatte, die gute Jo aus dem Weg zu räumen, glaubten wir nicht an einen Unfall.

Vater erklärte der Polizei den Sachverhalt, wie er uns telefonisch mitteilte. Mutter lag im OP, hatte mehrere Blessuren erlitten, das Bein verstaucht, eine Gehirnerschütterung – aber sie lebte noch. Während des Fluges überlegten wir natürlich, was wir unternehmen konnten. Kaum saßen wir im Auto, um die letzte Wegstrecke nach Dorsten hinter uns zu bringen, riefen wir im Krankenhaus an. Sie hatte die OP überstanden, wollte aber noch nicht aufwachen. Die Gehirnerschütterung schien schlimmer als zunächst angenommen. Vater saß bei ihr. Wir eilten sofort zum Krankenhaus, konnten aber nichts ausrichten, wir mussten warten.

Die Polizei erschien, kaum dass wir sie kurz gesehen hatten. Man stellte Fragen. Vater, der im Augenblick an ihrem Krankenbett nichts ausrichten konnte, ordnete an, dass wir uns alle, nebst den Polizeibeamten, in unserem Haus treffen sollten. Unsere Alibis wurden überprüft, denn man ging nun, sechs Stunden danach, nicht mehr von einem Unfall aus. Warum, das wollte man uns noch nicht sagen.

Neugierig trafen wir uns im Wohnzimmer, und die Befragung durch die Polizei konnte beginnen. Noch wussten wir nicht, was die merkwürdigen Fragen bedeuteten. Ich ahnte bereits, dass noch etwas anderes geschehen sein musste.

„Erzählen Sie uns bitte, was Sie meinten, als Sie sagten, es sei kein Unfall gewesen. Was hat Sie zu dieser Äußerung veranlasst?“ fragte der jüngere der beiden Beamten, er stellte sich als Frank Weber vor. Bereitwillig berichtete Vater von den letzten Ereignissen, verwies auch an Inspektor Lopez und erzählte von dem Mordversuch an Felicitas, der höchstwahrscheinlich Mutter gegolten hatte.

Es dauerte zwei Stunden, bis wir alles erzählt hatten. Die Beamten stellten Fragen, die wir wiederum versuchten zu beantworten.

„Jede Antwort auf eine Frage wirft zwei neue auf", resignierte Frank Weber beinahe. „Wir müssen uns erst einmal in die alte und neue Akte einarbeiten, es scheint komplizierter, als wir zunächst angenommen haben." Er wägte ab, ob er uns weitere Informationen geben könnte, entschied sich dann doch dafür. „Wir haben den Wagen gefunden, der Ihre Frau angefahren hat. Er war leer. Es handelte sich um einen in Köln gestohlenen Geländewagen. Was uns stutzig machte, ist die Tatsache, dass sich auf dem Fahrersitz Blut befand und in der Höhe der oberen Türhälfte, knapp unterhalb des Fensters, ein Einschussloch."

Wir schwiegen verblüfft.

„Besitzt Ihre Frau eine Waffe? Wir überprüfen noch, ob sie vielleicht auf den Fahrer des Wagens geschossen und dadurch den Unfall selbst verursacht hat."

Meine Gedanken überschlugen sich, während Vater und Sophia den Beamten mit offenem Mund anstarrten.

„Meine Frau hat keine Waffe, sie kann damit nicht umgehen. Ich bin mir noch nicht einmal sicher, ob sie je eine Pistole oder ein Gewehr in der Hand gehalten hat!" Vater unterstrich jeden Satz.

„Wenn sie geschossen hat, dann müssten Sie das doch anhand der Schmauchspuren an ihren Händen feststellen können!" Ich hatte immerhin genug Krimis gesehen und wusste, dass man das nachweisen konnte.

„Das haben wir bereits veranlasst", erklärte Andreas Nedel, der zweite Polizist, der bislang geschwiegen und uns nur eingehend beobachtete hatte. „Wir haben auch alle Ärzte und Krankenhäuser informiert, dass sie sich bei uns melden sollen, falls dort irgendwo eine Person mit Schussverletzung auftaucht." Er erhob sich. „Wir wollen Sie nicht länger aufhalten, Sie wollen sicherlich noch einmal zum Krankenhaus. Wir werden uns die Unterlagen aus Spanien kommen lassen, damit wir die Hintergründe kennenlernen, dann werden wir uns wieder bei Ihnen melden." Die Beamten verabschiedeten sich.

Keiner beachtete die Handtasche, sie stand einsam auf dem Tisch. Gedankenverloren nahm ich sie und stellte sie an Jos Schreibtisch, exakt an den Platz, an dem sie ihre Tasche stets deponierte. Ich wagte es nicht, einen Blick in ihr Heiligtum zu werfen. Sie gab sich damit immer sehr eigen, betrachtete die Handtasche als persönlich und ganz privat. Aber irgendwie, ich weiß nicht warum, hatte ich auf einmal das Bedürfnis, einen Blick hineinzuwerfen. Sie starrte mich förmlich an, als sie einsam und verlassen dort stand. Ich musste sie eine Weile betrachtet haben, als mich Sophia ansprach: „Ist etwas mit der Tasche? Es ist doch Mamas, oder?"

„Es ist die, mit der sie losgefahren ist."

Ich wandte mich sicherheitshalber noch mal an Vater: „Ist das ihre Tasche, oder nicht? Du müsstest es doch wissen, du schenkst ihr immer und ständig neue. Die Größe stimmt, der lange Trageriemen ebenfalls."

„Ja, es die ihre."

Entschlossen stand ich auf. Mein Hintergedanke war, herauszufinden, ob sie noch weitere Anrufe auf dem zweiten, neuen Handy erhalten hatte. Ich nahm allen Mut zusammen und griff hinein. Sie war groß und geräumig, ich musste wühlen. Das sah dem Doc, der Doña Josefine, nicht ähnlich, dieses Durcheinander. Aber da sie von der Polizei durchsucht worden war, erklärte das sicherlich die Unordnung.

Die beiden Handys!

Ich konnte sie nicht finden.

Nun setzte ich mich an den Tisch und nahm vorsichtig den gesamten Inhalt heraus, auch den der Nebenfächer. Überrascht blickte ich die anderen an, die ebenso staunten wie ich.

„Was hat sie denn alles in der Tasche!?"

Vater wunderte sich ebenfalls.

„Die Handys fehlen! Beide", erklärte ich, suchte aber trotzdem weiter. Notizblock, Stifte, Kugelschreiber, sogar ihr Portemonnaie lag da, aber keines der Handys.

„Sicher?" Sophia war aufgestanden und fing nun ebenfalls an, den Inhalt zu sondieren.

„Wenn ich es dir doch sage."

„Normalerweise hat sie eine exakte Ordnung in all den Fächern", grübelte meine Schwester, schob sich die Brille zurecht und nahm den Terminkalender zur Hand. „Der liegt doch immer auf dem Schreibtisch, den nimmt sie nie mit. Das ist merkwürdig. Warum heute?"

„Fassen wir zusammen", erklärte ich laut, „sie hatte einen Termin, mit wem wissen wir nicht, die Handys sind beide verschwunden, und auf sie wurde ein Anschlag verübt. Darüber sind wir uns doch einig. Sie wurde verfolgt und beobachtet, also muss sie sich mit jemandem getroffen haben, der ihr mit Robert weiterhelfen kann."

Wieder ein Nicken, ich griff zum Terminkalender und schlug ihn auf. Der einzige Termin, den ich sah, war nur eine Uhrzeit und ein „L". Mehr nicht.

„Lucas! Sie hat sich mit Lucas getroffen, er scheint in Deutschland zu sein. Aber ich habe die Telefonnummer nicht, auch keine Handynummer, die war sicherlich auf dem Handy gespeichert. Sie hat immer alle Nummern und Zahlen im Kopf.“ Nachdenklich strich Vater sich über den Bart.

Urplötzlich stand er auf und winkte uns hinaus, dabei legte er den Finger auf den Mund. Wir folgten ihm auf die Terrasse und noch ein Stückchen weiter in den Garten. Unter der großen Eiche blieb er stehen. „Es könnte aber auch noch etwas anderes sein ...“ Er berichtete uns von dem Bild und seinem Anruf in der Schule.

„Vielleicht werden wir auch hier abgehört, wie in Spanien. Marcus, am besten du durchsuchst das ganze Haus gründlich. Wir unterhalten uns nur noch hier draußen, und wenn jemand etwas Wichtiges zu berichten hat, denken wir uns ein Wort aus, ein völlig harmloses, ich schlage vor: ‚Johanna hat Fieber‘, das hört sich harmlos an, und wenn wir dann laut: ‚Mal nachschauen‘ antworten und den Raum verlassen, ist nichts Auffälliges dabei.“

„Okay, das können wir behalten, denke ich. Dann treffen wir uns hier unter der Eiche.“

Vater hatte bereits die Autoschlüssel in der Hand, wir wussten, wohin er wollte. Bislang gab es noch keine Entwarnung aus dem Krankenhaus, also schien sie noch nicht aufgewacht zu sein. Ohne sich von uns zu verabschieden, drehte er auf dem Absatz um und lief zu seinem Wagen. Ich blickte zu meiner Schwester, sie nickte: „Lass uns nachher zusammen hinfahren“, meinte sie, „zu viele auf einmal können sicherlich nicht auf die Intensivstation.“

Eine Stunde später betraten wir die Station. Da lag sie, ruhig, eine Situation, die wir nicht kannten. Überall Schläuche, der Kopf dick verbunden, das Gesicht verschrammt, sie sah bemitleidenswert aus. Die Augen geschlossen. Sie schien zu schlafen. Vor der Tür sprachen wir kurz mit Vater, der verzweifelt den Kopf schüttelte. Sie war immer noch nicht aufgewacht. Wie lange es noch dauern würde, konnte uns niemand sagen.

Wir hielten uns nicht lange in ihrem Zimmer auf, die Ärzte kamen und gingen, und man meinte, wir sollten nach Hause. Eine der Schwestern versprach uns, sofort anzurufen, wenn eine Veränderung eintreten würde.

Kaum hatte ich die Klinke in der Hand, meinte ich, ein kurzes Flackern ihrer Augenlider bemerkt zu haben. Konnte das sein? Ich sprach sofort mit der Schwester, die sie kurz untersuchte, aber nichts erkannte, was auf ein Aufwachen hindeutete. Also fuhren wir wieder nach Hause.

Marcus hatte unterdessen begonnen, alle möglichen Verstecke für Abhörgeräte oder Minikameras abzusuchen, konnte aber nichts finden. Henry und er beratschlagten gerade unter der Eiche, wo man noch suchen konnte, als wir eintrafen. Das Arbeitszimmer hatte Marcus bereits kontrolliert und gab Entwarnung, dort konnten wir uns ungestört unterhalten.

Ich spürte es, noch bevor ich die Türklinke herunterdrückte, dass etwas nicht stimmte. Langsam und vorsichtig schaute ich mich um, versuchte ruhig zu bleiben, konnte aber im ersten Augenblick nichts entdecken. Der Drehstuhl, der normalerweise vor dem Schreibtisch stand, kehrte der Tür den Rücken zu. Merkwürdig, so stand er nie. Hinter mir betrat Vater den Raum und schloss die Tür. Noch bevor ich ihn warnen konnte, schwang der Stuhl langsam zu uns herum. Nun bemerkte auch Don Henry, dass etwas nicht stimmte, vielleicht war es auch mein Gesichtsausdruck, der ihn innehalten ließ, vielleicht bemerkte er die Bewegung des Stuhls, ich war mir nicht sicher.

„Hallo Henry!" Die Stimme aus dem Stuhl klang männlich, in diesem Augenblick sah ich die Gestalt, die lässig dort saß und Don Henry mit einem merkwürdigen Grinsen anblickte.

„Lucas! Nett dich mal wiederzusehen", erwiderte mein Vater ruhig, fast gelangweilt, „ich hatte schon überlegt, wann du auftauchen würdest, nachdem Jo dich aus dem Hut gezaubert hat."

Eine Augenbraue dieses besagten Lucas zuckte kaum merklich. Er schien erstaunt, dass Henry nicht erschrocken aufgeschrien hatte und sich nicht wunderte, ihn hier zu sehen. „Hat sie es dir gesagt?"

Henry schüttelte den Kopf. „Ich habe es geahnt. Sie hat dich immer aus der Versenkung geholt, wenn sie Unterstützung benötigte. Wir beide wissen, was heute geschehen ist. Sie braucht Hilfe!"

Lucas nickte. „Ich habe es schon erfahren, kannst du mir erzählen, was genau passiert ist?" Erst jetzt schaute er mich an. „Du musst Phyllis sein, die Ähnlichkeit ist frappierend!"

Also hatte er mich doch bemerkt, ich nickte nur, da ich von beiden bislang ignoriert wurde. Ich hörte meinen Vater die Kurzversion berichten, ging dann hinaus, um Kaffee zu holen.

Als ich wiederkam, war Lucas bereits über die letzten Ereignisse im Bilde. „Das hört sich nicht gut an. Ich werde sofort mit meinen Nachforschungen beginnen. Mich kennt niemand, daher dürfte es für mich einfacher sein als für euch."

„Wie sind Sie eigentlich ungesehen ins Haus gekommen?"

„Lucas und du", korrigierte er mich als Erstes, „das war nicht schwer, ich kenne das Haus in- und auswendig, und ich gehöre zu den Leuten, die man übersieht." Er deutete auf sein unscheinbares Äußeres.

Zwar war er groß und schlank, trug eine verwaschene Jeans, ein kariertes Hemd, eine einfache Jacke, aber ansonsten war nichts Auffälliges an ihm. Er mochte im Alter unserer Eltern sein, die Haare leicht angegraut, der Dreitagebart ließ ihn verwegen aussehen. Ich wusste immer noch nicht, wer er war, den Namen hatte ich noch nie zu Hause gehört. Er trank bedächtig seinen Kaffee, keine seiner Bewegungen schien hastig. Meine Frage hatte er immer noch nicht beantwortet, und ich glaubte nicht daran, eine zufriedenstellende Antwort zu erhalten. Sophia war mittlerweile eingetreten, sagte keinen Ton, sondierte mit Blicken die Lage und setzte sich dann zu uns.

Lucas schenkte ihr einen kurzen Blick. „Hallo Sophia, ich bin Lucas."

Ich vertraute Lucas noch nicht, obwohl Henry offen über alles mit ihm redete. „Wer sind Sie, äh, du? Warum wurde in diesem Haus dein Name noch nie erwähnt? Wohl das schwarze Schaf der Familie?"

Er wich einer Antwort geschickt aus. Keiner antwortete, weder Vater noch er. „Ich bin hier, um zu helfen, und habe mir schon den Ort angeschaut, wo es passiert ist. Aber ich brauche Einsicht in die Untersuchungsakten."

Etwas missmutig meinte Vater: „Und wo warst du, als sie Hilfe brauchte?"

„Genau wie du, nicht da!"

Henry schnaubte, Lucas hatte einen wunden Punkt bei ihm getroffen. „Sie haben ihre Handys, ist das ein Problem für dich?" Von wem sprach Vater?

„Sie hatte meine Nummer im Kopf und meine Nummernkennung ist ausgeschaltet."

„Dann ist sie nirgends gespeichert?"

Lucas schüttelte den Kopf.

„Wer bist du?" Erst meine rigoros, laut und deutlich ausgesprochenen Worte führten zu einer Reaktion der beiden.

Sie schauten mich endlich an. Lucas vergewisserte sich mit einem kurzen Blick Richtung Henry, der ein Nicken andeutete, und antwortete dann: „Ich bin euer Onkel."

Verwirrt stutzte ich. „Robert?"

Lucas schüttelte den Kopf. „Der bin ich nicht, ich bin der Bruder von Henry." Sophia, die zuvor aufgesprungen war, ließ sich zurück in den Sessel plumpsen.

Ich starrte die beiden an: „Vater? Was soll das? Was wird hier gespielt? Weiß Mutter davon?"

„Natürlich, sie war es, die die Verbindung zwischen uns nie abbrechen ließ. Sie war es, die mich um Hilfe bat."

„Also doch das schwarze Schaf der Familie, oder warum existierst du offiziell nicht? Ich erwarte eine plausible Erklärung!" Sophia, ganz die Anwältin, übernahm nun. „Was soll das alles, es existieren keine Unterlagen über einen Bruder. Sogar im alten Familienstammbuch ist Vater als Einzelkind vermerkt."

Aber noch bevor wir weiterfragen konnten, eilte Carlotta mit dem Telefonhörer in der Hand ins Arbeitszimmer. Wenn sie im ersten Augenblick auch erstaunt über den Fremden im Zimmer war, ließ sie es sich nicht anmerken. Sie reichte den Hörer Henry. „Das Krankenhaus!" Sie blieb stehen und wartete das Gespräch ab.

„Ja, Behring hier." Eine kurze Pause, dann: „Ich komme." Er blickte in die Runde und verbesserte sich: „Wir kommen!"

„Ist sie aufgewacht?" Er zuckte mit den Schultern, wandte sich dann an Lucas: „Du verschwindest erst einmal genau so, wie du gekommen bist: ungesehen!"

Lucas nickte, machte aber keine Anstalten aufzustehen, während wir zum Auto rannten.

Kapitel 20

Stimmen! In meinem Schlafzimmer! Warum ließ man mich nicht schlafen? Was machten sie schon so früh in meinem Schlafzimmer?

„Hallo, Dr. Behring! Hallo!"

Ich brummte ungehalten, warum weckte man mich auf?

Viel zu früh!

Ich versuchte, mit der linken Hand einen Arm wegzuschlagen, der mich anfasste. „Carlotta, lass mich. Ich bin müde, lass mich weiterschlafen!" Hatte ich das laut gesagt?

„Sie haben lange genug geschlafen, es wird Zeit, aufzuwachen." Die Stimme kannte ich nicht. Es war nicht Carlotta.

„Jetzt wach endlich auf, wir haben keine Zeit, den ganzen Tag an deinem Bett zu vertrödeln!"

Die energische Stimme von Phyllis ließ mich aufschrecken, ich versuchte die Augen zu öffnen. Beim rechten Auge klappte es, das linke blieb zu.

„Was ist denn?" murmelte ich, mein Kopf brummte. Kopfschmerzen. Hatte ich gestern zu viel getrunken? Ich erinnerte mich nicht.

„Seht ihr, man muss nur eindringlich genug mit ihr reden, so wie sie es früher immer mit uns gemacht hat, dann reagiert sie wenigstens."

Träge und unkoordiniert versuchte ich aufzustehen, wurde aber sofort wieder in die Kissen gedrückt. Ich stöhnte, die Schulter schmerzte. Das Bein tat mir weh. Erst aufwachen, dann liegen bleiben, wütend versuchte ich nochmals aufzustehen. Irgendetwas zupfte an meinem rechten Arm. Endlich gelang es mir, auch mein anderes Auge zu öffnen, und ich blickte in die Gesichter von Henry und meinen Mädels.

„Was wollt ihr denn alle hier?"

Erst jetzt sah ich mich richtig um, ich war gar nicht in unserem Schlafzimmer. „Wo bin ich?" Endlich kapierte ich. „Im Krankenhaus? Was ist passiert?"

Meine Töchter gaben mir eine Kurzversion der Ereignisse, und dann fiel es mir wieder ein.

Noch bevor ich mich selbst anschauen konnte, prüfte der behandelnde Arzt meinen Puls und fragte nach meinem Namen. „Schon vergessen? Steht der nicht auf dem Krankenblatt? Gerade haben Sie mich doch mit meinem Namen angeredet. Sie können aber das ‚Doktor' weglassen. Ich hab Kopfschmerzen."

„Also", gab der Arzt grinsend zu, „keine bleibenden Gedächtnislücken. Wenn nun die anderen Wunden auch gut verheilen, haben Sie großes Glück gehabt, und gegen die Kopfschmerzen lass ich Ihnen etwas bringen." Damit ließ er uns vier alleine.

Ich versuchte mich anzuschauen, es gelang nicht so richtig. Im Arm steckte eine Infusionsnadel, die mit dem Tropf verbunden war. Einige Pflaster zierten mich. Zum Glück sah ich nicht, wie mein Kopf aussah.

Eine Schwester kam herein und reichte mir eine durchsichtige Flüssigkeit in einem Glas. „Das ist gegen Ihre Kopfschmerzen." Sie drehte sich zu meiner Familie um: „Und Sie alle kommen morgen wieder, sie muss nun schlafen." Damit scheuchte sie die Besucher hinaus.

„Übrigens, schöne Grüße von unserem Onkel Lucas", warf Phyllis noch schnell in den Raum.

Ich erstarrte. „Er ist da? Hat er mit euch gesprochen?" Ich schlief schon halb, daher hörte ich die Antwort nicht mehr. Hoffentlich taucht er schnell wieder unter, dachte ich nur, als es klopfte und die Tür sich wieder öffnete.

Der Arzt trug einen weißen Kittel, das Stethoskop baumelte um den Hals, die Lesebrille saß auf der Nasenspitze. Die Krankenakte studierend, trat er an mein Bett. „Hallo, ich bin Dr. Winkler und bis auf weiteres Ihr behandelnder

Arzt. Aha, ich merke, das Beruhigungsmittel wirkt bereits.“ Ich spürte, wie jemand meinen Puls kontrollierte, ein Stuhl näher gerückt wurde, aber dann schlief ich wieder ein.

In meinen wirren Träumen sprach ich mit Lucas, dann wieder mit Robert. Ich verstand nur nicht, was sie mir sagen wollten.

Als ich am nächsten Morgen aufwachte, fühlte ich mich besser. Die Kopfschmerzen ließen nach, aber der dicke Verband um den Kopf störte. Den Tropf hatte man anscheinend auch schon abgemacht. Ich versuchte mich aufzurichten, stöhnte, es klappte, wenn auch mühselig. Niemand war im Zimmer, mir fehlte eine Uhr. Es dämmerte, und ich überlegte, wie früh es sein konnte. Mir war schwindelig, aber ich hatte den Ehrgeiz, sitzen zu bleiben, obwohl ich liebend gerne wieder in die waagerechte Lage gerutscht wäre. Oh nein, sagte ich mir, dazu hast du zu lange gebraucht. Alles schmerzte, die Rippen, beide Arme und vor allem der Kopf. Im Inneren hämmerte es. Ein Presslufthammer bei der Arbeit. Ich versuchte den Kopf zu heben, nicht leicht, ich schaute geradeaus – es ging. Langsam hörte der Hammer auf zu arbeiten. Gott sei Dank. Ich hatte nicht vor, länger als nötig hierzubleiben. Ich tastete vorsichtig den Verband ab. Um in den Spiegel schauen zu können, müsste ich aufstehen. Ich rutschte vorsichtig vom Bett herunter und blieb erst einmal stehen, schöpfte Kraft, biss die Zähne zusammen und machte die nächsten zwei Schritte. Der Spiegel konnte warten, erst zur Toilette. Für den Blick in den Spiegel wappnete ich mich. Bis ich den Mut fasste, hineinzuschauen, vergingen einige Sekunden.

Mein Gott. Das sollte ich sein? Nein, eine fremde Person blickte mir entgegen. Der Kopf dick bandagiert, blaue Flecken überall im Gesicht. Es würde heilen, da war ich mir ganz sicher, die Frisur war egal, durch den Verband sah man nichts. Ich bewegte mich langsam zurück. Froh, wieder das Bett erreicht zu haben, setzte ich mich und ließ mich dann seitlich fallen. Die Beine baumelten noch aus dem Bett, das war mir egal. Hauptsache, ich lag wieder. Total erschöpft schloss ich die Augen.

Ich hatte Zeit und überlegte, was eigentlich genau geschehen war.

Der Unfall!

Hatte ich richtig verstanden, war Lucas da? Hatten meine Töchter wirklich gesagt: ihr Onkel? Das konnte ich mir nicht vorstellen. Ich musste vorsichtig sein, wenn sie wiederkamen, und durfte nichts davon sagen, vielleicht hatte ich alles nur geträumt. Genauso wie ich träumte, er hätte an meinem Bett gesessen. Das schien vom Unfall herzurühren, diese Geistesblitze, dieses unkoordinierte Denken, ich bildete mir Sachen ein, die nicht sein konnten.

Ich schreckte auf, als sich die Tür öffnete und eine Schwester eintrat. „Sie sind ja wach, das ist gut. Nun wollen wir versuchen, uns einmal vorsichtig aufzusetzen."

„Hab ich gerade schon, alleine", erwiderte ich ungehalten. Ich hasste es, wenn man in der Wir-Form mit mir sprach.

Sie starrte mich entsetzt an. „Alleine? Sie sind schon aufgestanden?"

„Ja, ich wollte mich mal im Spiegel betrachten. Den Schönheitswettbewerb kann ich heute nicht gewinnen."

Ich hielt meine Augen geschlossen, lag unbequem da, war aber zu erschöpft, um mich zu bewegen. Die Schwester klingelte sofort nach einem Arzt.

„Mir geht es gut, ich brauch keinen Arzt, nur etwas zu essen."

„Sie können nicht einfach aufstehen, ohne die ..."

„Oh doch, ich kann, das haben Sie doch gemerkt." Ich wurde grantig und sauer. Was bildete sie sich ein? Ich wollte nicht länger als nötig hier liegen bleiben. „Wo ist eigentlich Dr. Winkler?"

„Hier gibt es keinen Dr. Winkler", erklärte der Arzt, der in diesem Augenblick das Krankenzimmer betrat.

„Natürlich gibt es den, der war gestern Abend noch in meinem Zimmer."

Der Arzt schüttelte den Kopf. „Sie müssen geträumt haben, immerhin habe ich Ihnen ein Beruhigungsmittel verordnet, Sie müssen sofort eingeschlafen sein."

Nun war ich verwirrt. Hatte ich vom besagten Dr. Winkler nur geträumt? Ich zog vor, stumm zu bleiben und nicht darauf zu beharren, dass jemand in meinem Zimmer gewesen war. Ich befürchtete, sie würden mich nicht gehen lassen, wenn mich nun auch noch Halluzinationen heimsuchten.

Als ich zum zweiten Mal an diesem Morgen die Augen öffnete, war ich nicht allein im Zimmer.

„Hallo! Endlich ausgeschlafen?"

„Wie lange bist du schon hier?"

„Erst eine halbe Stunde. Dein Kaffee wird kalt, oder verzichtest du?" Er deutete auf das Tablett mit Frühstück.

„Um Himmels willen, nein!" Entsetzt versuchte ich, mich mal wieder aufzusetzen.

Henry, sehr galant, hielt mir die Tasse hin, genussvoll schlürfte ich die schwarze Flüssigkeit. Energisch hielt er mir nun auch die erste Scheibe Brot unter die Nase. Ich biss ab, obwohl ich nur Durst und keinen Hunger verspürte.

„Hab ich geträumt, oder ist er wirklich zurück?“

„Er hat seinen *Job*“, Henry betonte es, „aufgegeben.“

„Was passiert nun? Eine gewisse Ähnlichkeit zwischen euch lässt sich nicht verleugnen! Soll er wieder auferstehen?“

„Wie wir es vor Jahren besprochen haben, er übernimmt einen Posten bei uns, aber erst später. Zuerst soll er sich um diese Angelegenheit kümmern.“ Henry deutete auf meinen bandagierten Kopf.

„Ich glaube, er war heute Nacht hier.“ Henry staunte, wirkte aber nicht sonderlich verwundert. „Ihr seht euch sehr ähnlich, da muss etwas unternommen werden“, stellte ich fest. Mittlerweile hatte ich aufgegessen.

„Tja“, überlegte er grinsend, „einer von uns beiden muss sich von seinem Bart trennen, aber ich bin es nicht.“

„Das könnte klappen, aber was ist mit dem Namen?“

„Dafür hat sein Verein bereits gesorgt. Er ist im Besitz gültiger Papiere, hat einen anderen Namen. Ich glaube nicht, dass sich jemand an ihn erinnert. Er gilt seit über fünfunddreißig Jahren als tot.“

Henry berichtete mir von den weiteren Verhandlungen mit Contino, der aus Casablanca angereist war. Phyllis und er hatten noch heute Nachmittag einen Termin mit ihm vereinbart.

Lucas sollte ebenfalls zugegen sein. Phyllis beharrte immer noch auf dem Standpunkt, sie wären aus Spanien weggelockt worden. Lucas sollte beobachten und im Anschluss an das Gespräch seine Meinung sagen.

„Wie haben die beiden das neue Familienmitglied aufgenommen?“

„Geschockt. Phyllis misstraute ihm zuerst, Sophia natürlich auch. Nur Marcus war von seinen Computerkenntnissen beeindruckt. Ich hatte das Gefühl: zwei Hacker unter sich. Marcus recherchiert bereits für Lucas. Sie durchforsten alte, archivierte Unterlagen und durchleuchten diesen englischen Lord aus London, nebst Ehefrau und Kinder.“

Völlig erledigt schloss ich die Augen. Das Essen, Trinken und Reden strengte an. Henry stand auf: „Der Jaguar ist auch wieder fertig, ach, und ich frage nach, wann du nach Hause kannst.“ Man schien mich dringend zu Hause zu gebrauchen, ging es mir durch den bandagierten Kopf.

Ich hörte, wie er die Ärzte löcherte, als Anna ohne anzuklopfen ins Zimmer stürmte.

„Mein Gott, wie siehst du denn aus!“

„Danke, du auch!“

Sie schüttelte den Kopf. „Ich kann immer noch nicht glauben, was da passiert ist. Wir unterhalten uns, dann dein Kreischen und zeitgleich ein Knall. Ich hab alles der Polizei erzählt." Sie nickte, um die Aussage zu bestätigen.

„Knall? Was für ein Knall?"

„Der Schuss! Jemand hat auf dich geschossen und wahrscheinlich den Fahrer des Autos getroffen, der dich angefahren hat. Zuerst dachte man, du hättest auf ihn geschossen, aber nun stellte sich heraus, es muss eine dritte Person im Spiel gewesen sein."

Meine Gedanken wanderten sofort zu Lucas. Nein, er nicht!

„Das mit der dritten Person ist neu für mich. Hilf mir mal hoch", bat ich, „ich will mich setzen!"

Anna sprang sofort auf.

„Kannst du mir einen Gefallen tun? Fahr nach Hause und hol mir etwas anderes zum Anziehen. Diese Eleganz von Flügelhemd halte ich nicht länger aus. Ich will hier raus!"

Anna versprach, alles zu besorgen. Sie hatte gerade den Raum verlassen, als ein Arzt eintrat.

„Ach, Herr Dr. Winkler! Ich dachte, Sie existieren nicht. Gottlob hab ich mir das nicht eingebildet", säuselte ich.

Er verhielt sich stumm, hielt mir ein Handy vor die Nase. „Die anderen beiden sind verschwunden. Dieses hier ist ein Prepaid-Handy. Meine Nummer habe ich unter Dr. Winkler gespeichert." Er legte es in meine Nachttischschublade.

„Gibt es schon Neuigkeiten?"

Dr. Winkler schüttelte den Kopf, hatte auch schon wieder die Türklinke in der Hand und meinte: „Ich melde mich, ich hab noch einiges zu tun."

„Warst du die dritte Person beim Unfall?"

„Dann wäre dort nicht nur eine Blutspur."

Es ging in meinem Zimmer zu wie in einem Taubenschlag. Kaum war der Doktor weg, als Anna auch schon eintraf, mit einer großen Tasche in der Hand. „Carlotta half mir", berichtete sie kurz, „sie hat einiges zusammengepackt. Soll ich dir helfen, dieses Designerteil auszuziehen? Das von deiner Sippe niemand daran gedacht hat ...!"

„Du wärst in dieser Situation auch auf dich alleine gestellt."

Anna half mir gerade wieder ins Bett zurück, als die Tür aufgerissen wurde. Zwei Männer stürmten herein.

Polizei!

Ich roch sie, vielleicht weil ich in letzter Zeit zu viel mit ihnen zu tun hatte. Ein weiteres Mal berichtete ich über den Unfallhergang.

„Sind Sie sicher, dass es ein Schuss war? Vielleicht hat das Blut eine andere Bedeutung", hoffte ich.

Sie schüttelten den Kopf. Sie hatten sich die Akten aus Spanien kommen lassen, waren nun im Bilde über die Vorgänge. „Nein. Wir kontrollieren die Notaufnahmen der Krankenhäuser. Die Blutmenge ist zu groß, das kann man nicht als Lappalie abtun oder selbst behandeln."

Eine Viertelstunde später war ich endlich alleine.

Das nächste Mal weckten mich Johanna und Sophia. Ich wusste gar nicht, dass ich so gut schlafen konnte, wenn niemand neben mir schnarchte. „Die haben mir etwas in den Kaffee getan", beharrte ich, „wo sind Vater und Phyllis? Noch bei ihrem Termin?"

Ehe Sophia antworten konnte, sprang Johanna in mein Bett. „Oma!" Es klang vorwurfsvoll. „Warum schläfst du nicht zu Hause? Hier ist es nicht schön." Dann musterte sie mich eindringlich, sah den Verband, die blauen Flecken und meinen lädierten Zustand. „Wer war das?"

Am liebsten hätte ich „Opa" gesagt, sie hätte zwar gezweifelt, aber es vielleicht doch weitererzählt. Also musste ich mir etwas ausdenken. „Da sind böse Männer, die waren nicht damit einverstanden, dass ich einkaufen wollte."

„War das der Mann, der auch hier war?"

Ich wusste nicht genau, wen sie meinte, wusste nicht, ob sie Lucas bereits gesehen hatte: „Nein, es sind andere Männer gewesen." Verschwörerisch flüsterte ich ihr ins Ohr: „Du musst mal den anderen sehen, der sieht schlimmer aus als ich."

Joanna grinste, hüpfte auf dem Bett herum und fragte: „Kommst du mit?"

„Würde ich gerne", ich schaute zu Sophia, „wenn deine Mama mal nachfragt. Vielleicht nerve ich so, dass sie mich rausschmeißen!" Sophia ließ uns allein.

Johanna zog an meinem Arm: „Dann steh schon mal auf und zieh dich an!"

Auch eine Möglichkeit. Es dauerte, Sophia schien noch mit dem Arzt zu verhandeln.

„Komm, wir beide legen die Kissen so hin, dass der Onkel Doktor meint, Oma läge noch im Bett."

Johanna und ich stapelten die Kissen, legten die Decke darüber und betrachteten zufrieden unser Werk. Vielleicht sollte ich einfach von hier verschwinden. Dr. Winkler konnte nicht ständig auf mich aufpassen, ich schlief zu viel, das konnte ich zu Hause besser und bequemer. Sophia nickte, als sie wieder ins Zimmer kam.

„Wenn dein behandelnder Arzt dich noch einmal untersucht und nichts Negatives feststellen kann, darfst du wirklich gehen. Aber du musst dich jeden Morgen beim Arzt melden. Ich habe versprochen, dass wir darauf achten."

„Bin ich nun ein Knacki, der sich beim Bewährungshelfer allmorgendlich vorstellen muss?" Ich schnaubte, aber besser als hier bleiben. Alles andere ging schnell, und nach einer guten Stunde saß ich in Sophias Auto, hinter mir eine glückliche Johanna. Es wurde bereits dunkel, als wir nach Hause fuhren.

Wie glücklich ich mich schätzen konnte, erfuhr ich wenig später von der Polizei. Jemand schlich sich, vermutlich kurz nachdem ich das Krankenhaus verlassen hatte, in mein Zimmer und schoss von der Tür aus auf das Bett, glücklicherweise lagen dort nur die Kissen und nicht mehr ich.

Erleichtert, wieder in den eigenen vier Wänden zu sein, ließ ich mich in einen der bequemen Sessel fallen, die im Wohnzimmer standen. Sophia ahnte, was mir fehlte: Kaffee. Johanna blieb bei mir und kippte die Spielzeugkiste mit den Duplo-Steinen aus: „Lass uns ein Haus bauen", meinte sie selig lächelnd, also rutschte ich zu ihr auf den Boden. In diesem Augenblick irritierte mich etwas. Ich blickte hoch, versuchte mich zu orientieren, was ich im Unterbewusstsein gesehen hatte. Mein Blick blieb an meinem Laptop hängen. Er war an. Niemand war im Haus. Johanna, Sophia und ich waren gerade erst ins Haus gekommen, der Laptop lief noch. Normalerweise schaltete er sich nach fünf Minuten aus, wenn er nicht benutzt wurde, und das Passwort musste neu eingegeben werden.

„Sophia", rief ich nervös Richtung Küche, „wo ist Carlotta?"

„Einkaufen, ich habe sie mitgenommen und vor dem Supermarkt abgesetzt, sie nimmt ein Taxi zurück. Brauchst du noch etwas? Dann ruf sie über ihr Handy an!"

Ich überlegte. „Nein, das ist nicht nötig. Sind Marcus oder Lucas im Haus?" Wieder ertönte ein Nein aus der Küche.

„Wir sind alleine! Warum?" Mit zwei Tassen Kaffee in der Hand kehrte Sophia zurück.

„Oma, komm spielen." Johanna wurde ungeduldig, ich blickte zu Sophia und dann zum Laptop. Sie sah es sofort. Es war jemand hier gewesen oder befand sich sogar noch im Haus. Von meinem Laptop aus gelangte man direkt auf den Server.

Ich setzte mich sofort an meinen Schreibtisch, hellwach diesmal, und kontrollierte die Daten.

Richtig!

Ich erkannte sofort die Dateien, die man anscheinend in den letzten Minuten bearbeitet, geöffnet – oder kopiert hatte.

„E-Mail", flüsterte Sophia, um Johanna nicht zu beunruhigen, die uns mittlerweile misstrauisch ansah.

Ich kontrollierte auch diese. Nichts. Von unseren Adressen war keine Mail abgegangen.

„Das besagt nichts, jeder kann von hier aus seine eigene Mailadresse öffnen und die Daten weitersenden."

Sophia hatte recht. „Wir brauchen Marcus. Wenn einer etwas herausfinden kann, dann er!"

Sie rief ihren Mann an. „Er beeilt sich, Lucas ist bei ihm, sie kommen sofort."

„Die Mail ist an eine IP-Adresse, registriert in Düsseldorf, gegangen", erläuterte uns Marcus, nachdem er einige Zeit verbissen und mit Lichtgeschwindigkeit die Tasten des Computers bearbeitet hatte, „ihr seid zu schnell nach Hause gekommen. Die Mail wurde zwar anschließend, nachdem sie versandt wurde, in den Papierkorb verschoben, aber der oder die Einbrecher hatten keine Zeit mehr, sie endgültig zu löschen oder den Laptop herunterzufahren."

„Düsseldorf? Du meinst, die Mail ging nach Düsseldorf?"

Marcus zuckte mit den Achseln. „Vermutlich! Aber der Empfänger der Mail kann seine Adresse auf der ganzen Welt einsehen!"

Die gesamte Festplatte des Servers war als Mailanhang beigefügt worden, das hatten wir bereits herausgefunden. Sicherlich tragisch, es waren interne Firmenangelegenheiten dort gespeichert, die nun irgendwo auf der Welt gelesen wurden.

Polidas fiel uns auf Anhieb ein. Sollte er hinter der ganzen Angelegenheit stecken? Hasste er uns so sehr, dass er auch vor Mord nicht zurückschreckte?

„Nein, das glaube ich nicht", schüttelte Sophia energisch den Kopf, „dazu ist er zu dumm, so weit denkt er nicht, er ist geistig nicht dazu fähig!"

„Ich meine, er ist so wütend und zornig auf uns, dass wir es ihm zutrauen könnten."

„Nein", beharrte ich, „es muss einen anderen Grund geben. Warum sollte er so etwas Kompliziertes fertigbringen, wie Passwörter knacken und Mails verschicken?"

„Ich traue ihm zu, hier einzubrechen und Akten zu stehlen", fuhr Sophia unbeirrt fort, „das andere ist eine Nummer zu hoch für ihn."

Lucas, der inzwischen Henry, Phyllis und die Polizei verständigt hatte, zog es vor, zu verschwinden. Wenige Augenblicke später kreischten die Bremsen eines Autos in der Einfahrt.

Die zwei Polizeibeamten, Weber und Nedel, sprangen aus ihrem Fahrzeug und eilten zur Haustür. Johanna, die das Ganze als Spiel betrachtete, freute sich über die stetig steigende Anzahl von Leuten im Haus. Sophia schnappte sich ihre Tochter, die damit gar nicht einverstanden war, und wollte sie zu Bett bringen. Mittlerweile war es neun Uhr und dunkel. Noch bevor Weber mit der Befragung beginnen konnte, klingelte sein Handy. Als er das Telefonat beendet hatte, schwieg er einige Augenblicke, schaute in die Runde und meinte: „Danken Sie Gott, dass Sie es eilig hatten, aus dem Krankenhaus zu verschwinden!"

Ich sah ihn fragend an, verstand nicht, was er meinte.

„Auf Sie wurde geschossen." Verwirrt wartete ich auf die Erläuterung. „Hätten Sie in Ihrem Krankenbett gelegen, wären Sie jetzt tot."

Kapitel 21

Die letzten Worte Webers hallten noch in meinen Ohren nach, als von der Tür aus die Frage kam: „Wer wäre tot?" Henry und Phyllis starrten in die Runde. Ich überließ es Weber, die Erklärungen abzugeben.

Henry wurde bleich, Phyllis blass, beide suchten einen Sessel, um sich hinzusetzen.

„Es wird ernst, sehr ernst", murmelte ich, „bislang habe ich es fast als ein Spiel betrachtet. Na ja, bis auf den Anschlag auf Felicitas. Aber nun ... wenn ich daran denke, war es auf der Autobahn schon gefährlich", ich wollte noch weitere Überlegungen laut aussprechen, als Henry dazwischenfuhr.

„Nun ist es kein Spaß mehr, die Polizei müsste endlich handeln!"

„Wir können Ihnen nur Polizeischutz anbieten, die Angelegenheit geht über zwei Länder, das ist nicht so einfach", erläuterte Weber.

Wutschnaubend winkte Henry ab. „Was nützt uns Polizeischutz, ein Wagen vor dem Grundstück, das bringt nichts!"

„Ich habe mit Johanna das Bett so dekoriert, dass es aussah, als ob jemand drin liegen würde, ein Zeitvertreib, als wir auf Sophia warteten. Das ist noch gar nicht so lange her.“ Ich schluckte schwer, konnte noch immer nicht genau begreifen, was passiert war.

Die anderen plapperten wild durcheinander, ich ließ sie reden. Vor meinem geistigen Auge erschien ein Plan: Ich wollte, nein, ich musste nach London. Sollte ich mit jemandem darüber reden oder es alleine in Angriff nehmen? Sollte ich per Internet einen Flug buchen? Ein Hotelzimmer würde ich jederzeit in London ergattern. Aber per Internet buchen? Nein! Wenn unser Eindringling nicht nur die Festplatte kopiert hatte, sondern sich jederzeit in unseren Rechner einhacken konnte, war sofort zu erkennen, wohin ich wollte. Ich musste es am darauffolgenden Tag so machen wie auch früher immer. Zum Reisebüro meines Vertrauens und dort den Flug ordern. Ich wollte mit Henry alleine sprechen, die anderen sollten nichts davon mitbekommen.

Die Gelegenheit ergab sich erst später. Die Polizei war weg, Phyllis ebenfalls, Sophia hatte Johanna zu Bett gebracht, und so standen wir im Garten unter dem Baum.

„Ich will nach London“, beharrte ich, „ich will diesen Lord besuchen. Irgendetwas sagt mir, dass es dort Informationen gibt.“

„Wir werden Lucas vorschicken“, überlegte Henry, „er soll unauffällig die Lage sondieren. Ihn kennt niemand, vielleicht hat er Gelegenheit, Lord Hayward-Nickerson zu beobachten, oder noch besser: Es ergibt sich eine Gelegenheit, Kontakt mit ihm aufzunehmen. Fotos von ihm, seiner Frau und Familie wären auch nicht schlecht. Genau, das machen wir. Ehe wir hier noch länger tatenlos herumsitzen und warten, bis die Polizei etwas unternimmt, werden wir selbst Nachforschungen betreiben.“

So kannte ich ihn von früher. Henry lief zur Höchstform auf.

„Wie werden wir unsere Wachhunde los?“ Ich deutete mit dem Kopf zum Tor.

„Sind sie denn schon da? So schnell geht es doch gar nicht“, meinte Sophia, die hinzugekommen war, „erst müssen Anträge gestellt werden und was weiß ich, vor morgen Abend werdet ihr keinen Personenschutz haben. Bis dahin müsst ihr weg sein. Ich fahre morgen früh sofort los und organisiere die Tickets.“

Um 14:20 Uhr am nächsten Tag ging bereits unser Flieger nach London. Für Lucas war die Zeit zu knapp, vorzufliegen. Er saß ebenfalls in unserer Maschine, allerdings nahmen wir noch nicht einmal Blickkontakt auf. Von Heathrow aus fuhren Henry und ich mit der U-Bahn. Aus dem Augenwinkel sah ich Lucas ein Taxi herbeiwinken. Wir trafen uns im Hotel an der Victoria

Station. Es lag zentral. Als Erstes holte ich meinen Laptop hervor und loggte mich ins Internet ein. Phyllis hatte eine Mail geschrieben. Von unserem Widersacher Polidas war ein Einschreiben gekommen, er drohte mir. Leider war es meiner Tochter nicht möglich, den Sinn dieses dämlichen Briefes zu verstehen. Sie schrieb weiter: „Ich habe Vaters Rat befolgt und das mit dem Brief gemacht, was auch er machen würde: gelocht und abgeheftet. Zur allgemeinen Belustigung habe ich den Brief als PDF angehängt“, schrieb sie weiter, „dann könnt ihr ihn mal lesen. Vielleicht ist es euch möglich, einen Zusammenhang mit den Bentums, dem Auftrag, Polidas und Mutter zu erkennen.“

„Ich verstehe einfach nicht, was er will. Seine arrogante Art, sein Nichtwissen und sein selbstverschuldeter, mangelhafter Vortrag haben bewirkt, dass er den Auftrag nicht bekommen hat.“

Ich schüttelte den Kopf. „Nein, er ist wirklich zu dämlich, um für die Anschläge verantwortlich zu sein.“

„Er ist pleite. Gerade ein neues Auto gekauft, Porsche natürlich, dann geht ihm der Auftrag durch die Lappen, und der Hauptmieter seines riesigen Bürogebäudes in Alicante zieht aus, hab ich vernommen. Keine Mieteinnahmen, kein Geld, zu viele Kredite, keine Aufträge in Sicht und die wenigen schnappen wir ihm vor der Nase weg.“

„Aber warum will er mich verklagen?“

„Vielleicht meint er, er hätte ein leichtes Spiel mit dir“, knurrte Henry, „wenn der wüsste!“

„Was soll das denn heißen?“ Ich strahlte förmlich. „Soll er doch Klage einreichen.“ Ich freute mich auf die Begründung. Gedanklich saß ich schon bei Gericht, als es klopfte.

Henry öffnete, schon hastete Lucas ins Zimmer.

„Hast du etwas entdeckt oder gesehen?“

Er nickte nur, ging dann zur Minibar und schenkte uns allen einen Gin ein.

„Nun mach es nicht so spannend“, nervös griff ich zum Glas, „erzähl!“

Er genehmigte sich noch einen Schluck, stellte das Glas ab, setzte sich und begann: „Ich bin zu der uns bekannten Adresse gefahren. Dort stieg ich aus dem Taxi ...“

„Jetzt nicht auch noch die mikrobiologischen Einzelheiten der linken Ameise im Gestrüpp des Baums an der rechten Haustürseite! Erzähl nur das Wichtigste: Wen hast du angetroffen, gesehen oder sogar gesprochen?“

Er grinste. „Wusste gar nicht, dass du so grantig sein kannst! Also, ich beobachtete den Eingangsbereich der Stadtvilla ungefähr eine Viertelstunde lang, dann tat sich etwas. Der Lord ließ seinen Rolls vorfahren und verschwand. Ich folgte ihm nicht, sondern wartete. Eine halbe Stunde später verließ Mylady den Minipalast. Ehe du wieder ausflippst", wiegelte er sofort ab, „ich habe sie fotografiert", er hielt eine kleine Kamera hoch und holte den Chip hervor, „du solltest die Bilder auf deinen Computer kopieren und anschauen, ob sie euch bekannt vorkommen."

Ich griff sofort danach und kopierte die gesamte Datei auf den Laptop, während Lucas weitererzählte.

„Sie sind beide schon etwas älter, Mitte achtzig, schätze ich." Ich schaute mir die Bilder an. Henry stand hinter mir, aber auch er erkannte niemanden. Den beiden älteren Leuten auf den Fotos waren wir meines Wissens noch nie begegnet.

„Ich besuche sie morgen früh", entschloss ich mich, „ich will sie mir persönlich anschauen, von Angesicht zu Angesicht."

„Nicht vor zehn Uhr", erklärte Lucas, „erst ab zehn ist es hier üblich, Besuche zu machen."

Punkt zehn am nächsten Morgen stand ich vor der Tür der edlen Londoner Stadtvilla, die einem Palast ähnelte. Alt und ehrwürdig, sogar mit einem für Stadtverhältnisse großen, gepflegten Vorgarten nebst kiesbestückter Auffahrt und einer gediegenen Fassade stand das Gebäude dort.

„Das ist mehr als Atmosphäre, das hat Stil", murmelte ich beeindruckt. Zielstrebig wandte ich mich dem Eingang zu und läutete.

Es dauerte eine gewisse Zeit, aber dann wurde die Tür geöffnet. Wie nicht anders zu erwarten, von einem Butler. Der zuckte lediglich mit einer Augenbraue, anscheinend die Art Fragestellung, die bei einem Butler üblich ist. Ich fasste es so auf, dass ich mein Anliegen vorbringen sollte.

„Ich würde gerne Lady Hayward-Nickerson sprechen." Anscheinend sprach ich energisch genug, denn er verschwand im Inneren des Hauses, ließ mich vor der Tür warten, und ich hatte genügend Zeit, mir die Fassade anzuschauen. Rechts und links neben der breiten Eingangstür befanden sich Fenster, nicht bodentief, sondern mit einer Brüstung. Blumenkästen schmückten die Fensterbänke außen, alles wirkte sehr gepflegt. Die anderen Fenster, allesamt bodentief, ob unten im Erdgeschoss oder in den darüberliegenden Stockwerken, zierten halbhohe Gitter. Ich ließ meinen Blick schweifen, zuckte dann aber zurück. Ich hatte etwas erblickt, das meine Aufmerksamkeit auf sich lenkte. Ich sah nichts, meine Blicke gingen hin und her. Was war es nur gewesen? Was hatte ich gesehen? Es musste mit der Fassade oder den Fenstern zusammenhängen, dachte ich. Die Hausnummer? 533? Hatte sie etwas zu bedeuten? Ich kam nicht dazu, weiter über die Sache nachzudenken, denn der Butler erschien: „Please, come in!“ – Kommen Sie bitte herein. Also konnte er sprechen.

Ich betrat die Eingangshalle und war tief beeindruckt. Riesengroß, mit einer mittig gelegenen, geschwungenen Treppe, hatte ich beinahe das Gefühl, im Emirates Palace zu stehen. Ich stolperte hinter dem Butler her, in einen riesigen Wohnraum. Ich wagte nicht, mich zu setzen. Vornehm, ging es mir durch den Kopf, stilvoll, altes Geld und alter Adel, trotzdem gemütlich.

„Wie kann ich Ihnen helfen?“ Ich hatte die alte Lady nicht gehört, die hinter mir stand. Ich drehte mich lächelnd zu ihr um und wollte gerade mein Anliegen vorbringen, als ich sah, dass sie mit einem Schlag schneeweiß wurde, sich ans Herz fasste, wankte und sich am Türrahmen festhielt. Ich sprang zu ihr, hielt sie fest, damit sie nicht hinfiel. Sie griff meinen Arm, drückte ihn fest, schien sich gefasst zu haben und zischte: „Gehen Sie, gehen Sie ganz schnell, verschwinden Sie!“

Sie drehte sich um, flüchtete förmlich aus dem Raum, rief ihrem Butler einige Worte zu, der ebenfalls irritiert von seiner Lady zu mir schaute.

„Ich habe nichts gesagt oder getan. Ich hatte noch nicht einmal Gelegenheit, meine Bitte vorzubringen“, unterstrich ich verunsichert den letzten Satz.

Er fasste meinen Arm und warf mich hinaus. Laut krachend fiel hinter mir die Tür ins Schloss.

Was war da im Haus gerade passiert?

Kurz überlegte ich, nochmals zu klingeln, ließ es dann aber wegen der Aussichtslosigkeit bleiben. Bislang war es mir noch nie passiert, dass ich so vor die Tür gesetzt wurde.

Ich entfernte mich vom Haus, war beinahe an der Straße, als ich mich nochmals umblickte. An einem der oberen Fenster glaubte ich eine Gestalt zu erkennen. Mylady? Blickte sie mir nach? Ich suchte nochmals mit den Augen die Fassade ab, in der Hoffnung, in einer gewissen Entfernung etwas zu entdecken, was vorher meine Aufmerksamkeit erregt hatte. Und dann erkannte ich es: Über dem rechten, unteren Fenster des Eingangs prangte eine Stuckverzierung: ein Horusauge!

Oh ja. Ich war hier richtig. Ich hatte Lady Hayward-Nickerson nur erschreckt! Aber warum? Mein bloßer Anblick versetzte ihr einen Schock. Sie musste mich kennen.

Ich griff in meine Handtasche, suchte meine Visitenkarte heraus und ließ sie fallen. Wenn sie mich beobachtete, würde sie es sehen. Vielleicht meldete sie sich bei mir.

Links ging es zurück zur Innenstadt. Ich blickte nicht zurück, ich wusste auch so, dass Lucas den Eingang beobachtete. Wir wollten die Reaktion sehen, die mein Besuch mit sich brachte. Leider konnte ich Henry und auch meinen Schwager noch nicht davon in Kenntnis setzen, was ich am Eingang erkannt hatte. Einige hundert Meter weiter hielt ich ein Taxi an und ließ mich über einen Umweg zurück ins Hotel bringen. Ich konnte nun nur noch warten, fuhr meinen Laptop hoch und nahm mir die unter „Robert" gespeicherten Unterlagen vor. Die Fotos des Eingangs, die ich vom Taxi aus geschossen hatte, sammelte ich ebenfalls in der besagten Datei. Ich vergrößerte die Bilder, zoomte vor allem den Fensterbereich heran. Kein Zweifel, es war das Horusauge. Also gab es einen Zusammenhang, aber welchen? Da ich mit dem Auftauchen Henrys und Lucas' noch nicht rechnete, recherchierte ich weiter im Internet. Diesmal nahm ich mir die englischen Seiten vor und hatte bald herausgefunden, dass es früher einmal eine Gesellschaft gegeben hatte, die im Orient eine Handelsniederlassung mit Namen Horus betrieb. Hatte es etwas mit Robert zu tun?

Ich fand, die Angelegenheit schweifte immer weiter vom Ursprung ab. Was sollte ein Achtzehnjähriger mit einer Firma im Orient zu tun haben?

Ich hatte den Eindruck, es mit zwei unterschiedlichen Fällen zu tun zu haben. Vielleicht waren wir nur per Zufall auf etwas gestoßen, was einige Leute nervös machte und im Grunde nichts mit Roberts Verschwinden zu tun hatte. Eine Stunde grübelte, recherchierte und überlegte ich, bis endlich meine beiden Begleiter eintrafen.

Inzwischen hatte ich auch meine Mails gelesen. Man hatte eine Leiche entdeckt, informierte mich Weber, und vermutete, dass es sich um die Person handelte, die für meinen Krankenhausaufenthalt verantwortlich war. Der Mann war mit einer Kugel getötet worden. Das Blut stimmte mit dem überein, das man am Unfallort gesichtet hatte. Ich stand zwar nicht direkt unter Verdacht, aber man wünschte, mich in Deutschland zu sprechen.

Ich antwortete Weber per Mail: *Wir kommen schnellstmöglich zurück und melden uns, sobald wir wieder zu Hause eingetroffen sind.*

Ich wunderte mich, dass man immer noch von einem Unfall sprach, ich selbst tat es nicht mehr. Ich speicherte auch diese Mail unter der Rubrik „Robert", als mir noch etwas auffiel: Die Ziffern der Hausnummer 533. Die Schlussziffern in Kairo lauteten ebenfalls 533. War ich die Sache falsch angegangen? War nicht die Adresse in Kairo gemeint, sondern in London? Gab es hier ein Haus mit der Nummer 97533?

Ich erläuterte meine Gedanken Henry und Lucas, die es sich nun in unserem Zimmer bequem gemacht hatten. Henry bestellte gerade etwas zu essen, als ich von dieser Idee erzählte.

„Ich glaube nicht, dass es hier eine so hohe Hausnummer gibt", gab Lucas zu bedenken, „aber wir könnten es nochmals versuchen. Ihr beide solltet morgen früh zurückfliegen. Ich bleibe hier und warte, bis Mylord und Mylady zurückkommen."

Ich hob erstaunt den Kopf. „Sie sind weg?" Henry nickte. „Sofort nachdem du das Grundstück verlassen hattest, fuhr der Rolls Royce vor, und Mylady stieg ein. Es war leider kein Taxi in der Nähe, und wir hatten kein Auto dabei, daher konnten wir nicht hinterher. Aber das war auch nicht nötig. Wir warteten einfach ab, und kurze Zeit später kam besagter Rolls zurück, diesmal mit Mylord. Er stieg aus, verschwand für ungefähr eine Viertelstunde im Haus, kam dann mit einem großen Aktenkoffer in der Hand und dem Butler im Schlepptau wieder heraus. Sie setzten sich beide in die Nobelkarosse und fuhren los. Sie wirkten nervös und aufgescheucht. Wir haben in ein Wespennest gestochen. Wir irritieren sie nun, indem wir zurückfliegen, aber von Lucas wissen und ahnen sie nichts. Er bleibt hier und beobachtet weiter." Dann fiel Henry noch etwas ein. „Hat man uns per Mail ein Foto der Leiche geschickt, die für deinen Unfall verantwortlich sein soll?"

Er öffnete die Zimmertür, der Kellner brachte die bestellten Sachen, während sich Lucas für kurze Zeit ins Bad verdrückte.

„Nein, nur die Kurzinfo, dass man mich sprechen will. Sie sind sowieso nicht gerade glücklich, dass ich einfach verschwunden bin."

„Hat die Leiche einen Namen?" Lucas war wieder aus dem Bad hervorgetreten, nachdem der Kellner die Tür hinter sich geschlossen hatte. Ich zuckte mit den Schultern.

„Weiß ich nicht, Weber hat davon nichts geschrieben."

„Und wenn", erklärte Henry ungerührt, „werden sie es uns nicht sagen, zumindest vorerst noch nicht."

Henry ließ einen Flug buchen, es passte mir zwar nicht, aber im Augenblick sah ich keine Möglichkeit, mehr zu erreichen, da ich Mylady zu sehr aufgeschreckt hatte. Sie tauchte im Stadtpalast nicht wieder auf, ebenso wenig wie Mylord. Lucas machte sich keine Gedanken. „Ich finde schon heraus, wo sie nun stecken. Fliegt ihr zurück, ich kümmere mich um alles andere."

Vierundzwanzig Stunden später saßen wir wieder zu Hause bei unseren Töchtern und mussten uns anhören, was sich in der Zwischenzeit in Deutschland und Spanien ereignet hatte.

Kapitel 22

„Habt ihr es gerochen?“ wurden wir empfangen. „Eigentlich wollte ich euch noch nichts sagen.“

„Phyllis, was ist los?“

„Polidas hat es in Dénia geschafft, uns wegen Betruges anzuzeigen, und der Klage wurde stattgegeben!“

„Wie hat er das denn geschafft? Welcher Richter hat dem zugstimmt? Nimmt es denn gar kein Ende mit diesem Idioten“, entfuhr es mir wütend, wenig damenhaft, „wie lautet die Begründung?“

„Diebstahl geistigen Eigentums. Er behauptet, wir hätten seine Unterlagen gestohlen und als unsere ausgegeben.“

„Hat er seine Unterlagen bei Gericht eingereicht?“

Phyllis räkelte sich im Sessel und nickte. „Hat er!“

„Und? Haben wir schon Akteneinsicht?“ Diesmal schaute ich Sophia an.

„Beantragt. Wir warten auf die Unterlagen und den Bericht der Polizei und Staatsanwaltschaft.“ Sie wirkten keineswegs nervös. Meine Töchter, die Ruhe selbst, lächelten.

„Mutter, ganz ruhig, wir haben es wie immer gemacht.“

„Dann wird Polidas staunen“, nickte ich zur Bestätigung, „unternehmen wir etwas?“

Alle drei schüttelten den Kopf.

„Dann war er es, der den Computer bei uns geknackt hat.“ Es war eher eine Feststellung, keine Frage.

„Hat knacken lassen“, verbesserte Phyllis mich, „oder glaubst du an den wundersamen Anstieg seines IQs? Sollte er mittlerweile nicht mehr unterhalb des Gefrierpunktes liegen?“

Gut dass wir uns bereits vor Jahren ein System überlegten, um in allen Punkten Sicherheit bei solchen Aufträgen zu haben.

„Er hat die Unterlagen der Bentums doch nicht eingesehen oder einsehen können?“ Ich hegte noch leise Zweifel.

„Nein“, versicherte Sophia, „und wenn auch, das wird ihm nicht auffallen. Da muss schon ein Fachmann die Daten überprüfen. Ich glaube, sie kontrollieren nur die Seitenzahl und das Endergebnis. Sie werden nie vermuten, dass ausgerechnet auf eurem Server ..." Sie sprach es nicht aus, wir wussten, was sie meinte.

Ich schaute auf meine Armbanduhr, raffte mich mühselig auf, Weber erwartete mich.

„Ich bringe dich hin." Henry stand auf. Wie nicht anders zu erwarten, begleitete er mich.

„Erkennen Sie den Mann?" Weber hielt mir ein Foto vor die Nase. Der Tote, ein schwarzhaariger, dunkler Typ, circa fünfzig Jahre alt, lag bis zum Hals mit einem Tuch abgedeckt und mit geschlossenen Augen auf dem Obduktionstisch.

Ich schüttelte den Kopf.

„Nein, ich glaube, ich habe ihn noch nie gesehen, zumindest nicht bewusst. Vielleicht hat er mich oder uns beobachtet oder verfolgt, vielleicht war er es, der versuchte, uns auf dem Heimweg nach Deutschland von der Straße zu drängen."

„Sind Sie sicher", knurrte Henry, „dass es der Mann ist, der versucht hat, meine Frau anzufahren oder gar zu töten?"

Weber sagte nichts. Nedel, der wie immer nur dabei saß, und er blickten sich an. Dieses Schweigen irritierte mich. Da war noch mehr, irgendetwas.

„Reden Sie", meinte ich weniger diplomatisch, „da ist noch etwas. Was verschweigen Sie uns?"

Noch keine Antwort.

„Es sind nicht nur die Blutspuren, die übereinstimmen, stimmt's?" Henry wurde ungeduldig, blieb aber ruhig. „Ich finde, wir haben ein Recht, es zu erfahren!" Er wurde noch leiser, was für mich bedeutete: Er kochte innerlich.

Endlich erhob sich Nedel und holte die Akte. Langsam und bedächtig öffnete er den Aktendeckel. Ich war bereits so weit, aufzuspringen und ihm alles zu entreißen. Er holte einen in Folie gepackten Zettel hervor und reichte ihn mir. Vorsichtig nahm ich die Hülle in die Hand und las meinen Namen, unsere Adresse und die Autokennzeichen all unserer Fahrzeuge.

Es ließ sich nicht abstreiten: Der Tote war auf uns angesetzt worden.

Zu Hause ließ ich mich in meinen Sessel fallen. Phyllis schaltete wortlos die Kaffeemaschine ein und stellte keine Fragen. Sie wusste, ich würde reden. Da Marcus das Wohnzimmer bereits nach Wanzen und anderen Überwachungsgeräten abgesucht hatte, brauchten wir nicht in den Garten zu gehen.

„Ich glaube, wir kämpfen mittlerweile an drei Fronten“, überlegte ich laut. „Polidas ist noch hinzugekommen, allerdings steht er auf meiner imaginären Liste auf Platz drei.“ Ich nahm einen Schluck Kaffee und überlegte.

„Was ist mit dem Toten? Kennst du ihn?“

„Nein, nie gesehen, aber er hatte unsere Adresse nebst Namen dabei.“

Waren wir schon so abgestumpft, dass wir nicht weiter darauf reagierten?

„Wo sind Sophia und Johanna?“

„Sie hat Johanna zu Anna gebracht. Sie selbst ist zurück nach Dénia, um sich mit der Anzeige Polidas’ auseinanderzusetzten. Wir fanden, Johanna sollte vorläufig bei Anna bleiben, da wir auch zurück müssen.“

„Ich werde meine Mails kontrollieren, vielleicht hat Lucas Neuigkeiten.“

Ich fuhr meinen Rechner hoch. Zwei ungelesene Mails erschienen in der Anzeige.

Phyllis trat hinter meinen Stuhl, um sie ebenfalls zu lesen. „Hast du wieder eine neue E-Mail-Adresse?“

„Ja, Lucas und ich fanden es besser. Man hat bereits den Server angezapft und sicherlich auch die alten Mail-Adressen. Diese kennt nur Lucas, er muss die drei Nachrichten geschrieben haben.“

Aber dem war nicht so. Lediglich eine trug Lucas’ Absender, die anderen beiden waren mir unbekannt. Ich zögerte, sie zu öffnen. Phyllis merkte es und nahm mir die Entscheidung ab.

Lucas berichtete von dem Aufenthalt der Hayward-Nickerson in ihrem Landsitz Summerhill, das eher einer Festung glich. Er hatte noch keine Möglichkeit gehabt, mit ihnen zu sprechen. Auf Summerhill seien aber kurz hintereinander mehrere Personen eingetroffen. Lucas vermutete, dass es sich um eine Lagebesprechung handeln müsse. *Du hast sie anscheinend aufgescheucht*, schrieb er weiter, *es schien sie sehr zu irritieren, dass du sie gefunden hast!*

Die nächste Mail versetzte mich in sehr großes Erstaunen:

Hallo geliebte Schwester,

ich bitte Dich, nicht weiter nach mir in London zu suchen. Komm zurück nach Altea, dort sollten wir uns treffen. Ich erkläre Dir dann alles.

Dein Bruder

Phyllis erbleichte und schaute mich entsetzt an. „Er lebt?“

„Oh nein, da will mich einer verarschen“, kam es mir über die Lippen, „jemand, der sich in Spanien nicht auskennt, Altea mit Dénia verwechselt und der keine Ahnung von unseren damaligen Familienverhältnissen hat.“ Henry trat nun ebenfalls näher, um die Mail zu lesen.

„Allerding beunruhigt mich die Tatsache, dass es an diese Mailadresse gegangen ist, die ich erst kürzlich mit Lucas eingerichtet habe. Woher konnte man es wissen?“

Wir wurden beobachtet, sie ließen uns nicht aus den Augen und wussten, dass wir in London waren. Aber wer waren „sie“? Gleichungen mit drei Unbekannten waren mir zwar kein Gräuel, aber hier schienen immer mehr anonyme Faktoren ins Spiel zu kommen. Wenn ich meine Gegner kenne, habe ich keine Angst vor ihnen, wie bei Polidas. Ihn kann ich einschätzen. Ein Blick in seine Augen sagte mir, was ich von ihm zu halten hatte. Aber die unsichtbaren Gegner hasste ich.

„Vielleicht will Robert dich warnen!“ Phyllis konnte es nicht wissen, aber ich. Die Mail kam nicht von meinem verschwundenen Bruder, ich war mir hundertprozentig sicher.

Bislang hatte ich es nie jemandem gesagt. Anna hielt es immer noch für meine Idee, dass wir uns den „versehentlichen“ doppelten Punkt beim Datum als Erkennungszeichen mitschickten. Sie hielt es damals, als wir noch Kinder und Jugendliche waren, für ein Spiel. Nachher, wir waren älter, studierten bereits, behielten wir es bei.

Aber es war nicht meine Idee gewesen. Es war Roberts Einfall. Mit Robert hatte ich ein anderes Erkennungszeichen ausgemacht. Wenn der Brief bzw. die Mail von ihm gewesen wäre, hätte dort als Unterschrift gestanden: *Early Bird.* Er hätte unser Losungswort nie vergessen, genauso wie ich niemals vergessen würde, wie ich unterschreiben würde: *Little Jo.*

„Einen Penny für deine Gedanken, Jo“, holte mich Henry wieder in die Wirklichkeit zurück.

„Nein“, wiederholte ich energisch, „die Nachricht ist nicht von Robert.“ Ich scheute immer noch, meiner Familie zu erzählen, warum ich es ganz genau wusste. Aber ich schien so energisch gesprochen zu haben, dass man mir keine weiteren Fragen stellte. Sollte eine Mitteilung mit dem besagten Namen eintreffen, würde ich handeln. „Es ist eine Falle“, wiederholte ich, „aber wir müssen zurück nach Dénia, wegen Polidas. Vielleicht erreicht uns eine weitere Nachricht mit Einzelheiten, wenn man merkt, dass wir zurück sind.“

„Woher willst du es so genau wissen?“ drängte Henry. „Vielleicht irrst du dich!“

„Nein. Ich weiß es genau, er hat sie nicht geschrieben.“

„Was mir nur Kopfzerbrechen bereitet, ist die Tatsache, dass jemand die neue Mailadresse herausgefunden hat. Ich werde Lucas eine Nachricht schicken, wir dürfen sie nicht mehr benutzen.“

Ich hatte es bereits im Vorfeld mit ihm besprochen, auch wie die nächste Adresse lauten sollte. Dennoch war mir immer noch nicht wohl bei dem Gedanken, wer alles Zugang zu unseren internen Daten haben könnte.

Henry buchte unseren Rückflug nach Spanien. Der erste Prozesstag war schon in drei Tagen.

„Willst du es dir nochmals überlegen und ...“, unternahm meine Tochter einen weiteren Versuch.

Ich unterbrach sie: „Nein!“

Wenn sie wüssten, was ich weiß, würden sie nicht drängeln. In Dénia würde ich abwarten, noch nichts planen und erst einmal mit Lopez sprechen, von dem ich lange nichts gehört hatte.

„Willst du uns nicht an deinen Überlegungen teilhaben lassen?“ Henry druckte inzwischen die Bestätigung und auch die Bordkarten aus. „Irgendetwas lässt dir doch keine Ruhe.“

Ich schüttelte nur den Kopf. „Vielleicht später.“ Damit musste er sich wohl oder übel zufriedengeben.

„Wann kommst du nach?“ Phyllis würde ebenfalls gebraucht, auch sie hatte eine Vorladung erhalten.

„Samstag“, sagte sie. „Ich werde erst Montag vernommen. Dann lassen wir die Katze aus dem Sack.“ Ihr verächtliches Lächeln ließ darauf schließen, dass sie Polidas vor Augen hatte. „Eigentlich werden die Bentum Brüder nicht benötigt, aber was soll's“, sie zuckte mit den Achseln. Vor Phyllis' Augen schien das Theaterstück bereits zu spielen. In diesem Augenblick klingelte das Telefon.

„Polidas wird immer unverschämter“, begann Sophia ohne weitere Einleitung. Ich stellte auf Mithören, damit Phyllis und Henry auch im Bilde waren. „Er macht uns ein Angebot, haltet euch fest: Er will 500.000 Euro als Abfindung, dann zieht er sofort seine Klage, die er natürlich gewinnen würde, zurück. Ich habe es schriftlich vorliegen. Übrigens, in der Klageschrift fordert er drei Millionen Euro.“

„Er wird immer dreister“, stellte ich fest, „kann er die letzte Rate für seinen Porsche nicht bezahlen, oder warum bietet er uns nun einen außergerichtlichen Vergleich an?“

„Die Gläubiger sitzen ihm im Nacken“, vermutete Sophia, „der Prozess zieht sich hin, ich glaube, so lange kann er nicht warten.“

„Okay, dann sollten wir Plan B in Angriff nehmen, unsere Verzögerungstaktik!“

„Nein“, widersprachen mir meine beiden Töchter, „das wäre nicht gut, da die Bentums sonst vermuten könnten, wir hätten etwas zu verbergen. Ich fürchte, sie sind schon misstrauisch geworden, denn du weißt ja, wo Rauch ist, ist auch Feuer. Nein, wir werden pünktlich erscheinen und dafür sorgen, dass für Polidas der Schuss nach hinten losgeht.“

Da wir etwas wussten, was Polidas und auch sein Anwalt nicht einmal ahnten, konnten wir unsere Aussagen aufeinander abstimmen und bei Bedarf Unterlagen hervorzaubern, die die Verhandlung schnell beenden würden. Aber wie ich Phyllis und Sophia kannte, wollten sie es gar nicht, das schnelle Ende, sie wollten Polidas zappeln sehen. Beide wollten ihr Spiel spielen.

Da wir am nächsten Morgen früh zum Flughafen mussten, wollte ich mich hinlegen. Meine wenigen Sachen hatte ich schnell eingepackt. Müde stapfte ich die Treppe hoch, als sich meine Gedanken verselbständigten. Es war die Leiche des Mannes gefunden worden, der versucht hatte, mich zu töten. Meine Gegner wurden ausgeschaltet. Von wem, das war mir noch nicht klar. Konnte das Gleiche mit Polidas passieren? Hoffentlich nicht. Mit diesen Gedanken schlief ich ein.

Wir saßen mit einem gelangweilten Ausdruck im Gesicht vor dem Gerichtssaal. Polidas hatte zwei Stunden zuvor einen wirklich filmreifen Auftritt hingelegt. Vorweg laufend, drei Rechtsanwälte im Schlepptau, bekleidet mit einem Armani-Anzug in dezentem Grau und an den Füßen natürlich, wie konnte es anders sein, die Prada-Loafers. Er hielt einen dicken Ordner unter den Arm geklemmt (ich hoffte, er konnte auch lesen), und gab den Reportern ein kurzes Statement, die er persönlich zum Prozess geladen hatte. Sein Porsche Cayenne parkte im absoluten Halteverbot vor dem Gericht.

Die Richter in Spanien erhielten als Staatsbedienstete nicht gerade ein üppiges Gehalt, es wäre vielleicht taktisch klüger gewesen, sich etwas dezenter zu kleiden und das Gucci-Prada-Outfit wegzulassen.

Fand ich.

Siegessicher rauschte er an Henry, Phyllis und mir vorbei und würdigte uns keines Blickes. Fast hätte ich ihm ein Bein gestellt, konnte mich aber noch gerade zurückhalten, als ich Phyllis' Blick sah. Ahnte sie, woran ich dachte?

Ich konnte nicht anders, vom Damen WC aus rief ich die Polizei an und erzählte ihnen von dem nicht vorschriftsmäßig parkenden Porsche. Meine Augen schweiften, als ich wieder vor dem Gerichtssaal wartete, aus dem

Fenster. Normalerweise ging es schnell mit dem Abschleppen, und ich brauchte nicht einmal eine halbe Stunde darauf zu warten.

Meine Laune besserte sich.

Kurze Zeit später erschienen die Bentums, sie sollten noch vor uns ihre Aussage machen. Ich merkte sofort, dass sie uns verhalten grüßten, unsicher, was sie von dieser Sache halten sollten. Meine Stimmung sank. Dieser Prozess war geschäftsschädigend für uns. Die Reporter versuchten, uns ebenfalls zu einer Stellungnahme zu bewegen, die wir aber kategorisch ablehnten. Nun saßen sie alle im Saal und verfolgten die Verhandlung. Zuvor gab ihnen Polidas eine Zusammenfassung, in der er auch erwähnte, dass wir durch Betrug den Auftrag ergattert hatten, der eigentlich ihm zustand.

Bentum der Ältere, also Felipe, wurde in den Saal gerufen. Aber was konnte er schon aussagen? Sicherlich, er erhielt von uns Unterlagen, Pläne und auch eine Kostenschätzung. Aber waren die Sachen auch wirklich von uns? Oder hatten wir sie gestohlen? Das konnte Felipe natürlich, ebenso wie sein jüngerer Bruder Stephano, nicht beantworten.

Sophia hielt sich zurück. Sie ließ die anderen reden und Beweise vorlegen.

Ich wurde vernommen, gab aber auch nur das Offensichtliche zu. „Ja, sieht fast so aus, als wären es unsere Unterlagen.“ Ich hielt mich vage.

Polidas erläuterte großspurig und arrogant dem Gericht, indem er die gleichen Unterlagen vorlegte, dass es die seinen wären. Phyllis bestätigte die Aussage der beiden Bentums: „Es sieht so aus, als seien es die Dokumente, aber so sicher bin ich mir nicht.“ Der Richter stutzte.

„Warum können Sie das nicht bestätigen? Gibt es Unklarheiten?“

„Dazu müsste ich die Daten und Zahlen kontrollieren“, erläuterte Phyllis. „Ich habe hier die Pläne und Kostenberechnungen mitgebracht, die wir definitiv den Bauherren übergeben haben, also den Bentums.“

Nun fing das Spektakel an. Das konnten sie, sie waren ein eingespieltes Team, immer schon.

„Dr. Behring“, fing Sophia an, „erläutern Sie bitte, welche Ungereimtheiten es gibt!“

„Gerne, Dr. Behring“, antwortete Phyllis mit einem kaum merklichen Schmunzeln im Gesicht, „mit wenigen Worten gesagt: Die Zahlen stimmen nicht.“

Ein Raunen ging durch die Zuschauermenge. Die Fotografen schossen Fotos von meinen Töchtern und von Polidas, der nervös auf seinem Stuhl saß. Aufgebracht wollte er aufspringen, sein Anwalt hielt ihn zurück, gebot ihm, Ruhe zu bewahren und die Frage des Richters abzuwarten, die auch postwendend kam: „Erläutern Sie bitte, Dr. Behring, was Sie damit meinen."

„Gerne, Euer Ehren." Wieder recht theatralisch, wie ich fand, erhob sie sich, während sie zeitgleich der Form halber fragte: „Darf ich?" die Antwort nicht abwartete, sondern zum Richtertisch schritt. Sophia, ebenfalls die gelangweilte Ruhe selbst, begleitete sie, hielt sich aber im Hintergrund.

Phyllis griff nach den Unterlagen des Richters, blätterte zielstrebig bis zur Seite 21, deutete auf eine Zahlenkolonne, blickte den Richter an und erläuterte: „Ziehen Sie bitte die Summen zusammen, das Ergebnis stimmt nicht. Und hier auf Seite 45", wieder ein unbeirrtes Blättern, „dort erkennt jeder Fachmann", nun blickte sie vom Richter zu Polidas, „dass die Berechnung der Statik nicht stimmt. Erkennbar ist, fast mit dem bloßen Auge, ein gravierender Fehler, den noch nicht einmal Studenten im ersten Semester begehen." Sie ließ die Worte wirken, Tumult in den Zuschauerbänken war die unmittelbare Folge. Fast tat mir Polidas leid.

Der vorsitzende Richter forderte Ruhe ein und wirkte nun höchst neugierig. Die Langeweile wich aus seinem Gesicht.

„Wie darf ich das verstehen?"

„Die Dokumente, die Sie vorliegen haben, besser gesagt, die man Ihnen vorgelegt hat, sind nicht die Unterlagen, die die Bentums von uns erhalten haben. Das hier", Phyllis ergriff einen kleinen Ordner und übergab ihn fast feierlich dem Richter, „das sind die Berechnungen, die die Herren Bentum von uns erhalten haben."

„Das ist gelogen, das ist nicht wahr", Polidas sprang nun, ungeachtet der Einwände seines Anwalts, auf. „Diese Unterlagen", wieder deutete er auf den anderen Stapel, „sind die richtigen."

Ich wartete darauf, dass er sich verplapperte, doch ehe es passierte, hielt ihm sein Anwalt beinahe den Mund zu und zerrte ihn auf seinen Stuhl zurück. Nicht mehr lange, und er würde sich wünschen, heute Morgen nicht aufgestanden zu sein.

„Euer Ehren", begann Sophia, „wir haben von uns aus einen Statiker eingeladen, der außerdem noch als Prüfstatiker für die oberste Baubehörde tätig ist, er kann Ihnen erläutern und auch bestätigen, was es mit Berechnungen auf sich hat."

Nachdem der Richter seine Zustimmung gegeben hatte, ließ Sophia den besagten Prüfstatiker, Zeniger, in den Zeugenstand rufen.

Nachdem er Namen, Beruf, Titel und Funktion bei den Baubehörden angegeben hatte, warf er einen Blick auf besagte Berechnungen, lachte laut auf und informierte die Anwesenden: „Wenn das Objekt so gebaut worden wäre, wäre es fast von selbst zusammengebrochen, noch bevor es fertig gewesen wäre.“ Er schüttelte den Kopf. „Nein, das hier ist eine Fälschung und noch dazu eine furchtbar schlechte.“

Ein Raunen in der Zuschauermenge.

Ein entsetztes Erbleichen Polidas.

Die dunkle Seite in mir frohlockte.

Die dunkle Seite in mir triumphierte.

Natürlich nur innerlich.

Der Schuss ging für Polidas nach hinten los.

„Also sind es keine korrekten Berechnungen? Also sind es Fälschungen?“

„So würde ich das nicht nennen“, erläuterte meine älteste Tochter dem immer noch erstaunt blickenden Richter, „es sind unsere Sachen, die Unterlagen, die uns gestohlen wurden, Berechnungen, die wir extra für den Fall eines Diebstahls manipuliert haben.“

Phyllis zückte ihr Netbook, hielt es hoch, suchte den Blickkontakt zum Richter, der sie ohne Worte verstand und zu sich winkte.

Sie fuhr den Minicomputer hoch und öffnete die entsprechende Datei.

„Sie sehen hier, Euer Ehren“, sie deutete auf eine Stelle des Bildschirms, „die manipulierte Fassung und daneben die korrekten Berechnungen, alles gespeichert auf einem Computer, der nie mit dem Internet verbunden wird, um einem Datenklau vorzubeugen.“

Polidas Anwalt sprintete zum Richter, riss beinahe das Netbook vom Tisch, um ebenfalls hineinzuschauen. Phyllis befürchtete, dass er es hinunterwerfen könnte und rammte ihm dezent ihren Ellbogen in die Magengegend, allerdings so gekonnt, dass niemand es, außer sie und der Rechtsanwalt, bemerkten. Er stockte, sog tief Luft ein, hielt danach aber Abstand. Für ihn hieß es: unter Schmerzen denken. Er musste seine Gehirnzellen ankurbeln. Polidas, der sich in der kurzen Zeit nicht rührte, hatte nun endlich begriffen, was Phyllis gesagt hatte. Auch er sprang bleich und nervös vor. Die Einzigen, die ruhig blieben, waren meine Töchter.

„Nein, das kann nicht sein!“ Er riss die Mappe an sich, blätterte hastig um, „es sind die Richtigen. Das sind meine Unterlagen, die mir von euch gestohlen wurden“, japste er, „dadurch ging mir der Auftrag verloren. Ich konnte sie nicht mit zur Verhandlung bringen, da sie mir vorher geklaut wurden!“

„Ich sehe hier auf dem Monitor des Netbooks von Dr. Behring aber beide Versionen“, deutete der Richter an, „die Angelegenheit ist für mich eindeutig.“

Sophia unterbrach die Rede: „Lassen wir doch einfach Señor Polidas die Daten erläutern. Meine Schwester sollte besser in der Zwischenzeit vor dem Saal warten und anschließend ihre Version unterbreiten.“

„Das ist eine ausgezeichnete Idee“, stimmte der Richter zu, „dann sind alle Zweifel sicherlich ausgelöscht.“ Er blickte zu den Bentum Brüdern. „Sind Sie damit einverstanden? Sie haben dann die Möglichkeit, mir zu berichten, welche Version Sie gehört haben.“

Klasse, dachte ich, etwas Besseres konnte uns nicht passieren. Polidas Untergang nahte. Schnell wurde erkennbar, dass er keine Ahnung hatte, er versuchte es zu kompensieren, indem er Ausflüchte suchte. Doch: Er hatte keine Ahnung.

Mittlerweile grinsten auch die Bentum Brüder.

Als Phyllis ihre Erläuterungen vortrug, erkannte man nach wenigen Worten, wer das Wissen hatte. Die Reporter und Zuschauer erkannten die Wahrheit. Ich drehte mich um, blickte in die Menge und schaute dann wieder nach vorne. Und wieder hatte ich den Eindruck, wie bereits Wochen zuvor, etwas zu sehen, zu erkennen, was ich nicht richtig zuordnen konnte. Schnell schaute ich wieder zurück: nichts. Irgendetwas hatte ich gesehen. Ich war mir sehr sicher. Ich grübelte darüber nach, versuchte es nochmals nachzuvollziehen. Wiederholte die Drehung des Kopfes. Mist, überlegte ich, ich erinnerte mich nicht, konnte die Gedanken nicht zuordnen. Ein Kribbeln ...

Fast überhörte ich, was vor mir gesagt wurde.

„Bitte sprechen Sie nicht weiter, ich verstehe die Fachausdrücke nicht, erkenne aber unschwer, wer hier die Wahrheit sagt!“

Die Klage wurde abgewiesen, Sophia gefragt, ob wir wegen Diebstahl und Verleumdung Anzeige erstatten wollten, was wir großzügig verneinten. Wir packten unsere Sachen zusammen und verließen die Stätte, die Polidas zur Qual geworden war.

Er wird uns sicherlich nicht noch einmal anklagen. Im Hinausgehen konnte ich es mir nicht verkneifen, als wir seinen Platz passierten, laut zu flüstern: „Gemeinsam sind wir unerträglich.“

Er schien es zu hören, denn er wandte seinen Kopf zu uns. Ich konnte nicht anders: „Wage es nicht noch einmal, in unsere Nähe zu kommen, und sollte ich dich noch einmal beim Diebstahl erwischen ...“ Ich verkniff mir nur eine optische Drohung, die mündliche gestaltete ich leise, aber artikuliert. Er konnte sie nicht überhören.

Henry zog mich von Polidas weg, und außerhalb der Hörweite aller anderen meinte ich zu meinem Mann: „Dem Kerl würde ich am liebsten die Fresse polieren ..."

„Josefine", entrüstete sich Henry, „nicht in diesem Ton! Es könnte doch jemand hören!" Dann etwas leiser: „Wenn du es machen willst, nenne mir Tag und Uhrzeit, ich komme mit!"

Nun grinsten wir beide. Vor dem Gericht zog ich Henry in das kleine Café gegenüber. Er schaute erstaunt, sagte aber nichts und meinte sicherlich, ich wollte Polidas beobachten, der immer noch nicht das Gebäude verlassen hatte.

„Ich muss dir was erzählen", begann ich, kaum dass wir an einem der kleinen Tische saßen, „ich hatte im Gericht wieder so ein merkwürdiges Gefühl, ein Déjà-vu-Erlebnis. Dieses Gefühl, als ich den Kopf drehte, nachdem das Getümmel mit den Reportern losging."

Henry nickte, er wusste, welche Zeitspanne ich meinte.

„Ich weiß nicht genau, ob man uns beobachtete oder ob ich etwas gesehen habe." Ich reckte meinen Hals, um die Tür und die Stufen im Auge zu behalten.

Nun teilte auch Henry meine Neugierde, wir beobachteten beide die gegenüberliegende Seite. In diesem Augenblick verließ Polidas niedergeschlagen das Gericht und suchte seinen Porsche Cayenne. Kurz hinter ihm verließ aber noch eine männliche Person das Gebäude. Wir saßen zu weit entfernt, um das Gesicht zu erkennen. Der Mann, bekleidet mit Jeans und Jackett, Bart und dunkler Sonnenbrille, blieb einen Augenblick stehen, schaute sich um und schlenderte dann langsam in die Nähe unseres fiesen Gegners. Ich stieß Henry an, er hatte es bereits bemerkt.

„Er wird beobachtet oder verfolgt." Ich senkte die Stimme, da ich nicht wusste, wer zuhörte. Es wurde spannend, daher griff ich zu meinem Handy, schaltete es wieder ein, hielt es in Richtung der beiden Männer und drehte einen Kurzfilm. Zu Hause, auf dem Laptop, konnten wir es uns genauer anschauen, bearbeiten und auf diese Art und Weise vielleicht das Gesicht erkennen. Irgendetwas an den Bewegungen kam mir bekannt vor.

Lucas? Er müsste sich noch in London aufhalten, obwohl man nie sicher sein konnte. Nein, ich zögerte. „Lucas?" Ich flüsterte den Namen, aber Henry schüttelte den Kopf.

Henry warf einige Geldstücke auf den Tisch. „Komm!" Wir beeilten uns, dem Fremden, in einem sicheren Abstand, nachzulaufen. Der verfolgte Polidas, wir verfolgten Mr. Noname.

Was hatte er vor und warum?

„Er kommt mir irgendwie bekannt vor. Den kenne ich", japste ich, während ich hinter Henry herrannte, der versuchte die anderen beiden einzuholen.

Abrupt blieb er stehen, streckte den Arm aus und drückte mich an die Hauswand. Polidas und der Fremde waren stehen geblieben und sprachen miteinander.

Kannten sie sich?

Es sah nicht so aus, sondern eher danach, dass der Fremde Polidas angesprochen hatte.

Was hätte ich dafür gegeben, zuzuhören, aber wir waren zu weit entfernt. Die Unterredung dauerte auch nicht lange, innerhalb einer Minute wandte sich Mr. Noname um und ging in die entgegengesetzte Richtung.

Ohne uns abzusprechen, es schien Gedankenübertragung zu sein, folgten wir nicht Polidas. Der Fremde stieg in einen schwarzen Hummer, die Autonummer notierte ich mir sofort, aber das Zeichen an der Heckscheibe signalisierte, es war ein Mietwagen. Dass dort der richtige Name und die korrekte Adresse angegeben worden waren, wagte ich zu bezweifeln.

Was hatte das alles mit uns zu tun?

Wahrscheinlich gar nichts.

Oder doch sehr viel.

Uns blieb nichts anderes übrig, als nach Hause zu fahren.

Dort saßen nicht nur unsere Töchter, sondern auch die beiden Bentums. Ich hoffte, es erwarteten uns keine schlechten Nachrichten.

Stephano und Felipe erhoben sich sofort nach unserer Ankunft, beglückwünschten uns zu unserem Erfolg. „Was passiert nun mit Polidas?"

„Da er Anzeige gegen uns erstattet hatte, entzieht es sich unserem Einfluss. Ich glaube, er wird wegen Diebstahl und versuchten Betruges angeklagt."

Henry bot den beiden wieder Platz an und setzte sich ebenfalls.

„Wir haben keinen Augenblick daran geglaubt, dass Sie die Unterlagen gestohlen haben", erklärte Felipe, „die Show, die er damals abgezogen hatte, sprach für sich."

„Wir wollten Ihnen und auch Ihren Töchtern unser uneingeschränktes Vertrauen zusichern", diesmal sprach er zu Henry, „die drei Damen Ihrer Familie sind schon ein eingespieltes Team, das merkten wir sofort, kurz nachdem die Verhandlung anfing."

Henry nickte. „Das weiß ich, ich habe sie ja angelernt", deklarierte er, und bevor er daraus einen Vortrag ableitete, unterbrach ich: „Kaffee?"

Alle nickten, damit blieb uns eine weitere Anwandlung Don Henrys erspart. Sophia trug ein Tablett hinein und verteilte die Tassen.

„Wenn das so ist", begann Felipe, „können Sie sich natürlich auch zurückziehen und aus dem Hintergrund beobachten." Er spielte auf die Auftragsverhandlung an.

Stephano hingegen kam zum Geschäftlichen. „Wir wollten ein weiteres Objekt mit Ihnen durchsprechen, daher haben wir Ihre beiden Töchter um ein Gespräch gebeten."

„Das übernehmen Phyllis und Sophia", deutete Henry in Richtung der beiden, „die Doña und ich wollen uns mehr auf Reisen begeben." Ich stutzte, das war neu. Was bezweckte er?

Die Bentums nickten synchron.

„Was ist eigentlich mit Ihrer Terrasse passiert? Ist sie fertig? Oder gab es noch Verzögerungen?"

„Nein, keine Verzögerungen. Überzeugen Sie sich selbst." Ich stand auf, die Herren folgten mir. „Sie ist fertig. Im kommenden Sommer werden wir sie benutzen, aber es wird immer ein merkwürdiger Gedanke dabei sein: Hoffentlich laufen wir nicht über ein Grab." Ich schüttelte mich. „Wir werden, glaube ich, diese Terrasse nicht mehr ändern!"

„Konnte in Erfahrung gebracht werden, um wen es sich handelte, den man dort fand?"

„Ja, aber es gibt noch eine Menge Ungereimtheiten. Einige wichtige Details müssen noch geklärt werden, wenn es überhaupt möglich ist, nach all den Jahren."

„Hauptsache, es ist nicht Ihr Bruder. Glauben Sie, er lebt noch?"

Dieses Interesse an Robert irritierte mich. Ich zuckte mit den Schultern.

„Wollen Sie nichts gegen Polidas unternehmen?" Felipe schaute zu Sophia, die nickte und einige Blätter hochhielt.

„Ist schon geschehen, ich habe hier einen Schriftsatz vorbereitet. Der wird morgen eingereicht, und ich fahre zurück nach Dorsten, Johanna fehlt mir."

„Haben Sie vor, Polidas anzuzeigen oder zu verklagen?"

Sie stimmte Felipe zu. „Sehr richtig, das lassen wir nicht auf uns sitzen, wir ärgern zurück und machen ihm das Leben schwer. Für morgen früh ist ein Pressetermin anberaumt. Wir werden alle Fragen beantworten und auch Antworten geben, die nicht als Fragen gestellt wurden!"

Grinsten meine beiden Töchter?

Ich fürchtete, sie hatten vor, Polidas fertigzumachen: fix und fertig.

Polidas wird sich noch wünschen, uns nie kennengelernt zu haben.

Das Gespräch lag eine Stunde zurück, die Bentums hatten sich inzwischen verabschiedet, und ich kontrollierte die Mails. Wieder erreichte mich ein merkwürdiger Satz, natürlich ohne Absenderkennung: *Fahr nach Dorsten, such nicht weiter.*

Keine Unterschrift.

Wer konnte es geschickt haben? Warum sollten wir unbedingt nach Deutschland? Die Person meinte mich persönlich. Sollte nur ich verschwinden?

Immer mehr glaubte ich an zwei unterschiedliche Parteien, aber warum? Wenn es Robert wäre, würde er doch ...? Ja, was eigentlich? Mir einen Hinweis zukommen lassen?

Langsam aber sicher gestaltete sich eine Idee in meinem Hirn zu einem handfesten Gedanken. Was machten wir früher? Wir kletterten über Zäune, wir kletterten über das Rankengitter ins Haus, um nicht von Mutter erwischt zu werden, die, wie sie mir viel später erzählte, alles beobachtet hatte und stets hoffte, dass wir nicht stürzen oder hinfallen würden. So viel zu unseren geheimen Ausflügen. Ich musste mich auf die Vergangenheit konzentrieren. Vielleicht gelang es mir so, etwas mehr in Erfahrung zu bringen, vielleicht hatte ich etwas beobachtet, gesehen, was wichtig wäre. Die letzten Tage und Stunden wollte ich noch einmal überdenken, in denen Robert noch bei uns weilte. Das Wort „lebte“ wollte ich nicht benutzen, auch nicht in Gedanken, ich war noch nicht bereit, an seinen Tod zu glauben.

Ich versetzte mich in Roberts Lage und ging in Gedanken unsere Lieblingsplätze durch. Das waren die Garagen, die Phyllis sich umgebaut hatte, zumindest den oberen Teil.

Da konnte nichts sein. Dort wurde alles renoviert.

Das Badehäuschen am Pool?

Negativ, dachte ich, das Häuschen ist ebenfalls vor einigen Jahren umgebaut und vergrößert worden. Im Haus? Nein.

Sollte ein Hinweis nach den ganzen Arbeiten dort versteckt worden sein?

Negativ. Wenn, dann müsste es in den letzten Tagen oder Wochen passiert sein, denn bevor wir die Oliventerrasse umbauen wollten, gab es keinen Anlass dazu.

Ich war so tief in Gedanken versunken, dass ich nicht registrierte, wohin ich wanderte. Erstaunt stellte ich fest, dass ich am äußersten Rand unseres großen Grundstückes stand, dort, wo wir die Abkürzung über den Zaun nahmen, um zum Strand zu gelangen. Ich blickte direkt auf den Bootssteg weit unter mir. Der von uns benutzte Trampelpfad war noch vage zu erkennen. Ich kletterte wie damals über den Zaun und stieg vorsichtig die provisorische Treppe zum Bootssteg hinunter.

Sollte hier irgendwo ein Hinweis zu finden sein? Ich schaute zurück. Einige Steine der behelfsmäßigen Treppe, weiter oben, fast am Zaun, schienen ein geeigneter Platz für ein Versteck zu sein. Ich stieg wieder hoch und guckte mir die Sache näher an. Einer der schwereren Steine lag ideal. Ich bückte mich, schob die Brille zurecht und: richtig! Man konnte ihn bewegen. Ich hob ihn an und sah etwas darunter liegen. Mein Standpunkt erwies sich als wackelig, so am Hang, aber es gelang mir, einen kleinen Gegenstand hervorzuziehen. Noch bevor ich ihn mir genauer ansehen konnte, läutete mein Handy. Ich griff in die Hosentasche und sah, dass Phyllis versuchte, mich zu erreichen: „Hallo Tochter! Brauchst du mich?"

„Wo steckst du, wir suchen dich! Du bist vor fast einer Stunde spurlos verschwunden", tadelte mich meine Älteste.

„Ich musste nachdenken. Ich bin etwas spazieren gegangen und befinde mich an der provisorischen Treppe, die zum Strand hinunterführt, du weißt doch, über die ihr immer klammheimlich zum Strand gepirscht seid, obwohl ich es euch verboten hatte!"

Schweigen.

„Woher weißt du denn ..."

„Ich habe die Abkürzung früher auch immer genommen und Robert ebenfalls. Da ich Sophia und dich nie für blöd gehalten habe, beobachtete ich, wie ihr auch dort lang gingt."

„Hmm", entfleuchte es Phyllis' Lippen, „vor dir kann man auch nichts geheim halten. Du kriegst immer alles mit. Aber warum ich dich suche: Inspektor Lopez ist hier und möchte mit uns allen sprechen", und dann leiser, aber leicht triumphierend „alles bekommst du also doch nicht mit!"

Ich lächelte. Es war purer Zufall, dass ich es damals bemerkte, dass meine Töchter auch über den Zaun kletterten und nicht den Umweg durch das Törchen nahmen. Was sollte ich machen? Ich ging zurück und dachte an meine Kindheit.

Damals fand ich es blöd, dass Mutter es nicht wollte, dass sie es gefährlich fand, dort zu klettern. Wieder schwirrten meine Gedanken in der Vergangenheit herum. Das muss aufhören, sagte ich mir.

Was wollte Lopez? Gab es Neuigkeiten? Hoffentlich dauerte es nicht zu lange, denn ich wollte noch zu Felicitas, die wieder zu Hause war.

Lopez erhob sich, als ich das Wohnzimmer betrat, und begrüßte mich.

„Doña Josefine“, begann er freundlich, „schön, dass Sie wieder hier sind, wenn auch unter merkwürdigen Umständen.“ Er meinte sicherlich den Prozess, fuhr dann fort: „Wir werden Polidas im Auge behalten, denn wir gehen alle davon aus, dass er Sie bestohlen hat. Er ist pleite, wie wir in Erfahrung bringen konnten. Aber da erzähle ich Ihnen nichts Neues. Er hat Kontakt zu einigen merkwürdigen Organisationen“, das letzte Wort betonte er, „wir hatten einige Personen schon seit längerer Zeit im Visier unserer Beobachtungen und erkannten dann, dass auch Polidas im Spiel war.“

„Wen meinen Sie mit Organisation“, wollte Henry genauer wissen, „und seit wann spielt Polidas in der Liga mit?“

„Ich kann und darf Ihnen noch keine weiteren Informationen zukommen lassen, denn wir stecken inmitten unserer Ermittlungen, aber alles deutet darauf hin, dass man ihn angeworben hat, um gegen Sie zu intervenieren.“

„Gegen uns?“ Phyllis sprang auf. „Warum gegen uns? Und wer steckt dahinter? Sind es Spanier oder Deutsche? Was wollen sie?“

„Wir sind noch nicht ganz dahintergestiegen, unsere Ermittlungen sind eigentlich erst am Anfang. Wir erhielten einen anonymen Hinweis und konnten dann in die richtige Richtung ermitteln. Aber wir entdeckten bereits einiges, und das Verschwinden Ihres Bruders, Doña Josefine, scheint auch damit im Zusammenhang zu stehen, obwohl es schon so lange her ist.“

Ich starrte ihn mit offenem Mund an. „Robert und Polidas? Robert verschwand, da war Polidas gerade geboren!“

„Das ist richtig“, bestätigte Lopez, „trotzdem ist es komplexer, als ich zuerst annahm. Daher muss ich Sie bitten, wegen Ihrer eigenen Sicherheit äußerst vorsichtig zu sein und am besten wieder nach Deutschland zurückzukehren.“

Ich schüttelte den Kopf. „Das bringt auch nichts, dort versucht man mich ebenfalls aus dem Weg zu räumen. Dort sind auch die Daten vom Server gestohlen worden, die, von denen Polidas behauptete, es wären seine.“ Ich zögerte. „Jeder will uns unbedingt nach Deutschland verbannen! Jeder anonyme Zettel, jede unbekannte Mail sagt immer wieder, wir sollen nach Dorsten zurückkehren. Warum?“

„Fast glaube ich, wir sollten hierbleiben“, knurrte Henry, der es überhaupt nicht mochte, wenn man versuchte, ihn zu manipulieren. Er roch es förmlich.

„Bleiben Sie hier“, unterbrach Lopez unsere Überlegungen, „wir können Sie hier vielleicht auch nicht besser beschützen als die Kollegen in Deutschland, aber ich finde, alles fing hier an, hier ist Ihr Bruder aufgetaucht und verschwunden, es muss mit Dénia zusammenhängen.“

Kaum verabschiedete sich Lopez, meldete sich ein weiterer Besucher: Christian. Wir hatten uns nur kurz im Büro begrüßt und ihn für weitere, genauere Erklärungen auf den Nachmittag vertröstet.

Ich fand immer noch keine Gelegenheit, meinen Fund zu begutachten. Die Hektik im Wohnzimmer, die vielen Personen, ließen mich nicht zur Ruhe kommen.

Christan hörte gespannt zu und unterbrach unsere gemeinsame Berichterstattung nicht. Vom spektakulären Auftritt unserer Töchter vor Gericht hatte er bereits gehört, es hatte sich schnell herumgesprochen. Morgen würde ein großer Artikel in der Presse stehen.

Polidas, gebrandmarkt, konnte nur noch aus Dénia verschwinden und an einem Ort untertauchen, wo man ihn nicht kannte.

„Aber warum?" Christian verstand es genauso wenig wie wir.

„Ich denke, er wurde von unseren Gegnern angeworben, wer immer sie auch sein mögen. Ich verstehe es selbst nicht. Noch entbehrt es jeglicher Logik."

„Wir werden morgen die Klage nicht einreichen", ergänzte Sophia unser Nachdenken, „in Absprache mit Lopez werden wir es im Augenblick auf sich beruhen lassen, in der Hoffnung, sie können bei der Überwachung Polidas herausfinden, wer die Hintermänner sind. Wenn wir Klage einreichen, wird es zu unsicher, und sie lassen Polidas fallen."

Sie legte das Schriftstück auf meinen Schreibtisch. Ich teilte ihre Meinung, auch Phyllis, Henry und Christian nickten.

„Ich fliege morgen zurück", informierte uns Sophia, „ihr werdet hierbleiben und alles Weitere beobachten. Wenn ihr mich braucht, bin ich schnell zurück."

Sie sprach die letzten Worte noch, als Maria ins Wohnzimmer stürmte. Entgegen ihrer sonstigen Gepflogenheit klopfte sie nicht an, sondern rief sofort aufgeregt und laut: „Der Fernseher! Macht schnell den Fernseher an!"

Es verschlug uns allen die Sprache.

Ein Interview mit Polidas.

Er wagte es tatsächlich, die Lügen nun sogar schon im Fernsehen über uns zu verbreiten. Er beharrte immer noch auf seiner Version der Dinge: Wir hätten die Unterlagen entwendet. Die Wahrheit käme bald ans Tageslicht!

Diese bodenlose Unverfrorenheit. Kapierte er nicht? Verstand er nichts? Er war es sicherlich nicht, der die Daten in Deutschland von unserem Rechner gestohlen hatte. Glaubte er immer noch, die Sache würde sich zu seinen Gunsten aufklären? Man konnte nur noch den Kopf schütteln. Warum aber, dachte ich, hatte man uns nicht um eine Stellungnahme gebeten? Das wäre doch üblich gewesen! Die Diskussion ging noch eine Weile weiter, bis sich der Besuch verabschiedete.

Endlich.

Wir waren allein.

Fast fünf Minuten saß ich in meinem Sessel. Erst einmal musste ich alle Ereignisse Revue passieren lassen, die sich heute ereignet hatten. Ein hektischer Tag ging zu Ende. Leider hatte ich es nicht geschafft, Felicitas zu besuchen. Erst jetzt fand ich Zeit, den Gegenstand, den ich unter dem Stein entdeckt hatte, zu betrachten. Ich wickelte ihn aus.

Ein Zettel?

Wasserdicht verpackt?

Ich entfernte vorsichtig die Plastikfolie, und ein kleines Blechdöschen kam zum Vorschein. Ich merkte, dass ich den Fund nicht bei meiner Familie erwähnt hatte.

War es Misstrauen?

War es eine Vorsichtsmaßnahme?

Eher Letzteres.

Oder befürchtete ich, man könnte uns wieder abhören? Immerhin stand das Haus einige Zeit leer. Nur Maria und ihr Mann bewohnten es. Es wäre ein Leichtes, wieder Abhörgeräte zu installieren.

Nein, dachte ich, das war es nicht. Ich wollte alleine sein, erst einmal überprüfen, was ich gefunden hatte.

Ich versuchte, das Blechdöschen zu öffnen, ohne es zu beschädigen. Dazu brauchte ich ein Messer. In der Küche wurde ich fündig. Endlich, mit der scharfen Klinge gelang es mir, die Dose zu öffnen. Ich hielt einen in Folie verpackten Gegenstand in der Hand. Nein, es schien ein Blatt Papier zu sein. Klein zusammengefaltet. Wer mochte es so sorgfältig verpackt haben?

Vorsichtig faltete ich es auseinander. Es lag sicherlich schon länger da, schien aber noch gut erhalten.

Nun erkannte ich etwas. Striche! Oder etwas Gemaltes?

Nein, eine Zahl, in arabischen Ziffern.

Eine Jahreszahl, nahm ich an, ١٩٩٨ – 1998.

Tatsächlich: ein Brief oder eine Mitteilung? Lag es tatsächlich schon über zehn Jahre dort?

Ich hielt das Blatt direkt unter die helle Lampe, um besser lesen zu können. Es stand nicht allzu viel dort, aber es reichte. Das was ich gelesen hatte, war unvorstellbar. Ich rechnete, ich überlegte, ich dachte nach.

Was sollte ich machen?

Ich konnte niemandem etwas davon sagen. Ich war heilfroh, dass ich den Fund nicht erwähnt hatte. Ich war nervös. Ich musste Ruhe bewahren. Aber wie?

Was ich nun wusste, durfte ich keinesfalls irgendjemandem sagen.

Kapitel 23

In der Nacht lag ich lange wach und schlief schlecht, daher kam ich unausgeruht und sehr nachdenklich zum Frühstück. Die Hektik bei Tisch war groß, Sophia sollte von Phyllis zum Flughafen gebracht und Sachen mussten gepackt werden, kurz: Es herrschte Chaos, deshalb fiel niemandem mein Schweigen auf. Ich wartete ab, bis ich mich alleine im Wohnzimmer befand, ehe ich zum Telefonhörer griff, ihn aber dann sofort wieder weglegte. Nein, so ging es nicht, sagte ich mir.

„Ich fahre einkaufen“, rief ich, ohne jemand bestimmten anzusprechen. Henry rief mir etwas nach, ich reagierte nicht darauf, sondern beeilte mich, schnell in die Stadt zu kommen.

Zehn Minuten später erreichte ich eine der wenigen öffentlichen Telefonzellen, die noch einsatzbereit waren, warf einige Münzen ein und wählte.

Hatte ich die richtigen Schlussfolgerungen gezogen?

Es läutete viermal, ehe am anderen Ende der Hörer abgenommen wurde.

„Hallo?“ Mehr nicht.

„Hallo?“ Ich lauschte, erhielt aber keine Antwort. „Lost?“

Die Frage wurde auch nicht beantwortet, aber am anderen Ende legte man wenigstens nicht auf, was ich aber nun tat. Ich wählte nochmals, ließ es dreimal klingeln, legte wieder auf und wiederholte das Ganze noch einmal. Nach einmaligem Klingeln wurde sofort der Hörer abgenommen, ich wiederholte die Frage: „Lost?“ Ich wartete einige Sekunden: „Early Bird!“

Erst jetzt reagierte die andere Person. „Jo?“

„No!“

„Little Jo?“

„Yes!“

Die weibliche Stimme bestimmte: „Let’s meet!“

„Where?“

„Call me back, tomorrow, same time!“

Kurz und bündig, noch ehe ich antworten konnte, war die Verbindung unterbrochen.

Das war's dann wohl für heute. Mehr konnte ich im Augenblick nicht unternehmen. Es war noch früh am Tag, daher beschloss ich, endlich Felicitas zu besuchen.

Auch sie wollte ich nicht einweihen. Was ich nun tun musste, konnte nur im Alleingang passieren.

Felicitas begrüßte mich überschwänglich. Wir standen seit dem Anschlag nur über Mail in Kontakt. Nun wohnte sie wieder zu Hause, da man allgemein annahm, dass sie nur zur falschen Zeit am falschen Ort war, ihr also der Anschlag nicht galt. Ich wollte sie nicht in Gefahr bringen, daher vereinbarten wir ein kleines Versteckspiel. Als ich von zu Hause aufbrach, befanden sich in meiner Tasche eine Perücke und Kleidung zum Wechseln. Ich nahm den Umweg über das Einkaufscenter, verschwand dort in einer der Umkleidekabinen, wechselte mein Outfit, verließ das Center und nahm ein Taxi. Das Auto blieb in der Tiefgarage, dort würde ich es nachher wieder abholen.

„Wie geht es dir?" Felicitas musterte mich von oben bis unten und musste sich ein Lachen verkneifen. „Dass ich es je erleben würde, dich in einem Rock zu sehen und mit langen Haaren. Fast hätte ich dich nicht erkannt."

„Das ist ja auch der Grund, warum ich diese Kleidung gewählt habe. Aber nun zu dir: Wie geht es dir, was macht die Wunde?"

Sie schüttelte den Kopf und winkte ab. „Alles okay, keine Probleme, ich werde hier gut behütet, und mein Göttergatte verwöhnt mich. Nur die Langeweile ist nervtötend. Können wir nicht etwas unternehmen? Den Mörder fangen, die Verbrecher jagen oder Polidas fertigmachen? Sag, was ich machen soll, ich helfe dir."

„Vielleicht brauche ich wirklich deine Hilfe, aber im Augenblick ist es besser, du weißt von nichts."

„Okay, aber dann erzähl, was in Deutschland passiert ist, und berichte von dem Prozess!"

Gut, dass Felicitas keine Fragen stellte, wenn sie merkte, dass es ungünstig war.

Gegen Mittag trudelte ich wieder zu Hause ein. Ein ungewohnter Anblick: Henry ohne Johanna im Schlepptau. Wir vermissten die Kleine.

„Einkaufen?" Er schaute mich merkwürdig an.

Mist, dachte ich, ich schleppte keine Einkaufstüte mit mir herum.

„Nichts gefunden!“ Diese lapidare Antwort, die ich ihm im Vorbeistürmen zuwarf, rief eine Sorgenfalte auf seiner Stirn hervor, die ich geflissentlich ignorierte.

„Was gibt es zu Mittag?“

Phyllis schaute genauso eigenartig, sagte aber keinen Ton, verzog lediglich den Mund und setzte sich zu uns an den Tisch.

„Ich habe Felicitas besucht“, erklärte ich, winkte aber gleich ab, als beide entsetzt schauten, „keine Bange, mich hat keiner erkannt.“

Sie schwiegen und schluckten meine lapidare Erklärung. Aber morgen musste ich noch einmal ungesehen verschwinden und eine andere Ausrede parat haben.

„Sophia sitzt bereits im Flugzeug“, begann Phyllis, nur um eine Unterhaltung zu bestreiten.

„Mmm“, antwortete ich mit vollem Mund, „ich werde auch nur noch bis Ende der Woche bleiben.“

Henry schwieg, Phyllis schwieg.

Maria, die, wenn wir alleine im Haus wohnten, ebenfalls mit uns zusammen aß, begann: „Was ist los? So schweigsam wie heute warst du schon seit ewigen Zeiten nicht. Und sage nicht, es läge daran, dass Johanna nicht da ist!“

„Gibt es etwas, was wir alle wissen sollten?“

„Ich überlege nur, ich muss nachdenken!“

Sie misstrauten mir, ich merkte es. Es würde einige Kraftaufwendungen bedeuten, morgen um die gleiche Zeit zu verschwinden.

Den weiteren Tag verbrachte ich ruhelos. Ich schlenderte durchs Haus, ich wanderte übers Grundstück, die Zeit verging nicht. Ich nahm nochmals den Weg zu der unwegsamen Küste, in der Hoffnung, noch etwas zu finden, nichts. Ich musste bis zum nächsten Tag warten, es blieb mir nichts anderes übrig. Unruhig kehrte ich zum Haus zurück und traf niemanden an.

Ich schaute mich nochmals um, wirklich, niemand in der Nähe. Schnell schnappte ich meine Autoschlüssel nebst Handtasche und rannte fast zur Garage. Per Fernbedienung öffnete ich das Tor, sprang ins Auto und fuhr zügig Richtung Bona Platja. Dort fand ich schnell einen Parkplatz und versuchte mittels eines gelangweilten Eindrucks, in den äußersten Winkel des von Geschäften umgebenen Platzes zu schlendern. Im Zeitschriftenladen suchte ich nach einer Fernsehzeitung, griff nach den Postkarten und Andenken, die ich niemals benötigen würde, legte sie auf die Theke, schlug theatralisch mit der rechten Hand an die Stirn: „Dios mío“, deutete auf einen Ort, ganz hinten im

Laden, einen Platz, der von der Eingangstür nicht zu sehen war, warf fünfzig Euro auf die Theke und eilte auch schon zu einem der dort stehenden Computer des Internet Cafés. Die junge Bedienung verstand, meinte, ich hätte etwas vergessen und schaltete das Gerät frei, so dass ich mich schnell einloggen konnte.

Hier kontrollierte ich die E-Mail-Konten, die ich für den ganz privaten Nachrichtenverkehr eingerichtet hatte.

Vom Haus oder Büro aus wollte ich die Seiten nicht aufrufen. Zu sehr steckte es mir noch in den Knochen, dass man in Deutschland sogar auf unseren passwortgeschützten Server zugegriffen hatte. Mit Anna hatte ich ausgemacht, mir im Notfall eine Nachricht an eine neu eingerichtete Adresse zu senden. Nun wollte ich sehen, ob sie eine Mittteilung für mich hatte. Nichts.

Dann loggte ich mich in ein weiteres Konto ein. Richtig.

Hier war eine Mail angekommen. Ich notierte mir den Inhalt, ohne ihn auszudrucken, und loggte mich wieder aus. Da ich für mindestens eine halbe Stunde den Computerplatz bezahlt hatte und der vordere Teil des Ladens immer noch leer war, suchte ich mit Hilfe von Google eine Person, in der Hoffnung auf ein Foto. Informationen erhielt ich zwar, aber leider kein Bild. Das wäre auch zu viel Glück gewesen. Dann kam mir noch eine andere Idee. Ich suchte das Foto einer weiteren Person und hatte Glück. Ich schaute mir das Bild nur an, druckte es ebenfalls nicht aus, wollte es auf keinen Fall bei mir tragen. Es konnte ja sein, dass irgendjemand auf die Idee kam, meine Handtasche zu durchsuchen.

Ja, es wäre möglich, dachte ich.

Zwar legte sich meine innere Unruhe nicht, am liebsten hätte ich weitergeforscht, aber ich musste nach Hause. Das Wechselgeld für meine Einkäufe lag bereits an der Kasse und meine nichtbenötigten Einkäufe gut verstaut in einer Plastiktüte daneben. Ich verabschiedete mich und fuhr zurück.

Dort vermisste man mich bereits.

„Mutter“, wenn das Wort „Mutter“, und dann auch noch so vorwurfsvoll, kam, schien man sich Sorgen gemacht zu haben. „Wo bist du gewesen?“

Phyllis kam sofort heraus, als sie meinen Wagen sah.

„Ich war doch nur einkaufen.“ Ich legte die Plastiktüte auf den Sessel und meine Handtasche auf den Stuhl vor meinem Schreibtisch.

Henry kam ebenfalls herbei, sagte nichts, nahm allerdings die Tüte in die Hand und schaute hinein. „Und wir benötigten dringend heute die Fernsehzeitung für nächste Woche, und die anderen Dinge ebenfalls?“

Sein Sarkasmus war nicht zu überhören. Ich entriss ihm die Tüte und legte sie wieder auf den Sessel.

„Kann man denn hier nicht mal weg, ohne kontrolliert zu werden? Ich brauchte auch mal Ruhe, keine Fragen und einfach nur Stille um mich herum!“ Ich redete mich in Rage und verschwand in die Küche. Sie folgten mir nicht.

Ich schaltete die Saeco ein und brühte mir einen Kaffee auf. Maria kam zu mir, reichte mir wortlos eine weitere Tasse, setzte sich an den Tisch, ich füllte sie auch und ging zu ihr.

„Was ist bloß los mit dir? Sie“, sie deutete mit dem Kinn zum Wohnzimmer, „machen sich Sorgen. Irgendetwas brütest du aus. Ich merke es. Willst du es mir nicht erzählen?“

„Haben sie dich geschickt? Ich wollte doch nur mal Ruhe haben. Mehr war da nicht. Den ganzen Tag war es hier hektisch. Die Leute gaben sich die Türklinke in die Hand, ich habe noch nicht einmal etwas essen können“, ich bereitete mir eine zweite Tasse Kaffee zu, „ich habe noch nicht mal meine übliche Kaffeedosis intus. Du weißt doch, dann bin ich unausstehlich.“

Notgedrungen gab sie sich mit der Antwort zufrieden. Glauben? Nein, glauben tat sie mir nicht. Wir saßen noch eine Weile schweigend am Tisch. Maria nahm sich auch noch eine zweite Tasse Kaffee.

„Ich muss morgen um die gleiche Zeit nochmals weg. Ungesehen.“

„Hast du eine Spur?“

Achselzucken. „Vielleicht!“

Maria nickte, sie verstand.

Da Henry draußen irgendwo auf dem riesigen Grundstück herumschwirrte, hatte ich vor seinen Fragen Ruhe. Ich konnte und wollte ihnen allen keine weiteren Informationen geben. Erst musste ich mir selbst über die Situation klarwerden, und dazu musste ich ein Gespräch führen. Ich hoffte, am nächsten Tag schlauer zu sein.

Um die Zeit zu überbrücken, schaute ich in meine regulären Mails. Lucas schrieb. Er hatte einiges über Lord und Lady herausgefunden. Im Anhang, beigefügt, einige Seiten, die ich ausdruckte, um sie mir in Ruhe anzuschauen. Er gab keine Adresse an, ich vermutete, er war wieder in Deutschland.

Ich setzte mich mit meinen ausgedruckten Blättern in meinen Sessel. Während ich las, fielen mir die Augen zu. Wirre Träume verfolgten mich.

Wir waren wieder Kinder. Im Haus meiner Eltern rannte ich hinter Robert her, er hatte mir gerade meine Schuhe geklaut. Wir waren eingeladen, und ich durfte mir zuvor ein paar Sandalen kaufen, die ich am Abend stolz tragen wollte.

„Gib sie mir wieder her", schrie ich wütend, „du gemeiner Schuft, du!" Fast war ich dem Heulen nahe, hoffentlich fielen sie nicht in den Pool, dann wären sie hinüber und ich müsste die alten Schuhe anziehen.

José hielt mich auf. „Er ist dort vorne hingelaufen, zum Strand." Dankbar setzte ich die Verfolgungsjagd in die andere Richtung fort. José lachte uns fröhlich hinterher. Ich holte Robert schnell ein, denn er stand am Zaun, der das Grundstück zur Steilküste hin begrenzte, und starrte in die Ferne.

„Endlich habe ich dich eingeholt, du gemeiner Kerl, her mit meinen neuen Sandalen!" Ich riss sie ihm aus der Hand. Er starrte immer noch aufs Meer und registrierte mich erst, als ich sie ihm entriss. „Was starrst du denn da aufs Meer, ist da jemand? Oder ein neues Schiff?" Ich entdeckte nahe unserem Bootssteg eine Yacht. Sie lag zwar nicht vor Anker, glitt aber langsam und dicht am Ufer entlang. Ich glaubte, auf dem Deck jemanden zu sehen, der ein Fernglas in der Hand hielt und zu uns rüber sah. Erkennen konnte ich aufgrund der Entfernung nichts Genaues. „Kennst du die?" fragte ich nun neugierig geworden. „Die schauen zu uns", fasziniert beobachtete ich das große, weiße Schiff, das langsam weiterfuhr. „Ach so eins hätte ich auch gerne." Von Robert erhielt ich immer noch keine Antwort, aber José kam mit schnellen Schritten auf uns zu.

„Kommt beide von der Steilküste weg!" Er stellte sich so, dass die Sicht vom Meer aus auf Robert verdeckt war, dann zog er uns beide vom hohen Zaun weg und somit auch aus dem Blickfeld der Yacht. Warum sollten wir vom Abhang weg, dachte ich, dort klettern wir doch immer mal wieder rüber und benutzen so die Abkürzung.

Ich konnte noch einen Blick auf die Schrift werfen, die seitlich erkennbar war, mit einer aufgezeichneten Flagge. Das Schiff kam nicht aus Spanien und auch nicht aus Deutschland. Mir wollte einfach nicht einfallen, was ich dort gelesen hatte.

Im Traum war mir die Episode wieder eingefallen, ich hatte sie schlichtweg vergessen. Aber wie lautete der Name? Im Schlaf rief ich: „Nicht weiterfahren, ich muss es erst noch zu Ende lesen!" Aber das Schiff verschwand, und Josés Arm, mit dem er Robert wegzog, schob sich vor meine Augen. Ich wehrte den Arm ab, schrie, aber etwas hielt mich fest.

Benommen schlug ich die Augen auf und blickte auf Henry, der meinen Arm festhielt.

„Du musst mich nicht schlagen“, meinte er beruhigend, „ich hab nichts gemacht, aber was soll zurück? Du hast im Traum geredet, fast geschrien, es soll zurückkommen, und ein Arm soll weg.“

„Ich hatte einen Traum. Von früher. Da war ein Schiff, eine tolle, große, weiße Yacht, sie fuhr hier nahe am Ufer vorbei. Da war ein Mann, er schaute mit dem Fernglas zu uns. Ich habe den Namen des Schiffes gelesen, dann schob sich der Arm von José vor meine Augen.“ Ich schüttelte den Kopf. „Mir will einfach der Name nicht einfallen, ich glaube, er ist wichtig.“ Ich grübelte weiter: „Er will mir einfach nicht einfallen, und im Traum hatte ich den Eindruck, dass José Robert wegzog, dass er nicht wollte, dass er gesehen wurde. Merkwürdig. Das ergibt keinen Sinn.“

„Doch!“ Henry, der bislang nur zugehört hatte, schien eine Theorie zu verfolgen. „Wenn José – wir wissen, dass er nicht der Bruder der Haushälterin war – als Beschützer für Robert fungierte, wäre es logisch, dass er ihn vom Zaun wegzog. Wann war das denn?“

„Ungefähr eine Woche bevor er verschwand.“

Henry nickte. „Das passt. Es war anscheinend etwas im Busch. José sah etwas, passte auf Robert intensiver auf, und das mit der Yacht war sicherlich kein Zufall. Man hatte Robert entdeckt!“

„Aber wir wissen immer noch nicht, warum!“

„Da muss ich dir recht geben, eine vernünftige Erklärung fällt mir auch nicht ein.“

„Warum durfte man ihn nicht entdecken?“

„Ich glaube, wenn wir das wüssten, hätten wir das Rätsel gelöst.“

„Gibt es eine Möglichkeit, in Erfahrung zu bringen, welches ausländische Schiff damals hier herumfuhr?“

„Nach vierzig Jahren?“ Henry schüttelte den Kopf. „Niemals.“

„Und wenn wir den Namen und die Nationalität kennen würden?“

„Dann schon eher. Vor allem, wenn es sich um eine größere Yacht gehandelt hat.“

Henry, wie immer nicht berechenbar, lehnte sich in seinem Sessel zurück und schloss die Augen.

Eine Zeitlang sprach niemand ein Wort.

„Kannst du dich erinnern, was Robert sagte?“

„Nein, ich kann mich auch kaum noch an die Episode erinnern. Jetzt im Traum ist es mir erst wieder eingefallen.“

„Es muss eine Bedeutung haben. Ich meine, dass du gerade jetzt daran gedacht hast. Du warst doch einkaufen. Ist dir da etwas aufgefallen? Bist du am Hafen entlang gefahren? Oder am Nautic Club? Ist dir da ein großes Schiff aufgefallen, eine Yacht, die Ähnlichkeit mit der von damals hatte?“

„Nicht dass ich wüsste. Ich bin am Club vorbeigefahren, das muss man doch automatisch, um von hier aus zur Stadt zu kommen, oder auch nur ins Büro! Wenn ich jedes Mal, wenn ich dort eine große, weiße Yacht gesehen hätte, solche merkwürdigen Träume gehabt hätte, dann hätte ich in den letzten vierzig Jahren nur Albträume gehabt. Nein“, ich schüttelte resolut den Kopf, „da steckt etwas anderes dahinter. Ich muss etwas anderes bemerkt haben, im Unterbewusstsein ... Ich hab mir auch keine Sandalen gekauft, aber es ist eine Mail von Lucas gekommen. Die wollte ich gerade in Ruhe lesen, als ich eingenickt bin.“ Ich kramte das Blatt hervor, es war seitlich in den Sessel gerutscht, und reichte es Henry.

Der Kurzbericht, den Lucas uns schickte, umfasste drei DIN-A4-Seiten.

„Lies es mal laut vor“, schlug ich vor, „vielleicht kommt dann eine Erinnerung.“

Henry tat, wie ich es wünschte. Ziemlich belanglose, unwichtige Details, mit denen ich nicht viel anfangen konnte, las er vor, bis er zur Firmenstruktur von Lord und Lady Hayward-Nickersons Imperium vordrang. Fast war ich eingeschlafen, so langweilig gestaltete sich das Ganze, aber bei der Erwähnung eines Namens klingelte ein winziges Glöckchen.

Crossfox.

Hellwach sprang ich hoch.

„Was ist Crossfox?“

„Der Name einer Firma, eines Teils einer Firma.“ Henry suchte selbst eine genauere Erklärung. „Das Firmenkonstrukt ist etwas kompliziert aufgebaut, mir den englischen Gepflogenheiten kenne ich mich auch nicht so genau aus. Aber so wie Lucas es schreibt, firmiert ein Teil unter dem Namen Crossfox.“

Ich nickte. „Ich glaube, der Name der Yacht war Crossfox.“

Henry schaute auf. „Sicher?“

„Na ja, einigermaßen. Als ich es vorhin das erste Mal überflogen habe, dachte ich mir nichts dabei. Dann schlief ich ein und hatte den merkwürdigen Traum. Da muss es einen Zusammenhang geben. Es fing damit an, dass wir das alte Schulfoto entdeckt haben. Dadurch fanden wir diese adlige Familie aus London. Nun entdecken wir in dem Firmenimperium den Namen der Yacht, die vor vierzig Jahren schon mal hier war.“ Nachdenklich wanderte ich durch den Raum, blieb vor dem Fenster mit der Aussicht aufs Meer stehen und blickte hinaus. „Wahrscheinlich“, schränkte ich leise ein, „das kann doch kein Zufall sein.“

„Wenn man euch beide so beobachtet“, sagte Phyllis, die ins Wohnzimmer gekommen war, „könnte man annehmen, ein eingespieltes Team heckt einen Plan aus. Ihr sprecht die Sätze nicht aus und wisst, was der andere meint.“

„Wie lange hörst du uns schon zu? Ich habe dich nicht bemerkt!“ Vorwurfsvoll schaute ich zu ihr. „Wenn du schon hier hineinschleichst, dann kannst du uns auch einen Kaffee holen.“

„Schon in der Mache“, erwiderte sie, „ erklärt ihr mir, um was es geht?“

Henry nickte. „Deine Mutter hatte einen Traum.“ Ein Aufstöhnen von Phyllis, doch unbeirrt fuhr Henry fort: „Sie erinnert sich an einige Details aus der Vergangenheit.“

Phyllis verschwand wortlos und balancierte drei Tassen, gefüllt mit dem schwarzen Gebräu, ins Zimmer zurück.

„Erzähl!“

Wer meckerte hier über die Kurzform des Sprachgebrauchs?

„Wir müssen den Namen des Eigners herausfinden, dem damals die Yacht gehörte“, beendete ich die Berichterstattung nachdenklich. Wie aus einem Mund hatten wir zeitgleich die Lösung: „Lopez!“

Phyllis griff zum Telefon. In drei Sätzen erklärte sie es ihm, und er versprach, herauszufinden, ob es eine Möglichkeit gab, wie wir die Informationen erhalten konnten. Viel Hoffnung hatte er wegen der langen Zeitspanne auch nicht.

Ich trank einen Schluck und überlegte. Vielleicht sollte ich morgen selbst zum Nautic Club. Vielleicht ein paar dämliche Fragen stellen, aber nicht im Büro, nein, mit den Anlegehelfern. Diese meist älteren Personen, die sich etwas Geld mit dem Service nebenbei verdienten, sahen und bemerkten sicherlich mehr als die Büromenschen. Ich kannte einen der Helfer sehr gut, von ihm erhoffte ich mir einige Informationen. Ich wollte ihn besuchen, vor meinem Telefonat, welches ich wieder von einer öffentlichen Telefonzelle aus führen musste.

Kapitel 24

Die ganze Nacht schlief ich unruhig, immer wieder sah ich das Schiff, diese schöne, weiße Yacht, die nahe am Ufer vorbeiglitt. Ich sah dort auf Deck einen Mann, ich sah, wie er etwas rief, zu einer Person, die anscheinend hinter ihm stand, die ich nicht sah. Dann deutete er zu uns, die wir am Abhang, hinter dem Zaun, standen. Immer wenn ich meinte, die Flagge gleich erblicken zu können, schob sich Josés Arm vor meine Augen. Aber ich sah noch etwas: die angsterfüllten Augen Roberts, als ich mich gerade umdrehte und dem Haus zuwandte. Er sagte etwas, ich verstand es aber nicht, blickte nur auf seine Lippen, die sich bewegten. Wusste er, was das zu bedeuten hatte?

Schweißgebadet wachte ich auf. Warum kamen jetzt erst die Erinnerungen? Warum nicht schon Jahre zuvor?

Ein Blick auf die Uhr zeigte, dass ich drei Stunden geschlafen hatte. Nun war es vier Uhr morgens. Sollte ich aufstehen?

Aber was sollte ich bis zum Telefonat anfangen? Zu nervös, etwas Produktives wie die Buchhaltung zu erledigen, konnte ich nur unruhig übers Grundstück wandern oder Kaffee trinken. Also versuchte ich, nochmals einzuschlafen, einerseits in der Hoffnung, keine verrückten Träume zu haben, anderseits: Vielleicht kamen im Traum noch einige Erinnerungen zurück. Also stand ich auf, schlich die Treppe hinunter zu meinem Schreibtisch und notierte mir den Traum.

Mein Gehirn verarbeitete meine Erinnerungen langsam und bedächtig, jedoch ohne mir ein Aha-Erlebnis zu bescheren. Auf gut Deutsch: Mir fiel nicht ein, welches Wort oder welchen Namen Robert nannte.

Ich beendete meine Notizen, beschloss, nicht weiter über das Wort nachzudenken, und entschied, wieder ins Bett zu gehen. Diesmal schlief ich traumlos durch und wachte erst um acht Uhr auf.

Das Frühstück nahmen wir zu fünft in der Küche ein. Maria und Felipe gesellten sich zu uns. Meine Gedanken weilten nicht bei der Unterhaltung am Tisch, ich überlegte, wie ich mich verdrücken konnte. Henry erzählte unterdessen, dass in einer Mail von Lucas stand, dass Mylady gestern das Land mit unbekanntem Ziel verlassen hatte. Maria erahnte meinen inneren Konflikt und eilte mir zu Hilfe.

„Jo, hast du gleich Zeit? Ich müsste einiges an Lebensmitteln haben, außerdem sind noch einige Sachen in der Reinigung ...“ Noch bevor sie alles aufgezählt hatte, stimmte ich zu.

„Kein Problem, ich muss auch noch zur Apotheke“, beeilte ich mich zu erklären, „da kann ich alles erledigen.“

Henry fragte nie nach, wenn ich das Wort Apotheke erwähnte, das schien im Augenblick eine gute Ausrede zu sein. Er hörte nicht zu. Er überlegte mit

Felipe, welche Bäume und Sträucher noch geschnitten werden mussten, so dass ich Gelegenheit hatte, mich ungesehen zu verkrümeln.

Endlich! Das Frühstück, das ich sonst immer in Ruhe genießen wollte, war zu Ende.

Maria flüsterte: „Hau ab, ich halt sie dir vom Leib." Ein verschwörerisches Zwinkern begleitete ihre Worte. Ich griff eilig meine Handtasche, die Autoschlüssel und verschwand.

Den ersten Stop legte ich am Club Nautico ein und suchte den älteren Anlegehelfer. Der Nautic Club war groß, besaß viele Stege, die ich hoffentlich nicht einzeln absuchen musste. Der Club vergrößerte sich immer wieder, und nach meinem letzten Besuch hier schienen noch einige Boote dazugekommen zu sein. Endlich erblickte ich ihn. Erstaunt, mich zu sehen, blieb er stehen und sah mir neugierig entgegen.

„Hola, Pepe", begrüßte ich ihn, „qué tal?"

„Bien", antwortete er. „Was führt Sie zu mir?"

„Kennen Sie eine Yacht mit Namen Crossfox?"

Er runzelte verwirrt die Stirn, schien nachzudenken, schüttelte dann den Kopf: „Ich glaube nicht. Auf jeden Fall liegt sie nicht hier im Nautic Club."

„Nein, das meine ich nicht", versuchte ich es etwas detaillierter zu erklären, „sie könnte schon mal vor Jahren hier gewesen sein. Sie muss sehr groß gewesen sein, keine Flagge von Spanien oder Deutschland, eventuell Großbritannien." Das Letzte kam mir soeben in den Sinn. „So ungefähr wie die Yacht dort hinten."

„Die sind nicht alleine zu steuern", meinte Pepe, „die benötigen eine komplette Mannschaft. Wer sich so etwas leisten kann, hat Geld, viel Geld."

Ich nickte, das war gut möglich. „Und? Ist Ihnen so eine Yacht mal unter die Augen gekommen? Wie gesagt, ist schon eine Weile her, und Sie haben recht, es müsste eine Mannschaft mit an Bord gewesen sein."

„Ich kann mal in den alten Unterlagen nachschauen", versprach er mir, „wenn sie hier war, dann muss es vermerkt sein."

„Auch wenn es schon länger her ist?"

„Wie lange?"

„Vierzig Jahre." Ich beeilte mich ein „oder so" dranzuhängen.

Er schluckte nur, nickte dann aber. Ihm hatte es die Sprache verschlagen.

„Ist es wichtig?"

„Ja, für mich schon."

Nicken und ein nachdenkliches Blicken in die Ferne, aufs Meer.

„Ich kann nicht genau sagen, ob ich etwas finde“, meinte er nach einigen Momenten des Stillschweigens, „kommen Sie morgen wieder, um die gleiche Zeit.“

Ich bedankte mich, wollte nicht zeigen, dass ich es am liebsten sofort gewusst hätte, und ging zurück zum Parkplatz des Nautic Clubs. Ich schaute auf die Uhr, es wurde Zeit, zu einer öffentlichen Telefonzelle zu fahren. Die nächstbeste, die ich fand, schien nicht demoliert und somit funktionstüchtig zu sein. Ich wählte die gleiche Nummer wie gestern um diese Zeit. Wieder wurde der Hörer abgenommen, aber es meldete sich niemand, bis ich das Wort „Lost“ erwähnte. Die Stimme war eine andere, eine männliche.

Mir wurde ein Treffpunkt genannt, der mich verblüffte.

„Sind Sie sicher?“

„Yes, you understand?“

Ich nickte, bis mir einfiel, dass er das nicht sehen konnte, daher sagte ich laut: „Yes, in one hour.“

Ich sollte jemanden treffen, der mich erkennen würde, nicht weit von hier. Im Nautic Club für die ganz großen Schiffe. Auch das Café war mir nicht fremd. In einer Stunde sollte es so weit sein.

Nervös überlegte ich, doch noch jemandem Bescheid zu geben, da ich nicht wissen konnte, ob es eine Falle war. Immerhin, bei mehreren Versuchen, mich oder uns auszuschalten, keine abwegige Idee. Aber wen sollte ich informieren?

Maria! Ich nahm mir vor, ihr eine SMS aufs Handy zu schicken, mit der Bitte, vorerst niemanden davon zu unterrichten, wo ich mich aufhielt. Sollte ich mich nicht innerhalb von zwei Stunden melden, sollte sie Henry die SMS zeigen.

Da ich noch knapp eine Stunde bis zum Treffen Zeit hatte, nutzte ich diese, um mich vorzubereiten, kaufte mir ein kleines Diktiergerät mit neuen Batterien, probierte es auf Funktionstüchtigkeit und fuhr dann zum Parkplatz des großen Yachthafens, „Marina de Dénia“. Ich schlenderte an den verschiedenen kleinen Restaurants entlang, besuchte die kleine Boutique, wühlte in den Auslagen, schaute auf meine Armbanduhr und stellte fest, es wurde Zeit, zum Treffpunkt zu gehen. Ein Blick zurück, ein Blick in die Runde: Kein Mensch folgte mir.

Ich kaufte noch schnell ein Halstuch und schritt wie zufällig Richtung Café, dem vereinbarten Treffpunkt. Dort nahm ich an einem der kleineren Tische Platz, bestellte einen Café Americano und wartete. Die Sonne blendete. Sie schien auf die riesigen Schiffe, die sich in der leichten Brise bewegten.

So früh am Vormittag herrschte hier Ruhe, es gab nur wenige Menschen, die hier vorbeischlenderten. Ich hielt meine Augen geschlossen und genoss die herbstliche Sonne.

Fast eine Viertelstunde verging, ehe sich zwei Personen näherten. Die Männer setzten sich an einen der Tische, der von meinem etwas entfernt stand. Ich wartete weiter, bestellte noch einen Kaffee, trank ihn in Ruhe, wurde aber langsam nervös. Eine halbe Stunde war die Zeit überschritten, hatte ich mich verhört? Hatte ich mich mit dem Treffpunkt vertan?

Innerlich gab ich mir noch eine Viertelstunde, dann wollte ich den Rückweg antreten. Nach fünf Minuten stieg eine ältere, grauhaarige Frau von einem der vor mir liegenden Schiffe. Eines der Besatzungsmitglieder reichte der Dame die Hand und half ihr, festen Boden zu erreichen. Hatte ich sie vorher auf dem Schiff bemerkt? Nein!

Die weiße Yacht mit dem lapidaren Namen „Mary“ fuhr unter der Flagge Panamas. Sie schien aus England zu stammen, vermutete ich, denn viele der reichen Engländer ließen ihre riesigen Schiffe aus Steuergründen in Panama registrieren.

Die ältere Dame war schlank, bekleidet mit einer weißen Jeans nebst blauweiß gestreifter, eleganter Bluse. Eine dunkle Sonnenbrille schützte ihre Augen. Resolut kam sie in meine Richtung. Bewundernswert, in diesem Alter noch eine Schiffsreise zu unternehmen. Die beiden Männer vom Nebentisch legten Geld aufs Tablett, erhoben sich und wanderten in die entgegengesetzte Richtung. Das Besatzungsmitglied, welches der Dame von der Yacht geholfen hatte, kam nun auch an Land und blieb nahe dem Schiff stehen.

Langsam irritierte mich die Situation. Für einen winzigen Augenblick dachte ich daran, zu verschwinden, dann aber packte mich die Neugierde. Ich blieb sitzen, mit halbgeschlossenen Augen, und beobachtete. Was würde nun passieren?

Sie kam auf mich zu. Ich bewegte mich nicht. Sie nahm an meinem Tisch Platz und schwieg.

Nach fast einer Minute holte sie tief Luft, streifte einen Ring von ihrem Finger und legte ihn auf den Tisch. Ich fand es an der Zeit, die Augen zu öffnen und den Ring anzublicken. Noch rührte ich mich keinen Millimeter, sagte keinen Ton, wartete ab. Den Anfang, fand ich, sollte sie machen.

Der Ring besaß wieder ein ägyptisches Motiv, den Lebensschlüssel.

Beide sagten wir kein Wort. Wartete mein Gegenüber, dass ich das Gespräch begann? So leicht wollte ich es ihr nicht machen. Aber nur hier sitzen und Schweigen? Auch nicht gut.

Sie begann endlich: „Darf ich dich Jo nennen?"

Ich nickte, immer noch nicht bereit zu sprechen.

„Ich glaube, ich muss einiges erklären."

Ich wartete. Sie bestellte sich einen Kaffee.

„Wir haben nicht mehr damit gerechnet, dass du uns je anrufen würdest, daher war ich in London erstaunt, als du plötzlich vor der Tür gestanden hast. Zuerst wollte ich mich nicht melden, aber als dann der Anruf kam ..."

„Sie hätten nicht antworten sollen, Mylady. Aber es wäre nicht fair gewesen. Immerhin habe ich die Spur bis zu Ihnen verfolgt", fand ich mich endlich bereit zu antworten. „Ich, besser gesagt, wir, meine Familie und ich, wollen Erklärungen. Bislang habe ich niemandem etwas von unserem Treffen gesagt, da ich nicht sicher war, ob es nicht nur belanglos ist." Ihr Kaffee wurde gebracht.

„Das verstehe ich. Aber wir sind hier sicher. Meine Leute", sie deutete auf die beiden Männer, die zuvor einen Kaffee in meiner Nähe getrunken hatten, und auf das Besatzungsmitglied, das an der Yacht stand. Niemand sonst befand sich in unmittelbarer Nähe.

Eine Frage brannte mir auf der Seele, aber ich stellte sie noch nicht. Ruhig, sagte ich mir, mit Eile erreiche ich nichts.

Sie träumte vor sich hin, blickte aufs Meer. Es blieb mir nichts anderes übrig, als das Gespräch weiterzuführen. „Wurden wir in den letzten Wochen von Ihnen oder Ihren Leuten verfolgt und beobachtet?"

„Auch", war ihre lapidare Antwort, „nicht nur meine Familie beobachtet Sie, es sind auch noch andere Personen im Spiel, unsere Feinde."

„Warum? Nur weil wir die Leiche gefunden haben? Wer ist es? Wissen Sie es? Was ist mit meinem Bruder?" Ich wartete nicht länger. Wenn ich nicht endlich Tempo in die Unterhaltung bringen würde, würde ich nichts erfahren.

„Dein Stiefbruder, Jo", korrigierte sie mich, „und ja, ich weiß, wer es war, den ihr dort unter der Terrasse gefunden habt. Er war der Beschützer von Robert", sie hielt wieder inne, trank einen Schluck und fuhr dann fort. „Es fiel schwer, Robert wegzugeben. Er war der Sohn aus einer ersten Ehe meiner Schwester mit einem sehr wohlhabenden und einflussreichen Mann, der schon etwas älter war. Sein Name tut im Augenblick nichts zur Sache", sagte sie schnell, da sie merkte, dass ich danach fragen wollte.

„Aber warum gibt man seinen Sohn weg?"

„Besagter Mann hatte einen Bruder, der leider nicht so viel Geld besaß, aber einen hohen Lebensstandard innehatte. Mit dem Geld, das er vorher von seinem Bruder erhielt, konnte er diesen Lebensstil weiterführen. Aber als er dann doch noch einen Erben bekam, war es aus mit dem Frieden in der Familie."

„Inwiefern?"

„Er versuchte, seinen Neffen und dessen Mutter umzubringen."

Nun war ich sprachlos. „Ist es ihm gelungen?"

„Zu Anfang nicht. Beide überlebten. Der Junge, Robert, war zu dem Zeitpunkt ein Jahr alt. Die Sicherheitsvorkehrungen wurden erhöht, ständig, immer und überall Bodyguards. Aber es half nicht viel. Der jüngere Bruder", sie schüttelte den Kopf, „machte einen Fehler. Er ließ seinen Bruder umbringen. Robert, zu dieser Zeit drei Jahre alt, wurde Alleinerbe. Seine Mutter sollte das Vermögen mit verwalten. Allerdings hatte das Testament einen Haken. Robert musste das einundzwanzigste Lebensjahr erreichen, erst dann war es ihm möglich, das Testament zu ändern. Wäre er vor seinem einundzwanzigsten Geburtstag gestorben, wäre das Vermögen an den Bruder bzw. den Onkel gefallen."

Mylady machte eine Verschnaufpause. Wir bestellten uns einen weiteren Kaffee. Um uns herum blieb es noch ruhig, keine Menschenseele sichtbar, außer den drei Aufpassern der alten Dame.

Weiter hinten, Richtung Ausgang, sah ich einen scheinbar alten Mann langsam auf uns zu kommen. Ein Obdachloser. Es stützte sich auf einen alten, vergammelten Einkaufswagen, schob ihn vor sich her und blieb bei jeder Mülltonne stehen, um sie zu durchsuchen. Als er näher kam, merkte man die Duftwolke um ihn herum. Mein Gott, wie er stank! Ich wandte mich mit einem Naserümpfen ab. Wie kam er auf das Gelände des noblen Clubs? Auch Mylady sah ihn. Stirnrunzelnd wandte sie sich ab und begann weiterzuberichten: „Seine Mutter konnte es nicht alleine, damals war es für uns Frauen unmöglich, einer derartigen Tätigkeit, vor allem in dem Land, aus dem Roberts Vater stammte, nachzugehen. Sie hatte Helfer, Anwälte, Vermögensverwalter und die rechte Hand ihres ermordeten Mannes. Auf diese Person hatte sich ihr Mann immer hundertprozentig verlassen. Also tat sie es auch."

Der Penner kam näher. Die Wolke um ihn herum wurde penetranter. Meine Nackenhaare standen zu Berge. Dieser Kerl hatte seit Monaten keine Seife gesehen, vielleicht war es auch ein Fremdwort für ihn. Ein langer Bart wucherte in seinem Gesicht, das mit Pusteln übersät war. Die Kleidung hing schmutzig in Fetzen herunter. Er schlurfte einige Meter von uns entfernt direkt am Steg entlang und beobachtete das Wasser. Wenn er hineinfallen würde, dachte ich, würde der Gestank sicherlich etwas erträglicher. Mylady nahm einen weiteren Schluck, und ich stellte nun eine Zwischenfrage: „Was ist passiert? War kein Verlass auf die Angestellten? Wollten sie alle ein Stück von dem Kuchen? Wer hat falsch gespielt?"

„Der gute Freund, der, auf den er sich immer verlassen hatte, er spielte falsch, tat sich mit dem Bruder zusammen, und sie heckten einen Plan aus. Robert musste verschwinden!"

„Gut! Soweit verstehe ich es. Ich kapiere auch, warum Robert weggegeben wurde. Leider war unsere Familie auch bekannt, das hatte zur Folge, dass es irgendwann aufflog, wo der Erbe steckte. Warum hatte man ihn nicht bei einer weniger prominenten Familie untergebracht?"

„Deine Mutter war zur falschen Zeit am falschen Ort! Ein Zufall. Sie nahm den Jungen dann zu sich, er wuchs gutbehütet auf, was wollte man mehr."

„Wie viel wusste Robert?"

„Zuerst nichts."

„Und der Gärtner? Der angebliche Bruder unserer Haushälterin?"

Sie schüttelte den Kopf. „Er wurde erst einige Zeit später geschickt, um ein Auge auf Robert zu haben."

Es klang logisch und nachvollziehbar.

„Was passierte weiter?" Mittlerweile waren wir bei einer weiteren Tasse Kaffee angelangt. Der Penner wühlte in der nächsten Mülltonne, schien aber nicht erfolgreich zu sein. Irgendetwas machte mich stutzig. Ich wusste nur nicht, was. Eine Erinnerung, über die ich später nachdenken wollte. Ich konzentrierte mich wieder auf Mylady.

„Zuerst möchte ich dich bitten, mich Nora zu nennen. Ich meine immer, wir kennen uns bereits eine Ewigkeit."

Ich nickte, obwohl ich bei diesem Namen auch wieder ein Déjà-vu-Erlebnis hatte. Kamen da Erinnerungen? Aber welche? Was hatte ich in den letzten Jahrzehnten verdrängt?

„Okay, Nora, aber erzähl weiter. Das alles ist zwar ein Grund, sich zu verstecken, aber man könnte auch die Polizei einschalten."

Sie schüttelte den Kopf. „Daran ist nicht zu denken!"

Warum wechselte sie in die Gegenwart?

„Es ist gefährlich, viel zu kompliziert, um alle Einzelheiten zu erklären. Ich erzähle dir hier nur eine Kurzfassung. Es war auch immer zu gefährlich, dich oder deine Eltern einzuweihen. Sie sollten nichts ahnen und nichts wissen. Der Bruder versuchte, Robert ausfindig zu machen, und es gelang ihm."

„Das war der Tag, an dem Robert verschwand?"

„Fast. Einige Wochen zuvor fing es an. Er fand eine Spur, war sich aber nicht sicher. Ach, nein, es fing schon ein Jahr vorher an. Er suchte nach Hinweisen, bei euch im Haus, der Einbruch!“

„Jetzt erinnere ich mich, der Einbruch, bei dem nichts gestohlen wurde. Bei dem mein Vater meinte, es seien nur seine Unterlagen durchsucht worden?“

Sie nickte. Woher wusste sie es? Wer sagte es ihr? Robert selbst?

Sie ahnte meine Gedanken. „Wir erfuhren es von José, der uns immer auf dem Laufenden hielt. Er ahnte etwas. Wir verstärkten unsere Bewachung. An dem Abend, als er versuchte, mit Robert zu verschwinden, wurde er umgebracht. Robert konnte entkommen. José hatte ihn in den letzten Monaten eingeweiht. Er sagte ihm auch, dass er euch nichts verraten durfte. Ihr alle wärt in Gefahr gewesen. Man hätte vor allem dich als Geisel nehmen können, um Robert zu zwingen, sein Erbe aufzugeben. Robert hat dich geliebt, du warst seine kleine Schwester, aber ihm war auch bewusst, hätte er unterschrieben, sein Erbe abgetreten, wäre es euer aller Todesurteil gewesen.“ Sie machte wieder eine Pause. Mittlerweile erreichten einige Spaziergänger das Café, setzten sich an einen der Tische und wollten bestellen, als der Penner wieder zurückkam. Bedingt durch den nicht gerade angenehmen Geruch, zogen die Gäste es aber vor, weiterzugehen. Fast war ich ihm dankbar. Allerdings hätte auch ich liebend gerne das Weite gesucht.

„Wer oder was ist Crossfox?“

Nora erbleichte. Ich hatte es tatsächlich geschafft, sie war sprachlos und entsetzt.

„Crossfox? Woher hast du den Namen?“

„Die Yacht, das Schiff hieß so. Das Schiff, das einige Tage bevor Robert für immer verschwand, hier auftauchte.“ Ich berichtete ihr kurz von meinem Traum.

Sie zögerte, bevor sie antwortete: „Das war der Bruder, der Onkel von Robert“, es lag Entsetzen in ihrer Stimme, „ich dachte, du wüsstest davon nichts.“

Der Obdachlose umkreiste uns. Langsam wurde ich sauer. Wütend wollte ich ihn davonjagen. Ich schaute zu ihm, aber, noch bevor ich etwas sagen konnte, blickte ich in wachsame Augen und zog es vor, meinen Mund zu halten.

„Die Yacht existierte also“, fuhr ich fort, „ich war mir nicht sicher. Ich dachte schon, es war alles nur ein Traum, aber so realistisch, dass ich es fast glaubte.“ Nervös schaute sie sich um.

„Ist das Schiff nochmals hier aufgetaucht?“

Ich konnte ihr versichern, dass ich es nur einmal gesehen hatte. Vor ungefähr vierzig Jahren.

„Wer weiß von unserem Treffen?“

„Nur mein Mann und das Sicherheitspersonal. Zu denen habe ich vollstes Vertrauen.“ Sie blickte sich um. „Stimmt etwas nicht?“

„Nein, es ist alles in Ordnung“, beeilte ich mich zu sagen, „Nora, wann hat man diese Mitteilung am Zaun deponiert? So alt kann sie doch noch nicht gewesen sein.“

„Das war vor ungefähr zehn Jahren, glaube ich.“ Nun ließ sie sich wieder jede Antwort mühselig aus der Nase ziehen.

„Kommen wir zur entscheidenden Frage: Lebt Robert noch?“

Schweigen. Sie schaute auf die Boote, wehmütig. Ihr Blick schweifte in die Ferne, aufs offene Meer hinaus, sie stand auf, blickte mich an und meinte: „Robert Strauß lebt nicht mehr.“

Für den ersten Augenblick war ich geschockt. Mit dieser Antwort hatte ich nicht gerechnet. Sie hatte fast die Yacht erreicht, als ich reagierte: „Nora, so warte, ich habe noch eine Menge Fragen!“

Sie ließ sich nicht beirren, kletterte mit Hilfe des Besatzungsmitgliedes aufs Schiff zurück und schüttelte den Kopf. „Mehr gibt es nicht zu sagen. Nimm den Ring als letzte Erinnerung. Such nicht weiter, suche auch keine Erklärungen. Es bringt nichts, nur Leid.“

„Wie kann ich dich erreichen?“ Wieder Kopfschütteln. Sollte das alles gewesen sein? Was war mit den Ringen? Was war mit Kairo?

Ich glaubte ihr nicht alles. Sie hatte gelogen. Warum? Um mich zu schützen? Nein. Sie wollte Robert decken. Warum sonst war sie extra aus London gekommen?

Sie hätte mir doch auch am Telefon sagen können, dass Robert tot ist. Warum wurden wir verfolgt? Warum versuchte man, uns umzubringen?

Nein!

Es gab noch zu viele Fragen. Ich hatte gar nicht bemerkt, dass die beiden Männer, die uns die gesamte Zeit bewacht hatten, mit aufs Schiff gestiegen waren und dass die Yacht bereits abgelegt hatte. Nora verschwand.

„Wir haben uns nicht das letzte Mal gesprochen“, rief ich ihr nach, „ich suche weiter“, nun etwas leiser, denn sie hätte auch ein lautes Rufen nicht mehr gehört.

Kapitel 25

Ich saß noch eine Weile alleine vor einem letzten Kaffee und dachte nach. Sie hatte gelogen oder nicht die ganze Wahrheit gesagt. Im Großen und Ganzen schien es eine Zusammenfassung der Ereignisse von damals gewesen zu sein. Aber eine sehr grobe. Mir ging ein Licht auf: Natürlich war Robert Strauß tot. Den hatte es ja nie gegeben. Der starb vor vierzig Jahren. Aber wer stand dann von den Toten oder Verschwundenen auf? Nora hatte mich überrumpelt. Ich konnte keine Fragen mehr stellen, sie verschwand sang- und klanglos. Ich glaubte nicht an ein Wiedersehen. Das würde sie zu verhindern wissen.

Ich schickte Maria eine SMS, um sie zu beruhigen, dass alles in Ordnung wäre.

Langsam stand ich auf, nahm den Ring, steckte ihn an, bezahlte und wanderte in Gedanken versunken Richtung Auto. Auf dem Parkplatz sah ich den stinkenden Obdachlosen. Er stand direkt an meinem Wagen.

„Wasch dich erst, so kommst du nicht in mein Auto. Da bräuchte ich ja Monate, bis es wieder normal riecht."

Lucas grinste. „So wird man eben nicht beachtet, und die Menschen machen einen großen Bogen um übelriechende Penner. Jeder versucht mich zu meiden und nicht anzuschauen. Du hast es ja auch gemacht!"

„Wie hast du mich überhaupt gefunden?" wollte ich nun wissen. „Ich habe niemandem etwas von diesem Treffen gesagt."

„Ich habe Mylady verfolgt. Ich hatte euch doch eine Mail geschickt, dass sie London und England verlassen hat. Ich bin ihr nach. Und da bin ich!"

„Gut, aber ins Auto kommst du trotzdem nicht."

„Ich hab meinen eigenen fahrbaren Untersatz dabei", meinte er nur und wandte sich lachend ab.

Ich setzte mich ins Auto und fuhr los.

Zu Hause wurde ich an der Eingangstür von Phyllis und Sandra empfangen. „Was hast du denn wieder ausgefressen? Don Henry ist sauer!" Sandra machte eine entsprechende Handbewegung. „Hast dich verdrückt, ohne ihm was zu sagen."

Ich sah beide erstaunt an. „Ich war doch nur einkaufen, so etwas mache ich schon seit langer Zeit alleine", gab ich patzig zurück. „Jetzt fängst du auch schon an", meinte ich zu Sandra, „dich wie eine meiner Töchter zu benehmen!"

„Aber das bin ich doch", gab sie lachend zurück.

Schon wurde ich von Henry bestürmt. „Was sollte das denn, dieser Alleingang? Maria wurde unruhig, da ahnte ich schon, dass du etwas vorhattest“, brauste er auf, dann aber etwas ruhiger: „Also, erzähl, was ist dabei herausgekommen?“

Ich wollte gerade damit beginnen, als ich einen Gedankenblitz hatte: Der Penner! Lucas als Penner? Nein, ich hatte damals einen Obdachlosen an unserer Auffahrt gesehen, damals, als alles begann! Wie lange ist es her? Ich hatte den Eindruck Monate, wenn nicht Jahre. Aber es waren erst einige Wochen, in denen eine Unmenge passiert war und unser ruhiges Leben abrupt endete.

Alle starrten mich an, als ich gerade anfangen wollte zu berichten. Ich stockte. Aber ich wurde ein weiteres Mal unterbrochen, denn Lucas erschien. Wie hatte er es geschafft, so schnell wieder menschlich auszusehen?

„Na, bist du am Beichten?“ Ich hätte ihm am liebsten ein Ohrfeige verpasst, der er aber gekonnt auswich.

„Hast du als Penner vor einigen Wochen hier bei uns am Grundstück herumgelungert?“ Erbost stellte ich ihm diese Frage, die er aber verwirrt blickend verneinte.

„Diese Verkleidung habe ich schon des Öfteren benutzt, aber hier zum ersten Mal. Außerdem war ich schon lange nicht mehr in Spanien.“

„Darf ich fragen, worüber ihr redet? Um was geht es hier“, sehr bestimmend und fast wütend fuhr Henry dazwischen, „was höre ich hier immer über Penner und Obdachlose?“

„Ich ahne etwas“, murmelte meine Tochter, leise, aber doch für alle hörbar.

„Ich glaube, ich sah am Tor einen Obdachlosen. Er saß dort, nichts Neues, das passiert öfter, aber etwas in seinen Augen ließ mich stutzig werden, es irritierte mich“, begann ich.

„Ein Obdachloser? Bist du dir sicher?“

„Ganz sicher, je länger ich darüber nachdenke. Diese Augen“, flüsterte ich, „diese Augen, sie blickten mich an.“

Vier Augenpaare beobachteten mich misstrauisch. Hielten sie mich für verrückt?

„Wenn ich es euch doch sage“, beinahe beleidigt versuchte ich es mit weiteren Erklärungen, „sie schauten dem Wagen hinterher.“

„Und was ist daran merkwürdig?“ Sandra blickte mich neugierig an.

Ich wollte gerade etwas erwidern, als das Telefon läutete. Phyllis nahm das Gespräch an und ging, um uns nicht zu stören, in den Nebenraum.

„Hast du einen neuen Ring“, Henry blickte auf meine Hand, „den hab ich noch nie gesehen.“

Ich winkte ab. „Der ist von Mylady. Sie legte ihn auf den Tisch, noch bevor sie ein Wort mit mir sprach.“ Es wurde Zeit einige Erklärungen abzugeben.

Als ich endete, sagten weder Lucas noch Henry ein Wort.

„Sie weiß mehr, als sie mir berichtete. Es steckt mehr dahinter, leider kam ich nicht dazu, weitere Fragen zu stellen, sie verschwand einfach. Ich hatte den Eindruck, sie wollte uns auf eine falsche Fährte locken. Sicher, ihre Aussage, Robert Strauß sei tot, ist korrekt. Wenn man es genau nimmt, hat es ihn nie gegeben. Warum meldete sie sich auf einmal? Wenn er wirklich tot ist, wäre es nicht nötig!“

„Damit könntest du recht haben. Aber wie kommen wir weiter?“ Lucas stand mittlerweile am Fenster und schaute hinaus aufs Meer. „Wenn er lebt, warum meldet er sich nicht?“

„Wir sollten Mylady weiter im Auge behalten“, meldete sich Henry endlich, und als er seine Überlegungen weiter erläutern wollte, stürmte Phyllis ins Zimmer.

„Spart euch weitere Überlegungen und packt lieber die Koffer.“ Nach einem fragenden Blick informierte sie uns über das Telefongespräch: „Casablanca“, wir wussten nun um was es ging, „es scheint etwas nicht zu stimmen, ich muss dringend nach Deutschland zurück, also bist du gefragt, Don Henry“, mit einem Blick auf ihren Vater deutete sie nach oben, „pack die Koffer, schnapp dir den Reisepass und Mutter und verschwindet, und nehmt auch Lucas mit. Ich suche die Unterlagen heraus, lest sie im Flieger durch und arbeitet euch ein. Wenn ihr Fragen habt, ruft an, wenn ihr in Casablanca gelandet seid!“ Kurz und bündig, mit genauen, präzisen Angaben erteilte Phyllis ihre Befehle.

Wortlos standen wir auf, ich wollte noch eine Frage stellen, wurde aber unterbrochen: „Ach, ehe ich es vergesse, die Flüge sind gebucht, ich bringe euch um acht zum Flughafen, um 10:30 Uhr hebt der Flieger ab.“

Noch kürzer ging es wirklich nicht, und meine Frage nach der Flugbuchung erübrigte sich.

„Ist sie immer so?“ Lucas kannte sie noch nicht lange genug.

„Das war noch die ausführliche Version!“

Phyllis rumorte im Nebenzimmer, sie schien die Unterlagen bereits herauszusuchen.

„Ich habe keine Lust“, nörgelte ich wie Johanna, „ich will nach Deutschland.“

Mit einem Mal überfiel mich Lustlosigkeit. Ich sehnte mich nach Ruhe und Johanna.

Lohnte es sich weiterzusuchen? Alle Spuren verliefen im Sande. Vielleicht sollte ich mir eine Auszeit gönnen, einfach ein paar Tage Ruhe und Erholung. Aber eigentlich eignete sich Casablanca dafür. Beschwingt lief ich die Treppe hoch. Die Koffer standen im Abstellraum immer griffbereit, ich schnappte mir den erstbesten, lief zu unserem begehbaren Kleiderschrank und packte.

„Gibt es noch etwas, was du unten nicht gesagt hast, als die anderen dabei waren?" Henry erreichte mit einem weiteren Koffer den Kleiderschrank. Ich schüttelte den Kopf.

„Mehr war da nicht. Leider. Nora verschwand auf das Schiff, und noch bevor ich reagieren konnte, hatte es abgelegt und war verschwunden."

„Nora? Wer ist Nora?"

„Mylady! Sie bat mich, sie Nora zu nennen."

„Hatte nicht deine Mutter eine Freundin, die Nora hieß?"

Ich stutzte. „Ich glaube, ja! Aber sicher bin ich mir nicht. Meinst du, Mylady ist Mutters alte Freundin? Das würde ja bedeuten, sie kannten sich, was wiederum bedeutet ...", ich stutzte ungläubig.

„... dass Robert kein Findelkind war und Nora seine Mutter?"

Ungeheuerlich, meinte Henry es ernst? „Glaubst du, meine Mutter steckte mit Nora unter einer Decke? Meinst du, sie heckten es gemeinsam aus? Das glaube ich nicht ... sie hätte nie meinen Vater so hintergangen", ich dachte einen Augenblick lang nach, „oder sie hat ihn nicht getäuscht!" Noch schlimmer, steckten meine Eltern beide dahinter? War es ein abgekartetes Spiel? Mittlerweile traute ich jedem aus meiner Familie alles zu.

Leider konnte ich sie nicht mehr fragen.

„Es wäre möglich", gab ich leise zu, „um den Sohn einer guten Freundin zu schützen, ein solches Szenario zu inszenieren." Ich packte nicht mehr, saß auf der Bettkante und schaute entgeistert Henry an, der lediglich nickte.

„Wir sollten es in Betracht ziehen. Sehen wir es mal von der anderen Seite, ich meine, dass deine Eltern bei diesem Theater mitspielten, vielleicht kommen wir dann weiter."

„Wir müssen nochmals mit Nora sprechen." Aber wie sollte ich das anfangen? Wie sollte ich sie erneut aufspüren? Sie hatte immer noch Angst, also konnte die Gefahr nicht vorüber sein, und das bedeutete: Robert, oder wie auch immer er sich nun nannte, lebte noch. Sie beschützte weiterhin ihren Sohn.

„Wie willst du versuchen, sie zu sprechen?“ Henry packte weiter.

„Keine Ahnung. Ich werde mir etwas überlegen. Erst einmal müssen wir aus Casablanca zurück sein, dann ist etwas Zeit verstrichen, dann versuche ich es noch mal.“

Endlich brachte ich es seufzend fertig, auch meine Sachen zusammenzusuchen. Wahllos kramte ich einige Kleidungsstücke hervor und legte sie in meinen Koffer, bis ich „aufwachte“ und verdutzt bemerkte, was für einen Unsinn ich getan hatte. Schnell schaute ich mich um, niemand schien etwas von meiner Geistesabwesenheit bemerkt zu haben.

Die mittlerweile auf mysteriöse Weise erhaltenen Ringe steckten an meinen Fingern, ich wollte mich nicht von ihnen trennen und betrachtete sie versonnen. Hinter den Grund, warum sie mir zugetragen wurden, war ich noch nicht gekommen. Ob Symbolcharakter oder Hinweis, ob Geschenke oder mystische Schlüssel, da wankte meine Erkenntnis. Aber, so viel wusste ich: Die Ringe hatten etwas zu bedeuten. Es musste eine Verbindung nach Ägypten oder in den Orient geben.

Je mehr ich darüber nachdachte, desto mehr musste ich Henry zustimmen: Meine Eltern wussten über Robert Bescheid. Das würde auch erklären, warum eine Mutter ihren kleinen Sohn weggab. In Absprache mit einer guten Freundin beruhigte es das Gewissen, diesen Schritt durchzuziehen.

Ich hörte nicht, dass Lucas hinter uns stand, bis er sich in unser Gespräch einmischte.

„Ich habe selbst einige Überlegungen angestellt“, begann er ohne lange Vorrede, „früher hattet ihr eine mittelgroße Bauunternehmung, es ging euch gut, ihr hattet Grundbesitz, einige Häuser, aber es musste auch hart dafür gearbeitet werden. Dann ging es auf einmal bergauf mit der Firma, wie mir mein Bruder damals erzählte“, er schaute nun intensiv zu mir, „ab wann ging es bergauf, seit wann erhaltet ihr größere Aufträge?“

Ja, seit wann? Ich dachte nach, konnte mich nicht mehr so genau daran erinnern, aber was sagte mein Vater damals? Richtig, mit Robert fing der rasante Aufstieg an.

„Du meinst, wir wurden für unsere Gefälligkeit bezahlt? Mein Vater erhielt große Aufträge, uns ging es von Jahr zu Jahr besser, wir vermehrten unser Vermögen, und dafür sorgten sie für Robert?“

Nicken.

Nicken von Seiten Lucas und dann, zögerlich, auch von Henry.

„Moment mal“, unterbrach ich mich selbst, „und was ist mit den großen Aufträgen, die wir seit vielen Jahren immer wieder erhalten? Du meinst ... ihr meint ... das geht so weiter?“

Wieder nickten beide, Henry runzelte die Stirn. „Möglich wäre es, zwar weit hergeholt, aber ...“ Er sprach nicht weiter. Wir standen halb im begehbaren Kleiderschrank, halb in unserem Schlafzimmer. Ich ließ mich auf den Boden nieder, die Knie angezogen, die Arme darüber verschränkt.

Verblüfft starrte ich aus dem Fenster, konnte nicht recht glauben, was offensichtlich schien. Ich schüttelte den Kopf.

„Unglaublich, aber durchaus möglich. Leider können wir niemanden fragen, außer Nora. Es läuft darauf hinaus, dass wir es nochmals versuchen sollten, aber erst nach unserem Trip nach Casablanca. Kommt der Auftrag auch von Roberts Familie?“

Allgemeines Achselzucken.

Entschlossen erhob ich mich und packte weiter. „Vielleicht erfahren wir etwas, wenn wir dort sind. Nun ahnen wir ja, was wir suchen müssen!“

„Ich werde Mylady im Auge behalten. Sie wird bald wieder in England erscheinen.“ Lucas drehte sich langsam um, auch er wollte packen.

„Ich habe im Nautic Club nachgefragt, bei Pepe, ihr erinnert euch an ihn?“ Als Henry nickte, fuhr ich fort: „Ich habe ihn gebeten, nachzuforschen, ob irgendwann vor langer Zeit mal ein Schiff oder eine Yacht mit dem Namen Crossfox hier angelegt hat.“

Lucas, bereits auf dem Weg zu seinem Zimmer, blieb stehen. „Was ist damit? Kann er sich erinnern?“

Ich zuckte mit den Schultern. „Auf Anhieb nicht, er will in den alten Unterlagen nachsehen. Vielleicht kannst du ihn morgen besuchen. Bestell ihm Grüße von uns, wir können nicht selbst kommen. Bring ihm eine Flasche Sangria mit und frage nach Ergebnissen!“

Lucas versprach es.

„Wir sollten einen Treffpunkt ausmachen. Am besten hier!“ Er sah seinen Bruder an, der nickte. Wir konnten uns zwar noch nicht auf einen Termin festlegen, aber zumindest der Ort stand fest.

„Sollte etwas dazwischenkommen, ändern wir es kurzfristig“, meinte ich nachdenklich, „es kommt drauf an, was wir herausfinden oder nicht herausfinden“, fügte ich leise hinzu.

Am nächsten Morgen erreichten wir pünktlich den Flughafen, checkten ein und nahmen die Mappe mit Unterlagen, die uns Phyllis zusammengestellt hatte, mit in den Flieger. Henry, der sich die Akte als Erstes vornahm, schlug sie auf und las. Ich selbst, bewaffnet mit einem Krimi, wollte lesen. Als ich aufblickte, fiel mir das Logo des Briefkopfes auf. Ich rückte meine Brille zurecht, um es genauer in Augenschein zu nehmen. Sehr klein, fast winzig erblickte ich etwas. Ich riss Henry das Blatt weg.

Ein Horusauge, eingeflochten in den Schriftzug.

Ohne ein Wort zu sagen, hielt ich das Blatt Henry unter die Nase, der meine hektischen Bewegungen misstrauisch beäugte. Schweigend nahm er es und schaute es sich genauer an.

„Ist es möglich?"

„Du könntest recht haben", meinte er nickend, „ich tendiere auch zu deiner Vermutung. Wir sollten in Casablanca versuchen, mehr herauszufinden."

Er las, schüttelte den Kopf, murmelte etwas, las weiter und grübelte. Vorerst störte ich ihn nicht, er würde mir schon seine Kommentare erklären, wenn er meinte, es sei an der Zeit. Endlich, wir befanden uns bereits im Landeanflug, gab er mir einen Kurzbericht: „Ich verstehe nicht, was Phyllis meinte. Ich erkenne keine Schwierigkeiten. Aber sie hat recht, vor Ort, also in Casablanca, werden wir persönlich mehr erreichen als telefonisch."

„Konnte sie uns keine genaueren Informationen geben?" Ich nahm die Mappe zur Hand. „Um was geht es denn eigentlich? Irgendetwas mit den Plänen oder der Kostenschätzung?"

„Ich bin mir nicht sicher, deshalb werde ich sie sofort nach der Landung anrufen. Sie hat nur die Mappe zusammengestellt und wahrscheinlich keine Zeit gehabt, uns alles herauszusuchen! Entweder fehlen einige Seiten, oder sie weiß auch nicht, um was es geht."

„Sie hatte nicht viel Zeit nach dem Telefongespräch", dachte ich laut, „ich glaube schon, dass sie uns alles mitgegeben hat." Eine Ungenauigkeit wäre für unsere älteste Tochter ungewöhnlich.

„Lass uns nachher mit ihr sprechen, wenn wir im Hotel sind."

Kurze Zeit später rollten wir auf der Landebahn aus. Die Abfertigung ging auch zügig, und wir saßen in dem Taxi, das uns zum Hotel brachte. Phyllis hatte unsere Suite telefonisch gebucht, wir wurden bereits erwartet. Ebenso vom Personal des Hotels als auch von einer Mitteilung Continos, dem Verhandlungspartner hier in Marokko.

Er bat uns um Geduld, die ich bald nicht mehr besaß. Er wolle sich am nächsten Tag bei uns melden.

„Ich verstehe das nicht", leicht gereizt ließ ich in unserem Zimmer Dampf ab, „immer und ständig dieses elende Warten." Als Henry mich beruhigen wollte, winkte ich ab. „Ja, ja, ich weiß, wir sind hier im Orient, da ist es nun einmal so, aber ich glaube, ich werde zu alt für diese Spielchen."

Henry zog es vor, zu schweigen, und fing an, seine Kleidungsstücke in den Schrank zu hängen. Ich staunte, er hat viel mitgenommen. Dachte er an einen längeren Aufenthalt?

Überhaupt nicht müde, obwohl wir schon längere Zeit unterwegs waren, meinte ich nur: „Ich geh in den Souk." An irgendjemandem wollte ich meinen Unmut auslassen, und wenn es die Händler dort waren. Ich sah nicht den missbilligenden Blick Henrys, ich ahnte ihn nur.

„Ich komme mit!"

Eine Stunde und mindestens zehn genervte Händler später, erreichten wir wieder das Hotel. Ich begab mich auf direktem Weg in das kleine, hoteleigene Café und bestellte eine kalte Cola und für Henry ein Stück Torte.

„Hast du dich abreagiert?"

Ich antwortete nicht, sondern trank mein Glas leer.

„Wir werden gleich Phyllis anrufen", meinte ich stattdessen, „wir müssen sie fragen, wer sie denn überhaupt angerufen hat und ob sie vergaß, uns einige Seiten der Unterlagen mitzugeben." Henry, genüsslich sein Stück Torte essend, nickte. „Ich muss auch noch die Mails checken. Vielleicht hat sich Lucas gemeldet." Ich hoffte auf nähere Einzelheiten hinsichtlich der Yacht.

Nichts. Das Postfach war leer.

Henry telefonierte mit Phyllis. Sie hatte nur einen Anruf von der Sekretärin Continos erhalten, die eine Unstimmigkeit erwähnte. Mehr nicht. Sie fand es optimal, uns vorzuschicken, damit Don Henry die Problemfälle geradebiegen konnte, packte alle Unterlagen zusammen und übergab sie ihrem Vater vor dem Abflug.

Nun saßen wir hier und warteten. Aber Contino musste wissen, dass wir hier in Casablanca waren, sonst hätte er uns keine Nachricht geschickt. Ich hoffte, einen Hinweis, was das alles zu bedeuten hatte, bei einem persönlichen Treffen in Erfahrung zu bringen.

Wir redeten nicht viel. Ich, noch nicht müde, schlug vor, einen Spaziergang zum Hafen, der gegenüber dem Hotel lag, zu unternehmen. Was sollten wir auch sonst machen? Irgendwie mussten wir uns die Zeit vertreiben. Henry stimmte zu, Yachten hatten ihn schon immer interessiert. Wir spazierten langsam an den größeren Modellen entlang, als ich eines erblickte, dessen Name mich stutzig machte: Crossfire.

Zufall, oder?

Hatte sie etwas mit der damaligen Crossfox zu tun? Wenn ja, wurden wir hier hergelockt? Eine Falle?

Ich stieß Henry an, er sah sofort, was ich meinte.

„Komm“, erwiderte er nur, drehte sich um, und wir verschwanden vom Steg und kehrten ins Hotel zurück.

„Hole bitte Informationen über eine Yacht mit Namen Crossfire ein“, bellte er in sein Handy. Er erreichte Lucas in London, wo er die Spur von Mylady aufzunehmen hoffte.

Ich nahm an, er wollte sich darum kümmern, mehr erfuhr ich nicht über dieses einseitige Telefongespräch. Wir betraten gerade die Lobby des Hotels, als man uns auch schon zurief, dass eine Nachricht auf uns wartete. Eine Mitteilung von Contino.

Er bat uns für den nächsten Morgen zu einer Adresse, die wir von seinem Briefbogen her kannten. Normalerweise suchte er uns im Hotel auf, diesmal wurde das Procedere umgedreht.

Henry runzelte die Stirn. „Von mir aus, dann lernen wir mal sein Büro kennen.“ Er tat die Angelegenheit mit einem Achselzucken ab.

„Wenn es eine Falle ist“, überlegte ich kurz, „ich werde Phyllis eine SMS schicken, damit sie darüber informiert ist.“

„Was du wieder für Ideen hast.“ Damit tat mein Mann die Angelegenheit als simpel ab.

Am folgenden Morgen nach dem Frühstück ließen wir uns mit dem Taxi zum Büro fahren. Ich passte höllisch auf, prägte mir den Weg genau ein, um im Notfall alleine zurück zum Hotel zu finden.

Wir erreichten das große Bürogebäude, wurden bereits erwartet, sofort ins Chefbüro geführt und mit orientalischem, starkem Kaffee versorgt. Contino empfing uns Augenblicke später. Innerlich beruhigt, dass es doch wohl seine Richtigkeit hatte, atmete ich tief durch.

Nach dem obligatorischen Smalltalk kam ich sofort zur Sache, ich war es leid, um den heißen Brei herumzureden. „Wer ist Ihr Auftraggeber? Kennen wir ihn? Warum erhalten wir von Ihrer Firma immer diese großen Aufträge?“

Für den Bruchteil einer Zehntelsekunde sahen wir einen irritierten Blick. Genauso schnell fing er sich wieder.

„Der Investor, der Auftraggeber ist eine Frau.“

Nun war es an mir, meine Gedanken zu ordnen. Mylady?

„Ist die Dame jünger?“ Kopfschütteln. Also doch!

„Sie ist Amerikanerin, etwa in Ihrem Alter.“

Sollte ich nun beleidigt sein? Besser nicht.

„Verstehen Sie mich oder uns nicht falsch“, erläuterte ich meine Frage, „wir freuen uns natürlich über diese Bauvorhaben, die stets zügig und komplikationslos abgewickelt werden, dank der überaus guten Zusammenarbeit. Aber wir fragen uns natürlich auch: Wie sind Sie denn damals auf uns gekommen?“

Nun lächelte er. „Referenzen! Sie hatten überaus gute und für uns zufriedenstellende Referenzen!“

„Von wem?“ Ich übersprang die Höflichkeitsfloskeln. Wieder ein „orientalisches Zögern“, wie Henry es oft ausdrückte. „Da müsste ich nachschauen, es ist schon so lange her, Jahre! Das weiß ich nicht mehr.“ Er sprach um den heißen Brei herum, druckste und erzählte gar nichts.

Für ihn schien die Sache erledigt zu sein, ich entnahm dem mahnenden Blick Henrys, endlich mit den Fragen aufzuhören. Widerwillig hielt ich meinen Mund.

Henry übernahm nun das Gespräch. „Señor Contino, warum sind wir hier? Gibt es Ungereimtheiten? Unsere Tochter erhielt lediglich einen Anruf ohne weitere Erklärungen, dass etwas nicht in Ordnung sei. Wir sind nun hier, um besagte Unstimmigkeiten zu besprechen.“

Contino winkte ab, schüttelte den Kopf. „Nein, wie kommen Sie darauf? Es gibt keinerlei Unstimmigkeiten“, verdutzt schaute er uns an, „nein, wir dachten, wir sollten die Verträge unterschreiben!“

„Dazu benötigen wir unser jüngste Tochter“, Henrys Stimme wirkte leicht ungehalten, „sie ist für die Verträge zuständig.“

„Oh, ja, ich vergaß. Rufen Sie Sophia an, ich kann ihr einen unserer Jets schicken.“ Er wandte sich bereits der Sprechanlage zu und gab seiner Sekretärin entsprechende Anweisungen.

Privatjet? Ich stockte. Steckte so viel Geld hinter diesem Konzern, dass es möglich war, einfach mal kurz einen Privatjet von A nach B zu schicken? Unglaublich.

Henry diskutierte noch mit Sophia, als anscheinend der Jet aufgetankt wurde. Ich war sprachlos.

Für den kommenden Tag erwarteten wir Sophia, sie wollte Johanna mitbringen. Alles schien geregelt. Es dauerte noch weitere fünf Minuten, bis ich wieder klar denken konnte.

„Wissen Sie, wem die Yacht Crossfire unten im Hafen gehört?“ Es war ein Schuss ins Blaue, trotzdem erhoffte ich mir eine Antwort. Contino stockte, Henrys Augen wanderten von einem zum anderen, auch er wartete auf eine Erklärung.

„Ich weiß es nicht, da müssten Sie im Hafenamt oder im Yachtclub nachfragen.“ Er schüttelte er den Kopf. „Mit Schiffen kenne ich mich nicht aus, schon gar nicht mit den größeren.“

Wir tranken noch einen Mocca, besonders stark und bitter, verabredeten uns für den nächsten Nachmittag und verabschiedeten uns. Dann sollte Sophia sich um die Verträge kümmern, und wir hatten Johanna für uns.

Kapitel 26

Um zwölf Uhr am nächsten Tag landete ein eleganter Learjet auf dem privaten Teil des Flughafens. Kaum öffnete sich die Tür, als auch schon Johanna herausstürmte und laut: „Opa, Opa, Johanna ist da, ich bin geflogen“, rief. Sophia hielt sie mit Mühe fest, die Beinchen waren noch zu kurz, um im Eiltempo die Treppe herunterzuspringen.

Bewaffnet mit Laptoptasche und Aktenkoffer in der einen und Johanna an der anderen Hand stieg unsere Tochter aus dem Jet.

Opa nahm ihr natürlich sofort Johanna ab und ich den Laptop. Um das andere Gepäck kümmerte sich das Personal. Kurz kam Neid auf, so wäre ich auch gern einmal umhergereist. Sophia erreichte die untersten Stufen. „Das ist toll“, begeistert lächelte sie uns an, „so macht reisen Spaß.“

„Opa! Ölwechsel?“ Johanna schaute Opa an und dann den Jet.

„Ja“, verzückt ging Henrys Augenmerk auf das Flugzeug über, „da muss man auch einen Ölwechsel machen, aber da lassen sie uns beide nicht ran.“

Sophia und ich registrierten den mitleidsvollen Blick, und ich hoffte, dass Henry es nicht heimlich ausprobieren würde.

Wir fuhren zurück ins Hotel, aßen eine Kleinigkeit, um dann den Termin im Büro Continos wahrzunehmen. Henry begleitete seine Tochter, während ich mit Johanna in den Souk fuhr. Die Shoppingtour machte uns beiden viel Spaß, wir liefen von einem Händler zum anderen. Ich behielt die Richtung im Auge, um mich nicht zu verlaufen, blickte einige Male zurück, suchte Orientierungspunkte und bemerkte nach einiger Zeit immer wieder dieselbe Person hinter uns. Ich wurde unruhig, wäre ich alleine unterwegs, hätte ich keine große Bedenken, aber mit Johanna an der Hand wollte ich kein Risiko eingehen.

„Jetzt gehen wir zurück“, erklärte ich der Kleinen, „Mama und Opa werden sicherlich schon auf uns warten, ich rufe sie mal an.“ Ich nahm mein

Handy und gab vor, zu telefonieren, hielt es in Richtung Verfolger und schoss zwei Fotos. Dann tat ich so, als ob ich mit Henry redete, lachte, nickte, immer noch mit Johanna fest an der Hand, und bewegte mich langsam zurück. Im Augenwinkel sah ich, dass auch unser Verfolger den Rückzug antrat, in einen der Händlerläden eintrat, die natürlich, wie im Orient üblich, so vollgestellt waren, dass man anderen Personen auf die Füße trat. Ich ging zügig zurück, aber um kein Aufsehen zu erregen, blieb ich ab und an stehen, um die Auslagen zu begutachten. Johanna passte es nicht.

„Oma, nicht so schnell", quengelte sie. Ich ging langsamer und versprach ihr für später ein großes Eis. Das spornte an. Nun war es an ihr zu rennen.

Wir erreichten unbeschadet den Ausgang des Souk, nahmen ein Taxi und ließen uns zum Hotel zurückfahren. Ich blickte mich um. Unser Verfolger sah es. Ich sah ihn, er sah mich, und ihm wurde klar, dass ich etwas bemerkt hatte.

Unbeschadet hielt das Taxi vor dem Hotel, natürlich warteten weder Henry noch Sophia auf uns, aber mit dem Eis als Beschleunigungseinheit lief Johanna beinahe schneller in die Cafeteria des Hotels als ich. Erleichtert nahm ich Platz und bestellte. Immer wieder beobachtete ich den Eingang, aber die Person, die ich im Souk gesehen hatte, kam nicht nach.

Genüsslich trank ich meine kalte Cola, schlürfte einen Mocca und sah Johanna zu, wie sie ihr Eis löffelte.

Zwei Stunden später kamen endlich Sophia und Henry zurück.

„Die Verträge sind unterschrieben", versicherte mir meine Tochter, „alles ist bestens gelaufen. Ich verstehe nur nicht, warum wir unbedingt persönlich kommen sollten. Das hätten wir alles telefonisch erledigen können. Aber", grinste sie, „so kam ich wenigstens in den Genuss, in einem Privatjet zu fliegen."

Johanna ließ sich mit einem weiteren Schokoladeneis ruhigstellen, und Henry genehmigte sich ein Stück Torte. Sophia und ich begnügten uns mit einem Mocca.

„Es scheint uns jemand zu beobachten", erzählte ich beiläufig, holte mein Handy hervor und zeigte das Bild.

Henry riss mir das Handy aus der Hand. „Kennst du den?"

Ich schüttelte den Kopf. „Aber, definitiv, er verfolgte Johanna und mich. Als wir dann umdrehten, hatten wir ihn wieder hinter uns."

Der irritierende, nachdenkliche Blick Sophias über den Tassenrand hinweg, sagte mir, sie wird sofort zurückfliegen und uns auf keinen Fall Johanna dalassen. Richtig.

„Wir fliegen morgen zurück“, teilte sie uns unmissverständlich mit, „solange nicht geklärt ist, was hier vor sich geht, ziehe ich es vor, zu verschwinden.“ Ich verstand sie natürlich, obwohl es mir leid tat, Johanna in den nächsten Tagen nicht mehr zu sehen.

„Er sagte, große Schiffe!“ rief ich perplex, ohne Zusammenhang, was ein Stirnrunzeln und ungläubiges Stutzen zur Folge hatte. Henry dachte, dass ich durchdrehte, ich versuchte exakter zu erklären: „Contino! Er sagte doch, dass er sich nicht mit Schiffen auskennt, schon gar nicht mit den großen! Woher wusste er denn, dass es sich bei der Crossfire um ein großes Schiff handelt? Über die Größe des Schiffes haben wir doch gar nicht geredet.“

Sophia, bereits im Begriff, auf ihr Zimmer zu gehen, drehte sich um und bat um eine genauere Erklärung. „Ich hatte gleich den Eindruck, mit Contino stimmt etwas nicht, erst beordert er euch vor Wochen nach Casablanca und nun schon wieder. Warum? Warum sollten wir aus Dénia weg, darauf läuft es doch hinaus.“

Eine Antwort fiel uns nicht ein, aber ich musste Sophia zustimmen. Nachdenklich schaute ich mich um und überlegte, mir auch noch ein Eis zu bestellen.

Im Augenwinkel bobachtete ich eine andere Person, nicht die, die uns verfolgte, jemand anderes, jemand, den ich kannte. Kaum bemerkte ich den Mann, als er auch schon in den nächsten Gang, der von der Rezeption abging, verschwand.

Langsam wurde es sehr ungemütlich hier. Was wollte Polidas in Casablanca? Reiste er uns nach? Hatte er auch hier geschäftlich zu tun? Zufall? Ich grummelte. Ich dachte. Ich überlegte. Henry unterschrieb gerade den Beleg, auf dem unser Verzehr aus der Cafeteria aufgelistet war, notierte unsere Zimmernummer und legte Stift und Zettel auf den Tisch zurück, als ich „Polidas“ sagte. Er schaute diesmal nicht so merkwürdig, sondern blickte sich suchend um.

„Hier?“

Ich nickte und wies mit meinem Kopf in die Richtung, in die er verschwunden war.

„Sicher?“

Nicken. „Ich bin es leid“, wütend stand ich auf und wollte hinter ihm her, aber Henry hielt mich zurück. „Lass mich“, zerrte ich mich los, „ich werde ihm meine Meinung sagen!“

„Wir sind in einem freien Land, vielleicht macht er hier Urlaub, vielleicht hast du dich verguckt, und die Person, die du gesehen hast, sieht ihm nur ähnlich!“

Scheiße, ein Wort, das ich nur dachte und natürlich nicht laut aussprach.

„Ich will auch nach Hause, wir könnten doch mit Sophia und Johanna zurück nach Deutschland fliegen.“ Ein Hoffnungsschimmer keimte auf, auch mal in so einem Jet zu reisen, aber mein Mann wiegelte ab: „Sophia soll mit der Kleinen zurückfliegen, wir werden hierbleiben und einige Nachforschungen betreiben. Ich habe mit Lucas telefoniert, wenn Nora in den nächsten zwei Tagen nicht in London oder England erscheint, kommt er zu uns.“

„Wir bleiben auf jeden Fall noch zwei Tage länger?“

„Sollte sie in England auftauchen, werden wir sie dort weiter beobachten lassen, und Lucas kommt nach Casablanca.“ Damit war die Angelegenheit für Henry vorerst beendet, und er ging aufs Zimmer. Ich blieb noch sitzen.

Man sollte den Spieß umdrehen, überlegte ich.

Wenn Polidas hier war, waren vielleicht unsere Feinde ebenfalls hier. Oder er verfolgte uns. Vielleicht hat er uns noch nicht entdeckt, dachte ich weiter, zog mich immer kleiner und unauffälliger in den Sessel zurück und beobachtete aus sicherer Entfernung den Gang, in den kurz zuvor Polidas verschwunden war. Wenn mir das Glück hold war, kam er vielleicht gleich zurück. Sollte ich Polidas nochmals sehen, wollte ich ihm nachgehen.

Lange brauchte ich nicht im Sessel auszuharren. Nach einer Viertelstunde kam er zurück und verlangte an der Rezeption seinen Schlüssel. Er wohnt also auch hier im Sheraton Casablanca. Was wollte er ausgerechnet heute hier an diesem Ort?

Nachdem er aus dem Empfangsbereich verschwunden war und wahrscheinlich sein Zimmer aufsuchte, ging ich schnell zur Rezeption und fragte auf die „dumme Tour“ nach: „Ach, entschuldigen Sie, war das nicht Mr. Miller aus London, der gerade seinen Schlüssel verlangte?“

„Nein, das war Señor Polidas aus Spanien“, korrigierte man mich.

Ich schüttelte den Kopf. „Oh, dann habe ich mich vertan.“

Kapitel 27

Felicitas stieg aus ihrem Wagen und rannte die wenigen Stufen zur Eingangstür hoch. Sie klingelte nicht, sondern benutzte den Haustürschlüssel.

„Hallo Mama, ich bin's!“

„Hier auf der Terrasse“, kam es zurück.

Felicitas nahm auf dem Weg dorthin eine Tasse mit. Da ihre Mutter ihren Besuch erwartete, stand eine Kanne Kaffee auf dem Tisch für sie bereit.

„Schön, dass du mich besuchst, und schön, dass es dir wieder besser geht. Ich hoffe, es ist ungefährlich für dich, mich zu besuchen und überhaupt wieder in die Öffentlichkeit zu gehen. Was macht Jo?“

Felicitas goss sich Kaffee ein und trank einen ersten Schluck, bevor sie antwortete. „Ihr geht es gut, wir stehen in Kontakt, vermeiden es aber, uns zu treffen. Der Anschlag galt ihr, nicht mir. Für mich ist es nicht gefährlich. Aber sie sollte sich besser nicht blicken lassen.“

Ihre Mutter nickte. „Dass nun nach so langer Zeit wieder alles aufgewirbelt wird ...“ Señora Diaz schnalzte mit der Zunge. „Ich erinnere mich noch genau an damals!“

„Ach“, stutzte Felicitas, „das wusste ich nicht. Erzähl doch mal.“ Und Señora Diaz begann.

Den ersten Teil kannte Felicitas noch aus eigenen Erinnerungen. Immerhin waren sie und Josefine damals gemeinsam aufgewachsen. Natürlich kannte sie auch Robert. Erst später, sie waren vielleicht zwölf oder dreizehn Jahre alt, erfuhr sie, dass er ein Findelkind war. Da sie Kinder waren, begriffen sie nicht genau, was das alles bedeutete. Sie fassten es mehr als ein Abenteuer auf. Ihre Erinnerungen waren verschwommen und ungenau. Sie weilte in der Vergangenheit, während ihre Mutter erzählte, bis etwas ihre ungeteilte Aufmerksamkeit erregte.

„Jos Mutter, sie war damals genauso alt wie ich, beantragte nach einem Jahr die Adoption des kleinen Robert. Er wohnte die letzten zwölf Monate bei den Strauß’ in der Villa. Wir alle dachten, es wäre eine reine Formsache, als auf einmal eine weitere Familie Robert adoptieren wollte. Diese ganze Aktion hatte zur Folge, dass sich die Adoption hinzog.“ Señora Diaz schüttelte den Kopf. „Wir waren natürlich alle empört. Der Pfarrer musste sich einschalten, um bei den Behörden Druck zu machen.“

„Aber warum? Wer wollte ihn denn noch adoptieren? Erst wird er vor der Kirchentür ausgesetzt, niemand will ihn, und dann streiten sich zwei Familien um ihn! Es war doch Glück für den Kleinen, dass Señora Strauß in der Nähe war, als er gefunden wurde.“

Señora Diaz entfleuchte ein Grummeln, was auch immer es bedeuten mochte.

Felicitas stockte: „Warum machst du so ein Gesicht? Stimmt da etwas nicht?“

„Ich bin auch heute noch der Ansicht, dass sie gesehen haben muss, wer den Kleinen ausgesetzt hat. Sie saß doch nur fünfzig Meter von der Kirchentür entfernt. In dem kleinen Café, schräg gegenüber, du kennst es doch. Man kann alles übersehen, hat alles im Blickfeld. Sie saß alleine da, niemand war bei ihr, und wie ich hörte, trank sie mehrere Tassen Kaffee!“

Felicitas schaute ihre Mutter entgeistert an. „Señora Strauß hat Kaffee getrunken?“

Felicitas erinnerte sich, dass sie keinen Kaffee mochte. „Du meinst also, sie hat beobachtet, wer den Jungen dort abgesetzt hat?“ Ihre Mutter nickte. „Du meinst, es war ein abgekartetes Spiel?“

„Das ist bis heute meine Meinung. Ich habe nie etwas dazu gesagt, und als ich sie einmal danach fragte, eine Andeutung machte, sah sie mich ganz merkwürdig an und meinte nur: ‚Manche Frauen sind so verzweifelt, dass sie keinen anderen Ausweg wissen.‘ Ich habe es dann nach einiger Zeit nochmals versucht, habe sie gefragt, sie sagte dazu nichts, schüttelte nur den Kopf und sagte: ‚Man soll keine gefährlichen, schlafenden Hunde wecken.‘ Danach fragte ich nie wieder. Immerhin war sie eine gute Freundin von mir, und ich akzeptierte ihre Heimlichtuerei.“

„Und Jos Vater?“

Sie zuckte mit den Achseln. „Ich habe ihn natürlich nie gefragt. Da ich auch gegenüber deinem Vater geschwiegen habe, hat er auch nie Jos Vater gefragt. Aber ich glaube, er wusste Bescheid.“

Kapitel 28

Auf dem Rückweg fuhr sie einen Umweg, an der Kirche vorbei, schaute sich genau um. Es stimmte, dachte sie, von dem Café aus konnte man genau die Kirchentür und auch die nähere Umgebung beobachten. Ihre Mutter lag scheinbar gar nicht so falsch mit ihren Überlegungen. Sie parkte ihren Wagen und stieg aus. Langsam schlenderte sie zum Café hinüber, setzte sich auf einen der Außenstühle und bestellte einen Kaffee. Ständig behielt sie die Kirchentür im Auge. Nach vierzig Jahren waren natürlich die Sträucher und Bäume größer, aber auch heute noch konnte man von ihrem Sitzplatz aus genau beobachten, was um die Kirche herum geschah. Sollte es eine gut inszenierte Komödie gewesen sein? Wartete Señora Strauß hier nur so lange, bis ihr Auftritt begann?

Felicitas setzte sich, zu Hause angekommen, sofort an ihren Computer, um das soeben Erfahrene Josefine mitzuteilen. Vielleicht existierten noch irgendwo Unterlagen, aus denen hervorging, wer sich damals ebenfalls um die Adoption Roberts bemüht hatte.

Das alles teilte sie ihrer Freundin per Mail mit, die ihr auch zwei Stunden später antwortete. Aus den wenigen Zeilen ging hervor, dass es sie scheinbar nicht erstaunte. Vielmehr bat sie Felicitas um einige Nachforschungen. Sie sollte in Erfahrung bringen, welche Hotels es damals in der näheren Umgebung gab und ob eine alleinreisende Frau mit Namen Nora abgestiegen sei. Fast ein unmögliches Unterfangen nach so vielen Jahren, aber vielleicht gab es älteres Personal, das sich noch erinnerte.

Jo schien eine Spur zu verfolgen, dachte sie, rief ihre Mutter an und fragte nach den Hotels. Sie selbst und auch Jo waren knapp ein Jahr alt gewesen und konnten sich natürlich nicht mehr daran erinnern.

Señora Diaz ahnte etwas und fragte gezielt, ob es etwas mit Roberts Verschwinden zu tun haben könnte. Sie gab sich mit der vagen Antwort zufrieden und teilte ihrer Tochter die Namen zweier Hotels mit, die einzigen, die es damals in Dénia gab.

Felicitas schaute auf ihre Armbanduhr. Es war früher Nachmittag, ihren Mann erwartete sie noch nicht zurück, also konnte sie weiter nachforschen. Endlich keine Langeweile mehr, dachte sie, und nach noch nicht einmal fünfzehn Minuten parkte sie vor dem ersten der älteren Hotels. Weitere zehn Minuten später saß sie beim Geschäftsführer und erklärte in wenigen Sätzen den Hintergrund ihres Besuches. Leider trat das ein, was sie vermutete: Es war zu lange her. Diese Unterlagen hob man maximal zehn Jahre auf, dann wurden sie automatisch entsorgt. Auch älteres Personal gab es nicht mehr. Der Geschäftsführer erinnerte sich aber noch an den Namen eines Zimmermädchens, das lange hier gearbeitet hatte vielleicht etwas wissen konnte. Er versprach, die Adresse heraussuchen zu lassen, nahm Felicitas Visitenkarte und legte sie auf seinen Schreibtisch.

Beim zweiten Hotel verließ sie ihr Glück: Es gab weder Unterlagen noch älteres Personal. Wenigstens einen kleinen Teilerfolg konnte sie verzeichnen, als der Manager des zuerst aufgesuchten Hotels zurückrief und ihr die Adresse der damaligen Mitarbeiterin gab. Sofort fuhr sie weiter. Besagte Wohnung lag nicht weit von ihrem momentanen Standpunkt entfernt. Sie läutete, und kurze Zeit später wurde die Tür geöffnet. Die Stufen bis zur dritten Etage nahm sie im Laufschritt. Vor der Wohnungstür wurde sie von einer älteren, grauhaarigen, aber noch rüstigen Dame empfangen. Neugierig blickten Felicitas zwei wache Augen entgegen.

Sie stellte sich vor und erklärte kurz ihr Anliegen. Freundlich lächelnd bat Señora Cortez sie in die Wohnung.

„Ich habe nicht allzu oft Besuch, daher freue ich mich immer, wenn sich mal jemand bis hier oben verirrt."

Die beiden Frauen nahmen Platz. Señora Cortez bot Felicitas ein Glas Wasser an, was sie aber dankend ablehnte. Kurz erklärte sie, warum sie gekommen war, und fragte nach Informationen hinsichtlich einer Frau namens Nora.

Die grauhaarige Dame lehnte sich zurück, kniff ihre Augen zusammen und schien angestrengt zu überlegen. „Wie lange, sagten Sie, ist es her? Über vierzig Jahre?"

„Nein, es muss länger her sein", korrigierte Felicitas die Zeitangaben, „vor vierzig Jahren ist der achtzehnjährige Sohn verschwunden, der zu dem Zeitpunkt schon fünfzehn Jahre bei der Familie Strauß wohnte und auch von ihnen adoptiert wurde. Er ist hier in Dénia, also vor fünfundfünfzig Jahren aufgetaucht."

„Dann war ich zu dem Zeitpunkt gerade mal zwanzig Jahre alt. Jetzt erinnere ich mich. Ja, da gab es etwas, den Jungen fand man vor der Kirche!"

Felicitas nickte. „Richtig, dort wurde er von Señora Strauß gefunden, oder besser gesagt, vom Pfarrer. Aber die Señora war auch in der Nähe, daher konnte sie sich sofort des kleinen Jungen annehmen."

Señora Cortez lächelte, sie schien sich zu erinnern.

„Wir forschen nun nach dem Verbleib einer Dame, wahrscheinlich Engländerin, die, so vermuten wir, in einem Hotel in der Nähe abgestiegen sein muss."

„Sie meinen die leibliche Mutter des Jungen?" Señora Cortez redete nicht um den heißen Brei herum.

Felicitas nickte.

„Nun begreife ich Ihre Frage. Aber es ist so lange her, da muss ich erst meine grauen Gehirnzellen aktivieren. Ich habe alte Terminkalender, dort notierte ich Jahr für Jahr Ereignisse, Termine und so weiter – fast schon ein Tagebuch. Ich werde in den alten Kisten suchen müssen", meinte sie nachdenklich, „aber diese Terminkalender sind noch irgendwo! 1954, sagten Sie?"

Felicitas nickte, stand auf, griff in ihre Tasche und zog eine Visitenkarte hervor. „Rufen Sie mich bitte an, wenn Sie etwas entdeckt oder gefunden haben."

„Ich kann nichts versprechen, aber ich fange gleich mit der Suche an“, versprach sie, „alles habe ich natürlich nicht notiert, aber vielleicht hilft es, wenn ich lese, was an den Tagen im Hotel passierte. Ich erinnere mich vage an etwas anderes, aber ich weiß nicht mehr, ob es vor oder nach dem Auffinden des Jungen war. Ich suche, ich verspreche es. Es interessiert mich natürlich auch.“

Wieder zu Hause angelangt, mailte sie die nächsten Neuigkeiten ihrer Freundin. Sie konnte nun nichts anderes mehr tun als zu warten. Unterbrochen wurden ihre Gedanken von einem Anruf ihrer Mutter.

„Ich habe weiter nachgedacht. Du solltest dir die alten Berichte der Zeitungen vornehmen. Vielleicht findest du dort etwas, was nicht unmittelbar mit Robert zu tun hatte, aber doch hilfreich sein kann, vielleicht eine Begebenheit, die erst bei genauerem Hinschauen wichtig ist.“

Felicitas' Mann Jaime, der gerade das Wohnzimmer betrat, hörte das Gespräch mit und blickte seine Frau gespannt an. „Geht es um Robert? Ich weiß ja, dass der Anschlag nicht dir gegolten hat, aber bitte sei vorsichtig. Wenn du zu tief gräbst, kannst doch du beim nächsten Mal das Ziel sein.“

Felicitas lächelte. Jaime war zwar besorgt, ließ sie aber weiterforschen.

„Gibt es denn interessante Neuigkeiten?“

Felicitas erzählte.

„Und du meinst, diese Señora Cortez kann euch weiterhelfen?“

„Ich hoffe es, wir hoffen es. Meine Mutter meint, es wäre ein abgekartetes Spiel gewesen, sie hat ihre Vermutungen nur nie geäußert, weil Señora Strauß ihre Freundin war. Als sie darauf angesprochen wurde, hat sie nur geäußert, sinngemäß, es wäre besser, keine Fragen zu stellen, das wäre gefährlich. Mittlerweile glaube ich auch, dass er kein Findelkind war, sondern dass Robert zur eigenen Sicherheit in die Obhut der Familie Strauß übergeben wurde. Ich habe die neusten Erkenntnisse Jo gemailt, sie antwortete, dass sie mittlerweile zur selben Einsicht gekommen sei. Leider können wir niemanden mehr befragen. Fast alle von damals sind verstorben, und meine Mutter hatte damals nicht weiter nachgefragt.“

„Du hast recht, die Älteren, die zur damaligen Zeit um die zwanzig Jahre alt waren, sind mittlerweile zwischen siebzig und achtzig. Da kann wirklich nur noch eine Señora Cortez helfen. Hoffentlich hat sie ein gutes Erinnerungsvermögen.“

„Ich hoffe, sie meldet sich morgen, und hoffentlich hat sie etwas gefunden.“

Es dauerte aber noch zwei Tage, bis der erwartete Anruf endlich kam.

Kapitel 29

Polidas in Casablanca! Was wollte er hier? Verfolgte er uns? Das konnte nicht sein. Er schien Henry und mich nicht bemerkt zu haben und lief hier unbefangen durchs Hotel.

Ich wartete beinahe eine halbe Stunde, bis er wieder erschien und durch die Eingangstür nach draußen trat. Vorsichtig, aber doch zügig, sprang ich auf, um ihm in einem gewissen Abstand zu folgen. Glücklicherweise lief er zu Fuß Richtung Bootsstege, verschwand dann auf einem der abknickenden Stege, bis er auf eines der größeren Boote kletterte. Sofort machte ich ein Foto. Die Yacht, nicht allzu groß, mit Namen Julie hatte die deutsche Flagge gehisst. Aus sicherer Entfernung bezog ich meinen Beobachtungsposten.

Ich fotografierte nicht nur besagtes Schiff, sondern auch die Umgebung, aber viel tat sich hier nicht. Auf der Julie sah ich einige unbekannte Personen. Sie saßen auf Deck und unterhielten sich. Einige Male kam es mir vor, als ob sie stritten. Das wilde Gestikulieren konnte man so deuten. Aber vielleicht interpretierte ich zu viel in die Situation hinein.

Immer wieder spähte ich hinüber. Es wurde langweilig, und ich beschloss gerade, zurück ins Hotel zu gehen, als die Leinen gelöst wurden. Keiner der Anwesenden verließ die Yacht. Damit schien mein selbstgewählter Auftrag erfolglos zu enden.

Ich beobachtete, wie dieses schöne Schiff den Liegeplatz langsam und majestätisch verließ und sich zwischen den Anlegestegen hindurch an den anderen Booten vorbeischlängelte. Ich beobachtete, wie es sich der Hafeneinfahrt näherte, rechts der kleine, rote Leuchtturm, links der große grüne. Ich beobachtete, wie die Yacht das offene Meer erreichte. Ich fotografierte. Ich weiß nicht, warum ich stehen blieb und zusah. Vielleicht weil es ein grandioser Anblick war? Vielleicht weil die Ruhe hier greifbar schien? Ich stand einfach nur da, fotografierte und beobachtete das Schiff, das langsam kleiner wurde.

Plötzlich ein ohrenbetäubender Knall. Automatisch schoss ich weitere Fotos, begriff nicht sofort, was vor meinen Augen geschah: Die Julie explodierte.

Ein großer, rotgelber Feuerball stieg gen Himmel, Trümmer flogen durch die Luft. Schwarze Wolken, Rauch.

Ich erstarrte. Nach einigen Sekunden löste sich der Schock, ich schaffte es, wieder klar zu denken und wollte mit meinem Handy den Notruf tätigen. Es war nicht nötig.

Vom Land her, von den umherliegenden Schiffen und Yachten liefen Menschen herbei, der Steg unter mir wackelte verdächtig. Ich schaute mich um, konnte ich helfen? Noch während ich nachdachte, ergriffen zwei Hände meinen linken Arm und zogen mich fort.

„Komm, weg hier!"

Ich hatte Henry nicht bemerkt.

„Das war Polidas", stammelte ich, „er war auf dem Schiff, er hatte sich mit anderen Leuten dort getroffen, deutsche Flagge, kannte niemanden ..."

„Ganz ruhig. Komm erst mal zurück ins Hotel, ganz ruhig."

Ich versuchte es mit einer weiteren Erklärung, schaute mich um, stammelte etwas, wurde aber energisch von Henry in Richtung Hotel gezogen.

Die ersten Boote hatten die Unglücksstelle erreicht, auch ein Hubschrauber überflog den Bereich, vermutlich, um nach Überlebenden zu suchen.

Wenige Minuten später saßen wir in der Hotellobby, Henry bestellte zwei Cognac, drückte mir dann eins der Gläser in die Hand und meinte nur: „Trink!"

Sophia, die den Lärm mitbekommen hatte, kam auf uns zu. „Hier steckt ihr! Was ist passiert? Was ist da draußen los? Ich konnte nichts sehen, ich hörte nur den Knall."

Johanna freute sich auf ein weiteres Eis.

Ich schüttelte den Kopf und deutete so an: Nicht vor Johanna. Sophia verstand.

„Cognac? So schlimm?"

„Polidas!"

Nun verstand sie nichts mehr. Henry pilgerte mit Johanna zum Kuchenbuffet, so dass ich schnell Sophia erklären konnte, was passiert war.

„Meinst du", sie zögerte, „meinst du, es sind die, die uns auch verfolgt haben?"

„Ich weiß es nicht, es wird jeden Tag verworrener. Ich will nach Hause, nach Deutschland", murrte ich zu Henry, der sich wieder mit Johanna zu uns setzte, „lass uns mit Sophia und Johanna zurückfliegen!"

Noch bevor Henry antworten konnte, stürmte Contino durch die Eingangshalle direkt auf uns zu: „Ist Ihnen auch nichts geschehen? Ich habe gerade erfahren, was hier passiert ist. Schrecklich. Eine Yacht aus Deutschland ist kurz nach Passieren der Hafeneinfahrt explodiert!"

Er setzte sich zu uns, fast grün im Gesicht. Hatte ihn die Sache so mitgenommen?

Ich nickte. „Ich war dabei, ich habe es gesehen!"

Bislang verschwieg ich, dass ich fotografiert hatte. Ich wollte mir die Bilder erst einmal in Ruhe anschauen, bevor ich zu irgendjemandem ein Wort sagte. Als Henry mich auf dem Steg von hinten packte, steckte ich automatisch die kleine Kamera in meine Handtasche. Er schien es nicht bemerkt zu haben.

Mittlerweile funktionierte mein Denkapparat wieder.

„Sie waren dabei? Haben Sie die Explosion gesehen? Wieso ...?

„Ich machte gerade einen Spaziergang zum Hafen. Ich beobachtete die Yacht, die langsam aus dem Hafen fuhr. Ich hatte mich schon umgedreht, wollte zurück zum Hotel und meiner Familie sagen, dass ich zurück nach Deutschland fliegen will, als es hinter mir knallte."

„Haben Sie noch etwas Ungewöhnliches bemerkt, hier im Hafen?"

„Nichts, eigentlich habe ich gar nichts gesehen."

„Ich kann verstehen, dass Sie morgen auch nach Hause wollen. Sie können im Privatjet mitfliegen, ich werde alles Nötige veranlassen."

Nun verdankte ich Polidas, obwohl er nicht mehr unter den Lebenden weilte, einen Flug im Privatjet von Casablanca nach Düsseldorf. Polidas war mir stets äußerst verhasst, trotzdem fand ich, dass er dieses Ende nicht verdient hatte. Ich dachte über den Diebstahl unserer Daten vom Server nach. Alles schien zusammenzuhängen. Aber wie? Was hatte Polidas mit der alten Geschichte zu tun?

Henry las meine Gedanken. „Vielleicht ist Polidas zu unseren Gegnern übergelaufen. Vielleicht haben sie ihn beauftragt, uns auszuspionieren."

Auch eine Möglichkeit, aber in meinen äußeren Gehirnwindungen machte sich ein ganz anderer Gedanke breit. Ich wollte darüber noch nicht reden, daher schlug ich vor, die Koffer zu packen, um morgen rechtzeitig den Heimflug antreten zu können. Eigentlich wollte ich nur die Fotos der Digitalkamera anschauen, doch ich kam nicht dazu.

Am nächsten Morgen flogen wir vier mit Continos Privatjet nach Deutschland zurück. In Düsseldorf holte Phyllis uns ab. Wir berichteten ihr die Kurzfassung und versprachen, die Einzelheiten und unsere Vermutungen zu Hause zu erläutern. Wir trafen uns im Wohnzimmer: Lucas und auch Marcus erwarteten uns bereits.

„Nachdem ich hörte, was in Casablanca passiert ist, habe ich sofort den Flieger nach Deutschland genommen. Mylady ist übrigens in England aufgetaucht. Sie kann nicht hinter diesem Anschlag stecken." Als er unsere verblüfften Gesichter sah, fuhr er fort: „Ihr habt doch auch geglaubt, dass sie dahintersteckt, das sehe ich eurer Nasenspitze an, Polidas steckt mit unseren Widersachern unter einer Decke."

„Steckte, Lucas, steckte", verbesserte ich ihn.

„Natürlich kann ihn auch jemand beauftragt haben", sagte er dann.

„Aber warum? Er hat nicht gewusst, dass wir in Casablanca sind, er lief sorglos im Hotel herum, er hat mich nicht gesehen oder bemerkt."

„Wurde er hingelockt?" Marcus hatte sich bislang nicht in unsere Unterhaltung eingemischt, kannte er doch die Details nur aus unseren Erzählungen. „Nehmen wir einmal an, man wusste, dass ihr euch in Casablanca aufhaltet, man orderte ihn dahin, man sprach mit ihm, man lockte ihn auf das Boot, und man löschte ihn aus, da er zu viel wusste!"

„Bleibt eigentlich nur zu klären, wer ‚man' ist", folgerte Henry ironisch, „aber ansonsten ergibt deine Überlegung Sinn."

„Wie viele Leute befanden sich an Bord? Hat das einer gesehen?"

Ich zog es vor, noch nichts von den Fotos zu sagen. „Ich glaube vier. Ich sah es nicht genau, ich war zu weit entfernt. Es konnten auch noch Personen unter Decke gewesen sein, groß genug war das Schiff ja, es müssen auch Besatzungsmitglieder dabei gewesen sein."

Wir saßen noch im Wohnzimmer, als Carlotta hineinstürmte, im Schlepptau die Polizei. Weber und Nedel begrüßten uns schon beinahe wie alte Freunde und kamen gleich zur Sache: „Wir sind um Hilfe gebeten worden, aus Casablanca. Sie wissen, um was es geht? Sie sind anscheinend schnell aus Marokko verschwunden, man konnte sie nicht mehr vernehmen. Daher wurden wir gebeten, die Befragung hier vorzunehmen, also ..."

Bevor er weitersprach, ging ich dazwischen: „Nur ich war beinahe anwesend, und ich habe nichts gesehen. Als ich die Explosion hörte, war ich schon fast wieder im Hotel. Ich hatte dem Hafen den Rücken zugekehrt, mein Mann, meine Tochter und meine Enkelin hielten sich im Hotel auf", ich schaute sie an, sie schauten mich an, „mehr gibt es dazu nicht zu sagen. Basta!"

Sophia saß mit versteinerter Miene im Sessel, blickte mich an, schaute zu ihrem Vater, dann wieder zu mir, und zu guter Letzt schweiften ihre Augen zu Weber. Langsam bequemte sie sich zu einem Nicken: „Ich war mit Johanna im Hotel!" Mit ihrer Bestätigung log sie noch nicht einmal.

Henry sagte nichts. Wartete er auf eine weitere Erklärung meinerseits? Als nichts mehr kam, weder Fragen noch Antworten und wir fast eine halbe Minute lang schwiegen, nickte endlich auch er.

Weber gab sich tatsächlich damit zufrieden.

„Wer ist denn ums Leben gekommen? Ich habe gehört, es seien mehrere Leute an Bord gewesen.“ Die Neugierde ließ mich nicht los.

„Es soll eine Yacht aus Deutschland gewesen sein. Mehr wissen wir auch noch nicht. Es wird noch nach Überlebenden gesucht, das war der letzte Stand der Dinge aus Marokko, vor ungefähr zwei Stunden“, erklärte uns Nedel, „die Kollegen aus Casablanca vermuten, dass eine Bombe an Bord war. Es war Glück, dass sie nicht schon am Steg explodierte, dann wären wesentlich mehr Menschen ums Leben gekommen.“

„Befanden sich Deutsche an Bord?“ Ich wollte mehr wissen. „Wenn es ein deutsches Schiff war, liegt das nahe. Woher kamen sie? Man muss doch über den Namen des Bootes etwas herausfinden. Der Name des Schiffes wird registriert, wenn es in den Hafen einfährt, auch der Name des Eigentümers.“ Weber und Nedel schienen über meine Kenntnisse erstaunt zu sein. „So ist es zumindest in Spanien und anderen europäischen Häfen üblich, also nehme ich an, in Marokko ebenfalls. Es müssen noch Hafen- und Liegegebühren bezahlt werden. Vielleicht bezahlte man mit Kreditkarte“, gab ich zu bedenken, „das wäre dann ein weiterer Hinweis!“

Mittlerweile erdolchten mich Henrys Blicke, und ich zog es vor, nun zu schweigen. Henry übernahm: „Meine Frau hat recht, gesehen haben wir absolut nichts, aber vielleicht konnten wir mit diesen Hinweisen helfen.“

Übertreib es nicht, Henry, dachte ich, das *absolut* war vielleicht ein Ticken zu viel im Satz. Allerdings wollte ich Mithilfe signalisieren, um gegebenenfalls auch Infos zu erhalten.

„Wenn mir noch etwas einfallen sollte, melde ich mich bei Ihnen“, versprach ich, äußerst freundlich und wohlwollend, stand auf und gab so kund, dass für mich das Gespräch beendet war. Die beiden standen ebenfalls auf, verabschiedeten sich, fragten aber Henry nach Neuigkeiten aus Spanien.

„Nichts, es gibt nichts Neues. Alle tappen im Dunkeln. Sie scheinen auch nicht voranzukommen“, meinte er nichtssagend.

Kaum schloss sich die Tür hinter den Hütern des Gesetzes, legte Sophia los: „Was sollte das? Warum hast du nichts gesagt? Warum hast du Polidas nicht erwähnt?“

Ich zuckte mit den Schultern. „Irgendetwas sagt mir, ich sollte es besser nicht tun. Ich will erst abwarten, was Contino zu berichten hat.“

Er hatte uns für den Rückflug den Privatjet zur Verfügung gestellt und zugesagt, uns über die Ermittlungen auf dem Laufenden zu halten.

„Ich habe Kopfschmerzen“, erklärte ich plötzlich, „ich lege mich etwas hin.“ Niemand hielt mich zurück. Die Wunderwaffe Migräne half immer, wollte man alleine sein.

Ich ging schnell ins Schlafzimmer, setzte mich dort an den kleinen Sekretär, öffnete meine Tasche und holte das Netbook und den Fotoapparat hervor. Vorsichtshalber zog ich auch noch einen USB-Stick aus der Tasche, auf dem ich alles Wichtige speicherte.

Alles dauerte mir zu lange, ich stand auf, lauschte an der Tür: Kam jemand die Treppe hoch? Nein, ich hatte Glück, sogar Johanna wurde unten festgehalten, um mich in meiner „Leidensphase“ nicht zu stören. Hoffentlich kam niemand, um mir Kaffee, kalte Getränke oder sonst was zu bringen, hoffentlich hatte ich eine Stunde Zeit, um in Ruhe alles zu überprüfen. Angst überkam mich. Hoffentlich waren die Bilder gelungen! Aber warum nicht?

Endlich, das Netbook war hochgefahren, die Speicherkarte eingelegt und bereit, die Fotos zu präsentieren. Ich speicherte sie zuerst auf dem Netbook, dann auf meinem Stick, den ich sofort wieder in meine Handtasche zurücksteckte. Auf den Fotos erkannte man die vier Personen auf der Julie, man sah drei Besatzungsmitglieder, wie viele, oder ob sich Personen unter Deck aufhielten, ließ sich natürlich nicht sagen. Die Umgebung ergab auf den ersten Blick nichts Ungewöhnliches. Ich zoomte die Fotos näher, dann, um den Überblick zu behalten, wieder zurück. Millimeter für Millimeter untersuchte ich sie, ohne zu bemerken, dass schon über eine Stunde vergangen war. Schritte auf der Treppe holten mich vom Yachthafen in Casablanca zurück in unser Haus in Dorsten. Schnell klappte ich das Netbook zu und legte mich aufs Bett. Die Tür öffnete sich vorsichtig, Sophia schaute hinein, sah, dass ich anscheinend schlief, und schloss sie wieder. Ich wusste es, sie schauten nach, wie es mir ging, störten mich aber nie, wenn sie meinten, ich schliefe. Kaum wieder allein, schnellte ich vom Bett hoch, klappte den Monitor hoch und suchte weiter.

Eindeutig war Polidas an Bord, die anderen drei Männer in der Tischrunde kannte ich nicht.

Auf einer der Yachten in der unmittelbaren Umgebung der Julie sah ich eine andere Person: Ein Mann spähte sehr interessiert zur Julie herüber. Ließ auf keinem der Fotos die Passagiere aus den Augen und hielt einen Gegenstand in der Hand. Nein, auf einem der Fotos erkannte ich zwei Objekte. Ich zoomte den Ausschnitt näher und sah ein Handy. Er unterhielt sich mit jemandem, der Gegenstand in der anderen Hand, klein, rechteckig und offensichtlich mit einer Antenne bestückt, deutete in Richtung herausfahrende

Yacht. Eine Fernbedienung für den Zünder? Ganz bestimmt, er wartete, bis die Julie aus dem Hafen heraus geschippert war, und zündete per Funk die sich an Bord befindliche Bombe!

Aber mir kam ein anderer Gedanke.

Die Explosion geschah außerhalb des Hafens!

Befanden sich noch alle Opfer zu dem Zeitpunkt an Bord? Hinter der Hafenmauer konnten die Passagiere noch vor der Explosion heruntergesprungen sein, in das warme Wasser des Atlantischen Ozeans. Um an Land zu gelangen, waren nur einige wenige Schwimmzüge notwendig.

War es eine abgekartete Inszenierung für Zuschauer, also für mich? Wusste man, dass Henry und ich in Casablanca waren? Wusste Polidas es nicht und war hereingelegt worden? Wollte man potenzielle Mitwisser aus dem Weg räumen?

Leider waren die restlichen zwei Fotos unscharf, ich schoss sie Sekunden nach der Explosion, mehr aus einem Reflex heraus, ohne das Motiv zu fixieren. Ich starrte schon seit fünf Minuten auf die letzten vier Bilder, ohne Ergebnis. Keine Idee, keine Erkenntnis, ich saß einfach nur da und ließ meinen Gedanken freien Lauf. Es dauerte eine Zeit, bis ich einen Plan entwickelte. Dass wieder eine Stunde vergangen war, bemerkte ich erst, als ich ein zweites Mal an diesem Nachmittag leise Schritte auf der Treppe hörte.

Ich beendete gerade eine Mail an Felicitas, als die Kontrolle zurückkam, diesmal in Form von Henry. Ich stellte mich nicht schlafend, sondern winkte ihn hinein. „Ich ahnte es“, murrte er, „du hast nicht geschlafen, du wolltest alleine sein. Warum? Was ist los?“

Ich deutete auf den Computerbildschirm.

„Du hast fotografiert.“ Er stellte keine Frage, es war eine Erkenntnis, er nickte und überflog die Bilder.

„Eindeutig Polidas, aber wer sind die anderen?“

„Lucas soll sie sich anschauen, dachte ich, bevor wir sie der Polizei übergeben. Ich druck die Bilder vergrößert aus. Ich habe überlegt, sie der Polizei in Casablanca und Dénia per Mail zu senden. Aber man kann den Weg zurückverfolgen, das möchte ich vermeiden. Also werden wir es auf die althergebrachte Weise machen: Wir verschicken sie per Post.“

„Nein“, schüttelte Henry den Kopf, „denk an den Poststempel!“

„Nein. Ich schicke sie per Mail zu Felicitas, sie kann sie ausdrucken und dann per Post verschicken. Wir sind in Deutschland, die Post kommt aus Dénia. Der Verdacht fällt dann nicht sofort auf uns.“

„Okay, so kann es gehen. Informierst du Felicitas?“

„Hab ich schon, sie schrieb mir eine Nachricht, denn sie hat einiges in Erfahrung gebracht. Ich antwortete ihr gerade, als du ins Schlafzimmer kamst."

„Was für Neuigkeiten?"

Wieder einmal fasste ich Erkenntnisse in einer Kurzinfo zusammen.

„Ich müsste noch einmal mit Nora sprechen", überlegte ich, „sie weiß mehr, als sie mir erzählt hat. Sie ist der Schlüssel. Aber wie kann ich einen weiteren Kontakt herstellen? Vielleicht sollte ich die Telefonnummer noch einmal ausprobieren." Ich blickte das Telefon an, als ob ich per Gedankenübertragung eine Verbindung zu Nora herstellen könnte. „Ich glaube, ich fliege nochmals nach London. Lucas sagte, sie wäre wieder dort aufgetaucht."

„Wie willst du das machen? Ich meine, einfach anrufen?"

„Nein, nicht mit unserem Telefon. Wir haben keine Rufnummernkennung. Wie soll sie wissen, wer sie sprechen will? Wenn ich mein Handy nehme, erkennt sie zwar die Nummer, aber es könnte abgehört werden. Ich habe mir überlegt, ich werde von einer Telefonzelle aus anrufen und eine Nummer hinterlassen."

„Unsere Nummern könnten alle abgehört werden", gab Henry zu bedenken, „sie wird nicht zurückrufen!"

„Ich besorge mir eine Prepaid-Karte und auch ein neues, einfaches Handy. Dann rufe ich sie an, die Nummer, die ich auch in Dénia gewählt habe. Damals meldete sich zwar niemand, aber der Hörer wurde definitiv abgenommen, ich werde dann einfach sprechen, vielleicht hört jemand zu", ich wurde ruhiger, nachdem ich einen Plan hatte, „es ist einen Versuch wert."

Ich wollte gerade meine Tasche und die Wagenschlüssel greifen, als es klopfte und Carlotta eintrat.

„Aha", ein wissendes Lächeln umspielte ihre Lippen, „wusste ich es doch, du hast keine Migräne und auch keine Kopfschmerzen, du heckst einen Plan aus. Ich hab es an deinen Augen gesehen. Dein Blick hat dich verraten." Sie schaute uns beide an. „Kann ich helfen?" Sie sah meine Tasche und den Autoschlüssel in meinen Händen. „Vielleicht ist es besser, wenn ihr beide euch nicht so oft draußen sehen lasst. Die Luft in eurer Nähe ist bleihaltig und mit TNT getränkt", gab sie melodramatisch zum Besten, „also, was kann ich tun?"

„Woher willst du wissen, dass es in Casablanca TNT war?"

„Ich bin der größte Krimileser hier im Raum, für solche Anschläge nimmt man immer TNT!"

„Okay“, meinte Henry, „du kannst wirklich etwas für uns tun. Vielleicht ist es sogar besser, wenn du uns die Sachen besorgst“, er schielte zu mir, ich nickte, „aber es könnte gefährlich werden.“

Carlotta zuckte mit den Schultern. „Es ist auch gefährlich mit dem großen, scharfen Messer aus der Küche zu hantieren. In der Küche ist es langweilig, das Kochen übernimmst du“, meinte sie in meine Richtung, „und ich erledige das andere.“

Kapitel 30

Carlotta brachte in Erfahrung, wo sich eine funktionierende, öffentliche Telefonzelle befand, und fuhr mich zwei Stunden später in ihrem kleinen Auto dort hin.

Ich führte mal wieder ein einseitiges Telefonat. Am anderen Ende meldete sich zwar niemand, aber der Hörer wurde wenigstens abgenommen. Ich gab zweimal hintereinander eine Ziffernfolge durch, einmal auf Deutsch, einmal auf Englisch, gab als Uhrzeit den nächsten Morgen durch, Punkt zehn Uhr, und hoffte, dass Nora am Apparat war.

Wie abgesprochen kümmerte ich mich um das Abendessen. Johanna wünschte sich Nudeln, was auch sonst, und Opa schloss sich dem Wunsch an. Das bekam ich gerade noch hin. Meine Leibspeise war es nicht, daher bereitete ich noch eine Platte zu und verzierte die einzelnen Schnittchen kunstvoll mit Tomate und Ei.

Lucas gesellte sich in die Küche. „Ich wusste gar nicht, dass bei euch so edel gesessen wird, du könntest einen Catering Service aufmachen.“ Er schielte in Richtung der gekochten Eier und stibitzte sich ein halbes.

„Glaub ja nicht, dass es immer so feudal bei uns zugeht“, brachte ihn Henry in die raue Wirklichkeit zurück, „das gibt es nur heute, und auch nur, weil Jo Langeweile hat und nicht weiter weiß.“

Henry und Johanna gaben ordentlich Ketchup auf die Nudeln, während die anderen sich über die belegten Schnittchen hermachten.

„Es ist schlimm, wenn man warten muss“, fing ich die Unterhaltung an, „und dann noch nicht einmal weiß, ob es sich lohnt. Ich weiß ja noch nicht einmal, ob ich morgen früh Nora am Telefon habe! Es kann ja auch jemand anderes sein.“

„Pessimist!“ Lucas griff nach einer weiteren belegten und verzierten Scheibe Brot. „Ich habe schon einen meiner ehemaligen Kollegen kontaktiert und ihm das Foto geschickt." Er meinte das Foto, dass ich kurz vor der Explosion gemacht hatte, auf dem die vier Personen zu erkennen waren. „Er hört sich um."

Später, als Lucas, Henry und ich alleine im Wohnzimmer saßen, erhielt mein Schwager endlich den Anruf, auf den wir alle gespannt warteten. Wir erfuhren die Namen der vier getöteten Personen. Felicitas hatte die Fotos bereits ausgedruckt und als anonymen Brief in Dénia zur Post gebracht. Die Polizei würde ihn spätestens morgen vorliegen haben. Felicitas berichtete außerdem, dass sie den Umschlag und die Fotos nur mit Handschuhen angefasst hatte. Eigentlich kein Wunder, in ihren Regalen stapelten sich die Krimis. „Das hast du gut gemacht", lobte ich sie überschwänglich in der Antwortmail, „hoffentlich leitet die Polizei die Bilder weiter, hoffentlich verstehen sie den Hinweis ...!"

„Sollten wir noch einen Brief nachschicken? Ich meine, soll ich nachhaken, ob sie es verstanden haben?" kam es von Felicitas zurück.

„Warten wir damit noch ein oder zwei Tage", schrieb ich zurück, „bis dahin müssten sie sich auch hier bei unseren Beamten gemeldet haben, ich frage übermorgen nach, und wenn sie noch nichts von einer Identität sagen, können wir uns noch etwas überlegen."

„Das ist man nicht gewohnt, dass ihr nur per Mail miteinander redet." Henry wandte sich seinem Bruder zu: „Sonst telefonieren sie einmal täglich, wenn wir hier in Dorsten sind."

Lucas hörte nicht zu, er saß tief in Gedanken in einem unserer Sessel und schaute nach draußen. Nach einer Weile sprach er endlich wieder: „Ich glaube, ich kenne zwei der anderen Männer vom Schiff! Wenn mich nicht alles täuscht, sind das Typen, die für Geld alles machen ..."

„Auftragskiller?"

Lucas nickte. „Ich glaube schon, ich muss noch mal etwas anderes recherchieren", stand auf und wandte sich dem Schreibtisch zu. „Ich müsste mal an deinen Computer." Ohne auf eine Antwort zu warten saß er bereits an Henrys Platz vor dessen Laptop und gab einige Befehle ein. „Ich habe noch mein Passwort, damit kann ich auf empfindliche Daten zugreifen. Mal sehen, ob man mir irgendeinen Zugang gesperrt hat. Bingo, ich bin drin. Nichts wurde gesperrt oder das Passwort geändert, eigentlich gehöre ich dem Verein ja noch immer an, ureigentlich bin ich nur beurlaubt beziehungsweise freigestellt."

Was auch immer er damit erklären wollte, ich verstand es nicht so genau. Ich verstand aber, dass er Zugriff auf eine Datenbank besaß, die für uns von großem Interesse sein könnte.

„Kannst du nochmals Contino überprüfen? Irgendetwas stimmt mit ihm nicht. Auf seinem Briefkopf ist auch das Horusauge ersichtlich. Ich glaubte ihm nicht, als er uns sagte, dass es nichts mit den ägyptischen Göttern zu tun hat."

Lucas gab meinem Wunsch nach und rief aus seiner geheimen Datenbank die noch geheimeren Infos auf.

Leider waren es Auskünfte, die wir bereits kannten! Hatte Contino doch kein Dreck am Stecken?

„Die Briefbögen", rief ich urplötzlich, „kannst du die Briefbögen aufrufen? Auf denen sind doch meist die verschiedenen Firmen platziert. Die eigenen und auch die, an denen sie beteiligt sind."

Lucas arbeitete intensiv weiter, erfüllte meine Wünsche, und kurze Zeit später lagen die Ausdrucke vor uns. Wie ich es fast vermutet hatte: Das Symbol des Horusauges war bei fast allen Firmennamen Teil des Schriftzuges. Hatten sie alle den gleichen Eigentümer? Dass Contino für eine größere Firma arbeitete, wussten wir bereits, aber dass er so vielen anderen Firmen als Direktor vorstand, war neu für uns. Das legte den Gedanken nahe, dass der Eigentümer nicht in die Öffentlichkeit treten wollte.

„Kannst du herausfinden, wer hinter diesen Firmen steckt? Den Namen des Eigentümers?"

„Ich kann auch nicht zaubern", hörte ich aus Lucas' Mund, „alles ist selbst für uns nicht ersichtlich, schon gar nicht, wenn es nicht aus Deutschland kommt, hier, schau: eine englische Firma, auch nichts Ungewöhnliches, aus Steuergründen wird es oft so gemacht, aber ob ich den Eigentümer herausfinden kann, kann ich nicht beantworten, ich versuche es."

Ich wollte Lucas nicht weiter stören und verschwand ins Schlafzimmer. Müde legte ich mich hin und hoffte, nicht wieder wirres Zeug zu träumen oder aber endlich gezielte Hinweise aus der Geisterwelt zu erhalten.

Die Tipps blieben aus, leider.

Pünktlich am nächsten Morgen um zehn Uhr rief ich die Nummer an. Nach bereits einmaligem Läuten wurde abgehoben, wieder sprach niemand, also begann ich.

„Nora?" Keine Antwort. „Nora, wenn du es bist oder wenn du zuhörst, dann melde dich unter folgender Handynummer ..." Ich gab sie durch, um dann eindringlich die Bitte zu äußern: „Nora, wir müssen nochmals miteinander reden. Bestimme du den Ort und die Zeit." Es war merkwürdig, gegen eine Wand zu sprechen. Niemand antwortete, niemand sagte etwas. Ich wartete noch kurz, merkte, es war sinnlos, flüsterte nur noch ein inständiges „Bitte", und legte auf.

„Wenn dieses Handy läutet, wissen wir, sie ist es." Ich drehte mich zu Lucas und Henry um, die schweigend zugehört hatten. „Wenigstens wurde der Hörer abgenommen. Obwohl man nicht wissen kann, wer dran ist. Meinen Namen habe ich nicht genannt. Können wir noch mehr machen?"

Lucas drückte mir eine Tasse Kaffee in die Hand. „Trink und beruhige dich, sie wird sich melden." Zuversicht sprach aus seinen Worten, ob gespielt oder ehrlich, wusste ich nicht.

Es dauerte noch vier Stunden, die ich mit Aufräumen, Putzen und ruhelosem Umhergerenne verbrachte, als endlich eine Nachricht in Form einer SMS auf dem Prepaid-Handy ankam.

„Better not! It's too dangerous!" Besser nicht, es ist zu gefährlich!

Ich antwortete sofort: „Es muss sein!" Wieder vergingen einige Minuten: „Okay, tomorrow, same time."

Gut, sie würde einen Ort bestimmen, das konnte sie sicherlich besser als ich. Was mich störte: Ich musste wieder warten.

Johanna weilte mal wieder bei uns, da Sophia einige wichtige Termine wahrnehmen musste. So wurde ich abgelenkt. Oma sollte spielen, vorlesen, und dann wollte sie einkaufen. Der Hunger plagte sie, und in Gedanken aß sie schon ein Schokoladenbrötchen. Ich fand das eine gute Idee, Henry nicht.

„Bleib lieber im Haus", schlug er vor, „ich fahre mit Johanna los." Die Kleine stand stumm vor meinem Computer und starrte die Fotos an, die ich von der Yacht vor der Explosion machte: „Da ist ja der Onkel!"

In Sekundenschnelle waren wir bei ihr.

„Welcher Onkel?"

„Der Onkel, der da war, wo es warm ist." Damit meinte sie Spanien. Sicher, sie hatte uns immer von einem Onkel erzählt, den wir nie sahen. Ich hatte es als Hirngespinst eines kleinen Mädchens abgetan und nicht recht an die Existenz dieser Person geglaubt. Da sie ihn aber nun erkannte, schien er sich bei uns in Dénia herumgetrieben zu haben, und zwar in unmittelbarer Umgebung unseres Hauses.

„Zeig Opa doch mal, wer von diesen Onkeln der ist, den du gesehen hast."

Mit dem Finger deutete sie auf einen breitschultrigen Mann, der rechts neben Polidas saß. Der Gesichtsausdruck schien wütend, sie schienen über etwas nicht einer Meinung zu sein. Die anderen beiden Männer sahen nur zu. Der Schein konnte trügen, aber meist erwies sich der erste Eindruck als korrekt. Von ihm ging keine Gefahr mehr aus, er weilte nicht mehr unter den Lebenden. Es sei denn, die vier Männer waren kurz vor der Explosion von Bord gekommen. Ich setzte mich an den Laptop und schrieb eine Mail an Felicitas. Sie sollte der Polizei in Dénia auf den Zahn fühlen und fragen, ob man Leichenteile aus dem Meer geborgen hatte. Makaber, aber es diente meiner Beruhigung. Felicitas verstand meine Frage, ich erklärte ihr auch, dass Johanna einen der möglichen Toten in Dénia gesehen hatte. Zwar sollte man ihr einiges an Phantasie zubilligen, aber in diesem Fall wollte ich darauf verzichten.

Meine Freundin rief kurze Zeit später zurück: Sie war nicht nur einverstanden, sich zu erkundigen, sie hatte auch noch eine andere Idee. Sie wollte das Gesicht des Fremden kopieren, den Hintergrund und die Umgebung weglassen und so das Bild der Polizei präsentieren, mit dem Hinweis, dass sich besagte Person um unser Anwesen herumgetrieben habe. Die Idee fand meine Zustimmung.

„Übrigens“, begann sie nochmals, als ich das Gespräch bereits beenden wollte, „eine der älteren Angestellten des Hotels Port Dénia hat sich bei mir gemeldet. Sie hat in ihren uralten Unterlagen gewühlt und einen Eintrag entdeckt.“

„Mach es nicht so spannend!“

„Sie führte eine Art Tagebuch. Zwar hat sie nichts über Nora notiert, aber einen Hinweis über eine alleinreisende Frau geschrieben, die sich ein Auto mietete!“

„Das besagt noch nichts!“

„Sicherlich, aber sie hatte Schwierigkeiten mit dem Steuer! Es saß links. Die Frau lachte und meinte: ‚Da muss ich wieder umdenken!‘ Sie sprach deutsch, hatte aber mit einem englischen Pass eingecheckt.“

„Stimmt, das ist merkwürdig. Es deutet auf Nora hin!“ Nachdenklich verabschiedeten wir uns.

Kurze Zeit später kam Johanna mit Opa und Lucas vom Einkauf zurück, und ich berichtete über Felicitas Neuigkeiten.

Zwei Stunden später rief mich meine Freundin aus Spanien zurück.

„Sie wollten wissen, woher ich das Foto habe“, fing sie ohne Umschweife an, „ich redete mich heraus, von wegen Überwachungskamera und so. Ob sie mir glaubten, weiß ich nicht. In meinem Beisein haben sie noch nicht überprüft, ob er in ihrer Kartei ist, das werden sie sicherlich noch machen. Ich fragte dann auch noch nach der anderen Sache, Casablanca, du weißt schon, hab mich verstellt, hätte Angst, weil du doch in der Nähe warst, eben die blöde Tour. Sie beruhigten mich. Es wären Leichen geborgen worden. Ich fragte natürlich nach der Anzahl und ob sie nun definitiv wüssten, dass alle tot wären, oder ob jemand überlebt hätte. Da schauten sie mich doch misstrauisch an. Also, um es kurz zu machen: Sie wissen nichts und die in Casablanca auch nicht. Ich habe sie auf mein Foto und dann auf Tatort Marokko gestoßen. Wenn das nichts bewirkt hat, dann muss ich sie noch gezielter mit der Nase drauf schubsen."

„Nein", gab ich zu bedenken, „langsam. Ich werde hier mit der Polizei noch ein Gespräch führen. Ich könnte etwas von einem Foto erzählen, das ich zufällig geschossen habe, im Hafen, und hilfreich wie ich bin, stelle ich das der Polizei zur Verfügung. Gut, dass ich mehrere Fotos gemacht habe."

„Gute Idee", fand Felicitas.

Nach dem Essen läutete wieder das Telefon.

„Du bist in Deutschland und meldest dich nicht bei uns!" Die vorwurfsvolle Stimme Annas wütete zornig an meinem Ohr.

„Ehe du weiter mit mir meckerst, beruhige dich erst einmal. Wir sind gerade erst wieder hier, und ich wollte dich schon anrufen, wir müssen uns treffen. Es gibt eine Menge Neuigkeiten, die ich dir nicht am Telefon erzählen möchte", versuchte ich sie zu besänftigen, „auch nicht per Mail. Wie sieht es aus? Treffen wir uns? Gegen zwölf Uhr?"

Ich musste einige Sekunden auf Antwort warten. „Okay! Du machst es aber geheimnisvoll!" Sie stutzte einen Moment. „Ich komme!"

Gegen zehn Uhr würde sich hoffentlich Nora melden. Sollte der nächste Treffpunkt nicht gerade auf dem Mond liegen, würde eine weitere Unterredung definitiv nicht morgen stattfinden. Kaum hatte ich das Meeting mit Anna vereinbart, kamen mir auch schon Zweifel: Was, wenn Nora schon in der Nähe war? Quatsch, sagte ich mir, so schnell wird es sicherlich nicht gehen. Richtig. Nora meldete sich per SMS: *Alles geregelt! Warte ab.*

Natürlich war ich neugierig, aber es half nichts. Mein Treffen mit Anna stand bevor, und ich schnappte meine Tasche und den Wagenschlüssel. Im Haus selbst wollte ich keine detaillierten Gespräche führen, also kam nur ein Ort in Frage, an dem wir uns auch früher schon ab und an getroffen hatten. Beide waren wir pünktlich, ich aber setzte mich nicht zu Anna, sondern winkte, und sie kam aus dem kleinen Café heraus, runzelte nachdenklich die Stirn, stellte keine Fragen und folgte mir zum Auto.

„Steig ein", sagte ich nur, was sie auch tat.

Zwei Kilometer weiter hielt ich an.

„Merkwürdiger Treffpunkt", sagte sie nur, „ich dachte, du gehst nicht gerne auf den Friedhof."

„Hier hört keiner zu!"

Ich schaute mich vorsichtshalber um. Wir setzten uns auf eine Bank, und geduldig hörte Anna meinen Erzählungen zu. Dann holte sie einen Umschlag aus ihrer Tasche hervor und meinte nur: „Lies!"

Ich öffnete ihn und hielt eine Reisebestätigung in Händen, für zwei Personen: für Anna und mich. Wir hatten anscheinend eine Rundreise durch Marokko gebucht. Beginn der Reise: in zwei Tagen.

„Sogar mein Urlaub ist abgeklärt", bestätigte Anna meine unausgesprochene Frage. Ein kleiner Zettel lag dabei: *Viel Spaß! N.*

„Es ist von Nora", erklärte ich Anna, „ich nehme an, sie wird uns irgendwo auf der Reise treffen! Aber Marokko? Wir waren doch gerade erst da."

„Wie bringen wir es unseren Männern bei?"

„Stimmt, die Reise ist nur für uns beide", schaute ich auf die Bestätigung. „Ob sie wirklich von Nora ist? Wann hast du sie bekommen?"

„Nicht per Post, sie lag heute Mittag im Briefkasten, keine Briefmarke", sie deutete auf den Umschlag, „persönlich abgegeben!"

Mein Handy piepste. Wieder eine SMS.

„Treffen unterwegs. Nora." Sie musste uns beobachten oder beobachten lassen. Ich schaute mich wieder um, sah aber nach wie vor niemanden.

„Die Nachricht und die Reise müssen von ihr sein", ich deutete auf das Telefon, „es ist das neue Prepaid-Handy."

Kapitel 31

Morgens um sechs Uhr ging der Flieger nach Agadir. Anna und ich bekamen nur mit viel Mühe und Überredungskünsten frei. Paul und Henry wollten uns nicht aus den Augen lassen. Ich aber bestand darauf, gegebenenfalls auch alleine zu verreisen.

Phyllis gab mir Rückendeckung. Zähneknirschend und mit dem Versprechen, uns täglich zu melden, traten wir die Reise nach Afrika an.

Am Ziel angekommen, fanden wir uns inmitten einer Reisegruppe wieder. Die Fahrt sollte am folgenden Morgen nach Marrakesch gehen. Wir übernachteten in einem Mittelklassehotel, aber wenigstens kam warmes Wasser aus der Leitung.

Nora, dachte ich nur, was hast du dir denn dabei gedacht? Anna begutachtete verzweifelt die Umgebung. „Wo sind wir hier gelandet?“ Ich konnte nur mit den Achseln zucken.

„Hoffentlich müssen wir das nicht vierzehn Tage lang mitmachen!“

Ein älterer, grauhaariger Herr, alleinreisend, anscheinend gut situiert, gesellte sich zu uns. Irgendwie passte er genauso wenig wie wir zu den Pauschaltouristen.

„Etwas gewöhnungsbedürftig, meine Damen“, meinte er, in die Runde blickend, „aber wir werden viel auf der Reise sehen und erleben, glauben Sie mir!“

Ich konnte ihm nicht erzählen, dass das garantiert nicht in unserem Sinne war. Beim Abendessen machten wir die Bekanntschaft weiterer Mitreisender, die anscheinend vorwiegend aus dem lehrenden Beruf entstammten, nun aber unter dem Burnout-Syndrom litten. Das erste Gedränge erlebten wir am Buffet. Ich wollte schon aufgeben und hungrig zu Bett gehen, als wir doch noch etwas Gemüse aus der Tagine ergatterten. Die Meute stürzte sich am folgenden Morgen genauso ausgehungert auf das Frühstücksbuffet. Sie nahmen sicherlich nicht zum ersten Mal an einer solchen Rundreise teil, sie waren besser ausgestattet als Anna und ich: Sie holten Tüten hervor und packten sich die Verpflegung für den Tag ein, sie kamen locker bis zum Abendessen über die Runden, wie Anna unschwer erkannte. Für das eigentliche Frühstück blieben nur noch Krümel übrig.

„Wie ich trockenes Brot liebe“, bemerkte Anna mit einem Blick auf das Buffet und ihren Teller, „wenn wir die nächsten zwei Wochen überleben wollen, müssen wir unseren Wecker eine halbe Stunde früher stellen.“

Der grauhaarige Herr gesellte sich wieder zu uns. Auch sein Teller machte einen ärmlichen Eindruck. Auch er blickte ihn mit leicht knurrenden Magen verzweifelt an.

„Vielleicht halten wir unterwegs“, versuchte er sich selbst und auch uns Mut zuzusprechen, „dann können wir zu Mittag essen, vielleicht gibt es dann mehr.“

Unser Frühstück war schnell beendet, die gepackten Koffer für die Rundreise selbst zum Bus gebracht, die Plätze mühselig im Bus ergattert, als es losging. Anna und ich saßen hintereinander und hatten den Fensterplatz für unsere Taschen und Jacken reserviert. Ganz in der Nähe wieder unsere ständige Begleitung. Er stellte sich uns mit einer knappen Verbeugung vor: „Mein Name ist Georg Miller, und da wir alle drei alleinreisend sind und, wie ich sehe, Sie ebenfalls nicht zu der Kategorie fotografierende Massentouristen zählen, sollte wir uns zusammentun."

Anna nickte.

Ich nickte.

Nachdem wir uns vorgestellt und ich den Kontrollanruf nach Hause absolviert hatte, ging die Fahrt los. Bereits nach wenigen Kilometern wurde ein Fotostopp eingelegt. Es nervte. Anna stöhnte. Ich holte tief Luft. Ich verfluchte Nora. Was hatte sie sich dabei gedacht? Sicherlich nichts. Beim Einsteigen der Reisegruppe in den Bus schleuderte mir einer der Rucksäcke gegen die Wange. Rücksichtslos zwängte sich eine nicht gerade schlanke Dame auf den Sitz hinter mir. Ich verstand nicht, warum sie für den kurzen Stopp den Rucksack mit nach draußen nehmen musste.

Georg Miller fotografierte ebenfalls. Während die anderen sich bemühten, ein freies Blickfeld für ihre Fotos zu ergattern, schien es Miller nichts auszumachen, die anderen Mitreisenden ebenfalls auf seine Erinnerungsfotos zu bannen.

Merkwürdig, fand ich. Ob ich ihm zeigen sollte, wie man es auch anders machen konnte? Aber da ich genervt genug war, unterließ ich es.

Anna sah sich einige Kilometer lang noch die Umgebung an, dann war sie eingenickt.

Ich beobachtete noch, wie sich Miller die Fotos auf dem Minidisplay seiner Kamera anschaute, dann ein anderes Gerät aus der Tasche hervorholte und irgendetwas damit machte. Ich konnte es nicht genau erkennen, wollte auch nicht fragen. Ein weiterer Mitreisender mit Oberlehrerallüren machte eine blöde Bemerkung dazu und wollte wissen, ob man mit dem elektronischen Teil die Reiseroute und das Wetter bestimmen könnte.

„Damit bestimme ich das Wetter, ich stehe mit Mohammed in Kontakt", gab Miller bereitwillig Auskunft. Herr Oberlehrer stutzte und wandte sich halb beleidigt ab. Hoffentlich blieb das so, dachte ich, aber leider weit gefehlt. Eine knappe Stunde später, stellte er die nächste dämliche Frage: „Welches Wetter hat Mohammed denn nun vorausgesagt? Sicherlich haben Sie Sonnenschein bestellt!"

„Nur für mich", meinte Miller, „für andere Mitreisende hat er Regen, Sturm und Schnee angesagt." Er blieb ruhig und gelassen, während Herr Oberlehrer missbilligend die Stirn runzelte. Innerlich lachte ich, hatte er verstanden? Ich mutmaßte: Nein. Miller zog es vor, sich bequem zurückzulehnen, die Augen zu schließen und nicht mehr auf die idiotischen Bemerkungen zu reagieren. Es wurde ruhig im Bus.

Kurz vor Marrakesch wurde auch ich wieder wach. Die anderen Fotostopps verschlief ich ebenfalls. Wir hielten vor unserem nächsten Hotel. Es bedeutete auspacken, sehen, ob warmes Wasser da war und ob wir duschen konnten. Georg Miller, Anna und ich bleiben erst einmal im Bus sitzen. Mehr als einmal hatte ich rücksichtlos einen Rucksack an den Kopf geschleudert bekommen. Erst als die Meute in der Eingangshalle verschwunden war, stiegen auch wir aus.

„Bleiben Sie bitte etwas zurück." Miller stand an der Tür des Busses. „Wir drei werden gleich weiterreisen."

Anna stutzte. Ich wurde hellhörig. Misstrauisch beäugte ich Miller.

„Wie bitte? Was soll das? Was wollen Sie von uns?"

Miller grinste: „Schöne Grüße von Nora!"

Wir blieben zurück, aber zeitgleich löcherte ich Miller leise mit Fragen.

„Warten Sie noch einen Augenblick, dann erkläre ich Ihnen alles."

Wir blieben hinter dem Bus in einiger Entfernung zum Hotel stehen und warteten ab.

„Bis du sicher, dass alles seine Richtigkeit hat? Hoffentlich entführt man uns nicht."

Ich kramte in meiner Handtasche, holte das Handy hervor und wählte Henrys Nummer. Der meldete sich sofort.

„Bevor du langatmig alles erklärst", begann er, „ich weiß Bescheid. Ich habe eine Nachricht erhalten. Aber halte mich trotzdem auf dem Laufenden. Wo seid ihr augenblicklich?"

„In Marrakesch, aber wir fahren gleich weiter, wir gehen hier nicht ins vorgesehene Hotel. Ich gebe dir die Adresse unserer neuen Unterkunft durch, sobald wir angekommen sind."

Anna ließ in der Zwischenzeit unser Gepäck nicht aus den Augen. Ich nickte ihr zu. „Alles in Ordnung", erklärte ich nur kurz, da Miller gerade mit einem Hotelpagen aus dem Hotel kam und uns zuwinkte. Der junge Mann kümmerte sich um unsere Koffer, und Anna und ich gingen hinein. Miller deutete auf zwei große, tiefe Sessel und bat uns, Platz zu nehmen.

„Ich kümmere mich gleich um Sie." Er sprach einige Worte, wie ich vermutete auf Arabisch, und kam dann zu uns. „Unser Gepäck wird gleich in einen anderen Wagen verladen, wir warten noch einen Augenblick, es müssen ja nicht alle zusehen ..."

Er verschwand, und wir warteten kurz. In der Hotelhalle wurde es ruhiger, unsere Mitreisenden verzogen sich schnatternd auf ihre Zimmer, und Miller erschien wieder in der Halle.

„Kommen Sie“, winkte er uns zu, „das Gepäck ist verladen, der Reiseleiter informiert, wir können aufbrechen.“

„Ich habe meinen Mann angerufen“, erklärte ich ihm, als wir in den Jeep stiegen, „wohin bringen Sie uns?“

„Sie wollten Nora treffen, wir fahren nun zu ihr.“ Die Erklärung kam kurz und bündig.

Ich hoffte, Mylady nicht gefesselt und geknebelt vorzufinden, griff mit einer Hand in meine Handtasche und ertastete einen Gegenstand, der mich etwas ruhiger werden ließ.

Wir fuhren durch die noble Wohngegend Marrakeschs und hielten eine gute Viertelstunde nach unserem Aufbruch vor einem größeren Gebäude, einer Villa, deren Grundstück von einer Mauer eingefasst war. Das breite Garagentor schwang auf, und der Jeep fuhr in eine lange, breite Garage. Sofort verschloss sich das Tor wieder, kurze Augenblicke war es dunkel, dann gingen Lampen an und erhellten uns den Weg. Eine Tür schien ins Haus zu führen, sie wurde geöffnet, und ein junger Mann erwartete uns. Er hielt die Tür auf und deutete an, dass wir eintreten sollten.

Misstrauisch blickte Anna sich um, dann schaute sie mich an, ich nickte, also traten wir ein.

Im Wohnzimmer: Nora. Sie saß in einem tiefen Sessel und schien auf uns gewartet zu haben.

„Was soll das? Warum diese Umwege?“ Ich fuhr sie gleich an. Sie schaute lächelnd zu mir, winkte, und schon kam das Tablett mit dem Pfefferminztee.

„Genau wie man dich immer beschrieben hat“, meinte sie gelassen, „leicht aufbrausend!“ Sie nahm einen Schluck Tee.

„Das ist ja auch kein Wunder, diese Tortur mit den ...“, ich winkte ab, „das ist schon eine Zumutung, mindestens dreimal habe ich einen Rucksack ins Gesicht bekommen, diese Pauschalreisen sind nichts für uns. Nora“, ich blickte mich um, „das ist Anna, meine Freundin.“

„Ich kenne Anna“, verblüffte sie mich, aber natürlich, Anna hatte ja auch die Reiseunterlagen zugeschickt bekommen.

„Wir würden gerne wissen, was das zu bedeuten hat“, energisch und keinesfalls ängstlich setzte sich Anna zu Nora, „wir rätseln bereits während der gesamten Reise, ob es eine Falle ist, ob wir entführt werden sollen. Jo will Antworten.“

Nora nickte.

Ein geschäftiges Treiben im Hintergrund, ich sah, wie unsere Koffer hochgetragen wurden. Nach dem unvermeidlichen ersten Glas Pfefferminztee wollte Anna noch ein zweites. Noch schwiegen wir.

Miller verschwand im Nebenraum. Er kennt sich hier gut aus, dachte ich.

„Was ist, wenn man uns bis hierher verfolgt hat?" Anna nippte am Teeglas und schaute fragend Nora an, die den Kopf schüttelte.

„Miller hat alles im Griff und die mitreisenden Gäste fotografiert. Wir haben die Personen auf den Fotos kontrolliert. Sie sind uns nicht bekannt und machten auch keinen merkwürdigen oder gefährlichen Eindruck."

Nun wurde mir klar, was Miller mit dem Zweitgerät gemacht hatte.

„Ihr bleibt erst einmal hier im Haus. Eure Männer wissen bereits Bescheid, wir können uns hier in Ruhe unterhalten. Wir sind hier im Augenblick einigermaßen sicher."

„In der Höhle des Löwen? Vergiss nicht, Casablanca ist nicht weit, dort sind immerhin einige Leute in die Luft geflogen."

„Leute, die es auf euch oder auf uns abgesehen haben. Ich weiß!"

„Was ist passiert? Warum ist es passiert? Wer steckt dahinter?"

Ich war mittlerweile bei der vierten Tasse Tee angelangt, Anna, die nicht so viel redete, sicherlich schon bei der sechsten.

„Ihr habt recht, es ist an der Zeit, einige Erklärungen abzugeben. Hinter dem Anschlag in Casablanca steckte höchstwahrscheinlich der Bruder meines ersten Mannes. Leider habe ich noch keine genauen Hinweise." Sie gab es endlich zu, wenn auch indirekt: Sie war Roberts Mutter.

Nora lehnte sich zurück und fuhr in ihren Erklärungen fort: „Was wir benötigen, sind Beweise, Fotos oder Ähnliches." Während sie sprach, stand ich auf und holte meine Tasche, die immer noch in der Eingangshalle stand. Ich kramte meine Netbook hervor und fuhr es hoch.

Nora ließ sich nicht beirren, rümpfte nicht einmal mit der Nase und berichtete weiter: „Polidas ist von unseren Widersachen angesprochen worden, mit ihnen zusammenzuarbeiten, also gegen euch und uns. Daher auch der Einbruch in euer Haus und die Klage. Aber sie rechneten nicht mit eurer Intelligenz", ein Lächeln erhellte ihr Gesicht, „sie fielen mit der Aktion auf die Nase. Wir alle hatten, obwohl die Situation ernst war, doch Grund zum Lachen. Nach der missglückten Aktion wurde Polidas überflüssig. Er hätte die Feinde identifizieren können, er erwies sich als untauglich und wurde einfach abserviert. Den Rest kennt ihr. Dass ausgerechnet du und Henry in der Nähe auftauchten, war Zufall."

Ich hatte mittlerweile den Ordner mit den Fotos von Casablanca geöffnet und winkte Nora zu mir. „Schau dir die Bilder an, vielleicht erkennst du einige Personen. Ich machte sie, kurz bevor Polidas mit den anderen drei Leuten und der Besatzung in die Luft flog.“

„Das ist die rechte Hand meines ehemaligen Schwagers.“ Sie deutete auf den Mann, der die Yacht zu beobachten schien. „Oder, mittlerweile die seines missratenen Sohnes. Er taucht immer dort auf, wo es eng wird. Für die Drecksarbeit beschäftigt er andere, aber er ist gern in der Nähe und schaut zu.“

Miller erschien aus dem Nebenraum. „Kann ich ein Duplikat haben?“

Ich kopierte die Fotos, und er verließ uns wieder.

„Wer ist Miller, und wo ist dein Mann, der Lord?“

„Miller ist meine rechte Hand, das Mädchen für alles, er genießt unser aller Vertrauen, uneingeschränkt, und der Lord wird euch gleich begrüßen.“

„Einen richtigen Lord habe ich bislang noch nicht kennengelernt, ich bin gespannt, aber erzählt weiter“, meinte Anna an uns gewandt, lehnte sich wieder zurück und trank genüsslich eine weitere Tasse Tee. Mittlerweile hatte man ihr eine große Kanne des süßen Getränks hingestellt.

„Gleich gibt es etwas zu essen.“ Nora schnupperte und schaute in Richtung Küche, aus der ein wundervoller Duft strömte.

Es würde gleich kein Gedränge am Buffet geben, und es würden sich auch keine Magister vordrängen und mit ihren geschulterten Rucksäcken, die sie anscheinend niemals ablegten, das Essen des Hintermanns von dessen Teller fegen.

Himmlisch. Es roch nach Gemüsetagine. Noch besser!

Anna folgte dem Geruch und verschwand in der Küche.

„Es war ein abgekartetes Spiel“, konfrontierte ich Nora brüsk, „meine Mutter wusste Bescheid. Robert war kein Findelkind, ihr hattet alles arrangiert.“

Bislang hatte Noras nichts erschüttert, nun aber stutzte sie. „Was hat uns verraten?“

„Eigentlich nichts. Nur eine kleine, winzige Bemerkung, Äußerungen von Personen, die gar nicht mal unmittelbar mit der Sache zu tun hatten, und meine Gabe zu kombinieren, obwohl ich lange dazu gebraucht habe.“

Die alte Dame nickte.

„Woher kanntet ihr euch?“

„Wir waren Schulfreundinnen. Bis wir heirateten, sahen und schrieben wir uns oft. Sie kannte auch Roberts Vater, ich berichtete ihr, per Brief natürlich, was es mit dem Bruder auf sich hatte, dass er vor Hass nur so triefte. Er sollte als jüngerer Bruder nur einen Anteil erben, aber nach dem Tod seines älteren Bruders wäre er der Haupterbe gewesen, wenn es nicht Robert gegeben hätte."

„Ist er für den Tod deines ersten Mannes verantwortlich?"

„Wir vermuten es", gab Nora zu, „aber können es nicht beweisen. Charles, ein guter Freund meines Mannes, half mir und auch Robert, nach seinem Tod zu überleben!"

„Und dann hattet du und meine Mutter die Idee, Robert verschwinden zu lassen?"

„Als die Situation für Robert riskant wurde, sein Leben in Gefahr war und alles außer Kontrolle geriet, da kam uns die Idee, den Rest kennst du. Aber nicht, dass du meinst, ich wäre eine schlechte Mutter! Ich bin immer wieder nach Dénia gekommen und habe euch alle beobachtet. Einmal war ich sogar bei euch zu Hause. Du warst damals noch klein und kannst dich sicherlich nicht mehr daran erinnern, aber es hat mir immer das Herz gebrochen", sie seufzte laut, „und da haben wir beschlossen, es bei Bildern und Briefen zu belassen."

„Was ist mit den Aufträgen aus Casablanca? Steckt ihr auch dahinter?"

„Ja!" Eine tiefe Männerstimme hinter mir, nicht die von Miller, so viel erkannte ich, gab die Antwort.

Lord Charles Hayward-Nickerson war eingetreten. Ich sagte nichts, nickte nur zur Begrüßung und wollte ihn erst mal reden lassen. Der ältere Lord war mir auf Anhieb sympathisch.

„Sie haben es richtig erkannt und kombiniert. Aber bevor wir weitererzählen, sollten wir zu Tisch, das Essen ist fertig."

Die Gemüsetagine schmeckte vorzüglich und wesentlich besser als am Hotelbuffet. Vor allem: keine ungehobelten Personen in der Nähe, die sich vordrängelten und gedankenlos die Schüsseln leerten, ohne Rücksicht, ob andere auch etwas bekamen. Es wurde ein gepflegtes, ruhiges, stilvolles Abendessen, und Mylord bot uns während des Essens, zu dem sich Miller ebenfalls gesellte, das Du an.

Mylord behandelte Georg, als ob er zur Familie gehörte.

Nach dem Essen zogen Anna und ich es vor, auf unsere Zimmer zu gehen, die von den Hausmädchen mittlerweile vorbereitet worden waren. Sie befanden sich im ersten Stock.

Dem Wohlstand entsprechend, handelte es sich um ein großes Anwesen, daher hatten Anna und ich unsere eigenen Zimmer, und zu jedem dieser Räume gehörte auch ein separates Bad.

Anna kam noch mit in mein Zimmer, schloss vielsagend die Tür hinter sich und setzte sich in einen der bequemen Sessel.

„Dieser Miller hat Ähnlichkeit mit unserem guten Charles."

Ich stutzte, das hatte ich noch nicht bemerkt.

„Ich werde sie morgen früh fragen, alle drei", meinte ich sofort, „wenn das stimmt, was wir beide vermuten, dann ist dieser Miller ja Roberts jüngerer Bruder, kein Wunder, dass Nora vollstes Vertrauen zu ihm hat."

Todmüde fiel ich ins Bett, froh, am nächsten Morgen nicht mit der Reisegruppe losfahren zu müssen. Anna, die sich auch kurze Zeit später in ihr Zimmer begab, ging es genauso.

Henry hatte ich auch angerufen und Entwarnung gegeben.

Am nächsten Morgen, von der Sonne geweckt, trafen wir uns zum Frühstück. Nach dem ersten Schluck Kaffee fiel ich mit der Tür ins Haus: „Sie sind Roberts Halbbruder, der Sohn von Charles!"

Miller verschluckte sich fast an seinem knusprigen Stück Weißbrot, trank einen Schluck Kaffee und antwortete mühsam: „Ja!"

„Also noch ein Lord", stellte Anna trocken fest, „was noch? Was sollten wir besser noch wissen?"

„Ihr könnt mich Georg nennen", er schaute in meine Richtung, „als fast halb-halb-Stiefgeschwister", was auch immer er damit meinte, „können wir uns auch duzen."

„Bleibt noch eine letzte Frage zu klären." Kurz zögerte ich, doch dann, als mich alle neugierig anblickten, stellte ich sie: „Wo ist Robert?"

Man konnte eine Laus husten hören, eine Stecknadel fallen, so ruhig wie es in diesem Augenblick im Haus wurde. Keiner sagte einen Ton. Sogar das Personal schien auf einmal nicht mehr anwesend zu sein.

Die Sekunden vergingen, nur Anna und ich schauten uns an. Noch bevor ich mit Nachdruck die Frage wiederholen und auf eine Antwort pochen konnte, läutete im Nebenraum das Telefon. Erleichtert, aus dieser misslichen Lage befreit worden zu sein, eilte Georg hinaus. Während im Esszimmer noch immer eisern geschwiegen wurde, hörten wir seine hektische Stimme.

Irgendetwas war passiert.

Kurze Zeit verging, dann steckte er den Kopf durch die Tür. Charles blickte auf, Georg machte eine Andeutung mit dem Kinn, und der Lord eilte ins Arbeitszimmer, nicht ohne vorher beruhigend seine Hand auf Noras Schulter gelegt und diese kurz gedrückt zu haben.

Noras Gesicht war kreidebleich. Wenige Minuten vergingen, bis Charles mit Georg aus dem Nebenzimmer trat und leicht den Kopf schüttelte. Ich hörte, wie Nora langsam ausatmete, sie schien die ganze Zeit die Luft angehalten zu haben.

„Was ist passiert?“ Anna wurde unruhig, ihre Stimme nahm einen schrillen Ton an.

„Wir wissen noch nichts Genaues, aber wir haben Hinweise, dass Noras Exschwager und sein Sohn etwas ausgeheckt haben. Wir lassen sie nach Möglichkeit nicht aus den Augen, um jederzeit entsprechend agieren zu können. Das gelingt uns leider nicht immer, aber alle Anzeichen deuten darauf hin“, druckste Charles um eine Erklärung herum.

Georg übernahm das Wort: „Also, was wir damit sagen wollen: Es hat vielleicht, wie gesagt, wir wissen ...“

„Nun redet nicht um den heißen Brei herum“, warf ich ungeduldig dazwischen, „welche Hinweise deuten auf was hin?“

„Eine Entführung!“

„Robert?“

„Nein“, kam die prompte Antwort unisono von Charles und Georg, „eine andere Person, aber wie bereits erwähnt, wir wissen noch nichts Näheres ...!“

„Wer dann“, Anna wurde unruhig, „wer ist entführt worden, wenn nicht Robert?“

Ich sprang auf. „Johanna?“ flüsterte ich entsetzt, mir wurde beinahe schwarz vor Augen, und ich hielt mich krampfhaft an der Stuhllehne fest.

„Nein!“

Beruhigt und erleichtert ließ ich mich zurück auf den Stuhl fallen.

Gerade wollte Anna nochmals nachhaken und den Namen erfragen, als mein Handy läutete. Da diese Nummer so gut wie niemand kannte, konnte es nur Henry sein. Weit gefehlt. Phyllis!

„Mama? Bist du alleine?“

Als ich verneinte, meinte sie nur: „Ist Anna bei dir?“

„Ja, willst du sie sprechen?“ Ich gab ihr den Hörer. „Phyllis für dich!“

Stirnrunzelnd und mittlerweile blass, nahm sie das Gespräch an und hörte einige Sekunden zu, murmelte etwas von: „Ja, ich verstehe, okay, ich kümmere mich darum“, und beendete das Telefonat. An uns gewandt, meinte sie dann: „Ihr wisst es sicherlich schon, nur Jo noch nicht: Henry und Sophia sind entführt worden!“

Mir wurde schwarz vor Augen.

Kapitel 32
Anna berichtet weiter

Es war ein Schock für Jo, und ausgerechnet ich musste es ihr sagen. Sie kippte sang- und klanglos um. Das kannte ich von ihr nicht. Ungeahnte Kräfte mobilisierten dagegen Nora und Charles, nebst Georg. Für die drei, die ständig mit so etwas rechnen mussten, schien es eine Situation zu sein, die ihnen nicht fremd war.

„Wir müssen zurück", rief ich aufgeregt, beugte mich über Jo und versuchte, sie in die Wirklichkeit zurückzuholen, indem ich ihr eine saftige Ohrfeige verpasste.

Charles sprang auf, Nora rief einige Befehle zum Personal, Georg hetzte ans Telefon. Ich war etwas verwirrt und immer noch bemüht, meine Freundin wach zu bekommen, als die anderen wie ein eingespieltes Team reagierten.

Kurze Zeit später, Jo blinzelte mittlerweile benommen und versuchte sich aufzurichten, standen auch schon drei Mann startklar an der Tür zur Garage. Charles winkte Jo und mich zum Auto, Georg saß bereits hinter dem Steuer. Ich packte die Handtaschen von Jo und mir, schnappte auch noch ihr Allerheiligstes, die Tasche mit dem Laptop, zog Jo hoch und zerrte sie zum Auto. Kaum waren die Türen verschlossen, startete Georg den Motor, das Garagentor öffnete sich augenblicklich, und wir fuhren los.

„Charles, wohin fahren wir?" fragte ich.

Georg antwortete für ihn: „Wir nehmen unseren Jet, wir sind gleich am Flughafen, ich habe unserem Piloten Bescheid gegeben, wir können sofort starten. Dahinter steckt Mutters ehemaliger Schwager oder sein Sohn, er versucht es immer wieder!"

„Diesmal ist er zu weit gegangen. Nur um euch zu schützen, haben wir nie Kontakt zu dir aufgenommen, Jo, und haben es ständig vermieden ..."

Ich wusste, was sie sagen wollte. Georg fuhr schnell und zügig, ich kannte mich hier nicht aus, sah aber anhand des Straßenschildes, dass es der Weg zum Flughafen war. Jo sagte immer noch nichts, geschockt starrte sie nur vor sich hin.

„So langsam verstehe ich", murmelte sie, „er ist so gefährlich, dass man ständig um sein Leben bangen muss."

Nora nickte. „So geht es schon mein Leben lang. Keinen Schlaf, keine ruhige Minute, ständig Angst! Ich kann nicht mehr. Aber wir müssen sehen, dass wir Henry und Sophia lebend aus den Klauen dieses Mistkerls bekommen. Er will Lösegeld. So viel, dass ihr in der Not uns um Hilfe bitten müsst.

Dann, meinen sie, müsste Robert in Erscheinung treten, dann endlich wäre die Gelegenheit gekommen, ihn umzubringen. Darum geht es, um das Vermögen meines ersten Mannes, aber da ist etwas, das wissen sie nicht ..." Wütend blickte sie auf und stellte entsetzt fest, dass sie zu viel geredet hatte.

„Wir sind unter uns", beruhigte ich sie, „Nora, wir alle verstehen dich, wir alle werden schweigen ..."

„Nein, das werdet ihr nicht. Nicht wenn es um das Leben von Sophia und Henry geht, das kann ich verstehen, dann werden die besten Freunde zu Verrätern." Nora seufzte und blickte traurig aus dem Fenster.

„Wir werden helfen, mit unseren Leuten und auch mit Geld", versprach Charles, „das ist das Mindeste, was wir tun können."

Der Jet stand bereit, als wir den Flughafen erreichten. Wir mussten nicht durch die obligatorische Abfertigungshalle, eilten durch den Nebeneingang zu einem entlegenen Teil des Rollfeldes und stiegen in den wartenden Jet. Ich hatte Gelegenheit, diese extravagante Beförderungsmethode aus nächster Nähe kennenzulernen. Noch nicht ganz angeschnallt, rollten wir bereits zur Startbahn, und wäre die Situation nicht so ernst gewesen, hätte ich den Flug genossen. Ich versuchte weiterhin, Jo zu trösten und Mut zuzusprechen. Sie schaute nicht mehr ganz so labil aus, ich spürte, ihre Entschlossenheit kehrte zurück.

Georg telefonierte, ich verstand nicht genau, mit wem, und was er anordnete. Wir befanden uns schon seit einer Stunde in der Luft, als Georg endlich mit näheren Informationen herausrückte. „Ich habe mit unseren Leuten gesprochen", erklärte er uns, „Sophia und Henry waren mit dem Jaguar unterwegs. Sie hatten einen Termin, aber es wusste niemand im Büro davon. Das erschien den Mitarbeitern merkwürdig, aber nicht allzu ungewöhnlich. Dieser Termin erscheint nirgends, wir müssten überprüfen, ob er irgendwo in Henrys oder Sophias Terminkalender notiert war." Georg sah zu Jo, die immer noch nicht ansprechbar war, aber bereits die Stirn runzelte, also überlegte sie.

„Die Termine sind alle auf dem Homeserver notiert", warf sie nun endlich ein, „alle im Büro haben darauf Zugriff. Wir müssten Phyllis anrufen, sie kann auch von zu Hause aus darauf zugreifen. Wir müssen sie anrufen. Vielleicht ist sie in Gefahr!"

„Ich habe bereits Lucas informiert, er ist bei Phyllis im Haus."

„Wieso Lucas informieren, kennst du ihn denn? Das sind also die Kleinigkeiten, die man uns noch verschwiegen hat." Jo hatte sich abgeschnallt und ging wie eine Furie auf Georg los. „Was noch?"

„Beruhige dich", sagte Nora endlich, „wir haben gerade erst Kontakt zu ihm aufgenommen, wir kennen ihn natürlich, er uns aber nicht. Obwohl", sie schaute zu Georg, der nickte, „er uns beobachtet hatte. Er meinte, wir bemerken es nicht, aber dazu sind wir schon zu lange auf der Flucht und somit übervorsichtig, als dass wir es nicht registrieren würden. Allerdings", sie wiegte den Kopf, „er ist sehr gut, es hat tatsächlich einige Tage gedauert, bis es uns auffiel."

Jo schien sich zu beruhigen und setzte sich wieder.

„Hat er denn sofort euren Ausführungen geglaubt? Wenn mich jemand anruft, eine Person, die ich nicht kenne und etwas von Entführung erzählt, glaube ich ihm das doch nicht sofort", warf ich ein, „und dann ausgerechnet Lucas, das Misstrauen in Person. Merkwürdig."

„Nein, Anna", erklärte Georg, „nicht sofort, ich musste ihm die Lage erklären, berichten, dass du und Jo hier seid, momentan in Sicherheit. Er reagierte sofort, rief Phyllis an, die wiederum versuchte, ihre Schwester und ihren Vater zu erreichen, was nicht möglich war. Und dann glaubten sie mir endlich. Sie erwarten uns in eurem Haus, sie wollten uns abholen, aber das war mir zu unsicher. Wir haben unseren eigenen Fahrer benachrichtigt. Er erwartet uns."

Ich verstand. Wenn die Entführer sie beobachteten, dann würden sie sie direkt zu uns, zu Nora, Charles und Georg führen. „Haben sich die Kidnapper schon gemeldet?" Ich sah zögernd zu Jo, die Frage interessierte sie natürlich auch.

Charles schüttelte den Kopf. „Noch nicht, daher sollten die beiden auch im Haus bleiben, falls ein Anruf kommt."

„Alleine schaffen wir es nicht, sie zu befreien", gab Jo zu bedenken, „wir müssen die Polizei einschalten!"

„Das machen wir, sobald wir angekommen sind und die Lage eruiert haben", stimmte Nora zu. Georg und Charles hingen weiterhin abwechselnd am Telefon und versuchten Neuigkeiten von den Mittelsmännern zu erfahren, die aber selbst erst einmal Nachforschungen betreiben mussten.

Irgendwann landeten wir in Düsseldorf. Ein Rolls stand für uns bereit, und wenn die Situation nicht so bedrückend und beängstigend gewesen wäre, hätten wir den Luxus genießen können. Jo schwieg die meiste Zeit. Sie kaute an den Fingernägeln, eine Angewohnheit, die ich von ihr nur aus der frühsten Schulzeit her kannte.

„Anna“, wandte sie sich plötzlich zu mir um, „du musst Paul anrufen, er soll sich vorsehen, wir müssen ihn warnen!“

„Das ist schon geschehen“, gab Charles zur Antwort, „ich habe auch schon unsere Sicherheitsleute nach Deutschland beordert, sie stehen für euch alle bereit. Johanna und Phyllis werden streng bewacht, nicht nur von Lucas, auch Marcus ist mittlerweile zu Hause und steht unter Bewachung.“

Neun Stunden nach dem verhängnisvollen Anruf in Marokko saßen wir dicht gedrängt in Josefines Wohnzimmer, an ihrer Seite Phyllis und Lucas. Marcus hatte Johanna auf dem Arm und lief völlig verzweifelt im Raum auf und ab, wollte aber die Kleine nicht Carlotta überlassen, die es ihm mehrfach anbot. Sie versorgte uns mit starkem Kaffee und setzte gerade eine weitere Kanne auf, als die Polizei erschien. Noch immer hatten die Entführer keine Nachricht geschickt.

Die Beamten schienen zunächst misstrauisch und glaubten uns nicht. Erst als der Anwalt von Nora und Charles eintraf, fingen sie langsam an, die Tragweite der Angelegenheit zu begreifen. Das Auftreten von Lord Hayward-Nickerson nebst Lady Nora beeindruckte alle, sogar mich, die ich den Lord mittlerweile duzte.

Langsam aber sicher schien auch Jos Gehirn wieder zu funktionieren. Irgendwann, Charles und sein Anwalt gaben noch einige Erklärungen ab, telefonierte einer der beiden Polizisten mit seiner Dienststelle und orderte Verstärkung an, als Jo fragte: „Wo ist es eigentlich passiert und wie? Saßen sie im Auto? Oder wurden sie auf der Baustelle überwältigt?“

„Sie wollten allem Anschein nach, einen Termin wahrnehmen, aber es ist keiner im Terminkalender des Servers eingetragen, ich habe bereits nachgeschaut“, erklärte Phyllis, „sie müssen keine Zeit gehabt haben, ihn zu notieren, das bedeutet: Jemand hat angerufen, und sie sind sofort losgefahren“, sie schüttelte den Kopf, „ich verstehe es nicht. Wer meinen Vater kennt, weiß, dass er die Ruhe in Person ist. Wenn er hektisch aufgebrochen ist, dann muss es sehr wichtig gewesen sein!“

Das leuchtete ein.

„Was ist mit dem Telefon? Die letzten Anrufe müssen registriert sein.“ Jo war mittlerweile aufgesprungen, lief zum Schreibtisch und griff zum Hörer. Nichts.

„Dann müssen sie übers Handy angerufen worden sein“, gab Phyllis zu bedenken, „und die haben Sophia und Don Henry immer dabei.“

Die Polizisten schauten irritiert. „Wer ist Don Henry?“

„Ach so. Don Henry ist mein Vater. Meine Schwester und ich nennen ihn seit frühster Kindheit so, da das seine spanische Anrede ist, wenn wir dort sind." Sie erklärte ihnen kurz, dass in Spanien ältere Personen mit Don oder Doña angesprochen wurden und es mit gnädiger Herr oder verehrte Dame gleichzusetzen sei, als die angeforderten Spezialisten der Polizei für Entführungsfälle eintrafen. Jo stellte weiter Fragen. Wenigstens musste ich sie nicht mit einem Eimer eiskalten Wassers zur Besinnung bringen, denn das hätte sie mir so schnell nicht vergessen.

„Aber wo ist es passiert?"

„Kurz vor der Autobahnauffahrt, also ganz in der Nähe, das Auto steht noch dort", berichtete Phyllis weiter, „ich bin von der Polizei angerufen worden, denn der Jaguar stand verlassen, mit nicht abgeschlossenen Türen, schräg auf dem Fahrradweg. Ich bin sofort hin, es sind ja nur wenige Minuten von hier bis zur 31, habe den Ersatzschlüssel mitgenommen und wollte das Auto auf den Parkplatz fahren. Ich versuchte noch, Don Henry anzurufen, der Ruf ging durch, aber niemand meldete sich. Ich habe die Umgebung abgesucht und ein Stückchen weiter, im Graben fand ich dann Sophias Notizmappe, ohne die sie nie zu Besprechungen fährt. Dann sah ich Reifenspuren. Natürlich kann ich nur vermuten, dass sie frisch sind und mit dem Überfall oder der Entführung zu tun haben", sie machte eine kurze Pause, überlegte und erzählte weiter, „ich rief zuerst Lucas an und dann die Nummer in Marokko, die Vater notiert hatte."

„Warum nicht sofort uns?" Der Polizist, der uns interessiert zuhörte, wartete auf eine Antwort.

„Weil ich mir nicht sicher war, was eigentlich los ist. Lucas nahm alles Weitere in die Hand."

Lucas, der seinen Namen hörte, gesellte sich hinzu und schilderte weiter: „Ich kam sofort zur Autobahnauffahrt und merkte, dass etwas nicht stimmte. Phyllis und ich fuhren zurück, kontrollierten das Haus, sahen nach Johanna und informierten Marcus. Carlotta bestätigte, dass es einen Anruf gegeben haben muss. Die beiden sind eilig los und haben Johanna in ihrer Obhut gelassen."

Die Haushälterin betrat gerade mit einer großen Kanne Kaffee das Wohnzimmer und bestätigte die Ausführungen. „Es war Henrys Handy, das läutete. Ich weiß es genau, denn es klingelt sehr laut, und es ist ein ganz anderer Ton als bei Sophias Handy", sie schenkte jedem Kaffee ein, schwieg kurz, ihr schien noch etwas einzufallen, „sie haben nach einer Taschenlampe gefragt, und ich sagte ihnen, wo eine kleine für Notfälle liegt."

Es wurde immer seltsamer, in meinem Sessel sitzend, kam es mir vor wie eine Theatervorstellung. Alles unwirklich.

„Eine Taschenlampe? Wozu benötigten sie am hellen Tag eine Taschenlampe?“

Jo sprang auf. „Das Navi im Jaguar, vielleicht haben sie eine Adresse eingegeben, wir müssen sofort nachschauen!“

„Die Spurensicherung ist bereits am Auto, auch das Navi wird untersucht“, erklärte der Polizist geduldig, der sich uns mittlerweile als Hans Bremer vorgestellt hatte, unser direkter Ansprechpartner, „sie haben kein Blut gefunden, aber es scheint ein Handgemenge stattgefunden zu haben.“

„Ich will den Wagen sehen!“ Jos rigoroser und nahezu diktatorischer Befehl ließ keine Zweifel aufkommen, dass sie nicht um Erlaubnis fragte, sondern einfach nur den anderen mitteilte, was genau sie jetzt machen würde.

Sie sprang auf, schnappte sich die Wagenschlüssel des Geländewagens und war fast schon an der Haustür, als Bremer sie zurückhielt.

Kapitel 33

Ich zerrte meinen Arm aus der Umklammerung Bremers. Was fiel ihm ein, mich einfach festzuhalten! Es wurde Zeit, die Sache in die Hand zu nehmen.

„Ich werde mir den Jaguar anschauen und die Umgebung, vielleicht entdecke ich etwas, was Sie übersehen haben!“

Zögernd nickte Bremer. „Okay! Ich komme mit, und Sie fassen nichts an!“

Damit konnte ich leben. Phyllis sprang auf und wollte uns begleiten. „Du bleibst hier am Telefon, wenn die Kidnapper anrufen, muss einer von uns beiden vor Ort sein!“

Ich bemerkte Annas erleichterten Blick und nickte ihr kaum merklich zu. Nun wusste sie definitiv, dass sich der Nebel in meinem Gehirn lichtete. Wir fuhren sofort los. Ich hatte es eilig, mir die Stelle anzuschauen, eine innere Unruhe trieb mich dort hin.

Der Wagen stand wirklich merkwürdig da, schräg auf dem Fahrradweg, mit einem Reifen fast im Graben. Ich ließ das Szenario einige Sekunden auf mich einwirken. So würde Henry oder auch Sophia niemals parken, es schien, als ob man sie unsanft von der Straße abgedrängt, gestoppt und dann aus dem Wagen gezerrt hätte. Ich gab meine Vermutung an Bremer weiter, der hinter mir stand, kein Wort sagte und mich beobachtete. Ich nahm meine Digitalkamera aus der Handtasche und fotografierte: die Umgebung, den Boden um den Jaguar herum, den Jaguar selbst, den Jaguar im Innern, einfach alles.

„Was ist das?“ Ich deutete auf einen kleinen Gegenstand, der sich auf dem Fahrersitz befand.

„Es ist eine Handyhülle, wahrscheinlich die Ihres Mannes, er scheint telefoniert zu haben.“

„Mein Mann hat keine Handyhülle und Sophia auch nicht. Die gehört uns nicht. Da sie sich im Inneren des Wagens befindet, muss sie den Entführern gehören! Fingerabdrücke“, erinnerte ich ihn.

Bremer stutzte, winkte einem der Leute der Spurensicherung zu und gab die Anweisung, die Hülle einzutüten, um sie auf Fingerspuren zu untersuchen.

„Was sonst noch? Haben Sie noch etwas entdeckt, was nicht stimmig ist?“

Ich zuckte nachdenklich mit den Schultern und suchte intensiv weiter. Zigarettenkippen, ungefähr fünf Meter neben dem Jaguar, dort sah man auch Reifenspuren.

„Könnten sie da auf meinen Mann gewartet haben? In meiner Familie raucht niemand, und die Zigarettenkippen sehen frisch aus, sie liegen noch nicht lange dort.“

„Das dachten wir uns schon, sie werden auch mitgenommen. Sie sehen ja, unsere Leute sind noch bei der Arbeit.“

Ich hatte genug gesehen und wollte nach Hause. Bremer fuhr mich zurück.

„Es muss wichtig gewesen sein, sonst wäre Henry nicht losgefahren, ohne etwas zu sagen oder den Termin einzutragen“, grübelte ich weiter, „wenn ich nur ahnen würde, wohin sie wollten.“

„Im Navi war nichts programmiert“, berichtete Bremer „also mussten sie die Strecke oder den Ort kennen.“

„Das Navi im Jaguar ist nicht während der Fahrt zu programmieren, das geht nur, wenn der Wagen steht. Sie müssen es sehr eilig gehabt haben!“

Wir fuhren gerade auf unser Grundstück, als mir ein anderer Gedanke kam: „Es ging nicht um Johanna. Ich meine, wie konnte man die beiden so schnell weglocken? Doch nur, wenn der Anrufer ihnen etwas von einem Unfall erzählt, oder dass etwas Schlimmes passiert ist! Da Johanna zu Hause war, Marcus im Büro, mussten Anna und ich herhalten. Der Anruf kam sicherlich aus Marokko, und wenn man ihnen erzählt hat, dass uns etwas passiert sei und sie sofort kommen müssten, dann waren sie auf dem Weg zum Flughafen, den Weg kennen sie, dafür brauchen sie kein Navi, dann müssten ...!“ Ich hatte eine Idee, lief ins Haus, zum Sekretär und zog die oberste Schublade los: Die Reisepässe fehlten! Nur noch der von Phyllis lag einsam dort.

„Die Reisepässe sind weg! Sie waren auf dem Weg nach Marokko!"

„Okay, nehmen wir mal an, Sie haben recht", meinte Bremer. „Wann haben Sie das letzte Mal mit Ihrem Mann telefoniert?"

„Gestern Abend, ich meldete mich kurz bei ihm."

„Hätte er sich nicht vor einem eiligen Aufbruch erst einmal vergewissert, ob Ihnen wirklich etwas passiert ist? Ich meine, hätte er Sie nicht in Marokko angerufen?"

„Ich hatte aus Sicherheitsgründen das Handy ausgeschaltet und ihm Noras Festnetznummer noch nicht gegeben."

All das brachte uns nicht weiter, wir wussten immer noch nicht, wer sie verschleppt hatte, und wo sie sich befanden. Als Bremers Handy klingelte, schauten wir ihn wie gebannt an.

„Es hat sich ein Zeuge gemeldet", er klappte sein Handy zu, „er konnte den Wagen beschreiben, und wir haben eine Teilautonummer. Etwas kam ihm merkwürdig vor, war aber mit seinem Fahrrad zu weit entfernt. Erst wollte er sich aufregen, wie der Jaguar auf dem Fahrradweg stand, dann merkte er, dass ein anderes Fahrzeug schräg davor stand, mit laufendem Motor, und drei Männer die Autotüren des Wagens aufrissen und die anderen beiden Personen förmlich herauszerrten. Ob der andere Wagen vorher den Jaguar von der Straße drängte, konnte er nicht sagen."

„Wie lautet die Autonummer, haben Sie schon den Besitzer ausfindig gemacht?"

„Noch nicht, es ist nur der Teil einer Nummer, der Wagen war silberfarben, hoch, also wohl ein Geländewagen, aber sonst haben wir nichts. Wir müssen suchen, bis wir eine Übereinstimmung haben. Das kann unter Umständen einige Zeit dauern."

Noch immer hatten wir keine Lösegeldforderung erhalten. Die Telefone waren zwar an allen Anschlüssen mit dem Aufnahmegerät verbunden, aber es kam kein Anruf.

Marcus hatte sich doch breitschlagen lassen, Johanna zu Carlotta zu geben, und fuhr selbst ziellos durch die Gegend, um nach Henry und Sophia oder einem silbernen Geländewagen Ausschau zu halten.

Nora, Charles, Georg, die beiden Polizisten und auch die, die hinter den Aufnahmegeräten saßen, schwiegen. Anna rührte sich ab und zu, um in der Küche Kaffee für alle zu kochen. Nur Lucas war verschwunden. Wohin er wollte, hatte er nicht gesagt. Ich vermutete, er würde einige seiner alten Kontakte anrufen und um Hilfe bitten.

Ich fand, es war eine Gelegenheit, Nora weiter auszufragen.

„Was hat es mit dem Horusauge auf sich? Immer wieder die Zeichen des Horusauges, der Ring, das Logo auf eurer Webseite, auf den Briefbögen ... einfach überall. Und immer wieder wurde mir in Ägypten gesagt, ich stünde unter dem Schutz des Horusauges!"

Nora nickte. „Ja, es hat eine gewisse Bedeutung für uns. Mein erster Mann, Roberts Vater, hatte ägyptische Wurzeln. Meine Schwiegermutter stammte aus Kairo, war die einzige Tochter eines äußerst reichen Mannes. Daher stammte auch ein Großteil des Vermögens. Ich habe sie kennengelernt, kurz nach unserer Heirat. Mit ihrem zweiten Sohn, dem jüngeren, wollte sie nichts mehr zu tun haben. Wäre nicht eine gewisse äußere Ähnlichkeit zwischen den beiden gewesen, hätte man vermutet, sie sind nicht miteinander verwandt."

„Aber was hat das alles mit dem Schutz des Horusauges zu tun?"

„Es ist im alten Ägypten ein Himmelsgott, der Beschützer der Kinder. Der Vater meiner Schwiegermutter hatte ihr einen Ring und eine Halskette geschenkt mit dem Horusauge, beides sollte sie beschützen. Es wurde später dann auch als Firmenzeichen benutzt. In Ägypten hatten wir viele Freunde, sie wussten, zu wem derjenige gehörte, der das Symbol bei sich trägt, ob als Ring oder Kette."

„Aber davon kann man Unmengen kaufen, woher wussten die anderen Personen, dass es das richtige Horusauge war?"

Jetzt lachte Nora auf. „Weil es die falschen waren!"

„Wieso das denn?" Ich verstand es nicht.

„Schau sie dir an", meinte sie nur und zeigte mir ihren Ring, „die richtigen Augen sehen hier und hier", sie zeigte mir die Stellen, „anders aus! Spiegelverkehrt!"

Nun begriff ich, die falschen waren die richtigen. Logisch!

Eine weitere Stunde verging, als Bremer endlich die Mitteilung erhielt, dass man wahrscheinlich den Halter des Geländewagens ermittelt hatte.

„Es ist ..." Aber noch bevor Bremer den Namen aussprach, sagte Nora nur: „Kendaro Limited!"

Bremer nickte verdutzt.

„Nora! Woher weißt du das?"

„Es ist der Konzern meines Exschwagers. Ich habe es die ganze Zeit befürchtet, nein", verbesserte sie sich, „wir alle wussten es!"

„Es ist ein weiterer Versuch", meldete sich Charles grimmig zu Wort, „wir ahnten es. Man kann noch so vorsichtig sein, alle Sicherheitsmaßnahmen ergreifen und auch einhalten, sie finden immer wieder einen Weg."

Wütend stand er auf, ging zum Fenster, schaute hinaus und sprach, obwohl er uns den Rücken zukehrte: „Sie wollen an das Geld, an das gesamte Vermögen. Nora und Robert sind im Weg. Sie wissen, dass Robert tot ist, aber noch lebt Nora. Sie müssen Nora aus dem Weg räumen oder sie dazu bringen, das gesamte Vermögen zu überschreiben und auf alle Ansprüche verzichten. Das wird sie aber nicht machen, außer ...", hier machte Charles eine kurze Pause, „außer man zwingt sie in anderer Form, wie nun mit der Entführung. Kendaro weiß, dass Nora euch helfen wird, aber sie wollen kein einfaches Lösegeld, das wäre zu simpel, sie wollen alles. Kendaro meint, damit wäre es ausgestanden, aber so ist es nicht. Es ist komplizierter, aber davon hat er keine Ahnung!" Erschöpft drehte sich Charles wieder zu uns um. „Nora, ich glaube, sie sollten auch noch den anderen Teil wissen."

Nora zuckte wie elektrisiert zusammen. „Aber dann sind sie noch mehr in Gefahr als ohnehin schon!"

„Schon möglich, aber vielleicht ist es das Beste, wenn alle hier die Einzelheiten wissen."

Nora schwieg. Bremer und auch sein Partner Winter schwiegen, ich schwieg, einfach alle schwiegen. Noch beharrten wir nicht auf eine Erklärung und wollten Nora Gelegenheit geben, alles zu erläutern. Diese seufzte, faltete die Hände und fing an: „Es geht auch um Roberts Tochter."

„Wie bitte?" rief ich. „Roberts Tochter? Er hat eine Tochter? Wo? Dann lebte er doch noch!"

Nora wehrte ab. „Meine Enkelin, Roberts Tochter, lebt in Sicherheit, aber nicht in unserer Nähe. Keiner kennt sie, keiner weiß, wie sie aussieht, keiner weiß überhaupt, dass sie existiert. Man hat ihre Mutter, meine Schwiegertochter umgebracht. Es war Kendaro, mein Schwager. Er dachte, so könnte er Robert dazu bewegen, ihm alles zu übertragen. Aber das hätte nichts genutzt. Nur mit dem Vermögen im Rücken haben wir überlebt. Hätten wir ihm alles übertragen, hätte er uns sofort umgebracht. Aber ohne meine Unterschrift geht nichts. Wenn ich unterschreibe, werden sie von ihr erfahren und auch sie verfolgen und umbringen."

Ich erkannte die Zwickmühle. „Wo lebt sie ... Nein, sag es nicht, ich will es nicht wissen. Aber ich verstehe nun die Situation. Dann sind Sophia und Henry nur Mittel zum Zweck!"

Charles nickte.

„Es bringt auch nichts, wenn wir die beiden befreien", meinte ich zu Bremer, „dann werden die nächsten entführt oder umgebracht."

„Das sehe ich genauso."

Ich drehte mich um. Lucas war eingetreten, ich hatte seine Ankunft nicht bemerkt. „Lucas, gut, dass du da bist! Hast du Neuigkeiten? Hast du irgendetwas in Erfahrung gebracht?“

„Ich habe mitbekommen, dass Robert eine Tochter hat. Ich hoffe, sie ist in Sicherheit?“ Georg nickte.

„Wir haben uns persönlich darum gekümmert und sie gerade angerufen. Sie wird rund um die Uhr bewacht, obwohl ich nicht glaube, dass Kendaro von ihrer Existenz weiß.“

Sie hatte nun zugegeben, dass Robert nach seinem Verschwinden aus Dénia noch lebte, sonst würde es keine Tochter geben. Sollte ich weiter drängen? Nein, sagte ich mir. Ich würde mehr von ihr erfahren, wenn ich es nicht verlangte. Ich begriff auch, dass wir im Augenblick nichts machen konnten und sie recht hatte.

„Ich habe meine Leute losgeschickt, sie werden, da wir nun einen Namen haben, suchen“, wandte er sich zu mir um, „wir werden sie finden, ich habe auch noch meine guten Kontakte zu bestimmten Leuten, die mir etwas schuldig sind. Sie helfen, ich habe schon mit ihnen gesprochen.“

„Aber wo sollen sie mit der Suche anfangen?“ fragte ich verzweifelt. „Sie können schon weit weg sein, vielleicht im Ausland ...“

„Nein“, meinte Bremer, „sie werden in der Nähe bleiben, sie werden uns beobachten, sie wissen sicherlich schon, dass Lady Hayward-Nickerson hier ist und auch ihren Mann mitgebracht hat!“

„Wir beobachten bereits das Firmengelände der Kendaro Limited in Düsseldorf.“

„Sie meinen also, sie wurden nach Düsseldorf gebracht?“

„Wir nehmen es an, kontrollieren aber noch immer die Umgebung, und da wir nun dank des Fahrradfahrers wissen, welchen Wagen sie fahren, ist es einfacher, sie ausfindig zu machen.“

Phyllis, die mit Lucas in der Arbeitsecke des Wohnzimmers zusammengestanden hatte, kam zu uns. „Lucas und ich werden nach Düsseldorf fahren, um uns die nähere Umgebung des Bürohauses der Kendaro Limited anzusehen.“

Ohne auf ein Okay von Bremer oder Winter zu warten, drehte sie sich um und knurrte etwas von umziehen. Lucas verschwand ebenfalls, und beide kamen eine Viertelstunde später schwarzgekleidet zurück. Lucas nahm den Wagenschlüssel des Geländewagens, und beide verschwanden durch die Haustür.

„Vielleicht entdecken sie etwas“, überlegte Winter, „Sie gaben uns ja auch einige Hinweise, nachdem sie sich den Jaguar angesehen hatten.“

Ich hoffte es natürlich inständig. Ich hoffte auch, dass sie zu viert wiederkamen. Aber was konnten sie mehr erreichen als die Polizei? Es war noch nicht einmal sicher, ob es sich um eine Entführung handelte, es war immer noch keine Lösegeldforderung eingegangen.

Anna begnügte sich mit der ehrenvollen Aufgabe, die Menschenmenge im Haus mit Essen und Getränke zu versorgen, vorzugsweise Kaffee und belegte Brötchen. Dazu fuhr sie schnell zur Bäckerei, und als sie wiederkam, erklärte sie uns: „Draußen sind Reporter, sie haben Wind von der Sache bekommen. Ich bin schnell durchgefahren und habe das Tor geschlossen, so dass sie nicht aufs Grundstück können.“

Sie brachte die Einkäufe in die Küche und belegte die Brötchen. Carlotta beschäftigte sich mit Johanna, die wir vorsorglich in ihrem Zimmer ließen. Marcus war mittlerweile erfolglos zurückgekehrt, hatte sich hinter den Computer geklemmt und versuchte weitere Informationen über Kendaro Limited zu erhalten.

Er wurde fündig, nach einer halben Stunde druckte er die ersten Seiten aus. Ein Firmenkonstrukt kam zum Vorschein, das von niemandem leicht zu durchschauen war.

Marcus gab nicht auf, er forschte weiter. Was er anstellte, um an die versteckten und verdeckten Informationen zu gelangen, wollte niemand wissen, auch Bremer und Winter nicht. Sie verschlossen demonstrativ die Augen und freuten sich über jedes Detail, das sie weiterbringen konnte.

Eine Adresse von Kendaro Limited fand er in Madrid. Anschriften in Marokko und Kairo gab es nicht.

„Was ist mit dem Haus an der Kornesh el Nile? Der Herr des Hauses kam mir merkwürdig vor. Er blockte alles Fragen ab, und ich hatte den Eindruck, dass er log.“

Nora blickte mich einige Sekunden an. „Dein Gefühl hat dich nicht betrogen. Du bist ihm gehörig auf die Nerven gegangen. Er ist ein Freund. Das Haus an der Kornesh gehört uns. Wir haben nur wenige Vertraute, er ist einer davon. Solange das Mörderkommando meines Schwagers an jeder Ecke auf uns warten könnte, sind wir vorsichtig.“

Ich verstand Nora. Es musste schrecklich sein, ständig in Angst zu leben. Das Einfachste wäre, der Schwager nebst Sohn würde ausgerottet. Ich erschrak vor meinen eigenen Gedanken. Aber wenn ich es mir genau überlegte, wenn meine Familie davon betroffen wäre, ich glaube, ich könnte ...! Nein, diesen Gedanken wollte ich nicht weiterverfolgen. Aber da sie nun Henry und Sophia in ihrer Gewalt hatten, würde ich ohne zu zögern eine Waffe einsetzen.

Marcus hatte mittlerweile einen Fülle an Informationen ausgedruckt und uns weitergereicht. Die Anschrift in Düsseldorf schien uns am ehesten geeignet, dort nach Henry und Sophia zu suchen, während uns Madrid zu weit entfernt vorkam. Bremer hatte sich natürlich schon mit seinen Leuten in Verbindung gesetzt, sie sollten das Bürogebäude beobachten und in der näheren Umgebung nach den Vermissten suchen. Noch während er telefonierte, klingelte unser Festnetzanschluss. Schnell reagierten die zuständigen Leute, schalteten das Aufnahmegerät ein, und ich konnte endlich den Hörer abnehmen.

„Strauß-Behring?“ meldete ich mich.

„Vermissen Sie nichts?“ Ich reagierte, in dem ich nicht reagierte und den anderen, in diesem Falle der männlichen Stimme am Ende der Leitung, das Reden überlassen wollte, übrigens ein Tipp Winters. Es wirkte. Als ich keinen Ton von mir gab, musste er fortfahren.

„Ich frage Sie, ob Sie niemanden vermissen, haben Sie mich verstanden?“

„Ich verstehe Sie sehr gut, und Sie wissen, dass ich es weiß, also reden Sie nicht um den heißen Brei herum, sondern sagen Sie endlich, was Sie wollen!“

Keine Angst zeigen, keine Schwäche erkennen lassen, sagte ich mir, hielt mich mühselig auf den Beinen und versuchte, ruhig zu atmen.

„Fragen Sie Nora, sie sitzt doch neben Ihnen, oder?“ Ein Auflachen war zu hören, ahnte er es nur, oder beobachtete man uns?

„Sie ist hier, wollen Sie mit ihr sprechen?“ bot ich an, nachdem Nora mir zuwinkte, dass sie gegebenenfalls das Gespräch übernehmen wollte.

„Das ist nicht nötig. Sie weiß, was wir wollen. Sobald wir es haben, sind Ihr Mann und Ihre Tochter frei!“

„Wer garantiert mir das? Sie? Warum sollte ich Ihnen vertrauen? Ich weiß noch nicht einmal, ob die beiden noch leben. Zuerst will ich mit meinem Mann oder Tochter sprechen, ansonsten brauchen wir gar nicht weiter zu verhandeln.“

„Alles zu seiner Zeit. Einen Beweis, dass sie bei bester Gesundheit sind, erhalten Sie morgen.“

„Das besagt gar nichts“, konterte ich, „wenn ich morgen einen Beweis in der Hand habe, dass sie heute noch lebten ... Überlegen Sie selbst, ist das glaubwürdig? Für wie dumm halten Sie mich?“

Ich wartete einige bange Sekunden auf eine Reaktion, die kam nicht, es wurde aufgelegt.

„Konnten wir den Anruf zurückverfolgen?“ Bremer schauten seinen Spezialisten am Aufnahmegerät an, der nachdenklich mit dem Kopf wackelte.

„Nicht eindeutig, dazu war das Gespräch zu kurz, aber es wurde aus der Nähe von Düsseldorf angerufen, soviel steht fest.“

„Was ist, wenn sie nicht noch einmal anrufen? Vielleicht war es nicht gut, nach einem Lebenszeichen zu fragen.“

„Sie haben es richtig gemacht, Sie haben nicht nachgegeben und sind auch nicht furchtsam zusammengebrochen. Sie wissen nun, dass sie es nicht einfach haben werden. Bis sie nicht erreicht haben, was sie wollen, Mylady oder Ihren Stiefbruder, brauchen sie die beiden lebendig.“

„Wir liegen also mit unserer Annahme richtig, dass sie sich in der Nähe von Düsseldorf aufhalten?“

„Das ist natürlich nicht sicher, sie könnten aus Düsseldorf angerufen und die beiden bereits außer Landes geschafft haben, aber das glaube ich nicht, sie werden sie noch benötigen und deshalb in der Nähe festhalten.“

„Was machen wir nun? Warten?“

Winter nickte.

„Wir warten auf einen Anruf. Der wird kommen, sie müssen nun besprechen, wie sie weiter verfahren sollen, denn Ihre Reaktion hatten sie nicht eingeplant. Ich schätze, es dauert eine Stunde, dann erfolgt der nächste Anruf.“

„Winter ist Spezialist“, wandte Bremer ein, „er hat bereits bei mehreren Entführungen mitgearbeitet und intuitiv richtig reagiert. Wenn er sagt, sie rufen nochmals an, dann vertrauen Sie ihm!“

Als Außenstehender konnte er das leicht sagen. Irgendwie sagte mir mein Gefühl, dass er nicht unrecht hatte. Obwohl Winter noch so jung aussah, schien er doch zu wissen, wovon er sprach.

Eine Stunde verging, die wir mit Warten verbrachten. Unser Kaffeekonsum stieg.

Johanna quengelte, Carlotta brachte sie zu uns. „Mama“, nörgelte sie leise, „ich will bitte zu meiner Mama. Mama soll kommen!“

„Mama kommt bald“, versuchten wir sie zu beruhigen, „sie ist mit Opa unterwegs. Das kennst du doch schon, sie brauchen heute etwas länger, und Mama sagt, du sollst schon mal alleine ins Bett.“

Johanna schüttelte energisch den kleinen Kopf. „Nein, Mama soll kommen, sofort!“

Ihren Befehlston kannten wir, konnten sie aber meistens mit einem Anruf bei ihrer Mama beruhigen. Es war leider diesmal nicht möglich.

„Mama hat ihr Handy vergessen", versuchte ich es auf die nicht faire Tour. Johanna wischte sich eine dicke Träne aus dem Augenwinkel, eine weitere kullerte über ihre Wange. Ich nahm sie Carlotta ab und versuchte sie zu trösten. Sie schien mir nicht so recht zu glauben, blickte misstrauisch zu Anna, die ihr lächelnd zunickte. „Komm, wir beide gehen in die Küche und bereiten dir einen leckeren Kakao zu!" Vorerst lenkte es Johanna ab, sie trottete hinter Anna her in die Küche.

In diesem Augenblick klingelte das Telefon. Alle sprangen ruhig und sicher auf ihre Plätze, ich wartete auf das Zeichen des Tontechnikers, der das Kommando gab, wann ich den Hörer abheben durfte. Fast genau eine Stunde war seit dem letzten Anruf vergangen. Sollte Winter recht behalten?

Ich hoffte, keinen Fehler zu machen und alle Instruktionen richtig zu befolgen.

„Ja, bitte?" sagte ich hochnäsig und arrogant.

„Sie wollten ein Lebenszeichen? Hier ist es!" Für einen kurzen Augenblick bekam ich keine Luft, Schreckensvorstellungen durchliefen bildlich mein Gehirn, dann endlich: „Hallo Josie, ich bin's. Mir geht es gut, ich kann nicht lange reden." Ich stutzte. Was stimmte da nicht?

„Henry! Wo seid ihr? Was ist mit Sophia? Geht es ihr auch gut? Ist sie bei dir? Was ist passiert ..."

Mehr Fragen, obwohl sie mir auf den Lippen brannten, konnte ich nicht stellen, Henry unterbrach mich: „Sophia ist bei mir. Überlege gut, was du tust. Frag die Freundin von Doris in Düsseldorf um Hilfe, sie kann dich unterstützen, wenn sie Lösegeld wollen. Ich weiß auch nicht ..."

Die Verbindung wurde unterbrochen, noch bevor Henry zu Ende reden konnte. Sekundenlang hielt ich den Hörer noch in der Hand und überlegte. Der Techniker schüttelte wieder den Kopf.

„Zu kurz, ich konnte es nicht zurückverfolgen."

„War das ein Hinweis?" Winter hatte es scheinbar auch mitbekommen.

Ich nickte nachdenklich. „Ja, eigentlich schon. Er sagte: Josie. Sicher bin ich mir nicht, aber wir sind auf der richtigen Spur. Sie scheinen in Düsseldorf zu sein", ich grübelte weiter, „Doris war der Name meiner Mutter, Nora ihre Freundin", ich schaute zu Nora, „was hat es mit Düsseldorf auf sich? Seit ihr mal dort gewesen? Gemeinsam?"

Noras Gehirn arbeitete. Es dauerte eine gewisse Zeit, bis sie langsam antwortete: „Ja, wir waren mal gemeinsam in Düsseldorf, aber, mein Gott, es ist schon so lange her, wo sind wir denn bloß damals überall gewesen ..."

„Lass dir Zeit", meinte ich nur, „überlege in aller Ruhe."

Georg trat hinter seine Mutter, legte ihr beruhigend die Hand auf die Schulter und schaute mich an, seine Augen signalisierten, dass ich richtig handelte. Ich sprach von etwas anderem und wollte sie so ablenken: „Wenn Sophia bei ihm ist, und es ihr gutgeht, bin ich beruhigt ..." Ich wollte gerade weitersprechen, als mein Handy klingelte.

„Wir sind in Düsseldorf, habt ihr etwas für uns, was uns weiterbringen könnte?" Phyllis und Lucas standen vor dem Gebäude der Kendaro Limited. Ich bat beide um etwas Geduld, erzählte von Henrys Hinweis und dass Nora noch nachdachte.

„Ich rufe euch wieder an", meinte ich kurz angebunden.

„Was hat es mit dem Namen auf sich?" Winter schien der Einzige zu sein, dem es aufgefallen war. „Da war doch noch ein anderer Hinweis?"

„Er ist zu orten, wenn sie zusammen sind, sind sie beide ausfindig zu machen."

„Wie das?"

„Es ist eine Absprache zwischen uns, und ich dachte, dass Henry sich nicht daran erinnern würde." Ich ging zu meinem Schreibtisch und holte einen Zettel hervor, auf dem eine Nummer vermerkt war, und gab ihn dem Techniker: „Versuchen Sie diese Nummer zu orten. Wenn das gelingt, wissen wir wahrscheinlich, wo sie sich aufhalten."

Anna kam aus der Küche und verteilte kalte Getränke: „Damit ihr euch abkühlen könnt, wenn die Köpfe qualmen." Sie hatte mitbekommen, um was es ging, und versuchte nun ihrerseits, Nora auf andere Gedanken zu bringen.

„Als wir letztens in Düsseldorf waren, besuchten wir eine Ausstellung", plapperte Anna weiter, „anschließend gingen wir essen, die Kö ist ja wirklich eine tolle Geschäftsstraße ..."

„Da waren wir auch", rief Nora auf einmal, „wir waren auf der Kö, richtig, wir machten einen Einkaufsbummel und gingen anschließend in einer Pizzeria essen. Diese Restaurants gab es damals noch nicht so häufig, wie es heute der Fall ist. Es war etwas Außergewöhnliches", erinnerte sie sich weiter, und ich erinnerte mich daran, dass meine Mutter auch einmal etwas davon erzählt hatte.

Natürlich, wenn Henry das ebenfalls mitbekommen hatte, mussten sie in der Nähe der Kö sein, und wenn er sich daran erinnerte, was wir einmal vereinbart hatten, dann bestand die Möglichkeit, ihn aufzuspüren.

„Wie hieß das Restaurant und wo befand es sich damals? Sie müssen dort sein", rief ich aufgeregt zu Winter rüber, der bereits im Internet danach suchte, nachdem ihm Nora nun genauere Details nennen konnte.

In diesem Augenblick meldete der Techniker. „Hier sind sie!" Er deutete mit dem Zeigefinger auf den Bildschirm seines Laptops, auf dem eine Straßenkarte Düsseldorfs ersichtlich war.

Es befand sich dort kein Restaurant, dafür aber ein Bürogebäude, in dem Henry, Sophia und Phyllis vor einiger Zeit einen Termin hatten. Das musste Henry gemeint haben.

Sollte einem von uns etwas passieren, so hatten wir einmal vereinbart, wollten wir dem anderen nach Möglichkeit einen Hinweis übermitteln. Zu diesem Zweck steckte in unserem Portemonnaie eine Handykarte, natürlich ohne das dazu gehörige Handy. Marcus mit seinen technischen Fähigkeiten baute einen Minisender in diese SIM-Karte ein, über die man uns jederzeit orten konnte. Wenn uns also das Handy abgenommen oder abhandenkommen würde, befand sich diese Karte noch bei uns. Darauf würde, so hofften wir, niemand achten. Dieser Fall schien bei Henry eingetroffen zu sein.

Indem er mich Josie nannte, was ich übrigens hasste, gab er mir den Hinweis, zu versuchen, ihn zu orten.

Es hatte geklappt.

Hektisch rief Winter seine Leute an, die sich bereits in der Nähe aufhielten, und ich informierte per Handy Lucas und Phyllis. Meine älteste Tochter erinnerte sich sehr gut an den Termin und wusste, welches Gebäude ihr Vater meinte. Sie fuhren sofort los, wurden aber von Bremer instruiert, vor Ort auf das Einsatzkommando zu warten, und ich erinnerte sie eindringlich, dass auch ja zu tun.

Kapitel 34
Phyllis

Endlich hatten wir einen Hinweis. Das Warten und sinnlose Herumfahren heiterte unsere Stimmung nicht auf. Lucas und ich waren stets anderer Meinung und uns auch nicht einig, wo wir suchen sollten. Vor dem Gebäude der Kendaro Limited entdeckten wir kein Fahrzeug, kein Geländewagen, einfach nichts. Hier könnten sie nicht sein, sagte ich zu Lucas, er war natürlich anderer Meinung. Wir stritten, bis wir uns endlich der erlösende Anruf erreichte: Nora erinnerte sich.

Es bestand immer noch die Möglichkeit, dass die Gedankengänge falsch waren, aber es war einen Versuch wert. Ich wusste, welches Bürogebäude gemeint war, und erinnerte sie daran, die Eigentumsverhältnisse zu überprüfen. Aber das hatte bereits Winter in Angriff genommen. In der Eile vergaß ich, meinen Laptop einzupacken, denn mit GPS wäre ich vom Auto aus ins Internet gelangt. So mussten wir über Handy in Verbindung bleiben.

Ich versprach natürlich, nichts Unüberlegtes zu unternehmen. Wir warteten auf die Polizei. Sie tauchten kurze Zeit nach uns mit vier zivilen Fahrzeugen auf. Insgesamt sechzehn schwarzgekleidete Herren, bewaffnet und mit Kevlar Westen bekleidet, stiegen aus. Alles erfolgte geräuschlos, diese Männer verstanden sich ohne Worte. Einer kam direkt auf unseren Wagen zu. Lucas ließ die Scheibe hinunter und gab sich zu erkennen. Ein Transporter fuhr langsam und ohne Licht auf uns zu, und man bat uns, dort einzusteigen.

Eine Art Kommandozentrale erwartete mich im Inneren. Lucas kam nicht mit hinein, er unterhielt sich mit einem der Männer in der Nähe dieser fahrbaren Einsatzzentrale. Sie mussten einige Schritte weitergegangen sein, denn ich sah sie nicht mehr.

Ich setzte mich, und ein anderer Mann, ebenfalls dunkel gekleidet, allerdings ohne die schusssichere Weste, informierte mich über die näheren Einzelheiten.

„Wir glauben Ihr Vater und Ihre Schwester sind in diesem Bürogebäude."

„Dort oben, im dritten Stockwerk, die Fenster auf der rechten Seite, dort hatten wir den Termin. Das ist eine Anwaltskanzlei. Es ist dort dunkel, aber zwei Stockwerke darüber ist ein Fenster beleuchtet. Kann das mit Ihrer Ortung übereinstimmen?"

„Schwer zu sagen", meinte der Beamte, der sich als Wison vorstellte, „sie müssen sich nach unserer Ortung etwa hier aufhalten, aber wir wissen nicht genau, ob oben oder im Keller oder in der Tiefgarage."

Durch die schwarz getönte Scheibe, die kein Licht nach außen durchließ, schaute ich in die besagte Richtung. Ein eher unscheinbares Gebäude stand dort, im Erdgeschoss eine Apotheke und eine Heißmangel. Darüber, im ersten Geschoss gab es Büroräume. Auf einem Schild, das neben einem normalen Hauseingang an der Fassade befestigt war, standen nur drei Buchstaben K L D. Eine Bedeutung für den Namen oder die Buchstaben hatte ich nicht, sie besagten alles und nichts. Aber ich erkannte sofort: Das Gebäude hatte eine

Tiefgarage, durch die man bequem mit einem Auto und unhandlichem Gepäck ungesehen im Inneren verschwinden konnte.

„Was ist das für eine Firma?“

Wison zeigte auf den Bildschirm seines Laptops. „Wir können uns auch keinen Reim darauf machen. In unseren Unterlagen existiert eine solche Firma in Deutschland nicht, aber solche Schilder kann sich jeder machen lassen. Wir überprüfen im Augenblick den Eigentümer des Hauses, und wir versuchen Infos über die Firma im Ausland herauszufinden.“

„Aber was ist, wenn mein Vater das Gebäude, das er meiner Mutter beschrieb, sieht? Dann bedeutet das doch, er muss irgendwo gegenüber sein“, meinte ich, „dann suchen wir auf der falschen Seite.“ Ich versuchte einen Blick durch das hintere Fenster zu werfen.

„Nein, nein.“ Wison schien sich sicher zu sein, dass es das andere Haus war, das er und sein Leute sich näher ansehen sollten.

Lucas, der nun auch die fahrende Kommandozentrale betrat, wirkte nachdenklich. Er sagte keinen Ton und hörte nur zu. Irgendetwas schien draußen passiert zu sein, irgendetwas, das er mir nicht sagen wollte, oder nicht im Beisein von Wison.

Ich fragte nicht, sondern wartete, bis wir wieder vor dem Transporter standen.

„Was ist los?“

Lucas schüttelte nur den Kopf. Wir gingen zu unserem Geländewagen. Er nahm sein Handy aus der Tasche und rief meine Mutter an. Sie war augenblicklich am Apparat.

„Kennst du eine Firma KLD? Sagt dir der Name etwas?“ Er wartete die Erklärung am anderen Ende der Leitung ab, nickte und meinte nur: „Ich wusste es: Kendaro! Kendaro Limited Deutschland! Noras Schwager. Wir sind richtig.“

„Okay. Aber warum bist du so schweigsam und grüblerisch? Du sagst schon die ganze Zeit nichts, auch nicht bei der Polizei, oder im Einsatzwagen.“

„Ich war mal vor langer Zeit bei diesem Verein. Ich kenne einen dieser schwarzgekleideten Herren“, meinte er nachdenklich.

„Den, mit dem du dich draußen unterhalten hast?“

Lucas nickte. „Das, was wir sofort lernten, war, keine Regung zu zeigen, auch wenn wir jemanden treffen, den wir kennen.“

Das leuchtete ein, nun wurde mir klar, warum die beiden sich zurückgezogen hatten. „Was ist mit dem Chef, der dort im Einsatzwagen sitzt?“

Er schüttelte den Kopf. „Er hat nicht viel Ahnung, eigentlich gar keine, weiß alles besser und verliert immer wieder den Überblick. Wir müssen es alleine versuchen“, er schaute mich eindringlich an, „wir können uns nicht auf die Polizei verlassen. Traust du dir das zu? Ich kann es nicht alleine, ich brauch deine Hilfe!“

„Wobei?“

„Ich erkläre es dir. Eigentlich bin ich froh, dass das Einsatzkommando als Ablenkungsmanöver dienen könnte. Wenn wir Glück haben, ist es ein großer Vorteil für uns, das diese Flasche dort im Wagen sitzt und falsche Kommandos gibt.“

„Erkläre mir, was wir unternehmen. Wie kann ich helfen?“

Ungefähr fünf Minuten hörte ich den Anweisungen Lucas’ zu. Dann griff er hinter seinen Rücken und zog eine Pistole hervor.

„Kannst du damit umgehen?“

Empört blickte ich ihn an: „Du kennst doch Jo!“

„Okay, also nicht. Ich zeige es dir.“ Und so erhielt ich einen Kurzlehrgang im Umgang mit Waffen.

Ich vertraute ihm, daher vertraute ich auch seinen Worten. Ich fand es nicht zu kompliziert, eine Waffe zu halten, zu entsichern und abzudrücken, theoretisch. Wie es praktisch aussah, daran wagte ich nicht zu denken. Woher Lucas die Pistole nahm, konnte ich nur ahnen. Vielleicht trug er noch eine bei sich?

Wir schauten uns an. „Fertig?“

„Fertig“, gab ich zur Antwort.

„Angst?“

„Ja.“

„Gut!“

Als ich ihn erstaunt anblickte, meinte er nur: „Angst ist gut, das lässt dich vorsichtig und nicht unüberlegt handeln!“ Er musste es ja wissen.

Wachsam, um nicht aufzufallen, umrundeten wir unseren Jeep, Lucas hielt mich noch kurz zurück. „Dein Handy! Stelle es auf lautlos!“ Ich nahm es aus meiner Jackentasche und schaltete es um. Wir schauten uns ein weiteres Mal an und nickten. Leise bewegten wir uns zur gegenüberliegenden Straßenseite. Die Aktivitäten der Einsatztruppe konzentrierten sich auf das andere Gebäude.

Wir schlichen eng an der Hauswand entlang, bis wir eine Tür entdeckten, die etwas versetzt in einem nicht überschaubaren Bereich des Gebäudes lag. Ich nahm an, es handelte sich um einen Nebeneingang. Vielleicht für die

Wohnungen über dem Geschäftslokal im Erdgeschoss, vielleicht auch nur, um von hier ins Untergeschoss oder zum Hintereingang des Erdgeschossladens zu gelangen. Wie auch immer, einladend sah es nicht aus. Blätter und eine nicht saubere Fußmatte zierten die Eingangsstufe. Ich gab Lucas ein Zeichen, deutete auf die Matte und flüsterte: „Hier ist schon lange niemand mehr durchgegangen." Lucas nickte und deutete an, weiterzugehen. Ich folgte ihm. Wir umrundeten das Haus und befanden uns nun auf der Rückseite. Zwei weitere Eingänge lagen ungefähr fünf Meter auseinander. Kleine Treppen von jeweils drei Stufen führten zu Türen hinauf.

Vorsichtig, leise und geduckt bewegte sich Lucas auf die erste Tür zu. Er drückte geräuschlos die Klinke herunter, sie war verschlossen. Das Gleiche versuchte er an der zweiten Tür. Hier hatte er Glück: sie ließ sich öffnen. Er winkte mir zu, näher zu kommen. Ich versuchte es genauso leise wie er, trat aber auf einen Zweig, es knackte.

Lucas hob den Zeigefinger vor den Mund. Ich nickte, schaute auf den Boden, aber bei der Dunkelheit hier in dem Hinterhof erwies es sich als schwierig, dem Unrat auszuweichen. Es gelang mir, Lucas lautlos einzuholen. Einige Sekunden verharrten wir und lauschten angestrengt: nichts zu hören. Wieder ein Nicken. Lucas schob die Tür auf, sie knarrte nicht, sie wurde also öfter benutzt. Durch die geöffnete Tür kam etwas Helligkeit von außen in den Flur.

Einige Schritte bewegten wir uns ins Innere, bis wir zu einer Treppe gelangten. Sie führte ins nächste Geschoss. Lucas knipste kurz eine kleine Taschenlampe an, und wir erkannten in diesen Sekundenbruchteilen, dass es auch eine Tür gab, die ins Untergeschoss, Keller oder Tiefgarage führte. Er schüttelte den Kopf, als ich sie öffnen und mir diesen Bereich des Hauses vornehmen wollte.

„Erst nach oben!" Seine Sätze hielt er in Kurzform.

„Okay", gab ich zurück, drehte mich um und folgte ihm weiter. Die Steinstufen gaben wenigstens keine bedenklichen Laute von sich, und so erreichten wir die erste Etage. Durch das Flurfenster gelangte spärlich Licht hinein, und man erkannte zwei Wohnungstüren.

Ich zuckte mit den Schultern, deutete mit dem Finger auf die erste Tür. Wieder Kopfschütteln. Ich verstand. Er wollte sich von oben nach unten vorarbeiten. Logisch!

Wir kämpften uns leise bis ins Dachgeschoss, dort verschloss keine Tür den Dachboden. Er war leer.

Wir gingen eine Etage tiefer. „Es sieht alles so leer aus", flüsterte ich Lucas zu, „so unbewohnt. Dabei sieht es von außen nicht so aus."

Auch die nächste Etage: scheinbar leer. Hörte ich da Stimmen im Hintergrund? Nein, das konnte nicht sein. Es war ruhig. Hier hielt sich keine Menschenseele auf.

Im ersten Obergeschoss standen wir vor verschlossenen Türen. In diesem verlassenen Haus eine abgeschlossene Tür? Gekonnt öffnete mein Onkel sie. Wie im Film fischte er aus seiner Tasche ein Kästchen hervor, zog einen kleinen Gegenstand heraus, einen Dietrich, und Augenblicke später standen wir im Zimmer. Gut, dass wieder Licht durch die Fenster schien. Der Raum war fast leer, bis auf zwei in die Ecke geschobene Tische und einige an der Wand stehende Stühle. Papier lag auf dem Boden, ein Karton mit Akten, halb umgekippt stand daneben.

Lucas deutete an, ich sollte hier warten. Er wollte sich das andere Büro vornehmen. Ich schlich mich, wie er es mir erklärt hatte, ans Fenster, stellte mich so, dass ich hinausschauen, mich aber keiner von außen erkennen konnte. Auf der anderen Straßenseite standen einige Autos. Von der dortigen Polizeiaktion im Haus gegenüber sah man nichts. Ich beobachtete weiter die Straße und lauschte auf Geräusche in unmittelbarer Nähe.

Fünf Minuten später kam Lucas zurück. „Nichts, wir werden uns den Keller vornehmen. Alles läuft wie besprochen! Verstanden?"

„Ich bin nicht blöd und verstehe normalerweise bereits beim ersten Mal alles, du musst dich nicht so oft wiederholen", gab ich erbost, aber flüsternd zurück.

Nun folgte der schwierigere Teil. Hier oben schien noch ab und an etwas Licht durch die verschmutzten Fenster, im Keller aber nicht mehr. Wir tasteten uns mühselig voran, ich ständig im Windschatten von Lucas. Einige Meter weiter blieb er abrupt stehen, und ich stieß gegen ihn. Er ahnte es und hielt mich am Arm fest. Dann sah ich, was er sah: direkt vor uns eine Tür. Darunter schimmerte Licht. Wo Licht ist, sind auch Menschen. Freunde oder Feinde? Darüber wollte ich im Augenblick nicht nachdenken.

Rechts neben uns eine Außentür, die Glasscheibe, nicht allzu verschmutzt, ließ erkennen, dass sich dahinter ein Innenhof befinden musste.

Wieder unterhielten wir uns in Zeichensprache. Lucas deutete nach rechts, öffnete die Tür nach außen mit dem Dietrich und ließ mich hindurch, er selbst blieb zurück. Nun war ich auf mich allein gestellt. Sofort griff ich an meinen Rücken, die Pistole steckte noch dort. Sollte ich sie in die Hand nehmen, wie Lucas es mir gezeigt hatte? Noch nicht. Ich wollte noch warten und schlich weiter, erst einige Stufen die Kellertreppe hoch, oben sah ich ein Kellerfenster, aus dem es schwach leuchtete. Ich kniff die Augen zu, es half nichts, ich sah nicht besser. Hoffentlich konnte ich die wenigen Schritte bis zum Fenster ungehindert laufen und stolperte nicht über irgendetwas, was Lärm verursachte. Langsam setzte ich einen Fuß vor den anderen. Schnell blickte ich mich um. Aus dem Innenhof führte ein Weg hinaus, und in Fahrtrichtung stand ein Geländewagen. Sollte ich prüfen, ob die Schlüssel steckten?

Ich kniete mich hin, um hineinschauen zu können. Hielt man dort Vater und Sophia fest? Waren noch andere Leute im Raum? Die Entführer?

Mit der bloßen Hand versuchte ich die Scheibe zu säubern, mit der anderen zog ich die Pistole hervor. Endlich konnte ich etwas erkennen, wenn auch verschwommen. Ich sah in einen quadratischen, großen Kellerraum. Ein Tisch und insgesamt vier Stühle, von denen zwei etwas entfernt vom Tisch standen, bildeten die gesamte Einrichtung. Die Stühle an der Wand waren belegt: Auf einem saß Sophia und auf dem anderen Don Henry. Die Hände der beiden auf dem Rücken gefesselt. Sophias Kopf hing seitlich hinunter, die Augen geschlossen. Schlief sie, oder war sie bewusstlos?

Vaters Position ähnelte der Sophias, nur dass er nicht schlief. Obwohl er den Kopf gesenkt hielt, meinte ich, offene Augen zu sehen.

Zwei Männer saßen am Tisch, vor ihnen lagen zwei Pistolen. Sie schienen sicher zu sein, dass man sie hier nicht finden konnte. Ich blickte mich dennoch um, nicht dass ein dritter Entführer auf einmal hinter mir stand.

Nichts. Ruhe.

Ich erhob mich und schlich zum Jeep, zur Fahrertür. Die Schlüssel steckten. Leise öffnete ich die Tür, zog den Schlüssel aus der Zündung und steckte ihn ein. Nun kam der schwierige Teil: die Tür geräuschlos zu schließen. Vorsichtshalber schaltete ich die Innenraumbeleuchtung aus und versuchte es. Sie sperrte zwar nicht vollständig, aber wenigstens war die Lampe aus.

Gerade als ich mich umdrehte und zum Kellerfenster zurückwollte, hörte ich ein Geräusch. Ich ließ mich hinter den Wagen fallen und verharrte luftanhaltend auf dem Boden im Dreck. Die Geräusche kamen eindeutig aus dem Keller. Was war passiert?

Ich lugte unter dem Wagen hervor und suchte die nähere Umgebung mit den Augen ab. Draußen rührte sich nichts. Ich musste wieder zurück. Krampfhaft hielt ich immer noch die Pistole fest. Wenigstens war mein Orientierungssinn so gut, dass ich den Weg zurück fast im Schlaf fand. Vor dem Kellerfenster macht ich halt und schaute hinein: Sie hatten Lucas erwischt. Es gab also doch eine dritte Person.

Lucas wurde gerade auf den Boden gestoßen. Dort lag er bewusstlos, wie mir schien, und einer der Entführer fesselte ihm die Hände auf den Rücken. Mist. Lucas, wie konnte dir das passieren, dachte ich. Wie soll ich alleine weiterkommen?

Ich starrte weiter durchs Fenster, aber immer wieder blickte ich zurück und beobachtete den Hof und das Fahrzeug der Entführer. Nervös schaute ich auf die Aktivitäten im Inneren, als ich meinte, in Lucas' Augen ein Zwinkern zu bemerken. Auch mein Vater, immer noch den Kopf gesenkt, rollte mit den Augen in Richtung seines Bruders. Verständigten sie sich gerade auf ihre eigene Art und Weise?

Was sollte ich machen? Alleine versuchen, drei Leute zu befreien und gegen drei Entführer ankämpfen? Nein, das schaffte ich nicht. Verfolgte Lucas einen Plan? Warum hatte er mich nicht vorher eingeweiht? Oder musste er handeln, weil einer der Entführer zurückkam? Definitiv sah ich nur zwei, als ich das erste Mal durchs Kellerfenster schaute.

Noch zögerte ich, eine Entscheidung zu treffen, ich dachte sogar daran, die Polizei nebst Einsatztruppe zu verständigen, aber da Lucas anscheinend keinen Wert auf deren Hilfe legte, vermied ich es, sie zu benachrichtigen.

Die drei Entführer warteten scheinbar auf das Aufwachen von Lucas. Der, der meinen Onkel gefangen hatte, ging unruhig im Raum auf und ab. Die anderen beiden saßen auf den Stühlen, der Jüngere spielte mit seiner Pistole, während der andere reglos, fast gelangweilt zur Tür blickte. Kam noch eine weitere Person?

Ich wurde unruhig. Sie machten alle drei den Eindruck, als lauerten sie auf etwas. Natürlich, ging es mir durch den Kopf: Die Handlanger warteten auf ihren Auftraggeber! Aber wann traf er ein? Sollte ich vorher etwas unternehmen? Und was? Ich musste wieder zurück in den Flur vor dem Kellerraum. Sie schienen sich sicher, dass keine weitere Gefahr drohte, sonst wären sie vorsichtiger.

Die drei hatten mittlerweile eine lebhafte Unterhaltung angefangen, lachten und scherzten, um ihre Opfer kümmerten sie sich nicht sonderlich. Daher merkten sie nicht, dass Lucas, zwar immer noch auf dem Boden liegend, hellwach war und seine Umgebung inspizierte. Auch mein Vater hielt die Augen nicht mehr geschlossen, er behielt die Tür im Auge. Nur Sophia hing unkontrolliert auf dem Stuhl und drohte jeden Augenblick vom Sitz zu gleiten.

„Scheiße", flüsterte ich zu mir selbst. Mut machen konnte ich mir damit zwar nicht, aber es half, etwas Dampf abzulassen.

Ich raffte mich auf, die Pistole fest in der Hand, bewegte mich gebückt zur Kellertreppe und schlich hinunter. Der Schweiß lief mir mittlerweile den Rücken hinunter.

Ich ließ die Tür angelehnt zurück und stolperte zum Raum, in dem man sie gefangen hielt. Ich hörte Stimmen: „Sie müssten gleich hier sein, maximal noch zwanzig Minuten, schätze ich."

„Was passiert dann mit denen?" Kurzes Zögern: „Keine Ahnung, wir sollten sie nur hierher bringen, mehr weiß ich nicht. Vielleicht ...!"

In meiner Verzweiflung nahm ich mein Handy und schickte eine SMS an die Nummer, die mir Lucas gab, bevor wir alleine das Haus betraten. Ich nahm an, die Handynummer gehörte dem Mann, mit dem Lucas sprach, bevor er den Van betrat.

Brauche Hilfe, sind im Keller des anderen Hauses, haben sie gefunden. Lucas auch gefangen.

Ich betete, der Empfänger würde die Nachricht verstehen und reagieren. Hoffentlich waren sie noch nicht wieder auf dem Heimweg, nachdem sie festgestellt hatten, dass in dem Gebäude, das Wison durchsuchen ließ, niemand war. Vorsichtig öffnete ich die Tür. Durch einen Spalt sondierte ich die Lage, zog wieder die Pistole aus dem Hosenbund und hielt sie fest. Lucas' gutgeschultes Ohr hörte das Geräusch der sich leise öffnenden Tür, seine Augen blitzten in meine Richtung und schienen Zeichen zu geben. Er schaute kurz von einem zum anderen, sein Blick blieb beim Jüngsten hängen. Der saß gelangweilt herum, mittlerweile ruhten seine Füße auf dem Tisch. Ich verstand. In der Reihenfolge sollte ich sie mir vornehmen. Nach Western-Manier?

Das Handy des Älteren läutete. Nachdem er einige Sekunden zugehört hatte, beendete er das Gespräch und erklärte den anderen: „In zehn Minuten sind sie hier, wir können den einen", er deutete auf Lucas, „kaltmachen. Er wird nicht benötigt. Hat wohl nichts mit dieser Sache zu tun." Er nahm seine Waffe, entsicherte sie und wollte abdrücken. Ich konnte nicht länger warten, stieß die Tür vollends mit dem Fuß auf, entsicherte meine Pistole zeitgleich, richtete sie auf den Älteren und drückte auch schon ab. Der Rückstoß war enorm, aber das wusste ich, hatte es nur noch nie selbst erlebt. Es gelang mir, die Waffe festzuhalten und nicht aus der Hand zu verlieren, und ich schoss ein zweites Mal auf den anderen, der voller Staunen gerade seine Waffe auf mich richtete. Ein zweiter ohrenbetäubender Knall hallte durch den Keller, gleichzeitig warf sich mein Vater gegen den dritten, am tischsitzenden Entführer, der durch die Wucht des Aufpralls mit dem Stuhl umkippte. Mein Vater lag halb auf ihm, konnte sich aber wegen der auf den Rücken gefesselten Hände nicht rühren.

„Schnell, schneid die Fesseln durch“, gab er gleichzeitig mit Lucas Anweisung, der auch versuchte, sich aufzurichten. Nur Sophia blieb bewusstlos auf ihrem Stuhl sitzen. Schnell zog ich Lucas’ Messer hervor und schnitt die Fesseln meines Vaters und Onkels durch. Der Ältere rührte sich wieder. Blut tropfte aus einer Wunde. Wo genau ich ihn getroffen hatte, wusste ich nicht. Lucas stand mittlerweile wieder auf beiden Beinen, bückte sich und sammelte die Pistolen der Entführer ein, durchsuchte den Jüngsten, der noch am Boden lag, half meinem Vater hoch, schaute sich um, gab dem Älteren noch einen gezielten Schlag auf den Hinterkopf und sagte leise: „Wir müssen Sophia losschneiden und rausbringen. In wenigen Minuten muss ihr Auftraggeber hier erscheinen, wir haben nicht viel Zeit.“

Henry übernahm das, und ich deutete nach draußen. „Da steht deren Geländewagen, ich hab die Schlüssel, wir können durch den Kellerabgang hinaus und sind dann fast am Auto.“

Wir hatten nicht bemerkt, dass der zweite Entführer, den ich mit der Kugel nur gestreift hatte, sich aus dem Staub machte. Er lief in Richtung Auto, wurde aber bitter enttäuscht: Der Schlüssel steckte nicht mehr. Lucas stand bereits hinter ihm und hielt ihn fest, als unsere Hilfe nahte. Mein Onkel, nun in seinem Element, gab seinem ehemaligen Kollegen Anweisungen: „Das ist einer der Entführer, drinnen sind noch zwei weitere, außerdem noch Henry Behring und seine Tochter Sophia. Sie ist bewusstlos, wir brauchen einen Krankenwagen.“

Vater versuchte Sophia aufzuwecken. Wenigstens stöhnte sie nun schon, und versuchte die Augen zu öffnen. „Gleich kommt Hilfe“, beruhigten wir sie, „bleib ruhig sitzen.“

Die sechzehn Leute des Sonderkommandos schwärmten aus, nachdem Lucas ihnen berichtete, dass eventuell der Auftraggeber im Anmarsch sei. Leider fanden sie niemanden.

„Er wird sich sicherlich schon aus dem Staub gemacht haben“, meinte Lucas zu seinem Bekannten.

„Es war sehr laut hier, die Schüsse hörte man deutlich bis zur anderen Straßenseite.“

Wison erschien, und in der Ferne hörten wir die Sirenen des Krankenwagens. Endlich konnte ich abschalten, ich zitterte. Nach getaner Arbeit dachte ich langsam wieder klar, der Nebel verschwandt. Ich konnte immer noch nicht glauben, was ich da gemacht hatte. Für Lucas schien es nichts Besonderes zu sein, er erwähnte es mit keinem Wort. Und er erwähnte auch keine verwandtschaftlichen Verhältnisse zu uns. Ich korrigierte es nicht, weder bei Wison noch bei seinen Männern.

Der Krankenwagen hielt vor dem Kellerzugang, und ein Arzt kümmerte sich um Sophia. Sicherheitshalber brachte man sie ins Krankenhaus.

Erst jetzt, nachdem wir drei nichts weiter tun konnten, erinnerte ich daran, zu Hause anzurufen. Mein Vater übernahm es und versicherte den anderen, dass alles in Ordnung sei und wir Sophia ins Krankenhaus begleiten wollten.

Lucas klopfte mir ermutigend auf die Schulter. „Das hast du klasse gemacht, richtig gekonnt, aber das mit dem Zielen und Treffen müssen wir noch etwas üben. Nur", er schaute mit in die Augen, „warum hast du so lange gebraucht? Ich hatte eher mit dir gerechnet."

„Warum hast du dich einfangen lassen", konterte ich, „so ein alter Hase wie du? Wohl zu alt für solche Spielchen!" Er schaute verblüfft und lachte dann.

„Wir hatten keine Zeit für ausgedehnte Übungen", meinte ich nachdenklich, „ich war froh, dass ich die Pistole halten und abdrücken konnte."

Kapitel 35

Als der erlösende Anruf endlich kam, konnte ich es vor Nervosität kaum noch aushalten. Das tatenlose Herumsitzen und Warten war nichts für mich. Sogar Nora, sonst die Ruhe in Person, lief im Raum auf und ab. Mittlerweile hatte man den Jaguar zurückgebracht. Als ich die Entwarnung hörte, wusste ich, was zu tun war. Ich musste zu Sophia. Marcus kam mir zuvor. Johanna, die mittlerweile schlief, konnten wir zu Hause lassen. „Wir fahren hin, nach Düsseldorf", meinte er, „wer kommt mit?" Dabei schaute er nur Nora und mich an, die sofort aufsprang. Ich schnappte den Schlüssel des Jaguars, die Katze war schneller als der Geländewagen, den Marcus normalerweise fuhr. Nora fasste ihre Jacke, Marcus sein Handy, und beide liefen hinter mir her zum Auto. Die paar Meter bis zur Autobahnauffahrt schafften wir in kürzester Zeit, die Autobahn war nicht voll, und so konnten wir den S-Type ausfahren. Bereits nach einer halben Stunde erreichten wir Düsseldorf. Marcus nahm sein Handy und versuchte Phyllis zu erreichen, denn in der Aufregung hatten wir vergessen nachzufragen, in welches Krankenhaus man Sophia gebracht hatte.

Phyllis erwartete uns am Eingang des Marienhospitals.

„Was ist passiert?“ wollte ich wissen, während Marcus sich sofort nach Sophia erkundigte.

„Sie ist noch in der Notaufnahme“, und als sie das besorgte Gesicht von Marcus sah, fügte sie schnell hinzu: „Sie ist schon wieder wohlauf und will nach Hause. Vater und Lucas werden noch verarztet, aber ich glaube, wir können alle mit zurücknehmen.“ Marcus rannte sofort los, während Nora und ich mit Phyllis langsam hinterhergingen.

„Gut“, forschte ich nun weiter, „und was ist tatsächlich passiert? Du siehst ziemlich mitgenommen aus. Keiner hat etwas von der Befreiungsaktion der Polizei erzählt.“

„Befreiungsaktion der Polizei? Das ich nicht lache“, kam es spöttisch, „die haben nichts gemacht, die haben das falsche Haus gestürmt! Rausgeholt haben Lucas und ich die beiden!“

„Das ist nicht korrekt“, meinte eine Stimme hinter mir, „rausgeholt hat uns drei Phyllis!“

Lucas trug einen modischen Stirnverband. Die Wunde musste genäht werden.

„Henry ist bei Sophia, man hat sie gerade auf ihr Zimmer gebracht. Sie will zwar nach Hause, aber sie soll noch zur Beobachtung eine Nacht im Krankenhaus bleiben. Immerhin hatte sie eine Zeitlang das Bewusstsein verloren.“

„Wie ist das passiert?“

Lucas wandte sich Nora zu. „Keine Ahnung, ich habe auch noch nicht richtig mit Henry sprechen können. Über die näheren Einzelheiten wollten wir uns gleich unterhalten.“

„Aber wieso hat Phyllis euch drei befreit?“

Er musste zugeben, dass man ihn von hinten überrumpelt hatte. Er versuchte zu entkommen, wurde aber niedergeschlagen.

„Es blieb mir nur noch die Hoffnung, dass Phyllis etwas unternehmen würde, und das hat sie. Gekonnt schaltete sie die drei Entführer aus!“

„Wie?“

„Sie schoss!“

„Mit einer Pistole?“

„Nein, Doña Josefine“, betonte Phyllis genervt die Anrede, „mit Pfeil und Bogen!“

„Wie kommst du an eine Pistole?“ Irgendwie wollte ich es nicht wahrhaben.

Nora griff meinen Arm. „Das wird man uns später erzählen“, versuchte sie mich zu beruhigen, „wir sollten erst einmal zu Sophia gehen!“

Ich zog es vor, nicht mehr zu fragen, denn die Antworten würden mir nicht gefallen. Vor Sophias Zimmer wartete bereits Henry auf uns. Auch ihn zierten ein Verband am Kopf und einer an der Schulter.

„Was ist das?“

Aber Henry schüttelte den Kopf. „Nicht so schlimm, mein Schädel hält viel aus. Am Arm habe ich mich verletzt, als ich einen der Entführer zu Boden warf. Er wollte Phyllis ausschalten. Das musste ich verhindern!“

Es wurde immer schlimmer. „Ich denke, so genau will ich es nicht wissen.“

Ich eilte in Sophias Zimmer. Sie saß im Bett und nörgelte, also ging es ihr besser. Marcus versprach, bis zum nächsten Morgen zu bleiben und schaffte es, sie davon zu überzeugen, dass wir es alle gut mit ihr meinten.

„Wir holen gleich meinen Wagen“, erklärte Phyllis ihrer Schwester, „damit könnt ihr dann nach Hause fahren. Wir nehmen Mutters Katze“, grinste sie mich an, „die ist wesentlich schneller. Ich will unter die Dusche.“

„Was ist eigentlich genau passiert?“ fragte Sophia.

„Morgen! Morgen, wenn du artig die Nacht hier verbracht hast, nicht meckerst, keinen ärgerst und keine Fragen gestellt hast, dann könnte ich mich bereiterklären, dir Bericht zu erstatten“, folterte Phyllis ihre kleine Schwester, die seufzte und nickte.

„Also gut! Dann warte ich bis morgen, aber dann will ich alles genau wissen, jede Kleinigkeit, jedes Detail, einfach alles. Und wehe dir, du lässt etwas aus“, sie drohte mit dem erhobenen Finger, „dann ...“

Phyllis lachte und winkte ab. „Komm du erst mal hier heraus, dann sehen wir weiter“, sie schaute Marcus an, „können wir beide meinen Wagen holen? Ihr bleibt sicherlich noch so lange hier bei Sophia“, meinte sie dann zu Nora und mir.

„Also“, nervte Sophia nun uns beide, „wisst ihr Näheres?“

„Nein! Wie du mitbekommen hast, sind Marcus, Nora und ich erst, als alles vorbei war, dazugekommen. Wir kennen auch nur Stichproben des Geschehens. Mehr will ich im Augenblick gar nicht wissen. Wir werden anscheinend alle erst morgen, wenn du wieder zu Hause bist, alles erfahren.“

In diesem Augenblick öffnete sich die Tür, und Wison, der leitende Beamte, trat mit einem Fremden ein, der sich als Lucas’ Bekannter vorstellte.

„Sind Sie schon in der Lage, einige Fragen zu beantworten?“

„Viel kann ich Ihnen nicht berichten, da müssten Sie schon meinen Vater fragen, er scheint die ganze Zeit über bei Bewusstsein gewesen zu sein. Ich hatte einen Blackout, nachdem man uns an der Auffahrt zur A 31 abgedrängt und aus dem Wagen gezogen hatte."

„Warum sind Sie überhaupt losgefahren", fragte Wison weiter, „was war der Grund? Wie hat man Sie herausgelockt?"

„Wir erhielten einen Anruf, man teilte uns mit, dass Mutter in einer Stunde in Düsseldorf landen würde und sie verletzt sei. Daraufhin sind dann mein Vater und ich sofort in den Wagen gesprungen und losgefahren. Man wollte uns am Telefon nichts Näheres sagen, und wir konnten sie nicht erreichen, aber wir waren gerade mal die vier Kilometer bis zur Auffahrt der A 31 gekommen, als wir auch schon von der Fahrbahn gedrängt wurden und anhalten mussten. Dann ging alles sehr schnell: Die Entführer sprangen aus ihrem Auto, unsere Wagentüren wurden aufgerissen und wir herausgezerrt. Ich wehrte mich und bekam einen ersten Schlag auf den Schädel, der mir übrigens jetzt noch brummt", Sophia fasste sich an den Verband und zuckte zusammen, „Vater hielt man gleich eine Pistole an die Stirn, daher verhielt er sich ruhig. Auf der Rückbank des Autos der Entführer versuchte ich mich zu wehren, aber es klappte nicht, sie schlugen nochmals zu! Von da an war ich bewusstlos. Richtig wach wurde ich erst wieder, kurz bevor der Krankenwagen kam."

Wison nickte. „Genauso erzählte es auch Ihr Vater, die Aussagen stimmen überein ..."

Die Tür öffnete sich ein weiteres Mal, und ein anderer Beamter betrat das Krankenzimmer, flüsterte Wison etwas ins Ohr und reichte ihm ein Blatt Papier. Nach einem kurzen Blick darauf erklärte der uns: „Wir haben die Überwachungskameras der näheren Umgebung überprüft. Ihr Vater erzählte uns, gehört zu haben, dass der Auftraggeber der Entführung im Anmarsch sei. Wir haben in der unmittelbaren Umgebung niemanden entdecken können, aber wir konnten auch erst nach einer weiteren Person suchen, nachdem die Befreiungsaktion beendet war. In der Zwischenzeit konnte der Auftraggeber verschwinden, denn so leise waren wir nicht, und im Vorfeld fielen ja auch noch die Schüsse. Aber wie dem auch sei", kam er endlich auf den Punkt, „wir haben auf den Überwachungsbändern etwas entdeckt!" Er reichte uns das Blatt Papier. Wir blickten in das Gesicht eines älteren Mannes mit Bart und Brille. Ich schaute Wison fragend an, reichte Nora das Blatt weiter, sie nickte.

„Das ist er, der jüngere Bruder meines verstorbenen Mannes! Das ist der Mann, dem wir alles zu verdanken haben", spie sie förmlich die Worte heraus, „er ist ein Mörder, ein Betrüger, ein Dieb! Er ist gefährlich! Ich wusste, dass er dahintersteckt. Er wollte Henry und Sophia, nein, eigentlich will er meinen

Sohn Robert. Henry und Sophia waren als Tauschobjekte gedacht. Aber er hätte nicht getauscht, er hätte sie alle umgebracht!"

So viel ungeheure Wut, die ich in den wenigen Sätzen von Nora heraushörte, machte mir klar, wie gefährlich ihr Exschwager war und welch ein Glück wir hatten, Henry und Sophia aus den Fängen Kendaros befreien zu können. Zum ersten Mal sah ich den Gegenspieler, zum ersten Mal blickten wir ihm in die Augen. Der unsichtbare Feind hatte ein Gesicht bekommen. Ich prägte es mir ein: ein älterer Herr, grauhaarig, mit einer markanten, leicht gebogenen Nase, die mich irgendwie an Robert erinnerte.

„Er hat Ähnlichkeit mit Roberts Vater? Stimmt's?"

Nora nickte: „Sie sahen fast aus wie Zwillinge, obwohl er zwei Jahre jünger war als mein erster Mann, und Robert sah genauso aus wie sein Vater." Das erklärte die Ähnlichkeit.

„Und sein Sohn? Haben wir vielleicht auch ein Foto von ihm?"

„Nein, es existieren keine. Sie lassen sich nicht in der Öffentlichkeit sehen, also gibt es keine Bilder."

Wir nahmen den Schnappschuss unseres Gegners mit, als wir kurze Zeit später aufbrachen.

„Er ist in der Nähe", grübelte Nora, „ich spüre es! Er ist ganz in der Nähe."

Phyllis legte einen Arm tröstend um Nora. „Wir werden ihn kriegen. Wir werden ihn außer Gefecht setzten."

Am Auto trafen wir uns wieder. Henry und Lucas erreichten gleichzeitig mit uns den Parkplatz. Sie hatten noch die letzten Punkte zu Protokoll gegeben, und wir konnten den Heimweg antreten. Ich öffnete gerade mit der Fernbedienung die Wagentüren, als Lucas einen Rückzieher machte.

„Ich bleibe noch, sonst wird es eng im Auto." Und noch bevor ich etwas erwidern konnte, verschwand er. Ich sah seinen Bekannten am anderen Ende des Parkplatzes stehen, er schien auf ihn gewartet zu haben. Fragend schaute ich Henry an: „Was hat er vor?"

„Keine Ahnung, er tat die ganze Zeit sehr geheimnisvoll. Bei den Gesprächen mit seinem ehemaligen Kumpel war ich nicht dabei, aber mir scheint, sie hecken etwas aus, ich glaube, sie wissen mehr, als sie uns und auch Wison gesagt haben."

Phyllis, die bei ihrer Schwester die gute Laune nur vorgetäuscht hatte, ließ sich neben Nora auf die hintere Sitzbank fallen, auch Henry wirkte müde, daher fuhr ich zurück.

Carlotta und Anna erwarteten uns bereits. Anna kochte mir eine Tasse Kaffee, während sich die anderen auf ihre Zimmer verzogen.

„Wo sind Charles und Georg? Was ist mit Johanna?“ Ich schaute mich um, sie waren nirgends zu sehen.

„Charles und Georg bekamen einen Anruf, kurz nachdem wir erfahren hatten, dass es euch allen gutgeht und die Befreiung geglückt war. Wohin sie gefahren sind, kann ich nicht sagen. Sie taten sehr geheimnisvoll, wurden von ihrem Chauffeur abgeholt und meinten nur, sie würden sich wieder melden. Johanna liegt oben in ihrem Bettchen. Sie fragte noch ein paarmal nach ihrer Mama, und nachdem wir wussten, dass alles gut gegangen war, haben wir ihr versprochen, dass sie Sophia morgen wiedersehen und Marcus sie abholen würde. Damit gab sie sich zufrieden.“

„Warum ist denn Lucas nicht mit nach Hause gekommen?“ Anna fand es merkwürdig, genauso merkwürdig fanden wir das Verschwinden von Charles und Georg.

„Als ob sie etwas im Schilde führen.“ Carlotta grübelte und erzählte uns, dass sie die beiden im Flur flüstern hörte, nachdem sie telefoniert hatten.

„Ich hörte nur so etwas wie: Das könnte klappen!“

„Was könnte klappen?“ Nora stand in der Tür und hatte die letzten Worte gehört.

„Wir wissen es nicht genau“, antwortete Carlotta, „nur dass Ihr Mann mit Ihrem Sohn etwas besprach, sie hatten kurz vorher einen Anruf erhalten. Sie hatten sich in die Diele verzogen, Ihr Mann sah auf das Display seines Handys und ging heraus, vorher winkte er noch Ihrem Sohn zu, ihm zu folgen. Aber mit wem sie sprachen, das kann ich leider nicht sagen.“

Nora grummelte: „Und sein Handy hat er nicht zufällig hier liegen lassen?“

Carlotta schüttelte den Kopf: „Er steckte es sofort wieder ein! Leider konnten wir nicht nachschauen, von wem der Anruf kam.“

Noras Stimmung sank. „Sie hecken etwas aus, sonst würden sie nicht so geheimnisvoll tun. Wenn ich nur wüsste was.“

Ich versuchte es ein weiteres Mal: „Vielleicht weiß Robert es. Du solltest ihn mal anrufen!“

Ihr Blick wurde merkwürdig, sie sagte aber nichts, sondern wandte sich dem Fenster zu. Ich glaubte schon, sie überzeugt zu haben, endlich etwas über den Verbleib von Robert zu berichten, aber sie tat es nicht. Sie schwieg eisern.

„Erzähl etwas von Roberts Tochter“, forderte ich sie auf, „ich meine nicht, wo sie sich gerade aufhält, sondern einfach nur, was für ein Mensch sie ist, wie sie es verkraftet, so abgeschieden und immer auf der Flucht zu leben?“

Nora seufzte und fing gedankenverloren an, uns etwas über sie zu erzählen: „Eigentlich hat sie Ähnlichkeit mit dir, Jo, eine Kämpfernatur, nicht unterzukriegen, mutig, resolut. Sie war nicht damit einverstanden, dass wir sie sicher untergebracht haben, sie wollte bei ihrem Vater bleiben oder bei uns. Aber es war zu gefährlich“, nun drehte sie sich um, schaute uns direkt an, „ich habe es einmal versucht, meinen Sohn in die Obhut Fremder zu geben. Es schmerzte, es tat weh, und es brachte nicht viel. Heute ist es einfacher, in Verbindung zu bleiben“, Nora deutete auf den Computer, „damit hat man jederzeit Kontakt zu anderen, sogar ich habe noch gelernt, damit umzugehen, damit ich jederzeit mit ihr reden kann. Wir sprechen fast jeden Tag miteinander oder schreiben uns Mails. Dann weiß ich, dass es ihr gutgeht, und bin beruhigt. Wenn es mal einen Tag nicht klappt, hat sie mir vorher Bescheid gegeben.“

Eine Zeitlang schwieg sie. Ich hatte den Eindruck, dass sie in einer anderen Welt weilte, bei ihrer Enkeltochter, daher sagte ich nichts, sondern wartete, dass sie weitersprach.

„Ich wäre so gerne bei ihr oder würde sie öfters sehen, aber es geht nicht. Es ist zu gefährlich. Kendaro darf nie erfahren, dass sie überhaupt existiert.“

„Dann wärt ihr angreifbar“, nickte ich, „ich verstehe.“

Anna stand auf, legte tröstend einen Arm um Nora und meinte nur: „Das Problem lässt sich nur auf eine einzige Art lösen!“

Im Raum herrschte Schweigen, eiskaltes Schweigen. Carlotta nickte, ich nickte. Nora schaute uns verständnislos an. Sie begriff nicht, was wir meinten.

Anna lächelte. „Ihr versteht? Und was ich damit sagen will?“ Sie nickte, als sie unsere entschlossenen Blicke sah. „Aber wir brauchen es nicht in die Hand zu nehmen.“ Sie drehte sich zu Nora um und sprach eindringlich zu ihr: „Ich bin der felsenfesten Meinung, dass das bereits andere vorhaben. Wir sollten hier warten und nichts Unüberlegtes tun. Im Gegenteil, wir sollten darüber nachdenken, wie wir helfen können, eine Strategie zurechtlegen ...“

„Okay“, meinte Carlotta, „ich koche mal Kaffee. Ihr erzählt mir keine Einzelheiten, damit ich später nichts Verkehrtes sage!“

„Was meint ihr? Was habt ihr vor? Ich verstehe nicht recht ...“

„Nora, willst du dich nicht hinlegen? Es ist spät, du musst müde sein“, ich sah sie eindringlich an, „Charles wartet oben auf dich. Wir besprechen hier noch einiges und erzählen dir morgen früh, zu welchem Ergebnis wir gekommen sind!“ Nora stutzte, ich nickte, sie verstand! Endlich!

Als Anna und ich alleine waren, Carlotta in der Küche und Nora oben in ihrem Zimmer hörten, konnten wir ungestört reden.

„Glaubst du auch, was ich vermute?“

„Ja“, stimmte ich zu, „Lucas hat sich auch merkwürdig verhalten, dann die Reaktion von Charles und Georg! Im Endeffekt läuft es darauf hinaus!“

„Wir sollten uns Alibis überlegen“, lächelte Anna, „für den Fall der Fälle, da Henry oben schläft“, mit einem Mal stutzte sie, „das hoffe ich doch, haben wir wenigstens in dieser Hinsicht nichts zu befürchten.“

„Wo ist dein Mann?“

„Zu Hause! Ich habe gerade mit ihm telefoniert. Er steht unter Bewachung, einer der Leute von Mylord ist bei ihm. Sie haben ihn zu seinem Schutz abkommandiert, da Paul nicht auch noch hier herumhängen wollte.“

„Gut, also kann da nichts passieren.“

Carlotta kam in diesem Augenblick mit einer Kanne Kaffee hinein.

„Also, überlegen wir mal“, kombinierte Anna, „mit zweien gibt es also keine Probleme. Punkt. Das kann von uns allen bezeugt werden. Punkt. Aber: was ist mit Charles?“

„Liegt offiziell neben Nora im Bett“, griff ich ein, „auch: Punkt. Zeugen: wir alle, vor allem Nora, denn sie ging später ins Bett, wir hörten ihn nur schnarchen!“

„Georg?“ bastelte Anna weiter fragend an den Alibis.

„Da halten wir uns raus, er ist nur der Privatsekretär, wir wissen nichts“, schüttelte ich den Kopf, „hat man euch beiden etwas anderes gesagt?“ Ich blickte Carlotta und Anna tief in die Augen.

„Ich bin hier nur die Haushälterin“, entrüstete sich Carlotta, „die hohen Herrschaften besprechen keine familieninternen Themen mit mir. Sie schweigen, wenn ich den Raum betrete.“

Sie brachte es gekonnte rüber, es klang echt.

„Also gut, dann hörst du nur die Personen schnarchen oder Gesprächsfetzen“, überlegte ich, „damit bist du aus allem heraus.“

„Das ist gut“, erwiderte Carlotta, „aber kommen wir zu den Hauptakteuren: Lucas und sein Kollege! Was machen wir mit den beiden? Lassen wir sie schlafen und schnarchen?“

„Improvisieren“, gab Anna zum Besten, „abwarten, wann sie tatsächlich nach Hause kommen, dann sehen wir weiter. Ich schlage vor, wir gehen auch schlafen und treffen uns morgen früh zu einer weiteren Diskussionsrunde.“ Sie hatte recht, wir mussten einfach abwarten.

„Ich bin müde“, Anna gähnte herzhaft, „ich gehe zu Bett, bis morgen früh“, und verschwand die Treppe hoch.

„Ich auch“, meinte Carlotta und tat es ihr gleich.

Ich selbst blieb noch sitzen, schaltete das Licht aus und starrte nach draußen in die Dunkelheit, ohne etwas Bestimmtes zu sehen, ohne an etwas Bestimmte zu denken, ohne Druck auf mein Gedächtnis auszuüben, sondern ließ meine Gedanken schweifen. Es wirkte. Zwei Stunden später ging auch ich schlafen.

Wir trafen uns am nächsten Morgen in der Küche. Johanna begrüßte mich mit verweinten Augen, die Nase lief. Ich nahm sie sofort tröstend auf den Arm und beruhigte sie: „Gleich werden wir Mama anrufen. Sie kommt heute mit Papa zurück, der ist zu ihr gefahren, um sie abzuholen."

Ihre Augen leuchtete, als sie das hörte: „Und Opa? Kommt der auch zurück?"

„Der ist oben", ich schaute auf die Uhr, „du kannst ihn aber wecken, er hat lange genug geschlafen." Sie zappelte und wollte nicht länger auf meinem Arm bleiben. Ich versuchte noch schnell ihre Nase zu erwischen, um diese von der klebrigen Masse zu befreien. Was hatte sie alles mitbekommen? Nun sah man ihr die Erleichterung an, sie lief zur Treppe und stieg die Stufen vorsichtig hoch und war erst einmal beschäftigt.

Der erste Kaffee lief durch, und wir setzten uns auf die Terrasse.

„Ist heute Nacht jemand nach Hause gekommen?" Anna nahm einen Schluck und sah uns fragend an. Carlotta schüttelte den Kopf, ich ebenso.

„Ich habe nichts gehört", meinte ich nachdenklich, „du?"

Carlotta verneinte: „Eigentlich habe ich einen leichten Schlaf, aber wir sollten vorsichtshalber in den Zimmern nachsehen."

Nora gesellte sich in diesem Augenblick zu uns. „Guten Morgen", begrüßte sie uns und schaute fragend in die Runde. Carlotta schüttelte den Kopf.

„Es hat sich noch nichts getan", fasste ich zusammen, „wir haben auch noch nichts gehört, weder von der Polizei noch ..."

„War irgendetwas im Fernsehen? Immerhin werden Unfälle reicher und bekannter Persönlichkeiten sofort in den Nachrichten gemeldet."

Ich stand auf, ging ins Haus und schaltete den Fernseher ein.

„Gleich müssten Nachrichten kommen." Ich setzte mich und wartete, aber es gab keine Meldung. Nichts.

„Vielleicht", begann Anna, schüttelte dann aber den Kopf, „nichts, gar nichts, ich hab nichts gesagt. Ich behalte meine Gedanken besser für mich."

Oben in den Schlafzimmern hörten wir Stimmen. Der private Fitnesstrainer Johanna schien seinen Opa geweckt zu haben. Die beiden tobten nun durch das Zimmer.

„Sie sind gleich unten“, meinte ich leise, „kein Wort. Ich weiß nicht, inwieweit Henry involviert ist. Und vor allem: wenn, ob es gut ist, dass er weiß, dass wir etwas ahnen.“

Als Henry mit Johanna über der Schulter zu uns stieß, tranken wir in Ruhe Kaffee und unterhielten uns über Belanglosigkeiten. Henry, durch Johanna abgelenkt, bemerkte nichts und goss Milch in eine Tasse, erwärmte sie kurz in der Mikrowelle und reichte sie seiner Enkelin. Ein allmorgendliches Zeremoniell, das ständig vor dem eigentlichen Frühstück zelebriert wurde.

Die beiden waren mal wieder ein Herz und eine Seele, aber trotz der Ablenkung dachte Johanna, daran, was ich ihr kurz zuvor gesagt hatte: Sie wollte ihre Mutter anrufen!

Henry erreichte Sophia noch im Krankenhaus.

„Sobald der Doktor da war, werde ich nach Hause kommen“, erklärte sie unmissverständlich. Der Arzt tat mir schon leid, falls er der Auffassung war, sie sollte noch einen Tag länger bleiben. Und würde er sich auf eine Diskussion mit ihr einlassen, er würde verlieren.

Johanna riss ihm den Hörer aus der Hand. „Mama, Mama“, rief sie, immer noch fragend, nicht sicher, ob ihre Mutter wirklich am anderen Ende der Leitung war, „bist du wieder frei? Haben die Bösen dich rausgelassen?“

Die Antwort verstanden wir nicht, schauten uns aber entsetzt an: Sie hatte mehr mitbekommen, als wir ahnten, obwohl jeder ständig darauf bedacht war, in ihrer Anwesenheit nicht über die Entführung zu sprechen.

„Wo sind die anderen“, fragte Henry, „schlafen sie noch?“

Anna warf mir einen wissenden Blick zu, Nora blickte interessiert in den Garten, in dem es nichts zu sehen gab, und mir blieb es überlassen, die erklärenden Worte abzugeben: „Lucas ist noch nicht wieder zurück. Charles und Georg sind gestern Nachmittag weggefahren“, ich zuckte mit den Schultern, „Ziel unbekannt!“

Henry brauchte einige Sekunden, bis er begriff, wollte etwas sagen, zog es aber vor, zu schweigen. Wir hörten Tellergeklapper aus der Küche, es signalisierte, dass bald das Frühstück fertig war, und just in diesem Moment erschien Phyllis bei uns, noch im Schlafanzug, gähnend, verschlafen, und brummelte: „Guten Morgen, Frühstück fertig?“

„Mit dir muss ich auch noch reden“, drehte ich mich um, „du hast mir noch einige Fragen zu beantworten, bezüglich eurer Aktion gestern.“

Sie grinste: „Ohne meinen Anwalt sage ich nichts, hohes Gericht“, nahm sich eine Tasse und schenkte sich Kaffee ein.

Kurze Zeit später klingelte es.

Kapitel 36

Die beiden Polizisten standen in der Diele. Sie hatten Fragen, eine Menge Fragen wegen der Entführung natürlich. Gott sei Dank fragten sie nicht nach den drei Personen, die nicht anwesend waren: Lucas, Charles und Georg. Carlotta führte sie ins Wohnzimmer und fragte beiläufig: „Wie viele sind zum Mittagessen anwesend?“

Ich antwortete ihr: „Wenn Marcus mit Sophia pünktlich kommt, dann sind wir elf Leutc, also vollzählig!“ Die Anzahl der Personen betonte ich fast überdeutlich.

Henry berichtete von den Ereignissen, dann ergänzte Phyllis den Bericht. Die Polizisten fragten gerade nach Lucas, als Carlotta wieder ins Wohnzimmer eilte: „Soll ich Lucas wecken? Oder warten wir mit dem Frühstück?“ Sie spielte ihre Rolle perfekt, ich antwortete laut: „Lass die anderen schlafen“, dann mit Blick zu den Polizisten, „sie hatten eine anstrengende Nacht und sind erst spät nach Hause gekommen. Wir haben dann lange erzählt und sind spät schlafen gegangen. Nur die Kleine ist Frühaufsteher und weckte meinen Mann und mich. Sie wissen ja, ihre Mutter kommt erst heute zurück. Unser Schwiegersohn ist im Krankenhaus geblieben.“

Die beiden Polizisten gaben sich mit unserer Ausführung zufrieden, und als die Tür hinter ihnen zuschlug, atmeten wir erleichtert auf. Nora meinte nur: „Altersbedingt erwartete man von mir keine Antwort, das ist ein Vorteil, man hat mehr Zeit zum Nachdenken und Überlegen, kann eruieren welche Antwort man gibt, oder“, sie lächelte, „so tun, als ob man nicht mehr richtig hört.“

Im Wohnzimmer lief immer noch leise der Fernseher, ich stellte ihn nun lauter und wartete auf die Nachrichten. Henry wunderte sich darüber, da ich sonst nie erpicht darauf war, sie zu hören. Er wollte ihn gerade ausschalten, als Anna, Nora und ich im Chor riefen: „Lass an!“ Erschrocken und misstrauisch ließ Henry die Fernbedienung fallen: „Warum das? Was ist los? Habe ich etwas verpasst?“

„Nein“, stotterte Anna, „wir wollten nur mal sehen, ob etwas über eure Entführung in den Nachrichten berichtet wird.“

„Ja, genau, das würde uns interessieren, sonst nichts“, sagtc Nora, ich hielt besser den Mund und sah, Henry glaubte keinem von uns auch nur ein Wort.

Zum Mittagessen waren wir zwei Personen mehr: Sophia und Marcus trudelten gegen elf Uhr ein. Der Arzt, der sie lieber noch einen Tag länger zur Beobachtung im Krankenhaus behalten hätte, hatte die Schlacht verloren.

„Da nun dein Anwalt da ist“, meinte ich zu Phyllis, „kannst du uns erzählen, was wirklich passiert ist, auch das, was du der Polizei verschwiegen hast.“

„Ich kenne auch nur die absolute Kurzfassung“, Sophia schaute ihre Schwester an, „du hast es mir versprochen!“

„Sobald alle am Tisch sitzen“, zögerte die es heraus, „eigentlich sollten wir noch auf Lucas warten ...“

„Nein“, fuhr Anna dazwischen, stockte erschrocken, als sie Henrys merkwürdigen Blick auf sich spürte, und fuhr dann ruhiger fort: „Erzähl es uns bitte, wir sind schon sehr neugierig!“

Johanna ließ im Augenblick Sophia nicht aus den Augen, während sie auf deren Schoß saß. Zum Glück fragte keiner nach den dreien, die nicht mit uns zu Mittag aßen, so konnte Phyllis in Ruhe berichten. Am Ende waren wir sprachlos. Ich wusste, dass meine Tochter intelligent war, aber dass sie auch noch andere Fähigkeiten in Bezug auf Schusswaffen besaß, ahnten wir bislang nicht einmal. Als wir den Nachrichtensprecher nebenan hörten, sprangen Anna, Nora und ich auf, rannten ins Wohnzimmer und hörten uns die aktuellen Nachrichten an: Ein Mr. Kendaro nebst Sohn, Inhaber eines Internationalen Konzerns, der in mehrere Ländern Niederlassungen besaß und als wohlhabend galt, waren heute Morgen gegen 11:15 Uhr in Düsseldorf in ihrem Hotelappartement ermordet worden. Man sprach von einer Hinrichtung im Mafiastil. Zwei Männer drangen in die Suite ein, eröffneten wortlos das Feuer und erschossen Vater und Sohn Kendaro. Einem Angestellten von Kendaro senior, der sich ebenfalls im Raum befand, wurde kein Haar gekrümmt. Die beiden maskierten Täter ließen eine Nachricht zurück, über deren Inhalt die Polizei schwieg. Die Waffen fand man kurze Zeit später im Wäscheabwurf. Von den Tätern fehlte jede Spur. Die Überwachungskameras hatten nichts aufgezeichnet. Die Polizei tappte im Dunkeln. Während der Berichterstattung gab es noch einige Aufnahmen des Tatortes und der näheren Umgebung zu sehen, als die Polizei bereits alles abgesichert hatte. Als wir die Bilder erblickten, wussten Anna, Nora und ich, warum die Täter beim Verlassen des Tatortes nicht durch die Überwachungskameras aufgezeichnet worden waren.

Kapitel 37

Wir starrten wortlos den Bildschirm an.

„Es ist fast vorbei“, flüsterte Nora, „jetzt nur noch die letzte Hürde!“

Wir standen nicht mehr alleine vor dem Fernseher.

„Wusstet ihr davon?“ Ruhig, fast zu ruhig, fragte uns Henry.

„Wir ahnten etwas“, erklärte Nora resolut, „Charles und Georg sind gestern ohne Erklärung weggefahren, und Lucas kam nicht mit zurück.“

„Lucas machte eine merkwürdige Andeutung, traf sich mit einem ehemaligen Kollegen in Düsseldorf, den er angeblich dort zufällig wiedertraf. Alles zusammengenommen ließ uns vermuten, was passieren könnte!“

„Deshalb sollte der Fernseher laufen! Jetzt verstehe ich.“ Henry nickte. „Man wird etwas ahnen, die Polizei ist nicht dumm ...“

„Sie waren maskiert, der Privatsekretär zu aufgeregt, wir glauben nicht, dass er hilfreiche Angaben machen kann.“

„Ich vermute, er wird nichts ausplaudern. Er ist glimpflich davongekommen“, überlegte Anna laut, „er wird wissen, sollte er etwas sagen, könnte es ihn immer noch treffen.“ Anna machte die Andeutung einer Pistole mit ihrer Hand, die sie zielend auf niemand Bestimmten richtete.

Henry ging im Zimmer nachdenklich auf und ab. Seine Stirn legte sich in tiefe Falten.

„Wo bleiben sie nur?“

Ich schüttelte den Kopf: „So schnell wird Lucas nicht hier erscheinen, eventuell Charles und Georg. Ich hoffe, wir erfahren dann einige Einzelheiten.“

„Wir warten“, gab Nora an, „zu keinem ein Wort, absolut zu niemanden“, warnte sie eindringlich.

Es dauerte noch drei Stunden, bis Charles und Georg endlich eintrafen. Wir empfingen sie neugierig und warteten darauf, dass einer mit dem Rapport anfing. Henry brach das Schweigen: „Was ist passiert? Wo seid ihr gewesen? Wo steckt Lucas?“

„So viele Fragen auf einmal?“ grinste Georg, während Charles laut seufzte und mit der Berichterstattung der letzten vierundzwanzig Stunden begann.

Lucas, der seinen ehemaligen „Arbeitskollegen“ wiedergetroffen hatte, wusste von ihm, wo sich Kendaro und sein Sohn nach der missglückten Entführung aufhielten. Man hatte sie auf einer Überwachungskamera geortet, allerdings hatte Lucas’ Bekannter es nicht weitergeleitet, sondern nur Lucas darüber informiert. Beide waren sich einig: Wir alle konnten erst wieder ruhig schlafen und brauchten keine Angst mehr zu haben, ermordet zu werden, wenn Kendaro und Sohn nicht mehr existierten. Lucas rief Charles und Georg an, die der gleichen Meinung waren.

„Okay", meinte ich nach der Zusammenfassung, „und was genau ist passiert? Das ist doch nicht alles?"

„Mehr müsst ihr nicht wissen, mehr erklären wir auch nicht", meinte Georg mit einem Blick zu Charles, der natürlich seinem Sohn zunickte, „wir alle waren den ganzen Tag zu Hause, haben heute Nacht hier geschlafen ..."

Anna gab zu bedenken: „Ihr wart mit Chauffeur und der Luxuskarosse unterwegs! Da wurdet ihr sicherlich gesehen, der Rolls fällt auf! Wir müssen noch einige Details abklären!"

Anna hatte nicht unrecht. Carlotta wurde bereits beim Einkaufen gefragt, welch vornehme Gäste wir wohl hätten, die mit Chauffeur vorfuhren. Das Auto war sicherlich von einigen Nachbarn beobachtet worden.

Der Fahrer befand sich ebenfalls im Wohnzimmer und brachte Georgs Aktenmappe hinein.

„Aber der Wagen hat getönte Scheiben", warf ich ein, „da sieht man nicht, ob oder wer hinten sitzt."

„Wird der Chauffeur aussagen, dass er alleine weggefahren ist?"

Nora nickte. „Er ist schon so lange bei uns und uns treu ergeben."

„Er weiß, was er zu sagen hat", ertönte Georgs Stimme von der Tür her, „und wenn er nicht weiter weiß, hat er seine Verständigungsprobleme. Das kann er gut, sich verstellen, je nach Bedarf, und ansonsten ist er unser Mädchen für alles", und mit einem Blick auf besagte Person, „nur hört er das nicht so gerne, eben ein typisch englischer Butler mit Chauffeurkenntnissen."

Besagter Butler verzog keine Miene, blickte geradeaus, als ob ihn das nichts anginge, und wartete anscheinend auf weitere Anweisungen. Mir fiel auf, dass ich gar nicht wusste, wie er hieß.

Als ob Nora mal wieder meine Gedanken lesen konnte, meinte sie zu mir: „Er heißt John!" Johns Miene ließ keine Regung erkennen.

„John, setzen Sie sich zu uns!" Mit diesen Worten schaffte ich es, ihm eine Falte auf die Stirn zu produzieren. Nora grinste, Charles lächelte, und Georg prustete los: „Das hättest du nicht sagen dürfen, er ist Butler, er setzt sich nicht einfach zu uns, das verbietet ihm sein Status."

„Das ist mir egal", meinte ich kurz angebunden, „wir haben hier etwas zu besprechen, etwas Wichtiges, und wir benötigen die Hilfe des Butlers. Basta! Setzen!" Das wirkte. Wer gab mir schon Widerworte?

„John, Sie wissen, um was es geht?" John gab keine Antwort, blickte nur stur geradeaus.

„Nora“, versuchte ich es nun anders herum, „kannst du ihm sagen, er soll mit uns kooperieren? Es wäre besser!“

Nora musste nur nicken, und schon änderte John seine gesamte Haltung und sein Benehmen, und ... er sprach mit uns.

„Ich habe alles verstanden. Der Plan ist gut, wir haben keine Fehler gemacht, es dürfte keine Fragen von Seiten der Polizei geben, eigentlich waren wir nicht einmal in der Nähe“, er machte ein sehr zerknirschtes Gesicht und fuhr an Nora gewandt fort: „Leider habe ich in Bochum die Geschwindigkeit überschritten und bin in eine Radarfalle gefahren, natürlich völlig unabsichtlich. Sir Charles hatte in Bochum einen Termin, ich fuhr ihn und Sir Georg zum Meeting, und da ist mir das Malheur passiert. Natürlich hoffe ich, dass Mylady mich nun nicht entlässt.“ Besagte Mylady schüttelte gnädig den Kopf.

Die getönten Fenster der Luxuslimousine ließen keinen Blick nach hinten zu. So hatten sie es also gedeichselt. Und John würde mit ausdrucksloser Miene bezeugen, dass alles genauso passiert ist. Und dann auch noch das Radarfoto! Was will man mehr! Ich begriff langsam, die Aktion war nicht unvorbereitet gestartet worden, sie hatten einige Details im Vorfeld bedacht.

Aber wo blieb Lucas nur? Sollte er nicht auch schon wieder hier sein? Henry zerschlug meine Bedenken: „Er wird noch zu tun haben und sicherlich bald hier eintreffen. Um ihn müssen wir uns keine Sorgen machen. Du weißt warum!“ Er ging aber trotzdem im Raum auf und ab, bis Charles ihn bat, sich zu setzen. John, in seinem Element, nun wieder ganz Butler, servierte den Herren einen Gin Tonic, was Nora veranlasste, mürrisch zu knurren. Johns Augenbraue zuckte leicht, und er reichte uns auch ein Glas.

Sophia und Phyllis setzten sich zu uns, Johanna schlief mittlerweile, und eigentlich warteten wir auf etwas, wussten aber nicht so genau, ob auf die Polizei oder auf Lucas nebst Freund.

Die Zeit kam mir unendlich lang vor, bis mein Schwager und sein Kollege Stefan, wie er ihn uns vorstellte, endlich vorfuhren. Wir beließen es bei den Vornamen. Kurze Zeit später, im Wohnzimmer, erzählten sie von den letzten Ereignissen. Das Wort Mord nahm keiner in den Mund.

Sie hatten beide mit den Ermittlungen zu tun, daher kamen sie erst so spät. „Gleich werden einige Beamte erscheinen, um die Vernehmung von euch allen durchzuführen“, erklärte uns Stefan, „es ist ihnen bekannt, dass Kendaro der Entführer von Henry und Sophia war, oder zumindest, dass er dahinter steckte. Sie werden euch informieren, dass er tot ist, und einige Fragen stellen.“ Stefan trank seinen wohlverdienten Kaffee aus und erzählte dann weiter: „Kendaro steht schon seit längerem unter Beobachtung. Man vermutete schon seit geraumer Zeit, dass er nicht sauber arbeitet.“

„Ich werde die Infos holen, die wir über und von Kendaro haben“, überlegte ich, „wir haben Hinweise, dass Kendaro hinter dem Anschlag in Marokko steckt, dass er in Casablanca das Schiff in die Luft jagen ließ und auch hinter dem Mord an unserem ehemaligen Gärtner steckte, die Leiche wurde erst kürzlich gefunden. Wenn man alles zusammen sieht, gibt es genügend Leute, die es auf ihn und seinen Sohn abgesehen haben könnten!“

Stefan war einverstanden, und bereits eine knappe Stunde später klingelte die Polizei.

Wie vermutet, wussten sie von der Verbindung zu uns, aber was mich wunderte, sie besaßen keine Information über Noras Beziehung zu uns. Ich stellte sie daher als eine alte Freundin meiner Mutter vor, die das nötige Geld besaß, um uns bei einer Lösegeldforderung zu unterstützen. Diese Erklärung reichte den Polizisten. Sie fragten uns indirekt nach unserem Alibi, gaben sich aber mit unseren knappen Erklärungen zufrieden. Sie baten, am folgenden Tag vorbeizukommen, um die Aussage aufzunehmen.

Sie benötigten detailliertere Angaben von Sophia, Henry und Phyllis, um sich ein Gesamtbild zu verschaffen. Zwei unterschiedliche Behörden in Deutschland mussten sich koordinieren, wenn man Casablanca in Marokko und Dénia in Spanien hinzurechnete, handelte es sich um eine internationale Verstrickung. Heute noch sollten die Akten aus den anderen Ländern angefordert werden.

Sie hatten das Haus gerade verlassen, als zwei Fremde aufkreuzten. Auch sie stellten uns Fragen, hinsichtlich der Ereignisse der letzten Tage und Stunden, nachdem sie sich als Mitarbeiter des LKA ausgegeben hatten.

Marcus, der sich bislang im Hintergrund hielt, setzte sich unvermittelt zu uns und suchte Blickkontakt zu mir.

Ich verstand und ging in den Nebenraum; er folgte mir nur Sekunden später und schloss sorgfältig die Tür hinter uns.

„Ich traue den beiden nicht“, flüsterte er, „hast du ihnen schon die Fotos gegeben?“

Ich schüttelte den Kopf. „Was irritiert dich?“

„Schau dir das Auto an!“

Richtig, so eins fuhr man nicht bei der Polizei. Der Schlitten passte eher zu einem Zuhälter. Wir überlegten schnell, was wir tun konnten, ohne den Argwohn unserer Besucher zu erregen. Nur wenige Minuten, nachdem er den Raum verlassen hatte, eilte Marcus wieder ins Wohnzimmer.

„Jo hatte einen Schwächeanfall“, rief er, „wir brauchen einen Arzt. Meine Herren, ich muss Sie bitten, ein anderes Mal wiederzukommen. Für meine Schwiegermutter war das alles zu viel in den letzten Tagen. Ihre Gesundheit ist schon seit längerer Zeit etwas angeschlagen!“

Henry, der sofort aufsprang, stutzte kurz, dann rannte er hinaus. Sophia und Phyllis folgten ihm, während Marcus die beiden Männer hinauskomplimentierte.

Theatralisch lag ich auf der Couch und hielt solange die Augen geschlossen, bis ich die Tür ins Schloss fallen hörte.

„Mama“, schrien meine beiden Töchter, „was ist los?“

„Nichts“, meinte ich, schlug die Augen auf und erhob mich, „es ist nichts. Alles nur Theater!“

„Sie hat recht“, erklärte Marcus von der Tür her, er fand keinen Platz mehr im Zimmer, „wir versuchten nur, die beiden Betrüger aus dem Haus zu entfernen.“

Henry, der sich im Hintergrund gehalten hatte, grinste. „Als Marcus meinte, deine Gesundheit sei in letzter Zeit angeschlagen, ahnte ich, dass da etwas nicht stimmte. Und ich hatte recht.“

„Hoffentlich hat keiner einen Arzt angerufen“, dachte ich laut, aber in der Aufregung hatte genau daran keiner gedacht. Gott sei Dank.

Marcus berichtete nun den anderen von seiner Vermutung.

„Kurz bevor ich Jo von meinem Verdacht erzählte, habe ich einen Peilsender an deren Auto befestigt.“ Er wandte sich seinem Computer zu, der im Wohnzimmer stand und verfolgte auf dem Monitor das Signal. Sie bewegten sich natürlich nicht in Richtung nächste Polizeistation, sie fuhren zurück nach Düsseldorf. Eine knappe Stunde später wussten wir, dass sie sich im gleichen Hotel aufhielten, in dem zuvor die beiden Kendaros aus dem Weg geräumt worden waren.

„Was hat das zu bedeuten? Sind da noch andere Personen an der Entführung beteiligt, oder sind es doch Polizisten?“

Stefan schüttelte den Kopf. „Das kann nicht sein. Die Ermittlungen im Hotel sind abgeschlossen.“ Er nahm sein Handy und rief seine Dienststelle an. Dann schüttelte er den Kopf und erklärte uns: „Nein, keine Polizei mehr im Hotel. Das Zimmer ist noch versiegelt. Es sind definitiv keine Polizisten. Marcus hatte mit seiner Vermutung recht. Hast du zufällig die Autonummer notiert?“

Marcus reichte ihm ein Blatt. Stefan wählte eine andere Nummer und gab sie durch.

„Keins von uns“, meinte er nur.

„Wer spielt noch mit?“ Henry rannte wieder im Zimmer hin und her. „Was haben wir übersehen?“

Charles schüttelte den Kopf. „Ich wüsste nicht, wer noch dabei sein könnte. Kendaro ist ausgeschaltet, sein Sohn ebenfalls ...“ Er dachte angestrengt nach. „Ist es einer von Kendaros Männern, der nachforschen wollte, was passiert ist? Der wissen will, ob alles aus ist oder ob Kendaro noch am Ruder steht?“

„Eine Möglichkeit wäre“, gab Anna nachdenklich zu, „dass da jemand Gewissheit haben will, ob Kendaro wirklich tot ist. Seine Helfer vielleicht! Und sobald sie es wissen, tauchen sie unter, da sie keinen Anführer mehr haben. Wenn das Leittier verschwunden ist, irrt die Herde ziellos herum und löst sich auf. Es scheint hier das Gleiche zu passieren. Können wir kontrollieren, ob diese angeblichen Polizisten noch im Hotel sind?“ Sie schaute zu Stefan, der nickte und telefonierte.

„Sie sind noch da, aber wollen anscheinend auschecken.“

„Können wir sie beobachten lassen?“

Wieder nickte Stefan, er hielt den Hörer noch ans Ohr: „Sie bezahlen mit der Firmenkreditkarte. Definitiv: Sie gehören zu Kendaro!“ Er beendete das Gespräch und blickte zu uns: „Wir können ihnen nichts nachweisen, aber dank des Peilsenders von Marcus können wir sie von hier aus verfolgen. Wir sollten sie noch nicht völlig aus den Augen verlieren, meine ich.“

Er schaute zu Lucas, der bislang geschwiegen hatte.

„Ich habe so ein ungutes Gefühl. Kann es sein, dass noch jemand hinter dieser ganzen Sache steckt? Ich werde einfach diese Ahnung nicht los ...“

Wir schwiegen betroffen. Sollte er recht haben? War die Angelegenheit noch nicht vorbei?

„Hatte Kendaro noch andere Familienmitglieder? Noch mehr Söhne?“

Nora blickte mich verdutzt an und schüttelte den Kopf. „Ich glaube nicht!“

„Glauben heißt nicht wissen“, kommentierte Phyllis den Satz.

Hektisch sprang Stefan nun auf, winkte Lucas zu, und beide verschwanden im Nebenzimmer. Langsam folgte ich ihnen. Beide saßen vor dem Computer und verschickten eine Mail nach der anderen, wie mir schien.

„Wir durchforsten Kendaros Familiengeschichte, suchen nach weiteren Familienangehörigen. Nora und Charles sind vielleicht nicht auf dem Laufenden. Immerhin verfolgt Kendaro seinen Bruder und dessen Sohn schon seit über vierzig Jahren. Er muss ja verheiratet gewesen sein, immerhin hatte er einen Sohn, von dem wir wissen. Was ist, wenn es weitere Kinder gibt?"

„Er ist, ach ja", korrigierte ich mich, „er war Ägypter, vielleicht gab es mehrere Frauen. Dann hatte er auch sicherlich mehrere Kinder. Wir können aber die Töchter außen vor lassen. Uns dürften nur die Söhne interessieren."

Sie brauchten nicht lange, dann stand fest: Kendaro war noch ein zweites Mal verheiratet gewesen, seine erste Frau, die Mutter seines mit ihm verstorbenen Sohnes segnete früh das Zeitliche. Ob er mit der zweiten Frau noch Kinder hatte, ging aus den gesichteten Unterlagen nicht hervor.

„Dann waren es anscheinend nur Töchter, ob eine oder mehrere", meinte Nora, „das ist egal, sie wurden einfach nicht als wichtig angesehen. Ein weiterer Sohn wäre ebenfalls im Firmenimperium beschäftigt und namentlich erwähnt."

„Eine Tochter kann auch gefährlich sein", warf Phyllis dazwischen. Sie hatte nicht ganz unrecht nach ihrer letzten Aktion.

Nora und ich schauten uns an. Hatten wir denselben Gedanken? Wäre es möglich, dass ...?

Auch Henry nickte.

„Wie alt wäre dann eine Tochter?"

Lucas überschlug die Daten. „Sie könnte rein rechnerisch vierzig Jahre alt sein!"

„Meint ihr wirklich, es existiert noch eine weitere Bedrohung?" Georg stand hinter Nora.

„Möglich wäre es. Einige der Aktionen sind irgendwie ...", ich suchte nach dem richtigen Wort, „... merkwürdig. Warum die Aktion in Casablanca? Sollten die Leute wirklich umgebracht werden? Ist es vielleicht ein Familienstreit? Die Tochter fühlt sich übergangen. Der Bruder, Stiefbruder, bekommt die Machtposition, die Tochter, Stiefschwester, geht leer aus?"

„Oder ist sie verheiratet, und ihr Ehemann inszeniert es, vielleicht weiß sie davon, vielleicht auch nicht. Aber es sind nur Vermutungen."

„Solange uns die Informationen fehlen, können wir nur spekulieren. Wie erfahren wir, ob es noch weitere Kinder, also auch potenzielle Erben gibt?" Ich schaute sie alle der Reihe nach an.

Nora, Charles und auch Georg zuckten mit den Schultern.

Ich blickte zu Lucas und Stefan. „Könnt ihr das nicht irgendwie in Erfahrung bringen? Ich möchte nicht genau wissen wie, aber es muss doch eine Möglichkeit geben."

„Ich habe eine Idee!“ kam es langsam von Lucas. „Um das herauszufinden müssten wir nach Kairo!“

„Wieso Kairo?“

„Kendaro kommt aus Kairo. Dort hat er das erste und auch das zweite Mal geheiratet. Also müssten die Kinder, ob Söhne oder Töchter, dort registriert sein.“

„Was ist, wenn sie nicht in Kairo geboren wurden? Wenn sie eine andere Staatsangehörigkeit haben? Sie könnten sogar in Deutschland geboren worden sein.“

„Die zweite Frau war oder ist Ägypterin. Sie heirateten in Kairo, sie lebten in Kairo. Also werden wir weitere Hinweise nur dort bekommen.“

„Du fährst nicht hin“, ermahnte mich Henry sofort, „das werden Lucas und Stefan machen. Es ist sogar ein Vorteil, wenn sie für einige Zeit verschwinden. Bist du abkömmlich, Stefan?“

„Ich habe Urlaub eingereicht, kurz nachdem wir Henry und Phyllis befreit hatten.“

Irritiert schaute ich ihn an. „Und wieso habe ich dich im Fernsehen gesehen nach den Morden der Kendaros? Da hast du doch bereits Urlaub gehabt!“

„Da ich noch erreichbar war, sollte ich dort bei dem Einsatz mithelfen!“

Ich fragte nicht weiter nach. Es schwirrte mir zu viel im Kopf herum.

„Phyllis, ist dir noch etwas eingefallen?“

Phyllis merkte nicht einmal, dass ich sie angesprochen hatte. Ich versuchte es ein zweites Mal.

„Ich überlege! Mir geht da etwas nicht aus dem Sinn. Es ist greifbar nahe, aber es fällt mir nicht ein.“

„Dann denk an etwas anderes, dann fällt es dir sicherlich wieder ein!“

Lucas und Stefan buchten bereits zwei Plätze in der Maschine nach Kairo, die am nächsten Mittag in Düsseldorf abfliegen würde. Mit viel Gepäck würden sie sich nicht belasten.

„Mit dem nötigen Kleingeld erhalten wir die gewünschten Antworten.“ Lucas lächelte optimistisch, und ich wünschte sehr, er behielt recht.

„Soll ich euch schon mal ein Hotelzimmer buchen?“

„Aber nicht im Mena House, da würde man uns zuerst vermuten, nimm ein anderes.“

Ich wählte das Royal Marshal Hotel in Kairo mit den obligatorischen drei ägyptischen Sternen und einer äußerst einfachen Ausstattung, die mir zu hundert Prozent gewährleistete, dass sie sehr schnell wieder in Deutschland auftauchen würden.

Kapitel 38

Es dauerte nur drei Tage, und sie kamen zurück. In der Zwischenzeit stellte die Polizei keine weiteren Fragen, sie suchten unsere beiden „Familienmitglieder“ nicht und tauchten auch nicht wieder bei uns auf.

Fast stellte sich Normalität ein. Nora dachte bereits daran, mit Ehemann und Sohn nach England zurückzukehren. Die brennende Frage hatte ich nicht mehr gestellt. Sollte ich es nochmals versuchen? Würde ich wieder nur eine lapidare Antwort erhalten?

Eine langsame Annäherung schien sinnvoll. Wir saßen alleine im Wohnzimmer, als ich es wagte: „Was ist mit Roberts Tochter? Werde ich sie kennenlernen?“ Nichts, keine Reaktion. Hatte sie zugehört? Ich versuchte nicht zu drängeln und auf eine Antwort zu beharren.

„Du wirst sie kennenlernen. Bald schon.“ Ich stutzte. Konnte es sein, dass Nora sie nach Deutschland beordert hatte?

„Sie kommt hierher!“ Es war keine Frage von mir, es war eine Feststellung. Sie nickte.

„Wann?“

„Bald!“

Sollte ich weiterbohren? Besser nicht, vielleicht fühlte sie sich dann zu sehr in die Ecke gedrängt. Das sollte vorerst genügen.

Noch bevor Lucas und Stefan mit ihrer Berichterstattung anfingen, erzählten sie von dem Hotel, in dem ich sie untergebracht hatte. Mit einem schrägen Blick in meine Richtung, meinte Stefan, ob ich wüsste, in welch einer Kategorie sie schlafen mussten.

„Drei Sterne“, gab ich an, „drei ägyptische Sterne.“ Nach diesen Worten brach Phyllis in lautes Gelächter aus, stoppte aber, als sie meinen Blick bemerkte.

„Jeder, auch die, die noch nicht in Ägypten waren, wissen, was das bedeutet“, meinte mein Ehemann.

„Hattet ihr denn kein Bett? Oder keine Dusche?“

Lucas zog es vor zu schweigen, dann erinnerte er sich an den Grund seiner Reise, grummelte, und beide erzählten von ihren Nachforschungen, die sie leider nicht weiterbrachten.

„Damals scheint man es nicht so genau genommen zu haben mit dem Registrieren von Geburten, vor allem der Mädchen.“

„Vielleicht wurde die Tochter, wenn es denn eine gibt, im Ausland geboren, dann müssten wir das Land wissen.“

„Stimmt, wenn sie eine andere Staatsangehörigkeit hat, dann ist es nicht zwingend nötig, sie auch in Ägypten anzumelden. Und wenn man dann noch bedenkt, wann es war!“

„Vielleicht existiert kein weiterer Erbe, habt ihr darüber auch schon mal nachgedacht?“

„Was können wir denn noch tun? Wo können wir noch suchen, um Gewissheit zu haben?“

Georg war der Erste, der nach fast zehn Minuten sprach: „Wenn eine der Firmen Kendaros hier in Deutschland registriert ist, dann existiert ein Testament. Vielleicht können wir über das Gericht Einblick erlangen und den Erben ermitteln. Wenn es ein Verwandter, also ein Kind ist, dann erfahren wir auf diesem Wege Namen und Anschrift.“

„Dann will ich mal sehen, was ich in Erfahrung bringen kann.“ Stefan griff zum Telefon, und innerhalb kürzester Zeit stand die Verbindung. Er erklärte seinem Gesprächsteilnehmer die Situation und gab ihm unsere Nummer für den Rückruf durch.

Wieder hieß es abwarten.

Es war bereits spät, und um diese Zeit einen Notar, Richter oder Anwalt ausfindig zu machen, schien schwierig.

„Vor morgen wird sich nichts ereignen“, ich blickte in die Runde, „ich glaube, ich gehe schlafen.“

Ich duschte und ging nochmals alle Eventualitäten durch, kam aber auf kein besseres Ergebnis. Als ich mich in Bett legen wollte, war es besetzt: Johanna. Sie hatte es sich dort bequem gemacht und lag quer unter der Decke. Ich wollte gerade Sophia informieren, als es auch schon an meiner Tür klopfte.

„Ist der Ausreißer hier?“ Sophia lugte über meine Schulter, ich trat zur Seite und deutete mit dem Kinn in Richtung Bett.

„Lass sie ruhig hier, sie kann hier schlafen, es stört nicht.“

Am nächsten Morgen wurde ich nicht von Johanna geweckt, sondern von Carlotta, die leise an der Tür klopfte. Sie sagte nichts, sondern deutete nur einen Telefonhörer an und winkte. Ich sprang auf, vorsichtig, um Johanna nicht zu wecken, und lief ins Wohnzimmer. Henry und Lucas standen bei Stefan, der telefonierte. Viel verstand ich nicht. Aber es ging um eine Testamentseröffnung.

Als Stefan das Gespräch beendete, hakte ich nach. „Worum geht es? Existiert ein Testament? Wird es bald eröffnet?“

„Ja und nein. Es existiert eine vor über zwanzig Jahren bei einem Notar hinterlegte Verfügung, aber wir wissen noch nicht, wann sie verlesen wird", erklärte Stefan, „allerdings kann alles unwichtig sein, Kendaro seinen Sohn als Erben eingesetzt haben, ohne eine Tochter zu berücksichtigen. Wir werden weiter dranbleiben, meine Mitarbeiter setzen mich sofort in Kenntnis, wenn sich etwas tut. Bislang ist das Gericht nur von uns informiert worden, dass Kendaro tot ist."

„Also wurde noch kein Erbschein beantragt? Kann nicht ein Richter das Testament einsehen?"

„So einfach ist es nicht, es liegt noch kein zwingender Grund dafür vor."

Irgendetwas machte mich nervös.

„Wir sollten uns weiter vorsehen", predigte ich den anderen, „vielleicht hatte der Erbe noch keine Zeit oder etwas Besseres vor, als auf Testamentseröffnung zu drängeln."

Höchstwahrscheinlich, dachte ich, will man uns weiterhin eliminieren und hat erst dann Zeit, sich um das Erbe zu kümmern.

Da ich im Augenblick nichts weiter tun konnte, wollte ich zurück in mein Schlafzimmer, um zu duschen und meinen Schlafanzug gegen normale Kleidung zu tauschen. Mein Bett war leer. Wo steckte Johanna? Unruhig suchte ich sie überall und fand sie bei Phyllis.

Johanna lag schräg über Phyllis, eingerahmt von einer undefinierbaren Menge Stofftiere. Beide schliefen.

Beruhigt schloss ich die Tür und wandte mich dem Bad zu. Eine halbe Stunde später saß ich in der Küche, als ich hörte, dass eine SMS auf meinem Handy einging. Sandra, Phyllis' Freundin und meine „dritte Tochter", teilte mir ihre Ankunft mit. Es war noch etwas Zeit, bevor sie in Düsseldorf landete. Sollte Phyllis noch schlafen, würde ich sie abholen. Vielleicht wollte sie ihre Freundin überraschen. Neugierig, ob in Dénia etwas passiert war, rief ich ihre Tante Julia an. Julia, verwundert, dass ich mich meldete, fragte sogleich: „Ist etwas mit Sandra?"

„Nein, beruhige dich, es ist alles in Ordnung. Ich wollte nur wissen, ob etwas passiert ist, denn Sandra schickte mir eine SMS. Sie ist auf dem Weg zu uns?"

„Äh ..., nein ... äh ..., sie wollte euch nur besuchen, besser gesagt, Phyllis. Die Mädchen werden sich viel zu erzählen haben ...! Aber so genau bin ich auch nicht im Bilde." Warum war sie so nervös? Sie verhaspelte sich und wirkte verlegen.

Wir tauschten noch einige Belanglosigkeiten aus und verabschiedeten uns. Ich war nicht schlauer als vorher, das Gespräch hätte ich mir sparen können.

Wenig später, ich saß noch grübelnd in der Küche, kamen zwei schlaftrunkene, müde Krieger hinein und setzten sich zu Carlotta und mir.

„Sandra kommt heute", begann ich, „sie landet in zwei Stunden in Düsseldorf."

„Sandra?"

„Ja, sie hat mir eine SMS geschickt."

„Komisch", war alles, was Phyllis dazu sagte. Sie trank die erste Hälfte ihres Kaffees und wurde nun erst richtig wach.

„Ich hole sie ab, du musst nicht extra fahren", meinte sie, immer noch verwundert. „Dann werde ich mal duschen!"

Noch bevor wir uns alle um den Tisch versammelt hatten, fuhr Phyllis los, um ihre beste Freundin abzuholen.

Johanna wollte Nora ihre Spiel- und Arbeitsecke zeigen, die sich am äußersten Rande des Grundstücks befand. Sie hatte in Nora jemanden gefunden, der sie in den nicht gerade gepflegten Teil unseres Grundstückes begleitete.

Stefan telefonierte, Lucas recherchierte im Internet, Henry tat es ihm gleich, während Charles und Georg am anderen Telefon hingen, um dort Gespräche zu führen.

Anna schaute mich an. „Was machen sie eigentlich?"

Ich zuckte mit den Schultern. „Keine Ahnung, ich glaube, sie warten immer noch darauf, dass Stefans Informant etwas herausfindet und sie anruft. Ich finde, wir sollten abwarten, was die Polizei ermittelt. Sie wollen uns heute Nachmittag aufsuchen."

„Du hast recht. Im Augenblick kann man nichts machen. Ich werde nach Hause fahren."

Ich konnte sie verstehen und wusste, sobald ich Hilfe brauchte, wäre sie zur Stelle. Nach langer Zeit kehrte endlich wieder Ruhe ein. Ich genoss es, einfach still und ruhig auf der Terrasse zu sitzen, nichts zu tun und an nichts zu denken. Wie lange diese Ruhe anhalten würde, vermochte ich nicht zu sagen.

Meine Gedanken schweiften ab. Ich sah meinen Vater, wie er ein Jahr, bevor Robert verschwand, nach dem Einbruch in unser Haus in Dénia die Unterlagen und Akten durchsuchte, um festzustellen, ob etwas fehlte.

Ich kam in sein Büro, das chaotisch aussah. In der Hand hielt er Fotos, die er schnell weglegte. Er versteckte sie zwar nicht, aber ich hatte das Gefühl, sie waren nicht für meine Augen bestimmt.

Wo sind sie geblieben, dachte ich. Sie müssen noch irgendwo sein. Phyllis hatte die alten Fotos zwar eingescannt, aber die Originale sicherlich nicht weggeworfen. In Dénia waren sie definitiv nicht, denn dort hatten wir alles bis auf den kleinsten Winkel durchforstet, und was wir nicht entdeckt hatten das hatte garantiert die Polizei gefunden. Nein, die Fotos mussten hier sein! Hier in Deutschland. Da gab es nur einen Ort in unserem riesigen Haus: der Dachboden.

Ich war wild entschlossen, ihn zu durchsuchen, und zwar sofort.

Ich hatte mindestens noch eine Stunde Zeit, bevor es im Haus wieder lebhafter zuging, also zog ich mir eine alte Jeans und ein noch älteres Polohemd an, stieg die Treppe hoch und öffnete die Einschubtreppe. Staub wirbelte auf, und die erste Wolke bekam ich ab. Eilig kletterte ich die Treppe hoch, bewaffnet mit einer Taschenlampe für die finsteren Ecken und suchte nach Kartons. Die ersten enthielten alten Christbaumschmuck. Ich schob sie zur Seite. Die Behälter mit Fotos müssten weiter hinten stehen. Eigentlich sollte ich dort anfangen, dachte ich und mich langsam nach vorne durcharbeiten. Auf einigen Kästen war ein Datum vermerkt, aus anderen lugten alte Ordner meines Vaters hervor. Genau, da müssten auch die Bilder sein. Schließlich wurde ich fündig. Außer alten schwarzen Ordnern lagen da auch einige Bilder. Alte Bilder, teils schwarzweiß.

Meine Mutter, mein Vater, wir als Kinder, Robert und ich. Aber dort gab es noch einige andere Personen: Nora, natürlich um einiges jünger, wie wir alle in Dénia am Yachthafen in einem Restaurant saßen. Die Leute in unserer unmittelbaren Nähe schienen uns nicht zu beachten, keiner kam mir bekannt vor.

Genau das waren die Fotos, die mein Vater weglegte, als ich sein Büro betrat. Was war daran so sehenswert? Die einzelnen Personen auf dem Foto, das waren wir. Was ich damals nicht wusste, dass es Nora war, die uns besuchte. Sie schaute Robert merkwürdig an, mit einem Blick, den ich nun verstand. Aber Robert konnte nicht wissen, wer da bei uns saß. Für uns und ihn war es die Freundin unserer Mutter. Auch die anderen Bilder zeigten nichts Ungewöhnliches, oder?

Es war hier oben auf dem Dachboden zu dunkel und die Bilder mittlerweile blass. Ich packte sie zusammen, suchte noch nach weiteren, fand insgesamt zehn und nahm sie mit hinunter.

Diese Suchaktion dauerte nur eine halbe Stunde, und so konnte ich schnell duschen, die Fotos säubern und sie in einem helleren Licht betrachten. Vielleicht waren nicht die Personen im Vordergrund, sondern die im Hintergrund wichtig! Ich fuhr meinen Laptop hoch und scannte die zehn Fotos ein. Danach bearbeitete und vergrößerte ich sie und konnte nun deutlicher die Menschen im Hintergrund erkennen.

Die Gesichter sagten mir nichts. Allerdings erkannte man auf einem der Bilder eine Person, die anscheinend unseren Tisch beobachtete. Außerdem: Da wir alle mit Nora am Tisch saßen, musste noch jemand dabei gewesen sein, der das Foto schoss. Die wichtigen Personen, also wir, stellten nur einen kleinen Teil des Bildes da, während der Hintergrund deutlicher hervorgehoben wurde. Absicht?

War vielleicht schon Charles, Noras zweiter Ehemann, dabei gewesen, der die Fotos schoss? Ich glaube, an einen Engländer, dazu noch einen Lord, hätte ich mich erinnert. Nein, es konnte nicht Charles gewesen sein. Vielleicht José, den wir Jahre später unter unserer Oliventerrasse fanden? War es Absicht, Fotos auch vom Hintergrund zu machen? Wer war die Person, die uns beobachtete? Sie schien in Begleitung zweier Kinder. Ein Mädchen und ein Junge, wie mir schien.

Ich konnte noch so angestrengt nachdenken, ich begriff den Sinn nicht.

Ich nahm mir das nächste Bild vor, suchte auch hier. Im Hintergrund einige schöne, weiße Schiffe. Ich stutzte und vergrößerte die Fotos noch mehr, sie wurden undeutlicher, aber ich sah etwas: einzelne Buchstaben des Namens eines der Schiffe: Cr...ssf....

War es die Crossfox?

War es das Schiff, das ich damals gesehen hatte, von unserem Grundstück aus? War die Yacht schon zuvor in Dénia gewesen? Dann wäre Kendaro ja auch in der Nähe gewesen. Beobachtete er Nora und uns? Ich merkte, dass ich zu viel spekulierte, und ich merkte, dass es im Haus unruhiger wurde. Phyllis und Sandra waren angekommen. Laut wurde ich gerufen. Die Ruhe endete.

„Hier im Arbeitszimmer", meldete ich mich, „ich bin hier!" Fast augenblicklich wurde die Tür aufgerissen, und Sandra stürmte hinein. Freudig wurde ich gedrückt und bekam einen herzlichen Kuss auf beide Wangen.

„Was ist los? Wir haben uns doch erst vor einigen Wochen gesehen." Erstaunt trat ich einen Schritt zurück. „Ist etwas passiert?"

Sandra runzelte die Stirn, fing sich aber sofort wieder. „Nein, ich hatte nur Sehnsucht nach euch, und da ich mir einige Tage freinehmen konnte, dachte ich, ich besuche euch mal. Wo ist eigentlich meine kleine Johanna?"

„Draußen, auf ihrem eigenen Territorium, hinter den Garagen. Mit Nora. Sie ist eine Bekannte meiner Mutter", erklärte ich ihr ausführlich, „du wirst sie, ihren Mann Charles und auch Georg bald kennenlernen."

Sie nickte, schaute sich um, und da sie Johannas Lieblingsplatz kannte, machte sie sich auf den Weg dorthin. Alleine. Phyllis blieb bei mir.

„Ist etwas passiert?" Sie schaute mich an. In der Hand hielt ich eines der alten Bilder. Schnell erklärte ich ihr, was gefunden hatte, aber noch nicht zuordnen konnte.

„Ich habe damals sämtliche alte Bilder eingescannt und auf CDs und DVDs gebrannt. Aber ich glaube, da ist nichts zu sehen, was in diesem Falle interessant wäre", meinte Phyllis.

„Nein, das vermute ich auch nicht. Es ging mir nur um diese Bilder, weil mein Vater sie vor mir versteckte. Vielleicht irre ich mich, oder ich habe es falsch in Erinnerung!"

In diesem Moment kamen Sandra, Johanna und Nora ins Haus zurück. Sandra und Nora behielten eine gewisse Distanz zueinander bei, schauten sich nicht an und sprachen hauptsächlich mit Johanna, die lustig springend zwischen den beiden einher lief.

„Ihr habt euch schon miteinander bekanntgemacht?" Wortloses Nicken.

„Kommt erst einmal herein." Johanna schaute sich suchend um.

„Wo ist Mama?"

„Ich soll sie rufen, wenn du dich wieder bequemst ins Haus zu kommen, dann holt sie dich ab."

„Ich bleibe noch hier", meinte sie ungerührt, „bei Oma und Sandra!" Wie kam sie dazu, Nora mit Oma zu betiteln?

Noras Blick schien merkwürdig verhangen, Sandra sah Johanna an, hob sie hoch und wirbelte sie durch die Luft. Die Kleine jauchzte vor Vergnügen, bis es ihr langweilig wurde.

„Ich bringe sie zu Sophia", meinte Sandra, „ich sollte sie auch noch begrüßen." Johanna gab keine Widerworte, sondern trottete artig hinter ihr her. Die wenigen Meter zu Sophias Haus legte Johanna selten zu Fuß zurück. Meist ließ sie sich von Opa tragen oder fahren. Warum sie heute nicht knötterte, wunderte mich.

Warum sie heute Sandra und Nora so merkwürdig anschaute, wunderte mich.

Warum sie so still war, wunderte mich.

Vielleicht irrte ich mich auch, vielleicht sah ich bereits Gespenster.

Sandra kam eine halbe Stunde später ohne Johanna zurück. Wir setzten uns auf die Terrasse. Phyllis gesellte sich zu uns, und Sandra erzählte uns die Neuigkeiten aus Dénia.

Warum besuchte uns Sandra?

Es musste einen triftigen Grund geben.

Wir erzählten noch einige Belanglosigkeiten, bis Nora sich räusperte: „Ich werde mal die anderen holen. Dann gibt es noch etwas zu berichten!“ Sie stand auf und ging ins Haus.

Es dauerte nicht lange, und wir saßen auf der Terrasse, gut, dass sie so groß war.

„Es fehlen noch Sophia und Marcus, dann sind wir vollständig“, meinte sie mit einem Blick auf uns alle, „ich habe sie schon angerufen, Johanna schläft, daher ist Carlotta bei ihr, sie kommen gleich.“

„Soll ich noch eine Runde Kaffee spendieren?“ Ich stand nervös auf, irgendetwas war im Busch.

In der Küche holte ich tief Luft. Ich vernahm neue Stimmen. Wir waren vollzählig. Ich trug ein Tablett mit Kaffee auf die Terrasse und stellte es auf den Tisch.

Nora nahm sich langsam eine Tasse vom Tablett, goss etwas Milch hinein, rührte langsam um. Ich hatte den Eindruck, sie wollte sich geistig und auch seelisch sammeln, dann räusperte sie sich und fing an: „Ich habe versprochen“, damit blickte sie eindringlich zu mir, „dass du und auch ihr anderen Roberts Tochter kennenlernen würdet“, sie machte eine kurze Pause, „darf ich euch Sandra, meine Enkelin, vorstellen!“

Kapitel 39

Es herrschte Schweigen, dann aber sprachen alle durcheinander, stellten Fragen, es herrschte Chaos. Zu perplex, um etwas zu sagen oder nur eine Frage zu stellen, schwieg ich.

Sandra, die ich von Kindheit an kannte, die bei mir wie eine Tochter aufgewachsen war, die bei uns ein und aus ging: Das sollte Roberts Tochter sein?

Sandra selbst lächelte nur.

„Aber warum in Dénia?“ Noch immer fassungslos, starrte ich Nora an. „Warum ausgerechnet Dénia?“

Nora verstand mich. „Wir meinten, damit rechnet niemand. Robert ist von dort verschwunden, deshalb wird man dieses Versteck – und das war es für ihn jahrelang – nicht noch einmal wählen. Ihr seht“, sie lächelte Sandra an, „es hat geklappt. Niemand vermutete etwas anderes in Sandra als das arme Waisenkind, das bei Onkel und Tante aufwuchs. Ich fand die Idee von Anfang an gut, vor allem, da sie in deiner Nähe war.“

Ich begriff langsam. „Aber wer sind denn die angeblichen Verwandten? Robert hatte weder Schwester noch Bruder – außer Georg“, verbesserte ich mich schnell, „dann sind sie nicht verwandt mit dir?“

Ich sprach Sandra direkt an, die den Kopf schüttelte.

„Nein, es sind Freunde meiner Großeltern, die dafür sehr gut bezahlt werden, einen äußerst hervorragenden Posten in dem Unternehmen meines Vaters erhielten und ihm und ihnen treu ergeben sind.“

Ich schaute sie immer noch ungläubig an. „Aber warum Fremde? Warum hat er uns nicht um Hilfe gebeten? Ich war doch so etwas wie seine Schwester“, ich verbesserte mich energisch, „ich war seine Schwester!“

„Um dich und deine Familie nicht in Gefahr zu bringen.“ Diesmal ergriff Charles das Wort. „Wenn du nur im Entferntesten geahnt hättest, wer Sandra ist, dann hättest du sie zu dir genommen“, er lächelte, „eigentlich ist sie ja bei dir aufgewachsen, aber es schien für einen Außenstehenden immer eine gewisse Distanz erkennbar.“

„Wir rechneten damit, dass dir die Ähnlichkeit auffallen müsste, aber dann erkannten wir, dass Sandra immer mehr das Abbild ihrer Mutter wurde, das beruhigte uns ungemein. Es klappte hervorragend, noch nicht einmal Sandra wusste anfangs darüber Bescheid. Wir weihten sie erst viel später ein!“

Sandra nickte.

Scharf fuhr ich dazwischen: „Das ist ja alles gut und schön, aber was ist mit Robert? Ist er in der Nähe? War er nach seinem Verschwinden damals auch noch mal in Dénia?“

„Nein“, antwortete Nora, „er war nie wieder in Dénia. Wenn Sandra ihren Vater sah, dann in den Ferien, wenn sie mit ihrer angeblichen Tante und ihrem Onkel in Urlaub fuhr, oder wenn sie nach London kam. Dort konnten wir auch einige Male ein Treffen arrangieren.“

„Ich war doch schon sechs, als ich nach Dénia kam“, erklärte Sandra Phyllis und Sophia, „wir gingen erst in Dénia zur Schule und dann in

Deutschland. Damals bekam ich schon eingetrichtert, niemandem etwas von meinem Vater zu erzählen. Zuerst dachte ich, er wäre ein Gangster, und die Polizei würde ihn suchen, später, ich glaube, wir waren schon sechzehn oder achtzehn, erzählte mir meine Großmutter, warum sich mein Vater verstecken und ich im Ausland leben musste." Sie stockte, wandte sich dann mir zu und meinte: „Dass du die Schwester meines Vaters bist, das habe ich erste einige Jahre später erfahren. Vielleicht haben wir alle gespürt, dass wir zusammengehören, ich jedenfalls empfand es immer so."

Sie hatte recht. Aber dass man mich so hintergangen hatte, das musste ich erst verkraften. Henry, Lucas und Stefan hatten bislang noch nichts gesagt. Ich schaute sie an. Sie saßen mir gegenüber und zeigten keinerlei Reaktion.

„Wusstet ihr von der Leiche unter der Oliventerrasse?"

„Nein", meinte Charles, „das ahnten wir nicht einmal. Uns wäre sicherlich etwas eingefallen, sie heimlich zu beseitigen. Wir können nur vermuten, wie sie dorthin gekommen ist."

Ich wartete auf einen Bericht, aber erst einmal brauchte ich etwas Stärkeres als einen läppischen Kaffee. Ich brauchte einen Gin, und den pur. Ich stand auf und winkte ab, als Henry mich gerade fragen wollte, was ich vor hätte. Mit einigen Gläsern und der vollen Flasche Gordons kam ich zurück. Ich schenkte mir ein und stellte dann die Flasche auf den Tisch, wer wollte, konnte sich bedienen. Ich nahm erst einmal einen großen Schluck.

„Ich will den verdammten Mistkerl sehen, und das so schnell wie möglich."

Charles nickte, er ahnte es sicherlich schon.

„Die Gefahr scheint vorbei, die Kendaros leben nicht mehr. Ich glaube, wir könnten ein Treffen organisieren." Er strich sich über die Stirn.

„Ihr glaubt also immer noch, dass es irgendwo eine Tochter gibt, die Rache geschworen hat?" Phyllis schaute zu Sandra: „Dann ist es besser, dass diese Unterhaltung unter uns bleibt."

Wir stimmten Phyllis zu.

„Ach", entfuhr es Sandra, sie schaute mich an, „ich soll dir sagen, dass Lopez auf einen Anruf von dir wartet. Du sollst ihn zurückrufen, ich glaube, er hat Neuigkeiten aus Casablanca."

Eigentlich war ich nicht in Stimmung, ein Gespräch mit dem Inspektor zu führen, nach den Neuigkeiten, die ich gerade erst erfahren hatte. Ich schaute zu Henry, in der Hoffnung, er würde mir das Telefonat abnehmen. Er und auch Lucas sahen nicht in meine Richtung. Sie schienen intensiv über etwas nachzudenken. Ich wollte nicht stören, ging zum Schreibtisch und rief Lopez an.

„Es gibt Neuigkeiten aus Casablanca", berichtete er ohne Umschweife, „die Explosion der Yacht war ein Mordanschlag. Man hat TNT in den Wrackteilen gefunden", diese Information schockte mich nicht, „leider sind die Hintermänner doch nicht die, die wir in Verdacht hatten: Kendaro und Sohn." Das machte mich schon eher stutzig – oder auch nicht. Immerhin gingen unsere Überlegungen in Richtung einer weiteren unbekannten Person oder Gruppe.

„Wer steckt dahinter?" fragte ich. „Kann man schon etwas über die Auftraggeber sagen?"

„Nun ja. Wir haben da jemanden in Verdacht, oder besser gesagt, die Marokkaner, aber sie haben mir noch keinen Namen genannt, wollen es erst noch überprüfen. Sie machen ein großes Geheimnis daraus. Man fragte übrigens nach Ihnen, Doña Josefine, ob Sie bald wieder in Dénia seien, ich antwortete nur, dass ich versuchen werde, Sie zurückzubitten!"

Warum sollte ich unbedingt nach Spanien?

„Was will man von mir? Ich habe alles gesagt, was ich im Hinblick auf den Anschlag weiß und was ich beobachtet habe. Warum soll ich unbedingt nach Dénia zurück?"

„Ich bin mir nicht sicher, aber wäre es Ihnen möglich, zurückzukommen?"

„Also gut, ich komme, auch wenn ich es merkwürdig finde. Sie, ich meine die Marokkaner, können doch auch nach Deutschland kommen." Es wurde still in der Leitung, es dauerte mehrere Sekunden, dann endlich kam die Antwort: „Wann kann ich mit Ihnen rechnen? Morgen? Oder brauchen Sie ein paar Tage länger?"

„Ich rufe an, wenn ich einen Flug gebucht habe, und gebe Ihnen dann die Zeit und das Datum durch."

Abrupt legte ich auf, und zeitgleich verstummte das Gespräch der anderen im Raum.

„Ich soll unbedingt nach Dénia zurück", ich zuckte mit den Schultern, dann schaute ich Henry an, der sofort nickte: „Ich komme mit!" Auch Lucas und Stefan standen auf: „Dann wollen wir mal buchen und den Koffer packen!" Sie alle ließen mich nicht allein, das fand ich beruhigend.

Aber was Lopez von mir wollte, dass wusste ich immer noch nicht. Nora und Charles schwiegen. Auch Georg sagte keinen Ton.

„Was ist", meinte ich zu ihnen, „hat es allen die Sprache verschlagen, oder wisst ihr Näheres?"

Niemand, auch nicht meine Töchter, hatte eine Erklärung.

„Wir sollten alle wieder zurück“, gab Phyllis zu bedenken und erntete ein zustimmendes Nicken von Sophia und Sandra.

Henry saß schon am Computer und buchte für den nächsten Nachmittag die Flüge für uns zurück nach Alicante. Lopez rief ich noch nicht an. Es reichte, wenn ich ihn bei unserer Ankunft informierte. Stefan, der sich noch einige Tage freinehmen konnte, begleitete uns ebenfalls. Er, der bislang noch nicht in Dénia gewesen war, hatte vor, sich die Umgebung, die Stadt und auch unsere besagte Oliventerrasse anzuschauen, obwohl ich vermutete, sie alle wollten aus Deutschland verschwinden, falls die Polizei noch etwas über den Tod der Kendaros herausfinden sollte.

Kapitel 40

Pünktlich am nächsten Nachmittag verließ das Flugzeug Düsseldorf. Fast konnte man meinen, es handelte sich um einen Familienausflug. Wir bevölkerten einen großen Teil des Fliegers.

Von Alicante aus nahmen wir mehrere Taxis und waren eine gute Stunde später in Dénia. Maria rief ich noch von Düsseldorf aus an, so dass sie schon einmal die Zimmer vorbereiten konnte. Als ich ihr sagte, wie viele Personen erscheinen würden, freute sie sich.

„Endlich wieder Leben im Haus! Ich werde auch etwas Leckeres kochen!“

Als wir eintrafen, waren die Zimmer alle fertig, und das Essen stand auf dem Tisch. Es duftete herrlich. Johanna lief sofort zu Maria in die Küche und wurde von ihr herzlichst begrüßt. Wir versammelten uns im Esszimmer. Ich rief Lopez an und schlug ihm vor, uns Gesellschaft zu leisten.

Eine Stunde später hatte sich der Kreis um zwei weitere Personen vergrößert. Lopez erschien nicht alleine, er brachte Verstärkung mit. Die Kripobeamtin stellte sich als Sybilla Fortez vor. Sie war noch jung, höchstens Mitte dreißig, sportlich gekleidet mit Jeans, Shirt und einer Lederjacke. Mit ihrem mittelblonden, chic gestylten Kurzhaarschnitt wirkte sie kompetent. Unter dem Arm trug sie eine Mappe.

Maria sorgte für Getränke, und so saßen wir kurze Zeit später zusammen und lauschten den Erklärungen der spanischen Polizei.

„Ich habe hier einige Fotos. Vielleicht schauen Sie sich diese mal an.“ Sybilla griff in ihre Mappe und holte Bilder hervor, einige waren in Schwarzweiß, andere in Farbe. „Erkennen Sie vielleicht eine oder mehrere Personen auf den Fotos? Sind Sie diesen Leuten schon mal begegnet? Hier oder auch in Deutschland?“

Ich erkannte Dénia, den Yachthafen und Marokko. Mehrere Menschen, jeweils drei Männer und eine Frau saßen oder standen beieinander. Im Nautic Club in Dénia saßen sie in dem Restaurant, direkt am Eingang, und speisten. Einige Teller und Gläser standen auf dem Tisch, und sie schienen in ein intensives Gespräch vertieft zu sein.

„Wer ist das?“ Ich nahm mir die anderen Bilder vor. Wieder die besagten vier Personen, wieder ein Yachtclub. Im Hintergrund ein ziemlich teures und großes Schiff, mit Namen Deepwater. Es hatte Ähnlichkeit mit ...

„Ist es die Crossfox? Sind es Leute von diesem Schiff?“

Sybilla nickte. „Wir beobachten sie seit kurzer Zeit. Es ist in der Tat die Crossfox. Sie wurde umgetauft, neu beschriftet“, sie reichte uns ein weiteres Foto, auf dem die Yacht zu sehen war, wie sie, nun nicht mehr im Wasser, neu beschriftet und angestrichen wurde, „unsere marokkanischen Kollegen entdeckten sie. Seit dem Zeitpunkt steht sie unter Beobachtung und auch die Personen, die Sie hier auf den anderen Bildern sehen.“

„Wann ist das Foto in Dénia aufgenommen worden?“ Phyllis reichte es weiter und sah sich das nächste genau an, gab es dann an Sandra.

„Ich kenne sie“, Sandra deutete auf die Frau, „ich habe sie schon mal gesehen. Wenn ich nur wüsste wo.“ Phyllis nahm es und schaute lange auf das Konterfei.

„Kann es sein, dass wir diese Frau in der Marina Mall gesehen haben? Ich meine, wir saßen in dem kleinen Café an der Rolltreppe, als sie an uns vorbei ging. Mir fiel auf, dass sie uns so merkwürdig ansah.“

„Stimmt, jetzt erinnere ich mich. Im Sommer. Draußen war es heiß, im Center angenehm kühl, wir haben Eis gegessen. Es wunderte mich, dass sie drei- oder viermal an uns vorbeilief und immer wieder so interessiert zu uns schaute.“

Beide nickten.

„Wann war das? Dieses Jahr oder letztes Jahr?“

„Dieses Jahr, vor drei Monaten, es ist noch gar nicht so lange her!“

Sybilla nickte. „Diese Fotos wurden alle dieses Jahr, und diese“, sie holte einen weiteren Stapel heraus, „wurden vor einigen Jahren gemacht, und dieses schickten uns die Kollegen aus Marokko.“

Auf den unterschiedlichen Bildern sah man stets ein und dieselbe Frau. Anhand der Kleidung konnte man erkennen, dass einige der Fotos älter waren, denn die Sachen, die sie trug, waren heute nicht mehr modern.

„Was hat das zu bedeuten? Wer ist diese Frau?“ Ich fand immer noch keine Erklärung dafür, dass man uns allen die Fotos zeigte. Ich kannte die Dame nicht, hatte sie noch nie gesehen.

Nun ließ Sybilla endlich die Katze aus dem Sack. „Das ist Yasmine Kendaro, die einzige Tochter Kendaros.“

Für kurze Zeit herrschte absolutes Schweigen, dann brach ein lautes Stimmengewirr aus, jeder stellte an jeden Fragen, vor allem an Sybilla, die erst einmal um Ruhe bitten musste.

„Einer nach dem anderen“, wies sie uns zurecht, „ich kann verstehen, dass Sie alle Fragen haben, und ich werde sie so gut es geht beantworten.“

Endlich, es wurde wieder still. Henry war der Erste: „Woher haben Sie diese Informationen, und wie sicher sind sie?“

„Sehr sicher, die Beweise und Hinweise erhielten wir gestern aus Marokko. Im Augenblick wird noch ein DNA-Abgleich gemacht, immerhin haben wir Material von Kendaros Leiche, und, was auch sehr wichtig ist, wir haben DNA-Material der Tochter. Sie hatten einen Unfall in Marokko, nichts Schlimmes, hat aber Blut verloren, und man musste ihr eine Transfusion geben. Wir sind ihr durch Zufall auf die Schliche gekommen, die Fotos in Marokko wurden zufällig von einem unserer Beamten gemacht. Wir gingen Hinweisen nach einer schönen, großen, weißen Yacht nach, und unser Überwachungsteam fotografierte kurz nach den Anschlägen auf Doña Felicitas auch die Fremden, die über den Seeweg ins Land kamen. Unser Kollege sah das Foto und erinnerte sich, diese besagte Dame auch in Casablanca kurz vor dem Anschlag auf Polidas gesehen zu haben. Also, um es kurz zu machen, wir hofften, einen vermeintlichen Täter, oder in diesem Fall eine Täterin zu haben, und forschten weiter.

Auf dem Foto aus Casablanca erkennt man den Verband an ihrem Bein. Wir erfuhren schnell, in welchem Krankenhaus sie behandelt wurde, und noch schneller hatten wir die DNA. Die Kollegen brauchen nicht erst Gerichtsbeschlüsse und aufwendige richterliche Verfügungen, es geht dort schneller.“ Sie machte eine kurze Pause, trank einen Schluck Wasser und wollte gerade fortfahren, als Lucas das Wort ergriff: „Und wie sind Sie an den Namen gekommen?“

„Ganz einfach! Als wir erst einmal eine Person hatten, die dann auch noch mit einer großen Yacht herumschipperte, hatten wir schnell anhand der Bootskennzeichnung den Namen des Eigners. Sie erkennen dort die Flagge?“ Sie deutete auf das Foto aus Casablanca und auch auf das, welches in Dénia im Yachtclub aufgenommen worden war. „Das ist die ägyptische Flagge.“

Ich erkannte es. „Aber wenn es Kendaros Tochter ist, dann ist doch keine andere Partei beteiligt, wir hatten schon befürchtet, dass wir es noch mit dem Faktor X, dem großen Unbekannten, zu tun haben.“

Lopez schüttelte den Kopf.

„Das ist der Faktor X!“ Verwirrt schauten Henry und Lucas ihn an. „Sie ist zwar die Tochter, aber vom Vater nie akzeptiert worden, wie ihr Halbbruder. Er beachtete sie nicht. Sie ist nur fünf Jahre jünger als Kendaro junior, aber wesentlich intelligenter. Der Vater interessierte sich nicht für sie und ihre Mutter und war enttäuscht über eine Tochter. Er ließ beide in Ägypten zurück. Aber die Mutter liebte ihre Tochter. Was sie besaß, war Geld. Sie konnten tun und lassen, was sie wollten. Sie schickte die vom Vater ungeliebte Tochter auf die besten Schulen, sie war im Internat in der Schweiz und studierte anschließend.“

„Wusste Kendaro senior davon?“

Lopez zuckte mit der Schulter. „Ich glaube nicht, und wenn, dann war es ihm egal.“

„Rache?“

Sybilla nickte. „Ganz bestimmt. Sie ahnte, vielleicht wusste sie auch genau von den Machenschaften ihres Vater und Bruders.“

„War sie es, die Polidas in die Luft jagte?“

„Vielleicht, sie befand sich ganz in der Nähe. Aber vielleicht ging es auch auf das Konto ihres Vaters. Wir wissen es nicht genau“, schloss Sybilla.

„Aber warum das alles?“ Ich grübelte noch, zu viel hatten wir in der letzten Stunde erfahren.

„Wut und Rache? Wenn sie dahinter steckte ... Aber um das zu erfahren, müssten wir sie schon selbst fragen.“

„Erbt sie?“

„Ja! Leider hat ihr Vater nicht so weit gedacht, dass ihm und seinem Sohn zeitgleich etwas passieren könnte, zwar ist sein Sohn als Erbe eingesetzt, aber da er tot ist und keinerlei weiteren Verfügungen bestehen, ist sie die Alleinerbin.“

„Dann droht uns nun von ihr Gefahr! Es ist aber schon mal gut, das Gesicht des Gegners zu kennen. Allerdings wissen wir nicht genau, was sie vorhat.“

Ich dachte daran, dass sie schon seit einem Jahr die Gelegenheit hatte, Sandra aus dem Weg zu räumen. Oder wollte sie über Sandra ihren Vater, also Robert, ausfindig machen? Oder wusste sie nichts von den verwandtschaftlichen Verhältnissen? Mir fiel ein, sie war auch Roberts Cousine, also mit ihm verwandt.

Entschlossen stand ich auf: „Ist es möglich, mit ihr zu sprechen? Wo hält sie sich auf? Ist sie in der Nähe?"

Sybilla und Lopez erhoben sich und gaben keine Antwort. Sybilla packte ihre Bilder und Unterlagen zusammen. „Das sind die Neuigkeiten, die wir Ihnen persönlich mitteilen wollten."

Als wir alleine unter uns waren, herrschte Schweigen. Es wurde immer merkwürdiger. Wenn uns diese besagte Tochter beobachtete, warum hat sie uns noch nicht angegriffen? Oder es versucht?

Ich lief den beiden Polizisten hinterher. „Kann man uns sagen, wo sich diese besagte Tochter momentan aufhält?"

„Hier", antwortete Sybilla mit einem Lächeln auf den Lippen, „hier in Dénia!" Mein entsetzter Blick ließ sie erklären: „Sie steht unter Beobachtung. Wir lassen sie nicht aus den Augen. Daher wollte ich Sie auch hier in Dénia haben, damit wir alle", sie machte eine ausholende Geste, „ich meine wirklich alle, unter Beobachtung haben."

„Ich will mit ihr sprechen!"

Lopez staunte über meine Forderung und schaute zu seiner Kollegin: „Das wäre vielleicht kein schlechter Gedanke, wir sollten versuchen, es einzufädeln." Sie nickte. Ich nickte.

„Ich warte dann auf Vorschläge", gab ich ihm unmissverständlich zu verstehen, „sehr schnell. Machen Sie einen Termin an einem öffentlichen Ort!"

Lopez nickte. Ich drehte mich um und ging zurück ins Haus, wohlwissend, dass man mich beobachtete.

„Was wolltest du von ihnen?" Henry empfing mich in der Diele. Ich schüttelte den Kopf, auch Phyllis und Sandra standen im Durchgang zum Wohnzimmer.

„Ich will mit ihr sprechen, sie ist in Dénia."

„Du willst was ...?" Entsetzen in Henrys Stimme.

„Ja, du hast richtig gehört. Irgendetwas stimmt da nicht, irgendetwas irritiert mich, deshalb will ich mit ihr reden", ich sah in die entgeisterten Gesichter meiner Familie und wusste, noch bevor Phyllis es aussprach, was sie sagen wollte: „Ich komme mit!" Auf sie war wie immer Verlass.

Ich erklärte den anderen Familienmitgliedern meine Gedanken. „Yasmine ist die ungeliebte Tochter ihres Vaters. Ihr Bruder wird ihr immer wieder vorgezogen. Ihr Vater kümmert sich nicht um sie und ihre Mutter, daher glaube ich fast, dass sie auf unserer Seite steht, dass sie gegen ihren Vater und Bruder arbeitete. Der, der mich in Deutschland angefahren hat, den man anschließend tot aufgefunden hat, wer war das? Wer hat ihn umgebracht? Wenn sie hinter dem Anschlag in Casablanca steckt, dann hat sie auch dort einen unserer Widersacher, Polidas, umbringen lassen."

„Die anderen Personen auf der Yacht waren auch Roberts Gegner", überlegte Charles laut weiter, „ich glaube, Jo hat recht, man sollte versuchen, mit ihr zu sprechen."

„Lopez will es arrangieren!"

Nun plapperten alle durcheinander. Ich schaltete ab und überdachte meine Fragen an Yasmine, denn dass das Treffen stattfinden würde, davon ging ich aus, ich war fest davon überzeugt.

Zwei Tage später war es so weit. Yasmine wollte mit mir, nur mit mir alleine reden. Natürlich waren Henry und Lucas dagegen, doch ich setzte mich durch und bestimmte den Treffpunkt: ein kleines Restaurant an der Las Marinas. Dort hoffte ich, mich ungestört mit ihr treffen zu können. Ich ahnte nicht im Entferntesten, wie lange das Gespräch dauern würde. War sie kurz angebunden, oder gab es eine Menge Erklärungen? Das Restaurant befand sich nicht am Meer, sondern fast an der Straße. Als Puffer dazwischen: die Parkplätze. Sie lagen unter großen Bäumen, die auch einen Teil ihres Schattens auf die Außenterrasse des kleinen Restaurants warfen.

Um diese Zeit, wir hatten uns um zwölf Uhr mittags verabredet, öffnete man gerade, und es waren noch keine weiteren Besucher da.

Man kannte mich und brachte sofort einen Kaffee.

Ich schaute auf meine Armbanduhr, bereits fünf Minuten über die Zeit. Ich nahm mir vor, nur eine halbe Stunde zu warten, aber das brauchte ich nicht, nach weiteren fünf Minuten näherte sich auf der Straße ein großer Mercedes. Am Steuer anscheinend ein Chauffeur. Sie hielten vor dem Restaurant, der Fahrer stieg aus, aber noch bevor er um den Wagen herum war und die Tür öffnen konnte, stieg eine Frau aus.

Bei ihrem südländisch orientalischem Aussehen wusste ich sofort, wen ich vor mir hatte: Yasmine Kendaro. Sie war ungefähr so groß wie ich, aber einige Jahre jünger. Sie mochte um die fünfundvierzig sein, vermutete ich, schlank, mit langen, dunklen Haaren, bekleidet mit Jeans, Turnschuhen und Bluse kam sie sofort zu meinem Tisch. Ich wollte schon aufspringen, als ein Lächeln über ihre Lippen kam: „Keine Angst, ich bin unbewaffnet." Sie sprach ein einwandfreies Deutsch. Ich deutete auf den Stuhl rechts von mir.

Sie setzte sich. Die Bedienung kam sofort zu uns, um eine Bestellung aufzunehmen: „Bringen Sie uns bitte noch zwei Kaffee."

„Sie wollten mit mir sprechen", fing Yasmine an, keine Frage, eine Feststellung, die sie mit einem Nicken bekräftigte.

„Ja!" Ich nahm den letzten Schluck aus meiner Tasse, stellte sie auf den Tisch und fing vorsichtig an: „Sie sind also die Tochter Kendaros, der es lange Jahre auf meinen Stiefbruder abgesehen hatte."

„Im Prinzip ja."

„Ich wollte mit Ihnen sprechen, um zu erfahren, ob meine Familie und ich weiterhin in Gefahr sind oder wir eine Art Friedensvertrag schließen können?"

Sie wartete, noch beschnupperten wir uns. Keiner wollte zu viel preisgeben oder einen Fehler begehen. Es dauerte einige Sekunden, unser Kaffee kam.

„Ich habe", begann sie langsam und vorsichtig, „meinen Vater gehasst. Ich kann ihm keine Träne nachweinen, das Gleiche gilt für meinen Stiefbruder. In ihren Augen war ich nur ein Mädchen, Dreck. Meine Mutter wurde verstoßen, weil sie nur eine Tochter bekam. Sie erhielt zwar genügend Geld, was für mich von Vorteil war. Sie schickte mich auf gute Schulen in Europa, ich konnte studieren. Ich bin Rechtsanwältin. Meinem Vater war es egal. Ich glaube fast, er wusste es nicht einmal." Sie blickte versonnen auf die Straße, dort fuhren um diese Jahreszeit wenige Autos, dann gab sie sich einen Ruck und fuhr fort: „Ich bin keine Gefahr, ich will keinen Krieg. Das Kuriose an der Sache ist, dass ich nun die Alleinerbin bin. Wer hätte das gedacht oder auch nur geahnt? Mein Vater garantiert nicht und mein Bruder ebenfalls nicht. Er hätte das Testament dahingehend sofort geändert." Ein jugendliches Grinsen stand in ihrem Gesicht. „Ich habe Sie und Ihre Familie beobachtet, ich war neidisch. Dieses fröhliche Familienleben, dann noch Ihre Töchter, die auch von ihrem Vater geliebt wurden, nicht so wie bei mir", die letzten Worte spuckte sie aus, „wissen Sie, wann er mich das letzte Mal beachtet hat? Auf der Beerdigung meiner Mutter!" Tränen traten ihr in die Augen. „Er meinte zu mir: ‚Wenigstens bin ich die nun los, jetzt habe ich nur noch eine Belastung am Bein: dich.' Es schaute mich bei dieser Äußerung gehässig an. Das ist nun einige Jahre her. Seit dem sprach er kein Wort mehr mit mir."

Entsetzt wollt ich etwas sagen, sie hielt mich aber zurück, winkte ab: „Ich kannte es nicht anders, aber trotzdem, von da an habe ich Rache geschworen. Ich habe mir überlegt, wie ich ihn und auch meinen Bruder beseitigen könnte“, sie schaute mich an, „gucken Sie nicht so entsetzt. Wie ich Sie mittlerweile einschätze, würden Sie das Gleiche denken und auch so handeln.“

Es stimmte. Sie berichtete weiter: „Ich habe ihn und meinen Stiefbruder beobachtet, ich habe Sie und Ihre Familie beobachtet, aber leider ..., bevor ich etwas unternehmen konnte, hat eine andere Person gehandelt.“ Sie schaute mich fragend an, aber ich sagte: „Nein, ich war es nicht, aber auch wir sind alle froh, dass es vorbei ist! Es ist doch vorbei, oder?“

Sie nickte, es war ein müdes Nicken, kein Lächeln. „Ich will die Rache meines Vaters nicht fortführen, ich will meine Ruhe. Ich hatte immer Geld genug, und das Vermögen, auf das er und mein Bruder es abgesehen hatten, gehörte ihnen nicht. Es gehörte meinem Onkel, er hat es sich erarbeitet. Ich kenne die Unterlagen, die Papiere, ich habe sie eingesehen, heimlich natürlich, es war nicht schwer. Ich habe in der Firma meines Vaters mitgearbeitet, er wusste es nicht. Frauen wurden von ihm überhaupt nicht beachtet, sie existierten in seiner Welt nicht. Auch nicht in der meines Bruders. Als einfache Aushilfe konnte ich mich in den Archiven bewegen und alle Unterlagen einsehen. Er ging sicherlich davon aus, dass kein Mensch sie verstehen würde, aber da hat er sich getäuscht. Wissen Sie, warum man in den islamisch geprägten Ländern die Frauen so abschirmt? Sie sind wesentlich schlauer als die Männer, aber das darf keiner wissen, es wäre eine Blamage für sie!“ Sie lachte wieder fröhlich. „Ich kannte das Testament. Ich wusste genau, wenn den beiden etwas passiert, dann erbe ich! Aber sollte ich es ihnen sagen? Nein! Dann wäre ich ja dumm. Ich gebe zu, die Verlockung war groß, sie umzubringen, aber der Triumph wäre ausgeblieben! Ich hätte es gerne in ihren Augen gesehen, wenn sie erkannt hätten, wer sie ins Jenseits befördert!“

Ich verstand sie gut, nur allzu gut! Sie wollte einen weiteren Schluck Kaffee nehmen, der war aber inzwischen kalt geworden, wir hatten zu lange geredet.

„Sollen wir uns noch etwas bestellen? Oder etwas zu essen?“

Yasmine überlegte kurz: „Beides, wenn Sie noch Zeit haben!“

„Die habe ich, aber da sich meine Familie wahrscheinlich Sorgen um mich macht, werde ich sie anrufen ... Aber da fällt mir etwas Besseres ein: Warum kommen Sie nicht mit zu uns? Ich stelle Ihnen meine Sippe vor!“

Ihr Mund blieb sprachlos vor Staunen offen. „Das würden Sie machen? Ich würde mich sehr freuen. Ich habe eigentlich nie eine richtige Familie gehabt. Meine Mutter ist nun schon so lange tot, und in den letzten zwanzig Jahren habe ich fast immer alleine gelebt.“

Ich winkte der Bedienung und legte Geld auf den Tisch, zu Yasmine sagte ich: „Kommen Sie, pfeifen Sie Ihren Bodyguard zurück, er kann uns folgen, Sie fahren mit mir."

Ich weiß nicht warum, aber ich traute ihr, ich glaubte ihr.

Immer noch erstaunt folgte sie mir zu meinem Auto, sprach auf dem Weg dorthin einige Worte mit ihrem Fahrer und stieg dann zu mir in den Wagen. Ihr Fahrer folgte uns.

Der Restaurantbesuch blieb natürlich nicht unbeobachtet. Während wir uns unterhielten, war ab und an ein Roller an der Straße vorbeigefahren. Zuerst erkannte ich die Person nicht, aber dann wurde mir klar, ich wurde von Lucas beobachtet. Henry würde sagen: sicherheitshalber, wahrscheinlich stammte die Idee von ihm.

Wir wurden bereits erwartet. Das Tor stand offen. Ich fuhr die Auffahrt hoch und parkte direkt vor dem Eingang. Der Fahrer mit Yasmines Auto blieb in der Auffahrt stehen und machte keine Anstalten, auszusteigen. Yasmine hingegen folgte mir ins Haus, wo wir von Phyllis begrüßt wurden.

„Aha", begann sie lächelnd und reichte der Ägypterin die Hand, „ein neues Familienmitglied, nehme ich an. Herzlich willkommen."

Wir führten sie ins Wohnzimmer. Nach und nach kamen die anderen hinzu und stellten sich vor. Noch herrschte Misstrauen, und ich begann mit meinen Erklärungen und Erläuterungen. Es wurde ein langer Nachmittag, und es wurde ein noch längerer Abend. Um es kurz zu machen:

Yasmine beobachtete ihren Vater und Bruder ständig, um ihnen immer einen Schritt voraus zu sein. Oft befand sie sich in der Nähe der Geschehnisse. So auch in Marokko. Oft kannte sie nicht die genauen Hintergründe, konnte diese nur erahnen und, wie in Casablanca, nichts mehr verhindern. Die Explosion der Yacht hielt ihr wieder mal vor Augen, wie gefährlich ihr Vater und Bruder sein konnten. Auch war sie sich sicher, dass es nicht mehr lange dauern würde, und man würde sich ihrer entledigen. Sie musste handeln, wusste aber nicht, wie. Da kam ihr der Gedanke, sich mit uns in Verbindung zu setzen. Sie hatte Informationen für uns, wollte dafür Sicherheit, und die hoffte sie bei uns zu bekommen. Leider traute sie sich nicht, direkt mit uns in Verbindung zu treten. Als sie glaubte, dass sich in ihrem Leben nichts mehr ändern würde und sie auch weiterhin äußerst vorsichtig leben musste, geschah der Mord an ihrem Vater und Bruder.

An dem Reichtum, den ihr Vater mit Betrügereien angehäuft hatte, lag ihr nichts. Ihre verstorbene Mutter stammte aus einer angesehenen, wohlhabenden, ägyptischen Familie und hinterließ ihrer einzigen Tochter ihr gesamtes Vermögen.

Als einfache Bürokraft hatte sie ihren Vater und seinen Prokuristen ausspioniert. „Sobald ich das Erbe angetreten habe, werde ich ihn mir vorknöpfen", erklärte sie wütend, „ich habe nämlich in den Unterlagen festgestellt, dass die rechte Hand meines Vaters ihn finanziell betrogen hat. Er hat es raffiniert angestellt, Gelder auf eine Firma überwiesen, die einen ähnlichen Namen hat wie ein existierendes Unternehmen. Weder mein Vater noch mein Bruder haben es bemerkt. Insgesamt konnte er so fast drei Millionen Dollar für sich abzweigen."

Bislang hörten wir ihr nur gebannt zu. Sie hatte einiges im Leben mitgemacht, keine Familie und die einzige Bezugsperson, ihre Mutter, verstarb zu früh. Nora hatte Mitleid. Obwohl sie eigentlich nicht miteinander verwandt waren, schaute sie uns alle an und erklärte feierlich: „Ich glaube, alle sind einverstanden, wenn ich dich hiermit offiziell in unserer Familie begrüße. Ich habe eine Überraschung für euch", sagte sie frohgelaunt, „wir unternehmen alle zusammen ein Reise."

„Eine Reise? Wohin? Alle zusammen?"

Phyllis staunte, alle staunten, sogar Charles und Georg, also wussten sie auch nichts davon.

„Wir werden die Reisebestätigung per Fax erhalten. Alles wird im Augenblick vorbereitet."

„Wer bereitet was vor?" Phyllis wurde immer neugieriger, liebte aber Überraschungen nicht sonderlich.

„Meine Großmutter plant gerne", erläuterte Sandra, „sie verblüffte mich früher immer mit dem, was sie sich ausdachte", sie wandte sich Nora zu, „aber du kannst uns doch einen Tipp geben? Sollen wir warme oder luftige Sachen einpacken?"

Jetzt lachte Nora laut auf. „Und von dir habe ich nichts anderes erwartet, als drängeln und aushorchen. Lasst euch alle überraschen! Soviel sei verraten: Einen Teil der Reise werden wir auf einem Schiff verbringen, aber keines der kleinen niedlichen Yachten, und es geht in die Sonne."

Weiter ließ sich Nora auf keine Erklärungen ein. So oft wir auch versuchten, etwas aus ihr heraus zu kitzeln, sie schwieg und ... bewachte das Fax.

Eine halbe Stunde später surrte es, aber noch bevor wir etwas lesen oder entziffern konnten, hatte sie das Blatt bereits an sich genommen.

Uns blieb nichts anderes übrig, als zu packen, denn schon drei Tage später sollte es losgehen. Das Einzige, was sie uns wissen ließ: Wir sollten auf jeden Fall unsere Reisepässe nicht vergessen.

Kapitel 41

Wir befanden uns auf dem Wasser. Die lauwarme Luft der Südsee wehte uns um die Ohren. Über Madrid flogen wir Richtung Los Angeles, machten dort einen Zwischenstopp, genossen einen Einkaufsbummel am Rodeo Drive und schifften uns zwei Tage später auf einem Luxusdampfer ein.

Wenige Menschen gingen mit uns an Bord, was Sophia verwunderlich fand, aber abgelenkt wurde, da sie hinter Johanna her hetzte, die sich mal wieder aus dem Staub machte. Niemand hatte bislang vom Sinn der Reise gesprochen, und Nora schwieg. Immer wieder gab sie uns kleine Details bekannt, den minimalen Zeitrahmen des aktuellen Tages etwa, und wenn wir Glück hatten, den des kommenden. Phyllis beschwerte sich bei Sandra: „Wenn deine Großmutter nebst Familie so reich ist und sie im Besitz eines Lear Jets ist, warum sind wir dann nicht damit geflogen? Immerhin habe ich gehört“, es folgte ein neidischer Blick auf Sophia, „dass es sich darin ausgezeichnet und bequem reisen lässt“, sie seufzte, „damit wäre ich auch gerne geflogen. Wenn ich geahnt hätte, wer du bist ...!“

Sandra lachte laut. „Das holen wir nach, ich verspreche es dir. Aber der Jet ist zu klein und die Familie mittlerweile zu groß geworden!“ Das leuchtete ein, denn während des Fluges nach L.A. bevölkerten wir die gesamte Business Class. Nora sorgte für unsere Bequemlichkeit. Stefan war der Einzige, der es vorzog, in Dénia zu bleiben, und traute sich auch noch nicht nach Deutschland zurück. Während des zwölfstündigen Fluges erfuhren wir von Yasmine weitere Einzelheiten und konnten uns detaillierter in die Denkweise ihres Vaters versetzen. Der Hass auf seinen Bruder beherrschte sein halbes Leben, die andere Hälfte verbrachte er damit, an das Geld seines von ihm ermordeten Bruders zu gelangen, und dazu musste er auch Robert töten.

Er dachte immer, wir hätten Kontakt zu Robert, daher ließ er uns ständig überwachen und die gesamte Abhörvorrichtung in unserem Haus in Dénia installieren. Als das nicht zum Erfolg führte, versuchte er, nachdem wir die Leiche unter der Terrasse entdeckt hatten, über mich an Robert zu gelangen. Er wollte mich erschrecken, nicht töten. Um Robert hervorzulocken, was ihm nicht gelang.

Viele Fragen blieben ungeklärt. Auch die einzige, die mich überhaupt interessierte. Nora blockte ab, Sandra schwieg, und Charles und Georg verstanden mit einem Mal weder Englisch noch Deutsch. Henry beruhigte mich: „Warte doch einfach ab, genieße die Urlaubsreise mit Familie, lass die Seele baumeln." Wir saßen an Deck und schauten in die Ferne, rund um uns herum nichts als Wasser, herrlich blaues, kristallklares Wasser. Henry saß neben mir auf einem der Deckchairs, die Augen geschlossen und genoss die Tage der Ruhe.

„Aber was passiert noch? Warum unternehmen wir diese Reise? Warum gibt es auf so viele Fragen keine Antwort?"

„Noch keine Antwort", verbesserte er mich, „ich kann dir nur immer wieder raten: warte ab."

Wir hatten mittlerweile Hawaii Steuerbord liegen lassen, machten dort nur einen kleinen Zwischenstopp um einige, wenige Passagiere von Bord zu lassen, die dort ihr Ziel erreicht hatten, und nahmen Kurs auf eine kleine Inselgruppe, die Johnston Inseln. Mittlerweile beherrschte ich mich, stellte keine Fragen mehr, die doch niemand beantwortete. Mittlerweile hatten wir fast das ganze Schiff für uns alleine. Es wunderte mich zu Anfang, später überraschte mich nichts mehr.

Wir befanden uns schon wieder drei Tage auf See, als ich gegen Mitternacht durch Motorengeräusche geweckt wurde. Henry schnarchte. Ich wollte ihn nicht wecken, als ich aufstand, die Luxuskabine verließ und an Deck ging. Der Landeplatz für den Helikopter war hell beleuchtet, und aus der Luft näherte sich etwas. Gekonnt landete ein schwarzer Heli.

Die Beschriftung des schwarzen, eleganten Fliegers konnte ich mühselig entziffern: Daro 1. Bei dem „a" in dem Schriftzug, sehr verschnörkelt dargestellt, glaubte ich, ein Horusauge zu erkennen.

Mehrere Leute des Personals standen bereit, der Erste öffnete die Tür, ein weiterer stellte einen Fußtritt an, als ein Mann den Hubschrauber verließ. Ich beobachtete das alles aus sicherer Entfernung und wunderte mich, wer so spät noch das Schiff erreichen wollte.

Der Fremde trug legere Kleidung, eine kurze Hose, die obligatorischen Bootsschuhe, ein einfaches Shirt, in der rechten Hand eine dunkle Sonnenbrille und eine Baseballkappe. Alles in allem sah er aus wie ein einfacher Bootsmaat, aber würde so jemand mit einem Helikopter an Bord gebracht? Der grauhaarige Mann, um die sechzig, sah sich nach allen Seiten um. Beinahe meinte ich, er hätte meinen Blick bemerkt, denn er schaute einige Sekunden länger in meine Richtung. Sein Gesicht erkannte ich nicht, es lag im

Schatten. Dann lief er eilig, begleitet von weiteren Leuten der Schiffsbesatzung zu einer Tür, die ins Innere des Schiffes führte.

Ich wartete eine Weile, aber der Mann kam nicht wieder zurück. Der Heli blieb stehen, und der Motor wurde ausgeschaltet. Ich ging zurück.

Ungefähr zehn Minuten später klopfte es leise an der Kabinentür: „Ma'am? Doña Josefine?"

Ich beeilte mich, die Tür zu öffnen, damit Henry nicht geweckt wurde.

„Si", antwortete ich.

„Kommen Sie bitte mit!" erklärte die Stimme.

Es war nach Mitternacht, und ich wunderte mich, wer von unseren Mitreisenden so spät noch wach sein konnte. Mir fiel nur Nora ein.

„Ist etwas mit Mylady?" Die erste Sorge galt ihr.

Ein Kopfschütteln war die Antwort. Ich folgte dem jungen Mädchen durchs halbe Schiff und einige Treppen höher. Es wurde immer luxuriöser.

Sie öffnete eine Tür und deutete an, ich sollte eintreten. Geblendet von so viel Reichtum blieb ich erst einmal im großzügigen Eingangsbereich stehen und ließ den Luxus auf mich einwirken. Die Tür klickte leise, und ich befand mich alleine in der Suite. Ich ging einige Schritte weiter in einen großen Wohnraum mit riesigen Fenstern, von denen man sicherlich bei Tag einen phänomenalen Blick aufs Meer hatte. An einem der Fenster stand, mit dem Rücken zu mir, der grauhaarige, schlanke, Mann, den ich zuvor mit dem Helikopter hatte anreisen sehen. Er drehte sich nicht um, sprach aber zu mir: „Hallo Jo, wie geht es dir? Wir haben uns lange nicht gesehen", langsam wandte er sich um. Diese Stimme! Ich würde sie immer wiedererkennen.

„Hallo Bob." Zu mehr Worten war ich nicht fähig. Ich wankte, schaute mich um und sah einen Stuhl, auf den ich mich setzen konnte.

Robert stand vor mir, älter geworden, aber trotzdem unverkennbar, mein vor vierzig Jahren verschwundener Stiefbruder.

„Hat Nora das alles organisiert?"

Bob nickte. „Auf mein Bitten hin. Sie sollte dir nichts erklären, das wollte ich selbst. Es sollte ein Überraschung sein."

„Es ist dir gelungen, die Überraschung, meine ich." Ich war immer noch fassungslos.

„Ich bin dir einige Erklärungen schuldig", stimmte er zu, „aber es ist nicht mit ein oder zwei Sätzen getan." Er setzte sich nun auch. Aus einer der angrenzenden Kabinen brachte ein Butler ein Tablett mit Tassen.

„Danke, Lenart", und mit einer Kopfbewegung in meine Richtung: „Sie trinkt gerne Kaffee, zu jeder Zeit, ob Tag oder Nacht. Das ist meine kleine

Schwester", versuchte er eine Erklärung. Lenart nickte, ihn schien nichts zu erschüttern. „Er kennt dich von meinen Erzählungen und von Fotos."

Lenart hatte inzwischen Kaffee eingeschenkt, und ich nahm einen ersten Schluck, um wach zu werden, und dachte: Eigentlich brauche ich etwas Stärkeres.

Lenart blieb in einem angemessenen Abstand zu uns stehen und wartete auf Instruktionen.

„Erzähl", begann ich, nachdem ich mich einigermaßen gefasst hatte, „was ist damals passiert?"

Bis morgens vier Uhr dauerte es, und ich erfuhr eine Zusammenfassung der damaligen Ereignisse.

Kendaro, Roberts Onkel, hatte ihn aufgespürt. Er und José mussten fliehen. José hatte etwas im Haus vergessen und ging nochmals zurück. Robert befand sich schon auf der Yacht seiner Mutter, die damals schon mit Mylord verheiratet war. José hat ihm eingebläut, nicht nochmals zurückzukommen, sondern, falls er es nicht rechtzeitig aufs Schiff schaffen sollte, zu fliehen.

Dass José unter der Terrasse begraben lag, ahnte niemand. Die Handlanger Kendaros mussten ihn erwischt und umgebracht haben. Er kam nicht rechtzeitig zurück auf die Yacht, und so legten sie ab und flüchteten nach Alexandria in Ägypten.

„Was war mit meinen Ringen und der Armbanduhr?"

„Ich hatte sie eingesteckt, es waren wohl sentimentale Gründe, wahrscheinlich hatte ich einige verloren. Dass José die Armbanduhren vertauscht hatte, davon wusste ich nichts. Das musste passiert sein, kurz bevor er umgebracht wurde. Ich habe es geahnt, wir alle haben es vermutet, wussten aber nicht, wo er stecken konnte. Zuerst dachten wir noch, er stößt irgendwann zu uns, aber als Tage, Wochen und Monate vergingen, wurde uns klar, dass er nicht mehr leben konnte."

„Aber wo hast du dich die ganze Zeit aufgehalten? Warum hast du dich nicht gemeldet? Ich wäre froh über ein Lebenszeichen gewesen, nicht nur diese Ringe, von denen ich nicht einmal genau wusste, ob sie nun von dir stammten oder ob ich sie nur verlegt hatte."

„Das ging nicht, das konnten wir nicht riskieren. Kendaro war so gefährlich, dass wir es nicht wagen konnten, dass er auf euch aufmerksam wurde. Wir einigten uns darauf, dass es besser wäre, ihr wüsstet gar nichts. Auch deine Eltern erhielten erst ein Jahr später durch Nora die Information, dass ich noch lebte."

Urplötzlich hatte ich einen Gedankenblitz.

„Habe ich dich in Spanien gesehen? Vor einigen Monaten? Am Tor? Ich hatte das Gefühl, dass mich jemand beobachtet."

Verblüfft starrte er mich an. „Du hast es bemerkt? Ja, ich war da. Ich war in den letzten vierzig Jahren einige Male da und habe euch beobachtet. Ich musste mich zusammenreißen, nicht einfach an die Tür zu klopfen", er schaute nachdenklich, „aber ich musste – ich habe mich beherrscht, zu deiner eigenen Sicherheit. Nur so konnte Kendaro weiterhin glauben, dass ihr nichts wusstet, was ja auch stimmte."

Wir redeten noch lange miteinander, bis Robert, wie früher, als wir noch Kinder waren, mich zu Bett schickte.

„Bist du nachher auch noch da, oder verschwindest du wieder, bei Nacht und Nebel?"

Er lachte laut auf. „Ich bleibe, denn die Gefahr ist vorbei. Ich kann wieder ein normales Leben führen, wenn das überhaupt noch möglich ist."

Ich stand auf und wollte gerade die Suite verlassen, als mir etwas einfiel. „Was ist eigentlich mit den anderen Passagieren? Das Schiff ist seit einigen Tagen leer. Sind nur noch wir an Bord?"

„Ja, ich dachte, spendiere den anderen Reisenden ein paar Tage in einem noblen Hotel auf Hawaii. Als Überraschung, sie fanden es alle gut. Sie kommen in einer Woche wieder an Bord. Solange haben wir das Schiff für uns!"

„Bist du wahnsinnig", entfuhr es mir entgeistert, „das ganze Schiff buchen, das muss ein Vermögen kosten und dann den anderen auch noch einen Luxusurlaub auf Hawaii spendieren", ich schüttelte den Kopf, „wie konntest du nur?"

„Jo, du bist ganz die Alte, so wie früher! Aber keine Sorge, ich werde es verkraften", ein jugendliches Grinsen lag auf seinen Lippen, „das Schiff gehört mir!"

Ich konnte dazu nichts mehr sagen, verblüfft starrte ich ihn an. „Ich hörte zwar immer wieder von dem Reichtum der Kendaros, aber das ist für mich etwas zu viel. Gehört dir auch noch das Luxushotel, in dem du die anderen Passagiere untergebracht hast? Nein", meinte ich lakonisch, „sag nichts, es gehört dir auch!"

Ich drehte mich kopfschüttelnd um und wollte gerade die Kabinentür öffnen, als er mir noch etwas erzählte: „Die Kendaros sind reich, das stimmt, aber die Daros sind noch reicher." Als ich darauf nichts sagte, sprach er weiter: „Ich wollte den Namen des Mörders nicht mehr tragen, und als ich damals flüchtete, habe ich mir geschworen, du wirst den Namen ändern, also hat Charles ihn ändern lassen: in Daro. Er und meine Mutter waren damals schon verheiratet, offiziell adoptierte er mich übrigens, aber leider musste ich untertauchen."

Natürlich, der unermesslich reiche Konzern „Daro Industries – International". Wie konnte ich das übersehen? Er hatte das abstrakte Horusauge im Schriftzug. Für nicht Informierte war es leicht zu übersehen, sogar ich bemerkte es nicht, obwohl alle Anzeichen, wie auch der Ring, immer wieder darauf hindeuteten, diese Hinweise, die ich nicht verstand und nicht zuordnen konnte.

Ohne ein Wort zu sagen, verließ ich die Kabine und suchte den Weg zurück in mein Bett. Auf diesem riesigen Schiff gar nicht so einfach. Dort lag ich noch lange wach, aber irgendwann musste der Schlaf mich doch übermannt haben. Als ich wieder wach wurde, schien die Sonne, Henry war anscheinend schon aufgestanden und hatte mich nicht geweckt. Der Wecker zeigte bereits elf Uhr vormittags an.

Wusste Henry, wer an Bord war? Ich nahm an, dass man ihn mittlerweile informiert hatte und den Rest der Familie ebenfalls. Ich sprang auf und schaute aus dem Fenster: Kein Traum, der Helikopter stand immer noch dort, wo er nachts gelandet war.

Ich wollte zu den anderen, wo steckten sie? Im Frühstücksraum? Ich duschte, zog mich schnell an. Eine Viertelstunde später war ich fertig und suchte meine Mitreisenden. Ich fand sie an Deck. Gemeinsam saßen sie um einen runden Tisch, Robert war bei ihnen.

Nora winkte, ich sollte mich zu ihr setzen. „Die Überraschung ist mir gelungen, nicht wahr?" Sie nahm eine Tasse und schenkte Kaffee ein. „Wir wussten nicht, wann du aufwachen würdest und haben schon mal mit dem Frühstück begonnen."

Eigentlich verspürte ich keinen Hunger, legte aber ein Brötchen auf meinen Teller und nahm einen Schluck Kaffee. „Warum starrt ihr mich alle so an? Ich wusste schon länger, dass Robert noch am Leben ist", ging ich in die Offensive, Henry schaute mitleidig rüber. „Natürlich, immer dasselbe", er sah Phyllis und Sophia an, „sie hört und sieht immer alles, sagt es uns aber erst im Nachhinein. Warum gibst du nicht zu, dass es eine Überraschung für dich war? Für uns übrigens auch. Nora hat niemandem etwas gesagt, hat immer um den heißen Brei herumgeredet."

Meine Töchter stimmten ihm zu.

In diesem Augenblick lief Johanna zu uns. Aus Sicherheitsgründen passten zwei Leibwächter ständig auf sie auf. Der keine Wirbelwind hielt alle sportlich aktiv, die hinter ihr her rennen mussten. Ein Armband, dass Marcus mit einem Sender präpariert hatte und das sie ständig tragen musste, gab kontinuierlich über Funk an, wo sie sich gerade aufhielt. Trotzdem ließ Sophia sie nicht aus den Augen. Nun erreichte sie gerade den Tisch, schaute in die Runde und strahlte mit einem Male Robert an: „Hallo, du bist auch hier? Nun können wir aber nicht die Zündkerzen wechseln, denn Omas Ente ist nicht mit auf dem Schiff“, sie überlegte kurz, „dabei können Enten doch eigentlich schwimmen, oder?“ Diese Logik ließ Robert laut auflachen, mich aber stutzig werden.

„Was soll das? Du kennst Johanna? Wann hab ihr euch kennengelernt und wo?“

„Aber Oma, das ist doch der Onkel, den ich bei uns gesehen habe. Er wollte nicht mit in die Garage, wo ich mit Opa dein Auto fertig gemacht habe“, sie schaute mich entrüstet an, „aber das hab ich doch erzählt! Hast du mir nicht zugehört?“

„Ich gebe zu, sie hat mich erwischt, als ich am Zaun stand und versuchte, zu euch hinüberzuschauen. Aber die Bäume und Sträucher sind in den letzten Jahren so gewachsen, dass es nicht mehr möglich war, aufs Grundstück zu sehen.“

„Du hast es an der Stelle des Zauns versucht, der Abkürzung, wo wir als Kinder immer zum Strand heruntergeklettert sind? Da, wo ich den Zettel mit dem Hinweis auf Nora gefunden habe?“

Robert nickte. „Der Zettel war nicht für dich bestimmt. Der wurde dort von Nora deponiert, für mich, damit ich wenigstens eine Telefonnummer habe, die ich im Falle eines Falles anrufen konnte.“

„Aber wie hättest du denn von dem Zettel im Falle eines Falles erfahren? Wenn dieser Fall eingetreten wäre, dann hätte dir doch niemand davon erzählen können. Immerhin hast du auch erst jetzt erfahren, was mit José passiert ist.“

„Ja, sicherlich, aber José erklärte mir zwei Jahre, bevor ich untertauchen musste, dass er nicht Marias Bruder sei, sondern eigentlich mein Aufpasser. Er war es, der mir von meiner Mutter erzählte, zu der ich aber keinen Kontakt aufnehmen konnte, und dass für alle Fälle ein Hinweis auf die Identität dort zu finden sei. Ich sollte aber nicht alleine nachsehen, sondern noch warten, bis er es mir sagen würde. Erst in der Nacht, als wir fliehen mussten, berichtete er mir das Nötigste, die näheren Einzelheiten wollte er mir an Bord des Schiffes erklären, aber dazu kam er nicht mehr. Warum er nochmals zurück wollte, weiß ich nicht. Ich war schon auf der Yacht, im Club Nautico. Wir sind nicht von unserem Anleger aus geflohen, um unsere Verfolger nicht auf eure Spur zu lenken. José kam nicht zurück, und die Besatzung hatte die Order, nur eine halbe Stunde zu warten und dann gegebenenfalls ohne ihn abzulegen, was sie auch taten. Ich selbst war zu verwirrt, um Fragen zu stellen, zumal meine Mutter, damals noch eine Fremde für mich, an Bord auf mich wartete und versprach, mir alles zu erklären."

Kapitel 42

Am Abend war es immer noch sehr warm. Hier in der Südsee war es herrlich, ein Ort, an den ich mich gewöhnen könnte. Kein Wunder, dass Robert hier lebte.

Gleich würden wir alle zu Abend essen. Das Schiff hatten wir immer noch für uns. Die anderen Passagiere, denen man einen unvergesslichen Aufenthalt auf Hawaii in einem Luxushotel versprochen hatte, waren von einem anderen Schiff der Daro Flotte abgeholt worden. Wenn man so unermesslich reich war, schien das kein Problem zu sein. Nun wusste ich auch, wer uns die großen Aufträge vermittelt hatte, von denen wir in den ganzen Jahren profitierten. Zuerst waren es Nora und Charles, die es als ihre Pflicht ansahen, dann übernahm Robert es. Nur der Gedanke, uns, seiner Ersatzfamilie, konnte etwas zustoßen, ließen ihn nicht in Erscheinung treten. Als seine Frau ermordet wurde, fand er, es sei das Beste, genauso zu verfahren, wie seine Mutter es auch schon praktiziert hatte: Er versteckte seine Tochter, von der Gottlob niemand etwas wusste. Als geeigneter Ort kam ihm dabei Dénia in den Sinn.

Epilog

Die Sterne leuchteten am Himmel, als Lucas sich zu dem grauhaarigen Herrn mittleren Alters gesellte, der an der Reling stand. Beide schauten schweigend auf das nachtblaue Wasser, in dem sich die Sterne spiegelten, beide formvollendet gekleidet, im Smoking.

Das letzte Essen an Bord sollte feierlich begangen werden. Die Damen wurden nachmittags mit dem Helikopter an Land geflogen, um sich passende Kleidung zu kaufen. Sandra genoss es, endlich mit ihrem Vater unbeschwert zusammen sein zu können. Auch sie wurde erst hier an Bord in die Einzelheiten eingeweiht. Robert und Charles hielten es jahrelang für das Beste, ihr möglichst wenig über die wahren Familienverhältnisse zu erzählen. Nach dem Abendessen blieben die Damen im Salon, während Robert nach draußen an die Reling ging. Lucas folgte ihm, und bald darauf auch Henry.

„Hast du deinen kleinen Bruder gesehen?“ Lucas deutete mit dem Kopf Richtung Essbereich. „Ich glaube, er hat ein Auge auf Yasmine geworfen.“ Robert blickte zurück. Die beiden saßen nebeneinander, unterhielten sich und himmelten sich an.

„Was ist mit Yasmine? Ich habe etwas läuten hören“, fragte Lucas Robert, „du hast sie als deine persönliche Assistentin eingestellt?“

„Ich habe ihr ein Angebot für den Kendaro Konzern gemacht, da konnte sie nicht ablehnen! Sie ist eine intelligente, schlaue Rechtsanwältin und mit der Materie vertraut. Daher bot ich ihr den Job bei mir, bei Daro an. Eigentlich muss sie nicht mehr arbeiten, aber es liegt wohl in den Familiengenen. Auf jeden Fall war das einzige Argument, das sie gegen den Verkauf vorbrachte, dass sie dann Langeweile hätte. Nur Geld ausgeben ... das liegt ihr nicht.“

„Dann gehört nun alles dir?“

„Wenn sie dann noch mit Georg ...“ Er sprach es nicht aus. Lucas verstand, was er meinte.

„Dann hättest du alles unter Kontrolle“, vollendete er den Satz, was ein zustimmendes „Mmm“, zur Folge hatte.

Die drei Männer im Smoking blickten weiterhin gedankenverloren aufs Meer und sprachen leise miteinander, ohne sich umzusehen.

„Das haben wir ja sauber hinbekommen“, grübelte Robert. „Warum haben wir unsere Feinde nicht eher ausgeschaltet?“

„Stimmt, im Nachherein betrachtet, hätten wir nicht all die Jahre warten sollen, aber vielleicht mussten wir erst älter werden, um diese Aktion zu starten."

„Bald wäre sie dahintergekommen", warf Robert ein und dachte voller Schrecken an den Morgen, als der alte Bentley aus dem Tor fuhr und er sich noch schnell hinter einem Baum verstecken konnte. Obwohl er die Verkleidung eines Obdachlosen gewählt hatte, war ihm in dem Moment bewusst gewesen, dass sie ihn gesehen haben musste, als ihre Blicke sich unbewusst für den Bruchteil einer Sekunde trafen. Gut, dass sie tief in Gedanken versunken war.

„Aber nur bald!" Lucas lächelte, froh, dass sie ausgerechnet ihn um Hilfe gebeten hatte, so konnte er eingreifen.

„Wenn wir gewusst hätten, wo José all die Jahre steckte, hätte ich ihn da herausholen lassen."

„Das konnten wir nicht ahnen, Kendaro musste ihn damals unmittelbar vor dem Haus erwischt haben."

„Wann hat Johanna dich eigentlich gesehen?"

„Als ich Henry aufsuchte, in Dénia. Wir wollten uns, wie immer, in der Garage treffen. Johanna sollte eigentlich bei der Haushälterin bleiben, war aber mal wieder ausgerissen."

„Sie darf es niemals erfahren", meinte Henry eindringlich zu den beiden anderen, „dass wir all die Zeit unter einer Decke steckten. Das würde sie mir nie verzeihen." Er schüttelte den Kopf. „Niemals! Ich wäre ein toter Mann!"

„Das wollen wir nicht riskieren. Dabei solltest du damals nur auf sie aufpassen, nicht gleich heiraten, das hatten wir nicht ausgemacht", Robert grinste, „obwohl es so eigentlich perfekt war. Hätte sie einen Fremden geehelicht", er zuckte mit den Achseln, „oh Gott, ich weiß nicht, wie wir den unter Kontrolle hätte halten können!"

Henry nickte.

„Sie weiß auch nicht, dass ich die ganzen Jahre für dich gearbeitet habe", meinte Lucas nachdenklich, „dass mein Job daraus bestand, Leibwächter zu spielen, und das auf allerhöchster Ebene."

„Abkommandiert zum persönlichen Schutz prominenter, wichtiger Personen." Robert nickte. „Nein, das darf sie nie erfahren."

Die drei standen immer noch an der Reling gelehnt und schauten in die Ferne, Henry nickte seufzend: „Nein, das wäre unser aller Untergang, wir haben die Kendaros ausgeschaltet, aber wer kommt schon gegen Jo an?"